外国语文论丛

董洪川　主编

菲利普·罗斯新现实主义小说艺术研究

罗小云　著

科学出版社

北　京

内 容 简 介

纵观菲利普·罗斯整个创作生涯，其风格变化十分明显，反映了当代作家对美国社会文化以及经济全球化问题的思考，他进而在艺术创作中采取了相应的艺术手法。本书聚焦于罗斯的艺术风格转变的过程，归纳总结了这类作家在文学创作方面的特点和变化轨迹，对把握美国文学的发展趋势具有较大的现实意义。

本书适合外国文学研究人员、高校师生及文学爱好者使用。

图书在版编目（CIP）数据

菲利普·罗斯新现实主义小说艺术研究/罗小云著. —北京：科学出版社，2019.11

（外国语文论丛/董洪川主编）

ISBN 978-7-03-062968-5

Ⅰ.①菲… Ⅱ.①罗… Ⅲ.①现实主义-小说研究-美国-现代 Ⅳ.①I712.074

中国版本图书馆 CIP 数据核字（2019）第 242858 号

责任编辑：杨英 宋丽 / 责任校对：杨赛
责任印制：徐晓晨 / 封面设计：蓝正设计

科学出版社出版
北京东黄城根北街 16 号
邮政编码：100717
http://www.sciencep.com

北京虎彩文化传播有限公司 印刷
科学出版社发行 各地新华书店经销
＊

2019 年 11 月第 一 版 开本：720×1000 B5
2020 年 1 月第二次印刷 印张：19 1/2
字数：388 000

定价：108.00 元
（如有印装质量问题，我社负责调换）

本书系国家社会科学基金项目"菲利普·罗斯新现实主义小说艺术研究"（项目编号：11BWW030）的结项成果

"外国语文论丛"编委会

总　序

四川外国语大学，简称"川外"（英文名为 Sichuan International Studies University，缩写为 SISU），位于歌乐山麓、嘉陵江畔，是我国设立的首批外语专业院校之一。古朴、幽深的歌乐山和清澈、灵动的嘉陵江涵养了川外独特的品格。学校在邓小平、刘伯承、贺龙等老一辈无产阶级革命家的关怀和指导下创建，从最初的中国人民解放军西南军政大学俄文训练团，到中国人民解放军第二高级步兵学校俄文大队，到西南人民革命大学俄文系、西南俄文专科学校，再到四川外语学院，最终于 2013 年更名为四川外国语大学，一路走来，70 年风雨兼程。学校从 1979 年开始招收硕士研究生，2013 年被国务院学位委员会批准为博士学位授予单位。在 70 年的办学历程中，学校秉承"团结、勤奋、严谨、求实"的校训，发扬"守责、求实、开放、包容"的精神，精耕细作，砥砺前行，培养了一大批外语专业人才和复合型人才。他们活跃在各条战线上，为我国的外交事务、国际商贸、教学科研等各项建设事业做出了应有的贡献。

外国语言文学学科是学校的传统优势学科。几十年来，一代代学人素心焚膏、笃志穷远，默默耕耘于三尺讲台上，乐于清平，甘于奉献，在外国语言、外国文学与文化、翻译研究、中外文化交流等领域的人才培养和学术研究方面都取得了较为丰硕的成果。该学科不仅哺育了杨武能、蓝仁哲、刘小枫、黄长著、王初明、杜青钢、阮宗泽等众多有影响力的学者，还出版了《法汉大词典》《俄语教学词典》《英语教学词典》《加拿大百科全书》等大型工具书，在业界受到普遍欢迎。

近代历史发展证明，一个国家的兴衰与高等教育的发展休戚相关。现代性最早的种子在意大利萌芽，英国在 19 世纪成为"日不落帝国"，20 世纪的美国在科技领域领先全球……这些无不是其高等教育的发展使然。我国近代外语教育的奠基者张之洞在《劝学篇》中提出，"学术造人才，人才维国势"，将兴学育人与国势兴衰联系在一起。虽然他所主张的"中体西用"观点引发了不少争论，但其引进"西学"的历史意义是毋庸置疑的。然而，时过境迁，经过百余年的发展，特别是经过改革开放后 40 余年的努力，我国的外语教育取得了举世瞩目的成就。这不仅体现在日臻完备的人才培养体制上，还体现在外国语言研究、文学文化研究、翻译研究、教学研究等方方面面所取得的累累硕果上，更体现在外语教育为我国改革开放事业的蓬勃发展提供了大量的外语人才支撑上。因而，新时代的外语教育自然不再仅仅是张之洞所强调的引入"西学"，而是具有了更深远、更重要的意义。

在新时代背景下，"一带一路"建设、"构建人类命运共同体"和"中华文化'走出去'"等国家战略对外语学科专业发展提出了新要求、新任务。外语教育不仅需要培养能倾听世界声音的外语专业人才，更需要培养能与世界对话、讲述中国故事、参与国际事务管理的复合型创新性人才。显然，新时代外语学科有了更重要的历史使命和责任担当。

基于上述认识，我们组织编写了"外国语文论丛"。这套丛书收录了包括外语学科文学、语言学、翻译学等多个领域的论著，不同作者在思维理念上虽然不可能完全一致，但是有一点似乎是共通的，那就是努力做到不尚空谈、不发虚辞。该丛书经过严格筛选程序，严把质量观，既注重对"外国语文"即外国语言、文学、文化及翻译的本体研究，也注重学科交叉或者界面研究、汉外对比、中外文化交流方面的成果，还特别注重对"讲好中国故事，传播好中国声音"具有启示意义的国外汉学研究、中国文化在国外传播研究方面的成果。

古人云："君子固本，本立而道生。"我们希望通过出版这套丛书，推出学校外语学科的最新研究成果，积极推动我校外国语言文学学科的内涵建设，同时也为学界同仁提供一个相互学习、沟通交流的平台。

本丛书的出版得到了科学出版社的鼎力相助，也得到了学校外语学科广大教师的积极响应和支持，科学出版社的编辑和各位作者为此付出了艰辛的努力。尤其令我们感动的是，国内一批著名专家欣然同意担任本套丛书的编委，帮助我们把脉定向。在此，我谨向他们表示衷心的感谢和崇高的敬意！当然，由于时间仓促，也囿于我们自身的学识与水平，本丛书肯定还有诸多不足甚至讹误之处，恳请方家批评指正。

董洪川

2019 年深秋

于嘉陵江畔

目　　录

绪　　论

美国国家图书馆在推出"菲利普·罗斯全集"（八卷本）时在扉页上赞扬道："在过去的半个世纪里，罗斯的作品为美国小说重新注入了活力并再次定义了其可能性。"[1]他有幸成为在世时便被美国国家图书馆决定汇总出版其文集的重要作家之一。身为犹太作家，菲利普·罗斯（Philip Roth，1933—2018）的创作生涯跨越半个多世纪，很早就跻身于美国一流作家行列，正如批评家欧文·豪所说："那些许多作家需要终其一生刻意追求的东西——独特的声音、稳妥的节奏、鲜明的主题——看来菲利普·罗斯立即全部掌握了。"[2]他的文学生涯算得上一帆风顺，从其年仅 26 岁时创作的作品《再见，哥伦布》（*Goodbye, Columbus*，1959 年）于 1960 年夺得美国国家图书奖[3]以来，其创作总是能得到人们的青睐而获奖无数，囊括美国笔会/福克纳小说奖（PEN/Faulkner Award）、普利策小说奖（Pulitzer Prize for Fiction）等众多奖项，1970 年他便当选美国文学艺术院院士。多年来，罗斯一直被认为是美国文坛特别具有竞争力的诺贝尔文学奖候选者之一，即使临近暮年他也并未像许多作家那样才思枯竭，总是不断推出新作，给人惊喜。2012 年罗斯宣布封笔隐退，2018 年 5 月 22 日他去世的噩耗令不少读者对其这次真正告别了诺贝尔文学奖的角逐而深感遗憾。

罗斯 1933 年 3 月 19 日出生于美国新泽西州最大的港口城市纽瓦克（Newark）的威夸克（Weequahic）。他的家庭属于犹太移民中的中产阶级，周围居住的主要是中低收入的移民家庭，他们迁居到莱斯利街（Leslie Street）385 号之后生活环境才稍有改善。纽瓦克属于纽约大都市圈的一部分，素以少数裔移民混杂而闻名，黑人约占总人口人数的一半以上，其次便是由更强的社区影响和传统宗教维系在一起的犹太移民。该市自 1666 年建立定居点以来发展迅速，特别是在 1880 年后，

---

① Philip Roth, *Philip Roth: Novels 1967-1972*, New York: The Library of America, 2005. 本书中的外文引文，如果没有特别说明，均为作者本人尊重原作内容所进行的汉译。

② Stanley Edgar Hyman, "A Novelist of Great Promise," in Harold Bloom, ed., *Philip Roth*, Philadelphia: Chelsea House Publishers, 2003, p. 7. 欧文·豪（Irving Howe，1920—1993），美国著名的犹太裔作家和文学评论家。

③ 美国国家图书奖（National Book Award）也被称为"全国图书奖"，它与普利策小说奖被视为美国最重要的两个文学奖项。

欧洲移民大量涌入，使其成为美国工业化水平最高和人口最稠密的地区之一，在第一次世界大战中，它曾是美国主要的造船中心之一。罗斯家族移民新大陆时正值该市快速发展之际。其祖父山德尔·罗斯（Sender Roth）是1897年来自中欧的犹太移民，祖母则出身于在美国已经扎根几代的犹太大家庭。据罗斯在《遗产：一个真实的故事》（*Patrimony: A True Story*，1991年）中的叙述，其祖父家位于波兰的加利西亚（Galicia）地区，山德尔曾到离乌克兰西部城市利沃夫不远的一个小镇上专心学习犹太教义，他年轻时的抱负是学成后回到波兰当拉比（犹太教神职人员）。山德尔后来志向突变，像当时许多年轻人一样渴望去新大陆寻求更好的机会，于是暂别妻子和三个儿子（罗斯的伯父查理、莫里斯和埃德）只身来到美国。山德尔在制帽厂找到工作后才将家人接到美国，到1914年时他家再添六男一女七个孩子，成为庞大的犹太家庭。由于经济负担太重，山德尔等孩子们读完八年级后就赶他们出去找工作贴补家用，他自己辛苦劳累多年后因中风于1942年去世。美国经济大萧条时期，罗斯的父亲赫尔曼·罗斯（Herman Roth）尽管苦心经营家庭鞋店，但依然难逃破产厄运。幸运的是，在最艰难的时期，他在大都市人寿保险公司找到了一份固定工作，使全家平安度过了那段艰难的岁月，并让罗斯从小能够接受良好教育。罗斯一家孩子不多，比他大五岁的哥哥山迪·罗斯（Sandy Roth）后来成为芝加哥的一位艺术家。[①]父亲赫尔曼非常辛苦地赚钱养家，在母亲贝茜·罗斯（Bess Roth）的精心安排下，他们这一家并不富裕的波兰移民也能不时地到海边度假。贝茜很会持家，对孩子们的成长也非常关心，罗斯读书时她曾任学校的家长-教师联谊会主席。赫尔曼在大都市人寿保险公司的艾克塞斯区当经理助理，每周工资加佣金只有125美元。由于所受教育太少（只读到八年级），赫尔曼深知他在这个公司不会有多大前途，总是担心日后失业。后来，他参与朋友的冷冻食品批发的风险投资，结果花掉了自家所有积蓄和从亲戚们那里借来的8000美元。他原本指望在孩子们高中毕业时他与朋友创办的公司能大赚一笔，结果直到菲利普·罗斯准备上大学时，他的家庭依然深陷在沉重的债务之中。幸好哥哥山迪从海军退役时得益于1944年的《军人福利法案》[②]，受政府资助到布鲁

---

① 在《反美阴谋》（*The Plot Against America*）里，罗斯描写了一个比他小五岁的弟弟山迪。人们习惯从罗斯自传性作品中收集他个人和家庭的情况，但这并不可靠，因为他往往以现实与虚构相结合的手法叙述自己和家庭成员的生活经历。

② 该法案（GI Bill of Rights，全称为Servicemen's Readjustment Act）由罗斯福总统签署，主要涉及政府对参与第二次世界大战的军人给予失业保险和教育培养等方面的资助。

克林的普瑞特艺术学院学习。赫尔曼在 1949 年升职成为驻尤宁市（Union City）办事处的经理后，他们家的经济状况才大有转机。据罗斯回忆，在第二次世界大战中，尽管生活艰难，但每当他们一家从报纸上读到有关欧洲大屠杀的报道时，依然感到躲在美国这一避风港里非常幸运，全家人总是充满爱国热情。即使在随后的冷战时期，罗斯也发现自己这一代人很容易被爱国主义的言辞所打动。①

　　罗斯早年的愿望是长大后成为一名优秀律师，然而他的文学天赋似乎是与生俱来的。1943 年刚满 10 岁时，他就在母亲的打字机上写出了短篇故事《哈特拉斯的风暴》（Storm Off Hatteras）。罗斯 2008 年到哥伦比亚大学米勒剧院参加为其举办的 75 岁生日晚会和庆祝其文学成就的盛典时还幽默地回忆说，那个充斥着打斗情节的故事可以算作自己文学生涯的开始。儿童时期他只是觉得"菲利普·罗斯"不像一位作家的姓名，便取笔名为"艾里克·顿坎"（Eric Duncan）。在成名后因几部小说被人指责时，他承认很想用该笔名为自己挡一挡。回顾童年时期，他最难忘的是读小学时埃德伯父曾带他到普林斯顿大学看橄榄球赛，那所美丽的校园给他留下了深刻印象。然而当他们到该校的爱因斯坦住地参观时，伯父遗憾地告诉小罗斯该校拒绝招收犹太人，哈佛大学和耶鲁大学也对犹太学生实行配额制，这让他深受打击。美国社会对犹太人的歧视形成的阴影使罗斯感到迷茫，但从某种意义上讲，这也是他后来努力学习、发誓改变命运的动力。1946~1950 年他在威夸克高中学习时非常用功并十分喜爱棒球运动，这些经历与《美国牧歌》（American Pastoral）中的主人公"瑞典佬"极为相似。在校期间，罗斯热心参与各种活动，是学生会的负责人之一和学校报社的助理编辑。与自己小说里塑造的人物形象截然不同的是，罗斯在家里属于传统的犹太乖孩子，很少挑战父母权威。1950 年初，他高中毕业后到百货公司当仓库保管员，当年 9 月便作为法律预科生进入罗格斯大学的纽沃克分校（Newark College, Rutgers University），一年后转入宾夕法尼亚州巴克内尔大学（Bucknell University）。罗斯在该校真正开始文学创作时深受塞林格（Jerome D. Salinger, 1919—2010）影响，刻意模仿伍尔夫（Virginia Woolf, 1882—1941）的风格写出了一些短篇小说。他积极参与创办学校文学杂志，到 1952 年这位低年级学生已成为《杂谈》（Et Cetera）的主编，同时他也喜爱戏剧演出。罗斯是该校被吸纳为优等生联谊会成员的少数几名犹太学生之一，1954 年

3

① Murray Baumgarten and Barbara Gottfried, *Understanding Philip Roth*, Columbia: University of South Carolina Press, 1990, p. 2.

以英语专业优等生荣誉毕业，1955 年获得芝加哥大学文学硕士学位后留校任教。在巴克内尔大学期间，他结识了保持较长期关系的女友——金发碧眼的保拉·贝茨（Paula Bates），这位海军退役军官的女儿和罗斯一样是从其他学校转来的插班生。早年时的父母离异和父亲的突然去世使保拉对罗斯的感情表白反应谨慎，他费了许多心思才打消了保拉的顾虑。罗斯曾申请富布赖特奖学金，准备到英国读研究生，但最终却未能如愿。当罗斯与保拉面临分手时，他同时获得了宾夕法尼亚州大学和芝加哥大学的奖学金，保拉当时准备到宾夕法尼亚州大学读研究生，为了与其分手，罗斯硬下心肠选择了芝加哥大学。保拉后来成为纽约大学的法语教授，于 1979 年因癌症去世，仅仅在此几个月之前罗斯还曾回到母校巴克内尔大学接受荣誉学位。他特意来到两人住过的房前看了看，不禁感慨万千，多年后罗斯创作《当她顺利时》（*When She Was Good*，1967 年）时将这段感情作为了小说插曲的素材。

罗斯大学毕业后应征入伍，却因在迪克斯堡训练时脊椎受伤很快退役。他到《纽约客》（*The New Yorker*）杂志社谋得校对员一职，同时法拉-斯特劳斯-库代出版社（Farrar, Straus, and Cudahy, Inc）也聘用他为编辑。但在最后一刻，他从前的老师、时任人文系主任的纳皮尔·威尔特（Napier Wilt）来电问他是否愿意到芝加哥大学承担低年级学生的写作课教学任务。刚刚退役的罗斯认为每年如果有1200 美元薪资就不错了，因此当芝加哥大学同意给他的报酬为每年 2300 美元时，他欣然回到了母校。罗斯写道：

> 在 1956 年对于 23 岁的我来说，芝加哥大学是美国最好的地方，可以享受最大限度的个人自由和知识界的勃勃生机，不必做出反叛，还可以至少与这专注于物质消费和电视节目的繁荣社会保持一种令人心跳的距离。[①]

这一抉择对罗斯的文学生涯影响重大。在该校他结交了不少文学界朋友，如作家西奥多·索罗塔洛夫[②]等。罗斯的短篇小说陆续在《乡绅》（*Esquire*）、《纽约客》等杂志上刊出，初步展现了其文学天赋。索罗塔洛夫认为当时罗斯这位富裕

[①] Philip Roth, *The Facts: A Novelist's Autobiography,* New York: Farrar, Straus & Giroux, 1988, p. 88.

[②] 西奥多·索罗塔洛夫（Theodore Solotaroff, 1928—2008）是 1967 年《新美洲评论》（*New American Review*）的创刊人，该刊促进了一大批文学青年的成长，罗斯的许多作品或节选最早也在此刊上发表过。

年轻的单身汉既是教员又是作家，"似乎已有翻云覆雨的能力"①。罗斯刊登在《新纪元》(*Epoch*, No. 5-6, 1955 年) 上的小说《阿农金奖大赛》("The Contest for Aaron Gold") 入选了《1956 年度最佳美国短篇小说》(*The Best American Short Stories 1956*)，这使其信心倍增。他教书时开始攻读博士学位，但一学期后决定放弃而专心于文学创作。1957 年罗斯遇见了索尔·贝娄 (Saul Bellow, 1915—2005)，后者早已推出《晃来晃去的人》(*Dangling Man*, 1944 年)、《奥吉·玛琪历险记》(*The Adventures of Augie March*, 1953 年)、《只争朝夕》(*Seize the Day*, 1956 年) 等优秀长篇小说，特别是他对芝加哥地区犹太人生活的入微描写令人钦佩不已。在这些文学前辈榜样的激励下，罗斯开始着手中篇小说《再见，哥伦布》的写作，并在 1959 年出版时一并收录了 5 篇以前发表过的短篇故事。该书为罗斯铺平了成功大道，当年便获得犹太人书籍委员会的达洛夫奖 (Daroff Award)。该书中的短篇小说《爱泼斯坦》("Epstein") 获《巴黎评论》(*The Paris Review*) 的"阿卡·汉奖"(The Aga Khan Prize)，而另一短篇小说《犹太人的改宗》(*The Conversion of the Jews*) 则被收录于《1959 年度美国最佳短篇小说》(*The Best American Short Stories for 1959*)。但该书的辛辣讽刺和反传统的主题引起犹太人社团的强烈不满，罗斯从此被认为具有严重反犹倾向。

　　为了扩大自己的视野和了解欧洲传统对美国文学的影响，罗斯在美国文学艺术院的古根海姆奖金 (Guggenheim Fellowship) 资助下到欧洲旅行。在意大利和英国游历期间，他抓紧写作了第一部长篇小说《放手》(*Letting Go*)，主要以他在芝加哥大学的研究生生活和初任教员时的经历为素材。1962 年罗斯回国后以驻校作家的身份来到普林斯顿大学，并获得了福特基金 (The Ford Foundation) 对其戏剧创作的资助。罗斯从 1962 年到 1964 年在纽约州立大学斯托尼布鲁克分校任教，业余时间依然从事文学创作，其短篇小说《洛沃廷的痛苦》("Novotny's Pain") 收录于《1964 年度欧·亨利奖短篇小说》(*The O. Henry Award Stories of 1964*) 中。从 1965 年起，罗斯到宾夕法尼亚州大学讲授比较文学，尽管时断时续，但他兼任这一教职长达 10 年，在这些高校的经历使其作品中所刻画的犹太知识分子形象惟妙惟肖。伴随着事业上的成功，罗斯越来越感受到来自各方面的压力，主要是人

---

　　① Theodore Solotaroff, "The Journey of Philip Roth," *Atlantic* 223, April 1969, pp. 64-72. 索罗塔洛夫后来阅读罗斯的小说《放手》时指出，里面的男女主人公形象在一定程度上是基于他和妻子在芝加哥大学的生活经历所塑造的，他们曾是罗斯的好友，但小说中过多描写其家庭生活内幕则令其难堪。参见 Murray Baumgarten and Barbara Gottfried, *Understanding Philip Roth*, Columbia: University of South Carolina Press, 1990, p. 76.

们对其的要求更高。他在《阅读自我和其他》（*Reading Myself and Others*，2001 年）里回忆称他 10 岁时观赏汉尼·扬曼[①]的表演后对其钦佩不已，将其当作偶像（崇敬的耶乌迪 "Yehudi"，即了不起的犹太人），希望成为同样著名的犹太人。然而在成长过程中，他逐步摆脱了这类人物的影响，形成了自己独特的声音和主体性，有意识地疏远与族群的联系，这也是他整个文学生涯中常常令批评家争议的话题。[②]麦克丹尼尔认为，罗斯从本质上讲是人道主义者，而不只是犹太作家，虽然身为犹太人，但他看重的是人们从 "文学上而不是从狭隘宗教意义上对其小说的评价，作为一个社会现实主义者，他以认知的社会作为创作领地，这既包括但又不局限于犹太人生活"[③]。罗斯在 1967 年出版了《当她顺利时》，这是他少有的从女性视角讲述的现实主义故事，是他在这方面的初步尝试，然而人们忽略了其现实主义的重要性，却对他在表现女性人物方面的不足加以严厉批评。自《再见，哥伦布》发表以来，尽管罗斯不断推出新作，但却未引起读者和评论界太多注意。整整 10 年过去，他似乎已被大家遗忘，1969 年的《波特诺伊诉怨》（*Portnoy's Complaint*）才将其突然推上风口浪尖。该书虽然成为畅销书，但里面的大胆的性描写和敏感话题引起的各方面的批评如潮涌来，令他难以招架。有的犹太社区甚至将罗斯看作本民族的背叛者，认为作品中的性描写已背离宗教传统。来自女权主义作家的批评更加尖锐，她们指出罗斯笔下的女性人物是其反女性主义的明证，是对女性整体的敌视，认为罗斯 "在刻画女主角时发泄了对女性的愤怒和不满，以肯定语气和权威口吻责难这个世界，只因他没能发现既坚强又善良的女人"[④]。尽管遭遇的抨击和责难不断，该书却让罗斯成为依靠写作进入百万富豪行列的佼佼者，他从此摆脱了经济上的担忧，可以毫无顾忌地专事文学创作，这让许多年长的同行羡慕不已。此时罗斯的成名作《再见，哥伦布》由派拉蒙公司拍成了电影，他惊奇地发现自己 "从大陆的一端到另一端……已成为媒体神话制造的对象"[⑤]。他已是晚间节目讨论的主题，以及报纸杂志上的绯闻人物，人们甚至谣传他因不堪其扰而面临精神崩溃。罗斯从纽约的公寓暂时移居到萨拉托加泉（Saratoga Springs）

---

① 汉尼·扬曼（Henny Youngman，1906—1998），美国犹太喜剧演员。

② Alan Cooper, *Philip Roth and the Jews*, Albany: State University of New York Press, 1996, p. 100.

③ John N. McDaniel, *The Fiction of Philip Roth*, Haddonfield, NJ: Haddonfield House, 1974, p. 34.

④ Mary Allen, "Philip Roth: When She Was Good She Was Horrid," in Mary Alan, ed., *The Necessary Blankness: Women in Major American Fiction of the Sixties*, Urbana: University of Illinois Press, 1976, p. 96.

⑤ Judith Paterson Jones and Guinevera A. Nance, *Philip Roth*, New York: Frederick Ungar Publishing Co., 1981, p. 4.

的亚多作家庄园（Yaddo Writers' Colony）中静心修养。幸运的是，他得到文学界内部大多数人的肯定，并在 1970 年当选美国文学艺术院院士。随后他推出政治小说《我们这一帮》（Our Gang），而根据他的三个短篇小说改编的戏剧《不可能的英雄》（Unlikely Heroes，1971 年）也在纽约上演。[①]

　　进入 20 世纪 70 年代后，罗斯以更加充沛的精力进行创作，在手法上大胆尝试，其后现代风格令人耳目一新。1972 年他具有典型卡夫卡（Franz Kafka, 1883—1924）风格的中篇小说《乳房》（The Breast），揭示了当时的知识分子面临的精神危机和思想困惑。为了与媒体和评论界保持一定距离来静心创作，罗斯在康涅狄格州西北部买下一栋建于 18 世纪的乡间旧房子作为避风港。然而大众并没忘记他，一些评论家更是穷追不舍，《乳房》引起的责难与抨击甚至超过《波特诺伊诉怨》。作为妥协，罗斯在 1980 年对该书进行了较大幅度的修改，但却依然难以平息人们的抱怨。最令他难受的是曾经的支持者、著名批评家欧文·豪也认为他的创作大大偏离了自己的期望而特意撰文批评。华纳兄弟公司此时正在将颇具争议的小说《波特诺伊诉怨》拍成电影，罗斯和他的作品自然成为街谈巷议的话题，许多学校由于家长的反对开始禁止学生阅读罗斯的作品。这在许多其他国家引起了连锁反应，罗斯的小说甚至被列为禁书，不允许翻译和出版，但是他的创作并未受到太大影响。他避开舆论的干扰，潜心创作，进度更快，第二年便推出了《伟大的美国小说》（The Great American Novel），更为突出地展示了自己的文学天赋和形象地阐明了其创作主张。

　　在罗斯的作品遭到越来越严厉的批评时，他对国外的局势更加关注。1973 年他会见米兰·昆德拉[②]之后以极大的兴趣访问了布拉格，希望了解当时由共产党人执政的欧洲地区的作家的生存状态。在欧洲之行中罗斯结识了捷克斯洛伐克记者兼作家鲁德维克·瓦楚里克（Ludvik Vaculik, 1926—2015）[③]等人，这次经历使他三年后有信心担任企鹅出版社（Penguin Group）的"另一欧洲的作家们"（"Writers from the Other Europe"）系列丛书的总编，致力于向美国读者介绍一大批东欧国家文坛上的风云人物。罗斯以朝圣者的姿态到欧洲旅游，他将卡夫卡当

7

---

① 该剧由拉里·阿利克（Larry Arrick）根据《再见，哥伦布》里的三个短篇小说改编而成。

② 米兰·昆德拉（Milan Kundera, 1929—），捷克斯洛伐克作家，以小说《玩笑》（The Joke，1967 年）、《笑忘录》（The Book of Laughter and Forgetting，1979 年）和《生命中不能承受之轻》（The Unbearable Lightness of Being: A Novel，1984 年）等闻名。

③ 鲁德维克·瓦楚里克以在 1968 年"布拉格之春"中起草《两千字宣言》（Two Thousand Words）而闻名。

作钻研欧洲犹太文化历史遗产的"突破口"（point of entry），以便了解比培养自己成长的新泽西州更丰富、更悠久的犹太人历史。[①]罗斯对这位影响自己文学创作的大师满怀敬意，从他的许多作品中不难看到卡夫卡的影子，如《乳房》就与《变形记》（The Metamorphosis）的手法相近，同样聚焦于现代社会中的人性异化，以极度夸张的手法表现内心压抑的情欲：主人公从半夜到凌晨 4 点钟，突然变成一只巨大的、重达 155 磅的乳房，所处的难堪境地远远超过卡夫卡笔下的甲壳虫。罗斯在《鬼作家》（The Ghost Writer）一书中也流露出文学青年对大师卡夫卡的仰慕之情。1974 年他前往欧洲时结识了卡夫卡的侄女维拉·索德卡瓦（Vera Saudkova），并特意到卡夫卡墓前凭吊。

几次中东战争让罗斯这类犹太知识分子深感困惑，发现自己在民族主义的激情和道德正义的判断上难以掌握分寸。自 1976 年开始，他特意多次访问以色列，这为其后来创作以色列题材的系列小说积累了素材。他对该国犹太人的生存状态感到失望，同时也不满意其政府在中东地区的所作所为。在罗斯看来，这里并不是上帝赐予的福地或者比纽瓦克更好的诺亚方舟，而只不过是一处妥协之地。他在《夏洛克行动：一部忏悔录》（Operation Shylock: A Confession）中流露出愿意继续流散他国的犹太人的心声："我没有签下合同，也没有做出承诺。"[②]罗斯曾经到以色列旁听对伊万·德米扬鲁克（Ivan Demjanjuk）的审判，此人被认为是特雷布林卡（Treblinka）纳粹集中营中臭名昭著的刽子手"恐怖的伊万"（Ivan the Terrible）。他后来在小说《夏洛克行动：一部忏悔录》中讲述了这次中东之行的经历，该书是其以色列题材小说中的代表作。早在 1989 年 1 月，罗斯就发现有人冒名顶替他到中东地区活动，鼓吹犹太人重新流散以避免第二次大屠杀。假罗斯居然宣扬犹太人应该返回从前流亡的国家，而不是待在以色列，否则阿拉伯人将联合起来毁灭整个犹太民族。罗斯在气愤之余也感到一丝幽默，因为此人在宣传中的许多观点源于对自己作品的误读。他据此设计了《夏洛克行动：一部忏悔录》的独特结构，其中真假罗斯的直接交锋凸显了现代人对身份的焦虑，特别是他所采取的内心探索的外化策略让人们更加关注犹太民族的历史和现状，以及他们与阿拉伯民族的冲突。该书于 1993 年出版后获得美国笔会/福克纳小说奖。在罗斯看来，基于美国的特性，所有人都有移民情结，都处于一定程度的流散状态。他进一步表明

---

① Mark Shechner, *Up Society's Ass, Copper: Rereading Philip Roth*, Madison: University of Wisconsin Press, 2003, p. 98.

② Philip Roth, *Operation Shylock: A Confession*, New York: Simon & Schuster, 1993, p. 381.

他自己自愿处于"流散中的流散"：既能逃离犹太传统又不必融入主流文化，他希望自己被看作既不是犹太人又不是美国人的人，他所写的犹太人故事非犹太人也能一样欣赏。罗斯认为美国犹太作家提出了一种回避时代真正问题的形而上的逃避主义。他早在 1961 年《评论》（*Commentary*）杂志上的文章中就指出，马拉默德（Bernard Malamud，1914—1986）笔下的犹太人只是一些隐喻，背负着太多的有关真理、正义和传统的"神话"和"普遍性"，却对现实生活中男人和女人的生存状态以某种毫无艺术价值的手法加以忽略。马拉默德其实对现实主义的理解有不同看法，如他 1963 年在普林斯顿大学的演讲中曾指出，"真相，即使所观察到的是真相，也必须经过想象穿越现实才能获得意义，现实的含义已进入想象和类比的寓意范畴"[1]。他认为作家的职责，特别是犹太作家的职责，是要描述超越简单的现实主义，在创作中追求"富有想象力的真相"[2]。人们一般认为马拉默德此番话是对年轻罗斯的回应，这与罗斯后来逐步形成的新现实主义的主张极为相近。批评家马文·穆德里克（Marvin Mudrick）在 1966 年《丹佛大学季刊》（*The Quarterly of University of Denver*，后改为 *The Denver Quarterly*）上的文章中预言道：罗斯将与马拉默德和贝娄一样，在穷尽了犹太人话题之后，他在作品中关注的是普通美国人，而不再是狭隘地只关注犹太人。[3]罗斯的创作话题涉及美国犹太人现代生活的各个方面，如有关忠诚、自由、家庭、民主、犹太教与以色列的未来、第二次世界大战后数十年的美国犹太人历史的变迁，以及美国面临挑战的多元文化等。[4]

　　罗斯的作品往往带有明显的自传性，在创作中他刻意跨越现实与虚构的界限。他在一些作品里都流露出自己与英国著名演员克莱尔·布鲁姆（Claire Bloom，1931—）之间的感情纠葛所带来的喜怒哀乐。摆脱了与第一任妻子玛格利特·马丁森（Margaret Martinson）的婚姻束缚已久的罗斯，在充分享受自由自在生活的同时也感到非常孤独，一直在寻找能理解自己的伴侣。1976 年在一次聚会上遇见克莱尔后，他的生活开始稳定下来。克莱尔可以算作罗斯心中的缪斯，常常以倾

---

① Stanley Cooperman, "Philip Roth: 'Old Jacob's Eye' with a Squint," *Twentieth Century Literature*, Vol. 19, No. 3, Jul., 1973, p. 204.

② Alan Cooper, *Philip Roth and the Jews*, Albany: State University of New York Press, 1996, p. 7.

③ Stanley Cooperman, "Philip Roth: 'Old Jacob's Eye' with a Squint," *Twentieth Century Literature*, Vol. 19, No. 3, Jul., 1973, p. 208.

④ Alan Cooper, *Philip Roth and the Jews*, Albany: State University of New York Press, 1996, p. 7.

听者的角色不时出现在他的作品中。然而令人迷惑不解的是，据克莱尔在回忆录中的叙述，两人在 1990 年终成眷属后，她却遭受了难以启齿的家庭暴力和感情伤害，甚至以恐惧的口吻和细节讲述了自己没有足够勇气早日离开的懊悔。克莱尔在自传《离开玩偶之家：回忆录》(*Leaving a Doll's House: A Memoir*，1996 年) 里对罗斯表示出强烈不满后，这位著名作家也不示弱，在《我嫁给了共产党人》(*I Married a Communist*) 中，他特意刻画了一位贪图名利和地位，不惜以自传方式毁灭丈夫的女演员。从罗斯后来的《反美阴谋》(*The Plot Against America*) 里，读者仍能感受到他对周围的人们，其中包括对克莱尔的英国亲友歧视犹太人的愤懑。

随着老年的迫近，疾病与死亡逐渐成为罗斯关注的焦点。他开始担心某天自己突然去世，倒在书桌边留下最后一个句子尚未写出。他不由得暗自加快了写作进度，期望推出更多作品。为了让读者全面了解罗斯的风格和关注的话题，乔纳森·开普出版公司 (Jonathan Cape) 1980 年特意出版了《菲利普·罗斯文集》(*A Philip Roth Reader*)，其中收录了他的许多作品的节选。罗斯 1981 年完成了朱克曼系列的第二部《被释放的朱克曼》(*Zuckerman Unbound*)，当时与他感情至深的母亲在新泽西州的伊丽莎白因心脏病突然去世。他在悲痛中依然加紧写作，并很快出版了该系列的第三部小说《解剖课》(*The Anatomy Lesson*，1983 年)，在该书中他甚至表现出放弃文学创作、成为能拯救他人生命的医生的愿望。罗斯 1985 年在与另一位伟大的犹太作家马拉默德见上最后一面后，突然产生了进入老年的焦虑。从眼前这位体弱多病的老人与 24 年前充满活力的作家的形象的比较中，他仿佛看到了自己年迈时的景象，马拉默德精力耗尽和生活无助的现状使他感慨万千。早在芝加哥大学读研究生和当兼职教师时，罗斯就结识了这位著名作家，当时后者早已发表长篇小说《店员》(*The Assistant*，1957 年) 和短篇小说集《魔桶》(*The Magic Barrel*，1959 年) 等佳作。他们俩再加上索尔·贝娄曾被一起被称作三位最佳美国犹太作家。罗斯与其他犹太作家相比，其特性还是十分明显的。他既不像所谓的"梅勒主义"(Mailerism) 作家那样热衷于抛头露面、直接行动，也不像"塞林格主义"(Salingerism) 作家那样擅长于闭门修养、遁世隐居，他选择的是中间道路，即只在小说里对公共事务和外界局势加以关注，以文学艺术的形式参与政治，不时对人们的批评予以回应。①艾伦·库柏 (Allan Cooper) 认为，若将罗斯与其他犹太作家的经历加以比较，其结论会令人费解。马拉默德娶了非犹太人，

---

① Alan Cooper, *Philip Roth and the Jews*, Albany: State University of New York Press, 1996, p. 2.

用意第绪语腔调写基督论的赎罪小说，却得到了犹太读者的青睐；贝娄经常换伴侣，他身边总有越来越年轻的女人，其中包括非犹太人，他也总以满腹经纶的形式表现被同化的犹太人，但却被当作真正的"犹太百科全书"而受人爱戴。[①]这正如有的批评家所说："罗斯嫉妒贝娄那种旧的风雅或魔力，或都市风格，因为这些能够转移拉比们的怒火，而他这位《波特诺伊诉怨》的作者却在联邦每个州都深受谴责。"[②]罗斯的成就与将自己心目中的美国置于神秘犹太人小天地中的马拉默德和颂扬移民知识分子与文化的贝娄不同，他是要寻找某种方法以检验犹太传统在真实的美国新大陆的传承。[③]他母亲去世后，其父亲以积极的心态战胜孤独，但不幸的是仍像祖父一样中风卧床长达两年之久，最后因脑瘤去世。1987 年春天，罗斯正处于创作高峰期，却因一次小手术而陷入漫长的痛苦折磨，他极度沮丧，几乎到了精神崩溃边缘。幸运的是，在他最需要安慰的时候，小说《反生活》(The Counterlife) 获得美国全国图书批评界奖（National Book Critics Circle Award），这让他看到自己生活的美好一面依然如故，因此才可以像从前一样继续写作。在劫后余生的冥思中，罗斯为了摆脱疾病的阴影，开始关注自己年轻时所处的那些环境，这恰恰是几十年来他总在努力与之保持距离的地方。罗斯仔细梳理个人历史，回忆创作源头。在静心冥思中他依然采用小说手法描述自己的经历，于 1988 年出版了《事实：一个小说家的自传》(The Facts: A Novelist's Autobiography)，将自传与虚构杂糅一体。这类非虚构作品对读者来说是一种具有挑战性的阅读体验，因为其中所呈现的一切与真实生活中的罗斯差距极大，实际上更应当被当作文学作品去研读。

　　临近 20 世纪末，老年的罗斯反而进入了令人羡慕的丰收期。他 1995 出版的《萨巴斯剧院》(Sabbath's Theater) 获美国国家图书奖，1997 年的《美国牧歌》一举夺得普利策小说奖。这是罗斯在 20 世纪末推出的第二个三部曲（"美国三部曲"）中的第一部，另外两部是获得英语联盟大使图书奖（Ambassador Book Award of the English-Speaking Union ）的《我嫁给了共产党人》和第二次获得美国笔会/福克纳小说奖的《人性的污秽》(The Human Stain，2000 年)。这些作品在其他国家也反映不错，《人性的污秽》在英国获得史密斯年度最佳图书奖（ WH Smith Literary

11

---

① Alan Cooper, *Philip Roth and the Jews*, Albany: State University of New York Press, 1996, p. 5.

② Denis Donoghue, "Nice Jewish Boy," *New Republic*, June 7, 1975, p. 23.

③ Alan Cooper, *Philip Roth and the Jews*, Albany: State University of New York Press, 1996, p. 50.

Award），在法国获得梅迪西斯文学奖（Laureates Prix Médicis）最佳外语图书奖。该书很快被改编成电影，由著名影片《克莱默夫妇》（*Kramer vs. Kramer*）的导演罗伯特·本顿（Robert Benton）执导，奥斯卡最佳男主角奖获奖者安东尼·霍普金斯（Anthony Hopkins）和最佳女主角奖获奖者妮可·基德曼（Nicole Kidman）联手主演，引起更大反响。"美国三部曲"着重揭示第二次世界大战后人们的内心世界，将半个世纪的美国历史画卷描绘得栩栩如生。2001 年罗斯出版《垂死的肉身》（*The Dying Animal*）后获《时代》杂志评为"美国最佳小说家"，并荣获美国文学艺术院小说金质奖章以及美国国家图书基金会美国作家杰出贡献奖章（2002 年）。

"9·11"事件以后，罗斯像许多美国作家一样，对当时美国政府的内政外交策略提出了尖锐批评，他在冷静思索中创作的小说《反美阴谋》于 2004 年出版，再次获得史密斯年度最佳图书奖，成为该奖设立 46 年来首位两度获奖的作家。尽管冷战早已过去，但出于对世界末日和核战争的恐惧而形成的小说风格和在人们心理上产生的作用依然存在，熟悉这一点对理解"后 9·11 小说"的发展至关重要[①]，罗斯在创作中自然考虑到了民众的这类忧虑。该书尚未出版就被大量订购，成为畅销书，细心的读者不禁联想到当时的两种"反美阴谋"，即"'基地'组织针对资本主义社会的恐怖活动和布什政府剥夺人们的民主权利，将独裁大权揽入总统手中"[②]。罗斯的创作正是着眼于这类话题才如此成功。作为对其成就的总结和肯定，2005 年罗斯成为第三位在世就被列入"美国文库"出版全集的作家，另外两位是索尔·贝娄和尤多拉·韦尔蒂（Eudora Welty），这无疑是对他屡次被提名诺贝尔文学奖而未能入选的一种补偿和安慰。他在 2006 年出版的《凡人》（*Everyman*）中表现出一种豁达和平静的心态。这一年罗斯再次回到母校参加聚会时，遇见 1950 年曾在这里一起用功的老同学。他坦诚地说道："岁数越大就越想离家近一点。"罗斯虽然住在康涅狄格，但也经常回纽瓦克的老家看看。这是第四次当地举行"菲利普·罗斯之行"的活动。罗斯第一次参加时，大家在萨米特

---

① Daniel Grausam, *On Endings: American Postmodern Fiction and the Cold War*, Charlottesville: University of Virginia Press, 2011, p. 161.

② David Brauner, *Philip Roth*, Manchester: Manchester University Press, 2007, p. 187. 罗斯多次在接受采访时否认创作《反美阴谋》一书的灵感来于"9·11"事件，他说自己是在偶然读到历史学家小亚瑟·史勒辛格（Arthur Schlesinger Jr.，1917—，曾任约翰·肯尼迪的顾问）的一段评论才开始构思小说情节，后者猜想 1940 年共和党的右翼分子曾考虑过推举著名飞行员查尔斯·林德伯格（Charles Lindbergh）为总统候选人。

街（Summit Street）81 号老房子中举行过"菲利普·罗斯购物街"的揭牌仪式。他曾激动地说"纽瓦克就是我的斯德哥尔摩，这块牌子就是我的奖品"，在场的人都理解罗斯所指的是本应获得的诺贝尔文学奖。[①]在 2002 年由德里克·帕克·洛伊尔（Derek Parker Royal）发起组织的"菲利普·罗斯学会"（Philip Roth Society）成为美国文学协会（American Literature Association）下的一个分支，每年该学会都在"美国文学协会年会"上组织分会场，专题讨论最新研究动向和展示成果，这大大有利于专家们的互相交流。该组织的网站也及时报道学会活动和最新研究成果。2009 年 10 月在佐治亚州的萨凡纳举行了"菲利普·罗斯：流散思想、创伤史和男子汉气质"（Philip Roth: Diaspora, Trauma and Masculinity）研讨会。现在已有专门研究罗斯的学术刊物《菲利普·罗斯研究》（Philip Roth Studies），主要刊登世界各地关于罗斯的评论和一些专家的文章。

在 21 世纪罗斯仍然在不断推出佳作，人们惊奇地发现这位老作家再次迎来创作的黄金时期。2001 年当《时代》杂志将罗斯评为美国最佳小说家时不少人曾感到惊讶，他们不敢相信这位 30 年前就以露骨的性描写对清教主义（Puritanism）盛行的社区形成猛烈冲击而遭到普遍批评的作家，居然变成赢得众人喝彩的文坛名人。走过半个世纪，罗斯很少真实地谈论自己，直到 2004 年才选定为自己写传记的作家——康涅狄格大学的英文和比较文学教授，即 58 岁的洛斯·米勒（Ross Miller）。据罗斯的出版商霍顿·米夫林公司（Houghton Mifflin Harcourt Company）和康涅狄格大学的发言人介绍，洛斯是著名作家阿瑟·米勒（Arthur Miller，1915—2005）的侄子，也是"美国文库"推出罗斯作品集（八卷本）的编辑。他被授权阅读罗斯的所有日记和信件，以及采访罗斯的亲朋好友，这表明罗斯似乎也认为到了为自己写传记的时刻。罗斯 2007 年 4 月因小说创作的杰出成就获得美国笔会/索尔·贝娄美国小说成就奖（PEN/Saul Bellow Award for Achievement in American Fiction），在接受采访时他说："从内心讲，索尔·贝娄和威廉·福克纳组成了 20 世纪美国文学的主干。"[②]他在 2008 年出版《愤怒》（Indignation）之后又有《鬼魂退场》（Exit Ghost）和《羞辱》（The Humbling）两部小说面世。在这些作品中，老年和死亡已成为他主要考虑的问题。多年来罗斯在文学创作之余，不时到大学

13

---

① Valerie Merians, "Philip Roth Begins Campaign for Next Nobel", http://mhpbooks.com/mobylives/?p=9761, 2009-10-22.

②Philip Roth, "Acceptance Speech by Philip Roth for the Saul Bellow Award," https://pen.org/acceptance-speech-by-philip-roth-for-the-saul-bellow-award/[2007-5-31].

里讲授写作课程和为文学青年举办讲座。他承认自己最喜欢的是在教室里与学生们相处的时光,在此大家不太在意他头上著名作家的光环,只将其看作文学教授。置身于此种环境中,罗斯充满创作激情,像旋风一样横扫文坛,摧毁形式,获取版税,常常令大家不知所措,纷纷猜测他下次出击的目标。直到他 2010 年完成最后一部小说《复仇女神》(Nemesis)并正式宣布停止创作后,美国国家图书馆的编辑们才放心编辑出版其八卷本全集。2018 年罗斯的突然离世令大家深感遗憾,同时也会使人对其作品进行更加仔细的阅读和深入的研究。

从总体上看罗斯的创作反映了经历第二次世界大战、朝鲜战争、越南战争和一系列局部战争等国际风云变幻和美国国内矛盾冲突的人们的生存状态。他与许多美国作家一样产生过对美国梦的幻灭,尝试用存在主义、荒诞派、黑色幽默以及后现代各种实验小说表现荒诞怪异的现实社会。他的风格逐步超越现代主义和后现代主义,转向一种新的现实主义。他既擅长运用现代主义和后现代主义的创作手法,又贴近当代社会现实。走向新现实主义的这种变化反映了当代作家从 20 世纪后期到 21 世纪初对美国社会文化以及经济全球化问题的思考,以及进而采取的相应的艺术手法。

"新现实主义"一词最早主要指第二次世界大战后在意大利出现的一个文学艺术流派。当时为了反映艰苦卓绝的抵抗运动和当时意大利南方的悲惨生活,许多小说家和电影剧作家"以争取社会进步、民主、平等为思想旗帜,以忠实地反映历史的真实和面临的现实为艺术纲领",创作了一大批优秀作品。[①]著名批评家马尔科姆·布拉德伯里(Sir Malcolm Bradbury)1991 年在比利时的根特大学(Ghent University)举办的"新现实主义小说"国际研讨会上就指出:"小说的主流在某种方式上从来就没有远离过现实主义。"[②]新现实主义(Neo-Realism)主要指现实主义在文学艺术上的回归,特别强调在小说创作中重点关注普通人在当代社会矛盾冲突和国内外政治局势动荡中的生存状态,综合运用从现实主义、现代主义到

---

① 中国大百科全书出版社编辑部,《中国大百科全书:外国文学 II》,北京:中国大百科全书出版社,1980年,第1143页。当时具有代表性的意大利电影有《罗马,不设防的城市》(1945年)、《偷自行车的人》(1948年)等。意大利新现实主义在一定程度上既是盛行于19世纪的写实主义(Verismo)的延续,又与之有很大的区别。其实该术语在美国哲学界里很早就有人使用过,如埃德芒·哈兰兹在1907年美国哲学协会的会议上曾宣读名为《新现实主义与理想主义》的论文。参见:Edmund H. Hollands, "Neo-Realism and Idealism," *The Philosophical Review*, 1908, 17(5), pp. 507-517.

② 王守仁,《新编美国文学史》(第四卷),上海:上海外语教育出版社,2002年,第243页。

后现代主义的各种艺术手法反映作家内心经过深思熟虑而形成的观点。现实主义是一种有意识的参与，以了解或描述"心理的、社会的或物理的力量"，对于特别事物的真实描述或再现，其历史意蕴"即在于它具有一个目标：使社会的、物质的现实（reality）变成文学、艺术与思想的基础"①。人们通常认为，现实主义是对一个可以凭借经验来度量的、坚固的现实的模仿，并且一直把它当作艺术和审美史上至关重要的进步加以推崇。②现代主义则有别于传统文学艺术方法，强调下意识性和反理性，主张自由意志和自我表现，偏重形式，推崇心理分析和存在主义，是包括超现实主义、意识流、未来主义、抽象主义、存在主义等的先锋派艺术。现代主义的要义就是它的多样性，总体特征就是"反对模仿"的精神。现代主义对世界的总体性表示怀疑，但依然相信艺术有能力洞察现实和人类境况。相比之下，后现代主义并不指望去揭示深奥的真理，而是旨在消解宏大叙事，强调反文化、碎片化、不确定性、不连贯性、随意性和虚构与事实的结合等。后现代文本呈现出非同寻常的复调性：它同时穿过众多的声音并与众多的声音对话。后现代主义强调意义是不断滑动的，因为符号只会把我们引向更多的符号。经历了这些文学理论实践的新现实主义的特点则在于灵活运用各种手法，对现实从新的视角加以审视和阐释。新现实主义的兴起主要有两大特点：首先是传统现实主义的发展。许多作家一直坚持现实主义创作，他们注意采用新的技巧，在小说结构和情节设计等方面并不排斥现代主义和后现代主义灵活自由的手法，从而拓宽了现实主义的视野，不再拘泥于传统现实主义在反映现实社会和描述人物事件时的种种桎梏。其次是从现代主义和后现代主义向现实主义的回归。这些作家在 20 世纪后半期的反思中意识到强调消解意义、削平深度、不确定或去中心的游戏手法难以描述危机四伏、令人担忧、充斥着"文明终结"和"历史终结"论调的世界和阐明自己的政治主张。他们不得不对国内及国际的政治风云和社会变迁做出及时反馈，尤其在"后 9·11 文学"的创作中更强调文化沟通与融合，努力在国际合作中探索解决现实问题的方法和设计未来的道路，小说艺术方面已在很大程度上超越后现代。③在美国的新现实主义作家中，罗斯特别具有代表性。

　　多年来国外学者已对罗斯从各个方面进行研究，已有不少成果面世。最早涉

---

① 雷蒙·威廉斯，《关键词：文化与社会的词汇》，刘建基译，北京：生活·读书·新知三联书店，2005 年，第 397-398 页。

② 丹尼·卡瓦拉罗，《文化理论关键词》，张卫东等译，南京：江苏人民出版社，2005 年，第 152 页。

③ 罗小云，《超越后现代——美国新现实主义小说研究》，北京：北京大学出版社，2012 年，第 13 页。

及其作品的专著有格林·米特（Glenn Meeter）的《贝纳德·马拉默德与菲利普·罗斯：评论》（*Bernard Malamud and Philip Roth: A Critical Essay*，1968年）、麦克丹尼尔（John N. McDaniel）1974年推出的专著《菲利普·罗斯的小说》（*The Fiction of Philip Roth*）和赫米恩·李（Hermione Lee）在1982年出版的《菲利普·罗斯》（*Philip Roth*）。该书2010再版时特意在附上的新的前言里强调，作者"并不打算将其（罗斯）置于犹太文学传统中考虑，而是看作是一位能大胆从梅尔维尔（Herman Melville，1819—1891）到卡夫卡系列欧美小说模式中获取精华的作家"①。在20世纪和21世纪之交有更多专著陆续推出，如鲍姆加藤（M. Baumgarten）和戈特弗里德（B. Gottfried）的《理解菲利普·罗斯》（*Understanding Philip Roth*，1990年）对罗斯进行了全面介绍；艾伦·库柏在《菲利普·罗斯与犹太人》（*Philip Roth and the Jews*，1996年）中主要对罗斯1995年之前的作品进行了分析，并探讨了犹太人身份对其文学创作的影响；鲁丝·波斯诺克（Ross Posnock）的《菲利普·罗斯的真相:不成熟的艺术》（*Philip Roth's Rude Truth: The Art of Immaturity*，2006年）则聚焦于《反生活》《萨巴斯剧院》《人性的污秽》三部小说；大卫·布罗纳（David Brauner）的《菲利普·罗斯》（*Philip Roth*，2007年）重点讨论了罗斯在20世纪和21世纪之交的作品；由迪莫瑟·帕里西（Timothy Parrish）主编的《菲利普·罗斯剑桥文学指南》（*The Cambridge Companion to Philip Roth*）则介绍了不少专家新的研究成果。21世纪的专著还有肖斯塔克（Debra Shostak）的《菲利普·罗斯——反文本，反生活》（*Philip Roth — Countertexts, Counterlives*，2004年），他认为罗斯并未将自我当成"历史的主题，而是屈从历史"，把美国描绘为犹太人相信通过自我努力可以实现美国梦的虚假天堂，其笔下主人公最终都被历史打败，根本无法超越历史的局限。②古伯拉（David Gooblar）的《菲利普·罗斯主要创作时期》（*The Major Phases of Philip Roth*，2011年）强调罗斯具有小说家力量的关键是其令人震撼的叙事声音，尽管他的小说风格和内容不断变化，其特殊声音依旧"玩世不恭却严肃认真，探询质疑又有权威性，细致入微但富有激情，最重要的是，令人着迷、无法抗拒、催人前行"③。波佐斯基（Aimee Pozorski）的《罗斯与创伤：后期作品（1995—2011年）中历史问题》（*Roth and Trauma: The Problem of*

---

① Hermione Lee, *Philip Roth*, London: Routledge, 2010, "Foreword to 2010 Edition". 赫尔曼·梅尔维尔，美国小说家、散文家和诗人。

② Debra Shostak, *Philip Roth — Countertexts, Counterlives*, Columbia: University of South Carolina Press, 2004, p. 237.

③ David Brauner, *Philip Roth*, Manchester: Manchester University Press, 2007, pp. 1-2.

History in the Later Works [1995-2011]，2011 年）聚焦于罗斯作品中的历史重建和疗伤过程；赫页斯（Patrick Hayes）在《菲利普·罗斯：小说与权力》（*Philip Roth: Fiction and Power*，2014 年）中系统分析了罗斯小说中涉及的权力与艺术之间的关系，并指出他的重要性在于其探索显然是后尼采（post-Nietzschean）文学批评所能达到的深度和精细程度。[①]对于罗斯而言，文学检验生活的深度和微妙的能力与对权力意志的多重作用的反应有着密切联系。[②]纳德尔（Ira Bruce Nadel）在最新专著《菲利普·罗斯批评指南》（*Critical Companion to Philip Roth*，2011 年）中对其生平和作品提供了百科全书式的介绍和评价。他广泛阅读罗斯档案中的细节，探索其创作灵感来源，如他发现《反美阴谋》一书或许起源于作家在阅读施莱辛格的历史书时所写的一条批注。[③]

　　半个世纪以来，罗斯在创作风格和主题选择上变化很大，其作品在我国的研究和接受经历了从对《再见，哥伦布》的普遍赞扬，到对《波特诺伊诉怨》的批判限制和对《美国牧歌》的大为欣赏的转变过程。罗斯的作品大部分已翻译出版，这方面的研究也从早期的译介和零星刊登的论文发展到以独特视角进行分析或根据其创作生涯分阶段研究，再到尝试综合归纳和系统总结其艺术特色。特别是进入 21 世纪后，运用各种方法对于罗斯进行的研究已被纳入国家和省部级规划项目，不少成果开始面世，一些专著陆续被推出，但相关研究仍缺乏系统性。关于罗斯的研究在一定程度上反映出我国的美国文学研究普遍存在的问题和遭遇的挫折。

　　罗斯的作品在我国的翻译介绍起步较早却进展缓慢。国内读者首先接触的是他的短篇小说，如由冯亦代翻译、带有犹太人独特幽默的《信仰的卫士》（*Defender of the Faith*），收录于上海译文出版社 1979 年的《当代美国短篇小说集》。1987 年中国社会科学出版社的《再见，哥伦布》才正式向国内读者介绍罗斯。译者俞理明多年后回忆说，当时国内出版社因罗斯作品中往往含有性方面的描写而比较忌讳，现在看来这些顾忌"几乎可笑到难以置信的程度"，从这些作品的译介可以看出我国学术视野的逐步拓展和翻译事业的进步。[④]陕西人民出版社此时同样推出了罗斯的短篇小说集，其中有来准方重新翻译的《再见，哥伦布》。译者认为，罗斯

---

① Patrick Hayes, *Philip Roth: Fiction and Power*, Oxford: Oxford University Press, 2014, p. 3.

② Patrick Hayes, *Philip Roth: Fiction and Power*, Oxford: Oxford University Press, 2014, p. 27.

③ Brian K. Goodman, "Review: Ira B. Nadel's *Critical Companion to Philip Roth*", *Philip Roth Studies*, Fall 2012, p. 215. 施莱辛格（Arthur M. Schlesinger, Jr., 1917—2007），美国历史学家和社会评论家。

④ 菲利普·罗斯，《再见，哥伦布》，俞理明等译，北京：人民文学出版社，2009 年，第 275-276 页"译后记"。

的小说"结构严谨，浑然一体，各种手法几乎一应俱全：讽刺、暗喻、象征、意识流、白日梦——一切都运用自如，得心应手"①。董乐山 1987 年翻译的《鬼作家》与另外几位美国作家的作品汇集出版。他在"题记"中指出，如果说艾萨克·巴什维斯·辛格代表美国当代犹太作家的旧的传统，那么罗斯则是代表向这一传统进行挑战的年轻一代。②罗斯的《反生活》1988 年由湖南人民出版社出版，译者楚至大在中译本前言里指出："本书对社会阴暗面的揭露似乎还停留在表面，很少深入到实质中去。他的某些观点，如人生如戏，扮演自我和扮演别人这种观点我们也很难同意。"③不幸的是，译者为适应当时的国情，对小说中涉及性爱的文字进行了艺术处理，即使没有太多删减，也影响到了原著的艺术性，这也反映了我国当时对这类作品的态度。

进入 21 世纪后，罗斯作品翻译出版的速度加快，这和他在美国文坛与日俱增的影响力有很大关系。特别是《人性的污秽》拍成电影后引起巨大反响，该小说在我国国内便以极快的速度翻译出版（2003 年）。译序中指出，罗斯描述了人物由于共有的孤独处于一个包含秘密的世界中，他通过言说将沉默的警示带给世人，提醒大家切勿在聒噪中丧失对秘密的倾听愿望和能力。④罗斯的《垂死的肉身》2004年由上海译文出版社出版，这标志着人们对罗斯的作品更为宽容的态度，书中涉及的性描写并不亚于曾被许多国家列为禁书的《波特诺伊诉怨》。罗斯荣获普利策小说奖的《美国牧歌》于 2004 年由译林出版社出版，该书足以说明他的创作风格已完成由后现代主义向新现实主义的转向。这是罗斯迄今为止最具思想深度的作品，他在 20 世纪 90 年代末反思了动荡不安的 60 年代，"深刻考察了老一辈犹太人和年轻一代之间思想的鸿沟以及产生冲突对立的社会政治原因，书中不乏作者对时代和生活的真知灼见"⑤。上海译文出版社于 2006 年出版了《遗产：一个真实的故事》，正如译本后记里所说，罗斯在创作中总是以朱克曼或菲利普等人物作为代理人讲话，他自己则隐藏在作品之中，唯独在《遗产：一个真实的故事》里

① 菲利普·罗斯等，《再见，哥伦布》，来准方等译，西安：陕西人民出版社，1987 年，第 432 页 "作者与作品简介"。

② 菲利普·罗斯等，《鬼作家及其他》，董乐山译，成都：四川人民出版社，1987 年，第 2 页。 艾萨克·巴什维斯·辛格（Issac Bashevis Singer, 1904—1991)，美国犹太作家，于 1978 年获得诺贝尔文学奖。

③ 菲利普·罗斯，《反生活》，楚至大等译，长沙：湖南人民出版社，1988 年版，译者前言第 4 页。

④ 高艳平，"倾听自然与秘密"（代译序）//菲利普·罗斯，《人性的污秽》，刘珠还译，南京：译林出版社，2003 年，序言第 7 页。

⑤ 王守仁，《新编美国文学史》（第四卷），上海：上海外语教育出版社，2002 年，第 264 页。

罗斯无法逃避。

国内对罗斯的研究也注意到他随着主题而改变风格。在早期评论中只有零星的关于罗斯的短篇小说如《犹太人的改宗》《信仰的卫士》和中篇小说《再见，哥伦布》的文章。当时他的代表作《波特诺伊诉怨》还是禁书，评论界忌讳很深。最早关于罗斯长篇小说的研究是陆凡于1980年在《文史哲》上发表的对《鬼作家》的评价文章。他指出，作者以叙述、倒叙、回忆、幻想、内心独白、潜台词等多种艺术手法，几乎涉及美国犹太文学全部传统主题，如犹太人在美国社会中的同化与特殊身份、个人奋斗与成功、父与子两代犹太人的矛盾等，"可以说是当代美国犹太文学中具有典型意义的一篇最新的代表作"①。世达在1982年的文章中谈到《被释放的朱克曼》一书时指出，"他（罗斯）笔下的人物大都是有精神缺陷或变态心理的犹太人，在物质文明高度发达的美国，经受着社会的和犹太教规的精神束缚，心理空虚、颓唐，往往从变态的性生活中寻求出路"②。当时国内对罗斯的批评有的较为严厉，如董鼎山阅读罗斯前妻克莱尔的回忆录之后怒不可遏，认为罗斯的刻薄残忍程度远远超过其他许多性格古怪的作家，感觉很有必要揭露其真面目。③细心的读者注意到罗斯在一部分作品中倾向于用后现代主义与现实主义结合的手法进行创作，这其实是他正向"新现实主义"过渡的表现。

1987年仲子在评论《反生活》时认为，罗斯这位寻求别人同情的作家一方面不愿放下目空一切、到处树敌的架势，另一方面又摆出迎合人们的表演家姿态处处招揽读者，"他再次使用故事中套故事的笔法，把自己和某一大人物易地而处，这次写得更机智更巧妙，达到了鱼目混珠的效果。实际上他在仿效后现代主义作家约翰·巴斯和其他同时代的时髦作家，以回击评论界对他的贬意"④。冯亦代在1989年第2期的《读书》上的文章中谈到罗斯的《事实：一个小说家的自传》一书时说，罗斯作为美国第二代犹太作家和新一代的主要的心理小说家之一，他的成功在于在传统以外，对独特语言和心理构思的运用达到了十分出色的程度；他善于把枯燥的精神病历，通过倒叙、插叙和梦幻等手法进行艺术加工，使读者既

19

---

① 陆凡，"菲利普·罗斯新著《鬼作家》评介，"《文史哲》，1980年第1期，第32页。

② 世达，"罗思：《放浪不羁的朱克曼》，"《读书》，1982年第1期，第111页。

③ 董鼎山，"菲利普·罗思患有虐待女性狂——情妇回忆录揭露了作家真面目，"《博览群书》，1997年第1期，第16-17页。

④ 仲子，"菲利普·罗斯的《对立的生活》，"《读书》，1987年第9期，第148页。约翰·巴斯（John Barth，1930—　），美国当代最有影响力的后现代主义小说家之一。

为之瞠目又为之信服，原因是他始终未离开自我大胆暴露和剖析。①他认为罗斯在该书中将许多似是而非的"事实"串联起来，其中充满辩解、忏悔、怀旧与赎罪之感，从而逐步分解自己所写的几十部著作，使之成为一部"菲利普·罗斯文学手册"之类的读物。陈广兴在《身体的变形与戏仿：论菲利普·罗斯的<乳房>》一文中认为罗斯的中篇小说《乳房》在继承和发扬西方变形文学传统方面有较大突破，"通过变形这一文学主题，独辟蹊径地探讨了人的身份和文学的本质"②。杨卫东在《身份的虚构性——菲利普·罗思"朱克曼系列"中的对立人生》一文中则对罗斯的朱克曼系列中的对立人生加以系统分析，认为这些作品主要围绕父子关系、夫妻关系、兄弟关系和作家作品关系展示了各种各样的对立人生，揭示出人生的多样性和复杂性。③朴玉和张而立则对罗斯的《凡人》从社会学和心理学有关自我描述的角度进行了解读，认为作者在该书创作中着力捕捉的是"一位七旬老者的内心世界及其对人生的反思"④。学者们对罗斯的评论主要集中在对其后现代手法的分析上，董衡巽在重新修订《美国文学简史》时指出，罗斯主要是一名讽刺作家，常常用玩世不恭的态度描写这个他认为疯狂的世界，"罗思小说的主要缺点是缺乏深度，性描写也过于突出"⑤。曾艳钰在《走向后现代文化多元主义：从罗思和里德看美国犹太、黑人文学的新趋向》一文中将罗斯与里德两位当代著名作家的风格和主题选择进行了比较，系统分析了美国犹太文学与黑人文学的特点，认为他们的创作对美国的文化多元化有着重大意义。⑥乔国强在《后异化：菲利普·罗斯创作的新视域》一文中对罗斯的主题变化进行了分析，认为他已将视野投向犹太人当前最为关心的问题，如犹太幸存者应如何对待第二次世界大战中的屠犹问题，以及如何处理与非犹太人特别是阿拉伯人之间的关系的问题等，为美国犹太文学的进一步繁荣做出了贡献。⑦

① 冯亦代，"菲利普·罗思的'自传'，"《读书》，1989 年第 2 期，第 137 页。

② 陈广兴，"身体的变形与戏仿：论菲利普·罗斯的《乳房》，"《国外文学》，2009 年第 2 期，第 103 页。

③ 杨卫东，"身份的虚构性——菲利普·罗思'朱克曼系列'中的对立人生，"《外国文学评论》，2004 年第 4 期，第 50 页。

④ 朴玉、张而立，"倾其一生，难寻理想自我——解读菲利普·罗斯的《普通人》，"《当代外国文学》，2008 年第 1 期，第 64 页。

⑤ 董衡巽，《美国文学简史》（修订本），北京：人民文学出版社，2003 年，第 576 页。

⑥ 曾艳钰，"走向后现代文化多元主义：从罗思和里德看美国犹太、黑人文学的新趋向，"《英美文学研究论丛》，2002 年，第 388-394 页。

⑦ 乔国强，"后异化：菲利普·罗斯创作的新视域，"《外国文学研究》，2003 年第 5 期，第 56 页。

　　全面系统地评价作品既高产又多彩的罗斯较为困难，许多人在这方面进行过尝试。1993年万志祥对罗斯的创作进行了阶段性概括，认为他的创作生涯可大致分为三个阶段：罗斯在第一阶段主要是探索人生，基调是反传统，寻求自我独立；第二阶段为探寻自我，基调是困惑冲突，孤独无助；第三阶段为走出迷惘，基调是开始回归传统。"他在一系列的作品中，深刻表现了犹太人乃至一切人的痛苦、压抑与惶惑，都是因为人自设牢笼，自身本性所致这样一个哲学命题"。[①]在21世纪我国学者对罗斯的研究更为关注，他的动态总能引起读者和评论界的及时反应。杨金才和朱云在《中国菲利普·罗斯研究现状论析》一文中较为全面地总结了这方面的成就并相应地指出了存在的问题，认为应注意用更具开拓性的研究方法和更加开阔的国际视野去研究罗斯。[②]对于罗斯作品改编的电影，国内也有相应的评论，如高辰鹏等的《生命与青春的〈挽歌〉》对根据小说《垂死的肉身》改编的电影进行了较为细致的分析，指出导演在艺术处理方面发挥了一定想象力和灵活性。[③]令人欣慰的是，进入21世纪后我国的罗斯研究更具系统性，一些专著陆续问世，其中2015年推出的最多。

　　孟宪华在《追寻、僭越与迷失：菲利普·罗斯后期小说中犹太人生存状态研究》中对罗斯作品中有关犹太人生存状态的描述进行了系统总结，认为特别是其僭越式的栖居现象值得关注和探讨[④]；金万锋的《越界之旅：菲利普·罗斯后期小说研究》就罗斯后期作品中对历史的反思和犹太意识等话题加以探讨，肯定了其越界书写的意义和人文关怀的功用[⑤]；薛春霞的《永不消逝的犹太人：当代经典作家菲利普·罗斯作品中犹太性的演变》是基于其博士论文的专著，对罗斯作品中人物的犹太性和美国梦的实现之间的冲突加以分析，认为犹太人所具有的双重意识是作家在早中期创作的主要话题[⑥]；申劲松在其专著《维系与反思：菲利普·罗斯"朱克曼系列小说"研究》中从欧洲反犹大屠杀的影响入手，聚焦罗斯这类作

---

① 万志祥，"从《再见吧，哥伦布》到《欺骗》——论罗斯创作的阶段性特征，"《外国文学研究》，1993年，第1期，第39-43页。

② 杨金才、朱云，"中国菲利普·罗斯研究现状论析，"《当代外国文学》，2012年第4期，第159页。

③ 高辰鹏、徐瑞华、顾庆媛，"生命与青春的《挽歌》，"《电影文学》，2009年第19期，第125-126页。

④ 孟宪华，《追寻、僭越与迷失：菲利普·罗斯后期小说中犹太人生存状态研究》，北京：人民出版社，2015年。

⑤ 金万锋，《越界之旅：菲利普·罗斯后期小说研究》，北京：北京大学出版社，2015年。

⑥ 薛春霞，《永不消逝的犹太人：当代经典作家菲利普·罗斯作品中犹太性的演变》，杭州：浙江大学出版社，2015年。

家在文学创作中的反应①。这些从不同视角和运用各种方法进行探索的专著在一定程度上表明国内的罗斯研究开始呈现多样性。

早在 1977 年，欧文·豪曾断言犹太小说也许已过了其鼎盛时期，但以贝娄、马拉默德和罗斯的小说对犹太意识所做的深层次探索为标志的繁荣证明这类看法有失偏颇。②在长期的创作中，罗斯努力摆脱其犹太情结，将目光投射到更广阔的社会。他以对整个人类命运的关注尝试突破犹太文学传统对自己创作的束缚，其贡献主要在于摆脱犹太身份焦虑，逐步成为主流文化代言人之一；其作品带有从现实主义到后现代主义，进而到新现实主义的各种特性，在一定程度上反映了美国文学发展进程中半个多世纪的变迁。

本书主要从罗斯的创作风格变化和新现实主义特色的逐步形成角度进行分析。第一章详尽论述了罗斯早期作品里的现实主义手法，对其在文坛崭露头角时发表的《再见，哥伦布》中的新自由主义倾向、《放手》中的詹姆斯理想主义的影响、《当她顺利时》中的女性形象描写，以及《伟大的美国小说》中有关经典标准的构建和实践加以阐述，强调其创作风格的现实主义基础。第二章着重论述罗斯在热衷于后现代主义文学实验的同时，也强调对国内外政治局势的关注，从《波特诺伊诉怨》的内心独白和文化寻根、《我们这一帮》的政治讽刺，到凯普什系列小说的变形艺术，逐步厘清其风格朝新现实主义转向的过程。第三章主要论述罗斯的新现实主义艺术手法的形成和完善，以及在文学创作中的运用，如在他在以色列题材小说《夏洛克行动：一部忏悔录》中探讨流散在美国的犹太人与回归以色列的犹太人之间的区别，对中东冲突等热点问题特别关注；在《萨巴斯剧院》里模拟莎士比亚戏剧中的情节和人物，质疑 20 世纪 60 年代反主流文化运动和对后续影响进行入微分析；在朱克曼系列作品中采用成长小说手法反映长达半个多世纪的美国历史文化对作家生涯的影响，强调文化记忆与自我反省的作用；在"美国三部曲"中全面总结犹太移民后裔的美国梦幻灭，用反乌托邦小说（dystopian novel）形式表现他们的身份焦虑和同化过程中的挫折和绝望。第四章着重探讨"9·11"事件之后的美国社会现实，此后的罗斯已完全放弃后现代主义实验，其新现实主义特色更为明显，他尽力从对于历史事件的反思中探索这类悲剧产生的

---

① 申劲松，《维系与反思：菲利普·罗斯"朱克曼系列小说"研究》，北京：科学出版社，2018 年。

② Stephen Wade, *Jewish American Literature Since 1945: An Introduction*, Edinburgh: Edinburgh University Press, 1999, p. 3.

根源。他在《反美阴谋》中用另类历史小说手法揭示了第二次世界大战前后美国国内犹太人的生存焦虑和大屠杀创伤（holocaust trauma）对移民后裔心理产生的作用；在《愤怒》中则对年轻人被迫走上朝鲜战场做出无谓牺牲深表惋惜；在《凡人》和《羞辱》最后几部作品里重点探讨老年、疾病和死亡等话题。从这几部分涉及的罗斯作品不难看出，他的新现实主义小说手法经历了早期、转向、运用和完善几个阶段。罗斯的新现实主义思想也反映在散文和传记作品中，本书对这类更为直接表现和阐述其艺术主张的作品的分析以"现实中的罗斯：传记与散文"为题放在附录中作为补充。

第一章 罗斯早期创作与现实主义

早期美国犹太文学除了反映犹太移民生活经历外，重点关注血缘（母亲是否为犹太人）、语言（用希伯来文或意第绪语）、宗教信仰（作者或笔下人物是否遵循犹太法律生活）和相关主题（反映犹太人普遍关心问题，如大屠杀 "holocaust" 话题）。[1]罗斯的作品既涉及这些话题又突破局限，像其他美国作家一样聚焦现实社会普遍存在的问题。身为美国文坛高产作家，他在早期作品中已凸显出现实主义特色。"'现实主义'一词最初在法国美学理论中出现时，指的是一种建立在对生活和自然没有浪漫主义色彩的精确观察之上的艺术，一种通常蔑视传统的艺术。"[2]现实主义小说不同于历史传奇或者感伤的情节小说，它必须表现自己的时代和地区，从心理的层面再现普通人的习俗和行为，通过作者的观察，采取客观的白描叙述手法。美国现实主义作家豪威尔斯（William D. Howells, 1837—1920）认为小说必须真实地描写生活中男女的动机、欲望和行为准则，提倡同当代生活中泛滥的物质主义相对抗的伦理观。[3]现实主义小说生动地表现了现代美国生活中道德上的复杂性和自相矛盾的自由。[4]现实主义是一种真实地记录和反映实际生活的写作方式。它基于对所注重细节的准确描写，反对理想主义、逃避现实和浪漫小说的其他夸张手法，谨慎对待生活的实际问题。现代批评强调现实主义不是直接或简单地再现现实，而是用一整套方法，通过选择、排除和向读者讲述的方式表现一种与文本外的真实世界类似的生活情景。20 世纪，现实主义再度成为小说

---

① Tresa Grauer, "Identity Matters: Contemporary Jewish American Writing," in Michael P. Kramer and Hana Wirth-Nesher, eds., *The Cambridge Companion to Jewish American Literature*, Shanghai: Shanghai Foreign Language Education Press, 2004, p. 270.

② 埃里克·丁·桑德奎斯特，"现实主义文学和乡土文学" //埃默里·埃利奥特主编，《哥伦比亚美国文学史》，朱通伯等译，成都：四川辞书出版社，1994 年，第 412 页。

③ 埃里克·丁·桑德奎斯特，"现实主义文学和乡土文学" //埃默里·埃利奥特主编，《哥伦比亚美国文学史》，朱通伯等译，成都：四川辞书出版社，1994 年，第 413 页。

④ 埃里克·丁·桑德奎斯特，"现实主义文学和乡土文学" //埃默里·埃利奥特主编，《哥伦比亚美国文学史》，朱通伯等译，成都：四川辞书出版社，1994 年，第 429 页。

的主流，有时被称为"新现实主义"。①现实主义强调客观地观察现实生活，按照生活的本来面目精确地描写现实。恩格斯对它更明确的定义是，现实主义"除细节的真实之外，还要真实地再现典型环境中的典型人物"。真实地再现生活和典型化原则始终是现实主义美学的核心内容和基本特征。②

从 20 世纪 50 年代到 70 年代，美国社会度过了历史上最动荡的变革期，既有第二次世界大战结束后的经济繁荣，也有与苏联的核军备竞争而带来的恐怖威胁，还经历了麦卡锡主义的白色恐怖、朝鲜战争和越南战争的挫折与泥潭，以及黑人民权运动和妇女解放运动等，这些都反映在罗斯的作品中。他开始文学创作时正值战后美国自由主义思想经历转折。托马斯·肖布（Thomas H. Schaub）在《冷战时期美国小说》（*American Fiction in the Cold War*）一书里总结说，从 20 世纪 30 年代起，"写作的特性和责任都从对左派的衰落、广岛、长崎和大屠杀的真相的反应转变为冷战反共这一此后延续数年的政治和文化的主题"③。随着这种向右的转向产生了一种仓促的、更现实的、去理想化的自由主义——"新自由主义"。罗斯笔下人物的显著标志是摆脱了集体意志的控制，其矛盾心理、自我拷问和自我冲突的特性都与新自由主义观点契合。显然罗斯是一名年轻作家，但他吸取了新自由主义的许多观点，在创作中比老一辈犹太作家更大胆、更自由地进行文学实验。

20 世纪中期美国城市的郊区化特别突出，凯瑟琳·尤卡（Catherine Jurca）在专著中指出，"1950 年郊区的发展速度已是中心城市的 10 倍"④。这种迁移促使战后 15 年里美国各地犹太人的数量变动很大。随着第二代和第三代移民经济地位的提升，他们急速从城市向郊区扩展，罗斯一家所处的纽瓦克 1948 年有大约 58 000 名犹太人，然而到了 1958 年就只有约 41 000 名。这 10 年间，距离纽瓦克 20 英里⑤的郊区之一西奥兰治的犹太居民从原来的 1600 人上升到 7000 人。⑥不少犹太人从贫穷的城市转向富裕的郊区去生活，进入被称为"黄金犹太区"（Golden

25

---

① Chris Baldick, *The Concise Oxford Dictionary of Literary Terms*, New York: Oxford University Press, 1990, pp. 184-185.

② 刘建国，《主义大辞典》，北京：人民出版社，1995 年，第 278-279 页。

③ Thomas H. Schaub, *American Fiction in the Cold War*, Madison: University of Wisconsin Press, 1991, p. vii.

④ Catherine Jurca, *White Diaspora: The Suburb and the Twentieth-Century American Novel*, Princeton: Princeton University Press, 2001, p. 218.

⑤ 1 英里≈1.609 千米。

⑥ Edward S. Shapiro, *A Time for Healing: American Jewry Since World War II*, Baltimore: Johns Hopkins University Press, 1992, p. 145. 西奥兰治（West Orange），美国新泽西州艾克塞克斯县的一个镇区。

Ghettoes）的富人区。索尔·贝娄在评论《再见，哥伦布》时说道，历史上没有什么事件如此迅速和极端地改变过犹太团体[①]，他们中许多家庭依据自身的经济条件加快了分化，匆匆告别昔日的街区和邻居去实现自己的美国梦。罗斯早期小说的灵感正是来源于这种变化。罗斯的中篇小说《再见，哥伦布》在表现浪漫爱情时更关注社会地位和经济基础在决定个人命运时的作用，自然引起不少具有同样心态的读者的共鸣，而收录于其中的几个短篇小说同样聚焦于这一动荡时期中人们的反应。他的首部长篇小说《放手》则是基于自己在高校的经历，他运用亨利·詹姆斯[②]的心理现实主义手法反映了新一代犹太青年的思想与父辈传统的激烈冲突。在《当她顺利时》中，罗斯揭示了中部地区小镇居民的狭隘心理和传统势力对新女性的束缚和摧残，以回应人们对其女性方面看法的抨击。特别能展现罗斯的雄心大志的是《伟大的美国小说》一书，他戏仿西部牛仔小说，探索创作伟大美国小说的标准，以反讽的口吻叙述冷战初期麦卡锡主义对美国国内民众的操控和愚弄。更重要的是，该书标志着罗斯基本形成了自己的艺术风格并开始走向成熟。

第一节　战后繁荣时期的身份书写

1984 年，威廉·曼彻斯特（William Manchester，1922—2004）在《光荣与梦想：1932~1972 年美国社会实录》（ *The Glory and the Dream: A Narrative History of America 1932-1972* ）中指出，20 世纪 50 年代的美国年轻人被称作"沉默的一代"（Silent Generation，主要指从大萧条时期到第二次世界大战结束之间出生），他们安于社会所提供的一切，基本上接受老一代的价值观。"沉默的一代"逃避承担任何责任，他们首先在政治上缺乏教养，没有幻想，也就不可能有幻灭。[③]针对此种现象，罗斯创作了中篇小说《再见，哥伦布》。当时正处于所谓的"艾森豪威尔假寐期"（从 1953 年朝鲜停战到 1957 年）[④]，这一段时间是美国人享受高枕无忧的

---

① Saul Bellow, "The Swamp of Prosperity," *Commentary*, July 1959, p. 79.

② 亨利·詹姆斯（Henry James，1843—1916），美国小说家、文学批评家、剧作家和散文家。

③ 威廉·曼彻斯特，《光荣与梦想：1932~1972 年美国社会实录》，朱协译，海口：海南出版社、三环出版社，2006 年，第 449 页。

④ 在"艾森豪威尔假寐期"，人们想方设法追逐各种享乐，4 万多家汽车旅馆布满全国，在有的地方旅客只要多花 25 美分就可以享用一张刺激性感的摇晃床，与此形成鲜明对比的是宗教事业已衰落到拨个电话听听祈祷词了事的地步。参见威廉·曼彻斯特，《光荣与梦想：1932~1972 年美国社会实录》，朱协译，海口：海南出版社、三环出版社，2006 年，第 599 页。

安宁生活的黄金期的尾声，危机四伏的 60 年代的社会动荡和危机即将来临。该书描写了美国历史上矛盾相对缓和的平静社会里的年轻人，"有利于人们了解随后的动荡根源和将商业满足理想化的文化贫瘠时期，这种倾向持续贬低道德和宗教等传统价值观，旨在建立大型购物中心和娱乐园以满足大众消费的需求"[①]。罗斯将之前的几个短篇小说与中篇小说《再见，哥伦布》汇编出版，打破了这种令人窒息的沉闷，发出独特的声音，一举夺得美国国家图书奖（1960 年）。该书中的《再见，哥伦布》在 1969 年改编成电影后同样获得人们的认可，该书收录的《犹太人的改宗》《信仰的卫士》《爱泼斯坦》《世事难测》（"You Can't Tell a Man by the Song He Sings"）和《狂人艾利》（"Eli, the Fanatic"）五个短篇小说也反响不错。罗斯的成功在于他敏感地意识到了美国和平繁荣表象下的汹涌潜流，聚焦于犹太社区的青年一代与父辈和祖父辈因代沟、文化和宗教信仰等差异产生的冲突和矛盾，以及这些冲突对他们人生的影响。罗斯以现实主义手法揭示了这一时期犹太移民后裔的身份危机。

一

在他的早期作品中，罗斯以卡夫卡式的荒诞怪异手法揭示了现实社会中人们的身份危机和生存状况，用犹太人在美国的种种遭遇说明社会环境对人性的压抑和他们相应的反抗策略。他在《美国小说创作》（"Writing American Fiction"）一文中指出："20 世纪中期的美国作家都在尽力描写和使人相信美国的现实，然而这种现实使人麻木、惹人生气，最终给人们枯竭的想象带来麻烦，因为现实正不断超越我们的才能。"[②]在创作中，罗斯聚焦第二次世界大战以来的美国城市生活，主要以出生地纽瓦克犹太社区环境和文化背景反映中下阶层犹太移民的艰苦创业和美国梦的实现或幻灭。纽瓦克市在 20 世纪 60 年代以种族矛盾激化、暴力事件频发闻名，罗斯的小说主题与该市突出的社会问题密切相关。在该市他度过了人生中最初的 18 年，每当谈及自己常将纽瓦克的威夸克社区生活写入小说时，他承认在创作时主要从这里的氛围中吸取养料，却并不关注个人历史或家庭背景，许多作品虽然带有自传性而富有真实感，但他却并未打算展现个人生活。从罗斯的描述中读者看到的是犹太社区里多数人的生存状态，其作品主要以纽瓦克地区的

---

① Alan W. France, "Philip Roth's *Goodbye, Columbus* and the Limits of Commodity Culture," *MELUS*, Vol. 15, No. 4, *Of Arabs and Jews*, Winter, 1988, p. 83.

② Philip Roth, *Reading Myself and Others*, New York: Vintage International, 2001, pp. 167-168.

变迁反映美国的政治局势和文化历史对普通人，特别是对来自各种文化背景的少数裔群体的影响。随着莫里斯运河的修建，特别是 1973 年建成的纽瓦克国际机场很快成为美国最繁忙的空港之一，纽瓦克在纽约都市圈中的作用凸显，人们的收入增加很快，社会矛盾日趋缓和，犹太社区进入相对安宁阶段。罗斯的视野相应地转向整个国家和国际的政治局势，涉及的创作主题更广，注重透过表面繁荣从深层探索美国社会潜在的危机，将纽瓦克面临的问题与外界联系起来，其作品所表现出的务实作风很大程度上均来自此种环境下的生活经历。

在最早的评论专著《菲利普·罗斯》（1978 年）中，贝纳德·罗杰斯指出，罗斯幸运地处在美国小说分解成美国犹太小说、黑人小说、印第安小说等各具特色的流派之际，他几乎是一夜之间突然发现自己仅凭一个合订本就被列入"贝娄–马拉默德–罗斯"这一风云人物结合体，备受读者和评论界的青睐。[①]这样的褒奖令风华正茂的罗斯感觉到在事业上已经成熟，完全能操控自己的命运。1960 年《再见，哥伦布》获得美国国家图书奖时，他才 26 岁，其中的短篇小说《信仰的卫士》收录于《1960 年度美国最佳短篇小说》和《1960 年度欧·亨利奖短篇小说》，特别是应邀到艾奥瓦大学（University of Iowa）作家班担任客座教师的经历带给他更多自信。每当谈及最初的成功，罗斯都感慨不已，认为即使是伟大的作家，在后面的创作中也再没有推出处女作时所具有的那种丰富想象力，他称之为"作为文学孤儿的精力充沛"，因为没人要求他是一个现实主义作家、犹太作家、专业作家，或者引起争议的作家，他也尽力满足或者颠覆人们的期待。[②]

第二次世界大战确立了美国在西方国家中的领袖地位，战争促进了技术革新和工业发展的惯性，使其进入后工业社会的进程加快，国家的政治结构和社会结构发生根本性变化。从 1945 年到 1960 年，美国国民生产总值增长了 2.5 倍[③]，当时社会的显著特征一是经济繁荣，二是冷战焦虑，后者极大地刺激了工业特别是军事工业的生产，创造了更多的工作机会。在相对安定的环境里，各阶层的人们似乎都看到实现美国梦的可能，即使一些原来被边缘化的少数裔也跃跃欲试，急于分享国家走向繁荣时的成果。这一时期，美国城镇的郊区化（suburbanization）进程加快，罗斯在小说中特别关注此种变化对犹太人生活的影响。郊区化让许多

---

① Bernard F. Rodgers Jr., *Philip Roth: A Bibliography*, Boston: Twayne Publishers, 1978, p. 7.

② Philip Roth, *Reading Myself and Others*, New York: Vintage International, 2001, p. 213.

③ 威廉·曼彻斯特，《光荣与梦想：1932~1972 年美国社会实录》，朱协译，海口：海南出版社、三环出版社，第 603 页。

富裕起来的家庭开始在空气清新、环境优美的乡下经营自己温馨的小家，只在工作日白天涌入城里工作。以纽约为例，到 20 世纪 50 年代末，曼哈顿岛上市政厅以南地区在白天人口超过百万而夜晚大约只有 2000 人，"基本上只剩下小偷、警察和老鼠活动"[①]。根据阿伦·布林克里（Alan Brinkley）在《美国历史概论》（*American History: A Survey*）一书中的统计，在整个 20 世纪 50 年代，随着城市郊区化，郊区人口增长了 47%，这极大地推动了私人汽车销量、房地产发展和公路建设，从第二次世界大战结束时到 1957 年达到顶点的婴儿潮更刺激了日用品消费和促进了工业的发展。[②]罗斯在《再见，哥伦布》中着重描写了像富裕白人一样加入涌向郊区的浪潮中的一些犹太幸运儿。他们希望尽快摆脱传统犹太社区的束缚，完成从边缘走向中心的奋斗，真正实现美国梦。尽管罗斯笔下的主人公是犹太人，但传达的却是所有普通人的心声，描绘的场景让他们似乎都看到了自己的未来。该书中的情节设计基于当时的社会现状，迎合了大多数人的心态，这无疑是小说推出后好评如潮的原因之一。

29

　　在当时犹太作家圈子内，罗斯可以说在思想上没有受到大萧条太多影响，而是在第二次世界大战后的爱国主义、经济繁荣、社会地位向上流动时期逐步形成了自己对现实的看法。在开始创作时，罗斯是一个亨利·詹姆斯式的现实主义者，而不是像伯纳德·马拉默德或辛格那样的预言家，或者像贝娄那样主要生活在自己头脑中、终日沉思冥想的知识分子。他自幼生长在中下层犹太人聚居区里，在《再见，哥伦布》中显示了"善于聆听犹太裔美国人话语和洞察讽刺性细节的出色本领"[③]。罗斯在该小说里叙述了一位犹太青年痛苦的恋爱经历，只因文化和家庭经济地位的差异和矛盾冲突，他不得不断绝与心爱姑娘之间的感情。23 岁的哲学专业的大学生尼尔·克鲁格曼退伍后成为公共图书馆的小职员。这位没有多少远大抱负的犹太青年爱上了富家女子布兰达·帕丁金，后者试图将尼尔逐步改造成令父母满意的成功青年。尼尔则为了追求自己人格的独立和摆脱犹太传统势力的束缚，最终放弃了与布兰达的爱情。从尼尔和布兰达的邂逅可以看出，他们不是因为共同的生活兴趣、家庭的联系或政治行为走到一起的，而纯粹是因为异性

---

①　威廉·曼彻斯特，《光荣与梦想：1932~1972 年美国社会实录》，朱协译，海口：海南出版社、三环出版社，第 603 页。

②　Alan Brinkley, *American History: A Survey* (Volume II: Since 1865), Boston: McGraw-Hill, 1999, p. 994.

③　萨克文·伯科维奇，《剑桥美国文学史：散文作品 1940 年~1990 年》（第七卷），孙宏主译，北京：中央编译出版社，2005 年，第 308-309 页。

的吸引。两人之间的关系不能以犹太人传统的家庭和宗教的价值观判断，而更像"骑士和心上人的神话故事"[1]。从故事的结构上看，年轻的罗斯深受欧洲浪漫主义传统影响。

在《再见，哥伦布》里罗斯强调务实的美国价值观已渗透进犹太人内部。处于中下层的尼尔一家信奉努力工作才有前途的传统，从他的舅妈格拉迪斯和舅舅马克斯在城里艰苦劳作和窘迫的生活，以及帕丁金一家在郊外别墅中的休闲生活的鲜明对比中，读者不难看出，随着社会的繁荣，贫富分化却日趋严重。小说中的男女主角因家境不同，在思想上的差距也十分明显。尼尔首先考虑的是如何保住工作岗位，然而布兰达的生活却是享受繁荣的成果，她关注的是浪漫、爱情和运动。从一开始尼尔就处于被支配地位。当他在工作之余来到布兰达身边时，他主要是在游泳池旁拿着太阳镜等待或在网球场边观看，在布兰达家他妒忌地发现树下散落的都是球拍等运动器械。郊外与城市、工作与休闲、贫穷与富裕——无处不在的鲜明对比使他深感压抑和窘迫。与布兰达的恋爱则是尼尔试图提高自己社会地位的尝试，当他开车到布兰达经常光顾的运动场约会时幻想的只是这种提升。借助尼尔的感受，罗斯描述了普通人对上层社会生活的窥视，他们渴望像尼尔一样在与布兰达之类的上层人士的热恋中分享美国社会富裕的物质生活。从城内拥挤的普通犹太人社区来到郊外风景优美的高档住宅区，"使人感到好像更接近天堂，太阳似乎更大，更低，更圆"[2]。帕丁金一家居住的郊区已成为犹太人实现美国梦的标志：

> 从宽大的玻璃窗可以看见后面的草坪以及两棵一模一样的橡树。这两棵树可以称之为运动器材之树。就像从树枝上掉下的果实一样，树下有两根铁头球棒、一个高尔夫球、网球盒、棒球、篮球、棒球手套以及一眼就认出的马鞍。再往后，在帕丁金院子周围的灌木丛和小小的篮球场前面，一块正方形的红色毯子的正中缝了一块白色的圆圈，看上去像是绿色的草地上生了一堆火。微风吹拂，篮球网在风中飘荡。威斯特豪新牌的空调机使屋内保持清凉。我们在屋内吃着东西。这一切都显得十分舒适。(p. 19)

---

[1] Murray Baumgarten and Barbara Gottfried, *Understanding Philip Roth*, Columbia: University of South Carolina Press, 1990, p. 21.

[2] 菲利普·罗斯，《再见，哥伦布》，俞理明等译，北京：人民文学出版社，2009 年版，第 6 页。以下所有该小说的译文主要参考该版本，只注明页码。

尼尔此时更因自身地位的卑微而自惭形秽："不足之处是，与这些'巨人'们在一起用餐，一会儿我就感到肩膀仿佛削掉了四英寸[①]，身高也矮了三英寸，更有甚者，我的肋骨好像已被切除，以至胸脯紧贴背部。"（p. 19）身为布兰达的男友，尼尔在造访她家时目睹其家庭的富裕生活，因自己的出身而愤愤不平。他对新生暴发户的庸俗（帕丁金一家）和穷人们（舅妈格拉迪斯）的狭隘同样感到厌恶，尼尔和舅妈在犹太区的清贫生活越发使其意识到自我的渺小。他高傲的秉性和自认为的文化优越感与帕丁金一家的功利主义之间的矛盾冲突加剧，最终使他醒悟到与布兰达的爱情无足轻重。在与布兰达的关系中，尼尔有意识地表现出主观武断的个性和大男子主义，试图将布兰达从富有却品位低俗的犹太家庭中拯救出来，但以失败告终，最后只好为维护自己的尊严而牺牲爱情。尼尔成为罗斯作品中个性脆弱的犹太青年的典型代表，"容易疑神疑鬼，自以为是，过分的需要和强烈的疑心往往与害怕被人欺骗、压倒或吞没的畏惧心理交织在一起"[②]。罗斯逼真地描绘了敏感自卑的犹太青年的成长过程。决定放弃这段感情时尼尔才如释重负，发现自己重获自由。

罗斯在该书中描绘的尼尔与黑人小孩之间的关系在很大程度上表现出一种身份的认同。他对常到图书馆来欣赏法国印象派画家高更（Paul Gauguin, 1848—1903）画册的黑人小孩十分关爱和同情，这个热爱艺术的天真孩子"犹如在颓废与妥协的汪洋大海当中闪现出来的一个单纯的海岛"[③]。黑人小孩可以被看作是尼尔的化身或童年，别具象征意义：他出身卑微却酷爱艺术。尼尔同样肤色黝黑，在与布兰达初次相识时，她甚至怀疑他的身份（担心他具有黑人血统），他们之间的贫富悬殊让尼尔觉得其生存状态还不如她家的黑人仆人。当其他馆员对黑人小孩加以歧视，处处提防他有可能损坏价值不菲的艺术书籍时，尼尔却能从与小孩的交流中获得乐趣，感受生活的美好。他希望这种交往能将其一起带入高更笔下的西太平洋塔西提岛的风景画中，远离纽瓦克残酷的现实。他让黑人小孩办借书证将高更画册拿回家慢慢欣赏时却遭到拒绝，只因后者担心放在家里可能被人毁坏。这其实暗示了尼尔与布兰达的关系：如果他们长期保持恋爱关系甚至结婚，难免会在社会的压力

---

① 1英寸≈2.54厘米。

② 萨克文·伯科维奇主编，《剑桥美国文学史：散文作品1940年~1990年》（第七卷），孙宏主译，北京：中央编译出版社，2005年，第311页。

③ 萨克文·伯科维奇主编，《剑桥美国文学史：散文作品1940年~1990年》（第七卷），孙宏主译，北京：中央编译出版社，2005年，第312页。

下酿成悲剧，不如像高档画册存放在图书馆里那样保险，他和这小孩一样，"都不愿将心爱之物暴露在残酷的现实中"[①]。尼尔进入上流社会的渴望与黑人孩子对高雅艺术的痴迷相契合，反映了他们共有的摆脱身份的奢望和未来可能遭遇的挫折，点明了他们无法实现的梦想。该书着重揭示了社会边缘人物——出身贫寒的犹太青年和黑人小孩"无法企及的华丽场景周而复始地展现，使其心醉神迷又狂暴不已"[②]。

二

罗斯特意以传统的假日浪漫情节设计强调幸福的转瞬即逝和普通人的美国梦的幻灭。在布兰达回家度假期间，他们的浪漫高潮是尼尔从图书馆工作抽出身到布兰达家居住的那几天，一旦布兰达返校，两人之间的浪漫自然结束。这种时间的短暂和爱情的无常使尼尔感到生活本身如同幕间剧，缺乏平等的社会地位和经济基础成为导致他们爱情悲剧的根源。即使在两人的卿卿我我、最富诗意的浪漫中，尼尔依然担心随时失去恋人，他从梦中醒来时总有一种不祥之感：

> 那个梦使我不安：事情发生在一条船上，一条类似于你在海盗电影中所看到的古老的帆船，和我一起在船上的是那个来自图书馆的黑小孩——我是船长，他是我的大副，我们就是船上的全部船员。开始时梦境迷人而愉快，我们在太平洋一个岛屿的港湾里抛锚停泊，阳光灿烂，海滨满是美丽的裸露着皮肤的黑人妇女。她们站在那里一动不动，但突然我们动了，我们的船驶出了港湾，黑人妇女们慢慢地跑到岸边，开始向我们投掷花圈，并嚷着："再见，哥伦布，……再见吧，哥伦布……再见。……"虽然我们——我和那个黑孩子——谁也不愿走，但船在移动着，我们一筹莫展，他对我吼叫着，说这是我的过错。（p.67）

这种梦幻般的美景象征着尼尔短暂的爱情和心中的不舍。"再见，哥伦布"一句最早出现在布兰达的哥哥罗恩所放的唱片歌词里，然而当尼尔在梦境里听见由黑人妇女叫喊着发出时，心情截然不同。罗恩欣赏歌曲时是要告别俄亥俄州立大

---

① Peter L. Rudnytsky, "*Goodbye, Columbus*: Roth's Portrait of the Narcissist as a Young Man," *Twentieth Century Literature*, Vol. 51, No. 1, Spring, 2005, p. 9.

② Jonathan Raban, "The New Philip Roth: *When Shen Was Good* by Philip Roth," *Novel: A Forum on Fiction*, Vol. 2, No. 2, Winter, 1969, p. 153.

学的生活，走向家人为其准备就绪的婚礼和进入父亲行业的稳定工作，尼尔则在梦中为自己爱情的结局和前程担忧。[①]尼尔出身于普通犹太人家庭，他尽管有对美好未来的信心，但在残酷的现实面前仍然深感渺小乏力。罗斯在此暗示尼尔与布兰达之间的爱情犹如大海中无法控制而随波逐流的帆船一样，与小说的标题"再见，哥伦布"的含义十分契合，正如黑人小孩不愿离开高更画中的塔西提岛一样，尼尔也不愿轻易放弃布兰达和她漂亮的花园（美好未来的象征）。该书中黑人小孩这一人物时刻提醒着像尼尔这样的犹太青年——现实的残酷和幻灭是不可避免的。尼尔在梦中将自己设想为发现新大陆的哥伦布，表明对改变自己命运的渴望。他错过的海岛则是他永远无法抵达的乐园，他最终将在难以控制的小船上漂向未知的海洋。尼尔梦中的乌托邦其实是布兰达家所处的矮山谷区："暮色苍茫，一片玫瑰色，宛如高更画中的溪流。"（p. 33）罗斯根据经济地位有序地刻画出人们可能实现美国梦的层次：帕丁金家（富裕犹太人）、尼尔家（普通犹太人）和黑人小孩家（比犹太人更贫困的家庭）。这些人都以各自的方式追逐着梦想：

> 四邻也变了：像我祖父母一样的老犹太人终生奋斗，现已安息，他们的后裔则奋斗、昌盛，并且越来越向西扩展，扩展到纽瓦克的边缘，越出纽瓦克，沿橘子山山坡而上，登上顶峰，接着便朝山的那一坡面下来，就像苏格兰人和爱尔兰人一样涌入非犹太人的土地，如同涌出坎伯兰岬口一样。现在，黑人事实上正沿着犹太人的足迹进行着同样的迁移。那些还留在贫民区的人在极为肮脏的环境里生活，在发臭的褥子上梦想着散发松香味的佐治亚州的夜晚。（p. 83）

罗斯描述了犹太人随着经济地位的逐步上升加入富人向郊区迁移的队伍，反映出当时移民后代急于逃离犹太社区传统约束，期望更快完成同化、摆脱身份困扰而融入主流社会。尼尔的这类想法预示了犹太社区的衰落，也道出不少青年人的心声："有朝一日，我的祖父母曾在此用古老的犹太玻璃杯饮过热茶的这些街道将会空无

33

---

① 罗斯梦中的情景与他自己年轻时的经历相关。他在《事实：一个小说家的自传》一书中描述了自己当年放弃爱情，寻求稳妥的生活时就有类似的行为。他写道："为什么我放弃盖尔（Gale）而追求约瑟芬·基森（Josephine Jenson）？在近乎两年的时间里，我读研究生和服兵役，盖尔和我爱得很深。然而在1956年9月我回到芝加哥后，却感觉自己已启程远航——不管会将我带向何方——这次恋情再也不能阻止我，尽管它原本能使我选择一种与犹太人新泽西安全环境紧密联系在一起的婚姻。"参见 Philip Roth, *The Facts: A Novelist's Autobiography*, New York: Farrar, Straus & Giroux, 1988, p. 89.

一人，我们所有人都将迁往橘山之巅，那时死者可要停止踢棺材板了吧？"（p. 84）

罗斯强调经济地位对爱情的影响，反映了第二次世界大战后美国的文化倾向，爱情（肉欲）和物质主义（贪婪）交织贯穿于整部小说。尼尔以嘲讽的口吻描述了帕丁金一家对物质的贪婪，却未意识到自己与他们的区别没有想象的那么大。他表现出与黑人小孩的亲近也有出于经济地位上的自我认同的原因，其实他同样渴望用爱情的力量征服已聚敛足够财富的帕丁金一家，跻身其中，成为该家庭的一员。从尼尔暗自向上帝的祈祷可以看出他作为年轻犹太人内心中的渴望："上帝，因为我们是肉体凡胎，有欲求的，所以要求分享你的恩赐。我是肉体的，我知道你是赞同的。但我的肉欲会变得多大？我有欲求，我到哪里去满足呢？我们在哪里碰面？你将恩赐我什么？"（p. 93）罗斯揭示的是一种"长期累积、可以转让、可以流通"的罪恶，它往往成为小说中犹太人背后的"原动力"，令他们爬得高也跌得重。[①]作为老一代犹太人，尼尔的舅妈格拉迪斯清楚地了解这些年轻人因不同的社会地位和经济基础可能遭遇的悲剧。在尼尔与布兰达的热恋中，舅妈警告仍在富人区浪漫度假的外甥，在那里住得太久对大家没有什么好处。布兰达父母发现他们的私情后，马上来信逼迫她改变态度。她父亲对尼尔的评价尽管委婉，却十分具有说服力，他告诉女儿，有些人永远不会变成她希望和祈祷的那样。他仅仅将这种孩子般的爱情游戏看作女儿对尼尔的改造实验，甚至将改造的失败归咎于普通家庭后代的劣根性。她母亲在信中对女儿的忘恩负义极为恼怒："这些年来我们一直信任你，天知道你都干了些什么！你撕碎父母的心，应该知道这一点。这就是你对我们恩惠的报答。"（p. 121）在这位母亲眼里，尼尔之类的年轻人根本不值一钱。尼尔最终从布兰达无可奈何的眼神中看到的是妥协和逃避，明白两人之间的爱情已到尽头。

另外，犹太身份的焦虑也是造成小说中爱情悲剧的原因之一。在尼尔渴望挤进犹太人富有阶层时，布兰达一家则更进一步，所想的是依靠积累的财富加快同化，摆脱犹太身份。热恋中的两人思想上的差距加剧了他们之间的冲突。为了摆脱犹太身份的影响，布兰达和哥哥对其明显的标志（鼻子）加以整形，当尼尔不理解其中的缘故而询问时，布兰达十分恼怒。有的评论家认为，造成他们爱情悲剧的原因是尼尔作为犹太人的天生毁灭性，用奥斯卡·王尔德（Oscar Wilde，

---

① 查尔斯·麦格拉斯，《20 世纪的书：百年来的作家、观念及文学：〈纽约时报书评〉精选》，朱孟勋等译，北京：生活·读书·新知三联书店，2001 年，第 306 页。

1854—1900）在《瑞丁监狱之歌》（*The Ballad of Reading Gaol*，1897 年）中的话说，就是"摧毁一切心爱之物"①。在罗斯看来，帕丁金家不仅仅是一个家庭，而且是一种社会典型，他们是住在城郊少数族裔聚居区内还没有失去其粗犷的锐气或者历史根基的犹太人，他们的生活既有犹太人的滑稽色彩，又不失美国人的刻板模式。②从尼尔身上可以看到一种渐进式的变化，即他对老一辈的价值观和宗教信仰开始质疑并表现出淡漠。他到布兰达家度假，除了追求浪漫爱情以外，更多的是想了解一个截然不同的犹太家庭——这种既能在同化过程中获取最大社会利益和经济利益，又表现出具有保守纯正宗教信仰的矛盾体。尼尔很快就发现自己在前一项上处于弱势，而对后者又十分冷淡，他对犹太人事情的漫不经心则被人看作愚蠢无知。从他与帕丁金太太的对话中我们可以看出尼尔的尴尬：

> 帕丁金太太提议说，"星期五晚上我们全家总要去会堂，你为什么不和我们一块去？我是说，你是正统教友还是保守教友？"③我沉吟着，"我也很久没去了……"我微笑道。"我是正统的犹太人。"（p. 81）

尼尔在物质追求上尚未成功，对宗教信仰也缺乏激情，这一类人物被称为"文化空洞的容器"（a culturally empty vessel），罗斯在此揭示的正是第二次世界大战后人们追寻财富、成功、地位和性欲时表现出的局限性。④在 20 世纪 50 年代崇尚商业文化的趋势下，年轻的尼尔没有自由选择的能力，只得回归于市立图书馆小职员的平淡无聊生活。在小说最后，他从图书馆的玻璃窗上看到自己的身影，竟是如此渺小，只想用石块砸碎玻璃毁掉自我形象。尼尔此时明白布兰达早已改变而抽身远去。他无奈地承认："现在的每一个活动都被屏障所包围，孤零零的，我的生活则是从一个屏障跳到另一个屏障。再也没有生活的活力，只有布兰达才能给我活力。"（p. 111）令人欣慰的是，尼尔终于意识到他曾经的乌托邦美梦早已烟消云散，已到清醒面对现实的时刻。该小说之名"再见，哥伦布"无疑说明许多

① Peter L. Rudnytsky, "*Goodbye, Columbus*: Roth's Portrait of the Narcissist as a Young Man," *Twentieth Century Literature*, Vol. 51, No. 1, Spring, 2005, pp. 30-31.

② 萨克文·伯科维奇，《剑桥美国文学史：散文作品 1940 年~1990 年》（第七卷），孙宏主译，北京：中央编译出版社，2005 年，第 309 页。

③ 在美国犹太教中，主要分正统教、保守教和改良教三种。

④ Alan W. France, "Philip Roth's *Goodbye, Columbus* and the Limits of Commodity Culture," *MELUS*, Vol. 15, No. 4, *Of Arabs and Jews*, Winter, 1988, p. 89.

像尼尔一样的犹太青年不甘心向现实妥协而最终放弃爱情，告别布兰达家那种因同化而获得的社会地位和富裕生活，去勇敢地追求独立和自由。罗斯笔下的年轻一代犹太人在质疑传统价值观时尽管表现出嘲讽和谴责，却尚未发现取而代之的方法，这不免流露出年轻作家面对复杂严酷的现实社会时的困惑。

美国被认为是有助于发挥犹太人特长的天堂，但其实犹太人在物质上的成功往往遭遇质疑。布兰达一家代表了犹太人中的暴发户，他们相信经济上的成功可以弥补种族上的差异，然而人们主要看重的是犹太人对被称为"新世界交响乐"的美国高雅文化的贡献，而不是他们财富积累的能力。在文学作品中，描写犹太人的贫穷甚至比描写他们在经济上的成功更有趣，"因为这种成功往往意味着身份的丧失和道德的堕落"[①]。罗斯在《再见，哥伦布》中同样表现出传统犹太文学中无法回避的情结：面对经济地位上的差距，男主人公选择放弃爱情、回归图书馆，希望从阅读和立志写作中恢复自信和疗伤。然而尼尔却发现即使在哈佛大学这样代表文化精英生活的圣地的图书馆的卫生间中安装的也是布兰达家出售的小便池，这类用品的无处不在意味着文化入侵和物质生活的影响力。罗斯塑造尼尔这一形象旨在探讨犹太人如何在 20 世纪中期的美国生存，是随波逐流去拥抱财富，还是追寻自由独立。最后尼尔果断地跳出舅妈和布兰达家两种犹太人的生活圈子，毅然奔向自己一直向往的精神家园。不难发现，罗斯的作品旨在指导人们在美国的社会环境里"如何摆脱犹太身份的束缚，或者说如何做犹太人，如何做好自己"[②]。

三

《再见，哥伦布》获得美国国家图书奖时，人们发现罗斯具有惊人的天赋，他"对地理位置、时代变迁和社会环境的细微差别反应敏捷，对话爽快、一语中的，叙事风格多变——擅长讽刺揶揄，令人充满期盼，巧妙地使人顿悟"[③]。该书中其他几个短篇小说也展现了罗斯独特的艺术手法。莫里斯·迪克斯坦（Morris Dickstein）认为，罗斯从第二代犹太移民的物质上的成功或犹太家庭的成长过程

---

① Sander L. Gilman, "The Fanatic: Philip Roth and Hanif Kureishi Confront Success," *Comparative Literature*, Vol. 58, No. 2, Spring, 2006, p. 153.

② Jack Miles, "A Gentile's Philip Roth," *Commonweal*, (145: 12), Jul. 6, 2018, p. 9.

③ Jonathan Raban, "The New Philip Roth: *When Shen Was Good* by Philip Roth," *Novel: A Forum on Fiction*, Vol. 2, No. 2, Winter, 1969, p. 153.

中发掘小说主题，笔下人物极力渴望融入一个对大屠杀威胁记忆犹新却依然充斥着反犹歧视的民族。[①]在这些作品中他同样关注普通犹太人面临的现实生活中的难题，涉及宗教信仰、家庭矛盾、爱情纠葛和人际交流的障碍等，他笔下的主人公总在试图摆脱他人和社会环境的控制，拒绝扮演强加的角色，追求个性独立和改变身份以获得精神上的自由。

在短篇小说《爱泼斯坦》里，罗斯对中年犹太男性为突破令人窒息的婚姻所做的徒劳尝试加以讽刺，在谈论敏感的性话题时他直言不讳。他讲述了一位中年人与街对面漂亮的寡妇之间短暂的婚外情。他以幽默和同情的笔触揭示了主人公内心的焦虑和躁动，以及他在家庭责任、社会道德、负罪感和欲望的煎熬下艰难的生存状态。这种由各种矛盾交织而成的张力在罗斯随后许多作品中都表现了出来。在该故事里罗斯"开始将性行为作为展示笔下人物心理问题和将小说喜剧化的方式"[②]。他解释说："我写《爱泼斯坦》时才 24 岁，那是在听父亲在餐桌边讲一位邻居通奸故事的 10 年以后。我 14 岁时非常喜欢听到我们那条街上正直的、安分守己的人们的丑闻，但特别感兴趣的是人们讲故事时将激情和娱乐交织在一起的效果。"[③]在《犹太人改宗》中，罗斯描写了来学校的男生奥齐·菲德曼在受到委屈后，以从房顶跳下的方式胁迫众人重复他的话，用教义问答法对犹太传统和宗教的价值观加以质疑。当宾达拉比称犹太人为"上帝特选的子民"时，奥齐却坚持《独立宣言》中声称的人类生而平等的理念。宾达拉比"试图用政治平等和精神合法性两者的区别来说服他，奥齐情绪激动地坚持说自己想知道的与此不相干。这导致他母亲第一次被召往学校"（p. 131）。奥齐终于忍无可忍，爬上房顶，当他向下张望时突然发现自己居然掌握着一种上帝独有的力量和权力：

> 奥齐不回答，他仅朝宾达拉比瞥了一眼。他的一双眼睛开始盯向他下面的那个世界，他要区别人和场所，敌人和朋友，参与者和旁观者。在星齿状的小簇人群中，他的朋友们围着宾达拉比站立着，他的手还在比画着。由五个少年男孩而不是由天使所组成的那颗星的最顶端站着伊齐。那些星星在他脚下，宾达拉比在他脚下，这真是个奇妙莫测的世

37

---

① Alvin H. Rosenfeld, *The Writer Uprooted: Contemporary Jewish Exile Literarture*, Bloomington, IN: Indiana University Press, 2008, p. 111.

② Bernard F. Rodgers Jr., *Philip Roth: A Bibliography*, Boston: Twayne Publishers, 1978, p. 23.

③ Philip Roth, *Reading Myself and Others*, New York: Vintage International, 2001, p. 173.

界……片刻之前，奥齐还无法控制自己的身体，现在他开始理解"控制"这个词的含义：他感觉到安宁，感觉到力量。（p. 137）

奥齐就是罗斯心目中的理想形象，他勇于以个人抗争颠覆社区传统势力的影响。罗斯希望美国犹太人能更多地自省和质疑其生存状态，显然他的理想主义已大大超越 1959 年美国犹太人思维模式的局限。批评家罗杰斯认为，这一故事情节喻指的是犹太社区的压力与年轻作家价值观的互相作用，宾达拉比、菲德曼太太、雅克夫·布洛特尼克代表的是罗斯在前 18 年居住的环境里一直都想反抗的人物形象。奥齐在青春期对这些人的排外情绪、狭隘心理以及一切为了犹太人利益信条的反叛恰恰反映了罗斯以艺术方法做出的回应。[1]他在这类短篇小说中对宗教的态度是现实主义的，与象征主义或道学家不同，是将宗教和种族身份当作戏仿和嘲笑的素材，其必然结果是"加快了与传统和种族的疏离，这也是他写出最好作品的主要动力"[2]。

在另一短篇小说《信仰的卫士》里，罗斯旨在说明军中的犹太人在战场上可以轻易摆脱身份困扰，而在和平环境里往往为其所累，甚至给自己带来灭顶之灾。中士内森·马克思从欧洲战场回来后，在新兵训练营中不免对犹太士兵表现出特殊照顾，当他最后发现自己被人利用，而成为犹太人小团体图谋私利的"信仰的卫士"时极为恼怒。特别是当马克思得知另一士兵谢尔登·格罗斯巴特企图巧妙利用私人关系和犹太社区的影响力避免被派往太平洋战场时，他忍无可忍，不惜使用自己的权力确保将此人送上前线。罗斯在体现公平原则的同时，颂扬了主人公与犹太人狭隘自私弱点的决裂，转而成为维护公众利益的"信仰的卫士"。从这一故事可以看出，罗斯特别关注犹太社区内所谓的"英雄"（理想的犹太人）与"懦夫"（精明圆滑的犹太人）之间的冲突。他表现出的历史负重感，让读者更加深刻体会到只为身份所累的人们的心胸的狭隘和道义上的无知。罗斯详尽描述了在欧洲战区的犹太人的复杂心情，即使在胜利之日，这些人也无法陶醉于胜利的喜悦：

实际上，我已沉浸在一种强烈的梦幻之中，就像一只无形的手正伸

---

① Bernard F. Rodgers Jr., *Philip Roth: A Bibliography*, Boston: Twayne Publishers, 1978, p. 22.

② Stanley Cooperman, "Philip Roth: 'Old Jacob's Eye' with a Squint," *Twentieth Century Literature*, Vol. 19, No. 3, Jul., 1973, p. 203.

向我心灵的深处。但它要伸得很远才能触及我，它必须伸过在比利时密林中度过的日子；伸过无暇泣悼的殉难者；伸过在德国农舍中焚书取暖的夜晚；伸过永无休止的残酷战争，它使我失去对战友应有的柔情，我甚至无意摆出征服者的姿态而作为犹太人，当自己的军靴踩踏在凡塞尔，缪斯特和布朗施瓦希（德国西南部的三个镇）的废墟上时，我原本应当昂首阔步，趾高气扬的。（p. 155）

在和平环境里，许多人倾向于抱团谋取更多利益，他们与之搏斗的对象是其他美国人，这往往使犹太人自我边缘化，罗斯严厉谴责的正是此类观念。士兵格罗斯巴特代表了犹太社区里长大的典型的自私狡诈的人物，总想利用身份的独特性控制他人而谋取私利。主人公马克思最后意识到一味地维护身份认同在军营这一特殊环境里更加危险，只会被其他人孤立甚至给自己带来灾难。罗斯与其他犹太小说家的显著区别是"他所具有的'刚性'：果断决策和抵御道义上被孤立的能力，这正是《信仰的卫士》的主题"[1]。罗斯于 1959 年在《纽约客》杂志上发表《信仰的卫士》后，许多犹太读者被激怒，他们在给编辑部的信中指出，此人比任何有组织的反犹团体都危险，甚至有位著名的拉比给反诽谤联盟（Anti-Defamation League）的信中写道："有什么办法让此人住口？中世纪的犹太人应该知道怎样对付他。"[2]罗斯这类作品的问世加剧了与犹太社区的冲突，来自各方面的批评日趋激烈。他在《描写犹太人》（"Writing About Jews"）一文中摘录的拉比的严词抨击足以说明人们的愤怒和误解：

> 罗斯先生：
>
> 你用一个短篇小说《信仰的卫士》便造成有组织的反犹太人团体一样的伤害，使人们相信所有犹太人都是骗子、说谎者和密谋者。你一个短篇小说就让人们——全体公众——忘记所有曾出现过的伟大犹太人，所有在军队尽心效力的犹太青年和世界各地艰难生存的正直犹太人……[3]

拉比将罗斯的创作比喻为"在拥挤的剧院突然高喊'失火了'"一样令人恐惧

---

① Alfred Kazin, *Bright Book of Life*, Boston: Atlantic, Little, Brown and Company, 1973, p. 145.

② Timothy L. Parrish, "Ralph Ellison: The Invisible Man in Philip Roth's *The Human Stain*," *Contemporary Literature*, Vol. 45, No. 3, Fall, 2004, p. 429.

③ Philip Roth, *Reading Myself and Others*, New York: Vintage International, 2001, p. 203.

和具有引起混乱的危险性。[1]他们甚至将第二次世界大战中的大屠杀的发生都归咎于罗斯这类作家的言行。拉比夸大罗斯作品造成的后果，无疑是由于大屠杀创伤后遗症所造成的焦虑。罗斯指出，"在文明社会里偏见与迫害之间存在着一条由个人信仰、恐惧和公共法律、理想和价值观构成的界限。在德国，这条界限的消失不能简单解释成是因为反犹主义的错误观念，而是因为对犹太人的不容忍和纳粹本身的思想作祟"[2]。他认为悲剧的发生根源在于纳粹信仰中的邪恶，这才导致人们走向极端。

罗斯在作品中特别关注来自各地的犹太移民，总是以同情和理解的笔调叙述他们现实生活中的挫折与困惑。罗斯笔下的主人公身处社会边缘，天真地开始自己的事业，但很快转变成愤怒的人物，因而有的评论家认为罗斯旨在"从社会的纬度表现人物心理的冲动"[3]。在短篇小说《狂人艾利》中罗斯以夸张诙谐的手法同样表现了年轻犹太人在身份问题上的困惑。第二次世界大战刚刚结束不久，大量犹太难民涌入美国，而先前到达的犹太人已过上与非犹太人居民相安无事的平静生活。主人公艾利·帕克律师在一些犹太居民的鼓动下，同时也为了自身的利益，试图对新来的犹太难民的行为举止甚至穿着打扮加以限制。他们特别担心难民们所办的犹太学校会破坏当地来之不易的和谐。难民中一位犹太神秘教虔敬派（指哈西德派 Haredi）信徒的穿着打扮完全像在欧洲故乡时的样子，这令艾利等人感到危机来临，担心自己连带成为被非犹太居民排斥的对象。许多人并不愿直接出面，只是催促艾利采取行动：

> 哈里·肖的声音又响起来了，"艾利，这可不是闹着玩的，总有一天，你会看到上百个小犹太佬戴着圆顶小帽在车道上唱着他们的希伯来课文。到时，看你还笑得出来。"
> "艾利，到底发生了什么——我的孩子听到一些奇奇怪怪的声音。"
> "艾利，这是现代化的社区。"
> "艾利，我们可是纳税的。"（p. 232）

这些犹太人认为时过境迁，在现代化社区中他们已经和其他的新教徒邻居没

[1] Philip Roth, *Reading Myself and Others*, New York: Vintage International, 2001, p. 207.

[2] Philip Roth, *Reading Myself and Others*, New York: Vintage International, 2001, p. 205.

[3] Murray Baumgarten and Barbara Gottfried, *Understanding Philip Roth*, Columbia: University of South Carolina Press, 1990, p. 60.

有什么区别，已经完成同化，融入了美国社会。新难民，特别是非犹太人邻居，却会使他们想起犹太人的苦难和卑贱的过去，从而令种族歧视再度抬头。艾利希望自己能尽力减轻犹太人的突出形象对社区居民的心理影响，甚至认为欧洲发生大屠杀的根源也在于犹太人无法与人和睦相处。在给难民学校校长的信中艾利写道："毫无疑问，人人都渴望这种和睦关系。如果在战前的欧洲能够这样，对犹太人的迫害就不会成功——事实上，迫害根本不会发生，你和那十八个孩子也不会沦为受害者。"（p. 238）艾利在与犹太学校校长交锋时遭遇到了自己曾经认为早已摆脱的传统，令人感到同情的是，他始终不明白要与之搏斗的不是他人，而是自己难以改变的身份，新难民的到来唤醒了隐藏于他内心深处的东西。艾利越想摆脱犹太人身份，就越感到这份重压，他不过是"20世纪中期美国犹太人世俗化的产物"[①]，最后当这位犹太社区的顶梁柱——律师艾利重新穿上犹太难民留下的传统服装后，他被众人抛弃而关进精神病院。他原本认为自己已完全适应美国文化，摆脱了犹太传统的控制。他对其他犹太人言行的恐惧无疑表现出他源于身份的焦虑，过分妥协最后反而成为无根之人和众人眼中的疯子。艾利与犹太难民互换衣服在社区里招摇过市的情节特别具有象征性，表明他试图获得历史和现实的两种犹太人身份，清楚再现了他人格的分裂。此类犹太人自然为社区所不容，也不被犹太难民理解。最后艾利对自己的身份也深感迷惑：

> 他（难民）看着艾利身上的衣服。靠近后，艾利看着他的衣服。接着艾利的脑海中闪出一个怪念头——他其实是两个人，或是一个人穿了两套衣服。那个傻子看上去也有相似的迷惑。他们对望了许久。艾利的心在颤抖。此刻他的大脑陷入一种混浊不清的状态。（pp. 265-266）

艾利原本试图在正宗犹太教徒和被现代社会同化的犹太人之间充当调停人，最终却成为夹缝中挤压下的牺牲品，他的悲剧说明犹太人"不可能以简单方式拥抱历史"[②]。罗斯在此揭示了美国犹太人面临的传统的巨大压力和现实中的艰难处境。他在故事结尾写道："一个针头刺入他的皮肤，药物镇静了他的心，但无法触及深处浸染的那片黑色"（p. 274），而"那片黑色"才是犹太人担心和

41

---

① Victoria Aarons, "American-Jewish Identity in Roth's Short Fiction," in Timothy Parrish, ed., *The Cambridge Companion to Philip Roth*, Cambridge: Cambridge University Press, 2007, p. 9.

② Victoria Aarons, "American-Jewish Identity in Roth's Short Fiction," in Timothy Parrish, ed., *The Cambridge Companion to Philip Roth*, Cambridge: Cambridge University Press, 2007, p. 20.

不愿真正展示出来的东西，所指的无疑是他们惧怕被边缘化和美国文化中的"他者"情结。该故事描述了美国犹太人所处的关键时刻，当时纳粹的种族灭绝事实尚未引起人们的充分注意，但犹太学校在小镇的扩展和艾利试图还原自己的哈西德派身份的努力预示了人们对大屠杀的恐惧情绪的爆发，因为这种事情一旦真的出现，后果就会不堪设想。①在这类作品中，罗斯反映了美国犹太人与生俱来的对极为脆弱的安全感的深层焦虑，以及坚守所谓正宗犹太性可能导致的灾难。布鲁姆（Harold Bloom，1930—2019）在《影响的焦虑：一种诗歌理论》（1973 年）里指出："在我们的生活里，越是追求本真之我（identity），它反而离我们越来越远。但是我们并不因此误认为本真之我是不可企及的。"②罗斯在这些短篇小说里，揭示了人们对身份问题的焦虑，希望能找到正确的方法化解相应的矛盾。

　　对罗斯早期短篇小说创作进行系统分析，可以看出他的文学生涯的发展轨迹。艾伦·库柏对罗斯在大学和研究生时期的创作实践进行了分析，并在将其这些作品与成名作《再见，哥伦布》及以后的作品加以比较时指出，罗斯刚开始在校刊上发表的那些短篇小说，如《围栏》（The Fence）、《斯恩先生最后一次投递》（The Final Delivery of Mr. Thorn）、《下雪天》（The Day It Snowed）等显得故事情节平淡、问题简单、矛盾冲突少，在塑造儿童角色时语言用词成人化、没有文化特征，但到《再见，哥伦布》中的《犹太人的改宗》和《信仰的卫士》时，故事结构趋于严谨，冲突设置更加合理，强调关注现实问题，罗斯已擅长运用反讽和幽默的手法表达自己的主张。③尽管奥齐对拉比的反抗在一定程度上似乎超越了时代，对自我的关注也已超越童心，然而考虑到罗斯此时的创作艺术正处于发展的快速期，这种情况也就不足为怪了。《信仰的卫士》对陷于道德与宗教冲突中的马克思的心理活动描写得尤为成功，不逊于最好的心理学教材案例。其实 1970 的短篇小说《播放》（"On the Air"）才是罗斯最为锋芒毕露的作品，他以滑稽荒诞和虚无主义的手法描述的 20 世纪 40 年代的生活情节，大大超越了人们的想象，有的甚至认为难以容忍。罗斯在这一篇幅极长的短篇小说中对一切传统神圣的东西，"从教皇到繁荣舒适的美国生活，到白人对人类的看法"都加以嘲讽。④故事主人公李普曼在

①　Michael Rothberg, "Roth and the Holocaust," in Timothy Parrish, ed., *The Cambridge Companion to Philip Roth*, Cambridge: Cambridge University Press, 2007, p. 56.

②　哈罗德·布鲁姆，《影响的焦虑：一种诗歌理论》，徐文博译，南京：江苏教育出版社，2006 年，第 65 页。

③　Alan Cooper, *Philip Roth and the Jews*, Albany: State University of New York Press, 1996, pp. 24-35.

④　Alan Cooper, *Philip Roth and the Jews*, Albany: State University of New York Press, 1996, p. 140.

目睹教皇庇护十二世（Pope Pius XII，1876—1958，1939—1958 年在位）的出行时叹道：

> 戴着眼镜、瘦骨嶙峋的教皇出来是怎样的情形啊：看看吧。他举起苍白小手，随便嘟噜几句，那些成年人、货车司机、运动员、金融奇才，惊恐不已地将额头在人行道边叩得砰砰响。想想吧，穿上那身服装就法力无边了！①

李普曼对教皇的描述既是出于对基督徒虔诚举止的嘲讽，也表现了自己身为犹太人难免的偏见，这篇小说甚至被认为是产生反犹主义的根源之一，这类细节描写和夸张表述常常招致（基督徒或犹太人）读者的责难。罗斯十分清楚人们可能表现出的反应，除在《新美洲评论》（New American Review）这种影响较小的文学刊物上发表后，从未将其收录于作品集中。罗斯在随后的长篇小说《反生活》里特意沿用了李普曼这一名字（尽管名字做改变以示略有区别，即从米尔顿·李普曼变成摩德卡伊·李普曼），在该小说中，此人已是返回以色列的犹太复国主义②激进分子，热衷于用武力压制阿拉伯人的反抗，并在心底瞧不起继续流散于美国的犹太人。③罗斯深感短篇小说的篇幅有限，许多话题在后来的长篇小说中才逐步展开。

索尔·贝娄在评论《再见，哥伦布》时说道："并不是所有犹太读者都喜欢罗斯先生的小说。人们一般以为美国犹太作家的职责就是以作品缓解公共关系的紧张，忠诚地宣扬犹太社区的美好并抑制其他东西。"贝娄认为这会使作家丧失对现实的感知，即使有利于公共关系的缓解也得不偿失，因而他给罗斯的建议是"坚持走自己现在的路，忽略所有反对意见"④。尽管《再见，哥伦布》推出后立即获

---

① Philip Roth, "On the Air," New American Review, August 10, 1970, p. 18.

② "犹太复国主义"（Zionism）源自耶路撒冷"锡安山"（Zion）一词，出现于 19 世纪末，与犹太教中返回锡安山的回乡观念密不可分，旨在号召散居世界各地的犹太人重返以色列，建立以犹太人为主权民族的国家。首先提出犹太复国主义政治目标的是摩西·赫斯，他在 1862 年出版的《罗马和耶路撒冷》（Rome and Jerusalem）一书中指出，"对于一个寄居在其他民族土地上的犹太民族来说，想要摆脱反犹主义迫害的惟一办法是返回以色列，在那里重建一个犹太人的国家。"参见：大卫·托马斯，《犹太人历史》，苏隆编译，北京：大众文艺出版社，2004年，第 152-154 页。

③ 在艾伦·库柏指出两位李普曼的相同身份时，罗斯表示赞赏有人能注意到这一细节。参见：Alan Cooper, Philip Roth and the Jews, Albany: State University of New York Press, 1996, p. 299, "Notes".

④ Saul Bellow, "The Swamp of Prosperity," Commentary, July, 1959, pp. 77-79.

得普遍肯定，但可以看到罗斯在强调道德教义方面有些操之过急和简单化，而这些局限性同样反映在其后来的许多作品中。较为全面的总结则是评论家阿尔福雷德·卡辛（Alfred Kazin，1915—1998）在介绍该书时所说的话——罗斯给了我们"一种深刻的启示：要做出人生抉择是痛苦的"，他创造了一幅清晰的图景，"在犹太文学传统的华美下，存在着受挫折的、愤怒的而又独立不阿的自我——作为个人的犹太人，并非作为犹太人的个人"①。当作家南希在访谈录中问罗斯是否认为非犹太读者比犹太读者对其作品的评价更公正一些时，他回答说，这其实是涉及不同"忍耐力范围"的问题，非犹太人读他的作品犹如他读奥康纳的作品一样，自己与那些熟悉南方的读者的理解和忽略的东西是不同的，南方的或信仰天主教的读者更能容忍奥康纳作品中的有些东西。②鲁丝·波斯诺克认为大家不应该只是讨论罗斯与其美国犹太人的身份，更应注意的是他的艺术性和更宽广的问题，即作为人的意义。③罗斯的小说表现了作家对周围文化的开放态度，小说家与当时文化之间的相互作用是早期罗斯涉足文学批评时的主题，他认为美国作家工作的一部分就是关注社会现实。④

第二节　心理现实主义尝试

初获成功后，罗斯开始酝酿长篇小说创作，此时他深受亨利·詹姆斯（Henry James，1843—1916）的心理现实主义风格的影响，这在他 1962 年推出的首部长篇小说《放手》中表现尤其明显。他以芝加哥大学和纽约市的一群犹太青年的生活经历揭示了其在现实与理想冲突中的痛苦煎熬，以及犹太移民家庭在同化过程中必须承受的精神阵痛。老一辈犹太人固守传统与年轻一代试图摆脱束缚、谋取自由独立的思想碰撞，凸显了罗斯在文学生涯初期的困惑，而犹太人与非犹太人在

---

① 参见另一中文译本：菲利普·罗斯，《再见，哥伦布》，来准方等译，西安：陕西人民出版社，1987 年，第 431 页"作家介绍"。

② 奥康纳（Flannery O'Connor，1925—1964），美国南方女作家，作品主要以滑稽模仿和夸张手法表现基督徒在现代社会中的困境。1979 年 4 月 9 日，罗斯在伦敦接受了南希（Guinevera Nance）的访谈。另见 Judith Paterson Jones and Guinevera A. Nance, *Philip Roth*, New York: Frederick Ungar Publishing Co., 1981, pp. 5-6.

③ Ross Posnock, *Philip Roth's Rude Truth: The Art of Immaturity*, Princeton: Princeton University Press, 2006, p. xii.

④ David Gooblar, *The Major Phases of Philip Roth*, London and New York: Continuum International Publishing, 2011, p. 7.

宗教、文化和历史方面的分歧，以及身份问题则成为他以后作品持续讨论的主题。

一

　　基于中篇小说《再见，哥伦布》获得的巨大成功，罗斯的首部长篇小说《放手》被认为印证了人们常说的"第二部作品综合征"，即作家们总想超越第一部作品，使其更伟大、更重要，然而公众的期望也更高，这无疑导致作家要承受来自各方面更大的压力，结果往往事与愿违。有的评论家还是看到了罗斯在该书创作中的独特之处，如理查德·兰德（Richard Rand）就指出，"《放手》是那一年仅次于《微暗的火》（*Pale Fire*，1962）的最有趣的小说"[①]。罗斯将书稿送到兰顿出版社（Random House, Inc.）时，最初的书名为《债务与忧伤》（*Debts and Sorrow*），这似乎更确切地突出了小说主题。"债务"是指艰难的道德抉择，只因责任与个人欲望之间的冲突，书中人物饱受良心上的煎熬；而"忧伤"则是指他们偿还债务或逃避债务的结局，该书可以被认为是一部现代悲剧。[②]小说之名"放手"表明早期的罗斯希望年轻人能以道德现实主义的姿态，勇敢地放弃传统价值观，轻松上阵去追寻理想，走向真正属于自己的人生。此时罗斯最感兴趣的话题之一是"考察知识分子在道义上的着力表现"[③]。该书叙述了 1953 年美国从朝鲜战争结束转向社会快速发展的关键时期，以及年轻人从对未来充满信心到逐步陷入迷茫和遭遇挫折的经历，聚焦于主人公犹太青年盖博·瓦拉克与家人和朋友之间的亲情和友情关系，以及年轻夫妇保罗·赫兹与利比·赫兹的艰难奋斗历程。罗斯着重揭示人们试图到达难以企及的人生目标时的焦虑，他们既不愿放弃又不甘心随波逐流，在残酷的现实面前却无能为力，凸显了当时年轻人的无奈和困境。

　　1960 年，罗斯在斯坦福大学发表演讲时（这次的演讲稿最后形成了他的重要文章《美国小说创作》）就详尽阐述了自己的文学创作观点，《放手》可以说是他尝试将其创作原则运用于实际的成果。他在那次演讲中强调，写作必须抓住当代美国社会的现实以及它对个人的影响。从《放手》开始，罗斯"身为第二代犹太移民，其期望与成就之间的差距形成作品中讽刺的主题"[④]。他努力真实地反映周

45

---

① Bernard F. Rodgers Jr., *Philip Roth*, Boston: Twayne Publishers, 1978, p. 48.

② Bernard F. Rodgers Jr., *Philip Roth*, Boston: Twayne Publishers, 1978, p. 49.

③ Patrick Hayes, "The Nietzschean Prophecy Come True: Philip Roth's *The Counterlife* and Aesthetics of Identity," *The Review of English Studies*, New Series, Vol. 64, No. 265, 2012, p. 492.

④ Murray Baumgarten and Barbara Gottfried, *Understanding Philip Roth*, Columbia: University of South Carolina Press, 1990, p. 60.

围世界，笔下人物受困于相互冲突的道德诉求，无法使现实与期望达到和谐，他们的遭遇足以引起读者的共鸣。该书根据罗斯 20 世纪 50 年代在芝加哥大学读研究生和任教时的经历而写成，是他以文学作品进行道德评判的最初尝试。在后来的散文集《阅读自我和其他》中，他回忆创作该书时特别提及，当年他在学校图书馆细读《鸽翼》(*The Wings of the Dove*) 时，被亨利·詹姆斯的修辞技巧和道德警言所折服。①他希望自己能以长篇小说的形式展现詹姆斯式的理想主义与 20 世纪 50 年代美国现实的激烈冲突。詹姆斯身为欧美文学从现实主义向现代主义转折时期的重要小说家和理论家，其创作生涯反映了美国文学突破孤立闭塞的状态，走向世界的转变。②他的小说特点是聚焦国际题材，具有包容性和对话性，讲究内容和结构的张力，常常以文辞冗长和结构烦琐打断和耗尽读者的期待，设置悬念，不断变换叙事角度，既注重读者在阅读中的主观性和创造力又有意识地干预，体现了元小说特色和有目的地培养读者群的特点。他的作品富有想象力，凸显实验性艺术，关注人性、情感和意识自由。他指出："如果我们未曾轻狂，那也就不会有关于我们的故事。"③詹姆斯主张创作自由，凸显心理现实主义特色，坚持认为"小说之所以存在的唯一原因是它的确试图反映生活"④。他坚信"所谓现实主义，就是作家能够如实地传达自己体验到的现实，因为现实的存在要经过个体的感知才有意义"⑤。心理现实主义的主要特征就在于真实地反映人物对客观现实的思考过程，并通过这种反映来折射现实生活，"由于心理现实主义小说注重从心理上刻画人物，所塑造的人物大都具有典型性"⑥。这些观点对罗斯影响极大，特别是在他雄心勃勃开始创作长篇小说的起步阶段。

二

在《放手》中，罗斯重点探索了犹太青年在美国社会中理想的成长之路。小说主人公盖博是生长在曼哈顿并已完全同化的犹太人，他年轻有为、家境殷实，父亲是

① Philip Roth, *Reading Myself and Others*, New York: Vintage International, 2001, p. 82.

② Jay Parini, *The Oxford Encyclopedia of American Literature*, Vol. 2, Shanghai: Shanghai Foreign Language Education Press, 2009, p. 292.

③ 拉曼·塞尔登，《文学批评理论——从柏拉图到现在》，刘象愚等译，北京：北京大学出版社，2000 年，第 360 页。

④ 埃默里·埃利奥特，《哥伦比亚美国文学史》，朱通伯等译，成都：四川辞书出版社，1994 年版，第 552 页。

⑤ 朱刚，《新编美国文学史》(第二卷)，上海：上海外语教育出版社，2002 年，第 98 页。

⑥ 刘建国，《主义大辞典》，北京：人民出版社，1995 年，第 80 页。

著名的牙科医生。他曾入伍当过炮兵少尉，研究生毕业后任芝加哥大学英语教师，喜爱亨利·詹姆斯的《一位贵妇的画像》（*The Portrait of a Lady*）一类的小说，是罗斯心目中实现美国梦的理想人选。詹姆斯的完美主义和理想主义对罗斯的影响在该书中体现了出来，他借笔下人物盖博之口承认自己"与外界的联系不是和这世界本身的接触，而通过亨利·詹姆斯"（p. 3）。盖博像詹姆斯小说里的伊莎贝尔·阿切尔一样执着和坚守自己的理想，即使屡屡受挫，但依然朝着既定的人生目标努力，不愿承认失策或做出改变。盖博甚至认为"固执也许是勇气的另一面"（p. 31）。他深受犹太传统，特别是父母的影响，习惯于为了自己的目的操控他人生活。其父亲代表犹太人具有的神秘力量，母亲却是传统美德和自制力的化身。罗斯小说中这位似乎能应付一切难题的人物在性格上更像母亲，总想以博爱精神感染他人或控制他人，期望在帮助他人摆脱生活困境和精神磨难的过程中实现自我价值。

　　罗斯刻意塑造出一种精神导师形象，凸显犹太传统对青年成长过程的控制。对于早期的罗斯来说，传统的东西依然重要。盖博承认，"母亲去世时给我留下她家族留给她的一切，即使不算什么财富也足以使我一生避免灾难"（p. 23）。母亲的信和詹姆斯的小说成为他人生的指导书。在小说的开端，母亲临终时留下书信希望儿子谅解父亲，教导盖博要为人正直，因而他发誓"绝不以暴力对待人生，既不针对他人，也不针对自己"[①]。他的父亲同样强调家庭纽带的重要性和犹太传统的力量。在此类教诲下，盖博成年后自以为在很多方面，特别是在道义和社交上，比同龄人更胜一筹。每当朋友们陷入绝境时，盖博总能挺身而出。然而社会现实的考验是残酷的，当他满怀豪情到中西部追寻自由和独立时，才发现那里的生活没有意义，转而退却回到纽约。他希望重归熟悉的犹太社区，从族群的氛围里获得心灵上的安抚，但他早已改变，难以适应先前的生活。他沮丧地说："我大部分时间都在寻找一扇可以将自己带回平凡生活的门，却扫兴而归。"（p. 187）他的父亲（瓦拉克医生）也欢迎他的回归，希望他能在纽约结婚生子、继承家业。终日养尊处优的盖博难以找到生活的目的，总在他人的生活中扮演尴尬角色，正如女友玛撒·利格哈特责备他时所说："你这种自由自在的、无私的高贵是我见过的最恶心的自私表演。"（p. 384）即使盖博花费大量精力努力经营与玛撒的关系，但两人之间的关系只是一个临时避风港，无法成为玛撒期望的温馨家园。直到小

47

---

① Philip Roth, *Letting Go*, New York: Simon & Schuster Inc., 1991, p. 3. 本书作者对引文进行了汉译，以下出自该小说的引文只标明原书页码。

说结尾时他方才明白，自己的所作所为实际上都是在干涉他人生活，最终只是给朋友带来了伤害。具有讽刺意味的是，他最终意识到他苦心经营的人际关系更多是为了自我保护，他鄙视自己"不过是个自我为中心，自我怜悯，自我欺骗，自高自大，并认为总要高人一等的角色"①。常常令盖博深感矛盾和焦虑的是，虽然他充分享受着父辈提供的优越生活条件，可以自由追逐梦想，但却对父爱保持警觉，不愿按照他们的意愿生活，总想逃离他们的影响范围，摆脱控制。在罗斯的笔下，盖博试图成为超越个人幸福追求和其他世俗杂念的救世主或理想犹太人，但最终只能选择远走他乡，将纷繁复杂的文化冲突和种族矛盾留给他人。盖博尝试摆脱犹太传统的婚姻，每次都在关键时刻退缩或者被人拒绝。他缺乏青年人应有的勇气，无法做出自己的抉择。他与詹姆斯笔下的其他人物一样，不过是"多愁善感的观察家，总在徒劳无益地追求爱情，似乎注定最终要落入一种说不清道不明的自我克制之中"②。

三

罗斯强调对传统和世俗的反抗势必遭遇挫折和磨难。从该书中另一人物保罗身上也不难看出作家自己的影子。此人同样在研究生阶段开始写小说，但在言行上与盖博形成鲜明对比。保罗代表真正具有反叛意识的犹太青年，他和妻子利比被同事看作"披头士"（beatniks），他们的故事实际上是《再见，哥伦布》中尼尔与布兰达遭遇的另一版本：富有的犹太子弟私下娶了天主教的白人女孩，他们因此被双方父母扫地出门，浪迹天涯。在巨大社会压力下，保罗夫妇摆脱外界干扰建立了自己的小家庭。他们似乎比尼尔与布兰达幸运，却难逃更大打击：他们无法生育以延续具有反叛精神的血脉，而被认为是遭到了父辈和族人的诅咒和命运的惩罚。与传统家庭决裂后，这对年轻人难以维持小家庭的独立，尽管在小说结尾成功收养了他人的孩子，也只能被看作是无奈选择。保罗与利比被犹太社区抛弃，从文化根源、经济基础和精神支撑上割裂开来，成为漂浮于各地的无根和无助的社会底层人物。来自宗教的压力让两人的生活雪上加霜。没有一位拉比愿意为这对犹太人和天主教徒夫妻主持婚礼，他们只好求助治安法官。特别是第三位拉比里奇曼在拒绝他们的请求时，曾对愤怒的保罗喊道："闭嘴！你这俗人，俗不可耐！

---

① Bernard F. Rodgers Jr., *Philip Roth*, Boston: Twayne Publishers, 1978, p. 50.
② 埃默里·埃利奥特，《哥伦比亚美国文学史》，朱通伯等译，成都：四川辞书出版社，1994年版，第548页。

别找借口把泥腿踏进我的会堂！即使你们都是犹太人我也不会为你们主婚！你们两个笨蛋，该死的，胆小鬼！滚出去！"（p. 103）在宗教态度不明的情况下，福利机构拒绝让保罗一家收养小孩，他们只好私下交易。罗斯对各种宗教的影响和控制极为反感，在该书中他只是为了某种平衡特意借盖博之口表达对基督教的看法：

> 也许是出于给人带来麻烦的某种种族罪恶的宣泄，圣诞节是我从不喜欢的日子。……我对这种文化感到不安，此时大多数同胞正在温暖的家中庆祝他们救世主的生日。电台广播里全是铃铛声和管风琴音乐，邻居家房子上已用彩灯镶边，教堂草坪上摆放着各种小人，但我对它们所有的真实性或超自然行为丝毫不信。（p. 287）

利比因嫁给犹太人而遭到信奉天主教的父母抛弃，父亲在简短的来信中对追随保罗到西部的利比声明说，他"只对上学的女儿有义务，对底特律的犹太家庭妇女没有任何责任"，从而断绝了与她的所有经济往来（p. 22）。他们被父母和亲友从社区驱逐后，只好离开繁华的纽约，远走他乡。为了维持生计，保罗到底特律汽车厂做工，整天担心小家庭的未来。罗斯对具有反叛精神的年轻人深表同情，极为赞赏保罗的决断，认为他到底特律汽车厂打工维持小家生计的行为，捍卫了自我的尊严。尽管他们生活受挫，但"烦恼已被正义感取代，他终于向这残酷的世界举手示威"（p. 109）。即使在生活最困难时，保罗和利比也未放弃理想，他们来到偏僻的艾奥瓦州求学和打工。深陷经济困境之际，保罗和利比想过分手，收养小孩是为了挽救将要破裂的婚姻所做的最后努力。保罗和利比两人在经受各种考验与挫折后学会了无悔地接受命运中的磨难。罗斯认为他们已经战胜自我，学会放手，同时也预示盖博可能的命运。盖博本以为能充当他人的保护者和生活导师，但他缺乏保罗和利比那样敢于冲破重重障碍与心爱之人结合的勇气。他虽然渴望浪漫爱情，每次到关键时刻都会退缩逃避，愿意交往却无法认真去爱。处于舒适生活中的盖博发现自己对学术生活也不感兴趣，从他所写的有关詹姆斯的论文中难以得到乐趣，也没有从教的积极性，他关注的是私生活和浪漫冒险。罗斯所刻画的盖博这一形象代表了圆滑的犹太人的生存之道，即一生总在回避潜在威胁，担心结局对自己不利，正如玛撒质问盖博："为什么你总能毫发无损地逃脱？"（p. 576）当盖博陷入同保罗一样困境时只能逃避，最终导致自我异化和友人的疏离。

49

四

在该书中，罗斯还尝试塑造鲜活的女性形象，她们在现实的磨难中不断丰富和完善自我，成为具有较强独立意识的新女性。盖博的女友玛撒·利格哈特作为承担家庭重负的单身母亲，对社会有更加深刻的了解，能在盖博深陷感情漩涡、像保罗一样将被注定不幸的婚姻所拖累时，果断拒绝诱惑并依靠自身的努力来改变命运。玛撒不失为追求自由独立的新女性典型，她经历了重塑自我的痛苦磨难后说道："我已放弃自我毁灭，使自己的生活有序，这个世界有序，我也能享受自己的一份。"（p. 576）她深信能够独立地生活和安排好自己的未来。利比注意仅仅与盖博之间维持一种柏拉图式的精神恋爱，从而避免陷入婚变的困境，因此最终两人只是成为性格相近的挚友。利比随丈夫离开纽约后，她并不后悔自己的选择，她果断地摆脱一切妨碍自己幸福的束缚，甚至憎恨东部那些不理解她的父辈，也从未向他们妥协，为了爱情她甚至愿意改信犹太教。利比在诗中写道："朋友将我如过去的记忆一般抛弃/我是自己悲哀的消耗者。"（p. 331）在坚持个人独立和追求自由幸福方面，她比保罗更有主见，因为后者总想妥协和寻求谅解。盖博与利比之间近似于情人的关系被相互的理智叫停。罗斯设计的这类精神恋爱情节反映了那一时代年轻人对生活的顾虑，保罗有意识的避让和放任同样是对生活的妥协，他甚至希望借此摆脱生活的窘态，让这花花公子带走利比，带走烦恼。该书中利比的表现极为恰当，无疑具有罗斯所称赞的新女性的涵养。

总体上看，罗斯在该书中的人物塑造依然受早期犹太作家笔下的"小人物形象"（little man image）的影响，着重强调他们为了生存而学会忍耐和等待。在《犹太人想象》（"Imagining Jews"）一文中，罗斯谈及贝娄的《受害者》（*The Victim*，1947 年）时曾说过："在这部小说中做个犹太人，有些病态地坚持服从良心召唤，出于人道的怜悯和近于偏执狂的责任心，将他人的痛苦和灾难揽于一身。"[1] 其实罗斯在《放手》中阐释了相同主题。有的评论家认为罗斯笔下的主人公"已将因过度消费和精神迷茫所致的美国文化颓废内化"[2]。对于如何应对残酷现实和矛盾冲突，他并未提供有效的答案。该书中年轻自负的盖博最后也只是选择逃离生活的困境和精神上的纠结，远赴土耳其的伊斯坦布尔执教。在小说的结尾，他给利

---

[1] Bernard F. Rodgers Jr., *Philip Roth*, Boston: Twayne Publishers, 1978, p. 47.

[2] Murray Baumgarten and Barbara Gottfried, *Understanding Philip Roth*, Columbia: University of South Carolina Press, 1990, p. 61.

比的信中写道，"我已脱钩而去"（p. 630），此处的"钩"显然意指生活中的欲念和诱惑。该小说中所谓的"放手"甚至意味着放弃做出决定的可能，即放弃《一位贵妇的画像》中伊莎贝尔·阿切尔那种可以为了最后选择的悲剧性尊严而屈从于现状的可能。①也有评论家认为，罗斯的"放手"是要放弃天真无邪的不现实，放弃对他人的过高期望，放弃以为可以自由改变人生的奢望，从而顺利地从青春期的异想天开过渡到幻想破灭的成人阶段。②罗斯在《放手》的扉页上引用德国著名作家、诺贝尔文学奖获得者托马斯·曼（Thomas Mann，1875—1955）的话说道："现实的一切都是那么逼真，这就是道义本身，足以使我们在生活中不可能虚伪地面对青春而问心无愧。"③这一座右铭揭示了该书的主题思想，即在严酷的现实面前，最重要的是以平常心态冷静对待。

　　罗斯在这首部长篇小说中尝试阐述自己的创作主张，所涉及的主题也在后来的作品中一一呈现，如他身为犹太人之子，在父辈过分关爱或者控制下的幽闭恐惧症、自我关注、交际困难、种族、同化问题等。④罗斯着重揭示了"在伪装与事实之间、长相与天赋之间饱受煎熬的灵魂"（p. 408）。罗斯以笔下人物保罗和盖博等人的言行展示了真实自我与外表之间的冲突和由此而生的内心焦虑，再现了传统与现实冲突中犹太青年的生存状态。令人欣慰的是，罗斯后来作品里的人物并未像盖博那样回避和放弃，而是努力摆脱犹太身份的束缚，越来越注重参与和进取。《放手》一书在罗斯创作生涯里特别具有开拓性意义，他对种族问题和身份焦虑的思考为以后的《美国牧歌》和《反美阴谋》等佳作的问世奠定了基石，他在塑造新女性形象方面的尝试则更多地反映在随后的小说《当她顺利时》之中。

51

第三节　罗斯笔下的女性

　　长期以来，罗斯在创作中对女性的态度饱受诟病，实际上他在美国文坛崭露

　　① Jonathan Raban, "The New Philip Roth: *When Shen Was Good* by Philip Roth," *Novel: A Forum on Fiction*, Vol. 2, No. 2, Winter, 1969, p. 155.

　　② Bernard F. Rodgers Jr., *Philip Roth: A Bibliography*, Boston: Twayne Publishers, 1978, p. 59.

　　③ Philip Roth, *Letting Go*, New York: Simon & Schuster Inc., 1991: Title page.

　　④ Murray Baumgarten and Barbara Gottfried, *Understanding Philip Roth*, Columbia: University of South Carolina Press, 1990, p. 70.

头角后便涉足女性主角的小说的创作,《当她顺利时》(1967 年)就是这方面的尝试,他刻意描写了被称为"新女性"的一代人的心理活动和行为举止,以及她们对当时社会和思想的冲击。罗斯在该书中对男权至上主义和女权主义的偏激均予以抨击,有意识地回避当时热议的反越南战争主题,聚焦中西部小镇封闭保守环境里的女性的成长经历和生存环境,探索那一时期她们对生活与未来的渴望和造成其人生悲剧的各种原因。

罗斯与当时活跃在文坛上的后现代作家纳博科夫和霍克斯等人相反,他延续的是现实主义风格。[①]他于 1963 年在以色列参加研讨会时就阐述了自己关于小说的社会功能的看法:"我认为文学,特别是在我们国家和这个时代,不会产生直接的社会和政治影响。但它可以改变意识……它的任务和目的就是改变人们对现实的看法和说明应该怎么做。文学并不召唤人们行动,而是对人的意识说话。"[②]罗斯创作《当她顺利时》一书时正值美国国内大规模反越南战争运动风起云涌之际,他没像诺曼·梅勒(Norman Mailer, 1923—2007)在《我们为什么在越南?》(*Why Are We in Vietnam?*,1967 年)中那样反映国内外政治局势,而是将视角转向中西部小镇居民的道德观和波及至此的女权主义影响。他在 1974 年的访谈中坦言道:"确实有一段时期我以《当她顺利时》女主人公的道德说辞掩饰其复仇和毁灭,如同政府将系统毁灭说成是对越南人的'拯救'一样。"[③]小说之名中的"她"既指小说女主人公露西,也指她身为其中之一的"美国人",所谓"顺利时"其实并不顺利,罗斯用故事中的小天地里所发生的一切反映美国现代史上的一段最动荡的时期。该书出版时被人们忽略和误解,其价值在近年才逐步引起人们重视,被认为"比那些人们热衷的大多数小说更佳、更精致、更引人入胜"[④]。在多产的罗斯的创作生涯中,《当她顺利时》不同于以往的作品。他相隔整整 5 年后才推出这一新作,曾有 8 次初稿并数易书名。此次文学实验与稍后的《波特诺伊诉怨》中的后现代主义技巧追求不同,他依然专注于现实主义表现手法。评论家哈里·莱文指出,文学上的现实主义者注定从一开始就是幻灭的理想家(disillusioned

---

① 弗拉基米尔·纳博科夫(Vladimir Nabokov, 1899—1977),俄裔美籍作家,主要作品有《洛丽塔》(*Lolita*, 1955 年)等;约翰·霍克斯(John Hawkes, 1925—1998),美国后现代主义作家,主要作品有《第二层皮》(*Second Skin*, 1964 年)、《血橙》(*The Blood Oranges*, 1971 年)等。

② Philip Roth, "Second Dialogue in Israel," *Congress Bi-Weekly* 30, September 16, 1963, pp. 75-76.

③ Philip Roth, *Reading Myself and Others,* New York: Vintage International, 2001, p. 11.

④ Eliot Fremont-Smith, "Looking Back: Two Good Novels Reconsidered," *New York Times*, June 16, 1967, p. 41.

idealist），其方法是系统测试和揭开幻象的面具。①罗斯的《当她顺利时》在揭示社会表象下的真相方面倍显犀利和深刻，被认为是表现美国中西部境况的《包法利夫人》（*Madame Bovary*，1857 年）和现代的《大街：卡罗尔·肯尼科特的故事》（*Main Street: The Story of Carol Kennicott*，1920 年）。他以在名为"自由中心"的小镇里生活的普通人的经历，揭示未上过大学或早早退学的、固守在老家、目光短浅，且被理查德·米尔豪斯·尼克松（Richard Milhous Nixon）标注为"沉默的大多数"（silent majority）的一代人的遭遇。②罗斯在艾奥瓦大学作家班任教期间完成了《放手》，之后马上着手这部小说的写作，开始时将其命名为《消磨时光》（*Time Away*）。罗斯在该书中描绘了展示女性弱点的众生相：智力低下的妹妹、逆来顺受的妻子、敢怒不敢言的女儿。而家庭的独裁者——外祖父威拉德只是在外孙女这一代才遭遇到真正的挑战。威拉德宣称能为全家人提供保护，事实上他却无法做到，他希望在小镇上建立一个文明家庭，然而自己却在其中行使暴君式的独裁，压抑后代的自由意志。露西在反抗外祖父压制的同时，也以同样的方式行事，尝试建立自己能控制的小世界。她在改造身边男性的过程中给家人带来的只是毁灭，最后在无法抵御社会压力时选择自杀，在严冬里冻死在街头。《当她顺利时》是罗斯唯一以女性为主角的小说，也是他深入探索女性心理的首次尝试。与他的许多作品不同，这次他放弃了熟悉的犹太社区故事，转而探讨非犹太人话题和描述女性的成长经历，专注于美国中西部地区的小镇生活，而不是东部大城市的繁华景象。

一

罗斯在该书中聚焦于不利于女性成长的恶劣环境，揭示小镇顽固的保守势力和价值观形成的令人窒息的社会氛围，对男权至上主义压抑下的沉默的一代深表同情。他特意选择一个边远的中产阶级小镇，有意识地模糊地理特征，使其更具代表性，小镇之名"自由中心"其实泛指美国各地。罗斯强调"小说写作不是为了肯定似乎人人皆知的原则和信仰，也不是要保证我们情感的恰当。实际上，小

---

① Bernard F. Rodgers Jr., *Philip Roth: A Bibliography*, Boston: Twayne Publishers, 1978, pp. 61-62. 哈里·莱文（Harry Levin，1912—1994），美国著名文学批评家，比较文学学者。

② Bernard F. Rodgers Jr., *Philip Roth: A Bibliography*, Boston: Twayne Publishers, 1978, p. 64.《包法利夫人》和《大街：卡罗尔·肯尼科特的故事》这两部由福楼拜（Gustave Flaubert，1821—1880）和刘易斯（Sinclair Lewis，1885—1951）创作的小说在欧洲和美洲现实主义文学领域别具代表性。

说世界是让我们除去社会传统强加在人们感情上的谨小慎微；艺术的伟大之处就是让作家和读者对经验做出日常生活中常常不能做出的反应"[1]。罗斯这次涉及自己并不熟悉的女性话题和陌生环境是极具挑战性的，他以反讽的笔触描写"自由中心"小镇的衰败，喻指当地居民精神上的堕落。罗斯在小说开端就点明移民家庭的基本诉求，强调一种质朴的美国理想生活："不必富裕，不必出名，不必手握权柄，甚至不必幸福，但要文明——这便是生活之梦。"[2]罗斯主要以一位具有反叛精神的新女性的悲剧说明在中西部建立文明家庭的梦想难以实现。文学作品中的新女性形象最早是指 19 世纪末期以来追求独立自由、性格坦率、蔑视传统的女性，如在凯特·肖邦、夏洛特·吉尔曼和薇拉·凯瑟[3]的作品中充满活力的主人公。罗斯有意识地选择第二次世界大战后的繁荣期为故事的历史背景，悲剧发生于人们习以为常的生活环境中。他关注小镇今不如昔、逐步走向没落的进程，描述了在"自由中心"这种小镇上，本应具有美好前程的居民们却过着充满欺诈和虚伪的生活，人际间的冷漠和隔阂则是造成悲剧的根源，最终凸显为一种"美国式的失败征"(the syndrome of American failure)。[4]罗斯通过一位老人对 1903 年到 1954 年发生在小镇上的事件的回忆，将这个曾经充满活力的地方如何一步步走向衰落的过程徐徐道来。威拉德是小镇上保守固执的老一代的典型，他极力维持自己在小家庭里的绝对权威。在小说开端，老年的威拉德来到妹妹和外孙女的墓地等待着，却不甚明了自己究竟在等什么。从他断断续续的回忆中，读者感受到一种深深的绝望。尽管他明知来者将是刚从监狱中释放的女婿，但他却不确定是否值得等，因为正是此人给家庭带来一连串的灾难。这种充满悬念和神秘的描写令人备感压抑，预示了可能发生的悲剧。

罗斯在小说里逐步展现了一种美国式家庭神话，入微探索中西部地区的家庭契约：女性成员一切听从男性的摆布，必须接受保护和控制的命运。挪威移民后

---

① Philip Roth, *Reading Myself and Others,* New York: Vintage International, 2001, p. 195.

② Philip Roth, *When She Was Good*, in Philip Roth, ed., *Philip Roth: Novels 1967-1972*, New York: The Library of America, 2005, p. 3. 以下该小说引文均出自该书，只标明原著页码。

③ 凯特·萧邦(Kate Chopin, 1851—1904)，美国女作家，本名凯萨琳·欧福拉赫蒂(Katherine O'Flaherty)。夏洛特·吉尔曼(Charlotte Gilman, 1860—1935)，美国小说家，最著名的作品是短篇小说《黄色墙纸》("The Yellow Wallpaper", 1892 年)；薇拉·凯瑟(Willa Cather, 1873—1947)美国小说家，主要作品有《啊，拓荒者!》(*O Pioneers!* 1913 年)、《我的安东妮亚》(*My Antonia*, 1918 年)。

④ Jonathan Raban, "The New Philip Roth: *When Shen Was Good* by Philip Roth", *Novel: A Forum on Fiction*, Vol. 2, No. 2, Winter, 1969, p. 156.

裔威拉德一心指望在荒蛮的中西部恶劣的自然和社会环境里建立文明家庭，尝试一种难以完成的壮举。在大萧条时期威拉德刚刚将妹妹从疯人院接回家，女儿、女婿和外孙女便投奔而来。妹妹吉莉的智力与 3 岁大的外孙女差不多，甚至认为她与外孙女同属一人而无法将自我分开。女婿罗伊嗜酒如命，总是小偷小摸，不务正业。虽然他 42 岁时决定改邪归正，努力成为真正的男人，但这位优秀电气工程师却因心脏杂音未能参军而深感遭遇人生最大的挫折。他屡次失败后总是诉诸家庭暴力，欺凌懦弱的妻子，最后被妻子露西亲手赶出家门。家庭成员的怪异言行举止和恶劣的生活环境对于渴望独立自由的露西来说难以忍受。在她看来，其父亲雄心勃勃建立起来的并非文明家庭，而是令人沮丧的囚笼。露西一心只想逃离家庭去追求自己的幸福，然而其叛逆举动给整个家庭带来更大灾难。

　　罗斯以两对夫妻的生活经历和悲惨遭遇表现中西部地区普通家庭理想的幻灭，他所描绘的夫妻关系的原型可以追溯到华盛顿·欧文（Washington Irving, 1783—1859）的小说《瑞普·凡·温克尔》（*Rip Van Winkle*）。在欧文的作品中，丈夫往往是"可爱和不负责任的大男孩男人（boy-men）"[①]。迫于爱唠叨的泼妇妻子的淫威，他们为追求自由常常在外游荡而不愿归家。作品中最后的解决方式则是妻子自杀或消失，丈夫却不必承担任何道义上的责任。温克尔的妻子在他离家后的几十年里含辛茹苦将孩子们抚养成人，等他回家时妻子早已消失得无影无踪，只留下不再干涉其自由的后代守护其安享晚年。罗斯在该书中选择了类似的"最佳结局"：面对游手好闲的酒鬼父亲和一切听命于他人的大男孩丈夫，露西在愤怒中冻死街头，让包括丈夫罗伊在内的所有人轻松地生活下去，小镇居民也如释重负。这其实是美国文学传统中男权至上主义的再现，罗斯在创作中的类似处理表现出其思想上的局限性，自然招致许多读者特别是女权主义者的严词抨击。

二

　　尽管颇具争议，但罗斯尽力塑造了一位新女性形象——露西。此人在愤怒反抗时所发出的是小镇居民无法理解和难以容忍的偏激的女权主义声音。露西的丈夫罗伊 1948 年从军队退伍回家后希望成为职业画家，雄心勃勃地对未来充满幻想，自以为可以做成任何想做的事情。他希望能以自己从阿留申群岛归来的经历闯出一番事业，然而最后一事无成，反被妻子视为懦夫。露西在大学第一学期意外怀

[①] Bernard F. Rodgers Jr., *Philip Roth: A Bibliography*, Boston: Twayne Publishers, 1978, p. 66.

孕时，罗伊惶惶不安、不知所措，她只能孤独地向医生求助，要求流产。不愿承担责任的医生拒绝为露西解忧，她终于明白在充满荆棘的人生道路上自己孤立无援，愤怒地直言道："我不靠运气，也不靠他人，……我靠自己。"（p. 130）露西难以获得他人的帮助，医院里的经历使其性格大变。随着手里翻动的医生名单，她想到的是"自己挪动双腿，从一间办公室来到另一间，被羞辱，被忽略，被谩骂"（p. 131）。更加令人沮丧的是，在威拉德努力建立的所谓"文明家庭"中，露西同样无法得到其他成员的支持，畸形的成长过程使她早已丧失家的概念。露西内心深处瞧不起家人，不屑于与他们交谈：

> 多少年来，他们抱怨她总是对他们所说的话或所做的事不屑一顾，拒绝他们的建议；她生活在他们中间就像陌生人，甚至像敌人，没有友情，从不交流，几乎不可接触。（p. 153）

该书凸显了中西部地区社会现实对女性的残酷性。露西回家求助，反而逼得父亲再次消失，当母亲决定离婚时，父亲却因盗窃罪入狱。家庭的变故让露西陷入绝望，她只希望找到一个安宁的藏身之处养育自己的孩子，又做爹又当妈，"在没有残酷，没有欺骗，没有背叛，特别是没有男人的环境中生活"（p. 272）。露西特别憎恨父亲，称其为小镇酒鬼，后者心里自然明白："你总想将我关起来——那是你一生中最大的愿望！"（p. 167）最后结局真的如她所愿。对于懦弱的母亲，露西直言道："我拒绝过你那种生活，那不是我想要的！"（p. 168）罗斯刻意颠覆"恋母情结"这一模式，反向而行，当主角是男性时总会责备母亲，而女性则抨击父亲。①露西认为只有自己明白，这些男人根本无法保护女人，甚至连他们自己也保护不了。在与罗伊的关系中她将其看作受保护者，希望切断他与家人的联系，力求培养出符合自己标准的真正男人。这种命运安排在小镇居民看来无疑是大逆不道的，最后她被认为患有精神分裂症，甚至遭到自称为正义维护者的朱里安（罗伊的叔叔）的暴力对待。绝望之中的露西希望依赖宗教的力量抵御外界压力，即使在梦中露西也努力与达姆罗其神父沟通，希望有助于自己理解现实的真相。对于周围人们邪恶的根源，她得到的答案更加令人沮丧："这世界并不完美……因为我们软弱、腐败，因为我们都是罪人，带有罪恶的人类的本性。"（p. 260）露西逐

---

① Stanley Cooperman, "Philip Roth: 'Old Jacob's Eye' with a Squint," *Twentieth Century Literature*, Vol. 19, No. 3, Jul., 1973, p. 212.

步意识到给家里带来灾难的父亲也是受害者，只因大家都生活在这个不完美的世界上。露西曾相信教会的主张，愿意过"温顺、谦卑、默默无闻和受苦受难的生活"（p. 71）。然而，父亲再次对母亲施暴使她忍无可忍，她在向特雷莎圣女求助而没有回应时才报警，而且此后不再相信教会。露西在与男权至上主义的抗争中难以理解其他女性的懦弱和顺从，她拒绝向小镇的权贵妥协，一心只想夺过话语权以自己的判断行事。具有讽刺意味的是，她的言行其实深受外祖父影响，同样剥夺了他人（如丈夫罗伊）的独立意志。露西的悲剧在于自己并不明白这种小镇已不再适合年轻人居住，此处居民早已失去美国人在边疆开拓时期引以为自豪的进取精神。幻想争取自由独立的露西希望按照自己的方式改变丈夫，自然遭遇强大的传统保守势力（来自家庭、学校、医院）的阻碍。她势单力薄，所代表的是没有机会、没有前途的无聊小镇中饱受压抑和欺凌的女性。她们尽管渴望主宰自己的生活，却需要艰难突围，难以取得真正意义上的胜利。露西失踪数天后被发现冻死在路边，她的死尤其具有象征性。她在风雪夜里突然离家出逃而走向死亡，僵硬的姿势是举着手似乎想抵挡他人的打击。罗斯在书中替愤愤不平的死者写道：

> 再见吧，勇敢健壮的男人们。再见吧，保护者、辩护者、英雄们、救星们。再也不需要你们了，再也用不上了——天啊，你们终于被揭开了面纱。永别了，永别了，花心的男人们、骗子们、胆小鬼和懦夫们、欺世盗名和谎话连篇的人们。父亲们和丈夫们，永别了！（p. 273）

罗斯在该书的创作中同样深受亨利·詹姆斯的影响。詹姆斯关注急速变化的社会环境里的女性身份问题，常常描述背景可疑的邪恶女人和歇斯底里的偏执狂，如《一位贵妇的画像》里的伊莎贝尔从美国式信仰，即无视任何限制的独立性出发，逐步形成自我冲突的自由感。罗斯笔下人物与之相近，他着重表现人们以爱为名的统治与反叛。新女性的主要标志之一就是自主的选择权利，她们希望完全掌握自己的命运。露西身为男权至上社会的颠覆者，不愿接受男人的控制和保护，崇尚个人独立意志，在成长过程中学会挑战权威，难以容忍家人主宰自己的命运。小镇居民则认为露西这类女性具有毁灭性，因而注定了她难以逃脱厄运。罗斯首次涉及女性话题的这部小说被认为具有严重的厌女倾向（misogyny），并一直受到人们的抨击，前妻克莱尔针对他创作中的问题总结说：

> 在他（罗斯）后期作品里有种现象反复出现：就是每当他意识到自

己的感情使其在她（泛指女性人物）面前表现出脆弱时，便有逃走的欲望。不言而喻的是，这表明女人具有威胁和潜在力量，是他精神和肉体上焦虑的根源，甚至可能导致他的死亡。①

一些女权主义者对罗斯充满敌意和警惕的看法其实早已形成。这促使罗斯在随后的创作中，对女性的生存状态更加关注，着重探索她们内心世界的变化，如他在《人性的污秽》里就对女主人公福妮雅（Faunia Farley）的悲惨命运深表同情，不难看出其在女性话题上的变化。

西方马克思主义理论家乔治·卢卡斯（George Lukacs，1885—1971）指出，"现实主义就是意识到文学作品既不基于自然主义者所说的没有生命力的平均数，也不指望化为虚无的个人原则。现实主义文学主要分类的标准旨在形成这样一种特殊的综合体，即能将普通和特殊都融入人物和环境之中"②。读者从《当她顺利时》中最能体会到罗斯在这方面的努力，他以露西这一人物揭示了当时美国中西部小镇的社会现实，并表现了禁闭其中的妇女的生存状态。该书面世后，一些评论家只是将其看作擅长以犹太人语言写作的罗斯涉及非犹太人话题的尝试（gentile experiment），忽略了他在艺术手法上的成就和主题选择方面的精明。③罗斯有意识地将故事发生地设置在美国中西部小镇，强调此处两性之间的沟通更难，在相对闭塞的环境里，人们总以为女性只能服从男性的统治。罗斯其实既反对男权至上主义，也反对女权主义，该书旨在说明人们试图将自己的意志强加于他人会给大家带来灾难。美国中西部的现实是严峻的，要实现自己的美国梦，人们首先必须具有独立人格，而不是依靠他人。年轻的女主人公最后在标志着浪漫爱情的路上被冻死的一幕令人震撼，揭示了小镇居民内心的冷漠与无情。该书特别注重表现美国心理，以及个人意识与集体意识之间的冲突。该书自出版以来被认为是罗斯不太重要的作品，多年以后人们才发现这正是他"坚持不懈追求对美国现实的最佳表现技巧"的尝试和成就。④《当她顺利时》有助于人们了解被美国社会的繁荣表象掩盖的另一面和聆听被忽略的小镇女性的心声。该书同后来的《波特诺伊诉怨》一样，是罗斯描述在美国文化中历经磨难的成长小说（Bildungsroman），

① Claire Bloom, *Leaving a Doll's House: A Memoir*, London: Little, Brown and Company, 1996, p. 169.

② George Lukacs, *Studies in European Realism*, New York: Grosset and Dunlap, 1964, p. 6.

③ Judith Paterson Jones and Guinevera A. Nance, *Philip Roth*, New York: Frederick Ungar Publishing Co., 1981, p. 71.

④ Bernard F. Rodgers Jr., *Philip Roth: A Bibliography*, Boston: Twayne Publishers, 1978, p. 60.

尽管罗斯笔下人物的生存环境差异极大，却同样发出力争个人自由独立和渴望自我实现的呐喊。

第四节　来自悲壮西征的经典标准

罗斯在文坛上的地位基本确立后，来自各方面的责难和批评不断，作为回应，他以倍增的激情尝试创作伟大的美国小说。罗斯从被看作如全民宗教一样神圣的棒球运动入手，综合运用各种艺术技巧生动再现了第二次世界大战后的美国社会，特别是冷战初期集体失声的现状，推出的长篇小说《伟大的美国小说》（1973 年）被认为是"最具有雄心和最直接暴露美国梦幻灭的作品"[①]。罗斯以史诗般的画卷展示了美国逐步走向战后动荡的进程，并将其逐步形成的创作文学经典的标准付诸实践。该书在出版年代上虽然晚于几部更具后现代主义特色的作品，但在风格上却更接近早期的创作。罗斯在创作中巧妙运用了戏仿手法（parody）对第二次世界大战后的美国社会现实加以揭示和抨击。艾布拉姆斯（M. H. Abrams, 1912—2015）指出，戏仿是"模仿特定的一部作品严肃的题材和手法，或者特定的作者特有的风格，用之于描写低下的、极不相称的主题"[②]。罗斯从西方经典作家和作品中获得灵感，通过戏仿使该书中的文化西征故事既富于滑稽讽刺又具有元小说特性。

罗斯在文集《行话：与名作家论文艺》（*Shop Talk: A Writer and His Colleagues and Their Work*，2001 年）中承认，《波特诺伊诉怨》出版后，为避免外界的打扰，他到伍德斯托克小镇（Woodstock）隐居，在相对平静的生活中发现自己的想象力有更大的发挥空间，获得创作《伟大的美国小说》的灵感，并将其定义为"在简朴美国的无家可归的、异化的滑稽传说故事"[③]。罗斯决心推出更多佳作以应付自身因那几部颇具争议的小说招致的外界批评。他其实是将《波特诺伊诉怨》的身份焦虑、《乳房》的心理分析和《我们这一帮》的政治讽刺融于一体，形成对美国生活的滑稽模仿。当时在美国，棒球运动正处于重大改革的关键时刻，走到几乎被橄榄球、篮球和其他新的娱乐方式取代的十字路口。罗斯以发源于美国本土、最能代表美国精神的棒球运动作为小说题材，无疑是由于注意到了其发展趋势与

59

---

① Judith Paterson Jones and Guinevera A. Nance, *Philip Roth,* New York: Frederick Ungar Publishing Co., 1981, p. 142.

② 转引自王先霈、王又平，《文学理论批评术语汇释》，北京：高等教育出版社，2006 年，第 296 页。

③ Philip Roth, *Shop Talk: A Writer and His Colleagues and Their Work*, New York: Vintage International, 2001, p. 132.

当时美国国内局势的转折相契合，具有显著的时代特点和象征意义。他将人们普遍认为既可凭借机遇获得成功又被誉为公平竞争的神圣运动项目作为突破口，更加凸显美国特色。罗斯在《我的棒球岁月》（"My Baseball Years"）一文中解释说："棒球是一种世俗宗教，渗透到各个阶层和地区，以共同的关注、忠诚、仪式、热情和同仇敌忾将成千上万人团聚在一起。最主要的是，棒球使我真正理解了什么是爱国主义。"①美国小说中以棒球运动为题材的已有很多，如伯纳德·马拉默德在小说《天才》（*The Natural*，1952 年）里就将其描写成"一种野性十足、怪异荒诞的游戏"②，罗伯特·库弗（Robert Coover，1932—）的想象力更丰富，他在《环宇棒球协会老板亨利·沃》（*The Universal Baseball Association, Inc. J. Henry Waugh, PROP*，1968 年）中将全美主要棒球队的比赛进程和计分完全呈现为大脑里的演算，以精确统计的积分表格证明该运动足以使人的想象力发挥到极致，以至于现实与幻觉难以分辨。库弗有意规避对真实棒球赛的描写，他的兴趣只在揭示"那些公开的和隐秘的力量如何在嬉戏中支配每个人的生活"③。罗斯著作的主题则从详尽描述棒球联赛的发展、球员运动生涯的跌宕起伏和生存状态，逐步演变成塑造具有美国幽默的滑稽戏以达到政治讽刺和揭示现实的目的。他指出"棒球运动场是美国人相聚颂扬地球之美、民众的技巧和力量，以及上帝为天下秩序和顺服而定戒律神圣的祭拜之地"（p. 87）。④棒球运动是许多人实现美国梦的捷径，被看作国民精神的象征，罗斯却着重消解其核心价值，以揭示第二次世界大战时政治局势的影响和随后美国社会的变迁。他在《伟大的美国小说》中描写了鲁佩特港穆迪队（Ruppert Mundys）在第二次世界大战即将结束时的遭遇。这支棒球队因将球场租借给陆军部用作部队运输集合地，只好到处流浪与爱国者联赛各队比赛。退休体育记者沃德·史密斯（Word Smith，小说叙述者）与穆迪队一起四处征战，目睹了球队的兴衰和国会非美活动调查委员会（House Committee to Investigate Un-American Activities）等机构对爱国者联盟和穆迪队的迫害。该联盟因被诬陷为具有共产党背景的阴谋组织而遭到毁灭性打击，许多球员被送进监狱饱受折磨。

---

① Philip Roth, *Reading Myself and Others*, New York: Vintage International, 2001, p. 220.

② Philip Roth, *Reading Myself and Others*, New York: Vintage International, 2001, p. 174.

③ Ben Siegel, "The Myths of Summer: Philip Roth's *The Great American Novel*," *Contemporary Literature*, Vol. 17, No. 2, Spring, 1976, p. 180.

④ Philip Roth, *The Great American Novel*, New York: Holt, Rinehart and Winston, 1973, p. 87. 以下出自该书的引文只标明原著页码。

这部史诗性小说使读者能真切感受到当时美国国内令人压抑的恐怖氛围。更重要的是，该书是罗斯创作伟大美国小说标准的重要实践。

一

自从美国国家独立和民族文学形成以来，一些作家和评论家很早便开始酝酿有关伟大美国小说的标准。1903 年曾以《章鱼》（*The Octopus*）闻名的西部小说家弗兰克·诺里斯（Frank Norris，1870—1902）明确指出，这类经典必须强调本土特色，即美国性，他提倡从现实生活底层发掘素材而且在创作中还应有国际化视野。诺里斯认为每一历史时期都有反映现实生活的相应艺术形式，然而当代唯有小说才是最佳形式。他预言 22 世纪的人们只会从这些小说中了解现在的社会特性，因而作家必须具有责任感。[1]基于美国的多种族和多元文化的特点，如何真实全面地反映现实是创作伟大美国小说的关键，诺里斯要求能"呈现整个国家的全貌"[2]。他希望看到"身为美国人的伟大小说家"出现，即真正了解这片土地的人。[3]关于创作中的国际化视野，他解释说，如果该小说家在国内被普遍认为伟大，那么这位小说家就不属于特定地域，而是全世界的财富。参照这些标准，他悲观地认为伟大的美国小说或小说家的出现还"为时尚早"[4]。罗斯在该书扉页的题词上引用诺里斯含义深远的预言"伟大的美国小说不会像渡渡鸟一样消失，而是像半鹰半马怪兽一样神秘"[5]，以强调自己的创作正是这方面的探索和尝试。

在文坛上崭露头角的罗斯在 1960 年斯坦福大学的一次演讲中以"美国小说写作"为题，系统分析了美国小说发展中存在的诸多问题，并提出继承传统和关注现实的主张。对这位刚刚获得美国国家图书奖的新秀，人们更多关注的是他与美国犹太作家的联系，"极大地忽略了他的小说与菲兹杰拉德（Francis Fitzgerald）、

---

① Frank Norris, *The Responsibilities of the Novelist: And Other Literary Essays*, London and New York: Doubleday, Page & Company, 1903, pp. 4-5.

② Frank Norris, *The Responsibilities of the Novelist: And Other Literary Essays*, London and New York: Doubleday, Page & Company, 1903, p. 88.

③ Frank Norris, *The Responsibilities of the Novelist: And Other Literary Essays*, London and New York: Doubleday, Page & Company, 1903, p. 90.

④ Frank Norris, *The Responsibilities of the Novelist: And Other Literary Essays*, London and New York: Doubleday, Page & Company, 1903, pp. 85-86.

⑤ 渡渡鸟指 17 世纪已灭绝的印度洋毛里求斯岛上的一种体型大且笨重不会飞的鸟；半鹰半马怪兽为传说中有鹰的翅膀、利爪和头，以及马的身体和后部的神秘动物。

亨利·詹姆斯、西尔多·德莱塞（Theodore Dreiser）、19世纪美国本土幽默作家，以及弗兰兹·卡夫卡之间的传承"①。罗斯坚信自己属于西方文学传统，他写道："我也许最终成为一名坏艺术家，或者根本算不上艺术家，但我认为自己应属于艺术——即托尔斯泰（Alexei Nikolayevich Tolstoy）、詹姆斯、福楼拜（Gustave Flaubert）和托马斯·曼（Thomas Mann）的那种艺术。"②他特别欣赏福楼拜，希望塑造艾玛·包法利（Emma Bovary）那样的形象，在写作中讲究人物刻画的生动和思想表现的深邃。③罗斯开始文学创作时就坦率表明自己深受文学大师的影响，如他在《放手》中反复提及的是亨利·詹姆斯的《一位贵妇的画像》，从《当她顺利时》中明显可以看出刘易斯（Sinclair Lewis）的《大街：卡罗尔·肯尼科特的故事》留下的印迹，而弗洛伊德的心理分析则贯穿于颇受争议的《波特诺伊诉怨》，此种带有互文性特色的手法在他不少作品中都能看出。④罗斯在《伟大的美国小说》的每一章前面都特意采用维多利亚时代小说的形式予以情节介绍，显示自己对文学传统的敬意。当他开始创作自己的"伟大美国小说"时，美国文学在经历了两次世界大战后快速发展，并有众多作家获得诺贝尔文学奖，但他并不认为伟大的美国小说已经面世，而是希望通过自己的创作完成此类壮举。

罗斯在《伟大的美国小说》中特意运用元小说手法，旨在继承西方文学传统和创作真正的伟大美国小说。"元小说"（meta-fiction）就是有关小说的小说，注重揭示小说的虚构性和创作过程，有助于人们以自我反省的方式更加深入地理解现实。罗斯在该书的开端便对代表欧洲文学的杰弗里·乔叟（Geoffrey Chaucer，1342—1400）的《坎特伯雷故事集》（*The Canterbury Tales*）加以探讨，同时对美国文学中几位先驱者的作品进行入微的分析，这无疑表明在他强调的经典标准中首先是继承文学传统。罗斯戏仿乔叟的诗句以说明文学朝圣的必要，用幽默诙谐的口吻阐述在综合了霍桑（Nathaniel Hawthorne）、马克·吐温（Mark Twain）和梅尔维尔的手法基础上所形成的风格。他在长达45页的序言部分详尽梳理了欧美文学经典的影响和展示了该书的结构，重申继承和发扬文学传统是创作经典的前提。罗斯采用了类似梅尔维尔在《白鲸》（*Moby Dick*）中的开场白，用"就叫我

---

① Bernard F. Rodgers Jr., *Philip Roth: A Bibliography*, Boston: Twayne Publishers, 1978, p. 9.

② Philip Roth, *Reading Myself and Others,* New York: Vintage International, 2001, p. 67.

③ Philip Roth, *Reading Myself and Others,* New York: Vintage International, 2001, p. 70.

④ Derek Parker Royal, "Roth, Literary Influence, and PostModernism," in Timothy Parrish, ed., *The Cambridge Companion to Philip Roth*, Cambridge: Cambridge University Press, 2007, p. 25.

史密迪"的方式展开叙述，其代言人史密迪像《白鲸》中的伊希梅尔（Ishmael）一样，当所有同伴走向毁灭时，他作为幸存者向众人讲述了悲惨的故事。罗斯特意用梅尔维尔的捕鲸船所穿越的惊涛骇浪喻指带给穆迪队灾难的美国社会环境和政治局势，史密迪侥幸逃出牢狱之灾后仍心有余悸。罗斯在该书中心情沉重、含义深远地指出：

> 那是多么恐怖啊，梅尔维尔兄弟，不仅你那坚不可摧的白鲸离灭绝只有一步之差，整个浩瀚的大海本身也是如此啦。大海已不再是适合的居住地，问问金枪鱼就明白啦。按照如今的新闻报道，作为众生之母的地球有三分之二都被污染毒害了。[①]

罗斯还从霍桑的《红字》（*The Scarlet Letter*）中看到作者当年在塞勒姆（Salem）海关档案室对相关事件资料进行查阅以寻求历史真相时孜孜不倦的身影和为创作伟大小说的雄心。霍桑笔下的海斯特（Hester）胸前的红字 A 所指的是在美国新大陆上遭受的苦难、社会的抛弃、人群中的流放、权势的压迫和最后的牢狱之灾。罗斯戏称自己书中的棒球队员可以戴上 R 的标记（代表 Ruppert Mundys，即鲁佩特港穆迪队），隐含意为"无根"（rootless）、"可笑"（ridiculous）和"难民"（refugee）（p. 38）。罗斯从马克·吐温的《哈克贝利·弗恩历险记》（*The Adventures of Huckleberry Finn*，1885 年）中吉姆的出逃联想到美国黑人球队的命运，认为他们依然是这一国度的贱民（the untouchables），总被排除在主要联赛之外。更重要的是他发现穆迪队与哈克和吉姆一样漫无目标地游荡，为毫无价值的自由和平等而四处历险，全然不知归宿在何方。另外，罗斯特别提及海明威创作伟大美国小说的尝试，欣赏后者具有的极大勇气、专业技巧和男子汉气魄。罗斯在该书中的代理人、身为体育记者并雄心勃勃创作伟大美国小说的史密迪与海明威在 1936 年交往时，这位著名作家明确地将历史使命托付于他："你知道哪个倒霉鬼将写出伟大美国小说？""不清楚。""就是你。"（p. 24）罗斯借史密迪之口暗示海明威正是因为未能写出伟大的美国小说而自杀的。

罗斯创作该书时，美国国内不断涌现出后现代主义杰作，如多克特罗（E. L. Doctorow，1931—）的《但以理书》（*The Book of Daniel*，1971 年）、约翰·霍克

63

---

① Philip Roth, *The Great American Novel*, New York: Holt, Rinehart and Winston, 1973, p. 44. 以下出自该书的引文只标明原著页码。

斯的《血橙》(*The Blood Oranges*, 1971 年), 以及约翰·巴斯的《客迈拉》(*Chimera*, 1972 年), 促使他对这类小说的发展加以反思。此时文学界仍处于巴斯 1967 年发表的宣言性文章《枯竭的文学》("Literature of exhaustion")的影响下, 罗斯曾经同样悲观地认为小说这种形式已濒临消亡。但在《伟大的美国小说》一书的构思中他已明显摆脱这种情绪, 视野更为宽广, 完全突破犹太传统和身份的束缚, 如其他主流作家一样关注整个国家的命运和政治局势。这一时期的罗斯"不仅为了反抗那些自封的品位优雅的犹太权威(如欧文·豪), 而且也在于对付早已内化的自己所扮演的审查官角色"[①]。罗斯尝试从《红字》《哈克贝利·弗恩历险记》《白鲸》等名著中考察经典作品产生的各种因素, 注意整合三部作品的特点并以此喻指自己笔下人物命运的三个阶段: 被逐、流浪和毁灭。在散文集《阅读自我和其他》里, 他回忆称该书"尽管带有玩笑的口吻, 自然有辛辣的讽刺, 直接针对的却是美国大众神话"[②]。

二

罗斯强调真正意义上的伟大美国小说必须具有新大陆的特色。他承认美国给他提供了如鱼得水的创作环境, 并玩笑地比喻说, 这足以让他像管子工修理厨房洗涤槽一样轻车熟路地施展技巧。他坦言: "美国给我提供从事这一行的最大限度的自由, 这里有我所能想象并使我保持创作乐趣的读者。"[③]罗斯立足于发掘本土素材, 为了熟悉当年棒球界的内幕, 他专程到库柏斯顿名人堂查阅相关档案以获取第一手资料, 该书中大量对话也取自原始录音。对美国精神和国民性的形成影响最大的是西进运动, "在西部总能发现新的东西, 走向西部旷野便会找到精神上的目标, 这些信念与希腊神话和《圣经》故事一样悠久"[④]。要成为伟大美国小说的主要人物, 走向西部去经历荒野的磨难极为必要。具有讽刺意味的是, 当年的西进运动曾使许多人的美国梦得以实现, 但《伟大的美国小说》一书中丧失大本营的棒球队员却在西征途中走向精神堕落和牢狱之灾。

罗斯戏仿《圣经》中被逐出伊甸园、荒野生存、遭遇诱惑和复活等情节, 描

---

① David Brauner, *Philip Roth*, Manchester and New York: Manchester University Press, 2007, p. 26.

② Philip Roth, *Reading Myself and Others,* New York: Vintage International, 2001, p. 66.

③ Philip Roth, *Reading Myself and Others,* New York: Vintage International, 2001, p. 110.

④ William H. Katerberg, *Future West: Utopia and Apocalypse in Frontier Science Fiction*, Lawrence, KS.: University Press of Kansas, 2008, p. 49.

述了这些队员在流浪中的艰辛与沉沦。第二次世界大战中，穆迪队的老板为了经济利益不断卖出球员，再以廉价球员甚至侏儒或残疾人顶替正规球员。在球队名次下滑之际，他们以爱国的名义将球场出租给政府，实际上是在国难当头时大发战争财，甚至当手下球队正在经历生存磨难时，老板自己却到南美游玩，根本不顾被迫流浪的球员。他们宣称穆迪队离开鲁佩特港的俱乐部可以让美国军人更快地解放欧洲被纳粹奴役的民族，为了世界和平，球队暂时放弃舒适的运动场是爱国之举，因为此时美国军人正在地球另一边的丛林里流血牺牲，这些球员只是在家玩球的人们，哪有什么值得抱怨。穆迪队最后成为由侏儒、残疾人和精神失常者聚集的大杂烩，在流浪中他们像当年西部开发的人们一样渴望能有安身之处：

> 在这野牛漫游之地给我一个家，
> 耳边少有垂头丧气的话，
> 整天晴朗无云，
> 野鹿和羚羊在尽情玩耍。（p. 134）

65

　　进入西部后，穆迪队发现自己处于充满敌意的环境中，印第安人当年曾被白人的一个柠檬骗走无数美元，他们正在寻找复仇机会，因而穆迪队在西部的遭遇可想而知。人们从这支屡战屡败的球队中看到的是东部的衰落，自然有痛打落水狗的快意。内外交困的穆迪队在逐步衰落的过程中与疯人院棒球队之间的比赛更具讽刺意味。在连续输掉许多场后，他们试图在这种表演赛中获胜以壮士气。穆迪队不惜一切手段利用精神病患者的弱点赢球，居然洋洋自得地庆祝胜利，直到自己的队员也因精神崩溃而被套上紧身衣，成为真正的病人。在前途渺茫的流浪中有些队员思乡心切，为获得家的感觉不惜在年老色衰的妓女怀中充当婴儿，最终被当地警察以嫖娼论处。

　　在该书中罗斯将棒球界看作整个社会的缩影，逐一揭秘各种光环下的邪恶，如因接受性贿赂而打假球的绿背队被称为"妓院帮"；头脑简单、四肢发达的接球手罗兰德·阿格尼在老板的诱惑和威逼下参与阴谋活动，将有特殊作用（混有毒品）的麦片偷偷放入队友的早餐，这曾一度使穆迪队扭转失利局面，但终究丑行败露；巨头队女老板安吉拉夫人与多名球员保持暧昧关系，她擅长以金钱和色相控制球员。她明确指出这些自命不凡的大人物靠不住，不过是"利用国家面临灾难之际牟利的极度利己主义者"（p. 207）。各球队早已误入歧途和无可救药，罗斯对这帮"运动员英雄"（athlete-hero）的言行举止的另类描写完全颠覆了其身为美国精神代表的形象。美国传统文化曾将"运动员英雄"定义为"天生的自强自立的人物，尽管来自名不见经传的小镇，却有特殊的体能、幽默感、理所当然的运气和乐天随意的自信心"①。罗斯在该书中则用极度夸张的手法刻画了混杂有侏儒、残疾人、精神病患者登台表演的棒球赛，透过所营造的闹剧氛围和滑稽幽默，读者可以真实感受到美国神话与美国现实之间的张力。

　　罗斯用穆迪队西征的历程对自由、平等和追求幸福的权利这些被称为美国精神的核心价值观加以消解。曾提出美国"熔炉论"的克雷科尔（St. Jean de Crèvecœur，1735—1813）当年赞美这一伟大国度时曾说这里有每个人的生存空间，认为美国梦的重要内容之一就是在新大陆人人平等。②罗斯在身体素质要求极高、竞争特别激烈的运动项目棒球赛中描写混杂有侏儒队员的滑稽表演，所嘲讽的正是这种平等的不现实，以说明在此并非每个人都有成功的机会。该书中，侏儒鲍勃·亚曼就以争取基本人权的理由进入了收割机棒球队，然而人们给他的球衣则为"1/4号"。亚曼意外出名后携夫人在电视节目中亮相时，人们似乎真正相信了美国竟有这样的群体与正常人一样献身于战争事业。该书详细叙述了侏儒在战争中的重要作用，暗示还有侏儒分遣队的存在："他们从全国被招募而来，接受高级特工训练去收集秘密情报，从杂志刊登的照片上看，为了保密的需要，侏儒们脸被涂黑，似乎坐在幼儿园的教室里接受一位正常身高的中校的指令。"（p. 193）但这些人在媒体上的现身并没有激发民众的战争热情，实际效果却是吓坏了许多小孩，使其晚上噩梦不断。亚曼夫妻俩名利双收，这令其他侏儒分外眼红。另一侏儒奥克图尔同样要求参加收割机棒球队，其球衣为"1/2号"，但他要求为"1/8号"或者"1/16号"只因他认为自己身材更矮，更具有价值。奥克图尔十分仇视所有比他高的人，包括仅仅比他高出 3 英寸的亚曼，并公开表示不愿生活在后者的阴影里。罗斯以他们之间的相互倾轧、钩心斗角说明这些人的生活以及野心、妒忌心等与正常人相差无几。侏儒的加盟使棒球赛具有更大的刺激性，带给观众前所未有的乐趣。由于爱国者联赛的举行，美国人已不再关心欧洲的战事，国内媒体热衷于报道残

---

① Daniel Peters, "Dreaming of Heroes: *American Sports Fiction, 1868-1980* by Michael V. Oriard," *American Literature*, Vol. 55, No. 1, Mar., 1983, p. 119.

② St. Jean de Crèvecœur, "Letters from an American Farmer", in Sculley Bradley, Richmond Croom Beatty and E. Hudson Long, eds., *The American Tradition in Literature* (3rd edn., Volume 1), New York: Norton & Company, 1967, p. 200. 后来英国犹太作家伊斯雷尔·赞格韦尔（Israel Zangwill, 1864—1926）在《熔炉》（*The Melting Pot*, 1908 年）一剧中将美国描绘成可以去除移民们各自的种族特性而成为具有美国民族性的"熔炉"，使这一提法更加普及。

疾人、侏儒甚至精神失常者混杂其中的棒球闹剧。亚曼发表长篇演说阐明，即使侏儒球员身材受限，他们的人权也应受到同等重视，这一另类的"独立宣言"巧妙运用的幻想修辞揭示了"虚伪的语言操纵"，罗斯认为这也许是美国大众生活的特点。[1]

　　罗斯的艺术手法沿袭了美国幽默传统，明显突出本土特色。他承认自己充分运用想象力，"如果说《伟大的美国小说》是一种极端的变化，那也是因为它的喜剧倾向，尽管我之前的哪怕是最沉闷的书籍和故事中也有，这次却完全控制自己的想象并得到充分发挥"[2]。爱国者联赛在第二次世界大战时期陷入一种畸形的发展状态，棒球比赛已成为野蛮运动，球棒被当作杀人武器，击球的目的是夺人性命或致人伤残。大嘴裁判麦克·马斯腾森早在1898年任联赛裁判时，即使自己的女儿遭到绑架和谋杀，也不愿与企图操纵比赛的黑帮同流合污。这位坚持原则的裁判自然成为傲慢自大的绿背队投手基尔·伽梅西的死敌。基尔是林德伯格、人猿泰山等美国英雄的综合体，他勇猛、粗狂、魅力无穷。在比赛进程中基尔怀疑麦克误判而决定报复，他"瞄准麦克的蝴蝶结，以时速120到130英里的速度掷出完美的一球，直接命中麦克的喉咙"，现场的6.2万名球迷顿时吓得鸦雀无声（p. 76）。此举尽管没能结束麦克的性命，却使其哑声而无法再任裁判一职，球迷们反而因基尔被棒球协会驱逐对他充满怨恨。失业后的麦克只好四处流浪述说冤情，希望人们能还他清白。罗斯以哑巴裁判麦克的惨状生动再现了麦卡锡时代集体噤声的现实，他写道："麦克·马斯腾森身背黑板横穿全国，在各地棒球场外游荡，呼唤'正义'。啊，这时代多么黑暗！"（p. 89）罗斯在叙述棒球运动的发源和变迁时，以极富幽默的口吻描写其中的趣闻轶事。穆迪兄弟的父亲曾说过，"棒球就是这个国家的宗教"（p. 92），罗斯以极其夸张的口吻叙述了棒球运动的发展。被称为"唾沫·约翰"的球员，每次掷球时总要将唾沫吐到球上，妨碍他人的击球，当裁判干涉时，他居然在几万名观众面前褪下球裤，当众撒尿后"将球在手掌里搓揉，使整个球面渗透尿液"再用力掷出。这位"唾沫·约翰"只因不满美国棒球的规章制度便一气之下来到拉丁美洲，在尼加拉瓜成立土著人棒球联盟，总算可以按自己的规则打球，但最终他不免堕落成为野蛮人，"整天骑驴在村子之间穿梭，与猪牛鸡鸭同眠，污秽肮脏，或者与牙齿落光的印第安人待在矮棚里度日，

① Judith Paterson Jones and Guinevera A. Nance, *Philip Roth*, New York: Frederick Ungar Publishing Co., 1981, p. 148.

② Philip Roth, *Reading Myself and Others,* New York: Vintage International, 2001, p. 65.

67

很快丧失作为棒球队员和人的尊严……在危地马拉,饮水带有耗子和海藻的味道,旱季的球场如地狱一样炙热"(p. 109)。他的儿子大个子约翰为了替父报仇来到穆迪队,一心只想怎样毁掉曾驱逐"唾沫·约翰"的爱国者联盟。评论家赛格尔认为罗斯这类近乎荒谬的描写可以理解,因为其"喜剧性的想象力似乎被美国的现实逼上绝路,在一个几乎所有东西都陷入混乱、毫无理智的邪恶笑话的世界里,你怎么去辨别哪种东西可笑? 怎能让艺术家保证其创作的真实性? "①罗斯以幽默手法反讽美国政治和文化的弊端,特意将美国国内的棒球运动与国际上的战争局势紧密联系起来。在 1943 年当第二次世界大战进入全面反攻并取得重大胜利之际,穆迪队也面临命运的转折点,一位男扮女装的观众在比赛关键时刻突然冲进球场扰乱进程,结果却只是令这些远离战火、安于享乐的观众有些扫兴而已。为获得喜剧效果,罗斯笔下人物反常的粗俗语言和荒诞举止令不少评论家反感,但也有不少人注意到他在这方面的不同凡响,认为"其独特的幽默越来越具有超现实性和令人着迷,在推出的每一部新小说中他的描述不仅仅超越日常的新闻叙事,更是深深触及当代人心理的隐私和阴暗面"②。罗斯以侏儒和其他残疾人的身体缺陷为笑料,自然遭到不少批评,但也须注意到其目的在于将美国精神的消解发挥到极致,最后以戏仿麦卡锡主义反共闹剧的形式使小说的狂欢达到高潮。

在《伟大的美国小说》一书中,罗斯从根本上颠覆了美国引以为自豪的棒球运动史,将其在境外传播的历程描述为一种文化西征(cultural westward movement),特意以幽默和夸张的口吻揭示西方文明在非洲引发的冲突和遭受的挫败。20 多年前棒球运动输入日本后获得了成功,因此米斯特·菲尔史密斯在侄儿的辅助下,穿越上千英里的原始丛林来到非洲腹地,即康拉德(Joseph Conrad,1857—1924)笔下的"黑暗的中心"。他们试图以棒球为工具使土著人文明化,然而一切来自西方文明的规则在此都被看作令习惯自由的非洲人的高傲心灵无法承受的额外负担。最终棒球场蜕变为众人狂欢和神明崇拜的祭坛,前来传授文明的棒球教练则面临被人食用的危险:

> 两个白人四肢朝天地捆在教练席木桩上,米斯特·菲尔史密斯在第

---

① Ben Siegel, "The Myths of Summer: Philip Roth's *The Great American Novel*," *Contemporary Literature*, Vol. 17, No. 2, Spring, 1976, p. 172.

② Ben Siegel, "The Myths of Summer: Philip Roth's *The Great American Novel*," *Contemporary Literature*, Vol. 17, No. 2, Spring, 1976, p. 173.

三位，比利·菲尔史密斯在第一位，自中午起他们就被吊在那里了。6
名赤身裸体的战士将大铁锅滚到场地中央，在投手板上支起火来，三三
两两的村民陆续聚到场内开始大声嚷叫。（p. 299）

在辽阔的非洲大地上，球棒敌不过土著的长矛，在原始部落里竟被用作女人
自慰的工具。在她们看来，运动员挥舞的球棒不过是西方人制造的巨型阴茎，最
后她们干脆在两位白人面前毫无顾忌地自慰嬉戏，这种被奉为美国宗教的运动被
丑化到极点，而西方文明的失败也被表演得令人捧腹。土著人只因在比赛中不愿
完全按照美国人的规则行事，便将棒球和手套扔进沸腾的锅里煮熟而食。被吊在
木桩上的教练菲尔史密斯目睹非洲妇女从许多草棚里鱼贯而出，方才发现自己早
已身临险境：

> 啊，她们兴高采烈，这些野人妇女——今晚将以基督徒绅士之肉为
> 食！难以置信！令人恐怖！只因他想按照自己的愿望加一条本来没有的
> 比赛规则，就打算吃掉他。这难道不是奇闻？（p. 294）

非洲人居然将这种运动变成所喜爱的狂欢仪式，相比之下西方文明在自豪的
非洲部落面前无能为力，当地人深知可以用暴力手段改变比赛规则，菲尔史密斯
试图依靠棒球在非洲扮演上帝的企图自然落空。20 年后菲尔史密斯在美国看到爱
国者联赛日渐衰落时不禁联想到非洲的那次冒险，他难以理解类似的情形也逐渐
在美国重现，只好将原因归结为"上帝仇视棒球"（p. 308）。在穆迪队和爱国者联
盟彻底崩溃前，菲尔史密斯深感悲哀而死在看台上。从此人的遭遇不难看出，罗
斯是以荒诞的手法让人们意识到"生活在这个匪夷所思的漫画世界里，滑稽可笑
与多灾多难相融合，黑色幽默场景反复显现，令人哭笑不得，不知所措"[1]。

三

在创作伟大美国小说的构思中，罗斯特别强调对现实的关注，综合运用各种
创作技巧展现冷战时期的社会现状。尽管他描述的是棒球联盟自第二次世界大战
以来的遭遇，但实际上更为关注美国社会如何步入 20 世纪 60 年代的动荡与混沌。
这 10 年是"一个不十分严格限定的文化和社会变革时期，美国经历了迷惘、彷徨、

---

① Elaine B. Safer, *Mocking the Age: The Later Novels of Philip Roth*, New York: State University of New York Press,
2006, p. 1.

69

失落、兴奋、成长、觉醒、爆发和毁灭"①。种族骚乱、越南战争、冷战危机和"水门事件"逐步将这部跌宕起伏的历史剧推向高潮，最后彻底瓦解了总统以及政府的权威形象，使许多美国人"深信政治在本质上是肮脏的事业"②。目睹所发生的这一切促使罗斯一类作家不得不重新审视小说主题，并采取相应的艺术手法。《伟大的美国小说》出版后不久就被认为是"以神话与反讽相结合抨击保守政治的史诗"③，该书对美国棒球运动的技术细节和精密组织结构加以详尽描述，用对联赛系统的渗透戏仿麦卡锡主义时期盛行的危言耸听，令读者真切地感受到冷战初期美国国内的恐怖氛围。米兰·昆德拉在《被背叛的遗嘱》("Testaments betrayed: An essay in nine parts")一文中曾指出，"伟大的作品只能诞生于它们所属艺术的历史中，同时参与这一历史"④。罗斯对棒球运动的描写就在于还原那段历史，他甚至设置代理人史密迪全程追踪和参与一支球队的活动。针对当年人们有关冷战的怪诞联想，他特意运用包括侦探小说在内的艺术手法和悬念技巧，如曾经消失的基尔从苏联回国后已成为间谍，他总是将情报胶卷藏匿在球棒中传递。该书中苏联人对棒球队员进行洗脑，甚至棒球队员被选派参加特工训练等情节反映的正是美国国内一些右翼团体，特别是新纳粹势力的言论在战后美国的实际影响。罗斯以极富反讽的描写渲染此种氛围：似乎除了美国当时公开的敌人德国和日本之外，另有更加危险的对手发动了一场隐秘战争，其邪恶和狡猾的计谋是对将美国人维系在一起的整个结构（棒球联盟）进行无声的攻击。他们深知如何从基础的环节下手，以棒球这一国民体育运动为突破口来摧毁国民精神乃至整个国家。他们的惯用手法是将美国人奉为民族宗教般的棒球运动变成笑料，"为了打垮美国，俄国（苏联——译者注）的共产党人和他们在世界各地的代理人将摧毁主要联赛俱乐部"，正如麦卡锡宣称共产党人早已渗透进美国国防部一样，该书中许多俱乐部经理被指认为共产党人的间谍（p. 262）。在棒球俱乐部的渗透活动实质上是针对美国自由企业的结构，以达到摧毁整个社会和政治体制的目的，而不用一枪一弹。当棒球运动这类美国人赖以生存的东西被贬为笑柄时，他们"必将感

---

① 罗布·柯克帕特里克，《1969：革命、动乱与现代美国的诞生》，朱鸿飞译，北京：光明日报出版社，2013年，第4页。

② 加尔文·D. 林顿，《美国两百年大事记》，谢延光等译，上海：上海译文出版社，1982年，第457页。

③ Robert Detweiler, "Games and Play in Modern American Fiction," *Contemporary Literature*, Vol. 17, No. 1, Winter, 1976, p. 51.

④ 转引自吕同六，《20世纪世界小说理论经典》（下卷），北京：华夏出版社，1995年，第561页。

到羞愧和迷惘，陷入可笑境地"（p. 263）。在最后一章里，双面间谍基尔·伽梅西复活，这位肩负莫斯科特殊任务的间谍，在夺得穆迪队经理职位后在讲演中明确指出：

> 穆迪队员们，不是上帝将你们赶上路！这不是命运！什么都不是。是你们的同胞!穆迪队员们，谁让你们成为替罪羊？是美国政府和穆迪兄弟！是你们向国旗敬礼的国家，是你们球队以其冠名的老板！是他们联手夺走你们的荣誉、尊严和家园！是你们的国家和老板！（p. 345）

他似乎完全成为莫斯科的代言人，试图以破坏爱国者联盟的手段来毁掉人们安宁的美国生活方式。在国会非美活动调查委员会的调查中，人们居然发现美国历史上最大的阴谋集团潜伏在爱国者联盟的各个球队里，穆迪队中几乎全是苏联间谍：基尔本人就常常受到斯大林的接见和亲自教诲，奥克图尔原来是苏军坦克部队上尉，许多队员在苏联间谍学校受过训，收割机棒球队的老板弗兰克·马祖马其实是苏联红军总参部上校，因而不少人最后都遭到起诉或判刑。在非美活动调查委员会举行的听证会上，棒球协会主席奥克哈特以美国国内恐怖活动的始作俑者麦卡锡一样的口吻宣称自己手中有共产党人渗透的铁证。他说："我手里有穆迪队中 13 人的名单，他们是缴纳党费的共产党员、共产党间谍和颠覆小组成员，以及共产党人的同情者。"（p. 364）奥克哈特将这些人连同在爱国者联盟其他球队中发现的另外 36 名共产党员和同情分子的名单交给联邦调查局，所涉及的人员被陆续从各球队中驱逐，甚至被送进监狱。不难看出，罗斯在此实际上还在戏仿当年有关罗森堡事件①题材小说的情节。奥克图尔和艾萨克·埃利斯被判入狱一年，后者在狱中被犯人殴打致死，有的球员不堪受辱而自杀身亡。侥幸逃脱的基尔·伽梅西最后出现在莫斯科的庆祝大会上，人们从《真理报》（*Pravda*）的图片上发现他居然身着元帅服置身于斯大林和贝利亚（Lavrenti Pavlovich Beria, 1899—1953）之间。他在苏联生活舒适、尽享荣耀，直到 1954 年才在肃反运动中被作为双面间谍处决。该书中的叙述者史密迪因拒绝配合此类闹剧，被以蔑视法庭罪判处一年徒刑。他坚持认为这些知识匮乏的棒球队员甚至在世界地图上都很难找到苏联的

71

---

　① 1951 年 4 月 5 日伊塞尔·罗森堡和朱利叶斯·罗森堡被当作为苏联盗窃核情报的叛国者而被判处死刑，其实早在两年前苏联人就成功爆炸了原子弹，打破了美国的核垄断。当时许多美国人认为是罗森堡这类克格勃间谍的情报使苏联的核技术发展进度比美国科学家的预计提前了三年。罗森堡夫妇于 1953 年 6 月 18 日被执行死刑，此后一大批该题材的文艺作品陆续面世。

地理位置，更无从谈起成为间谍。最后在万般无奈中，史密迪给中国领导人写信，揭开了棒球队员遭遇迫害的真相和倾诉自己的冤屈。罗斯在该小说中所描绘的是一群美国英雄的落魄，"揭示了球员如何受到美国政治的腐蚀，他们未能成为英雄人物，而只是充当了美国文化遭遇挫败的替罪羊"①。

从该小说的结构上看，罗斯用大量篇幅详尽描述了穆迪队在 1943 年的遭遇，但他更多关注的是后续影响。他从史密迪身为事件参与者的角度，以悲愤的笔触一一道出这些球员的结局，所表现的是对整个社会步入混沌无序状态的忧虑。罗斯聚焦于 20 世纪 60 年代，通过对棒球队由鼎盛辉煌阶段到冷战时期的政治清算过程的描述来揭示美国社会如何陷入这种荣耀、权威和正义被颠覆的动荡（他称之为 "后奥斯瓦尔德的美国"，post-Oswald America）之中以及神话破灭的根源。②罗斯和许多美国人一样，越来越不理解这个国家和所发生的一切。他与该书中的叙述者史密迪一样在迷惘中探索真相，渴望以此创作伟大的美国小说。罗斯承认将该小说的情节发展与麦卡锡时代的反共调查联系起来，意在增强其真实感。他对如何准确反映现实有自己的主张，认为须用一种看似荒诞的手法才能表现难以置信的现实。关于文学想象与现实之间的联系，罗斯接受《巴黎评论》的采访时就指出，文学创作就是要将创造之物看成现实，"将有血有肉的人变为文学形象和将文学形象变为有血有肉的人"③。他选择棒球运动作为小说的题材便是将美国神话与糟糕现实之间的冲突戏剧化，而正是对神话与现实之间博弈的探索和思考激发了其创作灵感。罗斯在小说中说明美好的运动同样具有毁灭性，棒球联盟的精巧运作和黑暗内幕无疑喻指国家机器的可怕，戏剧性的荒诞情节同样在于强调现实的非理性。他对自己借书中人物史密迪的想象力所做的滑稽夸张和幻想解释说："在刚刚过去的以混乱、剧变、暗杀和战争为特征的去神秘化的十年里，整个民族的想象力已对如此怪异的东西见惯不惊。"④从该书的设计可以看出，罗斯展示了自己摆脱后现代主义的混沌后逐步走向新现实主义的理性。他运用各种艺术

① Murray Baumgarten and Barbara Gottfried, *Understanding Philip Roth*, Columbia: University of South Carolina Press, 1990, p. 125.

② Philip Roth, *Reading Myself and Others*, New York: Vintage International, 2001, p. 77. 罗斯所指的是受李·哈维·奥斯瓦尔德（Lee Harvey Oswald，1939—1963）于 1963 年在达拉斯暗杀肯尼迪总统的事件影响的那段时间，他称之为 "去神秘化的十年"（the demythologizing decade）。

③ Philip Roth, *Reading Myself and Others,* New York: Vintage International, 2001, p. 122.

④ Philip Roth, *Reading Myself and Others,* New York: Vintage International, 2001, p. 80.

技巧来表现笔下人物言行的荒谬和无理智，在揭示麦卡锡主义恐怖阴影下人们的生存状态时则凸显其关注现实的态度。特别是在小说尾声部分，史密迪以和中国领导人通信的方式更多地流露出心声，渴望有人能理解深陷那个时代的人们所遭遇的荒谬和被压制的处境。

罗斯以元小说手法设计该书的结构，将创作伟大美国小说的重任交付于其代理人史密迪。小说中，此人作为事件的亲历者在收集资料时才发现，美国国内政治势力和相关机构，如全国棒球联赛的管理委员，早已彻底销毁与爱国者联盟有关的档案材料以保持美国棒球运动史的纯洁性。身为作家和叙述者的史密迪与穆迪队员一样，当年如此渴望成功，此时却得知被人从官方历史中清除，连痕迹都很少留下，只有依靠自己重建历史才能使事实大白于天下。不难看出，"《伟大的美国小说》最终消解的是英雄的美国艺术家和运动员的神话所赖以存在的基础"[1]。史密迪认为自己具有海明威一样的天赋，为了艺术创作他随棒球队转战各地，遭遇残酷现实中的重重阻碍，最后只因坚持正义而被扔进监狱。史密迪既是旁观者又是参与者，提供了全景式的观察角度和更多的细节描述。他面对的是一种沉默的阴谋（conspiracy of silence），这种集体的失声正是美国梦成为美国悲剧的根源。罗斯的创作旨在揭示官方的谎言，他借史密迪之口指出："真相比小说更令人惊奇，而谎言最甚。"（p. 372）他要做的是抛开官方话语，重建历史和揭示真相。罗斯指出："我所说的是，要重新改写我们那段历史，它像外国独裁者授意的产物一样令人憎恶。"（p. 16）对于那些篡改历史者，他深恶痛绝："因为真相对他们毫无意义！真正的人类历史并不重要！他们用扭曲和虚假的东西满足自己的需求！他们给美国公众的只是童话故事和谎言！完全出于他们的傲慢自大！出于他们的不知廉耻！出于他们罪孽深重的内心！"（p. 20）以文学创作重建历史的这种尝试在罗斯随后的作品中也陆续反映出来。他还以穆迪棒球队和爱国者联盟的故事重新阐释美国精神和美国梦。长期以来人们将《独立宣言》里所宣扬的生存、自由和追求幸福的权利作为实现美国梦的根本。美国梦是一整套关于成功的信条，涉及许多方面，如成功的机会、社会地位的上升、自立自强的人格形成（self-made man/independent person）以及社会公平等，其核心是人们对自己命运的掌握。然而这些棒球队员不过是被人操控的工具，完全不能左右自己的命运，更无从谈起所谓的美国梦。

73

---

① Murray Baumgarten and Barbara Gottfried, *Understanding Philip Roth*, Columbia: University of South Carolina Press, 1990, p. 130.

在罗斯早期的创作中,《伟大美国的小说》最重要的是将自己比较成熟和系统的有关经典小说的标准付诸实践。在他看来,这些棒球队员在那段动荡的岁月里的遭遇带有典型性,足以作为创作史诗般小说的素材。书中主要人物经历了奥德修斯式的磨难,但当他们返回故乡时面临的是牢狱之灾或死亡威胁,这更说明罗斯对美国现实的悲观和焦虑。罗斯在该书创作过程中逐步完善自己的标准,这也是其文学生涯中的重大转折点。他不再将道德说教和辛辣讽刺放在主要位置,而是从更宽广的视角将它们融入独特的滑稽剧,表现出超越犹太幽默的更有现实意义的战斗性。多年以后罗斯在谈论《伟大的美国小说》的创作特色时认为该书不是讽刺作品,特意指出用"讽刺"(satiric)一词已不恰当,需要借用"专注娱乐"(satyric)一词,并重新将其定义为"在混沌和反社会状态中探寻的纯娱乐性"[①]。罗斯以棒球联盟的崩溃衰亡喻指紧随其后的麦卡锡恐怖时期以及美国历史上极为荒诞的事件发生的必然。罗斯巧妙地将穆迪队的悲剧加工成令人捧腹的滑稽表演,以说明现实比小说更无逻辑可循,他极度夸张和近乎荒谬的描写正是基于自己对现实的理解。罗斯在小说的尾声部分里早已预料到该书的出版必将引起各方面的批评,但他早已司空见惯,因此仍以身为作家而备感自豪。这正如书中一位美国总统曾坦诚地对史密迪说过:"假若我能重新选择,我宁愿当作家也不愿做总统。"(p.6)罗斯长期在非议和责难中坚持创作,在该书结尾不忘引用俄罗斯诺贝尔文学奖获得者索尔仁尼琴(Alexander I. Solzhenitsyn,1918—2008)的话表明其态度:"在与谎言的斗争中,艺术总能取胜,总能公开地、毫无争议地、全面地占上风,谎言虽能与世界上许多东西抗衡,但挡不住艺术。"(p.382)罗斯强调在创作中遵循道义的重要性,在反驳那些谴责其在道义上违背基本价值观的批评时说道:"我坚信身为作家和犹太人,是在良知与正义的旗帜指引下前进。"[②]同时罗斯也提倡质疑道德权威和社会束缚的本质,认为应具有无所顾忌的精神(recklessness)[③],他主张持有一种内化的怀疑主义和去神秘化的态度。罗斯认为文学作品的作用就是让读者能从中获得心灵上的自由与安抚,而最好的读者能因此摆脱外界所有的噪音,让深受束缚和隐藏的感知得以放松。[④]他将自己的风格简单归纳为"完全的

---

① Philip Roth, *Reading Myself and Others*, New York: Vintage International, 2001, p. 66. 该词意来自"萨堤罗斯"(Satyr),指希腊神话中半人半兽的森林之神,天性好色和贪恋娱乐。

② Philip Roth, *Reading Myself and Others*, New York: Vintage International, 2001, p. 68.

③ Philip Roth, *Reading Myself and Others*, New York: Vintage International, 2001, p. 73.

④ Philip Roth, *Reading Myself and Others*, New York: Vintage International, 2001, pp. 147-148.

嬉戏和绝对的严肃"（sheer playfulness and deadly seriousness），认为最重要的是将写作当作娱乐（writing as pleasure），因为这"足以让福楼拜从坟墓里复活"，意指给西方文学传统注入新的活力。[1]

罗斯谈及美国社会的影响时，承认自己深受大萧条时期民粹论的影响，随后又被第二次世界大战期间的爱国主义热情所改变，进而相信美国地域辽阔的神话和民族多样化的优势。[2]这促使他在后来的创作中更加注重对美国梦的重新审视。在《伟大的美国小说》一类小说里，罗斯将20世纪60年代媒体的愚蠢表演和唯利是图的商业化西方闹剧称作"美国式的庸俗化"（American-style philistinism）[3]，他再现的是第二代移民的优雅心态与战后媒体之间的冲突。当代评论家哈罗德·布鲁姆重新审视经典作品的标准时认为，作品最重要的是应具有原创性，他解释说："渴望写出伟大的作品就是渴望置身别处，置身于自己的时空之中，获得一种必然与历史传承和影响的焦虑相结合的原创性。"[4]布鲁姆强调的是在继承西方文学传统的同时，还要具有自己的竞争力。罗斯在创作实践中努力避开外界干扰，坚持自己的主张，逐步形成自己的特色。他的小说旨在说明，美国现实具有远远超出人们想象的荒诞，以至于难以分辨现实与虚构，因而无论怎样发挥文学想象以致何等荒诞程度的描写都不为过分。罗斯将历史与虚构结合，在荒诞中展现的是现实的震撼力，这也是他转向新现实主义创作的特点。他在该书的创作中定下基调，逐步形成自己独有的风格，在后来的《解剖课》里才逐一阐述，特意指出这是一种将"讽刺、借口、轶事、忏悔、劝诫、推广、教诲、哲理、攻击、辩解、谴责"糅为一体的技巧，并与阳刚之气、家庭、犹太性、作家身份等一系列自传性主题相关联。[5]仔细研读《伟大的美国小说》后不难看出，罗斯的标准是：继承西方文学传统，展现美国特色，摆脱族裔身份局限，综合运用各种艺术技巧，聚焦社会现实，积极参与政治以扩大文学作品的影响。这些都对其后来的创作影响极大。

75

---

[1] Philip Roth, *Reading Myself and Others*, New York: Vintage International, 2001, pp. 96-97.

[2] Philip Roth, *Reading Myself and Others*, New York: Vintage International, 2001, p. 105.

[3] Philip Roth, *Reading Myself and Others*, New York: Vintage International, 2001, p. 137.

[4] 哈罗德·布鲁姆，《西方正典》，江宁康译，南京：译林出版社，2005年，第8页。

[5] Mark McGurl, "The Program Era: Pluralisms of Postwar American Fiction," *Critical Inquiry*, Vol. 32, No. 1, Autumn, 2005, p. 113; Philip Roth, *The Anatomy Lesson*, New York: Farrar, Straus and Giroux, 1983, p. 233.

第二章 文学实验与严酷现实

在罗斯的创作取得初步成功的 20 世纪 60 年代后期，美国社会因深陷越南战争而全面动荡，各地的反战示威游行加剧了社会矛盾冲突，但黑人和其他少数族裔却担心战争和反战活动都会削弱反种族歧视运动，这期间的部分年轻人选择逃避现实、崇尚享乐的嬉皮士生活，而科技的高速发展促进了登月成功，又极大地刺激着人们探索太空的热情。在这特殊的岁月里，各种相互冲突、碰撞的思潮交汇，当时的文学创作以后现代主义的艺术方法为主。伊哈布·哈桑（Ihab Hassan，1925—2015）认为"后现代主义"一词最早出现在弗·奥尼斯（F. Onis）于 1934年选编出版的《西班牙暨拉丁美洲诗选》（*The Anthology of Spanish and Latin-American Poetry*）一书中，但他认为 1939 年詹姆斯·乔伊斯（James Joyce，1882—1941）的《芬尼根守灵夜》（*Finnegans Wake*）一书的出版才是后现代主义兴起的真正时间上限。哈桑在《后现代主义转折》（"The postmodern turn"）一文中指出，"作为一种艺术的、哲学的和社会的现象，后现代主义调转了方向，它趋向开放（时间与结构或空间上的开放）、游戏、祈愿、暂时、分裂，或不确定的形式，趋向反讽和断片的话语，缺席和断裂的'苍白的意识形态'、以及分解的渴求和对复杂的、表现思想的无声的创新"[①]。特里·伊格尔顿（Terry Eagleton，1943— ）在《后现代主义的幻象》（*The Illusions of Postmodernism*）中指出，"后现代主义是一种文化风格，它以一种无深度的、无中心的、无根据的、自我反思的、游戏的、模拟的、折中主义的、多元主义的艺术反映这个时代性变化的某些方面，这种艺术模糊了'高雅'和'大众'文化之间，以及艺术和日常经验之间的界限"[②]。马尔科姆·布拉德伯里（Malcolm Bradbury，1932—2000）指出，美国的后现代主义大大得力于纳博科夫（Vladimir Nabokov，1899—1977）、贝克特（Samuel Beckett，1906—1989）和博尔赫斯（Jorge Luis Borges，1899—1986）这三位在美国领土之外出生的作家的重要影响，他们在后现代创作上发挥了独特而明显的作用，"把四处

---

① 伊哈布·哈桑，"后现代主义转折，"王岳川译//王潮主编，《后现代主义的突破：外国后现代主义理论》，兰州：敦煌文艺出版社，1996 年，第 30 页。

② Terry Eagleton, *The Illusions of Postmodernism*, Oxford, UK: Blackwell Publishing House, 1996, p. vii.

流行的怀疑主义意识、极端的荒谬意识和孤芳自赏的自我意识带回到一直处于争议之中的小说传统中来"①。罗斯当时的创作在很大程度上深受这些作家的影响，呈现出后现代文学实验的特色，但在他探索性的、艺术手法不断翻新的作品中仍可以看出他对现实主义的坚守，并逐步朝新现实主义的转向。他尝试推出的一些作品引起广泛争议，曾经的支持者也对罗斯不断变化的风格加以诟病，如欧文·豪就认为罗斯已背叛自己早期的艺术主张，就美国犹太人经验的真实性做出了妥协。然而纷至沓来的质疑和批评不但没有降低罗斯的声望，反而佐证了其作品的独特魅力正是在描述美国犹太人的经验时与 19 世纪的欧洲渊源脱离开来。②这是美国犹太文学发展必然经历的过程，体现了新大陆的特色。在这一阶段罗斯在不断完善和坚守自己经典标准的同时也注重文学实验，在创作中聚焦美国国内外政治局势的变化和严峻的社会现实问题。

　　罗斯在《波特诺伊诉怨》的创作中大胆尝试，以后现代主义手法展示了犹太青年成长过程中的困扰，特意设置心理医生与人物进行对话，探索书中犹太人的身份问题，从而形成自我反省和内心独白的特色；在《我们这一帮》中用政治讽刺小说体裁揭示越南战争时期的权力关系和统治集团的内幕，以剧本对白的形式生动再现政客的滑稽举止和荒诞言行；《反生活》聚焦美国犹太人双重身份带来的挫折，用朱克曼兄弟二人相互交叉和替代的人生经历探讨犹太人在美国的流散状态与回归以色列之后的区别，重点分析美国犹太人对中东地区巴以冲突的矛盾心理；在《我作为男人的一生》（*My Life as a Man*，1974 年）和《欺骗》（*Deception*，1990 年）中，罗斯尝试跨越虚构与现实的边界，更加自如地进行创作，促使人们重新审视婚姻和家庭中的矛盾冲突，尤其关注后现代社会中知识分子的生存状态。大卫·布洛勒认为，罗斯在《乳房》一书中表现出从现实主义风格转向的趋势，但还需等到《我作为男人的一生》出版时才真正进入后现代文学领地。③其实这些作品同样聚焦美国国内外政治局势的风云变幻和所引起的矛盾冲突。尽管罗斯在此阶段热衷于后现代主义实验，但已凸显出新现实主义的锋芒。特别具有代表性的是罗斯的凯普什系列小说则秉承卡夫卡的风格揭示了当代文化和政治对人性的异化，以富有想象力的变形艺术和心理分析探索当代人的内心世界，再以回归

77

---

① 马尔科姆·布拉德伯里，"新现实主义小说"//埃默里·埃利奥特主编，《哥伦比亚美国文学史》，朱通伯等译，成都：四川辞书出版社，1994 年版，第 959 页。

② Timothy Parrish, *The Cambridge Companion to Philip Roth*, Cambridge: Cambridge University Press, 2007, p. 2.

③ David Brauner, *Philip Roth*, Manchester: Manchester University Press, 2007, p. 52.

现实后的痛苦磨难反映知识分子遭遇压抑与挣扎反抗的心路历程，该系列作品时间跨度大，但更加完整地反映了罗斯创作风格的转变过程。

第一节　从内心独白到文化寻根

在罗斯的作品中遭到外界最猛烈抨击的当数第三部长篇小说《波特诺伊诉怨》（1969 年）。[①]在这一阶段创作中罗斯深受玛丽·麦卡锡的影响，比如"那种对于性的直言不讳和对于荒诞事物的透彻感悟，以及积累关键细节、冷眼看待小说中人物生活的方式"[②]。美国 20 世纪中期的社会思潮，特别是性自由等在罗斯的创作里有突出反映，其作品的出版反过来也起到推波助澜的作用。美国《时代》杂志将《波特诺伊诉怨》一书列为从 1923 年到 2005 年百部最佳英语小说之一。这部小说于 1972 年被华纳兄弟公司搬上银幕，由著名演员理查德·本杰明（Richard Benjamin）和凯伦·布莱克·齐格勒（Karen Blanche Ziegler）主演。[③]《波特诺伊诉怨》的面世引起广泛争议和批评，在许多国家甚至遭到禁止，如 1969 年在澳大利亚被列为禁书，但企鹅出版社和当地书商采取各种方法坚持卖书的努力终于使当局的禁令不了了之。该书不仅成为畅销书，还一度被认为是美国青年堕落的前兆，当时的美国副总统斯皮罗·西奥多·阿格纽（Spiro Theodore Agnew，1918—1996）曾说，许多大学新生报到时行李中都藏有此书。[④]在很长一段时间里，人们只要提到菲利普·罗斯，就会马上想到《波特诺伊诉怨》。据统计大约有 50 万人购买了此书的精装本[⑤]，特别是电影上映后，这位小说家和他的作品已是街谈巷议的话题，其主人公波特诺伊也成为与鹰眼和哈克·芬一样的美国大众文化传奇人物，一些评论家甚至称赞该书是"20 世纪 60 年代美国文化里程碑之一"[⑥]。罗斯创作

---

① 该小说出版时间虽早于《伟大的美国小说》，其后现代艺术特色更为明显，人们一般将其看作罗斯最具代表性的后现代主义作品，因而放在本书第二章进行分析更恰当一些。

② 萨克文·伯科维奇《剑桥美国文学史：散文作品 1940 年~1990 年》（第七卷），孙宏主译，北京：中央编译出版社，2005 年，第 309 页。玛丽·麦卡锡（Mary McCarthy，1912—1989）是美国文学艺术研究院院士，主要作品有小说《绿洲》（*Oasis*，1949 年）和《这一批人》（*The Group*，1963 年），以及反战文集《越南》（*Vietnam*，1967 年）、《河内》（*Hanoi*，1968 年）等。

③ 本杰明（Richard Benjamin，1938—）曾出演由罗斯成名作《再见，哥伦布》改编的电影。

④ William H. Pritchard, "Philip Roth," in Jay Parini, ed., *The Oxford Encyclopedia of American Literature*, Vol. 3, Oxford: Oxford University Press, 2004, p. 497.

⑤ Bernard F. Rodgers Jr., *Philip Roth: A Bibliography*, Boston: Twayne Publishers, 1978, p. 80.

⑥ Bernard F. Rodgers Jr., *Philip Roth: A Bibliography*, Boston: Twayne Publishers, 1978, p. 80.

中表现出更加大胆的实验精神，但因具有露骨的性描写和对母子异常感情的叙述而受到犹太社区的严厉谴责。该书以主人公亚历山大·波特诺伊对心理医生施皮尔福格尔的倾诉作为小说结构主线，他的回忆以蒙太奇手法一幕幕展开，成长过程中的内心焦虑反映了犹太传统家庭和教育方法的弊端。罗斯着重表现犹太人的负罪感和宣泄方式，"终于为带有罪恶（或揭露罪恶）的美国犹太人故事研究出存在主义的精华形式……创作出日渐深沉的幽默领域中的杰作，笑中有泪的小说，也是诉诸普罗大众，效果宏远、讨喜滑稽的书，不仅荒谬嬉闹，还狂野喧嚣"[①]。波特诺伊少年时的手淫行为和成人后的放纵反映了在犹太文化与美国文化冲突夹缝中艰难生存的年轻人的精神磨难，该书中采用的自我反省手法也成为罗斯以后创作的特点之一。他首次设置的心理医生角色凸显了后现代社会人们备感孤独时的需求，书中的长篇独白和有关性意识的探讨也有利于展现人物的情感宣泄。在随后的作品中他主要以兼任心理医生一职的人物朱克曼，耐心倾听故事主角的内心倾诉。更重要的是，在小说的后半部罗斯将主人公置于冲突中的以色列，检验其犹太人身份的实质，指出美国犹太人与回归以色列的犹太人之间的差异，但他所主张的自我流散的意愿尤其遭到了犹太保守派的抨击。尽管该小说被称为罗斯后现代主义手法的代表作，但依然可以看出他所关注的还是历史创伤对犹太青年艰难成长过程的影响和以色列的建国给中东地区带来的冲击等现实问题。

一

传统犹太社区的新生代移民如何成长，以及如何突破家庭的束缚融入美国主流文化，正是罗斯这类犹太作家无法回避的现实问题。《波特诺伊诉怨》一书在整体结构上采用内心独白（interior monologue）的形式，逐一揭示主人公各个时期的身份焦虑与困扰。内心独白可以直接把读者引入人物的内心活动中，没有作者方面的解释和评论加以干涉，这种直接话语摆脱了叙述主体，将人物的思想、印象和记忆完全呈现出来。罗斯用幽默夸张的口吻描写波特诺伊的成长经历，许多方面带有自传性，如波特诺伊和罗斯本人都于1933年在新泽西州的纽瓦克出生，波特诺伊的女友玛丽·简·理德则是以罗斯第一任妻子玛格利特·马丁森为原型。从波特诺伊与心理医生施皮尔福格尔的交谈中可以看到，该小说在结构上呈现出

79

① 查尔斯·麦格拉斯，《20世纪的书：百年来的作家、观念及文学：〈纽约时报书评〉精选》，李燕芬等译，北京：生活·读书·新知三联书店，2001年，第307页。

由近到远的依次描写，从主人公与女性的关系（母亲、情人）、所处环境、犹太社区的生存状态和对外界政治文化的反应几方面展示犹太传统和宗教在其成长过程中的桎梏作用和他相应的反叛。波特诺伊遭遇的挫折是许多犹太青年的普遍经历。

罗斯在小说扉页上用极富幽默感的有关"波特诺伊诉怨"的定义说明犹太青年成长中的主要障碍，如同摘自医学书籍："波特诺伊诉怨：名词，源自亚历克斯·波特诺伊（1933 年生），指一种感受强烈的来自伦理利他主义的紊乱，常常与极度性饥渴发生冲突，为反复发作的病症……从许多症状看，该病起因源于母子关系的压抑束缚。"①实际上年轻的主人公波特诺伊并不了解，他的问题实则来源于犹太民族所经历的集体创伤和相应的文化记忆。卡鲁斯在其创伤理论专著中指出："创伤经历超越它所涉及的心理磨难的层面，表现为某种自相矛盾的状况：即使有对暴力事件最直接的观察也可能对其无法了解，具有反讽意味的是，那种紧迫性反而以延误的形式呈现。"②这种创伤以不断重复的方式从个人心理逐步渗透到公众历史。尽管已过去了许多年，但犹太人经历的流散苦难和第二次世界大战中的大屠杀在社区的传统价值观的形成上仍起着重要作用，依然影响到年轻犹太人性格的变化。在波特诺伊的成长过程中，犹太社区环境令他感到窒息可怖，不得不尽力反抗和出逃。

在保守的犹太社区，性困惑是年轻人首先遭遇的难题之一。波特诺伊在母亲与情人之间，在温馨的回忆与强烈的性欲之间，以及踏入社会后致力于人权事业这种不足以让人心悦诚服的工作与为维护权利进行合情合理却极其苦恼的抗争之间进退维谷。③波特诺伊年少时注意到家里的性别混乱和父母角色误置，希望母亲可以充当父亲，父亲则转化为母亲。母亲的伟大在于"她血液里的奉献精神"（p. 11），她是家庭的精神支柱。在波特诺伊心目中母亲是神圣和神秘的，甚至会变形术，童年时他将启蒙老师与母亲角色混淆，想象母亲凭借魔力随时可以从窗户穿进穿出，提前从学校回家以便时刻照料和监视自己。波特诺伊对法力无边的母亲既有恋母情结，又想逃出魔掌寻求自由，而母亲总将年幼儿子当成唯一倾诉对象。她所讲的恋爱故事在潜移默化中对波特诺伊的成长产生了作用。罗斯揭示的对母

---

① Philip Roth, *Portnoy's Complanit*, New York: Bantam Books, 1969, p. 1. 以下出自该书的引文只标明原著页码。

② Cathy Caruth, *Unclaimed Experience: Trauma, Narrative, and History*, Baltimore, MD: Johns Hopkins University Press, 1996, pp. 91-92.

③ 萨克文·伯科维奇，《剑桥美国文学史：散文作品 1940 年~1990 年》（第七卷），孙宏主译，北京：中央编译出版社，2005 年，第 312 页。

亲的性幻想是犹太社区的禁忌，自然激起人们普遍的批评。该书中父亲角色则被边缘化，他希望能像朋友一样给儿子忠告，以自己艰难的生活经历使这未来的男子汉明白人生旅途的凶险。他崇尚美国人普遍信奉的实用主义，认为男人总得有把遮雨的伞，为妻儿遮风避雨。他劝告儿子："结婚不要为美丽，不要为爱情，而要为财富。"（p. 4）波特诺伊从小成绩优异，被称为"爱因斯坦第二"，常常和父亲在家里静候命运的召唤和奇迹的出现。波特诺伊父亲这一代犹太人当时遭受的歧视依然明显，他到贫民区收保险费时也会遭人白眼，甚至连黑人也放狗"咬他的犹太屁股"，他只好将一切希望寄托在波特诺伊身上，后者深知父亲渴望自己替他实现其理想："让我从他遭到禁锢的地方起飞，我的一切才是结果，我的解放就是他的解放——摆脱愚昧、剥削和默默无名。"（pp. 6-7）波特诺伊的父亲尽管忠实于犹太社区传统，但在内心深处依然希望儿子能出人头地，由此上升到正宗白人（White Anglo-Saxon Protestant，WASP）的社会地位，摆脱小天地的束缚和困境。罗斯描绘的正是自己少年时期对犹太社区的印象，这为创作提供了难得的文化背景，也给小说的真实性和生动性增色不少。他描写入微的土耳其浴室才是犹太男人的乐园，每次入浴都使人感觉似乎回到史前生活，甚至比洞穴人还久远：蒸汽缭绕象征着沼泽一般的地球初期，到处乱窜的是没有脑子、体形肥大的犹太动物。波特诺伊认为"父亲和他那些受难者伙伴似乎回到他们真正感到自然的居住地，这个没有非犹太人，没有女人的地方"（p. 54）。主人公自幼表现出的厌父情结实际上是对犹太传统中弱点的鄙视，但母亲的强势更让他感到受威胁。他甚至向上帝祈祷父母角色互换，认为这样的错位是自己成长过程中历经的灾难的根源。波特诺伊不愿意像父亲那样生活，因为这类人的生活圈子日渐萎缩，只有在老浴池这种没有外族人和女人的环境里才感到自在。罗斯细心的观察和描写展现了保守怀旧、害怕改变的群体在新大陆的可怜举止，而此种写作风格显然得益于早年对亨利·詹姆斯的学习和模仿。

81

　　罗斯在书中特别强调的是犹太家族中父辈的严格控制对年轻人的成长的压抑和扭曲。波特诺伊 33 岁还未结婚生子被认为是一种耻辱，这与犹太传统格格不入。当他被市长任命为纽约市人权委员会助理委员和担任国会分支机构顾问时曾感到自己足以光宗耀祖，然而在犹太人家庭里他发现自己仍被视为需要指导的晚辈，扮演的角色不过是"被犹太笑话窒息的儿子"，他不由得在内心深处呼喊："上帝啊，只要父母健在，犹太男人永远只是 15 岁的孩子。"（p. 124）可怜的他在欧洲旅游时才敢大声宣布："我 34 岁终于摆脱父母！为期一个月！"（p. 134）他对心理医生诉苦道："这就是我的生活，我生活在一个犹太笑话的中心！"（p. 39）在犹太青年的成长过程中重要的是突破环境的局限和父辈的控制。

波特诺伊对犹太社区的看法不断改变，日趋成熟。早年他以为自己能从犹太社区获得安全感，因为"犹太人生活的唯一地方就是在犹太人中间"（p. 5）。随着年龄增长，他越来越感受到来自犹太社区内社会和宗教的压力令人窒息。14岁时父母要求波特诺伊穿戴整齐上犹太会堂，他极力反抗说："我不信上帝，我不信犹太教，不信任何宗教，它们都是谎言。"（p. 67）他认为自己虽然是犹太人，却是无神论者，进而慎重宣布："宗教是人民的鸦片！"（p. 82）需要注意的是，罗斯在该书中表现出的对宗教禁锢的强烈反感似乎是要维持某种平衡，他笔下的波特诺伊认为无论是犹太教还是基督教都是虚伪的，如他在耶稣像前说道：

> 人多可恨！我厌恶那些犹太人，只因他们的心胸狭窄、自以为是。像我父母和亲戚朋友这样的洞穴人，总有高人一等的感觉。谈到庸俗、低贱以及令大猩猩都感到羞耻的信仰时，没人能超过非犹太人。这些愚蠢的家伙多么无知，他们居然相信根本不存在的人，假如他真有其人的话，从那张图上看，他无疑是个巴勒斯坦的同性恋。（p. 189）

同时罗斯也注意揭露犹太人自身的狭隘民族主义思想，他在描写年轻的波特诺伊的心理活动时写道："这种怒火，这种由非犹太人在我父母心中激起的厌恶，使我渐渐明白：非犹太人假装了不起，实际上我们才是他们的道德长者。让我们略胜一筹的正是由于他们滥施于我们的仇恨和蔑视。"（p. 62）当听话的表兄赫西在战场上死去时，人们安慰他的家人说，"至少他没有给你们留下非犹太人妻子或孩子"，这让大家觉得真是万幸（p. 66）。波特诺伊不愿重演坚守传统的表兄一样的悲剧，他渴望做一名棒球场上的"中场手"（center fielder），可以"控制局面和了解一切"（p. 80）。

二

在描述波特诺伊的成长过程中的迷茫和挫折时自然涉及性话题，罗斯颇具夸张和想象力的手法遭到不少读者和评论家的质疑和批评。伊格尔顿指出："在具有历史意义的进程中，性欲作为人类文化基石之一在学术生活中已得以确立。我们终于承认人类的生存与真理、理性有关，但至少也与幻想、欲望有涉。"①罗斯有关性的描写实际上是一种策略，是对美国文化整体的发声，通过对价值观的挑战，不仅是对犹太人社区传统势力，而且是对主流社会规则的颠覆，彰显其对自由的掌控，而这正是美国文化所极力推崇和充分利用的东西。许多人极为反感的是波特诺伊玩弄女性的情节，特别是他与女友丽娜和妓女的三人游戏，以及女友与妓女的同性恋表演。波特诺伊希望自己具有超强性能力或其他魅力足以玩弄非犹太姑娘。他对美国有另类的注解，并指出随着时代的变迁其内涵自然会改变："对祖父们来说，美国指的是遍地黄金；在父母看来，那是指每家锅里都炖有一只鸡；对我来说，则是怀里有个非犹太女人轻声说着爱，爱，爱。"（p. 165）这与后殖民理论家法农（Frantz Fanon，1925—1961）在《黑皮肤，白面具》（*Black Skin, White Masks*，1952 年）一书中分析黑人试图依靠爱情和性征服白人文明的想法极为相似，法农写道：

> 她的爱情给我打开那条通往完整倾向的杰出长廊……
>
> 我娶白人的文化、白人的美、白人的白。
>
> 我那双无所不在的手抚摸着雪白的双乳，在这双乳中，我把白人的文明和尊严变成我自己的。②

法农在嘲讽这种实际上带有自我贬低的他者意识时还称之为"完成这'真正的'男子成年启蒙仪式"，明确指出依靠婚姻和性的关系获得平等地位的想法极为幼稚。③罗斯在谈到《波特诺伊诉怨》的创作灵感时回忆说，早在 1961 年写作大纲形成前，他注意到艾奥瓦大学写作班中有的学生在作文里曾提及犹太男孩和非犹太男孩成长过程中的差异。犹太男孩嫉妒非犹太男孩的父母给予孩子更多自由，更重要的是嫉妒他们有更多机会与女孩交往和冒险，而犹太男孩则时刻处于母亲的严厉看管之下。他们认为宗教不是解开上帝之谜，而是性之谜的钥匙。犹太男孩从故事书中看到的犹太女性角色主要是母亲和姐妹，主人公有关性的梦中对象总是非犹太姑娘，在故事结尾时这些男孩面对的却是"现实的重负"④。波特诺伊将性能力看作去除身份焦虑的途径，借此表明内心的强大足以应付外界的压力。

---

① 特里·伊格尔顿，《理论之后》，商正译，北京：商务印书馆，2009 年，第 6 页。

② 弗朗兹·法农，《黑皮肤，白面具》，万冰译，南京：译林出版社，2005 年，第 46 页。

③ 弗朗兹·法农，《黑皮肤，白面具》，万冰译，南京：译林出版社，2005 年，第 54 页。

④ Bernard F. Rodgers Jr., *Philip Roth: A Bibliography*, Boston: Twayne Publishers, 1978, p. 82.

他 14 岁身体发育时以为自己身患癌症，便拼命手淫，15 岁时为战胜孤独曾在公共汽车上露阴，但并未意识到这种被扭曲的性格恰恰是长期受到压抑的后果。波特诺伊甚至明说："通过性交我将发现美洲，甚至征服美洲。哥伦布、史密斯船长、温思罗普总督、华盛顿将军——现在轮到波特诺伊了。"（p. 265）他自幼就对自己卑微的身份和受到的冷遇感到不满，因为不管年龄多大，非犹太姑娘都会称他们为"肮脏的犹太人"（p. 203）。波特诺伊长大后报复心理更加强烈，从某种意义上来说他只是将性能力当作复仇工具，因而会对偶尔出现的阳痿感到恐惧。在罗斯笔下，波特诺伊的偏执和扭曲的性格正是保守封闭的犹太社区的产物。在该书中他也指出犹太社区外的大环境同样不利于犹太孩子的成长，注意到当时美国社会反犹主义的猖獗，而日益疯狂频繁的纳粹活动最终迫使波特诺伊一家迁离泽西城。

三

在幻灭和迷失之际波特诺伊像众多流散美国的犹太人一样，希望找到精神上解困的良方，罗斯随后用较长的篇幅描述了主人公走向以色列获取归属感的文化寻根之旅，这其实是他尝试为犹太人的集体创伤寻求治愈的途径。波特诺伊认为能在新建的犹太人国家中发现理想乐园以作为自己的精神寄托或灵魂归属，然而他最终意识到这一旅程令人失望和沮丧。飞机进入以色列领空时，许多人喜形于色并相互庆贺回归故乡。波特诺伊从 2000 英尺①的高空俯视犹太人出生地——亚洲大陆，却丝毫感受不到周围旅行同伴的那种喜悦，只有陌生与迷茫。他到以色列后对在此地的逗留反而感到荒谬："一种让人难以置信的事实是，我居然身处一个犹太人国家，这里每个人都是犹太人。"（p. 285）在犹太人作为社会主人的国度里，犹太文化已是主流，波特诺伊惊奇地发现在此自己已成"纯种白人"，反而手足无措，陷入更加严重的身份困惑。特别是在与漂亮的以色列女中尉发生性关系的过程中表现出阳痿时，他认为这无疑凸显了自己所代表的流散文化的弱势和耻辱。当他抓住第二次机会与基布兹（Kibbutz，一种以色列的集体社区）女青年诺米发生性关系时，同样遭遇了失败，他彻底丧失自信。波特诺伊意识到上帝许诺之地以色列并不属于自己，他需要的是"回家"——回到美国，重归流散状态以免毁灭：

> 我爬行穿越生命之域——如果我的生命还残存！我的头在眩晕，

---

① 1 英尺 ≈ 30.48 厘米。

毒液涌上喉头。啊，我的心！在这以色列！其他犹太人能找到庇护、会堂与和平，波特诺伊却在死亡！其他犹太人可以繁荣，我却走向毁灭！（p. 306）

波特诺伊长久以来就对以色列持有某种幻想，甚至将其作为心理上最后的支柱，因而这次受挫经历使其感到精神上无家可归。他自认为是爱国者，此时才发现自己比其他犹太人更不幸，因为没有国家可以爱。在美国他无时无刻不受困于自己的犹太身份，而在以色列却有失去家园的感觉，他唯一能做的是再次踏上流散之路。罗斯用以色列之旅将波特诺伊置于美国流散状态与故国寻根之间做比较，最后表明这类犹太青年的焦虑在很大程度上来自他们本身，无论身居何处都需要突破传统和外界束缚的勇气才能真正获得自由。

四

在创作中罗斯擅长使用幽默和反讽，甚至以直言不讳的性行为手法，将小说改造成这样一种文本："其中的主角（像波特诺那样）变成了肆无忌惮的、性欲旺盛的人，他们通过他们的行动和语言来嘲弄他们在其中发挥作用的社会传统、伦理传统、乡土传统和道德传统。"[①]《波特诺伊诉怨》的出版引起各方面的争议，甚至在许多国家被列为禁书。一些作为犹太人精神导师的拉比和许多保守人士担心罗斯被认为是美国犹太移民的代言人，其作品将影响公众心里的犹太人形象。罗斯坦率地说自己不想，也没有打算，更不能够为美国犹太人代言，他只是对他们讲话，就像对其他人一样。[②]他想得更多的是以作品对所有人讲出心声。美国著名犹太复国主义者玛丽·塞尔金（Marie Syrkin）1973 年在署名文章中对罗斯进行了严厉抨击，并将其归类于希特勒和戈贝尔一样的纳粹头目。在这些人看来，波特诺伊具有令人难以想象的、超过普通人的性欲，肯定是一名纳粹。罗斯对此回应道："如果不是座位有限，塞尔金很想将我拉上纽伦堡被告席。"[③]在《阅读自我和其他》里他指出《波特诺伊诉怨》一书实际上来自从 1962 年到 1967 年四个被放弃的作品草稿，第一个是有 200 页左右的幽默故事《犹太男孩》（"The Jewboy"），主人公的经历类似于狄更斯笔下的孤儿；第二个是《可爱犹太人男孩》（"The Nice

---

① 埃默里·埃利奥特，《哥伦比亚美国文学史》，朱通伯等译，成都：四川辞书出版社，1994 年版，第 969 页。

② Philip Roth, *Reading Myself and Others*, New York: Vintage International, 2001, p. 211.

③ Philip Roth, *Reading Myself and Others*, New York: Vintage International, 2001, pp. 278-279.

Jewish Boy"）的剧本，1964 年罗斯曾在剧场朗读过；第三个是一部冗长的独白戏；最后一个则是基于罗斯在新泽西州的成长环境和经历的带自传性的作品《艺术家的画像》（"Portrait of the Artist"）。①罗斯承认是在发现波特诺伊内心声音之后才真正确定该书的创作基调，并设置了善于倾听和保持沉默的心理分析师角色，希望人们能耐心倾听成长中的犹太青年的心声。显然罗斯的这种对策是受到当时心理分析理论在美国盛行的影响，他直接采用了弗洛伊德推崇的谈话治疗法（talking cure），促使犹太青年将藏匿于内心深处的隐秘和焦虑一吐而快。波特诺伊对个人与社会、自由与责任、权利与义务之间的关系，以及个人的定义与社会的定义等美国传统冲突的反应其实是惯用的逃离之梦。②他总想跳出所处的社会环境，在小说结尾时他的幻想依然与许多犯罪影片里的情节一样，自己被团团围住，人们四下喊话："这里是警察，波特诺伊，你被包围了，你最好出来，付清所欠这个社会的债。"（p. 309）波特诺伊在企图逃离犹太传统时陷入灭顶之灾，这恰恰点明小说的主题，即犹太青年在成长过程中势必遭遇重重磨难和挫折，甚至被彻底毁灭。贝纳德·罗杰斯在专著中指出，"像罗斯所有作品的主角一样，波特诺伊在道学家的赎罪感和势利小人的情欲冲动之间苦苦挣扎"③。评价更高的是，鲁丝·威瑟称波特诺伊是"自乔治·巴比特以来最出名的美国小说人物"④。在谈到该书的重要性时阿尔伯特·古德曼总结说："罗斯在探索犹太家庭的秘密时比之前任何人都更深刻，他将目光投射到各个角落，意识到其终极潜力足以成为当代生活的原型。"⑤事实上罗斯的作品早已超越种族界限，所塑造的人物形象也是地地道道的美国原型。

  《波特诺伊诉怨》出版后犹太社区对罗斯的抨击更加激烈，这种反感来自于两方面：一是第二次世界大战后的美国犹太人仍然对大屠杀心有余悸，创伤后遗症给他们带来持续的心理压力和焦虑；二是随着犹太人在美国的经济地位的不断攀升，他们开始享受美国梦带来的幸福感和安全感，希望能主动、尽快地融入主

① Philip Roth, *Reading Myself and Others*, New York: Vintage International, 2001, pp. 29-32.

② Bernard F. Rodgers Jr., *Philip Roth: A Bibliography*, Boston: Twayne Publishers, 1978, p. 90.

③ Bernard F. Rodgers Jr., *Philip Roth: A Bibliography*, Boston: Twayne Publishers, 1978, p. 96.

④ Ruth R Wisse, *The Schlemiel as Modern Hero*, Chicago: University of Chicago Press, 1971, p. 118. 巴比特是诺贝尔文学奖获得者辛克莱·刘易斯同名小说《巴比特》（*Babbitt*，1922 年）中的主角，该书以讽刺的口吻着重抨击美国中产资产阶级的生活和价值观。

⑤ Bernard F. Rodgers Jr., *Philip Roth: A Bibliography*, Boston: Twayne Publishers, 1978, p. 96.

流社会，守住胜利果实，生怕因其独特性而被人从美丽的富人社区驱逐。他们认为自我暴露等同于自我隔离，因此所采取的基本策略是避免提及大屠杀和减少犹太特性的外露。为了犹太社区整体利益，个人主义必须受到约束。尽管战争硝烟已散去多年，大屠杀恐惧却渗透进犹太人的集体意识中，此种记忆甚至成为他们生存的本能，自然对反犹主义的存在心有余悸。欧文·豪在书中写道：

> 现代历史中的魔鬼阴魂不散，大多数移民和他们的后代都带有恐惧心理，不管深藏在内心何处，都担心反犹主义会成为美国的严重问题。在 20 世纪中期这虽然不是真正的威胁，人们也相互告诫应为此担心，即使眼前没有焦虑的必要，过去的经历也让他们保持警觉。①

文学评论家迪克斯坦认为，罗斯在《波特诺伊诉怨》这部开拓之作中"运用了黑色幽默、心理分析、幻想、甚至抒情风格来探讨一个真正的小说题材，这种题材把性、犹太性格、成长、道德和'家庭传奇'等融为一体"②。罗斯的创作深受弗洛伊德心理分析的影响，杰夫雷·贝曼就在其专著中以"菲利普·罗斯的心理分析师"为题的一章中详细阐明了这类手法，认为他还将其运用在随后的小说《我作为男人的一生》的创作中。③罗斯很早就注意总结文学作品里的各种犹太人形象：第一种是满足许多美国人心理预期的爱国者、勇士和好战分子；第二种是传统形象——只要价格满意便愿意出卖任何东西的犹太骗子；第三种是实现美国梦、从犹太移民下东区进入社会上层的成功人士。④他在《波特诺伊诉怨》一书里着重探索这些形象在美国文化里再现的根源，各种特征都在波特诺伊身上集中体现。在该书结尾处，心理医生才问道："我们现在可以开始了吧？"（p. 309）这种独特设计既表示根据弗洛伊德的谈话治疗法让患者完全宣泄，讲述内心的烦恼，又表明这才是故事的开始，或者说只是波特诺伊人生波折的一部分，更大的考验还在后面。波特诺伊这类人物形象在罗斯后来的作品中总以不同身份出现。尽管《波特诺伊诉怨》一书被认为是罗斯后现代艺术的实验作品，但它对美国犹太人生存状态的关注，以及就巴以冲突等问题的表态和对社会矛盾焦点展开的讨论都清晰地表明他的创作强调的是聚焦现实和政治参与。

87

---

① Irving Howe, *World of Our Fathers*, London: Phoenix, 2000, p. 630.

② Morris Dickstein, *Gates of Eden: American Culture in the Sixties*, New York: Penguin Books, 1989, p. 101.

③ Alan Cooper, *Philip Roth and the Jews*, Albany: State University of New York Press, 1996, p. 295, "Notes".

④ Philip Roth, *Reading Myself and Others*, New York: Vintage International, 2001, pp. 184-187.

第二节　越南战争余波中的政治反讽

罗斯对美国社会现实的关注尤其反映在其政治讽刺作品中，如第五部小说《我们这一帮》（1971 年），该书在创作风格上与之前的有特别明显的变化。他以幽默夸张的口吻针对尼克松政府的国内和国际政策予以抨击，戏仿统治集团对权力的操控和政客在语言上的滥用，着重揭示以总统为代表的官僚体系的虚伪和腐败，充分运用后现代主义艺术手法生动再现 20 世纪美国社会和政治局势的变迁和影响。罗斯以颇具先见性的描述从越南战争时期政治家的表现预见"水门事件"的必然性。该小说结构独特，以书斋剧（Closet Drama）^①形式逐步展开故事情节，甚至配有舞台指示，人物对话极具口语和俚语特点，生动诙谐，故事情节主要由三部分组成。首先，罗斯展示了美国政府如何对内采取愚民政策和压制民众，如总统特里基（暗指尼克松）为了给威廉·卡利上尉率领士兵在越南美莱村的大屠杀进行辩护而做的小丑式表演；其次是为了转移国内矛盾，美国政府以莫须有的罪名发动对外侵略战争，不惜牺牲盟国的利益；最后着重阐述了美国政治的影响无所不及，并以总统被暗杀和堕入地狱后也将政治争斗延续至此的情节凸显其贻害无穷。该书是罗斯作品中最直接、最具批判性的政治讽刺小说，在其文学实验中具有特殊意义。

一

罗斯在《我们这一帮》的创作中继承了西方政治讽刺小说传统。这类小说是对政治事件、国家体制和意识形态以及相关理论加以阐述和评论的一种虚构叙事作品，如乌托邦小说和反乌托邦小说等，其缘起可以追溯到古希腊哲学家柏拉图在公元前 365 年左右推出的《理想国》（The Republic）一书。他在该书中强调哲学家作为理想国家的统治者的重要性和将国民分等级管理和控制的理念。影响较大的这类作品主要有托马斯·莫尔（Thomas More，1478—1535）的《乌托邦》（Utopia，1516 年）、斯威夫特（Jonathan Swift，1667—1745）的《格利弗游记》（Gulliver's Travels，1726 年）、杰克·伦敦（Jack London，1876—1916）的《铁蹄》（The Iron Heel，1908 年）、卡夫卡的《审判》（The Trial，1925 年）和《城堡》

---

① 书斋剧是指主要用于阅读而不是演出的剧本，也译为"案头剧"。

（*The Castke*，1926 年）、辛克莱·刘易斯的《不会在此发生》（*It Can't Happen Here*，1935 年）、奥威尔（George Orwell，1903—1950）的《动物农场》（*Animal Farm*，1945 年）和《1984》（*1984*，1949 年）等。在抨击美国民主政治的弊端方面特别突出的是历史学家和小说家亨利·亚当斯（Henry Adams，1838—1918）生前匿名出版的作品《民主：一部美国小说》（*Democracy: An American Novel*，1880 年），该书堪称美国版的《官场现形记》，叙述了一位富孀到政治中心华盛顿寻求民主真相时的希望幻灭过程。华盛顿·欧文早在美国建国之初也曾用"逻各克雷西"（logocracy）一词讽刺托马斯·杰斐逊以操控言语的方式进行统治的政府。[①]19世纪美国报刊对总统和其治下的政府直接进行嘲讽批评成为风尚，不足为怪。美国文学中针对美国总统的讽刺作品历来不少，有关尼克松的就有安东尼奥（Emile de Antonio，1919—1989）喜剧性的纪录片《磨坊：一部讽刺喜剧》（*Millhouse: A White Comedy*，1971 年），该书详尽描述了总统形象在公众心目中的堕落；维达尔（Gore Vidal，1925—2012）的戏剧《与理查德·尼克松的一夜》（*An Evening with Richard Nixon*，1972 年）主要以尼克松本人的言辞反讽其荒诞的行为；里德（Ishmael Reed，1938—）的滑稽剧《糟糕的 D. 诺克松的 D. 赫克森论》（*D Hexorcism of D Noxon Awful*，1970 年）等。即使到了 2004 年仍有电影《刺杀尼克松》上演，再现尼克松深陷"水门事件"而即将辞职之际，普通民众对政府信心的丧失和对前途渺茫的忧虑。罗斯在创作中对统治者的反讽特意模仿奥威尔在小说《1984》中独裁者"老大哥"模棱两可的"新语"（newspeak）和批评家兼讽刺大师门肯（H. L. Mencken，1880—1956）当年抨击哈丁总统（Warren Gamaliel Harding，1865—1923，美国第29 任总统）的"盖玛利尔式（Gamalielese）措辞"。大学期间罗斯就开始用自由体诗歌嘲讽麦卡锡主义，在散文中也对艾森豪威尔的演讲进行剖析和以斯威夫特式幽默对美国在东南亚地区的武装干涉予以谴责。

　　罗斯认为美国政治讽刺文学已走向衰亡，努力尝试恢复这一传统。他在 1963年曾指出，"如果开始写小说就将其当成一种攻击行为，那会是糟糕的开端"[②]，然而随着越南战争的升级和美国国内反战浪潮日渐汹涌，他在作品中同样做出激烈反应。在访谈中罗斯承认，自己从《再见，哥伦布》一类的夏日浪漫小说突然

89

---

　　①　"逻各克雷西"（logocracy）指由言语统治的国家，这也是欧文在《纽约外史》（*Knickerbocker's History of New York*，1809 年）里对美国所下的定义，参见埃默里·埃利奥特，《哥伦比亚美国文学史》，朱通伯等译，成都：四川辞书出版社，1994 年版，第 185 页。

　　②　Philip Roth, "Second Dialogue in Israel", *Congress Bi-Weekly,* 30, September 16, 1963, p. 70.

转向政治讽刺类小说的起因十分简单，那就是尼克松。基于在参议院听证会上尼克松有关卡利案争论①时的表演，罗斯突然想到："特里基（Tricky，原意为滑头），我清楚，你这道德上的傻瓜，处心积虑的机会主义者和彻头彻尾的骗子，真的，我完全没想到你会堕落到如此地步。"②于是他构思出《我们这一帮》里的主人公特里基·E. 迪克松总统这一形象。罗斯随后专门撰文明确指出，尼克松总统特别精于"新语"运用，人们不难从奥威尔的作品里发现"表面上富有喜剧性的修辞语言可以成为政治专权的工具"③。

欧文·豪在《政治与小说》（*Politics and Novel*，1957 年）中强调政治小说的中心就是充分表现个人心理对当时国家局势的反应。④这类作品直接关注的是集体身份和权力问题、集体行为的适当方式和指导人们行为的理想与目标进行的抗争，它将某一政治问题作为小说的核心。⑤罗斯在《我们这一帮》中特意总结了从南北战争前后到现代美国的政治讽刺，指出人们主要以幻想曲作家和滑稽演员（fantasist and farceur）的方式创作讽刺小说。该书的主人公迪克松总统的政治生涯如同马戏团里的滑稽小丑，他振振有词的演讲常常从满腹经纶、口若悬河迅速转为愚昧无知、荒诞可笑。罗斯对美国政府为越南战争中的失败寻找替罪羊和转嫁国内社会矛盾等愚蠢行为加以无情揭露和严厉抨击，"将道义上的怒火转化为咄咄逼人的讽刺，直指美国总统的道德神话和政治现实之间的差距"⑥。他模仿斯威夫特在《格利弗游记》里对"慧马国"中人类奸诈欺骗行为的描写和借用奥威尔在《政治与英语》（"Politics and the English Language"）一文中有关政治语言的妙用，揭示政客们"将谎言变成真理，使谋杀让人佩服"，以及愚弄选民、操纵政府和沽名钓誉的卑鄙行径。⑦同时罗斯还将《圣经》中有关撒旦的故事与美国总统的行为进行比较，使该书具有独特的滑稽讽刺艺术效果。罗斯在《我们这一帮》的

①指越战中，美军中尉威廉·卡利在 1971 年 3 月 29 日因在美莱村大屠杀中负有主要责任被军事法庭判处无期徒刑一案所引起的争论。

② Philip Roth, *Reading Myself and Others*, New York: Vintage International, 2001, p. 44.

③ Philip Roth, *Reading Myself and Others*, New York: Vintage International, 2001, p. 39.

④ Caren Irr, *Toward the Geopolitical Novel: U.S. Fiction in the Twenty-First Century*, New York: Columbia University Press, 2014, p. 4.

⑤ Caren Irr, *Toward the Geopolitical Novel: U.S. Fiction in the Twenty-First Century*, New York: Columbia University Press, 2014, p. 3.

⑥ Judith Paterson Jones and Guinevera A. Nance, *Philip Roth*, New York: Frederick Ungar Publishing Co., 1981, p. 134.

⑦ Murray Baumgarten and Barbara Gottfried, *Understanding Philip Roth*, Columbia: University of South Carolina Press, 1990, p. 104.

创作中还继承了洛威尔（James Russel Lowell，1819—1891）谴责美国与墨西哥之间战争的作品《比格罗诗稿》（*The Biglow Papers*，1848 年）中的严词抨击和马克·吐温的幽默讽刺的传统。[1]该书面世后深受评论家的重视，如菲比·亚当斯在《大西洋月报》（*Atlantic Monthly*，1972 年 1 月刊）撰文称其为自英国文艺复兴时期著名诗人和讽刺作家约翰·德莱顿（John Dryden，1631—1700）以来"最机敏和最刻毒的"讽刺作品。[2]

二

罗斯承认是"独白表演的滑稽演员"（sit-down comic）弗兰兹·卡夫卡教会他"怎样将罪恶感作为喜剧话题"[3]。实际上他在《我们这一帮》中塑造了一个如同奥威尔笔下"老大哥"式的人物，此人崇尚马基雅维利式（Machiavellian）权谋术，为达到目的不择手段。读者可以从特里基总统所谓的领袖言行中探寻这类人物足以堕落的程度和越南战争带来的灾难与创伤，令人更多感受到的是严酷现实而不仅仅是滑稽可笑。罗斯特意在小说扉页上引用尼克松 1971 年在圣克利门蒂[4]关于人工流产的一番话，其政治指向十分明显。尼克松在演讲中说："从个人和宗教的信仰出发，我认为人工流产是无法接受的控制人口的方法；而且无限制的流产政策或必需的流产，使自己感到无法漠视人类生命的神圣——这包括那些尚未出生的孩子。毋庸置疑，即使尚未出生的孩子同样具有法律赋予的权利，并得到联合国相关条款的认可。"[5]在尼克松的"反流产演讲"一个月之后，罗斯的文章《与我们领袖的想象对话》（"Imaginative Conversation with Our Leader"）就在《纽约书评》（*The New York Review of Books*）杂志上刊出，着重抨击尼克松演讲中的机会主义言辞和诡辩，这后来成为该小说的第一章。[6]罗斯以极为夸张的口吻指出，美国总统不仅要为民众，而且要为胎儿甚至胚胎细胞的权利斗争。

在小说的开端，特里基便以高超的辩术为美国公民因越南战争中"美莱屠杀案"患上的心理压抑疾病进行疏导。从他与民众的对话中足以看出这位领袖人物如何消解越南战争中大屠杀带来的焦虑和其娴熟的语言策略。威廉·卡利上尉

---

[1] Bernard F. Rodgers Jr., *Philip Roth: A Bibliography*, Boston: Twayne Publishers, 1978, p. 102.

[2] Bernard F. Rodgers Jr., *Philip Roth: A Bibliography*, Boston: Twayne Publishers, 1978, p. 107.

[3] Philip Roth, *Reading Myself and Others*, New York: Vintage International, 2001, p. 22.

[4] 圣克利门蒂，加利福尼亚州南部一城市，位于长岛东南太平洋沿岸，是一个度假胜地。

[5] Philip Roth, *Our Gang*, New York: Bantam Books, 1971: Title page.

[6] Bernard F. Rodgers Jr., *Philip Roth: A Bibliography*, Boston: Twayne Publishers, 1978, p. 100.

（William Calley）[1]带领手下士兵在美莱村屠杀了 22 名手无寸铁的越南老百姓事件曝光后令世界震惊，然而总统在回答民众质疑时则将焦点从野蛮血腥的罪行转向探究被害人群中是否有怀孕妇女的问题，甚至将其比喻为对控制人口大有好处的"人工流产"。特里基在辩解时将美莱惨案与流产问题相提并论的本身凸显了其对生命的漠视，同时说明了他在人权问题上采取的双重标准。演讲中他越是表现出擅长辩解，越发说明他在道义上的无知和堕落。读者不得不注意的是，在总统的操控下民众对发生在异国他乡的惨案表现出的冷漠。

当时美国国内社会矛盾日益尖锐化，民众普遍质疑政府的所作所为，罗斯在小说中深入探索尼克松现象的产生、政治谎言的流行，以及大众媒体的助纣为虐和推波助澜的诸多原因。他尝试从总统的政治语言中审视其个人品质和治下的政府作为。特里基这类生性卑劣的政客巧妙运用政治话语，擅长操控语言糊弄民众。他刻意利用法律混淆（legalistic obfuscation）的愚民策略，遵循"生活即游戏"（life is a game）的原则，如誓死维护未出生者的权利，即"胎儿权"，并推而广之，强调"早期胚胎"的权利，却对美莱村被害的越南人熟视无睹。特里基猜想被害村民里可能包括孕妇，并为此表示遗憾，却又将这类屠杀看作由卡利上尉执行的"人工流产"，将事件小而化之。他模仿马丁·路德·金的《我有一个梦想》的口吻宣称，他在执政期间的梦想就是不管种族、信仰和肤色，要让所有人"都成为未出生者"，还特意表示愿意充当尚处于萌芽状态的生命的代言人：

> 我绝不会因极端分子、好战分子或暴力狂人的恐吓而放弃将正义和公平带给那些还生存于子宫里的生命。需要更清楚说明的是：我不仅指胎儿的权利，也指那些在显微镜下才能看清楚的胚胎细胞的权利。（p. 11）

以对未出生者的关注回避政府和军队所犯的战争罪行，足见特里基的狡诈和荒诞。奥威尔指出："在我们这个时代，政治性讲话和写作多半是为不可辩解的事情进行辩解。……因此政治语言就不免主要由委婉含蓄的隐语、偷换概念的诡辩和纯粹掩饰的含糊其词所组成。"[2]身为总统，特里基却不加掩饰地承认其所作所为并不为任何人，宣称自己的演讲言之无物、空话连篇，不涉及具体问题，只是

---

① 在被指控的 26 名士兵中，只有中尉威廉·卡利在 1971 年 3 月 29 日因在美莱村大屠杀中负有主要责任被军事法庭判处无期徒刑。8 月 26 日卡利的刑期减为 20 年，1974 年一地方法院推翻对他的判决将其释放。

② 乔治·奥威尔，《奥威尔文集》，董乐山译，北京：中央编译出版社，2010 年，第 311 页。

敷衍民众。他蛮有把握地完全否认自己的承诺而不留下任何把柄："我说过什么？让我们一起查看记录，我什么也未说，绝对没有任何东西！我主张的是未出生者的权利，我所指的是如果还有空话，那就是它了。"（pp. 28-29）在特里基看来，既然这些人尚未出生，为他们争取应得的权利既容易又可以失言而无人追究。罗斯笔下的这位总统言行上总在模仿奥威尔的"老大哥"，甚至更加肆无忌惮。

　　该小说另一部分是虚构美国军队对友邦国丹麦的入侵。当美国国内矛盾日益激化，政府面对反越南战争抗议已焦头烂额、无计可施之际，特里基像许多老练的政客一样，企图以对外军事干涉转移国内民众的视线，平息激烈的反战运动和化解尖锐的社会矛盾。当时的童子军在首都举行抗议示威，越南战争老兵纷纷交回勋章以示反战决心，军事教官劝告总统不得盲目行动，"不要在自己后院里重复越南战场上犯过的错误"（p. 45），部长们则建议将抗议的青年武装押运到亚利桑那沙漠中加以监禁，他们认为对示威活动的纵容如同对定时炸弹的威胁视而不见。美国当局此时急需寻找转移民众视线的替罪羊，于是选中哥本哈根并对其采取军事行动。在总统的命令下，美国第六舰队开赴波罗的海和北海，全面封锁丹麦的出海口，隔断其与外界的交通。美国军队入侵丹麦发起"勇气战役"，借口是解放莎士比亚戏剧中的"哈姆雷特的城堡"。罗斯玩笑地指出实际上这不算入侵，而是从丹麦的控制下解放英语国家奉为的圣地。针对民众可能的质疑，特里基总统解释说：

> 我要清楚告诉大家的是：这不算入侵。一旦我们颠覆这个国家、炸掉主要城市、摧毁乡村设施、消灭军队主力、解除民众武装、监禁色情政府的领导人，让现在的流亡政府在哥本哈根执政，我们就会撤军。(p. 95)

　　总统甚至套用林肯在著名的《葛底斯堡演讲》（"Gettysburg Address"）中的措辞，宣布自己下令入侵丹麦，旨在该国建立另一个"民有、民治、民享的政府"，并强调这个"民"不仅指丹麦民众，更是指美国和全世界的良民（p. 96）。作为发动战争的借口，美国宣布是为了将煽动年轻人暴乱的棒球队员福禄德从其庇护所丹麦抓回来，特里基总统才不惜下令发起"勇气战役"，派出特种部队空降突袭丹麦东部的西兰岛。他将此次行动比作与肯尼迪当年阻止苏联人将导弹运往古巴而进行的军事干预一样有效的措施。显然罗斯在此暗讽美国政府的一贯做法和对外侵略的传统，包括曾经对南美洲诸国的武装干涉和仍深陷其中的越南战争泥潭。

　　罗斯特意为这类政客设计了具有反讽意味的结局，还以总统被暗杀而进入地

93

狱后的经历说明美国政客的言行贻害无穷。在小说的结尾罗斯戏仿弥尔顿《失乐园》中的情节，描述了特里基坠入地狱的过程。此人在接受嘴唇汗腺手术时遭人暗算，被塞进垃圾袋淹死。随着美国国内矛盾激化，各派政治力量对该新闻的真实性妄加猜测，认为总统之死不过是为了参与竞选连任和获取公众同情的一种舆论手段。聚集到华盛顿的人们不是为了哀悼，而是纷纷承认自己是干掉总统的凶手，试图争当救世英雄。总统被人塞进医院垃圾袋，当作他为之争取权利的"胚胎"一类医疗废弃物被处理掉，真正成为全世界未出生者的殉道士，其下场不免带有极大的讽刺意味。特里基堕入地狱后依然不忘追逐参政的机会。他在与撒旦竞争参选地狱首脑时指出，原来的领袖撒旦已经过时，远远跟不上形势的发展，地狱需要新的号角和新的领袖。他承诺一旦打败撒旦入主地狱，将努力使邪恶取得最后胜利，并满怀豪情地宣布：

> 我坚信，被诅咒的、被惩罚的人们绝不想回到伊甸园的治下；我坚信，反叛的儿女们应该有一位完全邪恶的魔王；这位魔王不只是献身于旧的、过时的邪恶，而是勇于承担新的、大胆的邪恶事业，那就是彻底颠覆上帝的王国，将人类带入永恒的死亡。（p.192）

这种极端邪恶的形象自然是反越南战争浪潮里民众对总统的看法，罗斯不过是用艺术夸张的手法加以再现。特里基承认自己是一个出生于加利福尼亚州的机会主义者，发誓以自己的努力为"堕落的同胞们"创造一个完全堕落的世界，在地狱里将美国生活中的"恶"发扬光大（p.198）。他认为尽管自己不是美国在东南亚制造苦难的唯一作家、领袖和建筑师，但只要人们给予他机会，他将在地狱里干得同样漂亮。美国总统的优势是在空军的支持下将东南亚变成人间地狱，因而他的决心非常坚定："如果当选魔王，我决心使邪恶取得最后的胜利，使我们的子子孙孙不再尝到正义与和平威胁的滋味。"（p.207）总统被暗杀后依然能将政客惯用手法带到地狱，可见其政治谎言传统足以超越死亡，将更多邪恶带入邪恶之地。罗斯在此创立了一种类似《1984》中"新语"的具有强烈反讽意味、妙趣横生的话语体系，以说明美国政客在许多方面大大超越了奥威尔的想象和预言。特里基在地狱里获胜后，相比之下无能平庸的撒旦则被天使用铁链锁住，投入无底深渊：

> 我又看见一位天使从天而降，手里拿着无底坑的钥匙和一条大链子。

他捉住那龙，就是古蛇，又叫魔王，也叫撒旦，把它捆绑一千年，扔在无底坑里，将无底坑关闭，用印封上，使它不得再迷惑列国。（p. 208）

罗斯以这段摘录自《圣经》的话作为小说结尾的寓意自然明显，既反映了当时民众对尼克松政府的态度，又以该书警示世人以防此类政治人物再度祸害人类。

三

为了更加生动地呈现当时的政治局势和探寻动荡的根源，罗斯该书的创作中采用剧本形式着重描述了以总统为代表的政客的滑稽表演和语言操控。奥威尔在《政治与英语》一文中十分悲观地指出："我们的文明已趋衰朽，因此按照这一论点，我们的语言就无法逃避这一整体崩溃。"[①]罗斯在小说中大量使用政治语言，对人们心目中的领袖形象加以消解。他以讥讽的口吻叙述记者招待会上的马屁精先生、大胆先生、求实先生、挑错先生和理智先生等人的奇谈怪论，这些人正是小说之名所指，即与总统臭味相投、同流合污的"我们这一帮"。罗斯巧妙设计了总统与他们之间的台词式对话，"将其道义上的激愤化为措辞严厉的嘲讽，直指美国总统制神话和政治现实之间的反差"[②]。这些政客眼中的美国现实是截然不同的，罗斯将其称之为官方版现实（official version of reality）。他们自认为能以歪曲和滥用语言的方式操纵大众和达到目的，其荒谬程度远远超过作家笔下的虚构现实（fictional reality）。他们的领袖人物特里基可以将卡利的美莱村大屠杀比喻为人工流产，把对丹麦的入侵称为解放莎士比亚笔下的人民，即使堕入地狱也能将撒旦取而代之，这些行为无疑说明人性的堕落无底线，罗斯以去神圣化的手法塑造的总统形象旨在揭示这类政客可能堕落的程度。

在《美国小说创作》一文中，罗斯指出作家们已注意到文化如此疯狂，价值观被扭曲到难以置信的地步，已无法准确地描述，越来越难创作出令人信服的作品。如果现实令人惊讶，小说则不得不荒诞。罗斯将此种讽刺定义为"化为喜剧艺术的道德狂怒"（moral rage transformed into comic art）[③]。在他的笔下，漫画、戏仿、夸张和嘲弄都可作为对美国经验严厉抨击的手法。奥威尔指出："在我们这个时代，'不问政治'这种事情是没有的。所有问题都是政治问题，而政治本身又

---

① 乔治·奥威尔，《奥威尔文集》，董乐山译，北京：中央编译出版社，2010 年，第 303 页。

② Judith Paterson Jones and Guinevera A. Nance, *Philip Roth*, New York: Frederick Ungar Publishing Co., 1981, p. 134.

③ Judith Paterson Jones and Guinevera A. Nance, *Philip Roth*, New York: Frederick Ungar Publishing Co., 1981, p. 131.

集谎话、遁词、笨事、仇恨、精神分裂症之大成。"①罗斯将出于政治目的的语言滥用戏剧化，揭示政客们为失败寻求替罪羊的过程，谴责了那些掌控国家重要机构者的要员们的腐败伎俩。②他在谈及该书的创作时坦言，自己尽力使"政府谎言的精湛艺术实际上贯穿于整部小说"③。

美国的理想与现实之间的巨大反差是罗斯创作讽刺小说的动因。他随后特意撰文指出自己正是针对尼克松和其治下的政府的所作所为，因为他长期以来特别关注"尼克松现象"以及这一现象在美国政坛上出现的根源。在该小说动笔之前，罗斯每次看见尼克松在电视上亮相演讲时，都嫉妒现实中居然可以产生这类人物，但愿尼克松只是自己笔下的虚构人物而无法对民众造成实际伤害。随着尼克松逐步登上总统宝座，罗斯意识到尼克松时代真正来临，美国已无法躲避所带来的危害。1971 年他出版《我们这一帮》时，尼克松已被总统光环笼罩而受到众人的庇护，"此人对语言的滥用不再像 1960 年时那样毫无害处地有趣，也不再仅仅是一个笑话，而尼克松本人也不再那么容易被人讥笑"④。罗斯其实是从尼克松早期的表现（参议员、副总统）预测后来其执政时的荒谬言行和举止，构思政客中可能出现的典型人物，可以说《我们这一帮》是"针对水门事件之前的尼克松圆滑势利、阴谋诡计的洋洋洒洒的讽刺作品"⑤。根据尼克松后来的作为，罗斯庆幸自己在刻画人物和发掘性格特征方面具有预见性。该书出版不久（"水门事件"尚处于参议院听证会期间），罗斯甚至替尼克松发表了一篇对美国同胞的演讲《总统对全国的讲话》，以极具讽刺意味的口吻宣布他不愿辞职的理由：

> 我愿选择艰难的道路、崇高的道路，只要这条路会走向战争的终结和为我们的后代、后代的后代，带来世界和平。我的美国同胞们，我生来是作为贵格教徒，而不是逃跑者。⑥

在罗斯看来，这类政客仍在用华丽的言辞将自己严实地保护起来，试图延续

---

① 乔治·奥威尔，《奥威尔文集》，董乐山译，北京：中央编译出版社，2010 年，第 312 页。

② Murray Baumgarten and Barbara Gottfried, *Understanding Philip Roth*, Columbia: University of South Carolina Press, 1990, p. 111.

③ Philip Roth, *Reading Myself and Others*, New York: Vintage International, 2001, p. 49.

④ Bernard F. Rodgers Jr., *Philip Roth: A Bibliography*, Boston: Twayne Publishers, 1978, p. 99.

⑤ David Brauner, *Philip Roth*, Manchester: Manchester University Press, 2007, p. 15.

⑥ Philip Roth, *Reading Myself and Others*, New York: Vintage International, 2001, p. 54.

自己的统治。这篇为总统拟定的下台演讲稿可以看作该书的补充，同时也表达了罗斯对仍处于尼克松治下的国家命运的担忧，因为越南战争和应付反战浪潮这种现实的荒诞已远远超越他身为作家的想象。

奥威尔曾说："如果说，思想可以腐蚀语言的话，语言亦可腐蚀思想。"[①]《我们这一帮》出版后引起极大争议，人们甚至担心这会诱发更多针对总统的暗杀事件，罗斯则希望大家更应该关心联邦政府的控制枪支法案，虽然大法官颁布法令禁止文学作品比禁止仅仅花 15 美元就邮购枪支容易得多，然而每年死在枪口下的人远远多于死于讽刺的人。[②]罗斯在该书里勾勒出一个尼克松治下的反面乌托邦，由于政客们的语言操控实际形成的一种国家恐怖主义不仅对美国国内民众施以高压，而且对外造成威胁，即使盟国也难以幸免。他努力参与复兴的政治讽刺小说显示出极强战斗性，小说之名"我们这一帮"也表明作家警示世人加强自我反省，与这些政客们划清界限，避免与他们同流共谋。

97

第三节　人格面具与对立生活的困扰

以色列建国后中东社会急剧动荡，国际政治局势迫使美国犹太人不得不考虑是否继续处于流散状态或者回归精神家园。菲利普·罗斯在小说《反生活》（1986年）中表现出对中东问题的深切关注，强调美国犹太人与以色列犹太人之间的差异，反映了这类作家与生俱来的身份焦虑。在罗斯创作该书时，第五次中东战争（1982 年）的硝烟刚刚散尽，犹太人与阿拉伯人之间的冲突依然剧烈，美国人在如何看待以色列在冲突中的许多做法上分歧严重。多年来被认为与索尔·贝娄、马拉默德齐名的犹太作家罗斯面临如此严峻现实问题时同样感到难以抉择。《反生活》延续了罗斯之前的小说主人公朱克曼的故事（朱克曼在《我作为男人的一生》中出现），是该系列的第四部。该书以朱克曼参加弟弟亨利的葬礼和有关其死因的分歧为开端，揭示犹太人在美国流散生活中的无聊和弊端。亨利由于心脏疾病服药引起阳痿，为了保持性能力和追求浪漫生活，他不愿采取保守疗法而冒险坚持手术治疗。亨利的妻子在悼词里却称赞死在手术台上的丈夫是为了家庭的完满幸福付出了生命代价。该书在结构上巧妙设计，不断变换叙事者和叙事角度，所涉

---

① 乔治·奥威尔，《奥威尔文集》，董乐山译，北京：中央编译出版社，2010 年，第 312 页。

② Philip Roth, *Reading Myself and Others*, New York: Vintage International, 2001, p. 48.

及的故事情节在重复的叙述中出现完全不同的版本,读者发现亨利并未死于手术,而是到以色列成为狂热的复国主义者。最后哥哥朱克曼自己反而死于手术失败,并留下对亨利不利的小说手稿,其作品在他去世后依然具有控制他人的话语权。朱克曼与亨利代表做出不同命运抉择的美国犹太人,他们在矛盾冲突中尝试了解对方或达成妥协,然而最终归于失败。罗斯在该书中特意采用后现代主义手法推出实验性反小说(anti-novel)体裁的作品,以不断转换的叙事角度探索美国犹太人的身份焦虑和矛盾心理,揭示他们处于流散状态的彷徨和难以摆脱的双重人格。

一

　　基于美国犹太人的独特身份和生存状态,罗斯以不同于传统写作手法的"反小说"形式在《反生活》中描述这些流散者为追寻理想家园而进行的艰难尝试。反小说是指一种实验性的小说创作形式,并不注重一般小说写作中人物性格分析和前后连贯的情节展开等要素,而是颠覆叙事逻辑或运用多种具有创意的方法打断人们的阅读期待。罗斯显然认为这种形式更能反映美国犹太人的内心焦虑和回归以色列的犹太人所处的冲突和混沌状态。被称为"犹太复国主义之父"的西奥多·赫兹尔[①]在其《犹太国》(*The Jew's State*,1896年)一书中指出,犹太家园应有三个必要条件:第一,完全参与全国性的国民生活和政治生活而不必被迫纳入其文化生活(即不必同化);第二,不受反犹太主义迫害;第三,犹太人灵魂改变,即犹太人创造精神的复兴和再生。[②]罗斯在《反生活》中以两种不同的人生经历探讨美国是否能成为犹太人真正的家园,即上帝所赐的福地(promised land),从而在精神上摆脱流散状态。罗斯为朱克曼和弟弟亨利设计了可互相置换的生活,提出对立生活的概念,即兄弟二人可以被看作不同的犹太人,也可视为美国犹太人的两面,从更深层次揭示他们双重人格的特性。罗斯笔下人物形象正如卡尔·荣格在原型批评理论中所指出的"人格面具"(persona)一样,是通过"个人适应或他认为应该采用的方式以对抗世界的体系"或为顺应社会的期待而接受社会分

---

　　① 罗斯将第一章以"巴塞尔"为名含义深刻,出生于布达佩斯的奥匈帝国犹太裔记者和锡安主义(Zionism,即犹太复国主义)创始人西奥多·赫兹尔(Theodor Herzl,1860—1904)于1897年在此组织第一届世界锡安主义者大会并被选为会长,确定了解决世界上流散犹太人的问题需要建立自己的国家,为以色列在1948年的立国奠定了基础。

　　② Jeffrey Rubin-Dorsky, "Philip Roth and American Jewish Identity: The Question of Authenticity," *American Literary History*, Vol. 13, No. 1, Spring, 2001, p. 83.

派的角色，以达到被社会更好接纳的目的。①罗斯以甘心流散在美国的朱克曼代表自愿同化、追求安逸生活的犹太人，而热衷于犹太复国主义的亨利则是期望通过中东的冒险获得新生的犹太人。显然他在该书中刻意塑造了两种不同的犹太人形象，以适应人们的期望和比较他们身份选择后的命运。

罗斯由于在诸多作品中尽量避免涉及犹太身份问题而常常遭到来自各方面的批评，在《反生活》的创作中，他尝试以两种犹太人的经历揭示他们在现实生活中不得不采用的人格面具。在小说的开端罗斯便以亨利的葬礼强调犹太传统和社区利益的重要性对人物性格形成的影响。尽管众人对亨利这一浪荡子颇有微词，但在葬礼上却尽力将其神化。此举并非为了死者，而是为了尚存的人们，更重要的是为了社区利益。出于维护自己的社会地位和顾全家族的颜面，妻子卡罗尔在葬礼上大胆承认亨利因为疾病而丧失性功能，称赞丈夫勇敢地接受手术是出于对自己的爱和对家庭的负责。她强调亨利"重视婚姻的完整性"，不能接受自身的不足之处，如同对待工作一样。②罗斯却写道："或许她（卡罗尔）是比朱克曼想象的更有趣的女人，是一位细腻、有说服力的家庭小说家，狡猾地把彬彬有礼、平庸无奇的通奸的人道主义者，塑造成忠于夫妻关系的英雄和卫道士。"（p. 54）显然罗斯所要抨击的是犹太社区传统势力尽量掩饰的这种虚伪。亨利其实是拒绝接受失去性功能的现实，为了与情人私奔才冒险做体外循环手术，而在 39 岁时结束了短暂的生命。他在手术前曾与哥哥朱克曼交谈过，后者从其留下的日记和便条中也充分了解了弟弟的苦闷。然而这类实情一旦外泄必定遭人耻笑，也于犹太社区不利。为巧妙处理这一尴尬情节，罗斯特意运用后现代手法设计的反转叙事方式塑造亨利的新形象。此人居然逃脱死神的魔掌，到瑞士北部的巴塞尔成为不受拘束、体格健壮的外籍牙医，表现出"对自己的所作所为的反抗和对残酷兽性激情的发泄"（p. 14）。亨利最终辗转来到以色列，依靠犹太复国主义精神使自己的生活充实起来，治愈了困扰多年的阳痿，重新变为刚强有力的男子汉并找到适宜生存的理想家园。这其实是罗斯以戏谑的笔触描述了人们长期以来期望他能充当的角色，即热衷于以色列事业的美国犹太人，而正是这些人常常抨击他在作品里表现出一种背叛犹太人利益的"自我仇恨"（self-hatred）。该书中尤为荒诞的情节

99

---

① 王先霈、王又平，《文学理论批评术语汇释》，北京：高等教育出版社，2006 年，第 582 页。

② Philip Roth, *The Counterlife*, New York: Farrar, Straus, Giroux, 1986. 译文参见菲利普·罗斯，《反生活》，楚至大等译，长沙：湖南人民出版社，1988 年，第 27 页。以下出自该小说的引文仅注明译文页码。

是，朱克曼参加弟弟的葬礼后便赶到以色列看望后者。他惊奇地发现充满活力的亨利摇身一变成为摆脱美国世俗生活的斗士，他自己却因不关心犹太人的伟大事业而遭到人们的谴责，在道义上远远落后于弟弟这类回归的犹太人。亨利的灵魂似乎找到更加广阔的天地，他用犹太理想主义武装自己后完成了人生的转变，获得"最后一次伟大的精神焕发，也许是最后一次中年精神大焕发"（p. 182）。罗斯以反讽的口吻说明那些身处流散状态、失去权利、像一盘散沙，甚至阳痿的犹太人，完全可以在民族国家意识的感召下恢复活力。①获得新生的亨利认为，美国犹太人最后必将在优越的生活环境里堕落颓废，而犹太人的未来和希望则在以色列。

正是因为这种独具匠心的情节设计，罗斯的作品中没有哪一部在质疑自我的双重逻辑方面能超过《反生活》。他以朱克曼兄弟分别代表流散海外和回归以色列的犹太人，这两类人争论的焦点是谁能真正代表犹太民族，或者说代表犹太人的未来。他们之间的分歧与冲突其实是两种犹太史观的交叉碰撞，反映了罗斯长期以来的思考和焦虑，两种人物实际上代表被分裂的自我。马克·谢奇勒（Mark Shechner）在谈及罗斯作品时指出，"犹太经验是一种迷宫，是由一系列众所周知却难以回答的问题所组成，其复杂费解没有可供参考的指导"②。罗斯在朱克曼兄弟的对比中，着重考虑民族历史与个人身份之间的关系，笔下人物总在努力突破美国犹太人的集体无意识，勇于追求个人理想和自我完善。《反生活》既强调国际政治对个体命运的影响，又凸显个体渴望摆脱束缚争取独立的身份意识。罗斯在分析美国文化环境对朱克曼兄弟的影响的同时，将视角转向海外，重点考察以色列社会现实和中东犹太人的生存状态。

朱克曼的以色列之旅就是想亲身体验和探明是否真如人们期望的那样，可以将此地看作所有犹太人的精神家园和最终归宿，然而他失望地看到这里与"上帝许诺之地"的期望差距太大。长期以来人们认为在以色列这块似乎尚未开垦的土地上很容易想象自己是诞生在最光辉的环境里，感受到"一种神秘的英雄主义境界"（p. 134）。然而现实与神话相距太远，在过去人们以为是与上帝直接交流的地方，现在却成为导弹发射场的雷达站。以色列讲求集体效率，个人利益往往遭到削弱，人们认为"我"在这里不存在，没有"我"的时间和"我"的需要。一切

① Julian Barnes, "Philip Roth in Israel: *The Counterlife*," *London Review of Books,* 5, Mar. 1987, p. 3.

② Mark Shechner, "Zuckerman's Travels," *American Literary History,* 1, 1989, p. 229.

都由犹太国家说了算，而不是"我"，四处横行的是狭隘的民族主义激进分子和狂妄自大的暴力崇拜者。该书其实已明确指出，以色列与美国一样难以成为犹太人的理想家园。

二

当代美国犹太人面临是否回归以色列的难题，而罗斯在小说中传达了这种焦虑。他特意设计从美国到中东的文化巡游，以朱克曼兄弟的以色列冒险经历揭示两地环境的差异。随着以色列的建国，罗斯这一代人比父辈们遭遇到更加严峻或者更加尴尬的身份问题，即作为美国犹太人应该如何对待这一新兴国家，是继续流散或者果断回归并将其作为最终的精神归属？以色列犹太人在中东的行动严重影响了美国犹太人的言行举止，为此罗斯详尽叙述了温和派和强硬派两种犹太人在巴以冲突中的表现。一踏上以色列的国土，朱克曼就发现此处充斥着主张暴力的犹太复国主义激进分子，摩德卡伊·李普曼等人的傲慢行径十分令人厌恶。此人常常带着手枪，在希伯伦的市场上向阿拉伯人宣称：犹太人和阿拉伯人可以幸福地和平共处，只要犹太人做主人就行。李普曼希望建立一个没有犹太人的美国（Judenrein United States），他祈祷所有犹太人从那里回归以色列。李普曼的妻子罗尼特谴责流散在外的犹太人的冷漠，针对美国的同化和通婚，她指出："在美国这些问题带来第二次大屠杀——那里发生的是精神大屠杀，与阿拉伯人对以色列的威胁同样致命。希特勒在奥斯威辛没有完成的事业，美国犹太人在自己卧室里就完成了。"（p. 121）以色列温和派人士、首任总理戴维·本–古里安（David Ben-Gurion）的新闻专员舒基·艾尔恰南自豪地告诉朱克曼，只有以色列的一切才真正属于犹太人。他说："看见那棵树吗？那是一棵犹太树。看见那只鸟吗？那是一只犹太鸟。瞧，那边，一片犹太云彩。只有这儿才是犹太人的国家。"（p. 58）朱克曼发现自己的作品同样引起以色列犹太教士的不满，人们鄙视甘心漂泊海外的犹太人，认为其卑微的生存状态极不正常。似乎以色列整个国家都沉溺于自我想象和扪心自问：变成犹太人到底是怎么一回事？此处居民根本瞧不起具有和平倾向和人道主义理想、反躬自省的犹太人，认为他们不是胆小鬼便是叛徒或者白痴。即使温和派的舒基也以批评的口吻对朱克曼说道："有理智的人从文明的观点出发，对暴力和流血深恶痛绝。可是你们从美国来旅游，看到那些枪和那些大胡子就失去理智。大胡子使人想起神圣意第绪人的弱点，而枪则可以使他们对英雄的希伯来武力感到放心。"（p. 86）在这样的国度里，朱克曼发现依靠创作为生的作家是如此懦弱无力，他自己根本无法在此生存，居民们奉行的是直接行动。李普曼抛弃文学，拿起武器参与以色列的战斗，他公开承认："我不是美籍犹太小说家，为了文学目的后退几步从远处摘取现实的事物。不！我是一个用真正的暴力去对付敌人真正暴力的人。"（p. 151）舒基在给朱克曼的信中指出，李普曼这样的宗教狂热分子，"比麦卡锡参议员一类人具有更大的潜在破坏力"（p. 190）。罗斯对以色列犹太人在宗教方面的狂热极为反感，他在第三章"在以航班机上"中写道，当飞机从以色列起飞后，提示可以解开安全带的指示灯刚刚熄灭不久，一群笃信宗教的犹太人便在机舱里自发地组成祈祷班，似乎期望以超音速来祈祷，这样的情景如同一种身体的耐力表演：

> 很难想象有其它人间戏剧能在大庭广众之下如此亲密和疯狂，表演得这么露骨。相形之下，如果有一对乘客脱光衣服，以同样厚颜无耻的激情在机舱过道中做爱，恐怕其性变态也不过如此而已。（p. 168）

罗斯观察到的以色列缺乏宽容、理解和自由，像朱克曼这类犹太人只能在此游历一番，最后还需回归继续流散状态。相比之下，美国的情况好得多。朱克曼总结说："问题是我还想不起历史上有任何社会，达到像美国那样宗教宽容制度化的水平。也没有一个地方像美国那样，将自己公开宣称的梦想置于多元文化的中心。"（p. 61）同时罗斯也指出美国生存环境的不利和弊病，认为在纽瓦克社区的那些老犹太人"一个个呼吸着反抗的空气，却又不折不扣地安于现状"（p. 41）。他们充满信心，有高度教养却随遇而安。这些移居美国的犹太人经过数代的努力，试图建立非政治性、非意识形态的"家庭犹太复国主义"（p. 61）。罗斯对美国犹太人性格中的狭隘、自私、虚荣和保守加以辛辣嘲讽，这类观点在很大程度上与以色列人十分相近。回归以色列的犹太人认为，在美国做犹太人不自然、太懦弱，因为"在某种意义上，防守就是美国的犹太主义"（p. 195）。激进的以色列犹太复国主义者对美国政府的做法同样不满。李普曼指出，美国白人允许心怀不满的黑人发泄对犹太人的仇恨，然后再来收拾黑人，到那时周围早没有大鼻子的犹太人抱怨他们侵犯黑人的民权了。经过这种设计周密的集体大迫害，美国完全可以恢复清一色正宗白人的天下（p. 147）。

罗斯用朱克曼回国旅程中的难忘经历说明犹太人离开耶路撒冷走向海外同样危险。朱克曼在飞机上巧遇以前的熟人、劫机犯吉米，此人长期生活在中东的恐怖阴影下，已成为思想极端的精神病患者。然而从他的胡言乱语中却能了解人们在许多问题上的争执和混乱，特别是如何看待第二次世界大战中纳粹德国对犹太人的大屠杀。罗斯其实旨在强调历史问题上的含混模糊必然引起当前的冲突，即使精神病患者吉米也难以忘记过去。杰米尽管出语癫狂，似乎滑稽荒诞，却揭示了普通人不愿面对的事实。他宣称："没有大屠杀的犹太人将成为没有敌人的犹太人！"（p. 202）吉米认为朱克曼这类美国犹太人已经超脱，他说："你一定得到了什么秘诀，怎么装也不是犹太人。你完全摆脱了。你到处走，就像《国家地理》介绍的犹太人一样。"（p. 205）具有反讽意味的是身为作家的朱克曼最后居然被当作劫机犯吉米的同伙，由摩萨德押回以色列受审。在当局看来，美国犹太作家完全可能对以色列的国家利益造成伤害，这无疑在朱克曼一类游子心上大大加重了疏离感。

　　《反生活》同时强调对犹太人的威胁除了纳粹的种族清洗和美国的同化以外，还有欧洲文明中根深蒂固的歧视。[①]罗斯以朱克曼在英国的遭遇说明犹太人在欧洲文化环境里饱受煎熬，来自宗教方面的压力更加令人难以忍受。朱克曼对在英国的处境抱怨道："连日来我们俩就像一对顽强不屈的现实主义者，总是稀里糊涂、浪漫味十足地企图突破一个实在而且布满陷阱的包围圈。"（p. 352）英国人深知犹太人天生容易动怒，因而玛丽亚的姐姐萨拉狡猾地刺激朱克曼，她说："我看你身上充满了怒火、怨恨，还有虚荣，只是你把这一切统统藏在你这一套都市气派、文明的外衣里。"（p. 346）朱克曼果真上当，在众人面前完全暴露了犹太人的弱点，也让玛丽亚看到情人的另一面，最终导致两人分手。在英国餐厅里朱克曼听见老妇人抱怨犹太人臭气熏天，似乎她看到的是"人种混杂的话剧：一个犹太人正在玷污一朵英国玫瑰"（p. 366）。朱克曼形象地说道："我在英国突然亲身经历了一种在美国从未被其伤害过的东西，只觉得仿佛礼仪之邦的英国突然窜起来在我脖子上咬了一口。"（p. 383）他在此感到的是四处充斥的敌意，发现自己面临一个潜在而广泛的反犹组织，这种组织根深蒂固并擅长暗中加害。英国到处都表现出对犹太人的歧视，萨拉明确告诉他，如果你了解英国社会，就会认为这些人全是反犹分子，因为英国文学里有一种共同的反犹意识。[②]罗斯形象地指出英国与以色列的区别："英国乡村是由上帝三番五次地修改完善而成的，并不断驯化使每个人和

---

　　① 罗斯后来专门推出《夏洛克行动》（1993 年）一书，戏仿莎士比亚的《威尼斯商人》中的情节抨击欧洲文明对犹太人的偏见。

　　② 罗斯在后来出版的《欺骗》中再次强调英国到处可以感受到这种歧视。

每头野兽都适应周围环境。犹太地区还保留着上帝创造时的老样子，长期被当作一块月球上的土地，犹太人好像是被他们最凶恶的敌人残酷地流放至此，而不像自古以来就是他们所眷恋的地方。"（pp. 133-134）朱克曼意识到在以色列和英国这两种文化里都难以找到自己的位置。在基督教教堂里他对自己的犹太人身份更加敏感，认为耶稣的诞生就足以说明基督教的荒谬：

> 耶稣的诞生，仅次于耶稣的复活，赤裸裸地迎合了人们最为幼稚的需要。虔诚的牧羊人，星光璀璨的天空，幸福的天使，贞女的胎儿，在尘世现形而又不食人间烟火，没有气味和排泄，没有性爱的极度满足——对性的摒弃是多么崇高，多么荒唐，多么拙劣！（pp. 318-319）

在此罗斯刻意描绘了一种"道德豚鼠游戏"，在圣诞节滑稽地将一个犹太人置于基督教教堂里进行观察，这类极富反讽的情节设计显然出于他对基督教的质疑。教堂里的圣诞节如同人们在接受象征性的宴请，"众人正在一致地大嚼一块硕大的精神烤土豆"（p. 318）。这对即使宗教信仰淡漠的犹太人朱克曼来说，也有极大的心理压力。

三

在长期的创作中罗斯总在尽力摆脱犹太身份的影响，然而在该小说里"这种犹太性已成为一种含义值得深究的历史状态和一系列相互冲突的意识形态，其诉求需从小说错综复杂的结构中加以分析"①。他构思该书时正值后现代主义盛行之际，正如杰瑞米·格林（Jeremy Green）指出："与后现代主义相关的各种令人眼花缭乱的含义便是这一术语成功的明证：该词运作起来如同病毒一般，跨越分类的边界，浸染各种毫不相干的思想。"②《反生活》在结构设计上大胆创新，罗斯巧妙运用后现代艺术手法使其极具代表性。它由五个相互穿插、矛盾冲突的章节组成，故事情节看似杂乱无章，各叙述者以不同故事文本消解他人的说法和观点，充分展示现实社会的混沌无序、去中心特点、生活的多样性以及人性的复杂化。罗斯给读者留下诸多难解之谜，其开放式结局更有助于诠释他对现实的态度和对生活的独特见解。他的后现代主义和元小说的"纯粹的游戏化"与其在重要话题

① Jeffrey Rubin-Dorsky, "Philip Roth and American Jewish Identity: The Question of Authenticity," *American Literary History*, Vol. 13, No. 1, Spring, 2001, pp. 91-92.

② Jeremy Green, *Late Postmodernism: American Fiction at the Millennium*, New York: Palgrave Macmillan, 2005, p. 1.

上"绝对的严肃"形成鲜明对比,这些话题涉及犹太人自我的意义、犹太人身份问题中以色列的重要性,以及自我与想象或者反向的自我之间的联系。①罗斯以看似荒诞的情节表现的正是当代美国犹太人的艰难抉择。他巧妙地让亨利逃出死神魔掌,在绝望之际投身中东冲突而获得新生的情节,无疑是为了嘲讽和抨击犹太复国主义中的激进分子。罗斯在思想上更倾向于那些温和派,因为他们坚持以和解妥协的方式解决与阿拉伯人之间的矛盾冲突。他同样明白这类绥靖思想在中东的严峻形势下苍白无力,因而其代言人朱克曼往往陷入尴尬处境,并深感回天乏力。罗斯时而以现实主义手法对中东地区的人们艰难的生存状态进行入微的描述,这在很大程度上取得了滑稽幽默效果,时而以后现代主义混杂的、多声部的叙述,不断转换叙述角度和叙述者,甚至以截然相反的文本相互替换进行自我消解,凸显美国犹太人自身所处的混沌状态,这正如林达·哈钦(Linda Hutcheon)所指的后现代作品具有的"混杂、多元、相互矛盾"的特点。②罗斯以朱克曼兄弟俩的命运构建了一种文本迷宫,再现了美国犹太人在当代国际政治局势和传统种族意识挤压下的艰难生存状态和命运抉择。

长期以来罗斯因作品中颠覆性描写遭到犹太社区传统势力的抨击,《反生活》夸张滑稽、别具讽刺性,正是对这类责难做出的回应。亨利一直认为自己生活在哥哥朱克曼的阴影之下,只要哥哥还活着,他写什么都会感到自惭形秽。在第四章"格罗斯特郡"里,早已"去世"的亨利夺回话语权,向读者讲述了故事的另一版本,他反而参加了哥哥朱克曼的葬礼。亨利同样无法启齿致悼词,只因他难以颂扬朱克曼所代表的期望继续流散的美国犹太人。从朱克曼遗留下的书稿中,亨利发现自己早被描写成荒唐可笑的犹太人。在尚未完成的小说中朱克曼极富想象力地叙述了亨利的故事,令后者极为震惊:他发现自己的一生被扭曲、被出卖。朱克曼竟用他的真实姓名塑造了一位只知与助手鬼混的牙医形象。亨利读到该书的第五章"基督世界"时预知了即将发生的事情,他认为朱克曼与非犹太人妻子在伦敦的生活毫无意义,了解到朱克曼只在创作中才能体会生活的错综复杂,否则不过是一具行尸走肉,需要"不断地寻求从单纯的文学方式征服现实生活中由于恐惧而不敢面对的东西"(p. 281)。亨利认为朱克曼的写作就是为了歪曲事实,

---

① Elaine B. Safer, *Mocking the Age: The Later Novels of Philip Roth*, New York: State University of New York Press, 2006, p. 24.

② Linda Hutcheon, *A Poetics of Postmodernism*, New York: Routledge, 1988, p. 20.

这是他自得其乐之处，诽谤中伤不过是副产品。令人可怖的是，他发现朱克曼即使去世，他的作品仍在左右世人的生活。朱克曼将他与温迪之间的关系歪曲到令人愤慨的程度，他恼怒地想道："甚至在他（朱克曼）的生命即将结束的时候还如此行事，他能不能不再惹是生非？"（p. 283）亨利最后拿走与自己相关的手稿，却发现不过是副本，原件不知藏在何处，也许还有影印本。他感到这一生中哥哥总在向他挑衅，让他扮演所分配的庸才角色。为了去除朱克曼的影响，亨利将手稿扔进垃圾箱并在心里暗自咒骂道："他是一个祖鲁人，一个地地道道吃人的人，谋害人，吞吃人却从未付出过什么代价。"（p. 292）在亨利的眼里，作家朱克曼无疑是暗害家人的凶手，甚至可能打着文学艺术的幌子谋杀了双亲。他认为朱克曼在道德上更应遭到谴责，此人先后拥有四位妻子，为了保持其性欲而不得不动手术，最终死于非命。根据亨利的叙述，朱克曼先前的说法完全被颠倒，而两人之中谁先去世、谁更有话语权则成为谜团。在《反生活》里朱克曼被安排死亡，但很快又在随后的作品里复活，毕竟他还未完成罗斯交给他的重任。罗兰·巴特尔曾指出，"以语言的名义剥夺一个人语言的权利正是所有合法谋杀的第一步"[1]。朱克曼兄弟俩的话语权之争也反映了美国犹太人与以色列犹太人之间的分歧和冲突。

从朱克曼与爱人玛丽亚之间的关系同样可以看出话语权的重要性。玛丽亚是第二位手稿盗贼，令她特别反感的也是第五章，从中她看到朱克曼的另一面。她发现此人总是将"自己不了解、不熟悉的东西强加于他人——他就是这样对待我，还有我的家人，都遭到了极其恶毒的污蔑"（p. 298）。罗斯在该书中特意设置了玛丽亚与朱克曼鬼魂的对话，在交谈中她惊恐地发现文学文本对现实生活的实实在在的干预。当她读完手稿后再也分不清哪一个才是真实的自我，不得不惶惶不安地承认，"那篇手稿给我的冲击很大，开始渗透我的生活"（p. 304）。渴望自由的玛丽亚在对男权主义的反抗中希望夺过话语权，摆脱身为作家的朱克曼的控制。她在信中对朱克曼说，"书中人物背叛作者的事并非史无前例"，当初朱克曼为了文学目的帮她摆脱困境，到头来却变本加厉地进行控制和剥削（p. 390）。身为英国人的玛丽亚需要的是宁静，然而犹太人朱克曼却热衷于战斗，使她无法忍受被强加的生活。朱克曼将人生看作一种表演，在信中他写道，"玛丽亚，你的自我不存在，同样也没有我的自我。有的只是我们在过去的几个月里为共同合作表演而

---

[1] Roland Barthes, "Dominici, or the Triumph of Literature," in Simon During, ed., *The Cultural Studies Reader*, London and New York: Routledge, 1993, p. 48.

创作的这种方式",并称赞她是一个直觉性极强的演员（p. 400）。玛丽亚十分忧虑地看到曾经相爱的两人逐渐形同路人,她说:"在你我争辩之时,二十世纪的历史阴森森地逼近,露出穷凶极恶的样子。我感觉四面楚歌,自己已被掏空。"（p. 395）她认为朱克曼对待自己的生活,完全像小说里表现的一样,是有意识地混淆生活和小说的界线,最终不得不付出代价。玛丽亚明确表示自己不愿被锁进小说里参与幼稚的文字游戏,非常渴望回归真实生活。她认为朱克曼这类犹太人具有好斗情结,总在追求虚无的意义。在这类描述中,罗斯"将本应属于自传性的许多细节置于朱克曼身上,揶揄地拨动艺术与生活之间的边界①。他以反讽的口吻阐明话语霸权对普通人命运的操纵,以回应许多人认为其作品有害于犹太社区利益的责难,只因这些同胞难以理解罗斯针对犹太传统中的弊端的犀利抨击,而将其称为"自我仇恨"的叛逆。在《反生活》里成熟的朱克曼早已表现出对父辈的反抗和对族群监督的抗议,他悬而未决地处于一种想象中的对身份的不确定状态:这关系到他在多大程度上是美国人,多大程度上是犹太人,多大程度上是小说家,以及多大程度上能抓住或回归到很早那种踏实安全的神话里。②

杰瑞米·格林指出:"社会、文化和政治的变迁总会在文学领域得到反馈,所形成的诸多问题促使作家以艺术策略发出自己的声音。"③以色列建国使中东地区矛盾冲突加剧,罗斯等美国犹太作家不得不表明自己的态度。《反生活》中有关朱克曼兄弟俩的命运转换、此起彼伏的设计正是罗斯在文学实践中突破传统束缚,以新现实主义手法表现经过深思熟虑而形成的对现实的看法,他笔下人物言行举止的滑稽荒诞凸显了美国犹太人所面临的尴尬处境。罗斯描写的犹太人朱克曼实际上就是自己的内心感受,他犹如

> 一个目中无人的犹太人,不信犹太教、不推崇犹太复国主义、不具有犹太性,不入教堂,不从军,甚至连一枝手枪都没有的犹太人;一个显然无家可归,像一只玻璃杯或苹果一样纯粹物体本身的犹太人。（p. 405）

在该书中罗斯表现出的自我意识和对艺术与现实之间的界限的模糊,与之前的艺术处理大不相同,既强调了生活对文本的演绎,又着重说明文本是生活的真

① Josh Cohen, "Roth's Doubles", in Timothy Parrish, ed., *The Cambridge Companion to Philip Roth*, New York: Cambridge University Press, 2007, p. 87.

② Alan Cooper, *Philip Roth and the Jews*, Albany: State University of New York Press, 1996, p. 3.

③ Jeremy Green, *Late Postmodernism: American Fiction at the Millennium*, New York: Palgrave Macmillan, 2005, p. 3.

实呈现。[①]他在该书中的话可能是当代文学令人较为诡异的名句："他讲话时我所想的是，人们将生活转变成故事，或将故事变成生活。"罗斯希望借朱克曼之口阐述文学与现实的相互影响和自己创作的特点。[②]在阅读该书时人们不断遭遇现实与虚构之间边界的滑动，陷入相互交错、相互对立的文本中，被一次次否定、模糊、质疑，难以逃脱文本的迷宫，而这样的迷茫和错位正是美国犹太人流散生活的真实写照。《反生活》其实也涉及作家责任与对他人的义务的冲突，重点探讨"小说是否背离生活，作家是否背叛周围的人们"[③]。罗斯别具风格的结构设计和带有夸张意味的描写是对人们有关自己作品批评的回应，同时也是对文学创作的意义和影响的反思。他在《反生活》中综合运用后现代小说手法，聚焦的却是严峻的现实问题，表现出新现实主义风格形成中的开拓性。基于犹太人经历的长期迫害，罗斯尝试以作品"将人们从大屠杀的过去带入以色列的现实"[④]。在罗斯这部有关人生抉择的小说里，他还探索了不同命运的可能性，通过比较美国与以色列的历史和现状对未来发出警示。罗斯关注的是美国犹太人与以色列犹太人、犹太人与非犹太人、艺术与现实，以及人们的内心与外表之间的差异和联系。不难看出，该书描述的反生活不是对现实生活的虚构，而是对其的反思。很明显，罗斯依然倾向于继续流散。与他的以色列题材的其他小说一样，《反生活》尽管没有提供任何情感或心理的结论，但表现出对中东冲突的焦虑："犹太历史不会因美国流散状态中人们的抱怨终结，而会随着以色列家园里的一声巨响完蛋，即毁灭于核爆炸灾难。"[⑤]美国著名犹太艺术家基塔依在其《流散主义第一宣言》中就有同样的担忧："假如大多数犹太人被集中到圣地，只用一两枚炸弹就可以将其全部消灭。"[⑥]从《反生活》中可以看出，罗斯关心的是犹太人是否能建立自己真正的家园，而并不局限于在以色列或在美国，重要的是充满创造活力，有利于犹太民族的未来

---

① David Brauner, *Philip Roth*, Manchester: Manchester University Press, 2007, p. 65.

② Leland de la Durantaye, "How to Read Philip Roth, or the Ethics of Fiction and the Aesthetics of Fact," *The Cambridge Quarterly*, Vol. 39, No. 4, December, 2010, p. 305.

③ Julian Barnes, "Philip Roth in Israel: *The Counterlife*," *London Review of Books*, 5, Mar. 1987, p. 3.

④ Emily Miller Budick, "The Holocaust in the Jewish American Literary Imagination," in Michael P. Kramer and Hana Wirth-Nesher, eds., *Cambridge Companion to Jewish American Literature*, Shanghai: Shanghai Foreign Language Education Press, 2004, p. 226.

⑤ Jeffrey Rubin-Dorsky, "Philip Roth and American Jewish Identity: The Question of Authenticity," *American Literary History*, Vol. 13, No. 1, Spring, 2001, p. 93.

⑥ P. B. Kitaj, *First Diasporist Manifesto*, London: Thames and Hudson, 1989, p. 23. 该书特地引用《反生活》里的话为题辞。

和成为能在文化多元的世界上立足的新的犹太人，最终使犹太人化解流散或回归的难题和摆脱双重性格的困扰。这一话题后来在罗斯以色列系列小说中的另一作品《夏洛克行动：一部忏悔录》（1993 年）里有更深入的探讨。

第四节　跨越虚构与现实的边界

罗斯许多作品的构思常常穿梭于现实与虚构之间，并带有明显的自传性，这一特征尤其反映在他尝试内心探索的小说《我作为男人的一生》和《欺骗》里。在《我作为男人的一生》中，罗斯笔下的重要人物形象、文学代理人内森·朱克曼首次在其作品里出现，此人被认为是罗斯的另一自我，随后他还特意创作出朱克曼系列小说。罗斯在小说中呈现的男性受虐形象和将婚姻描绘成致命陷阱的做法遭到各方面的抨击，也促使人们在经历了 20 世纪 60 年代性解放冲击后不得不对婚姻、家庭之类的问题进一步反思。这两部小说中虚实相互交织、巧妙结合，既增加了作品的真实感，又丰富了其艺术性。

一

《我作为男人的一生》是罗斯专注于自我剖析的实验小说，他以娴熟的后现代艺术手法表现现实生活中的困扰和难题。他在与作家欧茨（Joyce Carol Oates）的访谈中将该书称作使自己历经"写作、放弃、再回归写作"的痛苦过程的作品[1]，其间他不断推出新作《我们这一帮》（1971 年）、《乳房》（1972 年）和《伟大的美国小说》（1973 年）作为精神状态的调节方式，实际上他既想游离于自我，又期望能专注于内心探索。他在《我作为男人的一生》中将两部看似独立的小说《有益的虚构》（*Useful Fictions*）和《我的真实故事》（*My True Story*）合二为一构成一种多层次元小说（multilayered metafiction），讲述了关于作家内森·朱克曼和彼特·塔诺波尔两人的故事。在第一部分《有益的虚构》里，罗斯以彼特·塔诺波尔的口吻详尽叙述了内森·朱克曼的生活经历。朱克曼少年时代目睹父亲的鞋店在两次世界大战之间两度破产，这与罗斯家庭的经济情况十分相近。朱克曼与罗斯一样曾应征入伍，参加军训后未能被派往前线战场，只在肯塔基坎贝尔堡的军

---

[1] William H. Pritchard, "Philip Roth," in Jay Parini, ed., *The Oxford Encyclopedia of American Literature*, Vol. 3, Oxford: Oxford University Press, 2004, p. 501.

需部队当干事。他庆幸自己逃过一劫："幸运的朱克曼！他成了行政管理上某一差错的得益者。往往由于这些差错，必死之徒得以赦免，逍遥自在者却在一夜之间被送上死路，这类事情每天都在发生。"①朱克曼为了保命，对常常虐待他的上司忍气吞声，此人很高兴身边有一个供他娱乐消遣的犹太人。朱克曼居然能忍受被当作练习高尔夫球的靶子，迎着不断飞来的球还要恭维上司的球技。"哦耶稣，难道他疯了不成，他的人的尊严！他的宗教信仰！唉！每次高尔夫球从他的肌肤上反弹出去，他是多么愤愤不平啊……"（p. 30）显然罗斯在此表达的是对犹太人委曲求全秉性的恼怒。他进一步分析了朱克曼性格中的弱点，认为此人在犹太知识分子中具有代表性，是自相矛盾的混合体："刻薄的言谈和文雅的外貌，高尚的抱负和荒淫的性欲，少儿的幼稚需求和大丈夫的勃勃野心。"（p. 30）

在情节设计上罗斯特意戏仿纳博科夫的《洛丽塔》。朱克曼提前退役回到芝加哥，像作者一样获得文学硕士学位后留校教英语写作。他与写作班的学生莉迪亚·凯特勒相爱，同时被她的继女、总在读一年级的莫尼卡吸引。莉迪亚比他大5岁，离婚后带着10岁的女儿同母亲住在一起。莉迪亚小时候经历过乱伦，她的父亲出走后留下长年卧病在床的母亲。朱克曼钦佩莉迪亚在艰苦生活中磨炼出的坚强性格，他与这种女人的遭遇差距太大："她们在这里的生活谈不上别的，只有惩罚，耻辱，背弃和挫折。使我不顾一切疑虑而深受吸引的正是这种生活。诚然，这与我家的相亲相爱、和睦团结的气氛，形成天壤之别的对照。"（p. 33）莉迪亚自杀后，朱克曼和莫尼卡来到意大利，正如纳博科夫笔下的人物一样和自己心爱的"洛丽塔"生活在一起。莫尼卡年满22岁时，朱克曼正式求婚反被拒绝，他终于厌恶自己逃犯似的在外流浪，渴望回到美国过上正常生活。在《有益的虚构》这部分故事的结尾，朱克曼不甘心只作为文学作品的虚构人物，他站出来大声疾呼："我是真人。我的羞愧同样是真真切切的。"（p. 89）他愿意放弃一切以便结束在意大利的流亡回到芝加哥，重新获得某种价值感。故事叙述者塔诺波尔表示自己真实地记录下朱克曼的生活，他最后写道："让我用传统记叙方式结束芝加哥的那位朱克曼的故事吧。我把故事留给生活在今日浮夸的美国作家。"（p. 90）这种刻意设计和富于幻想的生活其实是长久处于精神压抑的犹太知识分子渴望自我解放的心声。

---

① Philip Roth, *My Life as a Man*, New York: Holt, Rinehart and Winston, 1970. 引文参考菲利普·罗斯，《我作为男人的一生》，周国珍等译，长沙：湖南文艺出版社，1992年，第29页。以下该小说的引文只注明中译本页码。

在第二部分《我的真实故事》中，罗斯转而直接叙述塔诺波尔的故事，他后来在回忆录里承认该书中的人物塔诺波尔的一生中许多方面与自己的经历相近，如他与玛格利特·马丁森的不幸婚姻就在塔诺波尔夫妻关系中反映出来。塔诺波尔被妻子莫琳·约翰逊在法庭上指责为臭名昭著的勾引女大学生的伪君子。莫琳身为艺术家、短篇小说家，却是擅长说谎的精神变态者，她在一定程度上是罗斯根据前妻的形象塑造而成的。罗斯当年初获成功后，认为自己到了成家立业的时候，很快和同在芝加哥大学读研究生的玛格利特·马丁森结婚。不久他发现婚后生活并不像他期望的那样美好。1963年罗斯便与妻子玛格利特离婚，然而直到后者于1968年意外死于车祸，他才完全摆脱了这次婚姻给他带来的烦恼。短暂的婚姻让罗斯备受煎熬，但为他积累了不少创作素材，他在随后的作品中逐步透露出自己深受压抑的情感，他认为当年玛格利特曾用欺骗的手法（从陌生女人那里买来尿样进行妊娠测试）使其落入婚姻陷阱，这一情节自然也被他用于小说创作中。

塔诺波尔因其作品常常引起非议而不得不承受着来自各方面的压力，因此打算放弃小说创作而改写自传性记叙文章。他认为自己成功的希望就像"一个人要用自己温暖的呼吸去融化北极的冰顶一样渺茫"（p. 108）。他开始接受心理医生的治疗，已有严重的自杀倾向，身为作家却早已丧失斗志，犹如僵尸一般，仅存一点求生的欲望。他悲哀地写道："我在工作上没有希望，在婚姻上又很不幸，我在二十岁出头时取得的所有辉煌成绩化为乌有的情况下离开讲台，恬不知耻地像个夜游神似的朝地铁车站走去。"（p. 108）莫琳花钱从黑人孕妇那里买来尿样送检强迫他结婚，直到三年以后才揭开真相。塔诺波尔对其恨之入骨，甚至在想象中杀妻：

> 我认为自己可以采用任何不顾一切的报复手段先发制人，根本不能幻想和莫琳的共同生活会有任何转机。我回过头来考虑这种生活进一步恶化时会成什么样子。这一切会怎样结束呢。我能想象出高潮性的结局是个什么样子吗？啊，我确实想象得出。在密歇根的树林里，她破口大骂凯伦，我抓起一把斧子把她那发狂的脑瓜劈开来——只要她不是先下手为强，在我睡熟时刺死我，或者下毒药死我。（p. 132）

这类情节与纳博科夫的《洛丽塔》中亨伯特整天幻想除掉妻子，独享与少女洛丽塔的幸福生活如出一辙。罗斯在该小说里沿用了《波特诺伊诉怨》里的心理医生施皮尔福格尔这一人物形象，此人对塔诺波尔进行了长达五年的心理治疗，

111

他质疑后者所谓的幸福童年，认为一直生活在母亲、哥哥和父亲压迫下的塔诺波尔有"阉割情结"。塔诺波尔承认在婚姻中已经沦落为不知所措、没有自卫能力的孩子。他甚至希望"与性爱断绝关系，永远从异性解脱出来"（p. 155）。罗斯常常将性爱与社会阶层联系起来，认为超出阶层的爱情和性必然带来极大创伤。《我作为男人的一生》一定程度上被认为是罗斯有关自己陷入劳动阶层婚姻的故事，这也常常引起人们的联想。最后莫琳突然遭遇车祸死亡，塔诺波尔终于得到解脱时却并未感到轻松："此时，我的眼泪在流，牙齿在打颤，根本就不是一个摆脱了惩罚、重新成了一个独立自主的人的模样。……我还是我自己！"（p. 369）这一细节也与罗斯本人当年与前妻在离婚案中的纠纷和结局非常相近。

罗斯将两位经历相似的作家的故事并置时均带有各自的印记，两部分都将自传成分与虚构幻想交织在一起，很难严格区分。不可思议的是，"这既是罗斯最具自传性的小说和现实主义的作品，又是最能凸显其后现代主义特性、质疑现实的本质和虚构成分的作品"①。在该小说的结构设计上罗斯采用了双重代理：塔诺波尔在讲述朱克曼故事时，将后者当作自己的替身，成为他的"另一自我"（alter ego）；在塔诺波尔以第一人称讲述自己的"真实故事"时，作家罗斯将其当成自己的另一半。故事中许多情节素材源于罗斯的生活，因而书中两位主角的经历大致相同。他们与罗斯一样，身为作家和大学教授，都是不幸婚姻的受害者。与女性主义作家笔下的人物截然相反，他们是被愚弄、受凌辱的男性，被诱骗或威胁而陷入可怕的婚姻，最后不得不依靠女性的自杀或意外死亡获得自由与新生。该书推出后罗斯自然遭到更严厉的抨击，特别是来自女权主义者的责难。

杰夫雷·贝尔曼（Jeffrey Berman）指出，"自传与小说之间的界限常常难以划分，没有哪位作家像罗斯这样尽其所能去理清生活与艺术的乱麻，但他常常让读者陷入困境"②。为了弄清罗斯创作中的自传成分，贝尔曼通过细心考察，从1967年的《美国意象》杂志上的一篇文章《愤怒的行动：创造力的入侵角色》中发现心理分析专家描述的情形与罗斯用于《我作为男人的一生》中的设计大致相似，如真正的心理医生和罗斯笔下的心理医生在分析患者对妇女的敌视时相差无几："诗人在行为中表现出对女性的愤怒，将所有妇女都贬低为仅供自己手淫的性对

---

① David Brauner, *Philip Roth*, Manchester: Manchester University Press, 2007, p. 61.

② Jeffrey Berman, "Revisiting Roth's Psychoanalysts," in Timothy Parrish, ed., *The Cambridge Companion to Philip Roth*, New York: Cambridge University Press, 2007, p. 94.

象"(《我作为男人的一生》);"剧作家在行为中表现出对女性的愤怒,将她们都贬低为仅供自己手淫的性对象,并在文学创作中用作自己充满敌意的手淫幻象"(《愤怒的行动:创造力的入侵角色》)。贝尔曼甚至认为这其中包括罗斯自己的经历和当年面对心理医生时的陈述。[①]

　　罗斯在阐述现实与虚构的关系时指出,就是要"将有血有肉的人转变成文学作品中的人物,将文学作品中的人物转变成有血有肉的人"[②]。从《我作为男人的一生》中不难看出,文学作品中的有些情节极有可能发生在现实生活中,而现实生活本身的戏剧性同样可能超越文学想象。无论是有益的虚构还是真实的故事,罗斯以两位主人公相似经历的重复,强化了这一类人物的悲剧。罗斯借朱克曼之口指出,这些人遭受挫折和历经生活磨难,"或许是因为文学对生活的影响太深,或许未能将文学的智慧和自己的生活联系起来"(p. 89)。从两位作家人物的结局足以理解他们如普通人一样并未生活在真空中,文学尽管对他们影响极大,但重要的是他们应该学会面对现实,以免成天陷入幻想中。这类人物属于 20 世纪反英雄文学传统,他们既不能自由地像公民一样行事,又没有天生的体魄以展示其性功能。在与美国男性传统形象相比之下,他们"不过是失败的性欲杂耍者和负有犯罪感的神经病患者"[③]。

　　在《我作为男人的一生》的创作中,罗斯注意将个人生活与社会现实紧密联系在一起,以家庭小圈子的矛盾冲突反映 20 世纪 60 年代美国动荡的局势。他在书中描写时有意识地将二者相互交织,表现出特别的关切:

> 　　一九六三年春天,当我因为痛恨罗森茨韦格法官做出的赡养费决定而失眠时,伯明翰市的警犬正被放出来追咬游行示威人群;而在我开始想象手握霍夫里茨猎刀插进莫林的狼心时,麦加·埃弗斯[④]已在密西西比的住宅外车道上被人击毙。(p. 296)

---

①　Hans J. Kleinschmidt, "The Angry Act: The Role of Aggression in Creativity," *American Imago*, 24, 1967, pp. 98-128. Also see: Jeffrey Berman, "Revisiting Roth's Psychoanalysts," in Timothy Parrish, ed., *The Cambridge Companion to Philip Roth*, New York: Cambridge University Press, 2007, pp. 94-97.

②　Philip Roth, *Reading Myself and Others*, New York: Vintage International, 2001, p. 122.

③　Murray Baumgarten and Barbara Gottfried, *Understanding Philip Roth*, Columbia: University of South Carolina Press, 1990, p. 143.

④　麦加·埃弗斯(Medgar Wiley Evers, 1925—1963),美国黑人民权运动积极分子。

萨福特·品斯克（Sanford Pinsker）指出，"当代作家中很少有人能像菲利普·罗斯在艺术与生活之间穿行的那种渗透令人着迷或惹恼"①。《我作为男人的一生》是罗斯完美的元小说作品，关注的是如何将个人经历变成艺术。小说家罗斯、塔诺波尔和朱克曼，三位轮流作为受害者与分析师，以及忏悔者与阐释者，讲述自己遭受的磨难，其虚构部分如同亲身经历，而亲身经历又仿佛是虚构杜撰。到最后由塔诺波尔放弃虚构与伪装，走向真实，写出自传性的《我的真实故事》。这也是罗斯往往遭到人们责难的地方和那些针对他的评论家都常常陷入的误区。

二

与《我作为男人的一生》在手法上相近的是罗斯 1990 年推出的小说《欺骗》。罗斯在这部自传性更强的作品里无奈地指出："我写小说人们认为是自传，我写自传人们认定是小说，既然我如此愚笨，他们又那么聪明，就让他们去决定到底是什么吧。"②这是罗斯在推出非虚构作品《事实：一个小说家的自传》（1988 年）后不久面世的小说，显然他在创作中深受该书的影响。他承认说："如果说前者是让人们注意其虚构性的自传作品，那么后者则是旨在宣称其近似自传特性的小说。"③《欺骗》是罗斯唯一的对话体小说，主要情节是关于侨居伦敦的美国作家菲利普与某位英国妇女发生婚外情的故事。罗斯首次使用自己的名字作为小说主人公的名字，而在其他作品里一般用朱克曼为其代言。该书中男女主人公之间的问答涉及情感的各方面，着重探讨上层社会的人们陷于缺乏爱情的烦琐家庭生活的困境，在阅读这部对女性心理分析细腻的作品时人们深感迷惑，难以判断它究竟是虚构小说还是作者的内心独白。

不同文化的碰撞和冲突给罗斯带来创作灵感，他在小说中着重探索文化错位（cultural displacement）问题，正如女主人公对菲利普所说："我们的故事不属于爱情类，而是文化类，这才是让你感兴趣的。"（p. 50）该书的主要叙述者为匿名的英国妇女，她更多地讲述了自己的生活经历，而男主人公菲利普像罗斯许多作品中的朱克曼一样充当耐心的倾听者。她承认自己接近菲利普是想写一本关于在

---

① Sanford Pinsker, "Jewish American Literature's Lost-and-Found Department: How Philip Roth and Cynthia Ozick Reimagine Their Significant Dead," *Moder Fiction Studies*, 35, Summer, 1989, p. 227.

② Philip Roth. *Deception*, New York: Simon and Schuster, 1990, p. 190. 以下凡是引自该小说的引文只标明原著页码。

③ David Brauner, *Philip Roth*, Manchester: Manchester University Press, 2007, p. 85.

美国的感受的书。她混迹于上流社会，曾与比利时百万富翁同居两年。妇女解放运动时期她希望依靠自己的魅力控制局势和赢得自由。当终于在纽约过上舒适稳定的生活，能享受曼哈顿提供的最好的东西时，她却患上精神病而在医院住了两个月才痊愈。从生活经历上看，她极富冒险精神，但也不时成为男权社会的受害者。她在摩纳哥的蒙特卡洛遇见一位阿拉伯青年，她结婚后到法国巴黎和科威特等地生活，曾遭到强奸。还处于浪漫爱情幻想中的她突然发现丈夫只是奉命行事诱惑她结婚，目的在于培养其为间谍。最后她通过与英国人结婚才成功逃离苏联人占领下的捷克斯洛伐克。当她获得一份导游工作并尝试自食其力时，英国丈夫威廉反而将她扫地出门，这位可怜的女人深夜带着行李箱坐在街上哭泣。一方面，罗斯以相当长的篇幅描述了该女士的生活经历，以展示动荡的国际环境里女性可能的命运，表达对争取独立自由的新女性的同情；另一方面，他也以反讽的口吻揭示女性的实用主义倾向对其言行的影响，并指出这类人认为结婚可以获得饭票，经济地位胜于尊严，势必遭受普通人难以想象的磨难。

　　在小说开端，两个交谈者将作品题名为《中年情人私奔梦想的问卷》，他们的对话逐步揭示出著名作家与情人之间的细腻情感和因妻子的猜忌而陷入的困境，而虚构人物（情人、匿名英国女士）远比现实中的人物（妻子）更可爱。罗斯穿梭于现实与虚幻之间，编织出凄婉的爱情故事。在交谈中英国妇女模仿庭审，将人们长期以来对菲利普（实际上指罗斯）和他的作品的责难一一道出，特别是许多人普遍认为他对女性形象的扭曲："你不正常！你不该询问法庭，而是应该回答问题。你被指控有男权至上思想、厌恶女人、糟蹋女性、污蔑女性、诽谤女性、肆意勾引女性，以及所有应遭到严厉惩罚的罪行。"（pp. 113-114）她明确指出菲利普（暗指罗斯）笔下所有女性人物都凶险狡诈，其作品可以被敌方利用，因而具有通敌之嫌。特别是他不应该将波特诺伊太太描绘成歇斯底里的悍妇，把露西·纳尔森写成精神病患者，将莫莉·塔诺波尔塑造成说谎者和骗子。她认为这类作品中的典型人物朱克曼正是一名厌女主义者（misogynist），并质问道："难道这不是在诬陷中伤、毁谤抹黑女性？如果不是恶意攻击她们，为什么总是将其描写得如此刁钻刻薄？"（p. 114）这些正是多年来女权主义批评家通常从罗斯作品中发现的问题。

　　从该书中菲利普的回答和抱怨不难看出，他认为读者的理解其实很不可靠，常常误读他的作品。他意识到唯一可行的就是不必再关心这类曲解，而是放心写作，不断推出更好的作品让世人评说。这无疑是罗斯本人的心声。女主人公认为文学干涉了生活，阅读菲利普的作品已经改变了她的人生，因而她指出："我反对你记录人们所讲的话，反对将大家写进你的小说。"（p. 206）随着小说情节的发展，读者可以发现两人的关系已持续十多年，一位是大学教授，另一位曾是他的学生。在他们的谈话中还不时插入菲利普与其他情人的故事。当菲利普教授的妻子发现载有详细情节的笔记本而愤怒质问他时，他推脱说这完全是想象的成果，是纯粹的文学创作，其中的人和事纯属虚构：

> 你怎么可能受到虚假东西的羞辱？那不是我，那与我本人相差太远——那只是演戏，是一场游戏，是假扮的我！是用口技讲述的我自己。或者反过来更容易理解，这里除了我，一切都是虚构的。（p. 190）

菲利普为自己的辩护是依靠在真实的自我和虚构的代理人之间划出界线，可见小说《欺骗》的标题用意令人深思，这也许既是文学虚构又是真情流露，并且留有自我辩解的余地。罗斯注意与小说中的作家菲利普保持一定距离，正如巴赫金的复调理论中所强调的，作品中的主人公与作者之间具有平等的对话关系，主人公不只是作者描写的客体或对象，也"并非是作者思想观念的直接表现者，而是表现自我意识的主体"[1]。为了更加生动地说明现实与虚构之间的关系，罗斯以其代言人朱克曼的突然去世为例。[2]此人甚至来不及毁掉不愿留下的东西，如可能引起争议的有关洛诺夫的传记《两个世界之间：洛洛夫的生平》（*Between Worlds: The Life of E. I. Lonoff*）（p. 99），这种遗憾也是罗斯本人迈入老年之后无法摆脱的忧虑，他实际上开始担心人们今后可能的误解。在小说的结尾罗斯揭示了人们对文学的恐惧和他自己对内心暴露的担忧，因而他有意识地模糊小说和生活之间的界限。在《反生活》里朱克曼有句名言很精辟，可以算作极具后现代意味的结语："我们都是对方的发明……互为对方的作家。"[3]罗斯的艺术信条在此自我消解，他承认小说与生活之间存在明显的界限，却又因拒绝这样的划分而不了了之。

罗斯在《欺骗》的结构设计上有更加大胆的尝试，突破常规的小说框架，没有完整的故事情节。读者很难真正理解作家本人的观点，正如书中的女主人公随时面临的困惑：

---

[1] 巴赫金，《巴赫金集》，张杰编选，上海：上海远东出版社，1998年，编者序第7页。

[2] 为了创作的需要，朱克曼后来在《美国牧歌》里复活，成为历史见证人。

[3] David Brauner, *Philip Roth*, Manchester: Manchester University Press, 2007, p. 89.

你知道吗？我并不了解你，或者说只知道你一点点，仅仅靠读你的书才有所了解，但不太多。很难在一间房里了解人，我们也可能像弗兰克一家那样关在阁楼里。[①]

是啊，这正是我们陷入的僵局。

我想，这就是生活。

没有别的。（p. 24）

罗斯不仅深入探索身为作家在美学上和道德上的困境，还努力弄清人格的真正内涵，这也是他在小说中所谓的"'自我'的可怕的模糊性"，他注意到人格的多样性，因为针对一个人的评论总是众说纷纭，"如果众口一词那只在将其神化，使成为传说，也只是虚构而已"（p. 98）。罗斯认为以对话体小说的形式能更直接地揭示生活本质，正如他后来在《夏洛克行动：一部忏悔录》中尖锐地指出，一个人的真实生活"是犯错、错上加错，是渎职、伪装、白日梦、无知、弄虚作假和恶作剧"[②]。从两位情人之间的交谈中也足以看出美国的内政外交策略对普通人的生活的影响。他们详尽地探讨了美国政府在南美和其他地区的霸权行径，特别是对美国支持下的萨尔瓦多、智利、危地马拉审讯室的酷刑感到愤怒。罗斯在书中还对英国人的保守、狭隘和势利加以讽刺。他直截了当地指出英国对犹太人的歧视，以及英国的精英文化中对阿拉伯人具有的幻想，如"阿拉伯的劳伦斯"就简单地将这种关系理想化。在英国小镇上人们避而不谈北爱尔兰，总是将话题转向"纳粹以色列或者法西斯美国"（p. 86）。这类情节的插入极大增强了小说的现实性。

《欺骗》一书表面上的非虚构性使人迷惑，而这正是作者运用后现代手法进行艺术实验的效果，需要读者"对罗斯的话语非常熟悉和了解他在先前作品里的讽刺手法"[③]。在《欺骗》之后，罗斯将这种对主体的探索进行到极致，创作出一个比先前任何作品里都更为模糊的可怕和可怕的模糊的"我"[④]。运用这种独特的艺术手法，罗斯更加生动地再现了身处后现代社会的作家内心的迷茫和焦虑。他

117

---

① 此处指记录纳粹恐怖时期的作品《安妮日记》（*The Diary of Anne Frank*，1947 年）中的弗兰克一家。

② Philip Roth, *Operation Shylock: A Confession*, New York: Simon & Schuster, 1993, p. 209.

③ S. Lillian Kremer, "Philip Roth's Self-Reflexive Fiction," *Modern Language Studies*, Vol. 28, No. 3/4, Autumn, 1998, p. 68.

④ David Brauner, *Philip Roth*, Manchester: Manchester University Press, 2007, p. 89.

在相继推出这些作品的同时，也逐步完成了凯普什系列小说的创作，较为全面系统地展示了其突破后现代迷雾走向新现实主义的过程。

第五节　变形小说的传统与创新：凯普什系列小说

罗斯 1972 年推出后现代实验小说《乳房》，以卡夫卡式惊世骇俗的艺术手法叙述了大学教授凯普什遭遇身体突然变形的痛苦经历和尴尬处境，揭示了后现代社会中人们虚无荒诞的生存状态，从而引发来自各方面的质疑和抨击。几年后他不得不在《欲望教授》（ *The Professor of Desire*，1977 年）中详尽解释了凯普什变形前的人生轨迹和心理变化，以及悲剧的根源，并在 21 世纪以该系列的最后一部作品《垂死的肉身》（2001 年）讲述了凯普什回归正常人生后的经历。该系列特别具有代表性，第一部是其运用后现代主义手法的代表作，然而针对如此富有想象力的创作，罗斯则需要用两部新现实主义的续集加以阐释。三部小说在跨度近 30 年的时间里陆续问世和不断完善的艺术手法反映了罗斯系统探索 20 世纪中期反主流文化运动以来美国社会变迁对知识分子的影响，是逐步完成由后现代主义到新现实主义的转向中最富有想象力和系统性的作品。

罗斯在《波特诺伊怨诉》出版后被认为是美国后现代实验小说家的代表之一。令人震惊的是，在多方质疑声中他反而推出更为荒诞的小说《乳房》，再次置身于责难和抨击的风口浪尖。该书的情节设计深受卡夫卡《变形记》（1915 年）的影响，可以看作是罗斯从大众文化到唯美艺术过渡的桥梁。由于该书中有太多关于性心理的描写和双关语的运用，《乳房》甚至被贬低为"著名作家捞钱的诡计，应该归入《花花公子》一类的出版物"[①]。罗斯则认为其独特价值标志着自己创作水平的新高度，尽管小说只有 78 页的篇幅，但他坚持单独出版而不愿收入故事集。该书与随后的两部续集一并构成别具风格的凯普什系列小说：第一部作品描述了大学教授凯普什变形为一只巨型乳房的痛苦经历和内心感受；第二部作品从其变形前的生活深入探索悲剧的根源；最后一部作品则揭示他回归人类生活后的心理变化。罗斯实际上将该系列看作自己秉承卡夫卡的传统和力求做一个"超越卡夫

---

① Bernard F. Rodgers Jr., *Philip Roth: A Bibliography*, Boston: Twayne Publishers, 1978, p. 133.

卡的卡夫卡（out-Kafkaed Kafka）"的成果①，旨在以变形艺术展示被彻底边缘化和他者化的现代人对主体意识和身份意识的反思。

一

罗斯在《乳房》一书的创作中运用后现代手法将西方变形小说（Metamorphotic Fiction）艺术发展到极致。提及这类作品，我们自然联想到卡夫卡，而类似的创作灵感可以追溯到德国作家霍夫曼（E. T. A. Hoffmann，1776—1822），后者以怪异情节和轻快讽刺的手法揭示人格分裂和反映社会现实，但有待于俄国现实主义作家果戈理（Nikolai V. Gogol，1809—1852）在短篇小说《鼻子》（"The Nose"，1836年）中才真正将其具象化，以及陀思妥耶夫斯基（Fyodor Dostoevsky，1821—1881）推出《双重人格》（*The Double*，1846年）而使这类创作更趋成熟。②罗斯坦率地将自己归类于这一文学传统，承认深受卡夫卡的影响。他在《凝视卡夫卡》（"Looking at Kafka"）一文中甚至虚构出与其精神导师的邂逅，想象卡夫卡在去世许多年以后的1942年居然出任自己九岁时就读的希伯来学校的教师，直到70岁时方才离世。③从这类文章可以看出，在罗斯的幻想中卡夫卡早已进入自己的生活，并常常揣摩后者独树一帜的思维方式对普通犹太青年性格形成的作用。卡夫卡这位导师既代表犹太传统又具有叛逆精神，他塑造的文学形象预示了罗斯成长过程中的困惑和变化。罗斯在谈及《乳房》的创作时，承认自己描写的是贝特尔海姆所指的"极端情况下的行为举止"，而在《乳房》之前主要表现"一般情况下的极端行为"④。罗斯为自己能将男人变成乳房的丰富想象力自豪，并相信这是他"可能塑造的第一位具有英雄气概的人物"⑤。《乳房》中的凯普什所陷困境的荒诞已远远超过卡夫卡的《变形记》和果戈理的《鼻子》，后两部作品的主人公至少还保持着完整的生命系统，而罗斯描绘的巨型乳房不过是女性身体的一部分，基

119

---

① Philip Roth, *The Breast*, New York: Holt, Rinehart and Winston, 1972, p. 73. 以下引自该小说的引文只标出原著的页码。

② Mark Spilka, "Kafka's Sources for the Metamorphosis", *Comparative Literature*, Vol. 11, No. 4, Autumn, 1959, p. 291.

③ Philip Roth, *Reading Myself and Others*, New York: Vintage International, 2001, p. 301. 卡夫卡早已在1924年去世，从未到过美国，罗斯所指的是其持续的影响力。

④ Philip Roth, *Reading Myself and Others*, New York: Vintage International, 2001, p. 56. 布鲁姆·贝特尔海姆（Bruno Bettelheim，1903—1990），出生于奥地利，美国儿童心理学家，儿童自闭症经典研究的发起人，主要著作有《空虚的城堡》（*The Empty Fortress*，1967年）、《梦孩》（*The Children of Dream*，1969年）等。

⑤ Philip Roth, *Reading Myself and Others*, New York: Vintage International, 2001, p. 57.

本丧失了人体五官功能，构成一种难以突破和无法逃离的绝境。罗斯认为在该书中表现了笛卡尔（Rene Descartes，1596—1650）在《沉思录》（*Meditations on First Philosophy*，1641 年）里阐述的同样焦虑："我能肯定自己的存在，但却不知我到底是什么。"[①]罗斯正是以凯普什的变形故事言说不可言说之事和揭示人们最尴尬的处境，即后现代社会中普通人不得不遭遇的现实。

《乳房》将后现代生存状态具象化，以失去大脑和四肢并完全被剥夺了话语权的物体隐喻人们可能的命运。罗斯用极度夸张的口吻讲述了处于事业巅峰的主人公大学教授大卫·凯普什 38 岁时从学识渊博的文人突变为重达 155 磅的巨型乳房的奇异遭遇和随之而来的磨难。他半夜里痛苦地发现自己逐渐成为一个盛满荷尔蒙的大球体——这种只能在达利[②]的画中看到的怪物，他不由得惊恐万状地叫喊道："我的脸？我的脸在哪！手臂在哪！我的脚！我的嘴在哪！我发生什么事？"（p. 15）凯普什无法理解自己的处境：一夜之间竟成为一种女性器官，一个超现实的混合体，这大大超出人类的想象和控制。他拒绝承认悲剧的真实性，试图弄清楚一件事：

> 这种以婴儿崇拜物的形式出现的原始身份所造成的欲望与恐惧，究竟把我抛入一种怎样的眩晕混沌？是怎样一种无法满足的胃口或者从古到今的困惑，是来自最遥远的童年的那一块生活碎片在身上碰撞出如此突兀的幻想之火花，将自己幻想为如此绝妙、如此经典、如此单纯的形象？（pp. 60-61）

凯普什突然被禁锢在这种性的象征物内，完全丧失主体性，即使还有内心活动也难以表达。对于凯普什的变形，他的亲人和朋友反应不一，有的备感焦虑，有的却难掩幸灾乐祸之情。凯普什在孤独和静寂中真正体味到世态炎凉。他尝试通过回忆自己以前与女友们的关系以保持性欲，从而保持理智。但残酷的现实是，他已被剥夺性能力。特别是当女友克莱尔·奥运顿来到时，凯普什意识到自己现状的无能，男女欢情已成过去。他悲哀地叹道："我将没有女人了，再也没有爱情和性生活了！"（p. 32）凯普什拼命挣扎，希望摆脱自己的欲望（以巨型乳房为象

---

① Philip Roth, *Reading Myself and Others*, New York: Vintage International, 2001, p. 61.

② 萨尔瓦多·达利（Salvador Dali，1904—1989），西班牙超现实主义画家，以其色彩艳丽的个人风格和精细地描绘在画布上的怪诞画像中令人不安的说明而闻名，最著名的作品是《记忆的永恒》（1931 年），画中在一片荒芜的土地上，住着一群柔弱感伤的看守者。

征）的束缚，为保持理智争取自由的空间。但他本性难移，即使已丧失对金钱的支配力，但他同样试图诱惑护士。他回想起自己年轻时的荒诞生活，20多岁时热衷于性爱实验，曾与十多个妓女发生关系。尽管现在他已变形为乳房，但依然对偶尔换班的男护士的接触十分反感，并将这种真正的性别倒置看作是对其先前放纵生活的惩罚。他希望以乳头替代阴茎与女护士做爱，而当男护士为他擦洗时，他则为其"同性恋行为"深感羞愧。凯普什此时实际上已陷入一种性别错乱，他不但难以保持男子汉本色，而且连女性都不是，仅仅是女性的一部分。罗斯表现的正是弗洛伊德所指的阉割焦虑，而这种雌雄同体的悲剧性结局无疑是对一贯强调男权至上的凯普什最严厉的惩罚。他无法接受自己作为一个笑柄，处于完全暴露在世人凝视下的状态。

罗斯的大胆构思在于运用变形艺术迫使人们在绝境中深刻反思以探寻悲剧的根源。突然的变故中断了凯普什的浪漫自由生活，他不得不彻底地审视和检讨先前的行为和思想，尝试从自己的非正常婚姻中寻找答案。在过去三年里他总在放纵自己，与女友克莱尔在海边度假时甚至希望能像女人一样拥有漂亮乳房或者变成乳房，或许上帝听见了他的心声便满足其愿望才招致这样的灾难。为了避免婚姻生活的烦恼、欺骗和控制，他们选择分居，只在肉体上需要对方时才相聚。这种极端个人主义的生活主张使两人备感孤独，最终灾难来临时孤立无援。凯普什十分懊悔自己变形的那晚没有克莱尔的陪伴，以至于身陷绝境。凯普什同样将自己的悲剧归咎于文学教授的职业。他长年讲授果戈理和卡夫卡的作品，当其中描绘的景象果真发生在自己身上时，他自然以为是文学的力量或惩罚。他坚信是一周前在课堂上过于详尽地讲述卡夫卡的《变形记》和果戈理的《鼻子》才使其陷入如此困境，如同被埋葬在女性肉体的崇山峻岭里进入了漫长冬眠。凯普什拒绝承认现状，认为这一切不过是噩梦：

> "这不过是场梦！是幻觉，需要的是赶快醒过来！"
>
> "凯普什先生，你是清醒的。"
>
> "别这么说！别再折磨我！让我起来！够了！我要醒过来！"（p.50）

凯普什知道自己的外貌已成人们的笑料，但他更担心的是自己的人格和身份，他深知不管是父亲、女友，还是医生，在这种灾难时刻都不会傻到去关心他的"公民权利"（p.19）。当凯普什被告知正在医院单人间里由医学专家会诊帮其脱离困境时，他认为自己可能被放置在百货大楼的橱窗里供人观赏。他失去人形，没有

121

五官，只能从乳头四周的乳晕处微弱地听见他人的声音和讲出自己的想法。在心理医生克林格的帮助下，他逐渐明白悲剧的真实性。他发现自己还能清晰地思维，认为只要顽强地保持理智，噩梦迟早都会消失，他最终会回归正常生活。重要的是他必须说服他人，但首先要坚信自己依然具有人的身份，"只有人才会有良心、理智、欲望和悔恨，不是吗？"（p. 37）凯普什在绝望中采取的新的生存策略便是从他人的议论中发现相反的事实："哈哈，我想，这就是我忘记的创伤：成功的本身。这就是我极力逃避的东西：我的胜利。这才是我不敢面对的东西！"（p. 65）

　　罗斯对凯普什陷入困境后的内心活动的描述强调了人应对灾难的态度，即在面对不确定的命运时重要的是保持理智。他以奥地利现代诗人里尔克①《古老的阿波罗的躯干》（"Archaic Torso of Apollo"，1908年）中的诗句——"你得改变自己的生活"归纳凯普什变形的缘由和不得不采取的对策（p. 78）。为了理解发生在自己身上的悲剧，凯普什绞尽脑汁从人类历史和科学文化中寻找先例。他首先想到希腊神话中的先知提瑞西阿斯（Tiresias），此人曾有七年时间变为女性以便了解男人和女人谁最能从性生活中享受乐趣，因而成为文学传统中双性同体的原型。凯普什甚至将自己看作一个真正献身于文学教学的教授，将自身当作一个供他人研究和阐释的文学文本，这种变形为事业做出了贡献。他甚至对自己被命运挑选出来作为艺术的化身感到自豪，正是由于精通文学才被神化。他问自己的心理医生："谁是更伟大的艺术家？是能想象出奇妙变形的人，还是能将自身奇妙变形的人？"（p. 73）在凯普什看来，答案不言而喻。他就是那位献身于西方文化并能以自身展示最高层次文学艺术价值的人。在芸芸众生里只有他被赋予这种力量，他本身就是伟大的艺术品。凯普什在万般无奈中反而将自己的不幸转变为无人能及的巅峰享受：

　　　　这也许是我充当卡夫卡，充当果戈理的方式，他们只在作品中描绘这样的情景，而我却真正生活其中，能够亲身体验，在某种意义上，这就是我的艺术方式，我已经超越卡夫卡这样的大师，达到艺术的顶峰。（p. 73）

　　凯普什在沉思默想中恍然大悟：这一切都是文学作用使然，其象征意义在于

---

① 里尔克（Rainer Maria Rilke，1875—1926），著有诗集《生活与诗歌》（Life and Songs，1894年）、《祭神》（Offering to Lares，1896年）、《梦幻》（Crowned with Dreams，1897年）、《耶稣降临节》（Jesus Coming Day，1898年）等。

他的变形就是一种活的文本，像其他书籍一样可以给人营养，并用生动的形象将知识传达给他人。凯普什将保存男性自我看作坚守理智的根本，即使成为女性器官后也并未放弃，这自然难度极大，需要超常的毅力。尽管他不时好奇地从女性角度尝试新的性体验，却依然希望通过抚摸和其他接触方式维持正常的男女关系。被严密包裹在乳房内的凯普什实际上具有某种双性同体功能，更能理解从前陌生的女性心理，似乎可以从内部深入探索女性身体与心理之间的联系。罗斯巧妙地以当代寓言的形式，"将女性的性心理、男性个人主义和身份意识联系到一起"①。他特别强调凯普什始终没有放松言语，因为他意识到这是维持人性和身份的唯一方式，也是保持理智的最后的屏障和证明自我存在的根本。凯普什一直坚持与外界的沟通，哪怕只是通过乳头边缘的抖动发出微弱的声音（这是罗斯有意保留的交流管道）。在小说结尾，凯普什心情归于平静，像以前一样生活，听莎士比亚戏剧的录音，与父亲和克莱尔交谈，甚至对人类的生存状态加以反省。罗斯尝试通过凯普什的变形达到身份重建，将其置于极端地位，迫使自己进行自我审视。凯普什无法回避的悖论是，要保持理智就必须直面现实，承认自己确实是一只乳房，然而这样的现实又使其难以保持理智。罗斯的这种设计表现了一种彻底的阉割，凯普什成为性倒置、性错乱的象征和公众的凝视物，随之而来的双性同体的焦虑使其陷入更加恐怖的混沌无序。凯普什甚至希望自己疯了，丧失理智比生理上的变形要好得多，但更可怕的是同时陷入生理和心理两种困境。遗憾的是心理医生告诉他，其心理正常，思维和以前一样敏捷，确实是身体发生了变异。他不得不接受残酷的现实。罗斯在《乳房》这一现代寓言中表现的主题是："理性的人被迫承受非理性的经历，艺术家竭力以作品让人相信难以置信的现实，从混沌和无序的体验中创造井井有条的艺术。"②该书对人性发展的预示具有前瞻性，挑战性地揭示了人与非人、男性与女性、主体与客体、内心与外界之间的关系和矛盾冲突，从而迫使人们更多地对自我进行思考。

　　罗斯将凯普什变成乳房使其"可以探索主体意识与肉体的性别之间的联系"③，然而肉体上的突然变形使其彻底边缘化，对其男性身份的保持是毁灭性的。由此

123

---

① Murray Baumgarten and Barbara Gottfried, *Understanding Philip Roth*, Columbia: University of South Carolina Press, 1990, p. 113.

② Bernard F. Rodgers Jr., *Philip Roth: A Bibliography*, Boston: Twayne Publishers, 1978, p. 134.

③ Debra Shostak, "Return to *The Breast*: The Body, the Masculine Subject, and Philip Roth," *Twentieth Century Literature*, Vol. 45, No. 3, Autumn, 1999, p. 323.

而来的阉割焦虑让他意识到自己甚至连女性都不如，不过是女性身上的一个器官而已。凯普什蜕变成为一个禁锢着男性心理的物体，在很大程度上如同异装癖（transvestite）或伪娘（cross-dresser），但更糟糕的是他无法像伪娘一样可以随意变换装扮。另外，凯普什感觉自己连卡夫卡笔下的甲壳虫都不如，无法四处移动，只能待在原地作为供人观赏或研究的对象，最悲哀的是他基本的自我控制能力都已丧失。他的变形将其生命的意义简化成只能关注肉体的组织结构，不再是文学教授、爱人、好邻居、好公民，他与先前的一切社会关系完全脱离。罗斯将擅长文学批评的教授变形为喋喋不休、牢骚满腹的巨型乳房，可以算是一种另类的反击，表现出他多么希望这些人能够住口，不再对其指手画脚。从凯普什的生活经历不难看出，他长期谋求使女性处于自己的控制之下，成为其性工具，结果却丧失主体意识并使自己女性化和物化。①幸运的是，凯普什在历时两年多的煎熬中逐步完成了理性思考，为后来的重生创造了条件。尽管他的变形在《乳房》中显得极为荒诞和难以置信，却在逻辑上顺理成章，这些都在随后的《欲望教授》和《垂死的肉身》中得到详尽的阐释。

二

　　《乳房》的后现代小说实验遭遇到来自各方的抨击和责难，罗斯在不断反思中推出《欲望教授》，对前部作品中凯普什变形的根源加以阐释。该书被《纽约时报书评》（*New York Times Book Review*）列为 1977 年最重要的五部小说之一。这是罗斯在《阅读自我和其他》中对之前作品进行全面总结之后的新的开端，他身为丛书主编对东欧作家进行系统介绍时备感对自己在卡夫卡影响下的作品《乳房》加以新的阐释极有必要。《欲望教授》作为《乳房》的续集，重点介绍了凯普什教授变形前的生活状态和悲剧产生的根源，使超现实主义的故事情节具有了现实主义的背景。罗斯虽然多次强调两部作品相互独立，但细心的读者不难理解罗斯已从卡夫卡的荒诞虚无回归到契诃夫（Anton Chekhov, 1860—1904）的现实主义。

　　罗斯在《欲望教授》中强调早年的生存环境对凯普什的变化起着重要作用。凯普什一家经营的皇家匈牙利旅馆曾经顾客盈门，使他在幼年时接触到各种各样人物。尽管处于摩西般父亲的严密控制之下，小凯普什心中的偶像却是旅馆里具

---

① Parrish, Timothy, "You Must Change Your Life: Gender, Desire, and Philip Roth," *Twentieth Century Literature*, Vol. 52, No. 4, Winter, 2006, p. 483.

有反叛精神的鼓手赫比。他自幼遭遇到父母亲的正统犹太生活与赫比的叛逆和另类的夹击，使他看到正常生活的平庸而渴望突破这种生活的桎梏。凯普什在青春期里难以抵御生活的诱惑，在求学之路上邂逅诸多女性，感情纠葛与学业的冲突对其性格发展影响极大。凯普什在与女性的关系上，不断地在操控与被操控之间转换。他为了稳定的生活进入婚姻，又因渴望自由而努力摆脱束缚，正如福柯所指出的，"肉体享乐与权力既不相互取缔，也不互为对抗；它们相互追逐，此起彼伏，彼此纠缠不休。根据某种复杂的、具有刺激与煽动的机制，它们互相环结在一起"[①]。罗斯为此在书中特意刻画了两种截然不同的女性，如在伦敦求学时遇到的伊丽莎白和波姬塔，前者代表正常的爱情、婚姻和家庭，后者则代表自由、浪漫、叛逆和放荡，以及回国后凯普什遭遇的海伦在婚姻中对他的控制和克莱尔的及时拯救。

　　罗斯特别强调凯普什所受教育和阅读文学作品的影响，认为欧美文学经典对凯普什的成长起到至关重要的作用。凯普什在海外留学时主要研读从亚瑟王传奇、冰岛文学到契诃夫的作品，并撰写相关论文。在日常生活中他更多引用的是契诃夫的经典语句，并以之作为爱情和生活的指南。布鲁姆指出，"一部经典就是一份已经获得的焦虑，正如所有文学巨著都是作者已获得的焦虑那样"[②]。长期的文学阅读和教学改变了凯普什，将他的生活本身变成文本。罗斯在小说中列举了大量哲学书籍和文学作品，如卡夫卡的存在主义小说、亨利·詹姆斯的作品、契诃夫的短篇小说等，并逐步说明凯普什在文学熏陶下的变化。他被改造成一个严肃稳重，致力于研究欧洲语言文学的儒雅青年，同时也从中受到另类观念的吸引，促使其双重性格的形成。对此罗斯特意用诗人拜伦"日苦读，夜风流"（studious by day, dissolute by night）的诗句和英国历史学家麦考利（Thomas Macaulay, 1800—1859）的"学者中的流氓，流氓中的学者"（a rake among scholars, a scholar among rakes）的归类性语句加以说明（pp. 18-19）。青年时期的凯普什深受克尔凯敦尔[③]的哲学思想的影响，他在伦敦的国王学院进行为期一年的进修时，混乱的性关系使其陷入迷茫。他开始接触妓女，并与女友伊丽莎白和波姬塔三人同居生活，甚至安于将这两个瑞典女孩看作妻妾。这段感情导致伊丽莎白受伤退出，凯普什深知与波

---

① 米歇尔·福柯，《福柯集》，杜小真编选，上海：上海远东出版社，2003 年，第 319-320 页。

② 哈罗德·布鲁姆，《西方正典》，江宁康译，南京：译林出版社，2005 年，第 416 页。

③ 克尔凯敦尔（Soren Aabye Kierkegaard, 1813—1855），丹麦哲学家，西方存在主义哲学的先驱之一。

姬塔的继续交往将使两人在相互影响下"双双走向堕落,既是对方的奴隶又是对方的主人;既是纵火犯又是受害者"①。他发现以前的导师、现在的恩人系主任亚瑟·夏布伦深受泼妇一样的妻子拖累,是世界上最寂寞的男人,目睹这位慈父般教授的家庭生活现状后,23岁的凯普什不再崇拜和羡慕他。在摇摆不定之间,凯普什希望通过正常婚姻获得拯救,但他很快发现妻子海伦·柏德是更具占有欲的新女性代表,年轻时就敢作敢为,曾追随已婚男人到中国香港和其他东方城市生活,并自称为传奇人物,还将过去的经历描述成在亚洲的冒险。海伦婚后沉溺于酗酒和吸毒,凯普什发现此次婚姻只是给他们两人一个机会"可以直截了当地攻击对方"(p. 80)。离婚时凯普什悲哀地承认:"我感觉自己体验过的不单单是一次糟糕的婚姻,而是体验了整个女性世界。"(p. 150)

身为教授的凯普什在学术上曾系统研究过契诃夫的作品,他发现契诃夫的书中有许多情节与自己混沌的生活极为相似,甚至学生的论文也常常一针见血地指出其内心矛盾的根源。他意识到学术研究的象牙塔不是精神上的避风港,而且将现实中的矛盾冲突和内心焦虑暴露无遗,使其更加无所适从。凯普什发现自己很像契诃夫《套中人》(*The Man in a Case*,1898年)的主角,总是在陈规的"套子"中寻找出路,试图从无所不在的乏味生活和令人窒息的绝望气氛中突围。他父亲认为,凯普什生活混乱,整天过的是看心理医生、靠强效药支撑和对付随时出现的同性恋的日子。凯普什沉溺于白日梦,一直渴望奇迹出现和重获新生,"恢复失去很久的生活,变成全新的自我"(p. 81)。为了摆脱这种困境,凯普什到欧洲进行文化寻根,在布鲁日宣讲论文之际拜访弗洛伊德的故居和参观卡夫卡生活过的小镇。同行的捷克斯洛伐克教授建议凯普什去看看卡夫卡的世界,"去看看那些封闭排外的小镇,还有烟雾缭绕的酒馆和丰满的女招待,你就会知道,卡夫卡纯粹就是个现实主义作家"(p. 191)。凯普什认为是卡夫卡帮助经历了"布拉格之春"的教授们度过精神上的难关,这些在苏联人占领期间的反抗者像卡夫卡笔下的 K 一样与当权者对峙,屡战屡败却又心怀希望(p. 192)。当时的知识分子如同身处轧布机中,挣扎于自己的良知和屈从于腐败政权所带来的钻心剧痛之间。凯普什注意到了尾随其后的捷克斯洛伐克便衣,这是从苏联人占领以来,对具有反抗意识的教授的秘密监视,他其实认为自己的命运与外国强权下的教授的遭遇一样悲惨。

① Philip Roth, *The Professor of Desire*, New York: Vintage International, 1994. 引文参见:菲利普·罗斯,《欲望教授》,张廷佺译,上海:上海译文出版社,2011年,第70页。

幸运的是，迷茫中的凯普什摆脱了海伦的控制并结识了善解人意的克莱尔·奥运顿，这位曼哈顿的小学教师、康奈尔大学实验心理学学士和哥伦比亚大学教育学硕士给他带来希望。即使与克莱尔一起享受着浪漫幸福，凯普什依然在问自己："这份安宁是真实存在的吗？这种满足感和我们之间的默契是真的吗？最难熬的日子已经结束了吗？"（p. 181）他在经历了这一切后总结说："没有人愿意迷失自我——生活本身已经让人不知所措。"（p. 257）凯普什的自我感觉是："从来不知道什么东西可以长久，除了断断续续的经历和昙花一现的快乐留下的记忆，和不断变厚的记载着失败经历的鸿篇巨制。"（pp. 283-284）凯普什只想到处于和平年代的烦恼，担心与克莱尔的幸福生活有注定终结的一天。对凯普什来说，性享乐与婚后责任难以调和，它们之间的对立反映出他的心理和处世哲学。[1]正是由于性表现出的对社会稳定秩序和禁忌的颠覆，凯普什才感到刺激和乐此不疲。福柯认为人们可以通过性更好地了解自我，他指出"性告诉我们关于我们的真实情况，因为它掌握那关于我们的、潜在的真实"[2]。作为一种宣泄，凯普什打算在大学生的第一学期文学课上主要讲自己的情欲经历，因为没有哪部小说比自己的故事更重要，他将自己所开设的课程的编号"文学 341"改为"欲望 341"，脑海里不断浮现的是关于卡夫卡的梦，甚至有卡夫卡经常玩弄的妓女。凯普什常常发现自己处于不可调和的矛盾冲突中，一方是诱惑、欲望和冒犯，另一方是压抑、责任和社会认可。[3]在小说结尾，罗斯为了与前一部作品情节相互衔接，设定凯普什回归到女人的乳房这一状态，这恰恰预示了他后来遭遇的突变的命运。在这《乳房》的前传里，凯普什也发现凶多吉少，感到的是整夜里噩梦像水流过鱼鳃一样袭来，深知"即使我用所有的快乐和希望来掩盖我的担忧，我仍然在等待房里传出我意料之中的最可怕的声音"（p. 295）。由此可见，凯普什后来在《乳房》里彻底的变形就不足为奇，他的悲惨结局足以说明罗斯对后现代社会里人性异化趋势的忧虑。

三

在 20 世纪末罗斯的新现实主义风格日趋成熟，这期间的标志性作品是荣获普

127

---

① Robert M. Greenberg, "Transgression in the Fiction of Philip Roth", *Twentieth Century Literature*, Vol. 43, No. 4, Winter, 1997, p. 493.

② 米歇尔·福柯，《福柯集》，杜小真编选，上海：上海远东出版社，2003 年，第 335-336 页。

③ Murray Baumgarten and Barbara Gottfried, *Understanding Philip Roth*, Columbia: University of South Carolina Press, 1990, p. 144.

利策小说奖的《美国牧歌》(1997 年)。罗斯此时正值文学生涯的巅峰时期,来自各方面的好评如潮,他此时决定推出第二部续集《垂死的肉身》对《乳房》再做阐释以完成凯普什系列的创作。基于对卡夫卡更加深刻的理解,罗斯在访谈中指出,卡夫卡绝不是一个异想天开的幻想家,其小说一直坚持"看上去似乎难以想象的幻觉和毫无希望的诡论其实正是构成我们现实的东西"①。与卡夫卡的《变形记》不同的是,罗斯在创作中规避死亡而转向复活,凯普什逃离变形的禁锢并再次遭遇人生的诱惑。该书主要涉及老年、死亡、癌症等人类无法回避的话题,这些正是早已进入老年的罗斯自己必须直面的现实。"死亡与衰败"作为这个意义丧失的世界最薄弱的部分,是《垂死的肉身》和另一部作品《人性的污秽》所表现的主题。②饱受折磨的凯普什终于摆脱乳房这一性的象征物而重获人形,在回到文学教授岗位时已是 62 岁的老人。这也许是上帝赐予他第二次机会让他重新做人,算作对他当初被封闭在乳房内时向上帝祈祷的回应,此种情形如同《圣经》里约拿在鱼肚里做出保证后,上帝的仁慈显现,吩咐鱼将他吐在岸上一样。③罗斯在书中并未解释凯普什如何逃离困境,而是聚焦于此人尽管年迈,再次面对人生诱惑时的反应。罗斯在该书中主要叙述凯普什与高级文学研讨班的学生——24 岁的古巴女孩康秀拉·卡斯底洛之间的恋情。凯普什因年龄悬殊对自己的性能力缺乏信心,只愿与康秀拉保持情人关系,他同时还与以前的情人来往。在前妻和康秀拉父母等人的干扰下,凯普什最终放弃这段感情。多年以后,康秀拉在接受乳房切除术之前请凯普什来为她美丽的乳房拍照留念,凯普什猛然意识到两人的分手主要是自己的优柔寡断所致,他对康秀拉的感情早已超越肉欲,而她的乳房切除也让凯普什的思想产生极大震动,促使他自省对人生的看法。根据该小说改编、由西班牙电影导演伊莎贝尔·科赛特(Isabel Coixet,1962—)导演的电影《挽歌》(*Elegy*,2008 年)上演后获得普遍好评。

在这第三部小说中罗斯在持续探索凯普什悲剧根源的同时,着重揭示后续的影响。凯普什尽管逃离了肉体变形的禁锢,但心理的扭曲依旧,如何得到拯救还

---

① Philip Roth, *Shop Talk: A Writer and His Colleagues and Their Work*, New York: Vintage International, 2001. 译文参见菲利普·罗斯,《行话:与名作家论文艺》,蒋道超译,南京:译林出版社,2010 年,第 75 页。

② Elaine B. Safer, *Mocking the Age: The Later Novels of Philip Roth*, New York: State University of New York Press, 2006, p. 146.

③ 根据《圣经》故事(约拿书 2:10),约拿因违背耶和华,结果被大鱼吞进腹中待了三天三夜,通过向上帝祈祷忏悔才得以逃出。

需依靠自身努力。回归后的凯普什已到暮年，依然表现出偏执的男权主义，毫不掩饰对女性的物化。在《垂死的肉身》一书中他的身体尽管逃离了乳房的束缚，但思想仍被禁锢。凯普什认为自己这一代被历史剥夺了生活享受，基于年龄上的差距他未能充分利用 20 世纪 60 年代性解放赋予人们的权利和自由，他总以极大的失落感对待生活，试图找回本应属于自己的乐趣。身为文艺理论教授和著名电视评论家，凯普什常常在荧屏上露面，利用自身优势吸引年轻女性，由此可见他并未从昔日的变形悲剧中吸取教训。

罗斯着重在该书中描写了 20 世纪 60 年代的新女性，这一群体对已进入老年的凯普什具有极大诱惑力。他强调女性身体语言的魅力，在扉页上就引用爱尔兰女作家埃德纳·奥勃兰恩[①]的话对作品主题进行了阐释："身体所包含的人生故事和头脑一样多。"罗斯在书中引用了叶芝（William Butler Yeats, 1865—1939）的《驶向拜占庭》（"Sailing to Byzantium", 1928 年）中的诗句："销毁掉我的心，它执迷于六欲七情/捆绑在垂死的肉身上/而不知它自己的本性。"[②]凯普什教授初遇恋人康秀拉时就认为：

> 她认识到自己的魅力，不过她还不太明确应该如何运用它，如何对付它，自己又在多大程度上需要它。那身体于她还是陌生的，她还在摸索它，琢磨它，有点像一个荷枪实弹走在大街上的小孩，拿不定主意是该用枪自卫还是开始犯罪生涯。（p. 6）

依靠性的力量，康秀拉冲破的不只是装满她虚荣的容器，还有她那舒适的古巴家庭的藩篱，真正完成在美国文化中的同化。康秀拉的父母是富裕的古巴流亡者，她接受美国文化后在思想上与父辈的保守传统截然不同。在经历了动荡的 20 世纪 60 年代后她虽然才 32 岁，却发现自己"被所有东西流放"（p. 169）。她们这一代人擅长用身体语言战胜诗的语言，所做的一切就是要反叛自己：

> 从历史上看，她们和其追随者正是完全被自身欲望所左右的美国女

---

①埃德纳·奥勃兰恩（Edna O'Brien, 1930—），爱尔兰著名女诗人，小说家和剧作家，曾获得欧洲文学奖、爱尔兰图书奖、弗兰克·奥康纳国际短篇小说奖等，主要作品有长篇小说小说《乡下姑娘》（The Country Girls, 1960 年）、短篇小说集《圣徒与罪人》（Saints and Sinners，2011 年）等，罗斯称其为当代用英语写作的最杰出的女性。

② Philip Roth, The Dying Animal, Boston: Houghton Mifflin, 2001. 译文参见：菲利普·罗斯，《垂死的肉身》，吴其尧译，上海：上海译文出版社，2004 年，第 112 页。以下出自该小说的引文只注明中译本页码。

孩中的第一批弄潮儿。没有华丽浮夸的言辞，没有什么思想体系，只有对大胆者开放的快乐的游乐场。当她们认识到有众多可能性时这种大胆也随之膨胀，她们认识到已不再被监视，不再屈从于陈旧的制度或受制于任何制度——她们认识到自己什么都能做。（p.56）

这些新女性充分利用性自由的权利，在她们看来，这"是得到《独立宣言》授权的，是一种只需少许勇气即可使用的权力，而且和1776年在费城获得的追求幸福的权力一致"（p.58）。科技的发展有助于妇女运动，避孕药给了她们平等的权利，可以像男性一样追求自己的生活。凯普什遗憾的是在20世纪60年代的性解放中，他因已到壮年而错过与校园里性解放运动领袖人物珍妮和她的"流浪女孩"胡闹的好时光，因此不得不有所顾忌和收敛。罗斯把20世纪60年代的大学称作"蝇王大学"，即英国作家威廉·戈尔丁[①]笔下的孩子们自己主宰的地盘。在该书中，珍妮曾撰写论文《在图书馆里堕落的一百种方法》，具体阐述怎样操纵那些狼吞虎咽的男人。罗斯在该书中写道："这是美国土地上的第一次，自普利茅斯殖民地的清教徒妇女被教会政府禁闭以防止她们肉体上的堕落和受作恶多端的男人的陷害以来，整整一代女人通过她们的肉体明白了性体验的本质和性快乐之所在。"（p.64）罗斯实际上幽默地指出，在美国历史上这些新女性终于发现可以用身体作为武器取得为自由和独立而战的胜利。

罗斯认为，当时的动荡有两种思潮的作用：一种是自由意志论，允许个人纵欲狂欢和反对维护集体的传统利益；与这一思潮密切相关的另一种思潮是要求民权和反对战争、不服从的集体公正意识，其道德威望来自梭罗。两种思潮互为关联使得动荡很难受到质疑（p.61）。《垂死的肉身》是对曾经的性解放运动的回应，罗斯在作品中有意识避开反战话题，用主人公对情欲的专注逃避战争，作为反战的另一策略。凯普什复活后，一如既往地沉溺于对美酒、音乐、绘画和美女的享受。在《垂死的肉身》的结尾，康秀拉被诊断出乳腺癌，需要切除乳房，她认为自己已接近死亡，没有未来，甚至比凯普什更加衰老。凯普什的生活和情感总是与女性丰满的乳房联系在一起，而最后当情人因病需要割掉乳房时，他感受到的是世界的末日和生命的终结，这在很大程度上反映出罗斯自己有关老年迫近的焦虑。康秀拉的灾难实际上是凯普什未来的预演。可以认为，康秀拉切除的不是仅

---

① 威廉·戈尔丁（William Golding，1911—1994），英国小说家，1983年获诺贝尔文学奖，代表作有小说《蝇王》（Lord of the Flies，1954年）。

仅是患癌的乳房，而且是凯普什试图遁世的欲望。在 1999 年的圣诞节，即将进入新千年的前夕，刚刚 32 岁的康秀拉同样害怕死亡，在手术前，她对凯普什哭诉道："我渴望的是自己的生命。我抚摸我的身体。这是我的身体！它不能离开！这不可能是真的！这不可能发生！我不想死！"（p. 163）凯普什从已经开始化疗的康秀拉的头上看到的是死亡，他读出了垂死的肉身的含义："在每个平静和理智的人身上都潜藏着另一个被死亡吓傻的人。"（p. 167）康秀拉要求凯普什为她摄影，留下乳房这象征青春和生命符号的美丽。她面临乳房切除时的悲哀与新年到来时众人的欢笑声形成鲜明对比，一种有关生命的凄美跃然纸上，不由令人扼腕叹息。在迎接 21 世纪来临的前夜，众人正因为没有遭遇千年末日而庆幸，凯普什却心情沮丧，认为从 20 世纪的历史上看，哪有什么事情值得庆贺。他考虑更多的是这种普天同庆所掩盖的东西，表现出一种深层的忧虑，末日虽未来临，但内心的审判无法祛除。罗斯着重指出人们在新千年的随波逐流，认为这是平庸获胜的悲剧，"这个有钱的世界急于进入繁荣的黑暗时代，人类的一夜快乐宣告了野蛮.com 的到来，适宜地迎接新千年的糟粕和庸俗，这是不该牢记而是应该忘记的一夜"（p. 158）。

令人欣慰的是，罗斯在小说的结尾描写了凯普什可能的转变。他以内心独白的手法设计了开放性结尾，这一对话也可以看作是在凯普什与另一自我之间展开。此时的凯普什徘徊于是否应该回到乳房已经切除的康秀拉身边，但又担心自己陷入感情的深渊而无法自拔。虽然罗斯并未给出明确的答案，读者不免对凯普什和康秀拉未来的命运担忧，但这预示着凯普什人性的回归和直面现实的尝试。特别是该书改编成电影时，导演的果断选择对罗斯的结尾做出了肯定的回答。在影片结尾处凯普什匆匆来到医院，陪同病床上的康秀拉一同应对灾难。此时的凯普什不再是《乳房》里的荒诞变形产物或《欲望教授》里的浪荡子，他开始回归现实和承担责任，窗外绽放的礼花算是对其回归的欢迎和赞许。

罗斯的凯普什系列作品与其他作品之间有极大的关联性。他在《阅读自我和其他》中有详尽的解释，认为可以将《放手》中的盖博、《波特诺伊诉怨》中的波特诺伊和凯普什看作一次炮弹发射的三个阶段，它穿过构成人物身份和经验疆界的屏障：这是个人限制、伦理定罪以及无时不在的恐惧所组成的屏障，一旦穿越它，就是道义和心理的未知天地了。盖博撞在墙上而崩溃，波特诺伊则嵌入墙体中一半进一半出，只有凯普什从血淋淋的墙洞中穿过，进入另一边的无人之地。①罗斯以此形象地说明笔下人物的变化过程。他后来在朱克曼系列作品里充分表现了性能力的缺失给人带来的困扰，而在凯普什系列中性能力极强的教授同样面临生存的焦虑。朱克曼和凯普什在年龄上都与罗斯本人相近，他们的故事中都带有罗斯或者其圈子中人物的影子。罗斯深知性是一种异常危险的游戏，他指出，"一个男人如果不曾冒险涉足性行为，那么他一生中就少掉了三分之二的问题。正是性弄乱了我们本来正常有序的生活"（p. 37）。随着老年的迫近，凯普什深感自己情欲在消退，表现出生活激情的耗尽，这使他备感焦虑。在与年轻人的性交往中，凯普什感到的是青春已逝和正值青春的差异："你绝不是感到年轻，而是痛心地感到她的无限未来和你的有限未来，你甚至更为痛心地感到你的每一点体面都已丧失殆尽。"（p. 38）罗斯强调的是老年的迫近无法避免，因而他坦言道："如果你很健康，那就是看不见的垂死。生命的终结是必然的，不需要大张旗鼓地宣告。"（p. 39）

纵观这三部曲，罗斯在《欲望教授》里解释了凯普什变形为乳房的根源，在《乳房》中道出了被压抑的心理活动，在《垂死的肉身》中说明凯普什再次作为人以及作为文学教授的艰辛，但他无法逃离而被迫回归现实。凯普什的个人经历实际上反映了20世纪60年代人们在那动荡岁月里遭遇的冲击和形成的集体记忆。布鲁姆指出，"诗歌历史与诗歌影响分不开，强者诗人就是以对其他诗人的误读而创造历史，只有这样才能为自己开创想象的空间"②。根据这一理论，作者的文本源于对其他文本的误读，而不是来自生活事件的本身。罗斯的凯普什系列小说可以看作是他对西方文学经典误读的成就，有关凯普什如何避免卡夫卡笔下的甲壳虫被抛弃和死亡的命运，罗斯并未给出满意的回答。他反映了主人公急迫地回归到人的生存状态，即"人生的马戏团表演"（the circus of being a man）之后的持续磨难。此种磨难似乎足以激发罗斯的想象力，这也正是其作品的主要吸引力。③如同凯普什经历自我放纵、变形、回归的跌宕起伏一样艰难，罗斯的风格也在从后现代主义到新现实主义的创作实践磨炼中逐步成熟。凯普什三部曲小说可以看作是罗斯对美国自20世纪60年代以来的性自由史和反主流文化运动的总结和他艺术手法变化的归纳。

---

① Philip Roth, *Reading Myself and Others*, New York: Vintage International, 2001, p. 74.

② Harold Bloom, *The Anxiety of Influence: A Theory of Poetry*, 2nd edn., New York: Oxford University Press, 1997, p. 5.

③ Timothy Parrish, *The Cambridge Companion to Philip Roth*, Cambridge: Cambridge University Press, 2007, p. 124.

第三章　走向新现实主义

到 20 世纪末，东欧剧变和苏联解体极大加强了美国在西方世界的霸主地位，然而克林顿丑闻却使总统的威严扫地，美国政治中的弊端和黑幕更加清晰地暴露出来。在动荡的国内外政治局势下，罗斯的创作更倾向于在反思中重建历史，探索日趋剧烈的社会矛盾和问题的根源。从 20 世纪 90 年代罗斯的作品中可以看出，其文学风格的转向集中表现在三个方面：对东欧国家文学发展的关注，对中东地区政治局势和以色列犹太人的了解，以及对美国国内重大事件的反馈。1975 年罗斯发起的企鹅出版社系列项目"另一欧洲的作家们"，尝试突破被冷战"铁幕"（Iron Curtain）隔开的西方与东欧之间的偏见，出版一些能揭示真相的佳作，由此形成另一可供选择的被称为"反现实主义准则"（counter-realism canon）的文学标准，强调其审美与美国主流文化和认知具有明显差异。该系列出版了 11 位作家共 17 部作品（米兰·昆德拉的最多，有 4 部入选），所涉及的作家国籍除捷克斯洛伐克外还包括南斯拉夫等国。尽管该系列出自非常时期的政治语境，且受个人关系的影响，但"它们必将开拓出另一文学空间，朝新的方向推动冷战时的文化逻辑"①。在长达 15 年的收集、选择和出版过程中，罗斯自己的艺术思想也在不断变化，一直尝试在艺术与政治两者之间维持艰难的平衡，逐步形成对待现实的独特方法。他的风格基本完成从后现代主义到新现实主义的转变。如果说罗斯在创作道路上的纠结和焦虑可以用被"巨型乳房"包裹而奋力挣扎力求突破形象比喻，那么他在完成"另一欧洲的作家们"项目后，才完全确立了自己对现实的表现手法和观察视角。罗斯在为东欧作家提供支持的同时也反对将文学政治化，在目睹了一些东欧作家对卡夫卡以不同阐释服务于自己的政治目的后，他批评道：

> 文学可以有各种用途，政治的和个人的，但不可将这类用途与作家在艺术创作中艰难抵达的真相混为一谈。那些在布拉格的作家们深知自己正在有意识地毁掉卡夫卡不可替代的想象力，却一意孤行、竭尽全力，

---

① Brian K. Goodman, "Philip Roth's Other Europe: Counter-Realism and the Late Cold War," *American Literary History*, Vol. 27, Winter 2015, p. 725.

在可怕的民族危急时刻利用此人的作品达到各自的政治目的。①

米兰·昆德拉对罗斯的东欧之行大加赞赏，在给他的信中写道："你本人不时到捷克斯洛伐克的来访比文章更重要。在布拉格能和你见面和交谈的意义对我和同伴们而言，早已超越语言所能表达的。"②罗斯努力用实际行动去帮助那些无法出版作品的作家，希望以他们的作品向外界展示东欧的真相，使养尊处优的美国作家能够更好地理解甚至体验东欧同行的现实生活。他的实地旅行和东欧作家的文集汇编很大程度上也影响了他自己艺术风格的转变。罗斯长期以来遭受人们对其有关犹太人话题的抨击和质疑，因而他多次到以色列访问和交流，逐步理解美国犹太人与回归以色列的犹太人之间的差距，并以此创作以色列题材系列小说。在这类作品中罗斯聚焦中东地区严酷现实，主张以对话沟通取代暴力对抗，反映了处于流散状态的犹太人的真实想法。随着"大屠杀"记忆和创伤的淡化，当代美国犹太文学的发展总体上已不再关心或局限于边缘化、身份问题或种族特性。他们被同化的进程正在加快，不少人为了走向中心而心甘情愿接受主流文化，抗争的声音逐步减弱。③罗斯此时反而将视角转向中东地区，使其创作更具现实意义。大卫·布洛勒（David Brauner）指出："现实主义与后现代主义在罗斯许多小说里共存，而在以色列小说《夏洛克行动：一部忏悔录》一类作品里，两种叙事模式之间的张力已成为主题，有时几乎将小说撕裂开来。"④这一时期罗斯的作品除《夏洛克行动：一部忏悔录》外，主要还有戏仿莎士比亚戏剧的《萨巴斯剧院》、朱克曼系列和"美国三部曲"，这些小说展现了他成熟的艺术风格和对现实问题的深入探讨，是对战后美国历史的史诗般描写的恢宏画卷。

第一节　以色列情结与流散小说

当代许多美国犹太作家努力突破大陆疆界的局限，以更加宽广的视野关注世界其他地区人们的命运，不断推出优秀作品。菲因高尔德（Henry Feingold）在其

---

① Brian K. Goodman, "Philip Roth's Other Europe: Counter-Realism and the Late Cold War", *American Literary History*, Vol. 27, Winter 2015, p. 721.

② Milan Kundera, "Letter to Roth," July 9, 1975, MS. Box 17, Folder 114, Philip Roth Papers, Manuscript Division, Library of Congress, Washington, D. C.

③ 罗小云，《美国文学研究》，重庆：重庆出版社，2013 年，第 93 页。

④ David Brauner, *Philip Roth*, Manchester: Manchester University Press, 2007, p. 95.

主编的多卷本历史专著《美国犹太人》的序言中指出，"没有这片土地上的机会、自由和开放，美国犹太人就不可能展示其实力和天赋，成为如今的模样"①。七位获得诺贝尔文学奖的美国作家中已有两位是犹太人（索尔·贝娄和艾萨克·辛格），足见他们在文学方面同样具有实力和天赋。从最早的美国犹太作家亚伯拉罕·卡恩（Abraham Cahan，1860—1951）等人的成果到菲利普·罗斯、多克特罗等后现代作家的创作，可以看出美国犹太文学已形成自己的特色，"完成从灾难到胜利、黑暗到光明、被奴役到赎救、文化剥夺到文化繁荣的演变"，反映了不同时期来自不同文化背景的人们在美国逐步融合过程中的痛苦经历和悲欢离合，许多作品已成为美国文学的里程碑。②罗斯长期以来在小说中质疑犹太传统价值观，以致被认为具有强烈反犹倾向或自我仇恨意识。随着以色列建国和逐渐强大，散居海外的犹太人的思想意识同样受到极大冲击，这给罗斯提供了新的创作题材。在他随后的"以色列题材小说"中，独具匠心的《夏洛克行动：一部忏悔录》（1993年）影响最大，荣获1994年美国笔会/福克纳小说奖和《时代》杂志最佳美国小说奖。罗斯在该书中更加专注于"审视笔下人物在个人记忆和美国历史意识形态框架下的处境"③。他所表现出的以色列情结和运用流散小说的艺术手段充分揭示了美国犹太人的生存状态和现实问题。他以内心探索外化的方式对以色列建国后犹太人身份的确立以及这类文学发展的未来趋势进行探讨，并用戏仿的手法颠覆自莎士比亚以来文学传统中对犹太人形象描写的话语。

以色列的建国和随后的中东局势凸显的犹太人身份问题，为文学创作提供了新的话题和素材，作家们陆续推出"以色列小说"，极大地促进了美国犹太文学的发展。批评家欧文·豪早在1977年就认为美国犹太文学已过了高峰期，到了即将崩溃瓦解的时刻④，莱斯里·费德勒（Leslie Fiedler，1917—2003）1986年甚至指出，同化作用已有效阻止美国犹太文学这一类别的发展，他宣称"美国犹太小说

---

① Henry Feingold, *The Jewish People in America*, Vol. I, Baltimore and London: Johns Hopkins University Press, 1992, p. xi.

② Michael P. Kramer and Hana Wirth-Nesher, *The Cambridge Companion to Jewish American Literature*, Cambridge: Cambridge University Press, 2003, p. 2.

③ Debra Shostak, *Philip Roth — Countertexts, Counterlives*, Columbia: University of South Carolina Press, 2004, p. 5.

④ Michael P. Kramer and Hana Wirth-Nesher, *The Cambridge Companion to Jewish American Literature*, Cambridge: Cambridge University Press, 2003, p. 269.

作为一段历史已完结，不再是一种有活力的文学"①。但随后的发展和繁荣则出乎豪等人的预料。尽管在 1977 年豪的文集《美国犹太故事集》(*Jewish American Stories*，1977 年)中找不到任何关于以色列的作品，但他 1992 年出版的《归乡写作》(*Writing Our Way Home*)已开始收录三个短篇小说。该书编者特德·索罗塔洛夫(Ted Solotaroff)指出，"在新的社会和文化影响的旋涡中，美国被重新界定为'多味汤'(multi-ingredient soup)以替代此前的'熔炉'概念，犹太身份的主题越来越多地用以色列为背景就不足为怪了"②。评论家桑福德·品斯克(Sanford Pinsker)1993 年甚至预言，在未来的 10 年里美国犹太文学中有关以色列主题的创作将迎来其文艺复兴。以色列建国 50 周年来临之际，美国犹太作家发现这个新生国家的生存能力不再脆弱，他们在作品中也不必像以往那般小心翼翼，正是在此种背景下罗斯创作了《夏洛克行动：一部忏悔录》。他像那些被称作"后异化作家"的新生代一样，对其犹太身份进行自我定义时不再局限于关注纽约或东欧局势，而是将视野扩大到耶路撒冷、西岸和戈兰高地。③1967 年的"六日战争"后，为增强美国犹太人与以色列犹太人的认同感和亲和力，美国犹太机构犹太联合捐募协会(United Jewish Appeal)设立专项基金组织人们到以色列参观学习，感受那里的日常生活，其口号为"我们本是一体"④。罗斯在类似的实地考察后创作出第 20 部作品《夏洛克行动：一部忏悔录》。该小说以看似荒诞的情节，巧妙地揭示了以色列犹太人与阿拉伯人冲突的根源和中东地区暴力形成的内外原因。主人公美国作家"菲利普·罗斯"(这次完全以作家自己的姓名出现)本来在纽约的和平环境中悠闲地写作，享受着舒适和自由，然而外界政治风云的干扰打断了他平静的生活。此时另有他人正以其名义在中东和欧洲各地采取行动，宣扬"流散思想"(Diasporism)，计划带领犹太人从动荡的以色列撤出，重返欧洲各国定居。⑤

---

① Leslie Fiedler, "Growing Up Post-Jewish," in Leslie Fiedler, ed., *Fiedler on the Roof: Essays on Literature and Jewish Identity*, Boston: Godine, 1991, p. 117.

② Ted Solotaroff, "The Open Community," in Ted Solotaroff and Nessa Rapoport, eds., *Writing Our Way Home: Contemporary Stories by American Jewish Writers*, New York: Schocken, 1992, p. xxii.

③ Andrew Furman, "A New 'Other' Emerges in American Jewish Literature: Philip Roth's Israel Fiction," *Contemporary Literature*, Vol. 36, No. 4, Winter, 1995, p. 636.

④ 张倩红，《以色列史》，北京：人民出版社，2008 年，第 293 页。

⑤ 公元 135 年，犹太人反抗罗马统治的起义失败后，大批犹太人被迫逃离巴勒斯坦，流向世界各国定居，犹太历史进入长达 1800 年的"大流散"(Diaspora)时期。参见：张倩红，《以色列史》，北京：人民出版社，2008 年，第 51 页。

罗斯本人在前往以色列去揭露和阻止冒名顶替者的荒唐举动时，发现自己深陷泥潭。随着情节的展开，细心的读者逐步意识到所谓的"夏洛克行动"不过是以色列情报组织摩萨德暗中操纵，引诱罗斯到中东和欧洲等地为其执行秘密使命：了解外国犹太人对巴勒斯坦抵抗运动的资助和完成计划中与阿拉法特的会面。罗斯与假冒者（皮皮克）会面后发现此人是自己作品的忠实读者，并敢于将作家在文学作品流露出的思想诉诸实践。在这次旅行中，罗斯在假冒者的率领下完成对以色列的探险并借后者传达自己重建犹太人身份的构想。他以戏仿的口吻重提犹太人被迫流散的历史悲剧，对熟悉那段历史并依然处在其恐怖阴影里的人们而言，所带来的心灵震撼是巨大的。

一

当代流散小说（diaspora novel）聚焦移民（已不局限于犹太人）及其后裔的文化身份、同化压力、他者地位、与主流文化的矛盾冲突等问题和随之而来的内心焦虑。"流散"一词主要用于描述身处流亡状态的犹太人为保持其文化和宗教等方面的连续性而经历的磨难。在《夏洛克行动：一部忏悔录》中罗斯首先关注的是流散海外的犹太人回归以色列后的处境，他尝试以海外环境和中东冲突地区分别考察犹太人的不同生存状态，主要从大屠杀情结（holocaust complex）着手，深入探索导致以色列人和阿拉伯人激烈冲突的悲剧的根源，试图找到化解矛盾、解决问题的途径。小说主人公罗斯和代理人"假罗斯"（皮皮克）在美国的舒适生活与中东地区充斥着暴力、遭遇绑架的动乱形成巨大反差。以色列残酷的现实是重建犹太身份无法规避的问题，国际政治风云同样波及栖身纽约这一避风港内的犹太人。罗斯来到以色列后被各种幕后势力操纵，甚至面临生命危险，他不得不走出书斋深入社会底层了解人们的实际生存状态。像许多身处流散状态的美国犹太人一样，罗斯在以色列也希望扮演公正裁判的角色。该小说详尽描述了他旁听的两个截然不同的法庭审判。第一个是对战犯约翰·丹贞朱克的审讯，此人被误认为是特雷布尔卡纳粹集中营的"恐怖的伊万"，后者在担任看守期间曾像上帝一样任意处置犹太人。发人深思的是罗斯旨在用这次明显失误质疑以色列法庭为清算集中营罪行而进行漫长审判的必要性。在中东暴力冲突日益加剧的今天，对纳粹战犯的审判应该怎样进行？这些问题依然困扰着各地犹太人，而他们对待大屠杀的不同态度则导致战后公众思想上产生分歧甚至混乱，至今仍有人质疑600万犹太人被屠杀的事实，纳粹的后代甚至出面为当年的刽子手进行辩护。中东地区饱受战争蹂躏的阿拉伯人则认为奥斯威辛彻底改变了犹太人的性格，使他们转向武力崇拜，漫长的战犯审判无疑在强化一种受害者意识，目的在于号召全世界犹太人永远支持以色列，使其对贝鲁特的轰炸和对巴勒斯坦人的迫害合法化。罗斯在此所关心的是大屠杀对幸存下来的人们和后代性格的影响。与之形成强烈对比的是第二个法庭（犹太人对阿拉伯人）的审判，以色列法官随意做出判决，只为显示主宰他人命运的威慑力。罗斯的朋友卡米尔严厉谴责以色列监狱对疑犯注射药物，以便不留痕迹地镇压人们对民族主义的反抗。他尖锐地指出，以色列人企图以种种方式将他们赶出占领区，在其折磨下"如果受不了，便会逃到月球上去"[1]。两种法庭上的见闻促使罗斯这类尚能置身冲突之外的犹太人开始重新审视自己的身份。

　　亲眼看见阿拉伯人的悲惨处境之后，罗斯在小说中对以色列的许多做法加以抨击和批评，谴责摩萨德情报官员总在操纵他人（犹太人和阿拉伯人）的命运，甚至误导和利用美国犹太知识分子。对于以色列犹太人的复仇心理和偏激态度，罗斯以"着火的大楼"的比喻加以说明："当你从着火的大楼里逃生跳出时，正好落在行人的背上，你不会为此将他痛打一顿吧。"这里出现的是一批"被全世界宠坏的受害者"（the world's pet victims）（p. 144）。从乔治·孜亚德等人口中，罗斯逐步了解到以色列军人对巴勒斯坦青年的酷刑，如注射损伤大脑的药物等。许多美国犹太人不了解以色列的现实，他们不相信犹太人正用纳粹对付他们的手段对付阿拉伯人。以军中尉加尔·梅兹勒刚好读过罗斯的小说《鬼作家》，他在作家遇险时出面相救。作为一名普通军人，加尔也认为自己的国家在处理许多事情时像个人一样冲动："国家的行动不是出于道德原则，而是为了自我利益，为了自我生存。"（p. 169）他在交谈中表露出对自己行为的谴责，具有明显的赎罪感。以色列犹太人同样面临残酷的现实，在该书中，小说家亚哈洛·阿佩费尔德[2]在谈到现实与想象时说："卡夫卡来自内心世界，他试图抓住现实；而我来自明白无误的现实，可以看见军营和森林，我的现实世界远远超越想象。……我无法逃避，如果我忘记了在大屠杀中的童年时代，精神上就会扭曲。"（pp. 56-57）由于海外犹太人不了解以色列的处境，身陷冲突旋涡的中东居民将这些指手画脚的人们的表演称作

---

① Philip Roth, *Operation Shylock: A Confession*, New York: Simon & Schuster, 1993, p. 141.

② 亚哈洛·阿佩费尔德（Aharon Appelfeld, 1934— ），当代以色列著名作家，主要作品有长篇小说《巴登海姆 1939》（*Badenheim 1939*, 1978 年）等。

"耶路撒冷综合征"，每年到此的许多游客总把自己看作先知，极力劝告他人忏悔和保持和平心态。摩萨德官员斯迈尔贝格承认，"犹太人在这个没有犹太人灵魂的国家里，要重新经历《圣经》里的事件。上帝为这些人准备的是一场劫难"（pp. 109-110）。对于传说中理想浪漫的以色列集体农庄，罗斯看到的只是处于满怀敌意的社区，甚至生死难料的战火中的孤独家庭，现实的残酷与想象中的圣地形成强烈对比。假罗斯坦率指出，以色列与犹太人是两码事，"以色列已成为第二次世界大战以来，对犹太人生存的最大威胁"（p. 41）。他认为这个国家的所作所为正在将犹太人带向毁灭，把已习惯和平生活的人们重新拉入战争，命运的十字路口再次摆在他们面前。以色列被当作大屠杀后的心理治疗所的时期已经过去，现在也许是犹太人返回欧洲各国的时候。假罗斯还预言，当以色列的一部分犹太人重新被安置到欧洲国家后，该国人口会大大减少，国界也会退到 1948 年的分界线，那么它与周边阿拉伯国家的争端就会消除，和平自然也会出现，进而可以避免第二次大屠杀。他幻想欧洲人列队欢迎犹太人归来的壮观景象："人们将欢呼雀跃，热泪盈眶，高声大叫：'我们的犹太人回来啦！'这一盛况将通过电视台在世界各地转播。"（p.45）阿拉伯人孜亚德也认为这类犹太人再遣散计划很有吸引力，"既不是巴勒斯坦人的乌托邦梦想，也不是犹太复国主义者的恐怖的最后解决方案"，而是可行的远见卓识，足以避免犹太人的毁灭（p.137）。这位阿拉伯人其实同样是摩萨德人员，但罗斯仍借他之口传达了自己对未来的设想。他在揭露以色列的警察国家性质时，对阿拉伯人的暴力倾向同样予以批评，担心他们的愤怒将会酿成对犹太人的第二次大屠杀。

长期以来罗斯塑造了许多鲜活的犹太人形象，但仍被责难只关心自我，一些读者和批评家认为他仅仅从犹太文化中"寻找能够迎合毫无同情心和贪婪的非犹太人的东西"[1]。其实罗斯一直关心中东局势的发展和以色列的未来，到底能为犹太人的共同利益和处于战争边缘的同胞做些什么则更值得他这类知识分子深思。他在小说中特意设置了代理人——"假罗斯"皮皮克，以戏仿的手法对犹太人内部种种不切实际的想法加以嘲讽。出于对以色列现状的困惑，罗斯刻意用精神上的病态来解释小说主人公和冒名顶替者两人在该国的遭遇和言行。他们分别住在不同的酒店，却能瞒过侍者进入对方房间，最终甚至共享情人。该书中的作家罗

139

---

[1] Timothy L. Parrish, "Imagining Jews in Philip Roth's *'Operation Shylock'*," *Contemporary Literature,* Vol. 40, No. 4, Winter, 1999, p. 577.

斯正值膝盖小手术后的精神崩溃时期，常常产生幻觉并有强烈的自杀倾向；假罗斯则总是处于患癌症的恐惧中，将假冒他人之名、四处招摇撞骗当作生存下去的理由，同样表现出精神上的问题。他们都为以色列或整个世界的犹太人的命运焦虑不安，自己却是急需他人照料的病人。假罗斯这位在芝加哥经营一家小公司的私人侦探，自认为其职业的核心内容与文学家一样，即窥视他人的秘密。他是从生理到心理都与作家十分相近的人物，通过与这位假罗斯在以色列活动中的接触，罗斯完成了遭遇自我、发现自我的内心探索。假罗斯被称为"莫伊瑟·皮皮克"，在意第绪语中意为"摩西的肚脐眼"。罗斯戏称他能像摩西带领犹太人出埃及一样，为迷失在后现代社会的人们指明道路，而"肚脐眼"则暗指犹太人的身份危机，犹如一旦割断与母体的联系（脐带）人们就可以自由行动和获得个体的身份，但因脱离了传统和文化之根，又难以避免漂泊流浪的苦恼。皮皮克趁主人公作家罗斯手术后精神面临崩溃之际，到以色列以其名义宣传重新安置犹太人的政治主张。这位假冒者在生活细节、行为举止甚至着装上都刻意模仿作家罗斯，并逐步渗透到作家的朋友和亲人圈子，大有取而代之的野心，给后者以极大危机感和身份焦虑。在假罗斯看来，依照荣格的共时理论他们两人实为一体，互为对方的复制品。假罗斯坦言自己是在运用真罗斯的影响力为犹太人的利益而战，辩称这其实是罗斯在众多作品中表达的本意，自己不过是仔细研读后才决定诉诸实践。文学的力量让作者和读者相聚在耶路撒冷，同时也是犹太人的历史和现实使他们的命运交织在一起。假罗斯责备作家说道："你浪费了自己的特权，许多该做的事情却没有做。"（p.78）他承认自从阅读了《再见，哥伦布》后就知道自己应该充当的角色，他给后者的信中写道："我就是赤裸裸的你，预言家的你，勇于献身的你。"（p.87）他认为自己才是行动者和拯救犹太人的精神领袖，犹太人正处于历史上的关键时刻，更重要的不是书本而是行动。假罗斯鄙视作者："当犹太人正处于这样的十字路口我还去写小说？我的生活现在完全投入到欧洲犹太人重新安置的运动了。"（p.41）他预计到2000年犹太人将重新融入欧洲。罗斯还借代理人之口批评海外犹太人的旁观者姿态，将不愿深入了解该地区实际情况反而指手画脚的人们称为"耶路撒冷综合征"患者。

通过与皮皮克的接触，罗斯认识到自己作品的影响力，它们可以创造具有独立思想的读者，甚至自己也在无形中被再创造。小说中的真假罗斯可以看作同一人，那就是正在对犹太人身份进行测试的小说家。从某种意义上讲罗斯更愿意妥协，承认皮皮克就是自己。第一次与其通话时他便有认同感："我的心跳加快，如同第一次伙同让·热内①进行抢劫一样——这不只是富于冒险,还很有趣。想想吧,他在另一端冒充我,而我却在这一头掩盖自己的真面孔。"(p. 40)在与假罗斯的交谈中,罗斯发现如同进行自我采访,两人的许多观点极为近似。当他逐步了解假罗斯的政治主张后承认,"这形式上的冒名顶替者带着我的面具,传达我的思想"(p. 253)。从假罗斯的言行举止足以看出,作家本人同样渴望另一种犹太人的生活,或另一种人生选择。《夏洛克行动:一部忏悔录》中的真假罗斯在以色列的遭遇凸显了海外犹太人在这一地区可能遭遇到的人性扭曲和分裂的精神危机。

二

从与身陷冲突中的以色列犹太知识分子的比较中,罗斯更加清晰地理解美国犹太人同行可能的命运。该书以大量篇幅讲述了罗斯与以色列小说家亚哈洛·阿佩费尔德之间的文学交流,他其实在设想自己处于以色列的环境里思想上将会发生怎样的变化。阿佩费尔德可以被想象为罗斯的另一人生选择。然而他们之间的分歧十分明显,读者可以清楚地看出以色列犹太人与美国犹太人的区别,以及国际政治和文化环境对其创作的不同影响。罗斯甚至发现两人在许多方面的互补性:"亚哈洛和我各自具有对方经历的反面,都从对方发现不属于犹太人的东西。"(p. 201)大屠杀的幸存者阿佩费尔德居住在以色列,因而无法摆脱历史的重负,罗斯身处美国的自由天地,其创作主题选择的灵活性更大;阿佩费尔德了解中东实际情况,对局面具有极强控制力,这正是罗斯在创作中所缺乏的东西。来到耶路撒冷后罗斯发现自己六神无主,"在小说家亚哈洛·阿培费尔德的家里被完全左右,如同在另一自我的海洋里游泳"(p. 55)。外界的冲突加剧了他内心的忧虑,罗斯总在相互矛盾的两极间来回穿梭:既想只做一名远离战火在美国安静写作的后现代作家,又愿意成为到以色列历险的现实主义者。最后他发现自己这样的犹太知识分子在矛盾冲突的旋风中,不过是"双方猛力抽杀的球拍之间的白色小球而已"(p. 358)。

罗斯以自嘲的口吻指出,理想的犹太人也许是美国犹太人,他们有着更多选择,既可以尖锐地批评以色列的暴力,又能远离战火、无忧无虑地享受现代文明的优越生活。阿佩费尔德责备海外被同化的犹太人从建立起的人道主义价值结构

①让·热内(Jean Genet, 1910—1986),法国著名作家、导演,从幼年起经历了流浪、盗窃、牢狱等生活,后来在监狱里潜心创作,陆续推出处女作《鲜花圣母》(Our Lady of Flowers, 1943年),以及《玫瑰的奇迹》(Miracle of Rose, 1946年)和《盛大的葬礼》(Funeral Rites, 1947年)等作品,1983年获法国文学大奖。

里往外瞧，"认为自己已不再是犹太人，犹太法则对他们已不适合。这种奇怪的自信使他们变成盲人或半盲人"（p. 113）。长期以来罗斯同样饱受这种责难，人们认为其作品表露出对犹太人事业的冷漠，甚至是敌意，因而他在该书中借犹太复国主义激进分子斯迈尔贝杰之口倾诉了人们的误解：

> 随你到哪里去享受吧，没有人责怪你！这是完全改变了的美国犹太人的幸福的奢侈，好好享受吧。你就是那种壮观的，难得的，最漂亮的现象，真正解放了的犹太人。……生活舒适的犹太人！快乐的犹太人！去吧，选吧，拿吧，占有吧！被赐福的犹太人，没有谁谴责你，没有谁会因我们历史性的斗争而难为你。（p. 352）

罗斯同样尝试从阿拉伯人的立场考虑以色列问题。乔治·孜亚德是罗斯在芝加哥大学的阿拉伯同学，他认为以色列利用美国犹太人的支持在中东的扩张是"犹太复国主义者对美国犹太人的勒索"（p. 128）。在阿拉伯知识分子看来，一个世纪后的以色列犹太人的角色早已转换：从受害者变成征服者，其军事扩张意识与固有的犹太人受害心理有着密切联系。随着以色列的强大，中东地区的矛盾冲突加剧，和平安宁的生活似乎更加遥远。孜亚德的妻子安娜埋怨丈夫不应放弃文学而卷入政治争端，她指出，"这些犹太人和阿拉伯人都没有前途，只有更多的悲剧、苦难和流血。双方的仇恨太深，盖过了其他一切"（p. 161）安娜和许多居民一样，希望早日逃离这块是非之地。长期的流血冲突使当地人感到前途渺茫，对未来充满忧虑。阿拉伯人认为，以色列与南非的情形相似，西方国家却用双重标准对待两国：他们严厉谴责南非当局对黑人的暴行，却放纵以色列对阿拉伯人的镇压。以色列人即使获得"六日战争"的空前胜利，他们对中东的前途也还是忧心忡忡。当时的以色列总参谋长伊扎克·拉宾（Yitzhak Rabin, 1922—1995）的妻子利亚·拉宾后来在回忆录里写道："许多人甚至不愿参加任何庆祝活动……或许，犹太人民从来没有体验过战胜和征服的感觉，他们无法适应眼前的现实。因此，当胜利来临时，他们的心情难以表达。"[1]如果说对丹贞朱克的审判代表着历史，那么阿拉伯人的反抗就是现实，而真假罗斯在耶路撒冷的会见则意味着个人命运的卷入。如何化解中东各民族之间的矛盾，还需从历史、文化和国际地缘政治诸方面进行探索。

---

[1] 利亚·拉宾，《最后的吻——利亚·拉宾回忆录》，钟志清等译，北京：中国工人出版社，2000年，第146页。

三

罗斯在该书中对流散犹太人和以色列犹太人身份问题的深究，逐步凸显出影子人物——渴望复仇的夏洛克。在评论《夏洛克行动：一部忏悔录》时哈罗德·布鲁姆指出："菲利普·罗斯影子般的自我或者说秘密分享者不是书中的那位莫伊西·皮皮克，而是夏洛克。"他认为该书对莎士比亚笔下的夏洛克的回应是阿里斯托芬式的，足以表明罗斯是运用这种极度夸张、令人难以忍受的梦幻般喜剧手法的当代大师。[①]小说之名"夏洛克行动"让读者不禁联想到莎士比亚戏剧中对犹太人的歧视。罗斯指出，迄今为止"已经四百年了，犹太人一直生活在夏洛克的阴影里。在当今世界，犹太人仍在接受审判……这种无休止的审判是从夏洛克开始的"（p. 274）。仔细阅读《威尼斯商人》不难看出，这个所谓的自由城邦对犹太商人夏洛克来说，却是充满敌意的生存环境，甚至仆人朗斯洛特也为其卑微处境感到羞愧，一心只想更换主人，担心继续服侍犹太人，自己也会变成犹太人。朗斯洛特认为尽管夏洛克有的是钱，但更重要的是巴萨尼奥却有上帝的恩惠。莎士比亚在剧本中对犹太人的偏见十分明显，他以夸张的手法描述了其铁石心肠和顽固秉性，如安东尼奥在绝望之际就对朋友巴萨尼奥说：

> 你跟这个犹太人讲理，就像站在海滩上，叫大海的怒涛减低它奔腾的威力，责问豺狼为什么害得母羊为失去羔羊而哀啼，或叫那山上的松柏在受到天风吹拂之时不要摇头晃脑，发出嗖嗖的声音。要是你能够让这个犹太人心变软——世上还有什么东西比它更硬呢？[②]

莎士比亚剧中的反犹仇恨甚至来自犹太人家庭内部。夏洛克的女儿杰西卡认为其犹太身份可耻，整天悲叹家里如同地狱："我真是罪恶深重，竟会羞于做父亲的孩子！虽然在血统上我是他的女儿，在行为上却不是。"她渴望罗兰佐将自己拐走，皈依基督教以结束内心的冲突。[③]在安东尼奥这类基督徒的长期压迫下，夏洛克无法忍受，因而他激昂地道出报仇雪恨的理由：

> （安东尼奥）侮蔑我的民族，破坏我的买卖，离间我的朋友，煽动我的仇敌；他的理由是什么？只因为我是犹太人。难道犹太人没有眼睛

---

① Harold Bloom, "Operation Roth," *The New York Review of Books*, 22, April 1993, p. 48.

② William Shakespeare, *The Complete Works of William Shakespeare*, New York: Avenel Books, 1974, p. 221.

③ William Shakespeare, *The Complete Works of William Shakespeare*, New York: Avenel Books, 1974, pp. 209-210.

吗？难道犹太人没有五官四肢、没有知觉、没有感情、没有血气吗？他不是吃着同样的食物，同样的武器可以伤害他，同样的医药可以疗治他，冬天同样会冷，夏天同样会热，就像一个基督徒一样吗？……你们已经把残虐的手段教给我，我一定会照着你们的教训实行，而且还要加倍奉敬哩。①

莎士比亚剧中的犹太人形象在当代社会遭到普遍质疑，他们的悲惨处境逐步获得广泛同情。梁实秋在翻译《威尼斯商人》时就认为，莎士比亚剧本描写的是压迫者和被压迫者，是被压迫者一旦得到变本加厉报仇雪恨的机会将会如何疯狂刻毒，夏洛克"仅仅是一个天性厌恨敌人的人"。与犹太人夏洛克的复仇心态相比，那些加害于他的基督徒更显得虚伪可恶：安东尼奥不过是没有力量恨，也没有力量爱的优柔寡断的人物，巴萨尼奥是个唯利是图、借钱伪装门面以便讨好富家孤女的小人，罗兰佐更是个无耻盗窃的同案犯。②夏洛克在威尼斯已居住多年，却仍被前来充当法官的鲍西娅看作"外国人"而剥夺财产。她的法官身份十分可疑，安东尼奥依据法庭判决摇身一变，反而从负债人成为他人命运的主宰，这一切主要源于犹太人没有自己的国家和法庭。在罗斯的小说里，当代夏洛克们终于获得话语权。在旁听以色列法庭的几次审判后他写道：

> 到处可见犹太人法官、犹太人法律、犹太人旗帜和非犹太人被告。这是数百年来犹太人梦想的法庭，是比拥有自己的国家和军队更渴望的东西：我们终于可以决定正义！
>
> 这一天到来了，令人称奇，我们在这里决定一切。这是人类另一梦想的非理性的实现。（pp. 140-141）

《威尼斯商人》中的安东尼奥宽恕夏洛克的重要条件之一是迫使其皈依基督教，夏洛克的女儿也整天渴望被基督教徒罗兰佐拐走而改变信仰。然而罗斯在《夏洛克行动：一部忏悔录》里却描述了几个被犹太人事业吸引的人物渴望归依犹太教的情节，如深深爱着假罗斯（皮皮克）并伴他走过余生的旺达·波瑟斯基。这位35岁的芝加哥医院的护士，在护理癌症患者皮皮克时，精神上早已皈依犹太教。另一位是从小由外人抚养，如今已成为法国教授的白人妇女。目睹以

---

① William Shakespeare, *The Complete Works of William Shakespeare*, New York: Avenel Books, 1974, p. 215.
② 威廉·莎士比亚，《莎士比亚全集》，梁实秋译，呼伦贝尔：内蒙古文化出版社，1995，第392-393页。

色列的现状后她认为自己也可能是第二次世界大战中被犹太父母抛弃的孩子，为了改宗成为犹太人她宁愿抛弃丈夫和孩子。不难看出，罗斯在此以戏仿的手法揭示了当今社会的文化和宗教的冲突，以及可能发生的悲剧，期望自己的作品有助于人们摆脱自莎士比亚的《威尼斯商人》以来的历史重负，走出夏洛克的阴影。

四

在《夏洛克行动：一部忏悔录》中罗斯巧妙地运用自传性与虚构性相结合的手法，更加逼真地展示了以色列这一独特环境的社会现实。该书与《事实：一个小说家的自传》和《解剖课》一起被认为是罗斯的非虚构小说三部曲（nonfiction trilogy），他在这些作品中主要探索自我形成的过程。著名批评家哈罗德·布鲁姆甚至将《反生活》（1986 年）也归入其中，认为尽管作家更多地运用了小说技巧，但其自传性仍占主导地位。[①]早在《事实：一个小说家的自传》一书中，罗斯就借玛丽亚之口承认，"总有对自己的人生故事厌烦的时候"[②]，然而《夏洛克行动：一部忏悔录》中涉及的以色列题材却非常适合这种自传性创作方法。罗斯在该书中有意识地打破小说与传记的界限，许多细节都基于自己和家庭的背景资料。他在《纽约时报书评》上的文章中写道，1989 年 1 月确有与自己年龄和相貌相近者在耶路撒冷自称"菲利普·罗斯"，此人到处发表演说鼓吹将以色列的犹太人重新安置到欧洲各国，以避免可能来自阿拉伯人的第二次大屠杀。[③]罗斯根据自己 1988 年刊登在《纽约时报书评》上的有关与阿佩费尔德的谈话和约翰·丹贞朱克从美国被引渡到以色列受审的记录进行创作，插入当年与英国著名电影演员克莱尔·布鲁姆（Claire Bloom，两人曾于 1990—1995 年有过短暂的婚姻）交往的细节，使该小说具有较强的真实感。该书中"犹太人遣散主义"的提法，则来自罗斯的朋友——美国当代波普艺术家基塔伊（R. B. Kitaj，1932—2007），此人曾在《第一流散宣言》（First Diasporist Manifesto，1989 年）中流露出这种焦虑：如果世界上大部分犹太人都集中到圣地，也许一两颗炸弹就会将其彻底消灭。[④]评论家布洛纳（David Brauner）认为，"在罗斯的许多小说中现实主义和后现代主义并存，但在

145

---

① Timothy L. Parrish, "Imagining Jews in Philip Roth's 'Operation Shylock'", Contemporary Literature, Vol. 40, No. 4, Winter, 1999, pp. 575-602.

② Philip Roth, The Facts: A Novelist's Autobiography, New York: Farrar, Straus & Giroux, 1988, p. 188.

③ Philip Roth, "A Bit of Jewish Mischief," New York Times Book Review, 7, March 1993, http://www.nytimes.com/books/98/10/11/specials/roth-mischief.html[2018-03-17].

④ David Brauner, Philip Roth, Manchester: Manchester University Press, 2007, p. 94.

这部作品中两种叙事方法间的张力已成为主题，几乎随时将小说撕裂开来"①。罗斯在该书前言里强调作品的自传性，然而在最后的告读者书中则称之为小说，其主体部分则可以看作是从元文本（metatext）到派生文本（paratext）的衍变过程，以小说体裁的忏悔录传达对犹太人前途的忧虑。该书中虚构了假罗斯居然与莱赫·瓦文萨②在波兰的但泽（Danzig）会见，两人详细商讨了关于团结工会掌权后在波兰重新安置犹太人的可能性的情节。他还将自己比作美国犹太人乔纳森·波拉德（Jonathan Pollard），此人于1985年被控为以色列间谍，曾将大量秘密情报提供给苏联，以换取更多准备移居以色列的犹太人的出境签证。罗斯一定程度上默认假罗斯这类人物奔走于国际政治舞台的辛劳和为了犹太人的整体利益的忍辱负重。他的创作动摇了现实与虚构的二元对立，在自传体与虚构的交织中他以宽广的想象空间自由发挥，让历史人物和当前事件相互穿插，使小说在滑稽幽默中表现出更深的政治寓意和对现实的无奈。

罗斯采用的自传手法愈加凸显出作品的政治性。长期以来他否认自己作品的政治色彩，还曾说过"身为作家我严肃的反叛举动主要在于自己的想象和表达习惯，而不是针对世界上的强权势力"③。在评价《反美阴谋》时，麦克尔·伍德却坦率指出，"政治让罗斯得以表现个人生活"，其作品中他的个人生活也足以表现政治。④罗斯在总结其创作时形象地比喻道：

> 波特诺伊不是我笔下的一个人物，是一次爆炸。《波特诺伊诉怨》出版后，我还未完成爆破。接下来我又写了一个长篇故事《播放》(On the Air)……我在弹药库里搜寻，发现了另一管炸药。于是我就想，"点燃它，看看将发生什么事。"我打算把自己更多地炸掉，炸掉大量的旧忠诚和旧束缚，不管是文学上的还是个人的。⑤

20世纪末的罗斯历史使命感更强，尽管依然采用娴熟的后现代技巧，但在创作中却更加关注当时的政治局势。利奥塔指出，后现代作家所写的文本不能用现有的

---

① David Brauner, *Philip Roth*, Manchester: Manchester University Press, 2007, p. 95.

② 莱赫·瓦文萨（Lech Walesa, 1943—），波兰劳工领袖，以其对波兰独立自治团结工会的领导，获1983年诺贝尔和平奖。1990年，他当选为波兰总统。

③ Philip Roth, *Reading Myself and Others*, New York: Vintage International, 2001, p. 12.

④ David Brauner, *Philip Roth*, Manchester: Manchester University Press, 2007, p. 18.

⑤ Philip Roth, *Reading Myself and Others*, New York: Vintage International, 2001, pp. 133-134.

标准衡量和用熟悉的方法分类，因为这正是他们创作时还在探索的东西。罗斯的小说在质疑和虚构中表现出后现代倾向和强调反讽和喜剧的效果。[1]从许多方面可以看出，他的作品还采用了元小说手法，其主题就是展示小说创作的过程，这在后现代小说家中极为平常，如威廉·加斯（William Gass）在《在中部地区的深处》（*In the Heart of the Heart of the Country*，1968 年）和约翰·霍克斯在《第二层皮》（1964 年）里一样。[2]在第八章里罗斯详尽地叙述了到此为止的故事情节，指出这种设置的必要性是值得探索的。他帮助读者拼贴细节，复述故事的作用，明确地告诉他们情节的设计过程和改变的可能性，强调作家不可避免地卷入现实而受其影响。罗斯在该书中强调文学的影响力。如果说皮皮克受罗斯作品的驱使，试图将其变为行动，那么罗斯在小说中同样描述了自己受阿佩费尔德作品的影响。当他对亚哈洛·阿佩费尔德的小说进行评价时，随着作家身份的回归，其心理上也获得了某种平衡。他借亚哈洛·阿佩费尔德之口指出，"这个世界似乎符合理智，但实际上不过是幻想、谎言和悔恨的旅程，这只有靠非理性的冲动才能完成"（p. 84）。以色列人信奉的犹太教与在美国影响最大的基督教有着根本的冲突，而身为美国犹太作家的罗斯无时无刻不感受到来自这两大宗教和文化的压力。美国特拉华大学（University of Delaware）的赛费尔教授指出，罗斯在此创作了一种多面体的杂合小说（hybrid fiction），表现出林达·哈钦所形容的混杂的、多元的、相互矛盾的后现代组织的特性。[3]人们在美国、欧洲和以色列等不同地域往往展现出不同的自我形象，或者称为异地的影子。《夏洛克行动：一部忏悔录》以及此前的《反生活》中涉及的异国旅程，则是到实际地域进行的对内心探索的外化。罗斯将笔下人物临时置于以色列这种环境中，目的在于考察是否能够出现新型的犹太人。从他引用克尔凯郭尔（Soren Aabye Kierkegaard，1813—1855）的话作为小说扉页的题词就足以看出其内心的焦虑："我的整个存在都因自我矛盾而发出尖叫。生存确实是一种争论……"他在该小说中主要从犹太身份的历史成因、自我认识、对以色列现状的看法以及文学的作用等方面进行探讨。

---

[1] Elaine B. Safer, "The Double, Comic Irony, and Postmodernism in Philip Roth's *Operation Shylock*," *MELUS*, Vol. 21, No. 4, *Ethnic Humor*, Winter, 1996, p. 162. Also see: Jean-Francois Lyotard, *The Postmodern Condition*, Trans. Geoff Bennington and Brian Massumi, Minneapolis: University of Minnesota Press, 1988, p. 81.

[2] Elaine B. Safer, "The Double, Comic Irony, and Postmodernism in Philip Roth's *Operation Shylock*," *MELUS*, Vol. 21, No. 4, *Ethnic Humor*, Winter, 1996, p. 158.

[3] Elaine B. Safer, "The Double, Comic Irony, and Postmodernism in Philip Roth's *Operation Shylock*," *MELUS*, Vol. 21, No. 4, *Ethnic Humor*, Winter, 1996, p. 162.

在长期的文学创作中罗斯深受犹太人和美国人双重身份的制约，作品总带有厚重的悲剧色彩。他对以色列作为祖国的象征力量给海外的犹太人带来身份危机的研究的兴趣日益增长。该书正是罗斯"对自己身为美国犹太人的尴尬的回应，同样重要的是它还涉及从欧洲流散到美国的历史以及到大屠杀再到以色列建国的过程"[①]。罗斯早在《反生活》里就关注以色列犹太人与散居在外的犹太人之间的区别和联系，但在该书中才进行了更深入的探讨。在《夏洛克行动：一部忏悔录》中他着重描写了三种典型的犹太知识分子：深受其作品影响、充当其代理人的假罗斯，在异国体验中思想不断变化的作家罗斯，以及回归以色列后的犹太作家亚哈洛·阿佩费尔德。

不同文化和宗教信仰之间的冲突历来已久，中东政治局势的激化必然影响海外犹太人。作为早期的流散犹太人，《威尼斯商人》中的夏洛克明确地表示，仇恨安东尼奥是因为他是基督徒，"他憎恶我们神圣的民族……要是我饶过他，整个民族将遭到诅咒"[②]。身为慷慨大方的绅士，安东尼奥在对待犹太人时，其种族主义思想同样暴露无遗，即使在他屈尊俯就向仇敌借钱时也不忘表示对犹太人的轻蔑。他对朋友说道：

> 你听，巴萨尼奥，魔鬼也会引证《圣经》来替自己辩护哩。一个指着神圣的名字作证的恶人，就像一个脸带笑容的奸徒，又像一只外观美好、心中腐烂的苹果。唉，奸伪的表面是多么动人！[③]

布鲁姆指出："《威尼斯商人》把犹太人夏洛克搬上了舞台，其意图是塑造一个喜剧式反角，因为莎士比亚明显地具有当时的反犹主义观念。"[④]要注意的是，罗斯在小说中用"夏洛克行动"一词的喻义很明显，他以反讽的手法进行的描写既有对灾难深重的犹太人民族的同情，也有对以色列社会中的一些政策和做法的抨击。在许多世纪过去了的今天，犹太人早已重建了自己的国家，但中东地区并没有实现和平而成为理想乐园。莎士比亚剧中的夏洛克曾宣称，"忍受迫害本来是

---

① Timothy L. Parrish, "Imagining Jews in Philip Roth's 'Operation Shylock'", Contemporary Literature, Vol. 40, No. 4, Winter, 1999, p. 580.

② William Shakespeare, The Complete Works of William Shakespeare, New York: Avenel Books, 1974, p. 206.

③ William Shakespeare, The Complete Works of William Shakespeare, New York: Avenel Books, 1974, p. 207.

④ 哈罗德·布鲁姆，《西方正典》，江宁康译，南京：译林出版社，2005年，第37页。

我们（犹太）民族的特色"①，但如今罗斯看到的以色列已成为全民皆兵的国家。他心情沉重地叙述了利昂·克林霍弗（Leon Klinghoffer）于 1979 年到以色列的旅行。此人在日记里详尽叙述了以色列的变化，在对基布兹（kibbutz，现代以色列集体农场）访问时看到"年轻的夫妇孤独地住在充满敌意的邻居中间"（p. 325）。1985 年克林霍弗自己也被巴勒斯坦人从劫持的游船上扔下去，成为暴力冲突的牺牲品。②在小说的"尾声"部分，罗斯悲哀地描述了更大悲剧的发生，正义（法庭）与非正义（西岸冲突）并存，"死刑在整个西岸重新兴起，没有专家，没有审判，没有正义，只有横飞的子弹"（p. 272）。在《夏洛克行动：一部忏悔录》结尾时，罗斯描述了 1991 年 1 月的激烈冲突，伊拉克导弹落在特拉维夫住宅区，电视画面中的死伤情景表明，先前的预言成为现实的噩梦。"犹太人遣散之父"假罗斯在惊恐中死去，情人旺达连续两天守在尸体旁，安慰他的亡灵：爱国者导弹已经架设完毕，美国人保护着以色列，使其再不会遭到打击，这类情节设计无疑流露出罗斯对中东前途的忧虑。杰雷米·格林在《后后现代主义：千禧年的美国小说》一书中也指出，约翰·巴斯和菲利普·罗斯在自己的散文、访谈录，特别是小说中清楚地表现出一种"文化悲观主义"（cultural pessimism）。③在 20 世纪上半期人们主要探索意识，然而这一使命对现在的"后文字一代"（postliterate generation）已没有吸引力了，罗斯甚至以准人类学的口吻指出，"美国这一人类分支正在重组中"④。在《纽约客》杂志上的文章中谈到《人性的污秽》的出版时，他强调"文学时代已到尽头"，因为

> 文化就是明证，社会就是明证，从电影到电视，再到电脑的发展过程就足以说明问题。……人们能决定的自由支配的时间就这么多。文学能够左右的那部分心理已经消失，而它需要的是静默，是某种形式的孤独和在神秘之物面前的精力集中。⑤

---

① William Shakespeare, *The Complete Works of William Shakespeare*, New York: Avenel Books, 1974, p. 207.

② 1985 年 10 月 7 日意大利游轮阿基莱·劳伦号（Achille Lauro）被恐怖分子劫持，并成功抵达埃及。埃及政府答应他们的要求，并安排飞机送到意大利，以交换释放人质。埃及政府不知道此前他们已经杀了一个人质（美国公民、退休残疾人克林霍弗）。10 月 10 日晚上美国总统里根下令让第 6 舰队的 F-14 战机拦截客机，使其迫降到西西里，恐怖分子由意大利警方拘捕。

③ Jeremy Green, *Late Postmodernism: American Fiction at the Millennium*, New York: Palgrave Macmillan, 2005, p. 46.

④ Jeremy Green, *Late Postmodernism: American Fiction at the Millennium*, New York: Palgrave Macmillan, 2005, p. 63.

⑤ Jeremy Green, *Late Postmodernism: American Fiction at the Millennium*, New York: Palgrave Macmillan, 2005, p. 63.

正是这种危机感和使命感促使罗斯进行更多的探索和尝试，创作出更加优秀的"以色列小说"。这也标志着罗斯创作思路的转变，他比以往任何时候都更加紧扣美国国内外政治局势，凸显其新现实主义倾向。马尔科姆·布拉德伯里曾指出，这种新现实主义"是极权主义时代之后竭力想恢复自我的人道主义的呼声，是关心神话时代之后奋力稳定自身的历史时局的呼声"[1]。罗斯在评价另一位犹太作家马拉默德时说："身为小说家，马拉默德对当代美国犹太人的焦虑、困惑和腐败没有表现出特别的兴趣，然而这正是我们这个时代犹太人的特性。他的人物生活在没完没了的沮丧中。"[2]罗斯到以色列的旅程也在于重新获得与犹太人文化的直接联系。当小说主人公最后被劫持和关押在一间教室中时，留在黑板上的希伯来文字则具有强烈象征意义（罗斯将其放在扉页上作为该书的铭言），同时还表明像他这样流落在外的犹太人最需要的是重新学习犹太文化和历史。这些希伯来文字出自《圣经》："只剩下雅各一人。有人前来和他摔跤直到天明。"（《创世记32：24》）[3]此神秘之人是天使，他随后将雅各改名为以色列。罗斯无疑自比为雅各，而假罗斯则如同来去无踪的天使，完成将罗斯引诱到以色列的使命后便神秘失踪。在小说结尾部分，罗斯讲了一个有关犹太餐馆的侍者的笑话，此人将意第绪语误认为英语，为了生存而学得娴熟。在此他所强调的是当代美国社会中的文化多元化和身份获得可能出现的误区。

当代美国犹太作家中不少人有意规避中东问题，涉及占领西岸和加沙之类话题时态度暧昧，有的甚至坚持对阿拉伯人进行妖魔化，罗斯却努力寻求真实反映该地区问题的方式。在《夏洛克行动：一部忏悔录》中罗斯指出，"每个犹太人内心都有一群乱哄哄的犹太人"（p. 334）。他强调的是，犹太人原本期待在以色列享受稳定和朴实的生活，却发现这里只有冲突与矛盾——这其实是流散生活的重演。家园的重负和流亡的苦难不相上下，且同样显而易见，令人备感荒谬。[4]罗斯的内心探索历程反映出美国犹太知识分子在中东残酷现实与美国价值观的矛盾冲突中的困惑，其积极意义在于提倡走出悠闲的书斋去实地考察，通过与各阶层犹太人

---

[1] 转引自埃默里·埃利奥特，《哥伦比亚美国文学史》，朱通伯等译，成都：四川辞书出版社，1994 年版，第 955 页。

[2] Philip Roth, *Reading Myself and Others*, New York: Vintage International, 2001, p. 183.

[3] *The Holy Bible*, Revised Standard Version, New York: Thomas Nelson Inc., 1972.

[4] Elaine M. Kauvar and Philip Roth, "This Doubly Reflected Communication: Philip Roth's 'Autobiographies,'" *Contemorary Literature*, Vol. 36, No. 3, Autumn, 1995, p. 443.

和阿拉伯人的广泛接触，以及对当代犹太人身份各种可能的探索，质疑"夏洛克行动"（种族复仇、受害者情结与发泄，以及权力话语的颠覆）的必要性。他期望化解文化、种族、宗教和历史方面的矛盾，加强沟通以谋求永久和平。在早期作家如辛格、贝娄等人的笔下，犹太人不过是在遭遇现实社会的挤压下，在犹太传统与美国文化的夹缝中艰难求生的"小人物"，然而在罗斯的作品中他们已逐步从边缘走向中心，取得平等权利，融入主流社会，这一群体本身就能代表美国的主流文化和价值观。然而当以色列的犹太人掌握了绝对话语权时，他反而心情沉重。如果说莎士比亚剧中的夏洛克试图利用金钱的力量——"三千达克特"支配他人的命运，那么现在以色列犹太人同样利用海外犹太人的经济支持在中东进行扩张。从某种意义上讲，夺得话语权前后的犹太人形象依然相似。未来的犹太人是否像罗斯在《夏洛克行动：一部忏悔录》里塑造的皮皮克一般，以及谁才是真实的犹太人，而不是像该书中所指的假货、赝品、谎言、欺骗、失信或牵线木偶？罗斯其实旨在尝试从犹太之根的探索中获得创作的灵感和生活的目的。不难看出，罗斯所揭示的犹太身份已截然不同，特别是在其以色列系列小说中具有更加复杂和多元的含义。当代著名犹太作家辛西亚·奥兹克（Cynthia Ozick，1928—）认为《夏洛克行动：一部忏悔录》是罗斯最具雄心的作品之一，她在访谈中称之为"伟大的美国犹太小说"，而罗斯则是"在世的最大胆的美国作家"[1]。在该书中罗斯将自己内心深处长期以来在犹太人和以色列问题上的纠结和思考以小说艺术形式流露出来，特意以"一部忏悔录"作为副标题。一些评论家因其自传性太明显甚至将其归类为非虚构作品，罗斯为了避免人们的误读（或者说深究）而具有一定先见性地在小说结尾特意标明："这一忏悔录不是真的。"这正是罗斯一贯的艺术风格：虚构艺术与现实反映的巧妙结合。该书在很大程度上反映了他所主张的自愿流散思想和与以色列残酷现实保持某种安全距离的态度。

第二节　莎士比亚影响下的罗斯

随着 21 世纪的来临，罗斯依然坚持艺术手法上的创新，注意从西方文学传统中获取灵感和源泉，这在他戏仿莎士比亚戏剧而创作的小说《萨巴斯剧院》（1995

151

---

[1] Jane Statlander-Slote, *Philip Roth-The Continuing Presence: New Essays on Psychological Themes*, Newark, NJ: NorthEast Books & Publishing, 2013, p. 138.

年）里充分反映了出来。该书在相隔 35 年后再次荣获美国国家图书奖（《再见，哥伦布》于 1960 年获得该项大奖）。在主题选择方面罗斯专注于从尘封的历史中寻找创作素材，聚焦于某一阶段，在重建历史的过程中促使人们反思。罗斯在该书中重新审视了动荡的 20 世纪 60 年代，以莎士比亚戏剧为参照对反主流文化运动和女性解放运动的实质进行深入探索。他早已摆脱犹太作家边缘身份的束缚，以主流文化代言人的姿态塑造出当代福斯塔夫的艺术形象，质疑美国社会在其发展进程中的价值观和道德标准，并将其长远影响具象化。从该书的情节设计和整体结构都能看出莎士比亚戏剧对罗斯这一阶段的创作影响颇深。

20 世纪 60 年代是当代美国历史中最动荡的岁月。斯廷普森在《作为激烈的政治宣言的文学》的文章中总结性指出，"一部 60 年代的美国史被谋杀、刺杀事件弄得伤痕累累"，牺牲品有 1963 年的约翰·肯尼迪总统、1965 年的激进黑人领袖马尔科姆·X、1968 年呼吁进行和平斗争的马丁·路德·金和参与总统竞选的罗伯特·肯尼迪。①民权运动在 20 世纪 60 年代已取得初步成功，非暴力直接行动迫使南方在许多公共场所的种族隔离制度废除，但现状仍不令人满意，特别是从 1964 年到 1968 年黑人居住区的暴动常常发生，在美国北方的许多地区种族矛盾同样被激化，全国政治局势更加动荡，并在很大程度上激发了妇女解放运动。妇女解放运动要求中止工作中的性别歧视、堕胎合法化，并要求成立育儿中心。该运动主要参与者为属于"婴儿潮一代"的富裕的年轻白人女知识分子。贝蒂·弗里登（Betty Friedan，1921—2006）的《女性奥秘》（*The Feminine Mystique*，1963 年）的出版被认为是当代女性解放运动的标志。她在该书中称那些生活在郊区别墅里的家庭妇女被禁锢在"舒适的集中营"里，她们实际上被剥夺了个性表现的途径，成千上万的妇女被活活埋葬，唯一的出路就是逃离这种禁锢而争取自由。到 20 世纪 60 年代末至 70 年代初妇女已占美国人口的 51%，她们自觉地将身份认同与少数族裔一致，认为急需争取平等权利，并从黑人平权运动中借鉴方法进行斗争。从 1963 年的《同工同酬法案》（Equal Pay Act）通过到 1964 年的《民权法案》（Civil Rights Act）都使妇女解放运动的热情逐步高涨。弗里登和其他人一道于 1966 年在华盛顿创立全国妇女组织（The National Organization for Women）。凯特·米勒特（Kate Millett，1934—2017）在其《性政治》（*Sexual Politics*，1969 年）里指出

---

① 凯瑟琳·R. 斯廷普森，"作为激烈的政治宣言的文学" // 埃默里·埃利奥特主编，《哥伦比亚美国文学史》，朱通伯等译，成都：四川辞书出版社，1994 年版，第 899 页。

社会的主要权力都掌握在男性手里，女性的解放不是单打独干地为了个人成功，而是要团结起来反对这种权力结构。苏拉密斯·费尔斯通（Shulamith Firestone，1945—2012）在《性的辩证法》（*The Dialectic of Sex*，1970 年）中与米勒特相互呼应，该书被认为是新女权主义的纲领性文件。一些极端的女性主义者完全排斥婚姻、家庭，甚至异性性交等观念，将异性之间的性交关系看作是男性对女性的统治手段。到 20 世纪 70 年代初，一些女性组织呼吁建立自己独立的文化和社区以反抗来自男性的压迫。在 20 世纪 60 年代后期和 70 年代，女权主义者纠结于一个问题："她们是要一个没有性别的差别的'人类文化'（这是温和的答案）呢，还是要一个围绕母女、姊妹和情人关系组织起来的独立的妇女文化（这是激进的答案）？"[①]当黑人忙于争取平等权利，女性为了解放而奋力斗争时，一些白人中产阶级的青年却宣称不仅要避免暴力，而且特别要反对正在进行的越南战争，他们并不参与各地的骚乱，而是平静地涌向旧金山庆祝和享受"爱情之夏"（The Summer of Love）。这些嬉皮士对美国传统价值观的否定远比黑人的骚乱更为危险，因为黑人期望的东西是大多数美国人已经拥有的，然而这些东西在嬉皮士眼里却不屑一顾，他们所代表的则是放弃、颠覆和毁灭。1967 年 1 月在金门公园举办"Human Be-in"狂欢会之后，人们陆续被吸引到嬉皮士聚居区海特街和阿斯贝利街，这里也被称为海特–阿斯贝利嬉皮士区（Haight-Ashbury）。到该年夏天，此处的嬉皮士活动受到主流媒体关注，纽约《时代》杂志对每天的活动加以连载报道，当摇滚乐队来到旧金山举办"迷幻摇滚音乐会"（Psychedelic Rock）时，"爱情之夏"和该街区的声誉达到顶点。实际上在 20 世纪 60 年代末摇滚乐成为反主流文化的标志，特别是伍德斯托克音乐节（Woodstock Rock Festival，1969 年夏天 8 月15—17 日在纽约附近农场举办）和四个月后有达 30 万人参与的阿尔塔蒙特音乐节（The Altamont Speedway Free Festival，1969 年 12 月在旧金山以东由滚石乐队举办）代表了这一运动的两极：和平享乐的狂欢与暴力毁灭的潜流。阿尔塔蒙特发生的暴力事件也标志着反主流文化走向没落和一个时代的结束。

反主流文化运动的主要内容是年轻一代公开藐视中产阶级价值观，崇尚嬉皮士的颓废派言行，摈弃传统的生活、着装和行为方式，提倡和平与友爱，常蓄长发并吸毒。他们挑战美国现代社会结构，抨击平庸、肤浅、做作和物质享乐主义，

---

① 凯瑟琳·R. 斯廷普森："作为激烈的政治宣言的文学"//埃默里·埃利奥特主编，《哥伦比亚美国文学史》，朱通伯等译，成都：四川辞书出版社，1994 年版，第 898 页。

以及与大自然的疏离，特别是在对性行为的看法方面有大的改变，从个人突破性压抑转变为追求性享乐的本能。避孕药的出现也使性解放变得可行，但最后到1973年堕胎才合法化。希奥多·罗斯扎克（Theodore Roszak，1933—2011）的《反文化的形成》（*The Making of a Counter Culture*，1969年）一书的出版成为这一运动的标志性文件，宣称反文化开拓了广阔天地，而专业知识已退居到人们生活的次要地位。查尔斯·雷克（Charles Reich，1928— ）的《美洲的环保意识》（*The Greening of America*，1970年）提出人的"第三意识"（Consciousness III）这一说法，认为自我才是唯一的现实，重要的是追求自身的感受。[1]随着该运动的影响扩大，人们对大麻的滥用、对性的开放态度和有悖传统观念的言语已超出反主流文化运动积极分子的圈子。罗斯在创作《萨巴斯剧院》的过程中针对动荡的20世纪60年代和那一时期的反主流文化运动和妇女解放运动的内涵做出自己的阐释。他以一位与其年龄相近的主人公莫里斯·萨巴斯[2]的经历传达了对这段历史的看法。萨巴斯17岁时为逃离中产家庭的束缚和母亲的控制而走向海洋，依靠个人奋斗从浪迹天涯的水手进入艺术家和大学教授的社会上层，但最后甘愿自我贬低为街头艺人和侮辱女学生的邪恶老头，从而遭到上帝的惩罚。他最终因演出生涯屡遭挫折而成为平庸的演员和手部残疾的木偶戏艺人，失业后混迹街头。萨巴斯的妻子妮基1964年失踪以后，他与罗莎娜结婚，中断演出生涯，与旅店老板娘通奸，并和大学生鬼混，陷入自我迷茫而走向堕落。罗斯刻意描述了一名依然沉浸于60年代动荡社会里的老年反叛者，这种人无法忘记时代的变迁，或者说不甘心承认时代早已将他们抛弃。为了更加生动地表现反主流文化运动对人性变化的影响，罗斯在情节设计和人物塑造等方面都注意从莎士比亚戏剧艺术中获取灵感，并巧妙地运用于自己的创作中。

一

罗斯擅长以虚构的滑稽剧对待现实中的严肃性，他在该小说中以墓地为故事发生的中心，在不断翻飞的回忆碎片里努力探索、寻觅和重组，以动荡岁月的亲历者和主流文化的发言人的身份进行反思和总结，这种文学实验的本身就凸显了对20世纪60年代反主流文化运动以及在整个20世纪后半期的持续影响的重视。

---

① Alan Brinkley, *American History: A Survey*, Vol. II, Boston: McGraw-Hill, 1999, p. 1071.

② 该小说主人公以出生于美国的英国籍画家罗纳德·布鲁克斯·基陶（Ronald Brooks Kitaj, 1932—2007）为原型，基陶曾是20世纪60年代英国波普艺术浪潮中的领军人物之一。

罗斯以"萨巴斯剧院"为小说之名，故事情节犹如剧场演出一般，一幕幕展开，这种独特的戏剧化场景设计恰如其分地表现了以"萨巴斯剧院"喻指人生舞台的主题。首场演出在小说的中心位置——萨巴斯的情人德伦卡的墓地。该小说的故事叙述开始时德伦卡已去世五个月，其墓地逐渐成为萨巴斯等人朝拜的圣地，德伦卡生前的追随者和情人纷纷到此寻梦，结果受到死神的恐吓和威胁。萨巴斯作为主要演员参与了有关祭拜、亵渎、谋杀、抛弃等场次的演出。大多数情形下，他独自面对鬼魂表演，在直面老年和死亡的过程中进行自我剖析和表白以及宣泄。萨巴斯在墓地进行了精彩表演，遗憾的是这些死人无法欣赏。罗斯在小说开端设计的表演以及幽灵对话令读者立即联想到《哈姆雷特》中主角与父亲鬼魂的交谈，凸显了死者对生者的控制。每当萨巴斯遭遇挫折和陷入迷惑时便造访墓地寻求精神指导，并加深了对死亡本身的理解以摆脱对死神的恐惧。罗斯在小说中的描写旨在说明，对于萨巴斯一无是处的生活来说，他原始的戏剧天赋表现出的是"一抹华而不实、令人可怜的最后戏剧的色彩"[①]。在小说的结尾，萨巴斯到德伦卡的墓地进行最后的祭拜，被她的儿子巡警马修发现。此时萨巴斯头戴犹太人小圆帽，身披美国国旗，正在往德伦卡的墓上撒尿，还自以为是神圣的仪式。这种滑稽的打扮在马修看来真是大逆不道："你这是亵渎我母亲的坟墓，亵渎美国国旗，亵渎你们犹太人！"（p. 782）罗斯在此将其讥讽为"萨巴斯剧院"演出："没有音乐，只有车灯的照明，萨巴斯的单独表演：墓地里的明星，鬼魂面前的杂耍演员，死人堆里的一线表演者。他满意的谢幕。"（pp. 783-784）

　　该书中的第二幕演出是萨巴斯在街头的木偶戏。他年轻时曾受《军人福利法案》资助到罗马的木偶学校学习，1953年回国后便在百老汇东头的哥伦比亚大学校门外支起幕布，成为街头木偶戏表演者和在纽约的剧团中导演木偶戏。萨巴斯开始在街头表演时，观众曾将其看作是受人尊敬的20世纪50年代与骚乱的60年代之间的"缺失的链环"。萨巴斯却难于区分表演与生活的界限，将其一生同样当作表演，所经营的是"萨巴斯下流剧院"（p. 543）。他1956年在曼哈顿闹市区进行表演时，以手指木偶的方式当街解开年轻姑娘的胸衣露出乳房，后者完全被他手指上的表演和语言挑逗迷惑。萨巴斯被执勤警察从幕布后拉出来加以训斥，因为他不应该中午时分在百老汇大街上公开侮辱妇女。萨巴斯因此被判入狱30天，

155

① Philip Roth, *Novels 1993-1995: Operation Shylock and Sabbath's Theater*, New York: The Library of America, 2010, p. 474. 以下该小说引文只标明该合订本的页码。

但刑期未被执行。他原本可能在监狱里改邪归正，可惜失去了重新做人的机会。萨巴斯年轻时能运用灵巧的手指在公众场合对女性进行侮辱，但他50多岁时便患上侵蚀性关节炎，双手开始变形而无法继续表演和再伤害他人，这也许是上帝的惩罚，或是一种象征性的阉割。萨巴斯的街头演出和近于下流的艺术发生在20世纪60年代动荡时期之前，也预示了即将到来的性解放和反主流文化运动。萨巴斯在纽约街头的演出受阻之后来到马达马斯湖镇生活，常常与旅馆老板娘在人迹罕至的山沟小溪的洞穴里赤身裸体激情狂欢，如同伊甸园里的亚当和夏娃一般，上演世外桃源中的浪漫爱情剧，似乎远离尘世的喧嚣与烦恼。萨巴斯实际上是将纽约街头的表演移植到荒山野岭，以这样的爱情享受作为一种行动艺术或者活话剧，表示出对当时鼎盛的反主流文化运动的参与。

罗斯在该书中叙述的第三幕演出是在疯人院里进行的，他旨在说明绝望中的萨巴斯为了从荒诞中寻求理智，最后居然在精神病院里觅得知音。他来此处看望妻子时听到患者们的聊天，居然认为其中不乏真知灼见，这些被社会抛弃的人们竟能点明"意识形态暴政是这个世纪的疾病"（p. 620）。萨巴斯在精神病院与精神病患者们大谈宗教问题和犹太人问题，似乎找到了真正的听众以发泄其压抑多年的内心愤懑。罗斯将性解放、同性恋、犹太人身份等许多严肃话题有意放在疯人院的讨论里，既可以借萨巴斯与患者们之口畅所欲言，又能以游戏的方式规避世人的责难。在这缺乏逻辑和条理的社会里人们竟理智地指出，上帝不过是热衷集权主义的家伙，是滥用惩罚手段的坏蛋，人们的幸福可以被医学杂志定义为"良性的主要情感混乱"（p. 626）。

最富有戏剧性的一幕是在昔日的朋友科万·诺曼的家中。萨巴斯作为上流社会的入侵者和颠覆者，他的表演传达的是反主流文化运动的余音。诺曼女儿德波拉的房间是上流社会精细生活的象征，也成为萨巴斯充分发挥性想象的理想场所，变为他表现摧毁力的场所。朋友在收留他时发现他早已濒临自杀边缘，更严峻的是，他具有对所属社会的颠覆性，堕落为毫无责任心、混迹于市的老手。这让诺曼等人心生畏惧，担心萨巴斯伤及自己和家人。诺曼家的女仆罗莎也将其看作私闯民宅的罪犯，此时的萨巴斯的地位早已降到女仆之下，企图用自己擅长的表演技巧赢得罗莎的同情和怜悯。萨巴斯在肥胖的罗莎身上像小孩一样哭泣，回忆他一生中与女人的交往。这些人既是他愚蠢行为的受害者，也是对他命运的操控者。诺曼发现萨巴斯在其女儿房间里的邪恶举动时已无法忍受，进而将其驱逐。诺曼认为萨巴斯1965年放弃纽约生活后，直到1994年再次冒头出现在他家时，变化太大，以至于他无法将两个形象联系起来，如同随意将街头流浪汉带到家中款待一般。多年来诺曼将萨巴斯那次隐退看作"一场高级的艺术剧：去追求自立、精神净化和宁静冥想"（p. 501）。然而萨巴斯退居山区后本性不改，继续放浪追逐女人，只贪图感官享乐。目睹老年日益迫近的萨巴斯悲哀地觉得"随着暮色降临，性欲作为我们最大的奢侈也在飞快离去，一切都在飞快离去"（p. 651）。这位从20世纪60年代直到20世纪末的反英雄人物，在经历种种磨难后依然希望自由地生活在那种动荡岁月里。在成功人士诺曼看来，萨巴斯已精神失常，建议他看心理医生。萨巴斯则认为自己真实可靠的感觉主要来自感官，他到诺曼女儿房间里搜寻她的相片以便手淫，并坦言："甚至耶和华、耶稣和真主都不可能制造出你从宝丽莱照片所得到的乐趣。"（p. 523）生活的空虚足以影响萨巴斯对文学经典的理解。他从诺曼的女儿德波拉的日记本里读到叶芝的诗，发现非常形象地描述了自己的心境。该诗写道[①]：

> 文明是由多种多样的幻想
> 按照一个规则，在和平的幌子下扯到一起，
> 箍在一起的；但人类的生活是思想，
> 他，尽管恐惧，也无法停止
> 劫掠，经过一个又一个世纪，
> 劫掠着，愤怒着，灭绝着，以便他
> 可以进入现实的荒凉：
> 埃及和希腊再见，罗马，再见！（p. 524）

德波拉将这首诗的主题总结为："人从不会满足，除非摧毁亲手创造的东西，如埃及和罗马的文明"，强调"人的责任在于撕去幻觉的面纱，哪怕在余生中不得不面对空虚"（p. 525）。极具讽刺意味的是，萨巴斯似乎在她房间里为了满足自己的情欲而翻箱倒柜却意外发现了"人生的真谛"——金钱。萨巴斯在搜寻中发现朋友诺曼的妻子米歇尔悄悄藏下的钱和裸照，从而也了解到这种成功人士的家庭内幕。这位妻子也许早已心存二心，同样准备有朝一日离家出走，就像他的前妻妮基一样，为了摆脱貌合神离的婚姻，选择失踪甚至死亡。在收留他的朋友诺曼家中，萨巴斯依然想的是通奸，企图勾引他的妻子米歇尔，同时还惦记他们的女儿。

---

① 威廉·巴特勒·叶芝，《叶芝抒情诗全集》，傅浩译，北京：中国工人出版社，1994 年，第 511-512 页。

罗斯塑造萨巴斯这一形象和以夸张的口吻叙述其怪异行为旨在质疑 20 世纪 60 年代人们疯狂行为的意义。诺曼为萨巴斯总结一生时指出："你生活在这个文明的失败中，将一切都投资在性欲上，连最后一点资本也放上去。你现在只有孤独的收获，那就是沉溺于荒唐，也是你唯一可以享受的激情生活。"（p. 689）诺曼希望能将萨巴斯拉回现实，他明确指出："林达·拉芙蕾丝① 已经离我们多少光年远了，你却还在与社会冲突，以为艾森豪威尔还在当政呢！"（p. 690）在诺曼看来，萨巴斯不过是 20 世纪 60 年代性开放时期的顽固遗老。他活跃在纽约时，常常参与莎士比亚戏剧的演出，尽管演艺不精，但其生活总处于莎士比亚的影响下。斯蒂芬·格林布拉特（Stephen Greenblatt，1943—）指出，《亨利四世》中福斯塔夫的特点之一就是低级，这通过哈尔王子搜他的口袋时发现的酒店账单、妓院条子和润喉用的一便士的糖就相当具体化了。②《萨巴斯剧院》里的情节相似，萨巴斯诱惑米歇尔时几乎成功，只是后者意外从其口袋里搜出女儿的内裤和行乞的杯子时才幡然醒悟。丈夫诺曼斥责萨巴斯，指出性解放那个年代已一去不复返，没有必要再以这样的借口追逐性享受："在 1994 年还充当反叛英雄难道不感到无聊，还能回去再玩劳伦斯那些游戏？太晚了吧？你长着这样的胡须，还沉溺于恋物癖和窥阴癖，大腹便便的还想着黄色下流的东西？"（p. 689）这也太不合时宜了。妻子米歇尔从乞丐杯子看到的是极度贫困的威胁，这大大超出她的底线，比道德的沦丧和丑闻的耻辱更加让她难以容忍，标志着萨巴斯早已滑落到社会最底层。这种真正的乞讨不可能再用卖艺幌子进行掩盖，因而她只好站在丈夫一边，将萨巴斯赶了出去。这一场景足以让读者联想到哈尔王子将酒瓶掷向福斯塔夫和他登基后干脆直言并不认识那位糟老头的剧情。

二

在罗斯的作品中没有哪一部小说像《萨巴斯剧院》与莎士比亚戏剧的联系如此紧密。以互文性和神话原型的方法加以解读，不难看出罗斯戏仿莎士比亚名剧中的情节和手法，旨在消解西方文明的宏大叙事和尝试重建历史。著名的莎士比亚评论家、新历史主义理论家斯蒂芬·格林布拉特指出，"身为作家，莎士比亚蕴含着人类的自由，他似乎能够使其语言顺应时事变迁，随意描绘自己的想象，构

---

① 林达·拉芙蕾丝（Linda Lovelace），美国女演员，以主演成人片《深喉》（*Deep Throat*，1972 年）而闻名一时。

② 斯蒂芬·格林布拉特，《俗世威尔——莎士比亚新传》，辜正坤等译，北京：北京大学出版社，2007 年，第 155 页。

思任何人物，表达任何情感和探索任何思想"①。在《萨巴斯剧院》的创作中，罗斯根据莎士比亚戏剧中的典型人物形象进行设计，主人公萨巴斯身上综合了李尔王、哈姆雷特、普洛斯帕罗和福斯塔夫等人的诸多特性。罗斯以哈姆雷特的犹豫不决和优柔寡断形容萨巴斯在煎熬中的残喘。在《哈姆雷特》中父亲的鬼魂总在催促儿子复仇，萨巴斯也在母亲鬼魂的控制下生活。萨巴斯母亲的鬼魂作为道德化身总在暗中对他进行操控。哈姆雷特的父亲呼唤儿子复仇，然而萨巴斯的母亲却认为他的生命毫无意义，自我了结也许最好，可以降低对社会的危害。一些评论家对《哈姆雷特》中鬼魂催促儿子报仇雪恨的情节加以质疑，认为按照当时的宗教教义，身处炼狱的鬼魂不应该要求复仇，只能对自己的罪行进行反省才能最后进入天堂。老国王一味要求复仇，其灵魂将无法通过炼狱的考验和获得新生。②罗斯在设置母亲催促萨巴斯自我了断的情节时，似乎比要求报复他人更能为读者所接受。哈姆雷特的悲剧原因在于犹豫不决、优柔寡断，或者是在于患有忧郁症，或者是恋母情结。萨巴斯在许多方面与哈姆雷特非常相似，这或许是罗斯以该剧中的名言"生存还是灭亡"作为第二部分标题的缘由。哈姆雷特基于"一种基督教人生观的内化"③，大声叹息上帝居然反对他匆匆了结："或许上天不曾定那教规禁止自杀！"（第1幕，第2场）④，他只好在令人厌倦、荆棘丛生的世界上饱受煎熬。这也正是萨巴斯的命运。

　　罗斯还将《李尔王》中的情节和台词穿插于萨巴斯的言行，预示其悲剧性结局。莎士比亚聚焦人类情感中重要亲情关系的破裂——父女之间的矛盾冲突、利用甚至背叛，而萨巴斯则身陷与众多女性之间的纠葛而迷茫。在《李尔王》中，这个世界被认为是"充斥着傻瓜的大舞台"（第4幕，第6场），女人是淫荡的根源，"她们上半身虽是女人，下半身却是淫荡的妖怪；腰带以上是属于天神的，腰带以下全属于魔鬼；那儿是地狱，是黑暗，是火坑，吐着熊熊烈焰，发出熏人的恶臭，把一切烧成灰"（第4幕，第6场）。李尔王的一生苦不堪言，认为自己如

159

---

① Stephen Greenblatt, *Shakespeare's Freedom*, Chicago: The University of Chicago Press, 2010, p. 1.

② Phoebe S. Spinrad, "The Fall of the Sparrow and the Map of Hamlet's Mind," *Modern Philology*, Vol. 102, No. 4, May 2005, p. 460.

③ Phoebe S. Spinrad, "The Fall of the Sparrow and the Map of Hamlet's Mind," *Modern Philology*, Vol. 102, No. 4, May 2005, p. 454.

④ 威廉·莎士比亚，《莎士比亚全集》，梁实秋译，呼伦贝尔：内蒙古文化出版社，1995年，第537页。本节中所有莎士比亚戏剧译文均摘自此书，后文不再一一标出，只标注戏剧场次。

同被缚在一个燃着烈火的车轮上，泪水像熔铅一样灼痛脸庞（第4幕，第7场）。萨巴斯虽然熟读莎士比亚，却难以理解李尔王悲剧的实质。格林布拉特认为莎士比亚在戏剧中也许指出，"人们的雄心大志应有道义上适当的目标（ethically adequate object）"[1]。然而萨巴斯的人生目标却是模糊的，他早年曾在剧场中导演了《李尔王》，并作为蹩脚的李尔王扮演者被评价为"妄自尊大的自杀者"，这种平淡无奇的表演却在他现实生活中重复。如同李尔王一样，他的一生总处于追逐之中，无疑是人生如戏，应验了莎士比亚的预言或魔咒。萨巴斯踏上自杀之旅后，在车厢里手中摇晃着杯子，大声背诵《李尔王》的台词，出演当年没有机会担当的角色。真正行乞时他反而觉得摆脱了寄人篱下的屈辱，重新获得经济上的独立和精神上的尊严，似乎赢得了与妻子平等的地位。得到路人的赏赐后，他高兴地发现这居然是四年来他第一次赚到的25美分。萨巴斯在走投无路之际也不忘朗诵《李尔王》中的台词。他在地铁、中央车站等地流浪时，惊奇地发现自己64岁后还能找到新的职业——"地铁站的莎士比亚，众目睽睽下的李尔王"（p. 562）。重新开始的街头表演暂时将萨巴斯从自杀的边缘拉回。戏仿《李尔王》的这些情节揭示了萨巴斯对老年迫近的焦虑，以及在与女性的纠结和冷漠的社会里踽踽独行之中备感家庭温馨丧失的懊悔。

罗斯用莎士比亚的《暴风雨》中普洛斯帕罗的故事喻指萨巴斯的崛起和对他人的操控。这位丧失权力的公爵，在荒岛上利用魔法操纵精灵和主宰他人的命运。他骄傲地宣称："我曾遮暗午间的太阳，唤起倔强的狂风，在绿水蓝天之间激起狂号的奋战，曾给隆隆的雷声以电火，用朱庇特的雷霆劈开自己坚强的橡树，使根基牢固的山岩震动，把松杉连根拔起……"[2]罗斯将萨巴斯比作《暴风雨》里的强人普洛斯帕罗，以此人的命运表达对世界最终的看法和退场的安排，希望他能像普洛斯帕罗一样依靠魔法转败为胜后还以仁慈之心宽恕敌人。梁实秋在其译本里指出，《暴风雨》和莎士比亚其他晚期作品一样，表现出一种和解的意味，有一种人到老年阅世已深，磨灭了轻浮凌厉之气，复归于冲淡平和之境的感觉。[3]该剧被置于《莎士比亚全集》（The Complete Works of William Shakespeare）之首，它在许多方面展现了莎士比亚的风格，特别是在晚期，剧作家渴望具有操控一切的能力，

---

① Stephen Greenblatt, *Shakespeare's Freedom*, Chicago: The University of Chicago Press, 2010, p. 75.

② William Shakespeare, *The Complete Works of William Shakespeare*, New York: Avenel Books, 1974, p. 19.

③ 威廉·莎士比亚，《莎士比亚全集》，梁实秋译，呼伦贝尔：内蒙古文化出版社，1996年，第4页。

至少在文学想象中可以支配他人或化敌为友。小说中的这种比喻恰当地表明了老年萨巴斯的心境。

　　萨巴斯的性格更像《亨利四世》中的福斯塔夫。他坦率地承认自己是"邪恶的、令人厌恶的、夸夸其谈的教唆犯福斯塔夫——老年的、花白胡须的撒旦"，他身材矮小，如同《亨利四世》里的福斯塔夫，长得像一座小山式的死肉（p. 420）。在言行上萨巴斯也像福斯塔夫，是勇士和懦夫的矛盾体，总是争当主角的配角或丑角，习惯于在凶险叵测的风云变幻中逍遥放浪、纵情声色。他自认为身负重任，即担当文化的传承人和历史的见证人。莎士比亚在剧中对世风日下深感焦虑，认为这将"让淫欲放纵占领那些少年人的心，使他们反抗道德，沉溺于狂乱之中"（《雅典的泰门》，第4幕第1场）。①格林布拉特认为，莎士比亚想象中最令人不安的恶棍信奉的座右铭是"按照自己的法则自由生存"（liberty to live after one's own law），他们的共同点是将身边所有人当作可以获利的工具。②萨巴斯犹如《温莎的风流娘们》中的福斯塔夫，自认为是温莎的公鹿，需要一个冷静的交配季节，因为"天神都有情欲，何况凡人"（第5幕，第4场）。罗斯以放浪形骸的福斯塔夫的喜剧形象和嘲讽口吻表达对社会传统价值观的不屑和抨击，同样也暗示萨巴斯的悲剧：只因不愿承认世事变迁，其结局与福斯塔夫一样，一生都作为丑角供人娱乐，最终却难免被淘汰和抛弃。《亨利四世（上）》中的哈尔王子称他为"塞满肥肠的大口袋……可敬的邪恶，灰白头的罪过，老年的恶棍，上年纪的虚荣"（第2幕，第4场）。在福斯塔夫赶来庆祝新国王加冕时，这位昔日的难友却翻脸不认人，将其抛弃和放逐："我不认识你，老人，开始祈祷吧；一个无理取闹的小丑，长一头白发……这样的贪吃，这样的老，这样的荒谬。"（《亨利四世（下）》，第5幕，第5场）新王登基后为了重振国威不得不与昔日的难友划清界限，这样的"背信弃义"给福斯塔夫致命一击。在论及福斯塔夫的遭遇特别是死亡时，莎士比亚"将悲剧与喜剧、怀疑与信仰、清晰与混乱融为一体，达到历史上恰当合宜，道义上理由充分，心理上令人眼花缭乱，他这是一种戏剧化的孤注一掷：以不刻意塑造人物的方式塑造人物，以毁灭个人的方式给他生命力，使之成为该剧中最值得记忆的场景"③。莎士比亚在处理福斯塔夫这一人物时同样感到棘手，他只好将

---

　　① 译文参见威廉·莎士比亚，《莎士比亚全集》，朱生豪等译，北京：人民文学出版社，2010年，第139-140页。

　　② Stephen Greenblatt, *Shakespeare's Freedom*, Chicago: The University of Chicago Press, 2010, p. 122.

　　③ Paul M. Cubeta, "Falstaff and the Art of Dying," *Studies in English Literature, 1500-1900*, Vol. 27, No. 2, *Elizabethan and Jacobean Drama*, Spring, 1987, p. 197.

其置于另一部剧中，由他人转述其结局，这样使得福斯塔夫更具神秘感。遭遇时代抛弃的萨巴斯常常也认为自己生不逢时，如同被人背叛的福斯塔夫。

萨巴斯在去列克星敦街的通勤车上背诵《李尔王》的台词时，意外遇见一位喜爱莎士比亚戏剧的姑娘，他将其看作前妻妮基之女，试图相认。他们一起背诵李尔王沦落流浪时偶遇被抛弃的小女儿一幕的台词，这恰如其分地表现了萨巴斯当时的处境："可怜的父亲（李尔王），你和猪与浪人躲在同一茅棚下，在发霉的草堆里遮风避雨，已经知足？"（第4幕，第7场）从这种戏内戏外情节的交叉中不难看出罗斯的精心设计。萨巴斯希望自己也能像《李尔王》剧中父女相认一样，有幸找到妮基的女儿甚至妮基本人。当路人阻止萨巴斯对姑娘的纠缠时，他才从幻想中清醒，回到冷酷的现实。

萨巴斯这一人物形象的复杂性和人格的分裂性是罗斯尝试以游戏化人生进行的反思。该小说第一部分的标题就点明"没有什么可以守约"，然而萨巴斯始终将自己依然看作20世纪60年代反主流文化运动的坚守者，希望能以自己的言行消解主流价值观。在《萨巴斯剧院》获得美国国家图书奖时，罗斯借用梅尔维尔当年对《白鲸》的评价坦诚相告："我写了一本邪恶的书，却感到自己像羊羔一样纯洁。"[1]罗斯以极度夸张的手法塑造了极度邪恶的文学形象，探索道德价值观的底线，进行反讽和抨击。他着重探索社会边缘的生存状态，已是64岁高龄的木偶戏艺人萨巴斯，选择的是一条自我降格的人生道路，这在普通人看来是愚蠢和没有前途的，但他却认为这是唯一能证明自己存在的途径。萨巴斯渴望具有毁灭的力量，他不惜从自我毁灭做起。年轻时为摆脱父母的束缚，他抛弃中产家庭的稳定生活，毅然走向海洋成为浪迹天涯的水手，第二次世界大战后他凭借自己的努力成为艺术家和大学教授。他在熟悉了上流社会的生活和了解了知识分子阶层后，发现生活十分无聊与空虚，继而以反主流文化运动一员的身份和生活方式自毁前程。他成为失业者而再次堕入社会底层，最后假戏真做成为乞丐。萨巴斯作为一名谙习莎士比亚、博学的乞丐，他的身份更具颠覆性。萨巴斯之名意为"安息日"。按照犹太教教义，这一天是上帝在完成了创造人类、地球、万物后进行休养的一天，从星期五日落到星期六日落，人们不用工作，将整天时间都用于内心思考和精神升华。这一教规被列入上帝对选民的"十诫"。遵守安息日的规定意味着承认

① Elaine B. Safer, *Mocking the Age: The Later Novels of Philip Roth*, New York: State University of New York Press, 2006, p. 59.

与上帝的约定。罗斯为主人公的起名在很大程度上具有反讽意味和对宗教的质疑，如作为一生的总结，萨巴斯自己预先写就的墓志铭居然是："亲爱的嫖客、诱惑者、鸡奸者、妇女折磨者、道德败坏者、青年教唆犯、杀妻者、自杀者。"（p. 716）萨巴斯很有自知之明，第一位妻子失踪后他便被怀疑为杀妻凶手。在外界的压力下萨巴斯常常深感自责并联想到《奥赛罗》的最后一幕，主角奥赛罗因扭曲的嫉妒心理和极强的占有欲而残忍地将妻子杀害。他甚至幻想自己在辅导妮基排演这一幕时，假戏真做将其谋害。他想象出亲手谋害妻子的细节，内心承认自己幻想的在床上双手掐死妻子这一幕，其残忍和血腥程度如同《奥赛罗》中的情景。萨巴斯承认自己拥有"杀人犯心肠"。这似乎早有预兆，多年前萨巴斯的食人木偶表演在罗马得到艺术家的赞扬，他当时"在台上一边发表评论，一边将敌人撕碎、咬烂、大口吞咽下去"（p. 594）。萨巴斯作为罗斯的文学典型人物"学者型老男人"（academic old man）自然需要背负历史的重托，但是在动荡岁月早已逝去以及文学艺术的价值遭到普遍质疑的 20 世纪末，他仍然沉溺于对女性的追逐和肉体的享乐中，借以忘却现实的残酷。从萨巴斯的言行和遭遇上看，罗斯聚焦的正是应该如何看待过去，以及未来是否值得期待，甚至探讨绝望之际应当如何了断的举措。罗斯对人生进行的深刻反思也表现出他对美国文化走向的焦虑。

将莎士比亚戏剧中诸多人物性格特征聚于一身的萨巴斯的言行令读者震惊，他总在尝试超越传统价值观和道德底线。萨巴斯自认为还是当年反主流文化的坚守者，甚至高傲地宣称："我就是混乱。"（p. 557）他似乎是成年后的波特诺伊，其多年来的滑稽荒诞的言行在于表现这种反文化特性和突破作为传统守旧的普通人所受的束缚和压抑。戴维·洛奇就曾将萨巴斯称作"魔鬼式的波特诺伊——不讲道义，不知廉耻，粗野，贪婪欲望多变"[1]。艾伦·库柏认为，人们表现出善良时其实是被道德教养和文化价值所束缚，尽管许多文学作品的主人公都在追寻善良，但在罗斯看来，"是犹太人身上的负重使人们渴望变坏"[2]。当年的伯乐诺曼·科万和林肯·基尔曼两位犹太精英独具慧眼发现萨巴斯的天才并资助其表演，在他陷入猥亵案时又施与援手免其牢狱之灾，然而萨巴斯却认为这种恩赐行为主要是为了使他们自己的虚荣心得到满足，所以他对此并不感恩。萨巴斯在时隔多年回

---

① David Lodge, "Sick with Desire: A Review of The Dying Animal, The New York Review of Books, Vol. 48, No. 11, 2001, p. 28.

② Alan Cooper, Philip Roth and the Jews, Albany: State University of New York Press, 1996, p. 49.

到纽约时发现诺曼在各方面均获得了成功，实现了美国梦，成为被同化的犹太人的典型。面对这样循规蹈矩的犹太人，萨巴斯极为反感，认为他们早已被剥夺了个性，他自己追寻的美国梦则是无拘无束的自由生活。在性解放思潮影响下，萨巴斯总是以性自由和性能力来衡量幸福感。福柯指出："在我们的社会里，人们之所以大谈特谈性压抑，其原因也许在于人们可以用言论对抗权力，披露真实，并对肉体享乐充满希望；可以把预告未来同挣脱束缚享尽各种肉欲乐趣联系在一起；可以将求知的热情、改变法律的决心和对理想乐园的憧憬融为一体。"①萨巴斯将性能力看作与死神决斗的能力，是继续生存的标志。他以性为工具，为武器和自我衡量的标准。当其他人为了获取金钱、地位、权力之类的东西而性交时，萨巴斯却将其简化成一切只为了性本身。罗斯在该书中幽默地称萨巴斯为苦行僧，指出他是"惯于性交的僧侣、通奸乱伦的福音传道士"（Monk of Fucking, Evangelist of Fornication）（p. 426），这种矛盾修辞法大大增强了小说的反讽效果。萨巴斯希望自己像僧侣献身上帝一样专注性交。他同样是禁欲主义者，不过只是能控制除性欲以外的其他欲望，以性抵御其他诱惑。萨巴斯即使在德伦卡去世后依然妒忌她的崇拜者，在墓地吓走其另一情人斯科特·刘易斯。从《波特诺伊诉怨》到《萨巴斯剧院》，罗斯都在探讨人性本恶的话题，两部作品的主人公表现出同样的反叛性，即冲出束缚的渴望。但在后一部作品中对色情的描写方面，罗斯完全摆脱束缚，特别是其录音磁带内容的复述堪比《花花公子》里的文字。作为典型的反英雄形象，波特诺伊与萨巴斯相比自然显得天真幼稚，后者则是老于世故，过之而无不及。正如罗斯所指，这是由反主流文化运动锤炼而成的。从萨巴斯的结局来看，人们不禁要重新审视当年这一运动的代价。

罗斯在塑造萨巴斯这一反英雄人物形象时也运用了流浪汉小说（picaresque novel）创作技巧，聚焦自我放逐的主题。从 17 岁当水手到海外漂泊起，萨巴斯就喜爱那些充满诱惑的妓女。他甚至后悔当年应该留在尤卡坦当名皮条客，整天可以享受妓女的免费服务，而不是做个木偶戏演员。前者可以控制活生生的女人，而后者只能操纵没有生命的东西。他高中毕业时走向大海的动机很简单，就是逃离正规的学校教育和母亲的忧郁，而从那些南美港口的妓女身上学到男人气概。在巴蒂斯塔治下的古巴，他看到的是美洲最大的妓院和赌场，这才是他年轻时的浪漫之旅和梦中的天堂。萨巴斯承认妓女在他生命中的重要作用，只有和妓女在

---

① 米歇尔·福柯，《福柯集》，杜小真编选，上海：上海远东出版社，2003 年，第 292 页。

一起时，他才感到真正的自由。在早期的性启蒙中，他甚至认为妓女是其生存的意义。萨巴斯人生的转折点是妻子妮基的神秘失踪，这令他在纽约无法生活下去，在开始的一年里为了寻找妮基他几近发疯。剧场没有妮基这样的演员也逐步衰落，被观众抛弃。萨巴斯在街头的表演也慢慢由于对妮基的搜寻而无法专心进行下去，不再受人欢迎。多年来萨巴斯一直处于不断忏悔、渴望赎罪的煎熬中，他在内心深处呼喊道："不管你多么恨我，为什么不能回来让我们重新开始那种习惯性的、有逻辑的夫妻生活，就像许多互相仇恨的夫妻那样？"（p. 497）萨巴斯自从外外百老汇（Off-Off Broadway）实验剧场退出后，像罪犯一样躲进新英格兰山区，30 年后他的生活似乎又回到生活原点——纽约。他在经历"这么多年的通奸、关节炎和完全不顾体统的生活，没有目的和混乱不堪后"，又到街上抛头露面向人乞讨，想到这些年的经历，他意识到不过是"在自己身上开了个绝妙的玩笑"（pp. 561-562）。萨巴斯离开纽约期间不再关心外界的事情，不看新闻，不读报纸，甚至不关心谁在做总统，只在乎最基本的生存和生理上的乐趣。他不读报纸的另一原因是，他每次都会忍不住搜寻妮基的踪迹。重回纽约后他发现街头流浪汉仍像几十年前一样，他忍不住从中寻找前妻。他一直没有弄清楚妮基出走的原因，只要没有找到她的尸体并将其埋葬，他便不可能在精神上忘却。妻子的消失从根本上改变了萨巴斯的生活轨迹，他尝试在偏僻小镇隐居，并在自我放纵中寻求心灵上的慰藉，最终不得不回到纽约面对现实。

三

长期以来罗斯因其在创作中对女性的态度饱受多方责难,但在《萨巴斯剧院》中可以看出他这方面的转变，该书中女性人物已不仅仅是受害者，而逐步上升为支配者。萨巴斯遭遇的几个具有代表性的女人使其命运类似莎士比亚戏剧中的李尔王。在萨巴斯从年轻的水手到艺术家再到老年失业者的过程中，他经历的反主流文化运动和持续影响都在左右他对女性的态度。萨巴斯刻意维持与这些女人的关系，似乎不是为了爱，反而表现出更多的恨。首先是主动选择逃离的前妻妮基。她是希腊裔美国人，整天因危机感而焦虑，最终无法承受而离家出走。萨巴斯将妮基称作弱不禁风的奥菲丽亚，像莎士比亚剧中的人物一样在忧郁中灭亡。她常常让萨巴斯想起她曾出演的话剧《樱桃园》①的最后一幕，这是萨巴斯从罗马学习

165

---

① 《樱桃园》（1903—1904 年）是契诃夫晚年的力作，展示了贵族阶层没落和由新兴资产阶级替代的历史过程。

回国后导演的第一部戏剧。在这部契诃夫的名剧中,妮基将拉涅夫斯卡娅夫人扮作轻佻的女人。妮基本来就憎恨自己的女儿身,渴望摆脱这种被男人利用的身份。她说:"我不爱这身段,恨自己的肉体!恨这乳房,女人本来就不该有乳房!"(p. 465)她只有在台上表演时才暂时忘却这样的自卑,但在生活中往往精神失常,让萨巴斯深感无法拯救。妮基也曾演过奥古斯特·斯特林堡(August Strindberg, 1849—1912)的《朱丽小姐》(*Miss Julie*),她的表现很入戏,与主人公一样狡诈、老练、充满激情和专横傲慢(p. 498)。妮基失踪后有人怀疑她是被丈夫所害,萨巴斯无法证明自己的清白,在内心深处他也承认自己是凶手。萨巴斯多年来不敢回到纽约,妮基如同"一枚无法排除的定时炸弹"(p. 519),在精神上长期对萨巴斯实施一种无法摆脱的控制。

然而,直接对萨巴斯构成威胁的是从沉沦中觉醒的第二任妻子罗莎娜。在妮基失踪案里,罗莎娜也因被看作同案犯而有负罪感,最后沦落为酒鬼。对她的致命一击则是1989年萨巴斯与女大学生凯西·古尔斯比之间爆出的丑闻。在20多年里勉强维持婚姻关系的罗莎娜因为再次被拖入舆论漩涡而深感羞辱,终因酗酒过度精神失常被送进精神病院。罗莎娜深知丈夫萨巴斯甘愿看见自己沉沦,以便对她加以控制。她明白这种"被奴役"状态如同让她生活在垃圾桶里。罗莎娜将自己的酗酒归咎于遗传,她父亲曾是哈佛大学的地质学教授,母亲不堪忍受其酗酒过度便与年轻的客座教授私奔到巴黎,父亲在绝望中自杀。与心理医生交谈后,罗莎娜才明白自己很早就"被父亲剥夺了与正常男人交往的能力",她和妹妹一样真心盼望父亲自杀,以便结束他对孩子们的控制(p. 616)。为避免父辈的悲剧重演,罗莎娜坚持每晚参加戒酒协会聚会以获得精神上的安慰。罗莎娜回家后常常讲述那些小组成员的家庭暴力事件,这令萨巴斯感到恐怖。她常常告诉他,这些乡村妻子被打掉牙齿,椅子砸在她们头上,以及被烟头烫屁股和乳房。她们总是一块分享经历和商量对策,相互交流如何对付不忠的丈夫,罗莎娜的语言暴力中不时透露出杀气。萨巴斯常常半夜里被噩梦惊醒,担心妻子随时会剪掉他的阴茎。萨巴斯因关节炎无法再从事木偶戏表演,又因为被看作堕落之人,导致他的木偶艺术在大学生中不受欢迎而失业,只好依赖妻子担任高中教师的薪水度日。他们几十年在一起是因为她整天酗酒而不知道也不在意身边发生的事情。萨巴斯深知他与罗莎娜"并不是这世界上唯一的,以互不信任和厌恶对方为坚实基础结成长期同盟的夫妻",罗莎娜同样明白"他们是唯一的晚餐时保持沉默并充满仇恨的夫妻"(p. 610)。在戒酒协会和心理医生巴巴拉的帮助下,罗莎娜开始清醒,这对萨巴斯来说却不是一件好事。罗斯在该小说中将她比作俏皮浪漫的人物，如《暴风雨》中的米兰达或者《皆大欢喜》中的罗萨兰。罗莎娜对自己的恢复充满信心，她告诉萨巴斯，自己一眼就能看出谁是酒鬼，即使在家里偷偷酗酒也逃不过她的眼睛。她说："我并不独特，其他人也能看出我来。那些长期清醒的人，那些内心平静和精神健康的人很受欢迎。哪怕只是和他们在一起坐坐就受益不浅。他们似乎对生活感到满足。这令人振奋，你可以从中获得希望。"萨巴斯应答道："很遗憾，我看不出来。"（p. 452）其实他希望能彻底摧毁她的清醒。罗莎娜真正清醒后，萨巴斯只好出走，因为妻子已成为邪恶危险的"精力充沛的麦克白夫人"（p. 542），其角色总在丧失理智的酒鬼与精神正常的乡村教师和戒酒协会成员之间不断转换，具有极度的不确定性和自身难以控制的毁灭性。罗莎娜与前妻妮基一样，变成萨巴斯身边的定时炸弹，这将迫使他再次出逃，回到纽约。

在萨巴斯生活中最具操控力的人是旅店老板娘德伦卡，她完全夺得话语权。德伦卡是从铁托时期的南斯拉夫出逃的克罗地亚人。她当年心甘情愿地成为金钱的俘虏和资本主义的奴隶，22岁时与丈夫马提加一起叛逃令她还留在南斯拉夫的父母感到耻辱。她觉得自己真像妓女，满脑袋只想到金钱和西方生活。德伦卡总能从与许多人的性交中获得乐趣，满不在乎地对萨巴斯说："我这么做不过是当作一种小小的研究。"（p. 402）听到这些表露心声的话，萨巴斯感觉自己如同可怜的《包法利夫人》中的那位愚蠢丈夫。具有讽刺意味和充满矛盾的是，他们两人的关系就是维持一种"婚姻外的一夫一妻或婚姻内的通奸"（p. 388）。她在萨巴斯面前常常讥讽他们所谓的爱情，甚至在做爱后像街头妓女一样要求他付费，并在这痴情汉面前乐于大谈自己与其他男人的滥交关系，这总是让后者难以将他们之间的感情神圣化。她在内心深处具有典型的男性化倾向，她实质上是萨巴斯一样的人物或共犯。她在与萨巴斯一起的13年中与他相互影响并逐渐获得支配权。罗斯为强调这种影响力，将小说的开端设置在德伦卡已去世数月之后，读者只能从萨巴斯的回忆中逐步拼凑出有关她的故事。罗斯将德伦卡的形象描绘成典型的西方女神："她身材肥硕，令人联想到大约公元前两千年的泥塑雕像，从欧洲到小亚细亚都出土那种巨乳臀肥的玩偶，是以十多种称谓进行祭拜的伟大的众神之母。"（p. 375）萨巴斯常常在梦中看到她而感到性欲亢奋，甚至渴望追随她而去。在他们之间的幽灵谈话中德伦卡指出，萨巴斯首先得死去才能如愿，这种诱惑激发了萨巴斯的自杀欲望。德伦卡的墓地成为他心中的圣地，他在其去世后不再与人们有真正的交流，尽管表面还流于敷衍，但他内心深处早已关闭。

罗斯在该书中特意为萨巴斯设置了精神导师和监护人——他母亲的幽灵。萨巴斯的哥哥莫迪在第二次世界大战中死于菲律宾空战，母亲从此精神恍惚再未恢复过来。从 1944 年起，直到 90 岁进入养老院并在此去世，她完全不认身边还幸存的小儿子，终日沉浸在与战死的大儿子的对话中。她去世后魂魄忽然回到萨巴斯身边，并像上帝一样无处不在地监视其言行。在萨巴斯与德伦卡的交往中，母亲的幽灵总能及时出现对他进行道德方面的教育。即使当他与德伦卡在洞穴里做爱时，母亲的幽灵也像直升机一样在他们的爱巢上盘旋，如同"裁判站在接球手后面注视着一样"（p. 397）。他与母亲的许多对话其实是与另一自我的对话，母亲不过是他最后的木偶，"一只隐身的在周围翻飞的牵线木偶，其角色不是护卫天使，而是随时准备将他渡到彼岸的精灵"（p. 474）。萨巴斯的母亲代表着他的良心，时刻在耳边教他人生的准则："你应该过上正常和有益的生活，你应该有个家庭，你应该有个职业，你不能逃离生活。木偶！"他回答说："那曾经是个好主意，妈妈。我还到意大利学习过。""你在意大利研究的是妓女。你故意选择生活在错误的一边。"（p. 520）萨巴斯的母亲认为他不同于正常人，总是将一切事情搞成滑稽剧，甚至连死亡都当作儿戏，连有尊严的自杀也不会，所以要严厉管束直至他自我毁灭以达到为民除害的目的。

让萨巴斯彻底丧失社会地位和名声的是凯西。1989 年秋天，在萨巴斯与凯西的交往中，她将自己与萨巴斯暧昧谈话的磁带遗留在卫生间，被人公开。具有讽刺意味的是，萨巴斯自己也总把与女人的暧昧谈话录音下来，视为珍宝，甚至打算日后留给美国国会图书馆，凯西出事时他已录下 33 盘磁带。凯西的录音带被学院的女权主义者利用，当作大学生遭遇教授性剥削的明证，称之为该校历史上最下流可耻的行为，并开通电话专线向社会公开播出。她被认为是多年来受萨巴斯教授诱惑的系列受害学生之一，这盘磁带也被当作性娱乐商品销往各地。罗斯在小说中以脚注的形式将磁带内容全文登出，在近 20 页长的篇幅里基本上萨巴斯是用挑逗性语言指导女大学生自慰取乐，这种类似于舞台指导和实际演出的叙述被讥讽为是继亨利·米勒、劳伦斯、乔伊斯等文学大师的作品之后的又一部性文学杰作。小说中每一页上半部分是罗斯的严肃文学，而下半部分则是下流的春宫图和色情表演，这种安排形成的鲜明对比具有惊人的反讽效果，将主人公人性分裂的两面表现得淋漓尽致。罗斯显然在此质疑西方文学传统对世人的影响，他写道："萨巴斯根本没有想到自己现在还会因为教二十岁的年轻人讲脏话而丢掉在文学院的工作，是在波琳·瑞兹①之后二十五年，亨利·米勒之后五十五年，D. H. 劳伦斯之后六十年，詹姆士·乔伊斯之后八十年了……"（pp. 570-571）用磁带录音作为有声演出和色情出版物正是罗斯以反讽手法对当年反主流文化运动的回应。

　　罗斯笔下的系列女性人物由受伤到逃离、消失、反抗直至最后掌握支配权。其中德伦卡甚至完成了与萨巴斯的角色互换，这无疑是女性主义者成功的范例，这与罗斯早期作品中的处理截然不同。此种设计也许是他为平息众怒的尝试，或者是老年迫近时反思的结果。德伦卡因为过早死亡，在该小说中的缺席反而具有不可反抗的控制力，超越了世人触及和伤害范围而变得无处不在，代表一种更强大的女性力量。罗斯用人死后的持续影响或者说亡灵来表现这种超自然性，这在萨巴斯的母亲和失踪的妻子妮基身上表现出来，因而萨巴斯所受的监控算是层层设防，难以突围。在小说中罗斯还探索了女同性恋和双性恋的问题。克里斯塔为了追寻冒险生活从德国来到纽约，在俱乐部里做舞女，发现这里的人很势利，只知道利用他人，因此她把自己的真实动机隐藏起来。她喜爱和雅皮士一起在现代音乐中像宗教狂热分子一样群魔乱舞，她生活在萨巴斯与德伦卡之间充当双性恋的工具，最后意识到被两人剥削而逃离。萨巴斯离家出走后，克里斯塔又与罗莎娜一起生活。当萨巴斯准备回家时发现这两人沉醉在同性恋的幸福中，此处完全不需要男人，从根本上断绝了萨巴斯的退路和否定了其存在的必要性。女同性恋在萨巴斯的生活圈子中的最终获胜暗示了妇女解放运动的持续作用，对他这样的反主流文化运动遗老和顽固分子来说是具有强烈讽刺的致命一击。

　　总体上看，萨巴斯已从女人的操控者转变为种种隐形控制与抛弃威胁的受害者，他长期以来不得不面对的难题是：妮基的失踪、母亲的神志恍惚和罗莎娜的酗酒。萨巴斯的母亲代表犹太传统的强势和控制力量，妮基的出走标志着女性的独立和解放。德伦卡要求他发誓放弃与其他女人性交，罗莎娜已将自己家变成剪刀收藏所，到处是大大小小的缝纫剪、园艺剪，萨巴斯总担心在睡梦中被罗莎娜阉割。罗斯在该书中既反映出自己难以掩饰的厌女倾向，又有某种妥协性——他不得不承认女性的力量。他也充分展示了男权至上思想与女性主义之间的博弈，叙述了一个濒临死亡的男权主义者，这位 64 岁的老人依然渴望抓住最后的浪漫机会。身边的这些女人在充分了解萨巴斯后都离他而去，只有德伦卡成为他唯一的

---

① 波琳·瑞兹（Pauline Réage, 1907—1998，也译作波莉娜·雷阿日），法国女作家，以小说《O 的故事》（*The Story of O*，1954 年）中的大胆描写而闻名。

精神归属。当德伦卡去世五个月后，萨巴斯决定摆脱毫无意义的生存状态。这次是该他自己离家出走了，就像许多人一样，抛弃可恨的家。他已见惯不惊，因为许多美国人都厌恶自己的家，"在美国无家可归者与有房有家却仇恨这些东西的人数相当、不相上下"（p. 463）。萨巴斯深知在老弱多病、手患残疾的时候离开罗莎娜的经济保障需要极大的勇气，然而这位反叛者决心已下，于是再次上路。

四

随着老年的迫近，死亡主题已成为罗斯后期创作的焦点。该小说扉页上的题词引用了莎士比亚的《暴风雨》里米兰的公爵普洛斯帕罗在经历了一切后所说的"我也该想想后事了"这一句。其实该剧尾声时普洛斯帕罗的话更确切地反映了他历经沧桑后的归隐念头："我的结局将很悲苦，除非诸位愿替我祈福，上天慈悲原谅我的过错，如有罪者能获得宽恕一样，请诸位宽宏大量也把我来释放。"[1]这更是《萨巴斯剧院》里深感绝望的主人公萦绕脑际的想法，也是罗斯本人的心声。萨巴斯渴望时光倒流，回到年轻时节："从墙上取下钟来，反向转动，直到所有死去的人都复活。"（p. 646）该小说中始终贯穿着一种自杀呼唤，死神无时不在萨巴斯等人面前游弋。前妻妮基的母亲在伦敦去世后，妮基不让人们举行葬礼，她宁愿和尸体待在一起，表现出强烈的追随母亲而去的意愿，这暗示了她后来的失踪。塞弗认为，萨巴斯让人联想到西西弗斯终日反复将巨石推上山顶的劳作，他尽力完成这一使命，人们会认为正如加缪所说的那样，"他一定很幸福"[2]。正是基于对死亡的恐惧，萨巴斯才有对生命留念的强烈渴望，求生的本能与自杀的冲动总在反复较量，是这种张力支撑着萨巴斯在煎熬中生存下去。该小说的第二部分就借用莎士比亚的《哈姆雷特》中的名言"生存还是死亡"为标题，直接点明主人公萨巴斯对继续生活的绝望和对死亡解脱的渴求，他总在徘徊犹豫中难以抉择。

生存的无意义逐步将萨巴斯逼向死亡，但他并不愿放弃任何能活下去的机会，如在绝望之极时他发现朋友诺曼的妻子米歇尔的私房钱，这使其又有活下去的理由。"为什么要去死？父亲黎明时分就去沿街叫卖黄油和鸡蛋，是让自己的两个孩子在他们之前死掉？他们穷困至极的祖父祖母坐船底舱铺从欧洲跨洋到此，是想让已摆脱犹太人苦难的后辈们又要抛弃有一点点乐趣的美国生活？"（p. 532）萨巴

---

① William Shakespeare, *The Complete Works of William Shakespeare*, New York: Avenel Books, 1974, p. 22.

② Elaine B. Safer, *Mocking the Age: The Later Novels of Philip Roth*, New York: State University of New York Press, 2006, p. 67.

斯并未对自己的生活感到太懊悔，即使在街头行乞时他也说道："我的失败在于未能坚持得够久！我的失败在于还未走得更远！"（p. 561）他甚至认为"不是工作，不是金钱，而是失去那些姑娘，才将他赶入绝境，一年有十多个，没有超过 21 岁的，至少手里都还留有一个（姑娘）……"（pp. 562-563）。一方面，身为年轻人的诱惑者，萨巴斯却将自己比作苏格拉底和斯特林堡等大师一样的人物。即使重新流落街头他仍然以莎士比亚的名义继续骚扰女性，人们常常被这"疯癫的怪物"所打动，只因他在言谈中竟能"随意引用莎士比亚的台词"（p. 647）。另一方面，萨巴斯则有强烈的自杀欲望，他认为死亡很自然，对木偶戏表演者而言，死亡其实是隐退到幕后，这同样可以给观众带来乐趣。他说："大活人选择死亡，这就是娱乐。"（p. 779）当妻子罗莎娜整天埋头阅读戒酒协会的小册子时，萨巴斯则细心钻研有关死亡之书，甚至翻看马可·奥勒留①阐述死亡艺术的著作，满脑袋想象的都是墓地、葬礼和火化等场景。萨巴斯身边的人不断消失也为其示范了如何结束生命。

死亡的阴影始终笼罩着萨巴斯，他离家出走前和从纽约回来后都到德伦卡墓地拜访，在此目睹了身为巡警的马修杀害前来拜访他母亲墓地的另一情人巴瑞特，他意识到偷偷祭奠同样危险。萨巴斯知道马修实际上针对的是自己，只是错杀他人，这无疑是对他的警告。萨巴斯在纽约买好墓地，旅途上有母亲的幽灵做伴，他随时可以感觉到"母亲在车里飘来飘去，如同气流里翻飞的碎片"，目的在于将他向另一世界引渡（p. 469）。由于萨巴斯坚守 20 世纪 60 年代性解放的生活方式，因此他逃离纽约而选择隐居的那个桃花源式的边远小镇成为危机四伏、杀气腾腾的险境。现在他只好再次出逃，奔向纽约："一切都结束了。他再也不敢到德伦卡墓地祭拜了。他再不能回到马达马斯湖镇，这次出逃不仅是远离家庭和婚姻，而是远离那无法无天的法律。"（p. 484）萨巴斯在出逃时就为自己起草了讣告，并进行了缓刑判决以预言其结局：他将从第 18 层楼窗户跳下自杀身亡，摔在中央公园西路 115 号的人行道上。然而让萨巴斯痛下决心的起因似乎很简单，他是在支付了 100 美元与女仆罗莎·康普里卡塔口交后，由于始终无法勃起感到羞愧而跳楼（p. 546）。幸好萨巴斯之前已为自己选好墓地，希望能和家族的长辈葬在一起。他早已发现在墓地中反而比城市里更舒适，与去世者在一起，心里更安稳。来到家族长辈们最后安息之地时，萨巴斯感到自己身心抵御磨难的高墙轰然垮塌，似乎从未见过天日的灵魂之膜被幸福照亮，肉体得到抚摸。他渴望自己死后也能回

171

---

① 马可·奥勒留（Marcus Aurelius，121—180），罗马帝国皇帝、哲学家，著有《沉思录》。

归此处，让灵魂得救。萨巴斯在决定终结自己的生命前特意拜访了已经 100 岁的表兄费什，后者代表的是老年和濒临死亡的状态，以及萨巴斯的将来。萨巴斯在准备自杀的前夜里再到德伦卡墓前拜访表示诀别。萨巴斯得知德伦卡一直坚持记日记，她丈夫早已从日记里了解到他们之间的恋情。马修并没有让助手将萨巴斯带回警察局，因为萨巴斯威胁要将一切公开，这无疑会使已经去世的母亲德伦卡再度蒙羞。但他又不能像上次那样直接干掉萨巴斯。至此，萨巴斯才发现自己长期以来实际上不愿自杀，只想借助他人之手干掉自己。在小说的结尾，萨巴斯沮丧地意识到没有谁愿意杀掉他，他只剩自杀这条路，真正到了欲死无门的地步。罗斯许多作品中的主人公都尝试放弃肉体而获得精神上的超越，正如厄普代克（John Updike，1932—2009）在《夫妇们》（*Couples*，1968 年）中提倡的一样，他们在消解了生活的意义后走向自杀，"也许在美国文学中没有谁描述过像萨巴斯这样因末日临近而备感负重的生活了"[①]。

五

在《萨巴斯剧院》里罗斯突出的是操控与反叛。不难看出，"对道德越界的欲望和道德正义的坚守之间的张力，一直是罗斯在作品中反复体现的。"[②]。罗斯将萨巴斯比作莎士比亚《暴风雨》中的普洛斯帕罗，他们都将其他人看成木偶而任意操纵。罗斯在小说里叙述了一种男权主义神话（masculinist myth），即使德伦卡在奴役男性时也同样在模仿萨巴斯的做法，甚至反将萨巴斯置于女性的地位。她非常欣赏男人们在自己面前的尴尬表现，足以显示出她作为女性的优越。萨巴斯在以突破各种道德底线作为反叛的过程中，则以男权至上主义的方式操控女性和他人，如同对待手中的木偶一样。四处游走的萨巴斯，满脸白胡须，既像无所不能的上帝或给人祝福的圣诞老人，又像老谋深算、阴险狡诈、带给人们灾难的撒旦。老年的萨巴斯对时间的流逝感到恐惧，希望能阻止其进程，"毁掉时钟，混入人群"（p. 648）。萨巴斯还因性欲的减退引起阴茎焦虑，这正如雅各布森所说，更使其陷入痛苦回忆，"不得不想到曾经的爱人，想到放弃的责任，想到追逐自由的代价"[③]。尽管萨巴斯往往利用和操控女性，但他同样成为被操控者。在来自各方

① Frank Kelleter, "Portrait of the Sexist as a Dying Man: Death, Ideology, and the Erotic in Philip Roth's '*Sabbath's Theater*,'" *Contemporary Literature*, Vol. 39, No. 2, Summer, 1998, p. 275.

② David Brauner, *Philip Roth*, Manchester: Manchester University Press, 2007, p. 122.

③ Howard Jacobson, *Seriously Funny: From the Ridiculous to the Sublime*, Harmondsworth: Viking, 1997, p. 44.

面的压力下，萨巴斯高声大叫道："救命！我遭到精神折磨，我才是精神折磨的受害者！"（p. 594）萨巴斯发现自己遇到劲敌，那就是生活本身，他成为被生活控制的木偶。他不想做一个传统的、墨守成规的犹太人，因为这种人只会成为受害者，他进而指出，"对付多愁善感的犹太人，你可以用他们自己的油煎炸"（p. 506）。萨巴斯回顾自己一生时总结说："生活的规律就是跌宕起伏。每种想法都有相反想法，每种欲望都有相反欲望，所以即使你变疯，死亡或者决定失踪，都不足为奇。"（p. 518）萨巴斯承认自己没有什么期望，他的期望就是怎样对付坏消息。他认为，"感性地和理智地谈论他的生活似乎比他的眼泪更虚假——每句话、每个音节，都是在真相上啃开一个洞的蛀虫"（p. 506）。罗斯在该小说中幽默的情节设计将现实生活的荒诞展现得淋漓尽致，读者不难发现故事情节总是环环相扣，突出了人们命运的交叉影响和相互纠结。母亲因莫迪而失常，妮基因母亲之死或者萨巴斯的不忠而自动消失，罗莎娜因萨巴斯的丑闻而酗酒，萨巴斯因妮基的失踪和德伦卡的去世而失去生存的意义。萨巴斯以流浪汉姿态对应社会制度的严肃性，内心充满的对浪费生命的焦虑甚于对死亡的恐惧。

从 20 世纪 80 年代后期到 20 世纪末，"罗斯小说着重探讨的是该时期的一个本体论的问题：自我意识是一种本质的东西，一种自主的结构，还是超越自我的外部条件的产物？"[①]萨巴斯从以木偶剧演出吸引女性，用手指木偶玩弄调戏女性，到手指伤残（男性阉割），到老年（阳痿），到生存意义的消失，最后走向自杀和毁灭。性能力丧失在《乳房》里达到极致，仔细阅读《萨巴斯剧院》不难看出，"对于罗斯而言，自我在欲望的生理机制中和时间有限的肉体里可以发挥作用"[②]。萨巴斯特别专注于自己的感官享受只是为了证明自己的存在和意义。他以"肮脏的老人"的心理原型与社会秩序对峙，他的邪恶有真实的一面，也有想象的一面，旨在对文化的反讽和反叛。

斯蒂芬·格林布拉特等新历史主义批评家的许多思想都是在 20 世纪 60 年代和 70 年代初特别是反越南战争时期形成的，他在评价有关这段历史的文学作品时坦率地指出，"那些不参与，不评价，不将现在与过去联系起来的作品似乎没有什

---

① Debra Shostak, "Roth and Gender," in Timothy Parrish, ed., *The Cambridge Companion to Philip Roth*, Cambridge: Cambridge University Press, 2007, p. 119.

② Debra Shostak, "Roth and Gender," in Timothy Parrish, ed., *The Cambridge Companion to Philip Roth*, Cambridge: Cambridge University Press, 2007, p. 122.

么价值"①。罗斯在回顾 20 世纪 60 年代的动荡岁月时，更多考虑的是文学艺术的未来，担心是否真正已到枯竭的关头，以及在多媒体冲击的今天，传统文学是否会消失。在推出《波特诺伊诉怨》后，罗斯发现人们主要将其看成色情作家，他在《阅读自我和其他》里写道，即使当时以性描写大胆而著称的女作家杰奎琳·苏珊也表示虽然愿意见罗斯本人，但却不会与其握手。②如果说罗斯在《萨巴斯剧院》里刻画了一个令人同情的怪物，那么他在《美国牧歌》里则解释了道德模范也会成为怪物的可能，"他随后的'美国三部曲'中都在分析道德理想主义固有的危险性"③。鲁丝·维瑟指出，"再也不用担心被人谴责有种族狭隘心理，新一代犹太作家可以更自由地探索犹太人'种族的'和独特的问题"④。索尔·贝娄、伯纳德·马拉默德和菲利普·罗斯他们在早期创作中总是很隐晦地利用犹太文学的影响，而极少涉及犹太历史，现在的作家却是常常将犹太人思想、文学前辈和历史置于小说创作的中心。在 20 世纪末罗斯已经意识到犹太人不再因身份而困扰或进而反抗，或夺取话语权，而是考虑如何成为主流文化的发言人，并保持其民族特性和在多元文化中有自己的位置。罗斯希望在反思中对当年曾使众人迷茫的价值观进行去神秘化和重建历史。格林布拉特认为，福斯塔夫似乎独具神秘的精神活力本源，他不仅超越了莎士比亚从生活和艺术中获得的素材，还超越了他所属的剧作。他的神秘性包括"伟大的机智和激发他人机智的能力、引人入胜的达观、猛烈的颠覆性才智和节日般的丰富多彩"⑤。罗斯笔下的萨巴斯作为 20 世纪 60 年代反主流文化运动的典型代表和遗老，其鲜活的形象与滑稽幽默的福斯塔夫一样，其曲折的生活经历和虚度浪费的结局足以引起人们的共鸣，从更深层次上重新审视那一时期的政治风云和文化历史。

---

① Stephen J. Greenblatt, "Resonance and Wonder," in Hazard Adams and Leroy Searle, eds., *Critical Theory Since Plato*, Beijing: Peking University Press, 2008, p. 1480.

② Philip Roth, *Reading Myself and Others*, New York: Vintage International, 2001, p. 252. 杰奎琳·苏珊（Jacqueline Susann, 1918—1974），美国作家，主要作品有《迷魂谷》(*Valley of the Dolls*, 1966 年)和《爱情机器》(*The Love Machine*, 1969 年)等。

③ David Brauner, *Philip Roth*, Manchester: Manchester University Press, 2007, p. 146.

④ S. Lillian Kremer, "Post-Alienation: Recent Directions in Jewish-American Literature," *Contemporary Literature*, Vol. 34, No. 3, *Special Issue: Contemporary American Jewish Literature*, Autumn, 1993, p. 571. 另见：Ruth Wisse, "American Jewish Writing, Act II," *Commentary*, June 1976, pp. 40-45.

⑤ 斯蒂芬·格林布拉特，《俗世威尔——莎士比亚新传》，辜正坤等译，北京：北京大学出版社，2007 年，第 158 页。

第三节　文化记忆与自我反省小说：朱克曼系列作品

为了全面反映在 20 世纪后半期里社会环境与作家成长的关系，罗斯从 1979 年推出《鬼作家》以来不断推出新作，逐步形成朱克曼系列小说。他在这些作品跨度长达 30 余年的创作中，着重探讨美国犹太作家生涯的艰辛，从《鬼作家》（1979 年）的初出茅庐，到《被释放的朱克曼》（1981 年）中因突然出名而带来的烦恼，再到《解剖课》（1983 年）里从生理到心理的伤痛而进入人生的低谷和绝望，最后在《布拉格狂欢》（The Prague Orgy，1985 年）中朱克曼可以置身于异国环境体验作家的处境，更是令人胆寒，方知现实残酷和恐怖。这些作品强调作家如同其他人一样，无法逃避现实社会的侵扰和伤害，即使获得成功，在出人头地以后得到的抨击与责难可能比疾病与死亡更加令人难以招架。这四部作品历经六年陆续推出，最终以书名"被束缚的朱克曼"汇集出版完整系列。然而这还不够。年迈多病的罗斯在消极遁世的沉默中不由得想到退却和放弃，进入 21 世纪后他再次对朱克曼系列加以补充，推出《退场的鬼魂》（Exit Ghost，2007 年）以表明此时的心态。朱克曼系列从最初设计的三部曲成为含有五部作品的系列，即使如此，罗斯仍犹言未尽，希望能对其作家的坎坷经历再做总结。罗斯在创作中努力摆脱犹太人身份的束缚，却因对有关第二次世界大战欧洲大屠杀主题的有意回避而常常遭遇责难和抨击。他在《鬼作家》的创作中对此做出回应，评论界认为这种变化打破了当时美国犹太作家的集体噤声局面，"此后大屠杀主题不再表现为边缘性和令人不安的存在，而是走向美国犹太人自我意识的中心"[1]。自 1960 年《再见，哥伦布》获得美国国家图书奖之后，罗斯经历美国文坛上 20 年的磨炼才陆续推出的朱克曼系列小说被《菲利普·罗斯指南》评价为"战后美国小说主要成就之一"[2]。罗斯在该系列中探索了作家的内心世界和犹太文学发展的困境，反映了大屠杀创伤在犹太民族文化记忆中的影响和疗伤策略，以及小说艺术成熟和完善的过程。他的这一系列作品尤其带有自我反省小说（self-reflexive novel）特点，追寻身为作家和进行文学创作的根本意义。

---

[1] Michael Rothberg, "Roth and the Holocaust", in Timothy Parrish, ed., *The Cambridge Companion to Philip Roth*, New York: Cambridge University Press, 2007, p. 58.

[2] Donald M. Kartiganer, "Zuckerman Bound: The Celebrant of Silence", in Timothy Parrish, ed., *The Cambridge Companion to Philip Roth*, New York: Cambridge University Press, 2007, p. 35.

一

法国社会学家霍布瓦克（Maurice Halbwachs，1877—1945）在论及集体记忆理论（collective memory）时指出："人们一般在社会中获得记忆，同样在社会中回忆、辨认和定位自己的记忆。"①群体的特性和集体经验形成共有记忆和身份，人类记忆只能在集体的语境下发挥作用。不同的种族、社会和文化团体对历史的看法不同，产生的记忆差别较大，"所有记忆依赖于群体的动力，如家庭、社会阶层和宗教社团。个人与所属群体的社会的相互关系决定了他对历史经验的记忆方式和记忆的内容"②。罗斯以《鬼作家》对第二次世界大战中犹太人遭遇大屠杀的创伤做出反应，并且表明这类悲剧在美国犹太人与欧洲犹太人的文化记忆中存在较大差异。该书的主人公内森·朱克曼和罗斯一样出身于纽瓦克普通犹太人家庭。因作品遭到犹太人社区的责难，特别是来自父亲的讥讽，他决定拜访文学大师，希望著名作家埃曼努尔·洛诺夫能为自己指点迷津，化解文学创作和犹太人身份冲突带来的现实难题。朱克曼最终发现偶像大师同样陷入现实生活的困境并目睹其家庭的破裂和个人的颓废。这一朝圣历程体现了罗斯尝试探索犹太文化传统对青年作家束缚的根源和揭示大屠杀创伤在文化记忆中的功用。

《鬼作家》着重强调发生在欧洲的悲剧对老一辈犹太人与年轻一代的影响截然不同。初出茅庐的朱克曼像罗斯一样，希望人们理解自己如实描写的犹太社区生活。当他把有关家庭纠纷和揭露家族内部为财产而争斗的短篇小说《高等教育》寄给主治脚气病的医生父亲看时，后者责备他将社区的丑陋塞进小说中，"把大家写得很贪婪"，然而朱克曼坚持认为"大家的确都很贪婪"③。他父亲在思想上更接近欧洲犹太人，长期饱受歧视和迫害，认为取材于家史的创作"是对家庭名誉和信任的最可耻和最不光彩的侵犯"（p. 72）。早年由于美国社会对犹太人的限制，老一辈未能接受所期望得到的教育，因此一心指望后代能光宗耀祖。毕业于重点大学的朱克曼在思想上却与父亲对立，他因为其创作常常聚焦犹太人内部的弊端而被视为社区耻辱。基于犹太人受虐的历史和大屠杀的焦虑，他父亲明确指出，

---

① Maurice Halbwachs, *On Collective Memory*, Chicago: University Of Chicago Press, 1992, p. 38.

② Nicolas Russell, "Collective Memory Before and After Halbwachs," *The French Review*, Vol. 79, No. 4, Mar. 2006, p. 796.

③ Philip Roth, *The Ghost Writer*, New York: Farrar, Straus and Giroux, 1979. 译文参见菲利普·罗斯等，《鬼作家及其他》，董乐山译，成都：四川人民出版社，1987年，第76页。以下该小说的引文只标出中译本页码。

人们从朱克曼的作品里读到的不是艺术，而是人，是被丑化的犹太人，只因他不了解世人对犹太民族本来就缺乏同情。在父辈看来，犹太人内部的丑恶不能由自己向外透露，因为"这比告密还坏——这是投敌"（p. 98），是与当年大屠杀的罪犯同流合污。朱克曼所代表的是极力与欧洲受难同胞划清界限的美国犹太人，总认为大屠杀发生在欧洲，而不是纽瓦克。他否认自己是那场悲剧的受害者，拒绝承担历史的重负。从犹太社区具有威信的法官利奥波德·瓦普特给朱克曼的信中列出的十个关键问题，足以看出他们之间冲突的激烈程度。瓦普特质问朱克曼："如果生活在30年代的纳粹德国，你会写出这样的小说吗？"（p. 91）法官认为犹太作家应该将社区和族人的利益放在重要地位，只因朱克曼性格中的某种成分使其将生活里的丑恶故意与犹太人联系起来，其作品便会使曾任纳粹德国国民教育与宣传部部长的约瑟夫·戈培尔一类人感到欣慰而给犹太人带来伤害。但身为新一代犹太人的朱克曼不愿像人们期望的那样沉浸于灾难深重的民族历史，他关注的是现实和未来，因此对犹太人内部的弊端和邪恶同样毫不留情。罗斯以法官和父亲两种角色代表犹太社区的权力话语和文化传统，这种极具象征意义的奇妙组合正是他自己遭遇的批评家的化身。罗斯开始文学创作以来便不断遭到各方面的批评和责难，但他仍坚持为所有读者写作，而不仅仅是为了犹太人狭隘的社区利益，所塑造的人物形象总是基于普通美国人的经历。罗斯深知这类主张难以使犹太同胞感到满意，他在该书中指出"文学史一半也是小说家惹怒同胞、家庭、朋友的历史。……如果一个作家没有魄力面对这种不可解决的冲突而继续写作，那么他就谈不上是作家"（p. 98）。朱克曼是罗斯塑造的另一自我形象或代言人，在许多方面与其年轻时的经历相仿，此人在迷茫之际希望从隐居山野的文学大师那里获得精神上的支持和文学创作的灵感，以抵御来自犹太社区传统势力的压力。

二

罗斯在该书中详尽描述了年轻作家的朝圣之旅，强调世上不存在能逃避现实的仙境，以大屠杀创伤的具象化说明文化记忆在犹太传统中持续的控制力。朱克曼初到大师的隐居地时羡慕不已，认为这才是理想的生活方式，或许也是自己的未来："纯洁。肃穆。简朴。遁世。你的全部精力、才华、创造力都用在绞尽脑汁的崇高超然的事业上。我看看四周，心里想，这才是我要过的生活"（p. 5）。朱克曼暗自承认他是为做洛诺夫精神上的儿子而来，祈求得到道义上的支持和庇佑，希望以高雅的艺术成就弥补生活缺陷和解决现实难题。他向洛诺夫求教如何成为真正的作家，以及如何划清艺术与现实的界限，将自己看作正在创作的成长小说的主人公。然而令朱克曼深感失望的是，随着交谈的深入，他发现这位名作家主要塑造的是"迷惘的畸零人"，其作品中的主人公常常是"没有什么来历的小人物，离家后没人惦记，但又必须毫不迟延地赶回去"（p. 13）。这正是老一辈犹太人生存现状的写照，凸显大师自己的迷茫。在短短两天的拜访中朱克曼目睹大师家里上演了寻常百姓家的喜怒哀乐，昔日的偶像形象在他眼前崩塌，大屠杀创伤已化身为美国式的安妮·弗兰克入侵他们平静的生活。洛诺夫一家追寻的仙境其实混乱不堪，并不像朱克曼想象的那么令人羡慕。洛诺夫与妻子，以及小情人爱美·贝丽特之间的感情冲突说明生活本身才是最生动的文本。朱克曼意外发现爱美有着与《安妮日记》（1947 年）的作者一样的身世，他希望与其联姻和借助其神圣光环的庇护抵御犹太社区的压力。罗斯在此有意识地触及对犹太族裔至关重要的大屠杀创伤主题，他对安妮的故事进行自由联想和艺术加工以便"对文化记忆中的那段历史进行探索"①。

　　长期以来处于流散状态的美国犹太作家面临两难境地：一是大屠杀情结无法回避，二是担心陷得太深难以获得心灵上的平静。忘记过去会使他们的犹太身份消失，而牢记过去则意味着他们所创作的是欧洲的而不是美国的小说。②这自然涉及为谁代言，即成为谁的"鬼作家"（即枪手或影子作家）的问题，他们既要尊重历史又想重建自己的根基，这需要把握好平衡，而不是过度诠释大屠杀创伤的含义。《鬼作家》一书促使读者深思一个问题："我们是否对历史负有责任，还是历史有助于我们摆脱过去的创伤继续前行，构建有意义的未来？"③由于大众媒体的不同演绎，有关大屠杀的历史记忆带来的重负和可能的扭曲加深了美国出生的第二代犹太人的质疑。时间与空间的距离感使他们与那场浩劫只想保持某种间接联系。罗斯在《鬼作家》里详尽描述了"美国犹太人身为'幸福的少数裔'（well-off minority）通过文化与血缘关系面对并不是自己的悲惨历史时的微妙处境"④。他

---

① R. Clifton Spargo, "To Invent as Presumptuously as Real Life: Parody and the Cultural Memory of Anne Frank in Roth's *The Ghost Writer*", *Representations*, Vol. 76, No. 1, Fall 2001, p. 89.

② Michael P. Kramer and Hana Wirth-Nesher, *Cambridge Companion to Jewish American Literature*, Shanghai: Shanghai Foreign Language Education Press, 2004, p. 218.

③ Michael P. Kramer and Hana Wirth-Nesher, *Cambridge Companion to Jewish American Literature*, Shanghai: Shanghai Foreign Language Education Press, 2004, p. 220.

④ Michael Rothberg, "Roth and the Holocaust", in Timothy Parrish, ed., *The Cambridge Companion to Philip Roth*, New York: Cambridge University Press, 2007, p. 60.

创作该小说时，美国观众正在激烈谈论美国全国广播公司（National Broadcasting Company）的电影《大屠杀》，这是 1978 年首映后与《根》一样最吸引观众的影片，并引起各方面的争论与批评。人们对大众媒体如何表现这类主题的分歧极大，批评导演将严肃主题平淡化，指出该片既是对死难者也是对幸存者的一种侮辱，尤其是在电视节目中插入大量广告，以人类历史上的悲剧牟利，令人深感不安。[①] 罗斯其实在《鬼作家》中就表明了一部分美国犹太人对那场欧洲浩劫的态度："最好在自己与需要忘却的东西之间相隔一片像大西洋那么宽阔的海洋"（p. 112）。主人公朱克曼一心沉溺于想象中的安妮故事，这不过是罗斯对 20 世纪 50 年代好莱坞和百老汇改编《安妮日记》后形成的美国文化记忆的回应。[②]安妮·弗兰克早已成为大屠杀叙事中最神圣的象征，罗斯则系统地让死者复活，加以具象化、美国化和平民化。这种有关安妮·弗兰克形象的利用引起不少人的非议，新一代犹太作家的领军人物辛西娅·奥齐克就指出，大屠杀记忆的许多东西应该保留在文件堆和回忆录里，因为用于文学虚构作品中往往会令人对其真实性产生怀疑，这其实是对历史真相的一种扭曲。她坦言道："我不赞成用这些材料写小说，反对将其神化或者诗化。"[③]

与之前对犹太民族历史创伤的有意回避不同，罗斯在《鬼作家》中极富想象力地改写安妮故事，旨在提出相应的疗伤策略。创伤理论家拉卡普拉（Dominick LaCapra）在《再现大屠杀》（*Representing the Holocaust: History, Theory, Trauma*）一书中论及当代有关大屠杀的分歧时指出，创伤性的历史事件首先是被压抑，然后才是以强迫性的重复形式回归，并借用弗洛伊德的术语阐明有关"创伤复现"（acting out trauma）的症候以及"创伤解决"（working through trauma）的策略。[④]罗斯在《鬼作家》中以爱美替代安妮再生正是有关大屠杀的"创伤复现"。爱美为赢得著名作家的爱情将自己扮演成当年死里逃生的安妮，以入侵者的身份打破洛诺夫一

---

① 据重播后统计，电影《大屠杀》在 50 多个国家里的观众多达 2.2 亿人。参见：Mark E. Cory, "Some Reflections on NBC's Film *Holocaust*", *The German Quarterly*, Vol. 53, No. 4, November 1980, p. 444.

② R. Clifton Spargo, "To Invent as Presumptuously as Real Life: Parody and the Cultural Memory of Anne Frank in Roth's *The Ghost Writer*", *Representations*, Vol. 76, No. 1, Fall 2001, p. 89.

③ Cynthia Ozick, "Roundtable Discussion," in Berel Lang, ed., *Writing and the Holocaust*, New York: Holmes, 1988, pp. 277-284. 辛西娅·奥齐克（Cynthia Ozick, 1928—），20 世纪后半期逐步崛起的美国女犹太作家，代表作有《披肩》（*The Shawl*, 1989 年）、《斯德哥尔摩的弥赛亚》（*The Messiah of Stockholm*, 1987 年）等。

④ Dominick LaCapra, *Representing the Holocaust: History, Theory, Trauma*, Ithaca, NY: Cornell University Press, 1996, p. xii.

家的平静生活，她的在场宣示了创伤的持续影响。爱美很少讲述自己的故事，代表着失语的受害者，但朱克曼在深夜意外发现她与洛诺夫之间的激烈争吵和最终引起洛诺夫家庭的分离（妻子的离家出走）足以说明创伤的无法逃避。这正如卡鲁斯所指出的，"创伤不只反应为病理或受伤的心理症状，而是需要倾诉的创伤故事，它总在尝试讲述难以启齿的真相或内情"[①]。创伤发生时难以理解，只有经过一段潜伏期后才能在叙事中定位，而历史的建构则出于对创伤的延时反应，"使历史从当时无法理解之处产生。"[②]该小说中的几位人物并未意识到自己的命运无形中都被多年前的那场悲剧左右。罗斯用另类历史（alternative history）手法重述安妮故事，借爱美之口和朱克曼的想象预言受害者可能的命运，目的在于消解影响犹太民族的大屠杀叙事。为取得"创伤解决"的效果，罗斯将安妮仅仅看作欧洲犹太人受害者的代表，他在处理这一形象时既不忘历史又注意与其保持距离，所反映的是有关大屠杀创伤的集体意识，"在美国语境下对那段历史去神圣化（desacralization）"[③]。罗斯详尽地描述了以《安妮日记》闻名的小作者从大屠杀浩劫中脱身和转变为爱美·贝丽特的过程：从荷兰的阁楼上的隐居到奥斯威辛集中营的煎熬，再到美国的雅典学院教室里的安静求学。她在生活中遭遇了太多波折，人生跌宕起伏，极具戏剧化。爱美在文学阅读中发现与自己生平相似的安妮的故事，进而幻想将《安妮日记》占为己有，却因其幸存者身份而时刻感受到大屠杀历史的沉重，她承认道："我的良心已经背负一具死尸。"（p. 107）针对难以疗伤的困境，罗斯断言经历了大屠杀的人可能成为"被剥了一半皮的人"，难以与人相处或相爱，也许会永远憎恨他人（p. 134）。罗斯质疑将那段历史神圣化的必要性，巧妙设置寓意深长的悖论，即安妮的生死决定了日记的影响力，只有肉体的消亡才能使其跻身于和卡夫卡一样著名的作家之列。爱美（安妮）说："我成了被剥夺的千百万生命的化身。要复活，现在已太晚了。我已成为一名圣徒。"（p. 132）罗斯塑造的爱美在美国重获新生后对人们询问当年的（安妮）悲剧备感烦恼。她不愿与父亲（已陷入大众媒体漩涡里的奥托·弗兰克，《安妮日记》的整理者）联

---

① Cathy Caruth, *Unclaimed Experience: Trauma, Narrative, and History*, Baltimore, MD: Johns Hopkins University Press, 1996, p. 4.

② Cathy Caruth, *Unclaimed Experience: Trauma, Narrative, and History*, Baltimore, MD: Johns Hopkins University Press, 1996, p. 11.

③ Michael Rothberg, "Roth and the Holocaust", in Timothy Parrish, ed., *The Cambridge Companion to Philip Roth*, Cambridge: Cambridge University Press, 2007, p. 60.

系，因为他代表着苦难历史、犹太身份和大屠杀焦虑。爱美不想让父亲知道自己依然在世，这样"可以帮助人类自我改进"（p. 129）。其实自认为是安妮的爱美心理早已扭曲，她坚持认为得到补偿需要夺过洛诺夫这位著名作家。她将这看作历史给予她的机会，希望能幸运地抓住伟大题材，成就自己的作家梦。沉默多年之后她突然公开身份是为了与大作家洛诺夫的爱情，她需要"百般地迷住他，诱惑他，冲破审慎、明智、道德的壁垒，打进他的想象力的领域"（p. 136）。爱美此时已步下圣坛，只希望像普通美国女孩一样享受浪漫爱情。在她猛烈的情感攻势下，洛诺夫这位曾经从大屠杀噩梦中脱身和由纽约文坛的风口浪尖隐退的大师反而成为她的猎物，不得不忍受"创伤复现"的持续煎熬。罗斯在平衡现实与历史的过程中提供了一种近于荒诞的解决方法："将可见与无形交织在一起"①。

在《鬼作家》里罗斯反映出犹太作家既要充分利用种族身份和历史文化的优势，将其看作灵感所在和文化之根，又想极力摆脱传统的束缚以便创作出真正意义上的美国犹太小说。朱克曼希望爱美真是逃脱大屠杀的幸存者安妮，却又担心她一旦被证实依然在世，《安妮日记》就会失去意义，成为"《瑞士家庭鲁滨孙》"（*Swiss Family Robinson*，1812 年）一样的儿童读物"（p. 128）。朱克曼对爱美一见倾心，幻想和她结合，因为她"从远处看像是个美人，纯洁、严肃、简朴，到近处看却更像是个谜"（p. 21）。他期望以此获得创作灵感和凭借其光环对付来自犹太社区的责难，毕竟"谁敢用这种不可想象的罪行起诉安妮·弗兰克的丈夫"？他直言道："我要尽量与你结婚，你是打不倒的拥护者，攻不破的盟友，是抵御人们攻击我背叛和家丑外扬的盾牌！"（p. 149）当年安妮的去世使其日记极具震撼力，但正如福柯所指出的："过去肩负创造不朽重任的作品，现在却拥有扼杀和充当其作者的'刽子手'的权力……作者转变为自己作品的牺牲品"②，为了文学的价值和犹太人的历史，爱美必须保持沉默，朱克曼也不愿深究爱美的身份之谜。他明白有相似经历的爱美是否是安妮已无关紧要，只要她能代表犹太幸存者或大屠杀悲剧本身，就足以向犹太社区表明自己的态度，或许能与犹太法官和父亲达成妥协。然而具有讽刺意味的是，他最终发现借助安妮这一犹太人公认的最神圣的偶

---

① Naomi R. Rand, "Surviving What Haunts You: The Art of Invisibility in *Ceremony*, *The Ghost Writer*, and *Beloved*," *MELUS*, Vol. 20, No. 3, History and Memory, Autumn, 1995, p. 24.

② Michel Foucault, "What is an Author?" in Hazard Adams and Leroy Seale, eds., *Critical Theory Since Plato*, Beijing: Peking University Press, 2006, p. 1261.

像之力，不但不能淡化，“反而加深了自己在他们眼里的恶劣形象”[①]。

罗斯以对大屠杀情结的艺术处理进行疗伤也表明他探索文学终极意义（即为谁而写）时的态度。从《鬼作家》囊括的各种文本，如洛诺夫的作品、朱克曼的作品和安妮·弗兰克的作品中足以看出，他们都是犹太人集体意识的“鬼作家”，为犹太人集体发声。朱克曼发现其精神导师竭力以遁世的方式远离现实却无法逃出大屠杀创伤的阴影，此人作品展示的只是生活的无意义。偶像的崩塌反而使朱克曼获得了精神上的解放，对《安妮日记》的另类解读让他更加自由地处理传统话题和摆脱身份焦虑。值得注意的是，罗斯在戏仿和反讽中也流露出因文化记忆而产生的内心纠结和难以把握的严肃性。

三

紧随其后的《被释放的朱克曼》讲述了作家朱克曼成功之后的烦恼：来自各方面的批评、家庭的责难和物质生活的干扰。经历多年挫折后，朱克曼的小说《卡诺夫斯基》（*Carnovsky*）正式出版。他突然成为家喻户晓的作家，从此告别贫瘠的生活圈子步入上流社会，深受当红明星的青睐，也遭遇世人的骚扰。最令他难堪的是，该书中的自传性让他的家人深感饱受羞辱，父亲临死时都未原谅他，他本人被看作家族的背叛者。正当朱克曼专注于该书创作时的 1967 年春天，越南成为屠戮场，“无论是否身处战场，美国人都变得十分狂暴”[②]，而在这一年前马丁·路德·金和罗伯特·肯尼迪都死于暗杀。美国国内社会环境变得如此险恶，令人心有余悸。突然的成功则令朱克曼措手不及：“这种运气——意味着什么呢？它来得如此突然，又如此猛烈，就如同厄运降临一般让人困惑不解。”（p. 4）朱克曼成功后时刻感到威胁，害怕被人暗算，或被人惦记自己的钱财，被投资的烦恼影响静心创作。由于该书的自传性，人们将作者朱克曼看作小说主人公，认为他一样性开放，真正干过那些令人羞愧之事。许多人开始批评朱克曼在《卡诺夫斯基》里有关犹太人的描写：“你把犹太人置于完全变态的西洋镜下，描述他们的通奸、露阴癖、手淫、鸡奸、恋物癖和皮条客”，有人甚至建议处死他（p. 7）。即使讹诈朱克曼的罪犯也都认为自己在道义上比他强，在电话里骂道：“你个混蛋书生！你个骗子！看看你对自己家都干了什么，你个没良心的野种——还披着高雅艺术

---

① David Brauner, *Philip Roth*, Manchester: Manchester University Press, 2007, p. 33.

② Philip Roth, *Zuckerman Unbound*, New York: Vintage International, 1995. 译文参见菲利普·罗斯，《被释放的祖克曼》，郭国良译，上海：上海译文出版社，2013 年，第 7 页。以下出自该小说的引文只标明中译本页码。

的皮！"（p.121）此人威胁绑架朱克曼的母亲，试图勒索 5 万美元。同时他还遭到电视竞猜节目的受害者阿尔文·佩普勒的骚扰，此人希望朱克曼可以凭借自己的威信为其洗白羞辱。佩普勒其实是朱克曼的化身，是一面镜子，足以让朱克曼更清晰地看到自己的模样和处境。

朱克曼在写完《卡诺夫斯基》后，感到有负于同居的劳拉，认为自己是"冷血的叛徒，背弃了至亲的告白"，身为残酷的讽刺大师，居然绘声绘色地描写与女人之间的种种际遇（p.60）。初入名人阶层的朱克曼未能体会到成功的喜悦，反而依旧感到自卑。他的邻居、退休教师罗斯玛丽直言道："你以为装作视金钱如粪土，就没人以为你还是纽瓦克犹太佬吗？恐怕还有其他很明显的特征吧。不要用犹太笑话敷衍我。你懂我的意思，你就是一个犹太佬。"（p.52）好友安德烈的指责代表了不少犹太人的看法：

> 你本来应该作为我们行动的楷模，像你这样的人竟然能给公众呈现吉尔伯特·卡诺夫斯基这种形象，可真了不起。你本来就想破坏自己的道德准则，践踏你所谓的尊严和高尚。你把这些都毁了，而且毁得沾沾自喜，像个地道的破坏狂。现在你又觉得羞耻。（p.142）

他们居然认为朱克曼是一只经过改造的"文明狒狒"（p.137），不能再面对外面的世界，尽管名利双收，他却活得像人间悲剧，神经敏感，喜怒无常，妄想偏执。最后朱克曼甚至不敢看电视，连从未谋面的摇滚歌星也正在大谈与其幽会过，心理学家也开始在电视上讨论朱克曼的阉割情结。这让他在公众面前暴露无遗，被名利弄得苦不堪言。

朱克曼与父亲在以色列问题上存在严重分歧，他认为以色列的未来应由国际权力政治决定，而不是仰仗向非犹太人灌输"犹太的庸俗艺术"，这使喜爱以色列歌曲的父亲勃然大怒（p.133）。朱克曼与父辈的矛盾冲突在小说结尾达到高潮，尽管他希望在父亲临死时与其妥协，但不知怎么达到自己的目的，反而在老人需要安慰的最后时刻，大谈宇宙爆炸论而被父亲在临终时斥责为"杂种"，这成为最终父子断绝关系的声明。濒临死亡的父亲只想听他说声"我爱你"，而不是关于宇宙起源的理论。父亲去世后朱克曼感到解脱，自认为已摆脱犹太传统的控制："他不再是任何人的儿子了。忘掉父亲们，他对自己说。"（p.227）"父亲们"显然是指老一辈犹太人。朱克曼始终无法接受父亲临终时的诅咒，弟弟亨利则十分肯定是朱克曼的小说害死了老人。朱克曼在他眼中就是没有良心和人性的"杂种"，他指责道：

> 在你眼里，什么都可以抛弃！什么都可以揭露！犹太人的道德，犹太人的忍耐，犹太人的智慧，犹太人的家庭——都被你用来寻开心。甚至你那些异族女人一旦无法取悦你，也会冲进下水道。爱情、婚姻、孩子，你到底在乎什么？对你来说，全是娱乐，全是游戏。（p. 274）

亨利替父亲清晰地表达了老一辈人对朱克曼的彻底失望，因为在他们看来这位社区的叛徒已无可救药，父亲的死被认为是不孝之子的小说创作让整个家族付出的沉重代价。亨利遗憾地对朱克曼指出："你无法相信你笔下的人物会引起现实后果。"（p. 248）

罗斯借朱克曼与家人的矛盾阐释了现实与虚构的关系，对创作中的自传性有自己的见解，坚信所有小说在某种意义上都植根于自传。他指出："尽管小说与真正发生的事件关联不大，有时甚至没什么联系。毕竟生活经验造就了我们本身，而这里所说的生活经验不仅包括我们亲身经历的事情，还包括私下的想象。"（p. 172）在《被释放的朱克曼》结尾处，罗斯表现出一种心理上的飞跃，明显带有真正成熟的标志，他已厘清与外界的关系，确立新的目标。借着朱克曼的代言身份，罗斯承认自己不再是任何人的儿子，不再是某个好女人的丈夫，不再是哥哥的兄弟，也不在乎出生于哪里。他无疑指出，只有完全摆脱犹太传统的束缚才算真正独立自由。厄普代克在评论该书时认为，罗斯在其更具专家风格和严谨打磨的话题中游刃有余，已成为"精致主义者"（exquisitist）[1]。《卡诺夫斯基》的电影版权卖出后，朱克曼获得了有生以来的最大收益。面临物质上的诱惑，他试图以亨利·詹姆斯为自己最后的屏障和守住道义的底线。他借用詹姆斯书信里的一句话表明自己的态度："这一切与我所感、所见、所知以及所希望的人生相去甚远。"可是他的经纪人直截了当地说："世界是你的啊，内森，不要藏在亨利·詹姆斯身后了……别再把自己当作哈佛的乳臭小子，你是要载入史册的，演好自己的角色吧。"（pp. 111-112）朱克曼深知所要做的是直面现实，抵御诱惑，以平常心态创作出更好的小说，当然这正是罗斯长期以来尽力坚守的原则。他在该书里指出，"悲剧通过把情感推向极致而耗尽人们的怜悯和恐惧，喜剧则靠把那些如果当真便很荒谬的事

---

[1] William H. Pritchard, "Philip Roth," in Jay Parini, ed., *The Oxford Encyclopedia of American Literature*, Vol. 3, Oxford: Oxford University Press, 2004, p. 504.

情加以模仿而给观众一种轻松愉快的心境"（p. 106）。他发现人们常常混淆其作品中塑造的人物与自己在真实生活里的表现，甚至将书中人物的内心独白当作自己的忏悔，特别是当《波特诺伊诉怨》一书引起犹太社区不安后，不少人居然以为那些描述都源于罗斯的家庭经历。为了向读者道出作家的艰辛和烦恼，他特意创作了更加注重内省的小说《解剖课》。

四

在很长一段时期里朱克曼纠结于无法解决社会现实与文学创作之间的冲突，遭遇了从心理压抑到生理病痛的磨难。罗斯在 1983 年的小说《解剖课》中讲述了这位代言人内心的苦闷和在事业的巅峰却希望隐退和妥协的意愿。他借朱克曼之口对犹太传统的束缚和抨击进行回应，宣泄因女权主义者多年来的责难而沉积在心底的愤懑。正处于创作高峰的朱克曼突然遭遇疾病折磨，无名的疼痛波及全身，使其精神陷入颓废的低谷。在事业上的迷茫和婚姻上的失败的夹击下，朱克曼决定放弃文学创作而重返芝加哥大学。他已人到中年，但仍希望到医学院攻读学位，转行成为将新生命带入这个世界的妇产科医生（他相信这比作家职业更有意义）。罗斯详尽分析了朱克曼迫于长期以来家族和传统的压力，对文学创作中的虚构和想象已经厌倦，希望从事对社会真正有益的工作的想法。实际接触医生职业和生活后，朱克曼才逐步明白其中的艰辛。罗斯在该书中着重探讨了疾病对人们精神上的影响和对文学创作的影响。

在《被释放的朱克曼》中，朱克曼曾目睹父亲去世并遭到弟弟的谴责，他虽然感到父辈的约束已彻底解除，但内心深处的负疚感却与日俱增。在《解剖课》里，朱克曼认为身体上的不适和疼痛是上帝的惩罚，开始考虑放弃文学创作，他早已厌倦与那些犹太评论家的论争。罗斯在该书中塑造的这类人的代表人物——评论家米尔顿·阿佩尔"如他早期的欣赏者欧文·豪一样"[1]。阿佩尔认为朱克曼描写犹太人的生活是为了贬低他们，是放低姿态去取悦大众，是一种亵渎。他指出朱克曼在小说《高等教育》中塑造的犹太人形象"已经被别有用心的粗俗想象扭曲到世人辨认不出的地步，完全无视现实主义小说的信条，彻底背离了真实。……这些小说卑鄙沉闷、高高在上，以藐视的态度看待深深的犹太情结"[2]。

---

[1] David Brauner, *Philip Roth*, Manchester: Manchester University Press, 2007, p. 35.

[2] Philip Roth, *The Anatomy Lesson*, New York: Farrar, Straus and Giroux, 1983. 译文参见菲利普·罗斯，《解剖课》，郭国良等译，上海：上海译文出版社，2013 年，第57-58 页。以下出自该小说的引文只标明中译本页码。

罗斯其实在以朱克曼的遭遇表达自己多年来深陷其中的困惑，他在书中写道：

> 朱克曼自己都没有意识到，他对一切事物都感到害怕……害怕成功，又害怕失败；害怕出名，又害怕被遗忘；害怕自己古怪离众，又害怕自己平凡无奇；害怕被人仰慕，又害怕被人鄙视；害怕孤独，又害怕热闹；自《卡诺夫斯基》一书之后，害怕自己和自己的天性，又害怕害怕本身。胆怯地背叛了自己的文字生涯——还与那脏嘴的敌人同谋。（pp. 28-29）

罗斯在该书中对女性人物的描写严重地冒犯了女权主义者。他以讥讽的口吻描述了朱克曼与身边女性的关系。病痛中的朱克曼早已失去母亲，只好用四位女性勉强凑合，并将其戏称为"南丁格尔式后宫"①，特指受到她们无微不至的关怀照料（p. 12）。这段时期，朱克曼意识到自己的生活极为无聊："他从未同时拥有那么多女人，从未见过那么多医生，从未喝过那么多伏特加，从未如此碌碌无为，从未经受如此疯狂的绝望。"（p. 3）朱克曼只是从实用主义角度看待女性："她们是他生活中所拥有的一切朝气：秘书——知己——大厨——管家——伴侣……她们就是他的娱乐和消遣。"（p. 10）他不断进入婚姻，又多次努力逃离，将这种关系视为儿戏，总是带有一定的功利性。朱克曼认为，"婚姻是保障自己不被女人分散注意力的盾牌。结婚是为了秩序，为了亲密，为了可以依靠的同伴情谊，为了一夫一妻制生活的常规"（p. 11）。他其实很想摆脱所有女人，担心如果再有女人前来说教，自己一定会在精神病院的病房里度过余生。朱克曼深知自己的写作冒犯了女性主义者，从她们在刊物上的评论就知道："一旦女性主义激进分子占领华盛顿，开始把艺术领域上千个臭名昭著的厌女者送上断头台，自己必定是最早通缉的嫌疑犯之一。"（p. 148）针对他在女性问题上的偏见和焦虑，前妻珍妮在来信中断言："我感觉到你正处于某种崩溃的边缘。"（p. 126）显然罗斯在此是借笔下人物朱克曼的言行对长期以来女权主义批评家对自己的责难进行回应。

另外，罗斯还以朱克曼的遭遇表达了自己对文学发展前景的忧虑。他在该书中指出，人们想知道在以约翰·巴斯和托马斯·品钦为代表的后现代主义时代他这类小说的前景问题。读者希望朱克曼能回答这类问题："1. 为什么你要继续写作？2. 你的作品为什么目的服务？3. 你觉得在这个传统日益消亡的社会里，自己

① 弗洛伦斯·南丁格尔（Florence Nightingale, 1820—1910），英国人，近代护理事业的创始人，为纪念她，每年 5 月 12 日被定为国际护士节。

在打一场无望之仗吗？ 4. 你的使命感是否因为过去十年的事件而发生巨大改变？"（p. 240）这些问题常常使罗斯深感困惑，他希望在朱克曼系列作品里通过探索一位作家的成长经历能找到最佳答案，然而未能如愿。朱克曼在深思熟虑后认为正是自己的无意识才使自己变得更加强悍、更加精明，也许正是它保护自己"不被同行们的嫉妒伤害，不被保守知识界的鄙视打压，不被犹太人的怒火吓倒，不被来自亲弟弟亨利的控诉打垮"（p. 29）。此时的朱克曼开始质疑自己的事业，他内心的自我向其暗示："让别人去写书吧。把文学的命运留给他们去好好摆布吧，你只需在自己房间里独自放弃生活。这生活不是生活，而你也不是你。只是十只利爪紧紧攥着那二十六个字母。"（pp. 29-30）此时身体的不适和痛苦可能给他带来最好的礼物，为他指明"脱离本不该涉足其间的出路"（p. 30）。作为对生活的妥协，朱克曼决定"从现在开始，做一个漂流族，就这样随波逐流，谁提供帮助就让谁带走，躺在河底看着慰藉从上方源源不断流下来。屈服于屈服本身，是时候了。"（p. 31）他尤其感到焦虑的是觉得自己灵感耗尽，早已失去创作的主题，"已经没有写作的源泉——出生地早已因一场种族战争化为焦土，而那些他心目中的写作巨匠也已然辞世。最激烈的犹太人争斗是和阿拉伯国家之间的争端，在这里一切早已结束。"（p. 35）"这里"是指看似一切平静的美国，身陷此地的犹太作家怎样发掘创作的话题（这其实也是他们生命的意义）令其长期困惑。朱克曼所感到的是心力交瘁，似乎已到江郎才尽的地步，他十分沮丧地意识到：

> 没有任何文字可以跟得上现实的流动——这矫揉造作、生硬夸张的文字，只会模仿真实感和内心抒发的语调。……在情感上他不再能打动人心了。一旦他坐下来写作，就迸发出另一种解释，让他对自己的文字心生厌恶，止步不前。朱克曼发现自己的作品：不管表面上伪装得如何巧妙，如何口若悬河，暗地里总是想要回应某种指责，反击别人的指控，愤怒地让冲突更加尖锐，同时又热切地努力想得到别人的理解。永无休止地向公众举证——真是受罪！这是不再写作的最佳理由。（p. 244）

经历了长期以来的身份困扰后，朱克曼打算彻底放弃写作以平息周边亲人和族群的愤怒。罗斯反讽地指出，"一个从犹太人之中获得自由的犹太人——唯一的方法是不断提醒自己是犹太人。这是一个令人震颤的悖论"（p. 62）。他形象地解释说："犹太人解放了，这只自由了的动物被自己不竭的新的欲望搅得狂喜激动，禁不住抬起前腿暴跳嘶鸣，疯狂撕咬自己的尾巴，即便在疼得尖声吼出痛苦的字

187

句时，也不忘尽情享受自己迷人的滋味。"（p. 63）朱克曼道出的是罗斯自己一直的想法："我要忘掉以色列，我要忘掉犹太人。现在我找到了摆脱这一切的方法。受够了我的写作，受够了他们的指责。……这不是我一直苦苦追求的生活状态。"（p. 248）重新审视之前的生活后，朱克曼决意重返大学深造，将自己改变成一位实用专业人员，也许学医会给他带来第二次生命。今后他既可以倾听人们的悲惨故事，又能医治自己的疾病，至少可以将命运的控制权攥在自己手中。相比医生的贡献，朱克曼自觉惭愧："为了解除疾病对人的危害，有那么多不可或缺的工作需要完成——而此前他竟然一个人坐在房间里用打字机表达对虚幻事物的投入！"（p. 248）现在他只想成为一名医生，"不仅为了逃离永无休止的往日追忆，同时也将摆脱为了从家庭纷争中提炼出最后一部小说所导致的争吵"（p. 157）。他把痛苦看作重获新生的门票，希望能忘记那些虚幻的被书本束缚的朱克曼们，为世界创造一个全新的自我。他相信有重塑自身的能力，下一件艺术品就是他自己。尽管身为病人，但朱克曼偷偷与实习医生一起查房，"仿佛相信他可以斩断让自己未来孤独的锁链，逃避可能是他本人的那具尸体"（p. 248）。他觉得自己继续活下去没有什么意义。在病痛的压迫下，朱克曼只希望同母亲一起消失，摆脱犹太人的怒吼。然而他常常觉得自己的所作所为就像犯人企图用勺子挖通地道越狱一样令人感到徒劳和绝望。

朱克曼与父辈的矛盾在该书中已到使其近乎疯狂的地步，罗斯特意用在墓地的一场滑稽表演充分说明长期积聚在心底的反感需要发泄。当朱克曼陪同鲍比的父亲弗雷塔去悼唁亡妻时，突然产生干掉这位犹太老人的念头并诉诸行动，几乎将其扼死。在健壮的女司机瑞琦的反击下，朱克曼才未能得逞，反而被踢伤住进医院。朱克曼的反常举动其实不难理解，只因他无法继续忍受父辈的压抑：

> 二十世纪已过去一半，在这巨大、散漫、杂乱的民主社会里，一位父亲——即使并不博学多才，或者卓越，或者能力突出——却依然拥有卡夫卡小说里父亲一样的声望？不，美好的往日即将过去，而在随后一半的岁月里，不管人们有没有意识到，一位父亲还是可以因儿子的罪孽而施加惩罚，对权威的热爱和痛恨如此令人难受和困扰。（p. 240）

究其缘由，则是鲍比的父亲弗雷塔代表长期以来对朱克曼横加指责的老一辈犹太人。此人一直抱怨鲍比的非犹太养子利用犹太人的爱，本性难移，现已成为好逸恶劳的寄生虫，因为他没有重要的犹太基因。朱克曼显然从这类谴责言辞中悟出自己与非犹太人养子一样，已经成为老人眼里的累赘。在酒精和大麻的作用下，他甚至试图将这父辈和宿敌的代表人物清除掉。当他在医院清醒后才发现自己头破血流，险些在女司机的盖世太保式的皮靴下丧命。在朱克曼看来，犹太人墓地这种神圣之处象征着冥顽不化的老一辈和令人窒息的传统，其抗争终于爆发，并且在这种狂乱中他差点杀死朋友的父亲。朱克曼的企图遭到阻拦，也因严重伤及嘴角而难以发声，这也意味着富于雄辩的朱克曼被迫闭嘴和表明退场的时刻已来临。深受德国作家托马斯·曼的小说《魔山》（*The Magic Mountain*）影响的罗斯对他直言道："朱克曼先生，看来自从托马斯·曼上一次从祭坛上俯视你，命令你成为一个伟人以后，你好像已迷失方向。现在我宣布你将被判处封口刑。"（p. 237）在《解剖课》结尾时，朱克曼头破血流的墓地经历极具象征意义：他的反叛必将遭遇传统的迎头痛击。他的迷惘和叛逆理应遭到解剖，即使他转行学医，试图掌握自我命运的主动权，也依然难逃厄运。

朱克曼出版的《卡诺夫斯基》被认为是色情小说，从他随后的遭遇中不难理解罗斯本人在《波特诺伊怨诉》面世时被群起而攻之的处境。心怀敌意的评论家阿佩尔（Appel）为此专门出版《内森·朱克曼案例》（*The Case of Nathan Zuckerman*）对他进行分析，并到大学演讲以便警告师生们这位作家是多么可恶。他认为朱克曼的书比疯狂的伊斯兰教或者逐渐衰落的基督教更能给犹太人致命打击，因为该书中表现了世世代代自我仇恨、自我咒骂的犹太人。他指出朱克曼"用粗俗的想象力玷污了人们对真实犹太世界的感受"（p. 86），在这类评论家看来，"除了像朱克曼本人这样自我湮灭的犹太人，还有谁能如此不敬地描写犹太人的道德湮灭"（p. 28）？作为对多年来外界责难的回应，朱克曼将这类人的代表人物阿佩尔描述成色情出版商，冒用他的身份以极为夸张和讥讽的口吻尽情宣扬色情业对社会的贡献，以发泄自己内心的愤懑和试探公众对这类问题的真实反映。朱克曼以宿敌阿佩尔之名招摇过市，突然发现"戴上那副色情从业者的面具并不是开玩笑：却一直享受整个过程，他那生机勃勃的表演让所有的往事和怒火都愈发坚决"（p. 242）。在朱克曼看来，那些自作聪明的批评家与色情出版商一样令人生厌，这种类比自然是罗斯内心常有的想法。

罗斯在《解剖课》里再次谈及处于流散状态的犹太作家的问题，他认为这样反而让自己有更加自由的创作机会。他指出，"在美国犹太移民家庭长大，就像是在贫民窟里获得一张可以通往自由思想世界的门票。没有古老国家的羁绊，没有像意大利人、爱尔兰人或波兰人那种教堂的禁锢，没有上几代美国祖先逼迫你选择美国式生活"（p. 62）。罗斯高度概括地描绘出朱克曼的形象："隐忍的怒火，稀世的珍品。"（p. 68）朱克曼从 27 岁起就卓尔不群，"就像斯威夫特、陀思妥耶夫斯基、乔伊斯还有福楼拜那样。顽固倔强的独立自我，毫不动摇的藐视一切，危险重重的自由率真"（p. 68）。他的作品总是流露出无处发泄的怒气，被当作一条无与伦比的渠道，罗斯写道："你的愤怒简直像洪水一样不可阻挡——你这肉躯之身根本装不下如此高涨的怒火。但在作品之外，你却表现得几乎毫无存在感。……你的作品比你本身散发出更多的现实气息。"（p. 69）朱克曼到 1973 年底已经完全丧失信心，不再期望找到任何的疗法、药物、医生或者良药，当然也包括疼痛的真正病因，这其实与罗斯此时自身的病重有关。他引用卡尔·马克思的话自嘲道："肉体痛苦是精神折磨的唯一解药。"（The only antidote to mental suffering is physical pain.）（p. 17）患病中的朱克曼探索自己身体疼痛的根源，他甚至质疑宗教的作用。他认为更糟糕的是基督教，因为 "只要屈服于渴求奇迹的欲望，你就会踏入人类愚蠢的终极境界，进入罹患疾病的人所独有的最荒谬的白日梦魇——进入福音书中，会见我们最伟大的疼痛治疗专家、巫毒派医生耶稣基督"（p. 122）。

朱克曼由于小说创作疏离了与家人的感情，"他和作品建立起深厚的关系，却抛弃了帮助他获得创作灵感的人"（p. 201）。人们仅仅把朱克曼当作一部消耗生命不停运转的写书机器。他像波特诺伊一样，而且更富有想象力，他 "梦见母亲变成鸽子飞进他的房间，带有一张巨大的周围是锯齿的白色碟片"（p. 198）。他最后才意识到母亲是他此生的挚爱。罗斯在该书中对文学创作有了更多的思考，他认为作品的自传性同样重要，他指出："如果你逃出自我的框框，你就无法成为作家，因为你的灵感源泉是个人经历"。（p. 123）罗斯总结说，伟大文学作品的功能之一，就是 "通过描绘人类的共同命运，找到个人痛苦遭遇的解药"（p. 4）。他还认为作家应有适当的激情，因为没有狂热就无法抵达小说的伟大之处。他特别强调文学所具有的生活净化能力，一心只想写出更多的作品使自己的生命将变得强大无比。这些想法表明朱克曼（或者说罗斯本人）难以真正放弃写作，他们在上好 "解剖课" 后必将发现自己的使命就是做一名优秀的作家，而不是临阵脱逃的懦夫。完成这样的自我反省后，朱克曼重新上路到欧洲再次冒险，去拯救在异国他乡身陷困境的作家和他们将被销毁的作品。

五

1985 年罗斯推出朱克曼系列的最后一部《布拉格狂欢》，他在该书中描述了东欧国家的作家的经历，这与美国社会环境下的生存状态形成鲜明对比。具有反讽意味的是，朱克曼违背内心意愿前往捷克斯洛伐克拯救一位保守的犹太作家遗留的书稿，自己却身陷险境。在此地，他"发现盯梢、盘问、逮捕、审讯甚至监禁都是国家机器对不同政见的作家的常用手法"[1]。朱克曼希望能以这次冒险对之前的言行将功补过，做出某种象征性妥协，以便下次人们质疑自己的犹太身份或询问其犹太责任时可以问心无愧地回答。朱克曼实地考察了捷克斯洛伐克作家的处境后，并未因身为美国犹太人和作家感到自豪，发现他们之间的区别只是美国的朱克曼深受内心禁闭，而捷克斯洛伐克的作家则更多地遭到外部监控。

　　罗斯基于在布拉格的亲身经历而创作了《布拉格狂欢》。从 1973 年 5 月起，捷克斯洛伐克的秘密警察就为罗斯建立了特别档案进行监控，并在内部报告中将其列为可疑人员，称之为"国际犹太复国主义支持者"，认为他在来访捷克斯洛伐克期间与"布拉格之春"中的活跃分子来往密切。[2]在谈及在尚处于"铁幕"另一边的捷克斯洛伐克的旅行时，罗斯坦言道："最早是卡夫卡促使我来到这里的。"[3]他 1972 年从维也纳到布拉格只想看看卡夫卡曾经居住过的城市，在其作品中卡夫卡不时现身，这既象征着罗斯对幽默艺术的传承，同时也流露出他对文学传统日益衰落的焦虑。他在《布拉格狂欢》里借捷克斯洛伐克妇女奥尔佳之口质疑自己此次的东欧文学之旅："你为什么来布拉格？你是来寻找卡夫卡吗？知识分子到此都是找卡夫卡，他早已死了。他们应该找的是奥尔佳。"[4]五年后捷克斯洛伐克当局拒绝了罗斯的签证，直到东欧剧变的"天鹅绒革命"（Velvet Revolution，指 1989 年秋捷克斯洛伐克的政治制度更迭）之后他才再有机会旧地重游。罗斯在 1976 年那次旅行中，突然遭遇秘密警察，所幸的是他果断地跳上电车才躲过盘查。多年以后他被告知那天晚上警察依次问讯了他的当地朋友，其惊险程度极像《布拉格狂欢》里朱克曼被捕、受审和遭到驱逐出境的情节。在现存于美国国会图书馆中的手稿里，罗斯曾写道：

　　　　我的任何印象都交付给自己虚构出来的作家朱克曼，在与我上次被

191

---

① David Brauner, *Philip Roth*, Manchester: Manchester University Press, 2007, p. 41.

② Brian K. Goodman, "Philip Roth's Other Europe: Counter-Realism and the Late Cold War," *American Literary History*, Vol. 27, Winter 2015, p. 717.

③ Philip Roth, "In Search of Kafka and Other Answers," *The New York Times Book Review*, Feb. 15, 1976, p. 6.

④ 菲利普·罗斯，《解剖课》，郭国良等译，上海：上海译文出版社，2013 年，第 273 页。朱克曼系列小说的《布拉格狂欢》译文附于此书中文版之后，第 249-317 页。

容许到捷克斯洛伐克旅游相隔近十年之后，掠夺我的记忆和收集物的朱克曼已写出日记，详尽记录了成为他自己1976年到布拉格拯救尚未出名的意第绪语作家的两百篇待出版的短篇小说的冒险经历。[①]

1973年罗斯会见米兰昆德拉之后访问捷克斯洛伐克，之后，他为企鹅出版社主编"另一欧洲的作家们"系列丛书，尝试将"东欧国家的文学展示给美国大众，希望引起人们对那些作家的关注和同情。《布拉格狂欢》中的朱克曼通过细心观察和联想，着重揭示当地作家在严密监视下的恐怖生活，因为"这个国家有一半人被雇来监视另一半人"（p. 276）。朱克曼一到捷克斯洛伐克就受到警告，其罪名是策划与捷克斯洛伐克人民为敌，和麻烦制造者一起反对社会主义制度，成为"意识形态破坏分子"（p. 291）。他发现此处将文学文化押为人质，叙事艺术需经口口相传才能发展壮大，"讲故事是人们反抗掌权者高压的一种形式"（p. 300）。给朱克曼留下的印象是这里没有纯洁和善良的废话，英雄主义和变态的界限已很难区分，每一种压制都会激起人们关于自由的诙谐模仿，他们历史上的不幸遭遇"在这些充满想象力的受害者身上激起小丑似的人类绝望的形式"（p. 314）。相比之下，朱克曼自我评价说："我是一个浅薄无知、多愁善感的美国白痴犹太人。"（p. 309）他意识到在这种环境里自己无能为力，拯救书稿的冒险必然会以失败告终，因而哀叹道："你要是连间谍都当不好，以后怎么当伟大作家？"（p. 284）最终此处当局将一无所获的朱克曼当作犹太复国主义特工遣送回国并讥讽道："请回到角落里的小世界去吧。"（p. 317）朱克曼回国后发现自己的处境同样艰难，身心都已饱受创伤。作为罗斯创作风格的转折点的《反生活》一书其实也是基于《布拉格狂欢》的草稿创作的。在随后的创作中，罗斯注意与现代主义和后现代主义拉开距离，一些评论家认为需用"反现实主义"（counter-realism）一词才能恰如其分地描述该阶段罗斯的风格，强调他总是用自己独特的方法反映现实。[②]

六

"9·11"事件之后罗斯意识到《鬼作家》里的疗伤策略难以取得理想效果，

---

① Roth's "Notes" in Box 190, Folder 5, Philip Roth Papers, Manuscript Division, Library of Congress, Washington, D. C. Also see Brian K. Goodman, "Philip Roth's Other Europe: Counter-Realism and the Late Cold War," *American Literary History*, Vol. 27, Winter 2015, p. 738.

② Brian K. Goodman, "Philip Roth's Other Europe: Counter-Realism and the Late Cold War," *American Literary History*, Vol. 27, Winter 2015, p. 735.

在《被释放的朱克曼》中也没有找到真正获得自由的良方，《解剖课》中的自省也无法完全消除内心的焦虑，《布拉格狂欢》也不能总结自己的许多想法，因而他时隔多年后推出《退场的鬼魂》以说明更为有效的疗伤方式是直面现实。随着恐怖主义阴影的逼近和对老年、疾病和死亡的焦虑加深，罗斯明白这类问题难以用后现代实验手法表现或规避。在这部朱克曼系列小说的补充之作里，罗斯跳出先前乐于建构的文本迷宫，另设叙事者揭秘和讲述洛诺夫、爱美和朱克曼命运的结局。在该书中朱克曼 11 年前因恐怖组织的威胁而突然离开纽约躲进山区。他在马萨诸塞州西部买下小木屋权当避风港，离洛诺夫当年的安乐窝仅有十分钟车程。如果说他的文学前辈曾经是自愿隐居，朱克曼则是被迫逃向荒野。时过境迁，他在此未能享受昔日向往的理想生活，而是已成惊弓之鸟：他重新练习射击，枕枪达旦，房屋角落射灯密布，家庭安保系统直通州级警察部门，因为直到 2004 年自称"AK-47"的恐怖分子还对他发出死亡威胁。极具反讽意味的是，隐居山野多年以后朱克曼惊奇地发现自己原本是为躲避恐怖威胁，结果却免除了尘世的累赘与烦恼，"就像一个不再梦想之人，摆脱掉了由于我一生所犯的种种错误而造成的持续的恶果（对我来说，那就是连续多次的婚姻失败，见不得人的偷情，在色情关系中乐此不疲的穿梭）……我终于摆脱了自己的欲望。"[①]文学大师和偶像洛诺夫当年的隐居是不愿面对现实的抉择，朱克曼的遁世则是因现实的驱赶所致。

　　尽管外面早已步入信息社会，朱克曼却还生活在打字机时代，对互联网一无所知，也不感兴趣。他久居山区，几乎完全接受了梭罗等人的超验主义思想，醉心于远离尘世、阅读经典的平静生活。他认为最佳选择就是回避，并坦言道："我可以和书本对话，难道这还不够吗？我不看报纸，不听新闻，也不看电视，不就是为了不再听见那些令我忍无可忍而又无力改变的事吗？我选择这样的生活，它不会再将我拖入悲观失望的境地。"（p. 88）然而病痛折磨又将朱克曼拉回所憎恨的城市生活，他 70 多岁时为治疗手术后遗症回到纽约，突然发现自己像瑞普·凡·温克尔一样闯入一个陌生世界，目睹曾经熟悉的城市早已发生巨变。错过"9·11"这样重大的事件之后，朱克曼越发难以理解人们的思想变化，只能幽灵般游荡于似曾相识的街道，恍若隔世。

---

　　① 菲利普·罗斯，《退场的鬼魂》，姜向明译，上海：上海译文出版社，2011 年，第 24 页。以下出自该小说的引文只标明中译本页码。

当我走到第六大道和西五十四街的街角，手里拿着温克尔那生锈的猎枪，身上穿着他的古代服装，好奇的人流如军队般把我包围，大家都要好好看看我，这个行走在他们中间被阉割的陌生人，这个置身在高楼大厦、车水马龙和上班族一片喧嚣中的远古时代的老古董，我的感觉和温克尔简直如出一辙。（p. 14）

华盛顿·欧文的短篇小说《瑞普·凡·温克尔》（"Rip Van Winkle"）中的主人公温克尔在山里一觉睡了 20 年，刚好错过美国独立战争。他返家后不理解世事变迁和人们性格的怪异，后辈们不再温文尔雅，而是举止粗野，整天为无聊的政治争论不休。幸运逃脱"9·11"悲剧的朱克曼认为自己也是温克尔这样的异类，无法适应现代生活，觉得"这景象使街道看来像漫画，行人显得异常荒诞"（p. 54）。令他十分惊奇的是如今最普通的东西——手机，行人总是对着它喋喋不休却不愿见面畅谈。朱克曼暗自纳闷，觉得这些手机象征着自己拼命躲避的一切，他清楚地意识到自己与现代人之间早已相隔万水千山。他不由得叹道："我不再属于这个世界，我的身份已经失落。"（p. 220）走在繁华的纽约街头，朱克曼的感受只有陌生和疏离。他猛然发现昔日的曼哈顿已蜕变为邪恶之城，人人互相监视，手机的另一端总有人跟踪。手机这类傻玩意儿已成为生活之敌，对提升公众思想水平毫无益处。朱克曼在创作生涯巅峰时急流勇退隐居到伯克希尔山区，他宣称不再定居于这个世界，也不存在于当下时代，"我不觉得这是一种损失……我早就扼杀了那种扎根这个世界、扎根这个时代的冲动"（p. 3）。朱克曼从青年传记作家克里曼（罗斯另设的揭秘者角色）身上看见了自己从前的身影，回忆起"在那些哗众取宠的青春岁月里，你无所畏惧，你永远正确。任何事物都是你要攻克的目标；你随时准备战斗；你，只有你，才是这个世界里唯一正确的人"（p. 41）。朱克曼自认为是政局的旁观者和局外人，决心远离大半辈子对政治的忠诚与追求。现在他明白即使不了解基地组织、恐怖主义、伊拉克战争或小布什连任的可能性等，也不会有丝毫损失。他早已将自己的需求降至极限，享受的是梭罗式的超自然生活，他满足地说："我早就抛弃兴奋、亲昵、冒险与仇恨，取而代之的是宁静、安稳、与自然和谐的交流、阅读和写作。"（p. 27）

罗斯以朱克曼的回归之旅再次质疑自己心中的偶像，期望从根本上摆脱传统的束缚。传记作家克里曼告诉朱克曼，他通过细心研究从洛诺夫的自传性小说中发现此人 14 岁到 17 岁期间与姐姐乱伦的秘密。这一家为了避免丑闻不得不放弃美国梦移民到巴勒斯坦，而将带来耻辱的洛诺夫扔在新大陆作为惩罚。被家人抛弃的洛诺夫宁愿做一个美国人也不愿成为讲希伯来语的巴勒斯坦人。有关洛诺夫乱伦的故事可能源自霍桑的经历，但不过是艺术加工的结果。正如爱美将安妮·弗兰克的故事据为己有一样，身为作家的洛诺夫自然熟悉有关霍桑与姐姐伊丽莎白的推论，并将此虚构为发生在自己身上的故事，其目的旨在体验一种全新激情。朱克曼佩服洛诺夫在自传体小说里以足够的勇气写出个人秘密，称赞它道："艺术在痛苦的良心中升华！审美战胜了耻辱！"他钦佩地称其为洛诺夫的《红字》或者去除罪恶感的《洛丽塔》（p. 17）。洛诺夫在生命最后五年里终于了断了与妻子的婚姻，开始与爱美一起生活。洛诺夫一直忙于自传体小说创作，最后却因惧怕暴露生活隐秘而未出版。他的后半生在无聊中度过，逐步走向无意义的文学生涯，真的印证了《鬼作家》一书里朱克曼曾有的担心与焦虑。对于第二次世界大战后犹太人心目中神圣的象征——安妮·弗兰克，朱克曼感到同样失望。当他再次遇见爱美（这位美国的安妮）时，"她的容颜已发生可怜的变化，而她的整个存在——在我第一次遇见她时，曾经是那么朝气勃勃、乐观开朗——明显已到了病入膏肓的程度"（p. 145）。朱克曼明白爱美尽管不是安妮，却有着与安妮近似的身世，她的思想一直停留在少女时代，深陷于悲剧故事中难以自拔，永远生活在大屠杀创伤的阴影之中。在美国获得新生的爱美始终未能摆脱欧洲那场悲剧的纠结。令人叹息的是，她只与洛诺夫生活了四年，大师去世后她仅仅在回忆中保持与鬼魂沟通，痴迷地将其视为爱的最高形式，甚至以为自己"成功地回避因他的离世而造成的困窘"（p. 156）。这恰恰是罗斯在作品中一直主张人们必须摆脱的，因为他不愿看到美国犹太青年总是处于历史的重负之下，被束缚、被压垮。洛诺夫的退场带有极为浪漫的色彩，居然令朱克曼羡慕不已。他当年曾用安妮日记的背景资料大胆地把爱美想象为安妮·弗兰克，然而美丽的女郎早已人老珠黄，灵魂似乎也随大师而去。创伤理论家拉卡普拉指出，人们试图将大屠杀变成一种基础性创伤，却成为相互矛盾或者完全不可能的关于意义与身份的起源。[1]罗斯的艺术加工其实是对犹太社区的"大屠杀幻想"（fascination with Holocaust）和人们将安妮·弗兰克理想化和偶像化的抨击，以情节剧和歇斯底里的表现形式嘲讽"错位的，甚至荒诞的犹太部落主义（Jewish tribalism）"[2]。罗斯虚构安妮的复活和在

[1] Dominick LaCapra, *History and Memory After Auschwitz*, Ithaca: Cornell University Press, 1998, p. 177.

[2] Michael P. Kramer and Hana Wirth-Nesher, *Cambridge Companion to Jewish American Literature*, Shanghai: Shanghai Foreign Language Education Press, 2004, p. 213.

美国的经历的目的在于警示人们幻灭后必须回归和清醒，勇于探索出自己未来切实可行的道路。

以洛诺夫的经历和朱克曼的隐退，罗斯传达了自己经历了半个多世纪的创作后对文学本身的质疑。他对文学发展前景的渺茫深感沮丧，正如书中人物洛诺夫去世前对爱美就指出："阅读和写作的人们，我们完蛋了，我们是见证文学时代没落的鬼魂。"（p. 225）在罗斯看来，传记作家克里曼那种挖掘隐秘的研究毫无艺术价值，已成为文学发展中的劣迹，只是为了牟利而不是为了艺术，凸显出一种文学走向没落的趋势。罗斯在该书中叹道："尼采的预言变成了现实：艺术被憎恨消灭了（art killed by resentment）。"（p. 148）他的文学代理人朱克曼步入老年后也对自己的写作生涯深感困惑，在该书里甚至认为出版作品都失去了意义。他选择精神上的隐退，无奈地自称为"退场的鬼魂"，这种退场和主动放弃也是罗斯在残酷现实面前的疗伤尝试。

可以认为朱克曼系列小说是以成长小说的形式详尽叙述了 20 世纪美国犹太作家的艺术生涯。在《鬼作家》中朱克曼最终发现，洛诺夫（被认为以马拉默德为原型）代表的是艺术，妻子则代表的是社会良心，爱美（美国的安妮·弗兰克）身负的是历史传统。朱克曼最后在洛诺夫这里得到艺术自由的认可，和对爱美所代表的犹太历史的自我阐释，完成自我提升和艺术成长，基本懂得如何在艺术追求与社会责任两方面保持平衡。在《被释放的朱克曼》中，朱克曼功成名就后却因批评家和读者将其艺术虚构当作自传性作品而烦恼，最后甚至被代表传统的父亲斥为杂种而遭到家族和社区的谴责，成为一名本地流放者。然而这种释放并未给他真正的自由，而是给他带来更加沉重的心理负担和内心责难。这无疑是导致他在《解剖课》里成为心力交瘁、病魔缠身的失败者的根源，他在自认为江郎才尽的状况下甚至期望进入医学界，摆脱文学创作的磨难，其反应自然是由心理转向生理。后来，朱克曼终于打消了成为妇产科医生的念头，因为他意识到自己的使命依然是文学创作，因此重新肩负起自己的社会责任。所以罗斯在《布拉格狂欢》里将朱克曼派到捷克斯洛伐克去完成拯救犹太文学遗产的重任。朱克曼的旅行是一种寻根，旨在从罗斯的精神家园、偶像卡夫卡的故乡获取创作的灵感和寻求生活的意义。这与罗斯本人随后担任"另一欧洲的作家们"丛书主编的行动一样，他希望以文学复兴的努力重建精神家园。当时的布拉格如同卡夫卡笔下的城堡一样，朱克曼发现自己置身于更恶劣的环境中，像约瑟夫·K. 一样不得其门，只有被逮捕和监禁的命运。但这种努力是值得的，有评论指出，"罗斯从纽瓦克到布拉格漫长的奥德赛之旅也是美国犹太文学的转折点，因为它标志着从一种移民和同化文学到复兴文学之间的沟通，表现出成为与欧美文学并驾齐驱的犹太文学传统一部分的期望"①。朱克曼最后到布拉格——精神上的耶路撒冷朝圣，主要为了表达自己的崇敬心情和获得艺术的满足感，也获得艺术上的新生。这一系列小说详尽地再现了一位作家的成长过程和必须经历的磨难，以及如何在文化记忆中畅游和洗礼。

第四节　美国梦与反乌托邦小说："美国三部曲"

在 20 世纪末罗斯重新审视第二次世界大战以来的美国历史，连续推出三部与当代社会和政治局势密切相关的作品——《美国牧歌》（1997 年）、《我嫁给了共产党人》（1998 年）和《人性的污秽》（2000 年），被称为"美国三部曲"。罗斯承认这些作品构成的不是普通意义上的三部曲，没有叙事上的连续性和因果关系。他解释说："我将它们看作同一主题的三部曲，用来描写战后美国生活中的历史事件对我们这代人的影响。"②在这些小说中罗斯强调美国历史对个人的持续作用已逐步渗透到社会各个角落，认为没人能够逃离历史的大网。如果说他在早期的作品中涉及美国历史中的一些事件和随之而来的影响，那么这三部曲则是一种总结，将战后美国重要历史时期发生的事件联系起来，尝试对长达半个世纪的政治风云和个人命运之间的关系进行系统归纳和深入探索。它们构成了一部完整的美国诗史（American epic），从各个角度重新审视美国性（Americanness）和美国梦的实质，其深度和广度大大超越罗斯雄心勃勃于 1973 年推出的鸿篇巨制《伟大的美国小说》，反映了他对"时间胶囊小说"（encapsulating fiction）的创作兴趣。③他尝试以反乌托邦的描写重建那段风云激荡的历史。"美国三部曲"均带有从乌托邦走向反乌托邦的特征，是罗斯以新现实主义手法消解美国梦和重建历史的代表作。

---

① Hana Wirth-Nesher, "From Newark to Prague: Philip Roth's Place in the American Jewish Literary Tradition," in Asher Z. Milbauer and Danald G. Watson, eds., *Reading Philip Roth*, New York: St. Martin's, 1988, p. 28.

② Timothy L. Parrish, "Ralph Ellison: The Invisible Man in Philip Roth's *The Human Stain*", *Contemporary Literature*, Vol. 45, No. 3, Autumn, 2004, p. 421.

③ Kasia Boddy, "Philip Roth's Great Books: A Reading of *The Human Stain*," *Cambridge Quarterly*, March 2010, p. 44.

一

罗斯将第一部小说命名为《美国牧歌》便显示出他史诗创作的雄心，"这不仅仅作为一个家族的编年史，而是对田园牧歌，对乌托邦之梦和美国人身份本质、美国历史以及美国梦的反思"①。田园牧歌(pastoral)是"遁世文学"(escape literature)的一种形式，主要描写令人向往的乡村生活，是"都市诗人表达自己对牧羊人和其他身居理想自然环境的人们那种宁静俭朴生活的思乡情结的作品"②。最早出现的代表作是忒俄克里托斯(Theocritus，古希腊诗人，约公元前310—约公元前250)的《田园诗》("Idylls")和维吉尔(Virgil，古罗马诗人，公元前 70—公元前 19)的作品。美国意识中渗透最深的就是田园牧歌，罗斯在《鬼作家》里称之为"鸟鸣兽语、树林密布的 goyish 的荒野里，美国当初就是在那里发源的，也早已在那里告终了"③。在《美国牧歌》中罗斯以反乌托邦小说形式对 20 世纪美国历史和现实加以展示。如果说乌托邦小说是描绘未来前景时给人以希望，反乌托邦小说则是发出警示。

《美国牧歌》由"乐园追忆"(Paradise Remembered)、"堕落"(The Fall)和"失乐园"(Paradise Lost)三部分组成，其结构和主题显然源自弥尔顿(John Milton，1608—1674)的史诗《失乐园》(*Paradise Lost*，1667 年)。罗斯在第一部分以蒙太奇手法描述了主人公塞莫尔·利沃夫(人称"瑞典佬")一家移民美国后的发家史和直到 20 世纪 60 年代之前的幸福生活；第二部分着重揭示了越南战争期间美国国内外政治局势对个人和家庭的影响；最后一个部分则强调这些人物的美国梦破灭的必然性。罗斯展现了笔下人物经历的跌宕起伏的命运磨难，书中的田园牧歌(pastoral)和反田园牧歌(anti-pastoral)代表的不是简单的小说方式，而是不可调和的世界观。对罗斯而言，"田园牧歌所指的是一种非历史的，乌托邦式梦幻世界，人们在此与大自然、同胞以及自我和谐相处；而在反田园牧歌的世界里，人们臣服于历史潮流，陷入与大自然、同胞和自我的冲突"④。他在这部史诗般的巨著中以通俗流利的语言描绘了长达一个世纪(尽管重点关注的是 20 世纪后半期的

---

① Andrew Gordon, "The Critique of the Pastoral, Utopia, and the American Dream in *American Pastoral*," in Debra Shostak, ed., *Philip Roth — Countertexts, Counterlives*, Columbia: University of South Carolina Press, 2004, p. 32.

② M. H. Abrams, *A Glossary of Literary Terms*, 5th edn., New York: Holt, Rinehart and Winston, 1988, p. 202.

③ 菲利普·罗斯等，《鬼作家及其他》，董乐山译，成都：四川人民出版社，1987 年，第 4 页。

④ David Brauner, *Philip Roth*, Manchester: Manchester University Press, 2007, p. 149.

历史事件和影响，但在小说的开端还是用较短篇幅介绍了主人公一家先辈的移民经历）的美国历史，带给读者一种现代社会中强烈的无助感。他精心描绘的所谓"美国牧歌"让人们体味到的恰恰是相反的东西：令人绝望又无法逃离的困境。读者不由得惊叹罗斯对后现代主义各种手法的巧妙运用，而积极参与的政治倾向和丰富的文化内涵则凸显了其对后现代主义思维范式的突破。[①]罗斯曾说："在我看来，犹太小说家的使命不是到他灵魂铁匠铺里铸造这一民族尚未产生的意识，而是在本世纪不断产生又不断泯灭了一百次的意识中发现灵感。"[②]在该书中他系统描述了犹太移民的美国梦从实现到幻灭的过程。

罗斯在《美国牧歌》中塑造了一位力图完美展现美国精神的英雄形象。塞莫尔·利沃夫依靠个人体育优势和家庭经济实力，逐步摆脱犹太身份，赢得全新身份——美国英雄，他在自觉同化中完成自我净化。利沃夫充分利用美国传统价值观，即自由、平等和理想主义，一度成为实现美国梦的典型和社区崇拜的对象。

199

> 只是由于这瑞典佬，我们这个社区才进入了关注自我、关注世界的幻觉，一种各地球迷共有的幻觉：几乎像基督徒（他们想象中的基督徒）那样，这些家庭竟然忘记身在何处，却将希望寄托在一个体育项目上，最根本的是——忘记了战争。瑞典佬利沃夫受到抬举，在威夸依克犹太人家里像太阳神般被供奉，主要是因为人们对德日战争的恐惧。由于瑞典佬在运动场上的不屈表现，给那些再也见不到儿子、兄弟、丈夫而生活在苦难中的人们提供了一种怪异的、产生错觉的支撑力，使他们进入一种瑞典式的天真状态，获得爽快的解脱。[③]

该书中的叙述者朱克曼，从旁观者的角度细细道来社区居民对这位美国英雄的仰慕和钦佩。通过不断的追忆，朱克曼发现自己实际上也将瑞典佬利沃夫当作一种理想的美国形象，此人在第二次世界大战中的艰难时刻给社区居民带来希望，蕴含的是所有犹太人移民后裔的过去与未来。

---

① 罗小云，《超越后现代——美国新现实主义小说研究》，北京：北京大学出版社，2012年，第125页。

② Philip Roth, *Reading Myself and Others*, New York: Vintage International, 2001, p. 221.

③ Philip Roth, *American Pastoral*, New York: Vintage, 1998. 译文参见菲利普·罗斯，《美国牧歌》，罗小云译，南京：译林出版社，2004年，第2页。以下出自该小说的引文只标明中译本页码。

瑞典佬身上的犹太人特性太少，对我们讲话时也和那些身材高大、金发碧眼的球星一个样。我们对待瑞典佬时无形中将他与美国混为一体，这样的偶像崇拜让大家多少有些羞愧和自卑。由他所引起的互相矛盾的犹太人欲望马上又被他平息下去。犹太人既想融入社会，又想独立开来；既认为与众不同又认为没什么特殊的矛盾心理，在看到瑞典佬胜利的那一时刻自然消失。实际上我们街区像他叫塞莫尔的人多得很，祖先也是所罗门和索尔等，他们生下斯蒂芬啦，再下面就是肖恩啦。但他的犹太心又在何处？你不可能发现，然而你知道确实存在。他的非理性在哪？他的焦躁不安在哪？世俗的诱惑呢？没有狡诈，没有心计，也没有顽皮。他驱除这一切，达到完美，无须奋争，不用左右为难、思前想后，只用球星自然的体格塑造风格就已足够。(p. 18)

多年以后朱克曼才逐步了解到瑞典佬一生中其实遭遇了远比常人更多的挫折，他目睹自己的偶像一步步走向崩溃和死亡。对于这位理想人物，最后的毁灭则来自亲人的致命打击和背叛。即使女儿在瑞典佬眼前逐步改变，最终成为社区的恐怖分子，他也不愿直面残酷现实，只因无法相信被视为天使的女儿居然会堕落到如此地步。该书中的另一人物丽塔·科恩作为反主流文化运动的新一代典型，在勒索瑞典佬的过程中以极端方式呈现出瑞典佬不愿承认的现实：他心爱的女儿梅丽已成为这类堕落之人中的一分子。弟弟杰里早已对他指明梅丽无可救药，但瑞典佬依然不愿承认家庭遭遇的毁灭。

这女儿失去了，这美国的第四代。这东躲西藏的女儿曾是他本人完美的复制品，如同他是他父亲的完美复制品，而他父亲又是父亲的父亲完美形象一样……这愤怒、讨厌、人人唾弃的女儿丝毫没有兴趣成为下一个成功的利沃夫。她将瑞典佬从藏身之地赶出来，他似乎才是逃犯，被误置到一个完全不同的美国。女儿和这十年的岁月将他独有的乌托邦思想炸得粉碎，而瘟疫四起的美国渗入瑞典佬的城堡，传染每一个人。女儿将他拉出向往许久的美国田园，抛入充满敌意一方，抛入愤怒、暴力、反田园的绝望——抛入美国内在的狂暴。(p. 81)

罗斯展示了"移民们的美国化和提升社会地位之梦朝着相反方向发展"，作为纽瓦克的第四代，瑞典佬的女儿梅丽生活得更糟，比那些初来乍到的祖先都不如。①梅丽从天真少女到恐怖分子，再到生活极端的教徒的演变过程，反映了当时年轻人可能经历的命运，她的一生与父亲截然不同，但互为影响，从某种意义上讲二人几乎同时走向毁灭。由于这类情节设计，有的批评家将《美国牧歌》看作"女权主义者试图对男性权威的颠覆"，认为罗斯笔下的女性人物正是"美国根深蒂固厌女思想的产物，她们总在绝望地搏斗，而他本人则注意与之保持距离"②。

该书主人公姓名中的"利沃夫"有其特殊含义，原指华沙一犹太人居住区（Lvov），此处在 1943 年著名的反抗纳粹的起义运动中毁灭，数以千计的抵抗战士和平民遭到屠杀。罗斯则以拼写中有很小差别的"利沃夫"（Levov）泛指自由生活在美国的新犹太人，他们与当年在欧洲深受迫害而奋起反抗的犹太人已大不相同。③利沃夫的形象是混杂的，正如人们以"瑞典佬"指代遵循传统的移民后代。罗斯在该书中特别呈现了约翰尼·苹果仔（Johnny Appleseed）这一形象④，喻指美国人的自我和民族理想，并以此作为瑞典佬模仿和比较的对象，也增添了小说的悲剧性，使读者尤其为世事变迁和此时深陷越南战争的国家命运深感焦虑。这位瑞典佬尽管在物质生活享受方面远远好于苹果仔，但在精神上却难以达到后者那种富于乌托邦精神和自由理想的境界。

路易斯·米兰德认为："该书可以当作一个毒蛇悄悄溜进幸福田园的故事，当作美国工作手册来读，讲述的是不值得的苦难和命运的无常；或者当作一部政治寓言——是有关反法西斯战争胜利而形成的精神如何被越南战争和'水门事件'所摧毁的故事。最根本的是，这是关于生活的书——有关人们的心愿、自豪、成就，讲述了威科克（Weequahic）这一犹太人的亚特兰蒂斯（The Jewish Atlantis）消失的世界的故事。"⑤在该书中罗斯实际上提供了实现美国梦的基本条件，男主人公为陆战队教官、体育明星，妻子是容貌出众的美国小姐，家庭已进入在海外

201

---

① Debra Shostak, "Philip Roth: *American Pastoral, The Human Stain, The Plot Against America*", *Notes and Queries*, No. 60, September 2013, p. 40.

② Dean Franco, "*Turning up the Flame: Philip Roth's Later Novels* by Jay L. Halio; Ben Siegel," *MELUS*, Vol. 31, No. 2, *Varieties of Ethnic Experience*, Summer, 2006, p. 277.

③ Jeffrey Rubin-Dorsky, "Philip Roth and American Jewish Identity: The Question of Authenticity," *American Literary History*, Vol. 13, No., Spring, 2001, p. 105.

④ 约翰尼·苹果仔本名为约翰·查普曼（John Chapman, 1774—1845），美国西部开发早期的理想主义人物，以毕生精力将苹果种植普及到西部各地。

⑤ Louis Menand, "The Irony and Ecstasy: Philip Roth and the Jewish Atlantis," *The New Yorker*, May 19, 1997, p. 93.

也有分厂的富裕阶层,但最终越南战争时期的动荡政局却使瑞典佬的美国梦破灭,苦心经营的理想乐园也毁于一旦。

<h2 style="text-align:center">二</h2>

在三部曲中的第二部《我嫁给了共产党人》①一书里,罗斯采取回忆交谈方式探讨了当年麦卡锡恐怖时代集体无意识的愚昧和对个体压抑的根源。他的代理人内森·朱克曼作为细心的倾听者,从身边看似平静的生活中逐步揭示了外界政治风云在普通家庭里引发的惊涛骇浪,以及由此上演的一幕幕人生悲剧。该书与罗斯许多小说的共同之处在于"表现了个人自决能力与历史不可抗拒力量之间的张力,揭示和谐、理想主义和纯洁的诱惑梦想与杂乱、幻灭和腐败之间的关系,突出施加控制、讲求秩序和表述的欲望与逃离束缚的冲动的博弈,沉浸于无政府状态、混沌与无序和欣赏不确定、不可知和莫名费解"②。《我嫁给了共产党人》主要讲述了一位美国共产党人在麦卡锡时代的遭遇。艾拉·林戈尔德从普通工人、退役军人成为广播剧明星,因其政治抱负和意识形态方面的激进言辞,与妻子伊夫和继女发生冲突,最后被妻子在传记里揭露为共产党人而遭到当局迫害。③他和哥哥默里·林戈尔德(故事叙述者)的生活经历对年轻的朱克曼影响极大。罗斯着重谴责在那种特殊环境下可憎的背叛行为,表现了人们在外界压力下无力的反抗和挣扎。他对 20 世纪 50 年代美国共产党人和进步人士的所作所为加以质疑,特别是该书中的一些富于文学想象的描述在一定程度上反映出作家的思想局限性和这类知识分子对马克思主义在美国社会的根源和影响的思考。

在该书的创作中罗斯聚焦美国国内政治局势的变化,特别是共产主义在美国的影响。他着重叙述 20 世纪中期从亨利·华莱士竞选总统失败到约瑟夫·麦卡锡参议员掀起白色恐怖,加紧对进步人士的迫害的时间里,主人公艾拉和默里兄弟

---

① 罗彻尔·萨克雷在 1998 年 10 月 11 日的《独立报》中认为罗斯创作该小说的本意是对前妻克莱尔·布鲁姆的反击,林达·格兰特在《卫报》的文章里也持同样的观点,并且详尽地列举了该小说与现实生活的相似之处。参见:Rachelle Thackray, "Roth takes novel revenge on ex-wife Claire Bloom," *The Independent,* October 11, 1998(https://www.independent.co.uk/news/roth-takes-novel-revenge-on-ex-wife-claire-bloom-1177502.html); Linda Grant, "The wrath of Roth," *The Guardian*, October 3, 1998(https://www.theguardian.com/books/1998/oct/03/fiction.philiproth).

② David Brauner, *Philip Roth*, Manchester: Manchester University Press, 2007, p. 148.

③ 该书出版后受到来自多方面的抨击和冷遇可能与罗斯在其中流露出与前妻克莱尔和继女之间的个人恩怨有关。参见:Robert Alter, "Philip Roth's America," in Paule Levy and Ada Savin, eds., *Profils Americains: Philip Roth*, Montpellier: CERCLA, 2002, p. 28.

俩多舛的命运与国内政治风云之间的联系。在第二次世界大战即将取得最后胜利之际，艾拉加入共产党，这在当时极为平常，因为许多美国人认为共产主义就是20世纪的美国主义，特别是进步青年热衷于对马克思主义的探索。他们甚至以为共产党人的主张与托马斯·潘恩和林肯的思想较为接近，不难接受。只是随后的风云突变让他们不知所措，美国共产党内部也发生分裂，既有坚持马克思主义原则的，也有随波逐流的投机分子。从该小说中不难看出，罗斯在描述美国共产党人的形象时，主要以罗森堡事件和白劳德等人的言行作为文学想象的素材。[①]该书以倒叙的形式展开，朱克曼在故事发生近半个世纪后才从与昔日老师的交谈中逐步了解到实情。1997年朱克曼再次遇见默里·林戈尔德这位高中英文老师时，后者已达90岁高龄。他方知自己的朋友、默里的兄弟艾拉·林戈尔德已去世30年，正如默里在回忆中指出，"那些年，成千上万的美国人毁了，为了信仰，毁于政治，毁于历史"[②]。艾拉不是在自己挑选的伟大战场上（第二次世界大战）倒下的，而是被小人所击垮的。这位马丁·伊登式人物[③]试图依靠个人奋斗从下层阶级进入社会精英圈子，终究被残酷现实毁灭。

罗斯着力刻画了一位麦卡锡式的右翼狂热分子——专栏作家布赖登·格兰特，此人身为非美活动调查委员会成员与尼克松一同迫害知识分子和进步人士。他主持的专栏"格兰特内幕"成为陷害进步人士的工具，在那段恐怖时期不断公布被怀疑为共产党人和赤色分子的名单。罗斯着重揭示恐怖势力的合流，如刊物《红色路线》（*The Red Channels*）、参议员乔·麦卡锡（Joe McCarthy）、美国国外战争退伍军人会（The Veterans of Foreign War of the U.S.）、国会非美活动调查委员会、右翼组织美国军团、天主教杂志和赫斯特派系报纸都在竭力追查共产党人和同情者。罗斯指出，当时华盛顿的各家办公室都纷纷编制"第五纵队"的名单，

---

① 美国共产党（Communist Party of United States of America，CPUSA）建立于1919年，党员人数曾一度达到十万，1944年5月美国共产党书记白劳德认为资本主义与社会主义已进入长期信任与合作阶段，宣布解散美国共产党。1945年由前任书记福斯特重建美国共产党，但在随后的麦卡锡时期不得不转入地下，直到20世纪60年代才公开参加政党活动。1979年美国共产党第二十二届全国代表大会通过的纲领指出，美国帝国主义是世界和平的威胁，反对侵略战争。美国共产党的目标是通过和平道路战胜国家垄断资本主义，主张缓和国际紧张局势。经过多年艰苦曲折的斗争，党员人数已减至3000人左右，2000年起塞缪尔·韦伯任美国共产党主席。

② Philip Roth, *I Married a Communist*, London: Jonathan Cape, 1998. 译文参见菲利普·罗斯，《我嫁给了共产党人》，魏立红译，南京：译林出版社，2011年，第3页。以下出自该小说的引文均注明中译本页码。

③ 马丁·伊登是杰克·伦敦（Jack London, 1876—1916）同名小说《马丁·伊登》（*Martin Eden*，1909年）中的主人公，依靠个人奋斗成为著名作家，进入精英阶层，最终因幻灭自杀。

企图证实一个并不存在的大阴谋的可能性（p. 193）。杜鲁门政府的司法部部长克拉克先生在法庭上主张对 12 位共产党领导人采用极刑，因为其信仰早已无情摧毁了他们的生命（p. 169）。"铁林"·艾拉早已注意到国际上的反共产主义浪潮，如丘吉尔在 1948 年的一次演讲中建议美国不要摧毁其原子弹储备，认为全靠原子弹防止共产党人统治整个世界（p. 22）。针对美国国内外的政治局势，罗斯有自己的独特见解，他借艾拉之口指出，不是共产党要推翻美国，而是美国自己的作为才会导致自身的毁灭。艾拉直言道："我来告诉你是什么会推翻这个鬼地方：是我们对待有色人种的方式，是我们对待劳动人民的方式。不会是共产党来推翻这个国家，这个国家对待人民像对待动物，就会自己推翻自己！"（pp. 112-113）激进的艾拉常常在主持的广播节目里宣传进步思想，自然难逃格兰特和麦卡锡之流的迫害。

罗斯从政治博弈的上层分析共产党可能产生的根源，叙述了当年华莱士新建进步党参加总统竞选的过程。此人的许多政治主张接近共产党人的诉求，他曾极力反对右翼代表尼克松等人的行径，坦率指出《蒙特–尼克松法案》是迈向极权国家的第一步，旨在使美国人民惧怕而保持沉默，然而这位亲苏联的商务部部长 1946年便被杜鲁门解职。罗斯基于历史素材和背景资料对共产党人的形象加以具象化，塑造了两种人物形象：朴实正统的奥戴和左右逢源的艾拉。热衷于政治斗争的奥戴孤立却执着，甘心情愿过清贫生活也要坚持自己的理想，绝不放弃原则。罗斯认为在美国社会里这类斗士难成气候，需要从社会底层发现粗汉、硬汉，用马克思主义思想武装他们，并使他们兼有美国传统英雄的气质，如艾拉代表的就是高贵的林肯总统，爽快、纯净，俨然是一位伟大而崇高的巨人。他的行事就代表了道德本身，整天大谈正义与平等，他的理想对各种人都有吸引力，然而政治上的迫害与家庭内部的危机相互交织，最终将其摧毁。极具反讽意义的是，悲恨交加的艾拉死于林肯所患疾病——马凡氏综合征（Marfan syndrome），罗斯在该书中只是简单描述称，就因艾拉在电台节目里曾扮演和追随过林肯，自然患上了这种罕见疾病。

罗斯还系统分析了美国共产党的发展过程，指出在美国历史上有许多思想都接近共产主义。他以主人公艾拉的遭遇说明美国共产党人在公众心目中的形象，以及共产主义在美国可能产生的土壤。罗斯尝试以自己的想象和公众对曾经活跃的美国共产党的评价塑造具有代表性的人物。艾拉同样出生于纽瓦克，只是比故事中的内森·朱克曼（或者说作者罗斯）早 20 年。他童年的生活艰难，7 岁时母亲便去世，他不得不忍受童话里那种刁钻的继母，因而 15 岁便退学离家出走。他到处流浪做苦力，直到珍珠港事件后才入伍到海外服役。在伊朗码头驻军期间，艾拉与战友约翰尼·奥戴交往甚密并开始学习和阅读进步书籍，最后接受共产主义思想，由后者介绍加入共产党。艾拉在伊朗码头上被视为"黑人同情者"而遭人殴打，只因他和奥戴常常与黑人士兵一起阅读，在军队里被称为和黑鬼混在一起的犹太杂种。艾拉退伍后与酒吧脱衣舞女唐娜·琼斯同居，在其自我意识中似乎劣势人群对他更具诱惑力。奥戴则以事业的名义劝阻艾拉与唐娜的婚事，希望能使艾拉意识到生存的理由就是变革和弄清活在世上的目的。艾拉主要因阅读进步书籍而逐步成为共产党人。罗斯特意列出许多书目，如霍华德·法斯特（Howard Fast，1914—2003）的《公民汤姆·潘恩》（*Citizen Tom Paine*，1943 年）等。在法斯特笔下，潘恩是出生于穷困中而具有叛逆性独立精神的孤独之人，常遭到众人排斥，最后被人出卖。此人即使在最后的自白《理性时代》中也写道："我不相信犹太教、罗马教、希腊教、土耳其教、基督教以及我所知道的任何教会所宣称的信条，我的头脑即是自己的教会。"（p. 23）艾拉在很大程度上近似潘恩，他在被称为"铁林"的节目里朗读潘恩语录，令听众感动不已。每周四晚上，无线电台有"铁林"的节目《自由勇敢者》系列剧，主要取材于美国历史上激励世人的事件，艾拉在其中主要扮演内森·黑尔等著名人物，深受听众喜爱。艾拉与传统剧目《美国广播剧院》的女主角即著名演员伊夫·弗雷姆结婚后跻身上流社会，在艺术界红极一时。艾拉身上逐渐凸显出三位一体的形象：在剧场里他是爱国捐躯的亚伯拉罕·林肯，在广播里他被人称作自强不息的美国人"铁林"，在内心深处则仍旧是纽瓦克街头的野汉艾拉·林戈尔德。

从罗斯这类小说看，当时许多人加入共产党或具有进步倾向只是激情所致或为潮流所推动，他们一有风吹草动便纷纷退却作鸟兽散。艾拉在服役期间将思想主张相近的士兵的美国国内地址记下来，回国后试图与他们联系，却发现许多人有了根本改变，如在第二次世界大战中他的战友欧文·戈尔茨坦无所畏惧，战争结束后他却怕妻子，怕岳父，怕收账单的人——他什么都怕。艾拉自己退役回国时也只想和脱衣舞女同居，甚至准备投资糖果生产业，那将使他远离共产主义的理想，用对商业利润的追求替代政治抱负。奥戴将他拉回正道，打消了他与唐娜结婚的念头而使他专心从事政治。艾拉逐步意识到自己是历史的工具，应召到纽约来纠正社会的不公。他全身心地归属共产党，遵守每次政策上的 180 度转变。罗斯认为他是"一个被拉进自己不了解体系的幼稚之人"（p. 162）。艾拉被描写成典型的美国硬汉，所遭遇的挫折和最终下场则意味着美国梦的破灭。罗斯笔下的这类人物不过是一种历史的畸形，不管怎样向上奋斗，最后结局仍是悲剧，美国当时的历史造就了类似的一代人。艾拉曾在 16 岁时杀人（罗斯设置的"原罪"）而遭到黑手党追杀，在流亡时他什么工作都做过，吃尽人间苦头。他浪迹天涯，养成粗野的性格。尽管最后他逃过了黑手党的追杀，却被格兰特这位专栏作家擒拿，足以证明笔杆子胜过枪杆子。艾拉其实是"莎士比亚式的悲剧人物，由于盲目和固执而被自己出卖，如同奥赛罗一样不可救药地愚蠢"，最终导致自我毁灭并波及他人。[①]

罗斯对艾拉的妻子伊夫·弗雷姆的背叛行径大加谴责，借此表达普通美国人对共产主义的一些看法，以及在麦卡锡时代人们之间可能采取的行动。伊夫虽身为犹太女演员，但背景复杂，原名也许叫查娃·弗鲁姆金。伊夫与著名电影演员卡尔顿·彭宁顿离婚后带着性格怪异的女儿西尔菲德一起生活。伊夫 17 岁涉足好莱坞，1924 年就已成名。40 多岁时伊夫混入上流社会后极力掩盖其犹太人身份，总是流露出对犹太人的憎恶。她离过三次婚，希望依靠新的丈夫改变自己。艾拉所能吸引她的是，他为其开启了解普通工人生活之门，她曾一度认为这类下层民众才算真正生活过。罗斯痛恨犹太人中的败类——种族内部真正的反犹分子。擅长演技的伊夫实际上陷入自己表演的反犹主义角色，她到美国的目的就是要掩盖犹太身份。她认为美国的好处是享受自由，这其实是一种可以忘掉过去的无根性，可以不受过去的干扰让自己投入美国。伊夫无法理解如果她恨犹太人，怎么可能自己是其中之一呢？她明白"如果你想成为一名真正的美国非犹贵族，不管你愿意不愿意，都要装出非常同情犹太人……如果需要，你仍然可以私底下憎恨他们"（p. 142）。伊夫认为自己的美丽反而衬托出身份的丑陋，如同可爱的女人生来脸上就横着一大块紫色疤痕，她从未忘记对生为犹太人这一种族的愤慨和气愤。在她优雅的外表下，隐藏的是对犹太人的憎恶，她从骨子里瞧不起自己同胞。罗斯用伊夫的表现展示了真正的自我仇恨，这也是多年来人们对他的误解。伊夫极力维持上层妇女的姿态，惧怕人们看透其内心的怯懦。她的生存哲学是保持与生活的平行，而不是生活于其中，这是 20 世纪 20 年代许多涌入好莱坞的女孩在自己身上培养出的特殊气质，"此类英式优雅已僵化为层层累叠的蜡一样的东西，尽管内心毫不优雅，却在脸上露出亲切的微笑，带有戏剧般的克敛和得体的举止"

---

① Timothy Parrish, *The Cambridge Companion to Philip Roth*, Cambridge: Cambridge University Press, 2007, p. 148.

（p. 48）。艾拉十分了解空虚伪善的伊夫，他试图改变后者，建议她阅读一些进步书籍，如阿瑟·米勒反映犹太人内心焦虑的《焦点》（*Focus*，1945 年）。该书作者以反讽的口吻叙述了顽固的反犹主义分子因其长相被认为是犹太人而遭到歧视的故事，表现了一种自食其果的惩罚。

刚刚经历过世界大战、希望平安度日的人们突然发现，即使在美国这个被认为天堂般的国度里依然危机四伏，令人防不胜防。罗斯特别强调当时人们常常处于莫名的惶恐，是"那个年代特有的深深恐惧，不信任，怕被发现而忧虑不安，生命和生计处于威胁之下的焦虑"（p. 222）。人们即使在婚姻中也只是相互利用，艾拉尤其害怕失去保护伞，他将婚姻关系看作一种岗位。他说："如果我能守住自己的岗位，如果我不被扫到一边丢进垃圾桶，就不必坐在这里担心我的正直问题，就能为党做得更多。我不担心丢面子，我担心的是战斗力的问题。我想做事情。"（p. 225）从这些小说情节上看，罗森堡事件对罗斯的创作影响很大，他特别憎恨亲人间的背叛行为。外界政治风云时刻都在影响着家庭的安宁，小小避风港的脆弱性逐渐显露出来。特别是政治局势与家庭矛盾交织在一起时，人们往往容易失去理智，正如艾拉对婚姻的不忠促使伊夫在盛怒之下揭发丈夫的共产党人身份。《美国纽约日报》（*New York Journal-American*）在标题中称艾拉为"激进赤色分子铁人"，不出 6 个月由伊夫口述和格兰特记录而成的《我嫁给了共产党人》一书出版。在该书中伊夫讲述了共产主义疯子在家里对她和女儿的虐待，以及她为美国民主的辩护，揭露了她听到艾拉书房里的来客讲俄语，从而发现了俄国特工和俄国文件，甚至有来自世界各地的共产党人的密信和电话等秘密（p. 217）。伊夫在开篇里讲述了自己的艰难抉择，她完全是为了美国的利益而不得不揭露一个自己曾经深爱的人，因为此人诡计多端，"决意利用大众文化的武器破坏美国的生活方式"。她意识到艾拉所做的一切几乎毁掉她的生活、事业和孩子，只是"为了推进斯大林统治世界的计划"（p. 218）。这种夫妻间的背叛行为给别有用心的政客格兰特跻身政坛提供了绝好机会。此人从艾拉的笔记里找到后者服役时结识的每一个马克思主义者，连默里一共有 30 多人因此遭殃。只因感情上的背叛，"一个女人就把她的丈夫和他们婚姻中的难题奉献给了狂热的反共产主义运动"（p. 233）。伊夫显然是想借他人之手除掉自己的眼中钉。尽管受人怂恿、上当受骗，却也看出她对艾拉的恨之深，最终成为麦卡锡时代的告密者，遭到众人的鄙视。

罗斯以反讽的口吻指出历史的精髓就是背叛，正如《圣经》中的主要故事也是背叛一样，满篇充斥着众人的背叛和上帝的背叛（p. 165）。艾拉的哥哥默里回忆当年的恐怖岁月时总结说:"每个灵魂都是制造背叛的工厂,无论何种缘由:有的是为了生存、激动、高升或理想主义。"(p. 234)当时有的只是为了统治他人,摧毁他人的乐趣,当然也有人背叛是由于没有其他选择。在战后十年中,即从1946年至1956年,人们犯下的个人背叛行为超过美国历史上的任何阶段,伊夫的行为其实符合那个年代的通常做法。国家当时鼓励这种背叛,而且还有奖赏。人们发现"不但背叛的愉悦替代了禁律,而且你不需放弃道德就可以违犯,在显示爱国心而去背叛的同时还可以贞洁,同时你感到一种满足,接近性欲上的满足"(p. 236)。人们并未更多考虑所谓大义灭亲的后果。从罗森堡事件看,当时人们极有可能因这种背叛将亲人送上电椅,遭受极刑。读者从罗斯的描述中不难体味到如同身处奥威尔著名的反乌托邦小说《1984》里的恐怖场景中一样人人自危的感受。

　　罗斯特意以书中书的形式揭示了人们为了各自的利益相互伤害的行径。伊夫在他人代笔的《我嫁给了共产党人》一书中,将丈夫描绘成戴着人形面具的幽灵,以自身的经历说明来自共产党人的威胁近在咫尺,渗入普通美国家庭。她耸人听闻地宣称,人们深陷危机还不知不觉,甚至与共产党人生活在一起。伊夫口述道:"我嫁给了共产党人,我和共产党人共眠,共产党人折磨我的孩子。"她担心全国人民都乐于收听共产党人艾拉的广播节目却从未怀疑,甚至将他看作爱国者(p. 245)。伊夫认为自己揭露丈夫的行为是在拯救美国,因而甘愿为此毁掉家庭。她的背叛行为恰恰让投机政客格兰特借广播界的共产主义问题而进入众议院。此人参加竞选时,臭名昭著的反共浪潮始作俑者麦卡锡也到场助威。罗斯在该书中指出,格兰特的作为显然在效仿尼克松,因为他深知"为了在政界迅速取得显要地位,他们每人都需要一名苏联间谍",尼克松有阿尔杰·希斯,格兰特则选择"铁林"·艾拉(p. 247)。麦卡锡宣称自己掌握的名单上有好几百名共产党人,如果都像伊夫这样大义灭亲,各个家庭因内部的相互攻击可以产生很多倍的"共产党人",这种广泛的背叛行动完全可以证明麦卡锡的担忧有根有据。艾拉最后被送进医院时,身体上的病痛与精神上的崩溃交织在一起,他已成为准精神病患者。罗斯总结说,在当时,"道德耻辱是大众的娱乐。麦卡锡是演出的监制人,观点越混乱,指控越无耻,就越迷惑人,其全面乐趣就越有劲"(p. 254)。伊夫在投机政客的怂恿下的告密举动其实掩盖了其私利,麦卡锡恐怖时期许多悲剧的酿成也在于此,她希望借反犹反共达到自己彻底摆脱犹太人身份的目的。在默里看来,伊夫的罪孽不只是对种族身份的否定,还是一种仇恨,她"要想在美国社会把自己装扮成正统白人，就必须表现出白人社区长期养成的那种对种族和宗教方面少数裔的歧视"①。伊夫的言行让人不禁联想到她身为演员对莎士比亚戏剧台词"我爱恺撒，但我更爱罗马！"的拙劣模仿，她同样声称自己的背叛行为是为了从赤色浪潮中拯救美国。

　　罗斯在探讨这种时代悲剧的根源时，也关注笔下人物的身份问题和相应的对策。女主角伊夫的做法尤为明显，她采取各种手法进行"自我净化"或者说"自我洗白"，以逃离犹太身份的束缚。伊夫承认她到美国就是为了要隐藏身份：

　　　　你不想做你父母所生的美国人吗？可以。你不想和犹太人联系在一起吗？可以。你不想让任何人知道你生来就是犹太人，你想隐匿来到这世上的出身吗？你想放下这问题，假装你是别人吗？可以。你来对了国家。（p. 141）

　　罗斯指出在那个时代全美国到处都是愤怒的犹太人，而做一名美国犹太人的特权是在这个世界上发泄自己的怒气，随心所欲地信仰，报复受到的任何攻击。这也是美国赋予犹太人的最主要的东西，美国是愤怒犹太人的天堂，高中老师默里劝朱克曼下一本书就写《二战以后的愤怒犹太人》（p. 146）。罗斯所抨击的是犹太人性格中的缺陷，特别是所具有的狭隘的民族性和传统意识。他借朱克曼之口讲出自己的心里话，身为犹太孩子他希望拥有国民性："你投入历史，历史也涌入你，你汇入美国，美国也汇入你。"（p. 35）伊夫不惜一切手段混迹于演艺界和上层社会，甚至毁掉丈夫和家庭，这都是为了利用美国社会提供的机会摆脱身份自卑的困扰。伊夫最后到医院向艾拉忏悔，承认是格兰特夫妇逼迫她出卖丈夫以保全自己和女儿的未来，格兰特夫妇曾以女儿西尔菲德的前途要挟伊夫，使她不得不充当可耻的告密者。伊夫曾编造自己的家庭背景，告诉媒体她出生于马萨诸塞州的一个航海世家，曾祖父和祖父都是快船船长，父亲是专利律师，而不是贫穷的犹太移民。伊夫借助媒体毁掉艾拉后，发现记者们为了更大的商业利润，对她穷追不舍，甚至挖出其犹太人身份和底层家庭背景。大家终于得知她不过是贫穷的犹太移民后代，原名为查娃·弗鲁姆金，她本人16岁时便与酒店服务员的儿子私奔。真相揭开后，伊夫遭到众人的唾弃，女儿也为财产而投奔自己的父亲彭宁顿。罗斯认为艾拉将自己与沉溺于贵族奢华生活的伊夫之间的对立生活看作是浪

---

① David Brauner, *Philip Roth*, Manchester: Manchester University Press, 2007, p. 157.

漫爱情，是对陌生领域的探索，是希望证明自己为强者的实践。伊夫最后成为酒鬼，其回忆录《我嫁给了共产党人》发表十年后她在贫困中死于醉酒昏迷。艾拉得知妻子的死讯时感受到了复仇的快乐，但两年后也在锌镇（Zinc Town）因心脏病去世，夫妻双双成为那一时代的牺牲品。

　　罗斯在该书中尤其强调政治影响的持续性，认为这必将改变普通人的命运。在很大程度上他将这种政治传统的继承描述成一种偶像崇拜：艾拉学习奥戴，朱克曼则模仿艾拉。朱克曼发自内心的感慨充分表达了他年轻时对英雄崇拜的心情，其实也归纳了罗斯自己对美国英雄的看法：

　　　　我的理想主义（和我的为人的理念）正由两条平行线构成，一条的养分来自有关棒球冠军的小说，他们在逆境、屈辱和失败中奋力拼搏赢得胜利；另一条则来自以英雄式美国人为主角的小说，他们与暴政和不义作战，是美国和全人类的自由英雄，英雄式的磨难。（p. 22）

　　罗斯以朱克曼的成长过程探索当年政治局势下青年人的思想变化，认为他们无疑受到进步宣传的左右。年轻的朱克曼开始文学创作时便夹杂有政治口号，所创作的广播剧对话里重复着奥戴与艾拉的话，带有工人阶层惯用语的色彩。他同样阅读艾拉喜欢的那些书籍，如贝拉米的《回顾：2000—1887》[①]、柏拉图的《理想国》和马基雅维利的《君主论》等。朱克曼 12 岁时就深受诺曼·科温（Norman Corwin，1910—2011）的广播剧《胜利手记》（*On a Note of Triumph*，1945 年）的影响，到十五六岁时他便渴望了解工人的一切行为、言谈和思维方式。在艾拉的影响下，朱克曼的思想开始转向进步，与保守的父亲之间的分歧日趋激烈。罗斯列举了一些进步青年常读的书籍和刊物，以及苏联歌曲唱片等，指出红色思想开始渗透进美国普通家庭。朱克曼的父亲甚至认为，由于朱克曼与艾拉的交往，自己已经失去这个儿子，自从 16 岁时艾拉到锌镇拜访之后，朱克曼在思想上就离家出走了。罗斯写道："小潘恩别无他法，只有将他一笔勾销，背叛父亲，义无反顾径直向前跨入人生的第一个陷阱。"（p. 29）与父亲谈话后，朱克曼甚至将其看作专门迫害赤色分子的帮凶，愤然离家参加支持华莱士的集会。他后来才明白自己因此受到牵连，被认为是艾拉的侄子，大学毕业时申请富布莱特奖学金也遭

---

　　① 爱德华·贝拉米（Edward Bellamy, 1850—1898）在其乌托邦小说《回顾》（*Looking Backward: 2000-1887*, 1888 年）中提倡各尽所能、按劳分配和共同富裕等社会主义的主张。

到拒绝。

在罗斯描写的反叛的美国青年一代中，伊夫的女儿西尔菲德具有代表性。她似乎集所有弱点于一身：平庸、自私、专横，"多么缺乏可激起男性欲望的特点。她四四方方的身体，胖胖的大腿，身上多余的肉让她身形厚重，从后背上看有点像野牛"（p. 122）。作为著名电影演员和同性恋彭宁顿的后代，她被父亲实际抛弃后只能向可怜的母亲发泄内心的愤怒。西尔菲德仅有的可以获得自在感受的途径就是恨她的母亲和弹奏竖琴，她奉行一种"真空中的独立"，也就是真空状态的虐待狂（p. 150）。她的朋友帕梅拉·所罗门在许多方面与其反差很大，但虚伪本质一样。此人来自英国一个体面而沉闷的犹太家庭，不惜与好友的继父艾拉发生恋情，最后死于空难。她喜欢美国，不愿回到伦敦去过愚蠢隐秘的情感生活，认为在此可以摆脱那套忌讳流露感情的废话，她自认为她所开始的是伟大的美国历险记。每个人都把这位年轻的长笛手认作是可以带来快乐的梦中情人，她象征着伊夫希望的女儿或艾拉不曾得到的妻子的形象。

在描述这些年轻人的疯狂之举的同时，罗斯也在回首往事中表现出老年的无助和无奈："万物逝去后存留下来的是恬淡律己的哀伤。这是一种冷却。有太久的炽热，生命中一切都如此强烈，然后一点点隐去，接着是冷却，再后来即是灰烬。"（p. 70）朱克曼将默里看作自己的榜样，他是一位认真尽责的教师、公民和顾家男人，但他到老年时才意识到之前的所谓积极生活"是为了抵达无欲无情状态的一场长期战役"（p. 70）。默里身为当年白色恐怖的受害者，对命运里的磨难一言难尽，他对朱克曼连续讲了六个晚上，希望能静下心来理智地选择与历史失去联系或者重新获得对它的控制。朱克曼既是当事人又是旁观者，他从默里的一生看到了身为美国人可能的命运。默里曾在教育工会里任董事，1955 年当艾拉被列入共产分子黑名单之后，他因拒绝做听证而被革去教职，经过六年漫长的申诉才得以恢复。这期间他只好走街串巷推销吸尘器。尽管当年的学生和战友前来作证，默里还是被解雇，成为弟弟一样的历史受害者。90 岁的默里到朱克曼在雅典娜学院开设的老年课程"莎士比亚在千禧年"的班上学习，可谓心态年轻，此时他早已将一生的磨难抛到脑后。令人遗憾的是，默里仍难逃注定的悲剧，作为纽瓦克黑人街区最后的白人家庭，他的妻子被抢劫犯杀害，他自己也在孤独和悲痛中去世。朱克曼将默里兄弟的命运归咎于国家机器运转的结果，称之为"美国为人们计划的生存方式"（p. 284）。

罗斯在小说中设置了一种最后的避风港以躲避外界打击，希望能在自然环境

211

里疗伤。艾拉在锌镇有一栋小木屋，总是在艰难之时回归于此。这种遁世的观念无疑来自梭罗，此处成为艾拉人生的最后一站。罗斯还对东方哲学、道家思想、印度教教义和中国思想中"居于林"的意义尤为感兴趣。艾拉退居到锌镇的小木屋时总在提醒自己尽管在广播剧中扮演铁林，但自己依然很普通。他不忘与奶牛场工人耐心交谈，试图让他们明白自己如何被现存体制剥削。贴近自然的小木屋成为生活中的缓冲地，艾拉在此试图用梭罗的方式改变伊夫或缩小两人间的差距，从而表现出对奢华生活的鄙视和不屑。然而他们家庭内部的矛盾在外界压力作用下愈发尖锐激烈，终于到了无法调和的地步。艾拉最后才明白，让美国共产化或在纽约华尔街掀起无产阶级革命，都比分开一对不愿分开的母女要容易。艾拉与伊夫两人正是由于他们之间的差异而相互吸引，即底层工人的粗野与著名女演员的优雅，然而将他们捆在一起的"首先是强烈的性欲，再是混乱困惑与欺骗倾轧，最后则是深仇大恨：毁灭对方的渴望"①。

在重建历史的尝试中罗斯用艾拉和阿蒂·索科洛之间的争论反映了美国共产党人中的绥靖妥协和投机背叛，以及偏激固执与愚昧盲动。艾拉责备后者的逃跑行为，但索科洛认为坚持下去只会付出更大代价。艾拉的朋友们和以前曾交谈过的工人，都被联邦调查局动员起来充当证人或相互监视。他被党内同志抛弃，这些人认为艾拉贪图享受，为了自己的利益而出卖同志。昔日好友奥戴甚至相信艾拉有意将他们之间的通信交出去，使党蒙受重大损失。在罗斯的笔下，这些人被描写为不识时务的粗野汉或投机钻营、见风使舵的胆小鬼，或听任他人摆布操纵的傀儡和工具。这其实反映了罗斯本人思想上的局限性，他未能深入探索美国共产党人悲惨命运的根源，而仅仅将其当作文学创作素材加以利用，主要以自己的想象表现当年共产党人和进步人士的遭遇。罗斯认为共产主义其实很难在美国社会兴起。朱克曼试图了解艾拉这类人，却被大学教师看作两面人，成为芝加哥大学里"最不成熟，文化上最落后，最可笑的平庸之辈"（p. 214）。这些人似乎都在教育朱克曼，认为他的生存目的在于"聆听"。让朱克曼感到欣慰的是，麦卡锡时代留下的只是一些故事，聆听才是最好的享受。朱克曼最终意识到故事中的人物无法与时间抗衡，他们已化作流星消失在天际。当他欣赏艾拉所送的唱片时，其中的苏联军乐团演奏的《伐木者之歌》的歌词"嘿——荷！嘿——荷！"犹自来于遥远时空，将那些迷狂的革命日子留存在幻觉之中。那时人人渴求变革，内心为

212

---

① Timothy Parrish, *The Cambridge Companion to Philip Roth*, Cambridge: Cambridge University Press, 2007, p. 149.

自己计划着，天真地、痴迷地、无可饶恕地低估了人类会如何损毁它最崇高的理想并将其变为可悲的闹剧。朱克曼幻想着远离尘世的天堂，那里没有争斗，没有背叛，只有满天繁星静静运行，呈现的是"无怨无仇的壮丽景观"（p. 289）。这无疑表明罗斯希望人们能忘却那段恐怖时期所带来的创伤。罗斯在关注国家政治命运的同时也受到自己家庭变故的影响，无疑有借小说创作对前妻的作为施以报复之嫌，这在一定程度上削弱了小说的艺术性。总体上看，罗斯在该书里揭示了人类的邪恶一面，所写的是关于谎言、背叛、倾轧、复仇和笑里藏刀，反映了权力话语对普通人生活的操控和毁灭，使读者在半个世纪后依然能感受到麦卡锡时代的恐怖。

罗斯在小说里也流露出对文学未来的焦虑。他写道，上帝七天之内创造了一切——鸟、河流、人类，却没有给文学留出十分钟。上帝会质问文学的意义："那有什么用处吗？该搁在何处？够了，我是创造宇宙，不是大学。没有文学。"（p. 201）在残酷的现实面前，朱克曼意识到自己所从事的文学创作苍白无力，只能将艾拉和默里等人的悲剧归咎于那个时代而已。罗斯在质疑文学的社会功用和重建历史的过程中，对当年那些受害者深表同情。

三

罗斯在三部曲的最后一部《人性的污秽》中同样描述了主人公追寻理想生活、完成个人身份提升，最终美国梦毁于一旦的过程。该书中主人公的人生悲剧令人叹息，他为突破身份困扰所做的努力和付出的代价值得人们深思。正是这类文学作品以及改编的电影逐步推进，才使公众克服种族偏见，对后来奥巴马一举夺得总统宝座起到较大作用。在该书中，罗斯特别对"政治正确"倾向的实质加以揭示。"政治正确"这一术语最早出现在 1793 年的美国最高法院的法律文件中。法兰克福学派（Frankfurt School）的批评理论中对"政治正确"观念有较为详尽的阐述，这一观念甚至被人们认为是与美国的犹太–基督国家政体相抵触的阴谋论。与现代词意较近的是 1970 年托尼·凯德（Toni Cade）的文集《黑人妇女》（*The Black Woman*）一书中的用法，最早主要指与普遍认同的思想观点一致，新左派和女权主义者等甚至将其当作自我嘲讽的话语来规避人们进一步的责难。艾伦·布鲁姆（Allen Bloom）在《美国精神的封闭》（*The Closing of the American Mind*，1987 年）一书中对该术语的运用引起知识界和大学里对"政治正确"倾向的争论。在当代，该术语却带有贬义，指在种族歧视、性别歧视和遭到冒犯等问题上过于敏感而加以回应的激进思想。罗斯后来在《退场的鬼魂》里再次谈及这一话题时指出，那些愚不可及的"政治正确的傻玩意"（politically correct crap）是从大学里兴起的，最后蔓延到各地成燎原之势。[①]他创作《人性的污秽》一书就是对人们当时这类观念和行为的反思。

该书里的内森·朱克曼同样作为旁观者，以第一人称口吻叙述了主人公科尔曼·西尔克在"雅典学院"充斥阴谋、倾轧、欺骗的人性污秽的环境里的生存和反抗，以及身份问题所导致的焦虑和悲剧，强调战后美国社会文化和历史事件对个人生活的影响。罗斯曾解释说，该书中有关科尔曼的艰难处境的描写是基于自己在芝加哥读书时与其他族裔女性交往的经历。他常常在听到黑人妇女在抱怨家族里融入白人社会的那些亲属时，想起"自我改变、自我创造、命运选择、否定历史和固执的东西"之类的言辞。[②]这与该小说中科尔曼母亲的反应一样。《人性的污秽》出版后获得 2001 年美国笔会/福克纳小说奖、美国全国犹太图书奖、英国 W. H. 史密斯文学奖等殊荣，于 2003 年改编成电影后同样获得极高评价。故事发生在新英格兰乡村的一所学院中，时间正值 20 世纪 90 年代美国社会面临文化冲突，因遭遇"政治正确"等思潮的影响和克林顿总统与莱温斯基的丑闻产生普遍信任危机的时刻。该书涉及的历史背景尽管与《我嫁给了共产党人》中的悲剧发生时间相隔 30 多年，但罗斯依然讲述了一个类似当年麦卡锡恐怖盛行时的故事：黑人主人公凭借近似白人的肤色，以犹太人身份挤进知识分子精英阶层，最终被诬陷为种族主义者而遭到命运的抛弃。罗斯以文学创作对美国国内的政治局势进行解读和反馈，用新现实主义手法揭示人们尝试从边缘走向中心的挣扎。他实际上是将拉尔夫·W. 艾里森（Ralph W. Ellison，1913—1994）等作家在《看不见的人》（*Invisible Man*，1952 年）一类作品中持续探索的身份问题置于 20 世纪末更为复杂的多元文化背景下重新审视和分析。

罗斯擅长透过看似平静的表象发掘美国社会根深蒂固的种族偏见，抨击人们在身份认同方面的自我贬低和他者意识。著名黑人文学评论家亨利·盖茨在评论类似的人物布罗亚德（Anatole Broyard）的人生经历时指出："他生为黑人，变成白人，他的故事是务实与原则的组合。他深知这个世界充斥着流言蜚语，所有这

① 菲利普·罗斯，《退场的鬼魂》，姜向明译，上海：上海译文出版社，2011 年，第 147 页。

② Philip Roth, "An Open Letter to Wikipedia," Sept. 6, 2012, https://www.newyorker.com/books/page-turner/an-open-letter-to-wikipedia[2018-05-17].

些都将使他陷入被人设定的身份而身不由己……社会总是将种族认作自然规律，他则视其为可供选择的紧密关系，然而这从未是一场公平的抗争。"①罗斯在《人性的污秽》中详尽地叙述了主人公为实现自己的理想——进入精英阶层，构建自己乌托邦式的幸福小家——而不惜一切手段掩盖身份痕迹、抛弃血缘亲情的行径。他指出，"在20世纪上半叶，有数千，也有可能数万的浅肤色男女决心逃离制度性隔离和黑人的难堪处境而永久性隐瞒自己的黑人身份"②。第二次世界大战后，美国社会各种矛盾的激化和政治风云的动荡波及普通人的生活。该书中的泽西小镇的种族歧视一度盛行，1945年白人家庭开始撤离各街区，居民的生活似乎重新归于平静，种族歧视淡出大家的视野。主人公科尔曼出生于黑人家庭，他敏感多疑，很早便意识到身份问题将给自己的一生带来无穷困扰。他冒充犹太人进入军队，退役后利用奖学金完成高等教育学业而成为大学教授，在人生的巅峰却因被指控种族歧视而遭到谴责和被迫辞职。

罗斯在为书中主人公取名时可谓煞费苦心，科尔曼·西尔克（Coleman Silk）原意"煤炭工与丝绸"意指肤色太浅可以冒充白人的黑人，至少可以被认为是犹太人。罗斯在一次访谈中指出，科尔曼使用犹太人身份的这个决定"带有极度的功利性"，这种狡诈的抉择使他成功地伪装自我和逃离种族的束缚。③罗斯描述了科尔曼在一个"政治正确"时代不慎引用小说《看不见的人》开场白里的"幽灵"（spook）一词而引火烧身，甚至面临暴露自己身份的危险，预示了一种无法延续的话语，标志着此人步入自我毁灭的死胡同。罗斯笔下人物所处环境与艾里森在

215

---

① Henry Louis Gates Jr., "White Like Me," *The New Yorker*, June 17, 1996, p. 66. 有的评论家认为科尔曼的原型是著名文艺评论家、《纽约时报书评》编辑安纳托尔·布罗亚德（Anatole Broyard），此人以白人身份供职直到去世。罗斯2012年9月6日特意在《纽约人》杂志网站上发表公开信对维基百科上有关《人性的污秽》一书中人物原型的解释加以说明，否认是基于安纳托尔·布罗亚德的个人经历塑造的小说主人公形象。他承认创作的灵感来于普林斯顿大学社会学教授梅尔文·图明（Melvin Tumin）的亲身经历，他是罗斯20世纪60年代到该校任驻校作家时就相识和保持交往长达30多年的已故朋友。与科尔曼遭遇不同的是，图明由于对两名缺课黑人学生使用了"幽灵"一词遭到投诉，随后经历了数月审查和质询，并提交多份声明才洗清种族歧视罪名。他认为"小说创作对作家而言，就是一种伪装的游戏（a game of let's pretend）"，自己心里有了亨利·詹姆斯所说的"萌芽"（the germ，即有关图明在普林斯顿的遭遇）之后，才开始构思一系列人物。参见：Philip Roth, "An Open Letter to Wikipedia", Sept. 6, 2012, https://www.newyorker.com/books/page-turner/an-open-letter-to-wikipedia[2018-05-17].

② Philip Roth, "An Open Letter to Wikipedia," Sept. 6, 2012. https://www.newyorker.com/books/page-turner/an-open-letter-to-wikipedia[2018-05-17].

③ Charles McGrath, "Zuckerman's Alter Brain" (interview with Roth), *The New York Times Book Review*, 7 May, 2000, p. 8.

作品里涉及的种族歧视岁月已完全不同，虽然世事变迁，人们依然觉得局势凶险。科尔曼只因不经意的一句话便毁掉奋斗多年、精心谋划的前程，甚至搭上家人的性命（妻子无法接受突如其来的变故而猝死）。较为全面地考察科尔曼的人生轨迹之后则可以看出，这种不幸既是预料之外也在情理之中。他一生都精于算计和致力于摆脱黑人身份，反而使自己显得不堪一击。他"不仅是学术界'政治正确'的牺牲品，也是自我创造的受害者"①。罗斯以"人性的污秽"为小说之名无疑强调书中人物的作为和心路历程表现了人性中普遍存在的问题，并预示了可能的悲剧。科尔曼通过一系列有计划、有步骤的行动，不顾家族亲情，斩断种族之根，掩盖原来的身份，钻进学术上层（古典文学教授、雅典学院院长），终于成功蜕变为精英分子，完成自我进化的过程。他年轻时成为一名勇猛的拳击手，曾拒绝教练忠告在第一回合便将黑人对手打倒在地，而不是让观众欣赏精彩的表演。罗斯入微刻画的这类种族叛逆者比传统迫害者更加残酷，事后科尔曼竟然像种族主义者一样大言不惭地宣称只因不愿和黑人玩，其真实目的却是掩盖自己的黑人身份。从此人的悲剧性人生看，正是这类不加检点、经常使用的歧视性语言，如"黑鬼"（nigger、spook）之类，才导致他最终的毁灭。

罗斯详尽叙述了主人公在种族歧视的恶劣环境中由投机分子转变为受害者的过程。科尔曼从小目睹黑人的悲惨遭遇，渴望长大后不再当黑人，做自己命运的主人，他深知"宁可将自己的命运攥在自己的手里，而不是把它交由一个愚昧的社会任意处置"②。科尔曼的父亲上过大学，参加了第一次世界大战，经历了事业上的成功和破产，最后任餐车侍应生。他能用"乔叟、莎士比亚和狄更斯的语言"完美、清晰、满怀激情地进行英语道白，令科尔曼折服。科尔曼渴望实现父亲的梦想，成为社会精英，如体面的大学教授。他首先必须摆脱黑人家庭背景。他秘密地将自己训练成拳击手，凭借到奇斯纳医生拳击训练班的机会混入犹太人圈子，他心里明白自己"可能是他们一生中认识的唯一黑人孩子"（p. 99），因此他参赛时故意隐瞒黑人身份。然而许多白人具有敏感的种族嗅觉，这让他填写参军表格时感到心惊肉跳，仿佛"处于首次犯下大罪的边缘"（p. 111）。在军队里科尔曼一直提心吊胆地生活，艰难地熬到1946年退役。罗斯以极富讽刺

---

① Timothy L. Parrish, "Ralph Ellison: The Invisible Man in Philip Roth's *The Human Stain*," *Contemporary Literature*, Vol. 45, No. 3, Autumn, 2004, p. 435.

② Philip Roth, *The Human Stain*, New York: Vintage International, 2001. 译文参见菲利普·罗斯，《人性的污秽》，刘珠还译，南京：译林出版社，2003年，第122页。以下出自该小说的引文只标明中译本页码。

意味的口吻描述了科尔曼生活中最坏的一晚，即在那座名叫奥利斯的著名白人妓院中的遭遇：

> "你是个黑鬼，是吧，小子？"几秒钟后保镖已将他扔出敞开的大门，越过人行道边的台阶，落在马路中央。他应当找的地方叫露露，在另一端的瓦维克路——露露，他们在他身后高声大叫，那才是他黑屁股的归属。（p. 183）

科尔曼进入霍华德大学学医时去参观华盛顿纪念碑也被辨认出来并被称作"黑鬼"，小贩甚至拒绝卖给他热狗。真正来自种族身份的第一次重大打击是科尔曼的初恋失败。1948 年他 22 岁到纽约大学读书时凭借当过海军的资历享受政府奖学金，不免春风得意，他非常幸运地邂逅了具有北欧血统的美女斯蒂娜·帕森。这一对处于浪漫爱情中的情侣当回到科尔曼的黑人家中时，方才发现无法回避现实的无情只好决定分手。遭受初恋失败后，科尔曼为使其犹太身份合法化，对外宣称自己父母双亡。母亲从此与他断绝关系，并一针见血地指出有些东西会成为永恒的印记："我们家总有某种东西，我指的不是肤色——我们身上有种东西妨碍了你。你白得像雪，但却像黑奴一样思维。"（p. 142）她认为科尔曼其实无路可逃，一切逃跑的企图只会将他带回起点。哥哥瓦特为保护母亲，在电话里对科尔曼警告道："永远不准再到这栋房子里显露你那张白种人面孔！"（p. 147）科尔曼从此成为被家族抛弃的孤独者。

科尔曼后来依靠与艾丽斯的婚姻将自己提升到新的高度，他得以过上一心向往的理想生活，当上教授，完成真正的进化。特别是双胞胎儿子出生以后，他发现家庭完整无缺，他终于成功了：孩子身上没有任何秘密的黑人标记，从中解脱出来的欢欣鼓舞的心情几乎让他将全部事实和盘托出。他的另一冲动是想见母亲，告诉她所发生的一切或者带孩子一起去看她。科尔曼突然去世后，在墓地参加葬礼的最小的儿子马克长得酷似父亲，手捧书本、头戴小帽，能用柔和、哽咽的嗓音吟咏着熟悉的希伯来祈祷文。这一情景似乎意味着科尔曼为家族的进化献身是值得的，他终成正果，蜕变成接近理想的人种——犹太人。然而他的父母和家人早已将其看作骗子和叛徒。欧内斯廷对朱克曼说："如果科尔曼一定要将自己的种族作为秘密加以隐瞒的话，他应当付出的代价是不生孩子，相反的是他埋下了一颗没有引爆的炸弹。"（p. 330）显然他担心科尔曼后代的返祖现象，今后家里随时可能再出生黑人小孩。母亲临死前要求护士赶快送她上火车，因为家里有个病孩子（这里无疑是指精神上有病的科尔曼）。欧内斯廷指出，"母亲直到入土都不明白科尔曼为啥要那么做。真是'六亲不认'"（p. 334）。大家可以称他为"坚定先生"，因为所有由那个大谎言引发的谎言，对他的家人及同事，他都统统保密到底，最后甚至宁愿当作犹太人下葬（p. 335）。可以说科尔曼将机制击败了。他知道自己无力拯救所有黑人，但至少可以先拯救自己，最终成为自我解放的斗士、无政府主义者和不信犹太教的犹太人，为反对黑人命运进行单枪匹马的反抗。唯一永远不知道他的秘密的人是与之共度一生的女人——妻子艾丽斯。后者突然离世是幸运的，因为她躲过了一旦得知真相后的绝望。罗斯特意指出科尔曼为拯救自我的决心非常之大：

> 他抛弃所有一切，整个枝繁叶茂的黑人族群，认为他不能以任何别的手段取而代之。那么多的渴望，那么多的计划、激情、狡猾和伪装，统统为了满足离家出走以及脱胎换骨的饥渴。（p. 353）

科尔曼一生被认为是费尽心机的说谎者、不孝之子和出卖种族的叛徒。在母亲和兄弟姐妹看来，他不过是人们耻于提及的弃儿，与他在公众场合里风光无限的大学教授身份形成鲜明对比。

罗斯在人物塑造上借用了希腊罗马神话的手法，一些评论家认为科尔曼像俄狄浦斯一样，自愿采取一系列行动导致自我毁灭，与之不同的是他比任何人都深知自己的身份，其中最重要的创意之一是"颠覆索福克勒斯（Sophocles）戏剧的认知结构"[①]。罗斯其实在小说扉页上就特意引用索福克勒斯《俄狄浦斯王》（*Oedipus the King*）中的台词以说明创作这类史诗小说的目的，并将当代人的命运与希腊悲剧人物加以类比：

> 俄狄浦斯：
> 什么是
> 净化的仪式？如何进行？
> 克利翁：
> 将他放逐，或叫他
> 血债血偿……

---

① Geoffrey Bakewell, "Philip Roth's Oedipal Stain," *Classical and Modern Literature*, 24/2, p. 30.

　　显然，罗斯的"净化仪式"在此所指的是正在大行其道、人人畏惧的"政治正确"思潮，特别是在大学里的肆虐。从克林顿总统面临弹劾到大学教授科尔曼被赶下讲台，足以反映出人人自危的恐惧。该书最后一章"净化仪式"总结了科尔曼一生的遭遇，他为突破美国社会的种族歧视的束缚，竭尽全力改头换面，有意识地构建一种双重人格，承载美国历史的重负和表现美国人必须具备的实用主义精神。一方面，要对这种背叛家庭和种族之人的灵魂进行净化，所必需的仪式应该是多样性的。罗斯在小说结尾安排了一场重新肯定人生的追思会，曾经的仇敌和情敌在优美自然的环境里进行反思。从另一方面看，科尔曼与克林顿一样患有美国人在那一时期的通病，对他们的净化需用非常的手段，为此罗斯特意设置了一个清道夫角色——患有越南战争综合征的莱斯特·法利。[①]此人达到目的（完成对社会的净化）后，似乎自己的内心也逐步趋于平静（得到治愈）。随着最后一章的揭秘，朱克曼反而对既是加害者又是受害者的莱斯特更加同情，希望此人能在美国式的田园牧歌环境里真正完成自我净化。朱克曼没有也不愿坚持将嫌疑人莱斯特绳之以法，也许他相信，此人的疾病甚至罪行的根源就在当时的社会，应该有更重要的人物对此负责。

　　罗斯在该书中塑造了越南战争综合征受害者莱斯特和身份冒用者科尔曼两个人物形象，他们之间各方面的差距太大，几乎无法沟通，命运的交集最终导致悲剧发生。克里斯蒂娃认为，我们应该学会尊重我们所不知道或不了解的东西，而不是把他者理解为一种威胁；或至多认为是一种讨厌的东西，而尽力不予接近。对他者的恐惧常导致一种盲目的仇恨：法西斯主义、种族主义、种族灭绝，以及一种对民族身份、语言和领土的盲目忠诚。[②]其实罗斯在身份问题上满腹纠结，时而轻松，时而焦虑。从他对科尔曼这一人物的塑造上便可以看出，命运对此人的作弄极富黑色幽默。他当上院长后坚决反对种族歧视，并聘任社会科学部第一名黑人教授赫伯特·基布尔，此人在他面临迫害时为保自身而放弃为其辩护，甚至成为加害者之一。科尔曼辞去院长职务后专心任教，第二学期便因误用"幽灵"一词惹祸，两名缺席的黑人学生指控他犯有种族歧视罪。真正原因是他在任职期间大胆进行学院改革时引入竞争机制，惹怒保守势力而遭到对立派的报复。他相

---

①　罗斯可能借用了当时曾引起轰动的1965年《生活》杂志上一幅照片中的美军士兵詹姆斯·法利（James Farley）的姓氏，此人在越南战争直升机上射击时被身边战友的突然阵亡惊吓。参见：Kasia Boddy, "Philip Roth's Great Books: A Reading of *The Human Stain*," *Cambridge Quarterly*, March 2010, p. 46.

②　转引自丹尼·卡瓦拉罗，《文化理论关键词》，张卫东等译，南京：江苏人民出版社，2005年，第125页。

貌近似犹太人，有白人一样的浅色皮肤，结果却成为无根之人，"因为是黑人，给撵出诺福克妓院，因为是白人，给撵出雅典娜学院"（p. 16）。他的对手们不仅仅丑化了一个以最强责任感和奉献精神崇尚学术的教授，也害死了他结婚 40 多年的结发妻子。在旁观者朱克曼眼里，科尔曼已完全被生活击垮：

> 他已丧失自控能力……他歪歪斜斜地侧着身子在房间里打转，使我不由得想起那些自家豢养的鸡在被砍了头以后还继续走动的样子。他的头已经被砍掉了，那个头包裹着曾经是无懈可击的院长和古典文学教授渊博的大脑，而我此刻目睹的只是他残缺的躯体失去控制的旋转。（p. 11）

在他妻子死亡后的恐怖的五个月里，他被饱受折磨的无休止的会议、听证、面谈，以及提交给院领导、教职员委员会和代表两名学生的公益黑人律师的文件和信件所困扰。科尔曼认为妻子实际上被学院同事谋害，这类事件的发生不难说明麦卡锡主义阴影的蔓延，他的遭遇无疑是对知识分子集体记忆的归纳。罗斯特意描绘了动荡岁月给受害者留下的印记：

> 尽管是一张精心保养，面容年轻英俊的老人面孔，却奇怪地让人生厌，非同寻常地被流传他全身的情绪所产生的毒素弄得面目全非。近看，它伤痕累累，溃烂得不成形状，活像一只水果从货架上给碰掉下来以后，再遭到过往顾客在地上踢来踢去一样。"（p. 12）

科尔曼从学院辞职后曾希望依靠文学创作使自己免于崩溃，之后便着手撰写为何离开雅典娜学院的书——一本题名为"幽灵"的非虚构作品。科尔曼一生酷爱文学阅读，这对他的影响显而易见："他像恺撒一样决心忽略预言家的警告，发现自己在莎士比亚的激励下恢复活力，可以用自己的方法摆脱美国黑人身份自由前行。"[①]在很多方面他得益于家庭教养，他的家人并未因种族身份而放弃人生目标，也不认为获得知识和探索真理就非要背弃种族。他们同样崇尚西方经典，科尔曼的父亲即使在列车上做服务员也不忘熟读莎士比亚，他的孩子们坚持以古典文学教化黑人少年，甚至孙女丽莎也在耐心帮助孩子们增强阅读量，以期改变他们的命运。令人叹息的是，科尔曼最终放弃自传写作，在很大程度上表现出对命

---

① Patrick Hayes, "'Calling a Halt to Your Trivial Thinking': Philip Roth and the Canon Debate," *Cambridge Quarterly* Vol. 42, No. 3, September 2013, p. 237.

运的妥协和遭遇挫折时的沮丧。他认为只有将叙述自己遭遇的重任交给专业作家朱克曼，自己才有足够的精力从现实生活中重新发现生命的意义，扔掉拙劣的书稿，"不仅成功地从书的残骸中，而且还从自己生活的残骸中游出水面，重获自由"（p. 20）。

罗斯为遭遇残酷现实的迫害而沦落为边缘人的人物设计的反抗策略是从浪漫爱情中获取精神再生的勇气和灵感。在科尔曼绝望之际，清洁女工福妮雅·法利重新点燃了他生命中的希望之火。这对恋人的社会地位和文化差异形成鲜明对比。73岁的科尔曼是雅典娜学院的古典文学教授和大学里唯一的犹太人院长，他精通欧洲古典文学，却对美国现实社会的尔虞我诈知之甚少或者未加防备。他34岁的恋人、清洁工福妮雅个头瘦高、棱角分明，属于传统观念中严守教规、勤俭持家、吃苦耐劳和忍辱负重的铁娘子。福尼亚出生于社会底层，14岁时遭到好色继父的侵犯，一生中从事过女招待、农场工和清洁工等需要耗费大量体力的工作，对知识没有什么兴趣，但她年轻漂亮，敢爱敢恨。科尔曼和福妮雅在一起能相互保护和抵御外界的侵扰，期望逐步建成属于自己的小乐园。然而他们的爱情在许多人看来是畸形的，认为他不过是将迫害者从学生转向清洁工，设法从学院最底层捞上一个可供征服的对象、一个孤苦无告的女性的典型和不折不扣的遍体鳞伤的妻子，以及可以进行压榨的完美女人。福妮雅喜欢老年人，认为跟70多岁的人在一起具有稳定感，因为老年人的优势是习惯已经固定，不会随时改变。科尔曼重新开始享受生活，从情欲满足中获得精神上的宁静。罗斯描述的科尔曼与福妮雅的恋情让人不禁联想到1998年夏天遭人热议的比尔·克林顿与莱温斯基之间的关系。谈及该书是否以克林顿丑闻为背景时，他说道："在1998年人们有种幻觉，突然以为能够了解这个巨大、不可知的国家，可以一睹其道德核心。那些在公共舞台上的表演似乎具有伟大文学作品的凝聚力。我不禁想到的作品正是《红字》。"[1]科尔曼恰如霍桑笔下的亚瑟·狄姆斯台尔，后者"为维持两面性的生活不得不保持警觉，几乎精神崩溃"[2]。普通人的情欲导致的悲剧如同总统引起的政治动荡，尽管根源大不一样。科尔曼不过是一种漂浮于错综复杂的社会中的脆弱个体。他的悲剧在于未能培育出与人共享的种族经验，在创造自我身份的过程中完全断绝了

---

[1] Charles McGrath, "Zuckerman's Alter Brain," *New York Times Book Review,* May 7, 2000, p. 7.

[2] Ross Posnock, *Philip Roth's Rude Truth: The Art of Immaturity*, Princeton and Oxford: Princeton University Press, 2006, p. 235.

现实家庭的根基。①随着小说情节的发展，人们逐步了解到科尔曼一家有着极为特殊的血统：不仅有黑人的血统，还有印第安人、斯堪的纳维亚人、荷兰人和英国人的血统，是名副其实的人种学上的多元体。这大大增加了科尔曼自我身份净化的难度。罗斯在以其作品中探索文化杂合的话题上特别契合霍米·巴巴的观点，他的主人公希望能凭借自身的努力和对传统经典的理解避开异质文化之间的冲突，自由穿梭于学术界象牙塔和现实社会之间。

显然科尔曼未能理解历史背景对其浪漫生活的制约，饱受经典文学熏陶的教授的乌托邦理想主义情结使他无法看清逼近的危险。罗斯为此特意以科尔曼和福妮雅的悲剧揭示越南战争对普通人的影响。他着力刻画一位身患越南战争综合征的老兵——福妮雅的前夫莱斯特·法利。此人擅长在直升机上用机关枪向下扫射，喜欢决定他人命运的丛林战。战争结束后他无法平静下来，甚至半夜里将身边的妻子当成敌人进行肉搏，恨不得掐死后者。这一切源于政府早已将其训练成高效率的杀手，他再也难以适应和平时代的生活，福妮雅不得不选择离开他。罗斯强调身为受害者的老兵从越南战争中恢复的艰难，他们常常叫道："我是个废物，你们只要看我一眼就知道是个废物。尼克松！尼克松！就是他把我变成这个样子的！是尼克松把我派到越南去的！"（pp. 263-264）这类人物似乎只有重上战场参与杀戮才可能获得心灵的平静。在小说结尾，莱斯特这名疑似杀人犯心安理得地在冰上悠闲地钓鱼，朱克曼虽知内情却不愿告发，只是同情地将其看作遭受心理重创的患者，但愿他能在大自然的陶冶下逐步康复。两者简短的对话足以表明罗斯提倡的对越南战争综合征患者所犯罪行的宽恕：

> "美丽的景点。"我说。
>
> "所以我待在这儿。"
>
> "宁静。"
>
> "接近上帝。"他说。（p. 358）

朱克曼眼前呈现出一派纯洁宁静的景象：一人孤独地坐在桶上，通过 18 英寸的冰面垂钓，山峦顶部的湖泊具有美国田园牧歌的景色。身居其中的越南战争综合征患者和杀人凶手也是美国悲剧的承受者，洁净的冰面和大自然美景难以掩饰世间的邪恶和人性的污秽。罗斯在小说结尾处的这番描写具有多重的象征意义：

---

① Derek Parker Royal, "Plotting the Frames of Subjectivity: Identity, Death, and Narrative in Philip Roth's *The Human Stain*," *Contemporary Literature*, Vol. 47, No., Spring, 2006, p. 137.

"这冰湖可以看作美国的象征，象征空白，象征一张白纸或艺术家的画布。遭受战争创伤的老兵在 20 世纪末已成为刻在美国民族和美国作家良心上的伤疤。"[①]

罗斯着力探索这种悲剧产生的根源，将看似风平浪静的大学校园也描绘成暗藏杀机、危机四伏的隐形战场。针对当时遭到普遍质疑的"政治正确"倾向，他在小说中刻画了一个令人讨厌的机会主义者德芬妮，此人被同事们认为是对西蒙·德·波伏瓦的拙劣模仿。德芬妮教授认为，科尔曼在"用福妮雅作为她的替身，对她进行反击"（p. 198）。她将自己的全部生活看作是一场绝不屈服于科尔曼·西尔克们的战争，因为"那些家伙利用手中的特权蹂躏其他所有人"（p. 201）。具有讽刺意味的是，当德芬妮为自己撰写征婚启事时，发现理想的爱人竟然如同她这一生都在搏斗的敌人——科尔曼：

> 有骨气的成熟男性。无牵累。独立。幽默。活泼。不唯唯诺诺。坦率。教育程度优良。具有嘲讽精神。有魅力。有知识并热爱伟大的书籍。口才出众，直率。身体修长。五英尺八或九英寸。地中海肤色。绿色眼睛更佳。年龄不限。但必须是知识分子。灰白头发可以接受，甚至很赏识……（p. 283）

这描写的正是罗斯欣赏的人物：典型的犹太知识分子。当德芬妮将征婚启事误发到系里每一位教师的邮箱后非常恐惧，担心泄露内心的感受。她听到科尔曼的死讯后便将自己误发征婚启事一事诬陷成科尔曼的所为，甚至说他不过是为了防止福妮雅揭发其真实面目，想带着她一道沉入河底。从被谋杀和诬陷的科尔曼与狡诈的德芬妮的比较中，读者可以更加清晰地看出人性的污秽。科尔曼最难忍受的是黑人教授的背叛，这是他一手提拔起来的人物，但是他忘了在那种特殊场合，黑人为了他自己而保持沉默可以获得更大利益。他们希望通过妥协使校园里有更多黑人学生和黑人教授，赢得某种代表权才是关键，赫伯特·基尔不愿站在科尔曼一边有极为现实的考虑。直到小说结尾时在科尔曼的葬礼上大家才选择这位黑人教授基布尔致悼词，以恢复他的名誉："将雅典娜的日历翻回原处，将科尔曼送回以前的地位与威望。"（p. 316）此时的基布尔终于良心发现，不得不承认他们集体的过错："是我们，道德上愚昧不堪的吹毛求疵社团，毫无廉耻地玷污了科尔曼的好名声，同时也贬低了我们自己。"（p. 320）罗斯如此设计无疑要传达出所

223

---

① Catherine Morley, "Bardic Aspirations: Philip Roth's Epic of America," *English*, 2008, Vol. 57, No. 218, p. 172.

提倡的多元文化共存和人类走向和解的主张。

  罗斯在《人性的污秽》中特别强调身份问题在很大程度上与艾里森《看不见的人》的影响有关，有的评论家甚至认为他几乎是在为艾里森的作品写续集，或者对艾里森成功后可能的命运做另类演绎。罗斯使艾里森复活，"将其描绘成多元文化主义的受害者，进而重新确立自己在当代文学中的地位"[①]他笔下的科尔曼早已漂白自己的身份，试图在大学校园的象牙塔中隐身度日，充当一名"看不见的人"，最终却被"政治正确"的风暴扫地出门。当年艾里森在其小说获得普遍赞扬后并未推出新作，而是专注于大学课堂教学，只是在讲座中对批评家的责难加以回应，这种自愿沉寂和逃避舆论抨击的行为与罗斯笔下的科尔曼教授的刻意隐身极为相近。罗斯在《阅读自我和其他》里讲述了与艾里森一样被人误解的心情："正如有些犹太人认为我的作品没有为犹太人的事业起到什么作用一样，我也常听人们讲，有些黑人认为艾里森先生的书并未对黑人事业有益，却可能反而有害。"[②]从科尔曼的悲剧可以看出，人生成功仍然逃脱不了身份困境。这其实是一种时代困境，涉及如何真诚地对待自我，对待他人和对待国家。罗斯将小说故事置于克林顿与莱温斯基性丑闻的背景下，强调的自然是人们之间的信任危机。

  科尔曼的人生发迹于谎言，终其一生掩盖谎言，最后也因此毁灭。罗斯将其归纳为"人性的污秽"，所指的不仅是种族歧视的标志，也指人们内心存在的污点和社会的阴暗面。科尔曼的生活在很多方面与俄狄浦斯的悲剧相同：两人都经历了假冒他人的叙事（俄狄浦斯曾自认为是科林斯人，但却始终是忒拜人）；都有令人厌恶的、不寻常的性关系；其行为严格讲并未犯罪，但总是屈从于自己无法控制的力量。[③]不同的是，俄狄浦斯是在不明真相的情况下杀父恋母，最后酿成母亲自杀、自己弄瞎双眼的悲剧；科尔曼却是为了自己的理想镇静地向母亲宣布自己的欺骗计谋，不惜斩断与家人的联系，完全不顾母亲悲痛欲绝的劝阻和挽留。从这些方面上看，身为古典文学教授的科尔曼从俄狄浦斯悲剧中吸取的是经验而不是教训，大有过之而无不及的表现。该小说的核心是表现一种牺牲仪式，是身处

---

  ① Timothy L. Parrish, "Ralph Ellison: The Invisible Man in Philip Roth's *The Human Stain*," *Contemporary Literature*, Vol. 45, No. 3, Autumn, 2004, p. 422.

  ② Philip Roth, *Reading Myself and Others*, New York: Vintage International, 2001, p. 209.

  ③ Ansu Louis and Gurumurthy Neelakantan, "Two Versions of Oedipus in Philip Roth's *The Human Stain*," *Philip Roth Studies*, 6/2, Fall 2010, pp. 167-187. Also see: Patrick Hayes, *Philip Roth: Fiction and Power*, Oxford: Oxford University Press, 2014, p. 241.

那个时代可能付出的代价。科尔曼在成就自己伟大理想的过程中选择自我净化，他是无情的，对家人特别是对母亲表示彻底抛弃和决裂，一心希望获得新生。罗斯叙述了一种痛苦的自我重塑和悲剧性结局。

　　从"美国三部曲"整体上看，罗斯传达出对集权主义在美国兴起的焦虑，不管这种威胁是来自政府还是来自因越南战争的怒火而成为恐怖分子的个人。[①]罗斯以新现实主义的手法反映了个体与国家政治局势极为紧密的联系。瑞典佬在社区年轻人心中如同"犹太人自己的肯尼迪"，他的家庭则因越南战争在美国国内的反应而毁灭；艾拉在媒体上走红则是从他扮演林肯起步的，所遭遇的亲人反目和陷害皆因麦卡锡恐怖主义的盛行；在科尔曼遭受同事的诽谤与排挤时，克林顿事件正在发酵中，国会的弹劾议题与科尔曼被质询同时进行，他最后被越南战争老兵的妒忌所害。三部曲生动展现了当代美国社会重大事件对普通人命运的影响，罗斯旨在以个体和家庭的悲剧反馈和重建半个世纪以来的美国历史。三部曲并未按年代创作而是跳跃性的，先是20世纪的60年代，再回到50年代，最后到90年代。罗斯将这些作品紧密联系起来的手法是运用典故和重复：作为旁观者和见证人的朱克曼着重讲了三位运动员的身世，他们每个人都有英雄纯洁的光环和普通人内心的污秽。[②]这些作品与随后的《反美阴谋》形成对话，他的"反现实的历史"（counterfactual history）与"真实发生的历史"并置，透彻地揭示了他所理解的美国文化中的幻想与噩梦。每部小说都在证实历史如何影响普通人的生活。[③]罗斯在三部曲里系统梳理了半个多世纪的美国历史，然后在《反美阴谋》里以另类历史的手法探索避免悲剧的可能性，尝试在重建历史过程中，从更深层次探索根源。他强调即使历史可以重演，给予人们另一次机会，然而只要国家政体和传统观念不变，许多问题如种族歧视、文化冲突等依然无法解决。罗斯旨在以这些作品构建系统的美国史观，从反田园牧歌（anti-pastoral）视角剖析美国梦这一命题的根本缺陷，以书中人物的乌托邦梦想和反乌托邦的现实发出警示，其振聋发聩的艺术感染力不言而喻。从"美国三部曲"可以看出，罗斯的新现实主义手法已极为娴熟，特别注重其作品的社会功能和政治参与，所展示的20世纪的历史画卷彻底消解了美国梦。

---

① Elaine B. Safer, *Mocking the Age: The Later Novels of Philip Roth*, New York: State University of New York Press, 2006, p. 188.

② Kasia Boddy, "Philip Roth's Great Books: A Reading of *The Human Stain*," *Cambridge Quarterly*, March 2010, p. 44.

③ Debra Shostak, *Philip Roth — Countertexts, Counterlives*, Columbia: University of South Carolina Press, 2004, p. 13.

第四章 "9·11"事件后的现实与反思

进入 21 世纪后在美国本土突然发生的"9·11"恐怖袭击事件①令世界震惊,文学界和艺术界都迅速做出反应,如由多国导演联合摄制的《"9·11"事件簿》(*11'09"01 September 11*, 2002 年)纪录片表现了各地人们对"9·11"事件的反应;迈克尔·莫尔(Michael Moore)执导的影片《华氏"9·11"》(*Fahrenheit 9/11*, 2004 年)尝试探索悲剧的根源和反美仇恨为何产生;相应的电视节目还有历史频道中的纪录片《基于"9·11"》(*Grounded on 9/11*, 2005 年)等;彼得·约瑟夫在其纪录片《时代精神:电影》(*Zeitgeist: The Movie*, 2007 年)中提出了有关"9·11"事件的阴谋论,认为是地缘政治、国家之间的博弈,以及如美国联邦储备银行之类的大财团势力在幕后操纵所致;普利策奖获得者、作曲家大卫·德尔·特雷迪奇(David Del Tredici, 1937—)就在 2011 年演奏的钢琴曲《消失的双子塔》(*Missing Towers*)中传达了自己的感受;英国作家伊恩·麦克尤恩(Ian McEwan, 1948—)在小说《星期六》(*Saturday*, 2005 年)中展示了经历"9·11"事件之后世界已被改变的现实,旨在说明美国的恐怖袭击已波及世界各地;在《美国寡妇》(*American Widow*, 2008 年)中,当艾里莎·托里斯(Alissa Torres)这位临产的孕妇在世界贸易中心工作的丈夫去世后,她以图画书的形式记录了恐怖袭击对普通人生活的冲击,从个人的感受和视角揭示了这场悲剧对其人生的影响与改变;克莱尔·梅苏德(Claire Messud, 1966—)的《皇帝的孩子》(*The Emperor's Children*, 2006 年)揭示了三个年轻人在"9·11"事件前后的生活;美国国家图书奖获得者、著名后现代作家约翰·巴斯在《十一夜之书》(*The Book of Ten Nights and a Night*, 2004 年)中,以一系列的小故事探讨了"9·11"事件之后,文学创作是否还有意义;最新的要数托马斯·品钦(Thomas Pynchon, 1937—)的《出血边缘》(*Bleeding Edge*, 2013 年),他以侦探小说的形式描述了人们在"9·11"事件前后的经历。罗斯博格指出,"再现创伤事件就是要迫使读者明白自己与后

---

① 在 2001 年 9 月 11 日美国发生的恐怖袭击事件中, 2600 余人死于世界贸易中心的双子塔倒塌, 125 人死于五角大楼被撞受损, 用作自杀式攻击武器的 4 架客机上共有 256 名乘客遇难, 其死亡总人数超过 1941 年的珍珠港事件。参见: Thomas H. Kean and Lee H. Hamilton, *The 9/11 Report*, New York: St. Martin's Press, 2004, p. lxxxii.

创伤文化之间的关系"①。这一前所未有的恐怖事件实际上像当年的越南战争一样改变了美国人的观念，但生活还要继续，如何疗伤，以及如何避免悲剧的重复成为当务之急。

许多作家不再沉溺于后现代主义文学实验，而是转向关注迫切的现实问题，尝试探索这类悲剧形成的原因，创作出一批被称为"后 9·11 文学"（Post-9/11 Literature）的佳作，这一定程度上在美国文学发展中具有分水岭效应。这些作家的特点主要有：在文学创作中重新审视美国政治体制，认识到文化宗教矛盾冲突同样导致战争，区别对待单边主义、新帝国主义与全球化，提倡文学创作的政治参与功用，强调文化多元化的重要性，探索恐怖主义滋生的根源，提出避免悲剧发生的对策，以及增强自我反省和责任担当的意识。他们"既注重内省又视野开阔，往往以主流文化代言人的身份审视国际政治局势和质疑政府的对外政策"②。罗斯与许多美国作家一样，在"9·11"事件发生后比先前更加关注国际政治局势和美国国内现实问题。他不仅在各种场合公开发表自己的看法，而且在创作中重新审视美国历史，探索造成悲剧的各种因素和解决问题的途径。萨义德指出，美国有与其在世界上的强大势力相应的国内共识力量，这种由媒体制造出来的共识力量是前所未有的，"反对这个共识从来没有这样困难，而无意识地屈从于它从来没有这样容易和符合逻辑"③。罗斯的作品强调真正令人恐怖的不是来自外部，而是源于自身，他极力反对将"9·11"事件政治化，而是期望人们在自我反省中追寻产生恐怖主义的根源，从而发出与主流文化截然不同的声音。

第一节 边缘生存的想象：另类历史小说

在 2004 年推出的《反美阴谋》（2004 年）中，罗斯大胆运用另类历史小说的手法，重新审视美国在第二次世界大战时期的历史，对犹太人身份和多元文化融合等问题进行探讨，从社会权力结构入手剖析操控普通人意识和生活的霸权话语。该书作为"探讨美国问题的历史杰作"获得 2005 年美国历史学会奖，是"后 9·11 文学"中的佳作。罗斯在该书中仔细梳理了导致当代美国社会危机和造成恐怖袭

----

① Michael Rothberg, *Traumatic Realism: The Demands of Holocaust Representation*, Minneapolis: University of Minnesota Press, 2000, p. 103.

② 罗小云，《超越后现代——美国新现实主义小说研究》，北京：北京大学出版社，2012 年，第 127 页。

③ 爱德华·W. 萨义德，《文化与帝国主义》，李琨译，北京：生活·读书·新知三联书店，2003 年，第 460 页。

击悲剧的各种因素，尝试回答"谁在反美"这一极具挑战性的问题，并在一定程度上表现出对犹太传统价值观的回归。罗斯在《反美阴谋》中以虚构手法重建历史，警示人们半个多世纪前险些发生在美国的变故任何时候都可能重演。在该小说中罗斯改写了从 1940 年 6 月到 1942 年 10 月期间的美国历史，假设查尔斯·林德伯格在 1940 年的总统大选中击败罗斯福而入主白宫。此人随即与希特勒在冰岛达成协议，同意美国在战争中保持中立，不支持英国等同盟国的反法西斯战争。在政府的亲德政策影响下，美国国内犹太人在各方面遭到排挤。罗斯以家中的小儿子（7 岁）的口吻讲述了父亲失业、哥哥被人政治利用、表兄到欧洲前线失去一条腿等发生在亲人身上的事件，以及邻居被排犹暴徒杀害的悲剧。林德伯格政府的误导使全国陷入骚乱，到处发生流血事件，他本人最终只得逃之夭夭。罗斯福重新执政后美国国内恢复太平，然而政局的剧烈动荡给犹太人家庭带来前所未有的恐惧。第二次世界大战中的美国与"9·11"事件后的情形有诸多相似之处，罗斯重建历史的创作具有极大的现实意义。

—

《"9·11"报告》（*The 9/11 Report*）指出，冷战结束并未使美国人享受到应有的和平，反而"凸显为被羡慕、妒忌和攻击的目标"，来自各方面的威胁防不胜防，这实际上是一种不对称战争。对于美国人来说，阿富汗这类藏有基地组织的国家只在遥远的东方，然而，事实上，基地组织的全球化程度十分高，其成员近在咫尺，随时可以在美国本土发起恐怖袭击。[1]在这类官方报告里，人们把悲剧的根源更多地归咎于来自外部的威胁。罗斯却在《反美阴谋》中强调对美国最大的危险更多来自内部，源于其固有的种族矛盾、文化冲突，以及关键时刻突变的人性。

罗斯在该小说里采用另类历史（alternate history）的手法，将历史和现实糅合在一起，以超人的想象力对历史的走向和后果重新估计，试图给文明的发展以警示。[2]该书情节的独特设计使读者从明白无误的虚构事件中得到比官方历史所记载的更为真实的感受。"另类历史"的文学创作手法是对已经成为历史的事件提出不

---

① Thomas H. Kean and Lee H. Hamilton, *The 9/11 Report*, New York: St. Martin's Press, 2004, pp. 486-487.

② 该小说作为另类历史小说获得 2005 年"侧面奖"（Sidewise Award），这是由亚马逊书店于 1995 年为最新流行的另类历史作品而设立的。另类历史（alternate history，也用 counterfactual history、uchronian history、allohistory 等术语表示），指未真正发生的历史事件和经历。参见：Gavriel D. Rosenfeld, *The World Hitler Never Made: Alternate History and the Memory of Nazism*, New York: Cambridge University Press, 2005.

同的假设。这类作家大多数基于真实的历史进行创作，揭示历史中某些鲜为人知的内幕，它们几乎改变了历史的进程。此类研究有助于扩大人们的视野，更加深入地探讨历史悲剧或侥幸成功的原因。霍桑在 1845 年发表的短篇小说《皮先生的信》（"P's Correspondence"）便属于最早的英文另类历史小说。他以神经错乱者的口吻叙述了另一平行历史时期发生的事件，通过过去与现在所发生的一切在回忆中的穿插纠缠而产生的奇异效果，使早已去世的名人，如雪莱、拜伦及拿破仑等汇聚一堂，演绎出与历史记载完全不同的故事。菲利普·K. 迪克（Philip K. Dick，1928—1982）在 1962 年出版的《巨型城堡里的人》（The Man in the High Castle）在这类作品中最有名，作者描述了第二次世界大战中德国和日本取得胜利而美国则遭遇分解和奴役，以及世界各地被殖民化的情形。该书获得最佳雨果长篇小说奖，由于书中的一位作家正以另类小说的形式叙述了同盟国赢得战争的胜利，因而它可以算是"另类的另类历史小说"。罗森费尔德也在《希特勒未能建立的世界：纳粹的另类历史与记忆》（The World Hitler Never Made: Alternate History and the Memory of Nazism）中对第二次世界大战的结局加以联想，尝试回答假如希特勒获得成功，希特勒最后逃亡到南美或希特勒成为艺术家等结局，会对世界政治格局产生的影响等一系列问题。另类历史特别在科学小说、电视剧和电影里有更多呈现，如《阳阳魔界》（The Twilight Zone，1983 年）、《他们拯救了希特勒的大脑》（They Saved Hitler's Brain，1963 年）等。20 世纪 90 年代出现了一批佳作，如哈里·图托多夫（Harry Turtledove，1949—）在作品中描写了美国南北战争中南方取胜后的情形、西班牙无敌舰队战胜英国后英国人的悲惨命运，以及日本当年不仅袭击珍珠港而且占领夏威夷，使整个历史彻底改变的情景。罗伯特·哈里斯（Robert Harris，1957—）在《祖国》（Fatherland，1992 年）中同样设想纳粹赢得第二次世界大战后的国际形势的改变。由于一些另类历史小说大量运用时间旅行等手法，人们将其归为科幻小说的一个分支，其实另类历史小说中既有科幻小说，也有普通小说，罗斯的《反美阴谋》则属于后一类。

在历史与文本的交织中罗斯着重探讨了美国的社会体制问题和人性的异化，他将林德伯格选为反面角色具有一定历史根据，传达了当年经历纳粹盛行的恐怖岁月的人们的心声。罗斯大量运用幽默夸张手法，作品中却具有比此前的作品更重的现实主义成分。此时的罗斯已从后现代主义转向新现实主义，其笔下林德伯格的形象具有强烈的时代性。他既是一个标准的美国英雄（勇敢的飞行家、恐怖事件的受害者和爱国者），同时也极有可能成为纳粹狂热分子和在世界面临毁灭时的孤立主义者。林德伯格于 1902 年出生于底特律的一个瑞典移民家庭，人称"幸运的林迪"和"孤独的雄鹰"，曾因 1927 年首次跨越大西洋的单人直飞壮举而闻名于世。第二次世界大战中林德伯格因坚持不干涉主义的中立主张而遭到各方面的批评。1932 年 3 月，他的儿子查尔斯不满两岁时被人绑架后杀害，极度悲伤的林德伯格夫妇不愿遭受外界过多打扰，便于 1935 年移居欧洲。第二次世界大战前夕他接受美国军方派遣，到德国了解空军实力。在欧洲期间他与法国外科医生、生物学家、诺贝尔生理学或医学奖获得者亚历克西斯·卡雷尔（Alexis Carrel, 1873—1944）合作，在发明人工心脏方面有重大的突破。他的思想也受到后者较大影响，特别对其优生学和种族主义观点的发展起到较大作用。1941 年林德伯格加入"美国至上委员会"（America First Committee）并很快成为该组织的发言人。①林德伯格在艾奥瓦州德梅因的"谁是战争鼓动者？"的集会上大声谴责，认为三种势力正将美国推入战争深渊，那就是罗斯福政府、英国人和犹太人。他指责犹太人实际控制美国舆论工具和政府机构，强烈呼吁与纳粹德国媾和。他在美国参战前的反战活动和反犹太言论给美国国内犹太人造成极大恐慌。尽管后来他为反法西斯战争做出一些贡献，并亲自驾机参战，但之前的言行所造成的伤害始终无法弥补。

亚里士多德曾说，文学在于能够向我们"显示可能发生的事情，而历史则只能显示已经发生的事情，因而前者要比后者更具哲学意味"②。《反美阴谋》中的林德伯格与真实人物有一定区别，是那个年代美国纳粹的典型。罗斯的文学加工尽管带有夸张和虚构的成分，却说明无论是现实生活中的林德伯格，还是在另类历史中想象的形象，都可能是历史的选择，美国英雄与纳粹暴徒之间的转换难以预料。罗斯指出，"不可预见的恐怖正是历史掩盖的东西，它可以将灾难变成史诗"③。当时美国正处于历史进程中最危急的时刻，犹太人以其饱经磨难的生活体验和练

---

① 该委员会成立于 1940 年 9 月 4 日，由耶鲁大学法学院的斯图亚特和其他几名学生首先发起（其中有后来成为美国总统的杰拉德·福特和最高法院法官波特·斯图尔特）。其总部设在芝加哥，鼎盛时期有多达 80 万成员在 650 个分部里相对独立地活动。该组织要求美国遵守 1939 年通过的《1939 年中立法案》（The Neutrality Act of 1939），在第二次世界大战中采取中立立场，反对《租借法案》（Lend-Lease Program）、《大西洋宪章》（Atlantic Charter）和罗斯福政府的干涉政策，其发言人林德伯格是罗斯在政治上最难应付的反对者。日本袭击珍珠港后"美国至上委员会"自动解散，但该组织的活动对美国政府当时的政策产生很大影响，曾使《租借法案》在国会的通过遭遇重重阻碍，几乎延迟两年之久。

② 王逢振，《詹姆逊文集（第 3 卷）：文化研究和政治意识》，北京：中国人民大学出版社，2004 年，第 91 页。

③ Philip Roth, *The Plot Against America*, New York: Vintage Books, 2004, p. 114. 以下出自该小说的引文只注明原著页码。

就的敏锐眼光更能明察秋毫。他大胆假设在临时总统的策划下，包括罗斯福在内的许多重要人物被捕，美国已准备向加拿大宣战，自然站在希特勒一边，从而改变第二次世界大战的进程。林德伯格认为，希特勒是"防止共产主义向西方国家扩散的伟大保安"，日本对中国的侵略则是促使腐败的国民党和落后的中国现代化的步骤，同时也能防止共产党在中国夺取政权。拥护希特勒就用不着自己去防止共产党对美国的威胁（p. 83）。他的话其实代表了当时美国很大一部分人的思想和对罗斯福后来战争政策的质疑。罗斯从美国社会的权力结构入手，剖析统治集团对普通人意识和生活加以操纵的霸权话语。他表现的悲剧其实可以在任何地方发生，强调在关键时刻更容易暴露人的本性，而个体的选择总处于外部压力和权力话语影响之下。林德伯格在两次世界大战期间的选择以及形势的发展都完全可能。罗斯尽管在小说创作中运用了丰富的想象，但在当时的美国纳粹活动的确甚嚣尘上，不少人被卷入这股恶流之中，在某种意义上林德伯格等人同样是受害者。

二

在该书的创作中，罗斯努力改变自己曾被称为犹太社区和家庭的叛逆者的形象，采取与之前处理犹太人和美国主流文化之间的关系时完全不同的策略，将犹太人家庭描绘成抵御外部灾难的最后屏障。他强调犹太人的身份"不是依赖一种连字符（Jewish-American，意指部分是犹太人，部分是美国人），而是来源于犹太人历史和犹太家庭的庇护所功能"[①]。他以小菲利普的口吻讲述身边故事，刻画的是国家政治生活将天真无邪的少年变成终日为民族命运担忧的早熟者。罗斯后来在《事实：一个小说家的自传》（1988 年）一书中详尽叙述了排犹活动对其童年的影响。身为犹太人后代，他当时对周围社会既好奇又害怕，非常希望能像其他孩子一样享受生活，与《反美阴谋》中 7 岁大的菲利普（为了与小说家本人区别，该书中人物只称菲利普）感同身受。菲利普放学后居然冒险与另一犹太孩子艾尔去跟踪所谓的正宗白人，窥视他们怎样工作和生活，以便探究其根基或发现与自己是否有什么不同之处。菲利普自幼具有原罪感，常常认为"出生为犹太人自然是小罪犯"（p. 167）。他非常羡慕犹太社区以外的生活，甚至多次策划出逃，尽管未能成功却足以说明小小年纪已对摆脱自己身份的渴望。他宁愿到孤儿院或流落街头，也认为比待在犹太人家里更自在。在 1940 年以前菲利普全家幸福快乐，

---

① Elaine M. Kauvar, "Talking about Philip Roth," *Contemporary Literature*, Vol. 48, No. 4, Winter, 2007, p. 621.

即使不算富裕，也有犹太社区朋友常常汇聚一堂，精神上得到极大安慰。犹太移民们得知林德伯格当选后涌向街头大声诅咒，预感自己又将被抛入灾难深重的困境，终日不得不再次为生存而战。这是他们的先辈自以为全靠移民美国才得以幸运逃脱的噩梦。罗斯在小说中指出，犹太移民与其他移民的差异在于他们没有祖国情结：

> 我们毫无选择地与美国紧密联系在一起，而爱尔兰对爱尔兰移民、波兰对波兰移民、意大利对意大利移民都依然重要，而我们却不再保持联系，不管是情感方面还是其他方面，都与这些旧大陆国家没有什么关系，我们从未被人欢迎进入这些国家，也不打算再回到它们中间。(p. 17)

这些犹太人只能将美国当作免遭纳粹屠杀的唯一庇护所。林德伯格任总统后，赫尔曼认为他们将丧失在该国的生存机会。他安排一家人到华盛顿做临别之行，打算在移民加拿大之前亲眼看看这个国家的真相，是否还有残存着被称为民主、自由和平等的地方。他们在首都的感受与他人不同。赫尔曼在大声抗议他被人逐出预定旅店时，反而遭到警察斥责，被人称作信口开河的犹太佬。他们一家人在林肯纪念碑前的情景更令人心酸："这是我所见过的最壮观的全景画，一个爱国主义的天堂，美国的伊甸园展现在眼前，我们却蜷缩在一起，一个被驱逐的家庭。"（p. 66）他们再也没有使许多美国人激动不已的爱国热情。从华盛顿回来后，赫尔曼在给朋友的电话中谈到自己的遭遇："你们应该去看看像什么样了，他们生活在美梦中，我们却身陷噩梦。"（p. 76）罗斯把犹太人遭受的歧视比喻为人们常在西部电影里看到的被人浑身涂满柏油、粘上羽毛的私刑，其羞辱"如同一件污秽的外衣紧裹身上，永远无法脱掉"（p. 79）。美国国内局势的动荡使犹太人家庭的处境如同大海上备感风雨飘零的孤舟，父亲带领下的家人在昔日曾引为自豪的华盛顿不过是一群惊弓之鸟。

面临美国国内局势骤变，如何在非犹太环境和充满敌意的美国文化中生存已成为令犹太人备感焦虑的问题。与罗斯以前的作品不同，《反美阴谋》中的人物不是害怕被同化，而是天真地认为自己早已美国化，算得上理所当然的美国人：

> 我们已经有了自己的国家，已经在这里生活了三代人了。我每天早上都在对着国旗宣誓效忠，集体活动时我和同学们一样在歌颂它的丰功伟绩，我急切盼望庆祝国家节日，从不怀疑七月四日的礼炮、感恩节的

火鸡或者独立宣言日棒球联赛对我至关重要，我们的国家就是美国。
（pp. 4-5）

这些人希望将美国变为自己的祖国，他们十分恐惧被再次疏离甚至抛弃。赫尔曼从战争新闻影片中看到马达加斯加的英国海军作战，日本人在新几内亚的丛林攻势和美国总统在白宫会见德国外长的宴会。相比之下他满怀感激地享受着远离战场的和平生活。不难发现，即使重洋相隔、远离世界大战，他们这些犹太人也更加关心战事的进展并忍受着极大的精神煎熬。

罗斯在书中着重表现了一种持续的恐惧，这正是犹太人上千年的情结。他基于第二次世界战中有关大屠杀的记忆创作，主要是"为了检验身为犹太作家的敏锐性"[1]。早在《我作为男人的一生》里罗斯就谈到人们对纳粹可能空降美国而产生的恐慌，该书中的一则小故事《安妮·弗兰克一代人的日记》对于这一场景有逼真描写，这类虚构情节尽管极具夸张，但类似画面却常常出现在心有余悸的犹太人的噩梦里，甚至成为他们生活的一部分：

> 搬家后的那天，我午饭后从学校回家，没有去新家，却无意识地回到多年来一直平安生活的旧房……我惊讶地发现公寓门大开，男人们在里面高声讲话……"纳粹！"我意识到。这些纳粹空投到杨克市，钻进我们这条街，抢走所有东西，绑架了妈妈。[2]

针对美国参与第二次世界大战前国内的种种思潮和犹太人的感受，罗斯进行了细致的剖析。他承认该小说创作的灵感来自于阅读史勒辛格（Arthur Schlesinger, Jr.）的自传，人们确实曾推荐林德伯格与罗斯福竞争1940年的总统位置。罗斯联想到这位孤立主义者若真当选总统可能出现的境况，其家族记忆让他不由地后怕。当时美国的排犹活动尽管不及希特勒统治下的德国那样疯狂，表面上风平浪静，实际上却仍然在逐步升级。犹太人深感精神上、文化上和政治上的排斥和打压步步紧逼，慢慢形成合围，却又令人无从着手反抗。罗斯在《反美阴谋》中特意从儿童视角加以观察，从懵懂无知到真相大白，以亲身感受和身边的变化表现恐怖氛围和揭示黑暗内幕。该小说的故事情节以一个家庭的遭遇和林德伯格等人在战时的拙劣表演为基础进行艺术加工，尽管读者无时无刻不感到其虚构性，但又为

[1] Timothy Parrish, *The Cambridge Companion to Philip Roth*, Cambridge: Cambridge University Press, 2007, p. 139.
[2] Philip Roth, *My Life as a Man*, New York: Holt, Rinehart and Winston, 1974, p. 247.

其所指涉的历史可能性和部分真实性打动，这正是其艺术魅力所在。第二次世界大战中的犹太移民在美国同样处于边缘状态，欧洲的排犹惨剧让他们惶恐不安，罗斯在《反美阴谋》里条分缕析地说明即使在这理想国度，个人感受也不一样，局势的骤变其实只在转瞬之间，犹太人担心一旦战败，自己会被首先抛弃和遭到屠杀。该书的震撼力在于"揭示了逐步加剧、令人可信和凶险叵测的针对美国犹太人的步步紧逼的系统迫害"[1]。美国到底是一个怎样的国度？这是罗斯在情节设计时主要考虑的问题。菲利普的哥哥桑迪被"美国化"组织派到肯塔基而获得成功，但另一家犹太人到肯塔基却失去了生命，这表明美国既可以是天堂也可以是地狱；具有良好修养、能以礼待人的民众，也能在转眼间成为暴徒。罗斯系统展示了人性中邪恶的一面和美国梦掩盖下的噩梦。罗斯更多地描写了犹太人内部的问题，认为在很大程度上各种文化背景的犹太人之间的冲突使得他们在美国的生存更为艰难。他特别关注犹太人的父子之间、兄弟之间和朋友之间（而不是犹太人与非犹太人之间）的谴责、背叛和互相诋毁。犹太人内部的争斗和自我贬损加剧了情况的恶化。赫尔曼的姨妹伊芙琳称他为"害怕自己影子的犹太人"，认为其教育方式只会使子女们一生都像他那样心胸狭窄、诚惶诚恐（p. 86）。那些处于特权阶层的犹太人，如负责使犹太人美国化的办事处的拉比本格斯朵夫，积极实施着各种将犹太人分散消化的项目。犹太人中的精英们将这个民族的不幸归咎于赫尔曼这类人，认为是早已消失的仇外恐惧（xenophobia）使其继续龟缩在纽瓦克这些城市，不肯主动融入美国社会。该书中的美国化运动就是要对犹太人依赖的家庭堡垒进行瓦解分化，釜底抽薪，让他们从此走向茫茫的未知外界。小菲利普目睹哥哥桑迪的异化和邻居家的分裂，对自家的未来深感忧虑，但又无能为力。罗斯指出美国文化使犹太人所处的困境："人们尽量去忠实于他们想要摆脱的东西，忠实和摆脱在同时进行。"（p. 298）他们为什么会遭遇这些挫折，陷入这样的困境？罗斯发出的是一种对民族性的追问。

三

罗斯系统描述了由国家机器操纵的对个体的控制。"美国化办公室"（Office of American Absorption）成立后，用"42号农场主计划"（Homesteader）将城市里的犹太社区家庭分散到全国各地，使他们陷入孤立无援的境地；在疏散的犹太人

---

[1] Timothy Parrish, *The Cambridge Companion to Philip Roth*, Cambridge: Cambridge University Press, 2007, p. 169.

家周围安插意大利移民家庭，改变原犹太人社区的构成和垄断传统，以"好邻居计划"增强总体上的美国性（Americanness）（p. 280）。赫尔曼宁愿辞掉工作也不愿离开纽瓦克，他的朋友们却温顺从命，服从统一安排，自然难逃厄运，甚至有人在后来的骚乱中被杀害。犹太人害怕与自己的社区隔离开来。曾在大萧条时期，纽瓦克大都市人寿保险公司就任命赫尔曼·罗斯为一个小镇办事处的经理助理，但那里是美国20世纪30年代亲纳粹的德美协会（The Germen-American Bund）成员较多的社区。这次提升可以使赫尔曼实现梦想：有一栋自己的房子而成为有产者。但妻子贝丝是从小在爱尔兰天主教社区长大的犹太移民，这个杂货店老板的女儿具有对身处陌生甚至敌对环境的恐惧，担心下一代会重新经历"社区陌生人"（neighborhood outsider）的生活，因而贝丝坚决反对这种迁升（p. 9）。她是罗斯笔下坚强的犹太女性形象：一直处于家庭与外界社会矛盾冲突的夹缝中，总能保持清醒的头脑，在关键时刻挺身而出以独特智慧拯救面临崩溃的家庭。在这次抵制犹太家庭遭散的行动中，她表现出同样的勇气。

罗斯在该书中忧心忡忡地描述了主流文化对犹太人年轻一代的影响。大儿子桑迪自愿参加系统的美国化训练，在"优秀公民"（Just Folks）一类项目中被洗脑。他承认犹太人与正宗白人之间的差距，渴望改变自己的身份，瞧不起犹太人和其保守传统，最后由天真的小画家变成美国纳粹的模范少年、机会主义者和家庭叛逆者。桑迪回家后大谈农场主马维内先生的富有和所受的高等教育，认为他们这些享有特权的白人才是美国真正的主人，相比之下自己的父亲不过是毫无教养的犹太佬。联邦调查局特工对他的家人进行骚扰，侄儿阿尔文被迫到别处谋生，赫尔曼几乎丢掉维持最低生活水平的重体力活的夜班工作。阿尔文志愿到加拿大入伍，到欧洲前线与德军作战。他在战场上非常害怕，在战事结束后才敢向德军尸体开枪和吐唾沫，结果遭到炮火的袭击，甚至不知来自敌我哪一方。他为莫名其妙地失去一条腿而懊悔万分，为自己的年轻、冒失和易受鼓动而责怪菲利普的父亲，认为自己为犹太人的利益做出了无谓牺牲。在关注美国国内局势的同时，罗斯还以黑色幽默的方式表现了战争的荒谬，对参战人员的动机同样加以质疑。阿尔文在战场上亵渎死人的做法令赫尔曼这种思想传统的犹太人无法容忍，认为是懦夫的表现，其他人甚至将他看作卖国者。最后两人的矛盾冲突加剧，以至于拳脚相向。该小说反映了在外界的巨大压力下，家庭成员之间的矛盾冲突更加激化，作为精神堡垒的犹太人家庭几近崩溃边缘。从该书中桑迪为白人女孩画像和他父亲的过激反应的情节便可看出，犹太人在当时如同惊弓之鸟。罗斯将其与 1915 年对犹太人里奥·弗兰克的私刑相比较，以说明排犹主义活动在当时更甚。①幸运的是在赫尔曼这些犹太人彻底认输而准备出逃到加拿大的前夕，罗斯福重新执政使他们躲过一劫。《反美阴谋》的自传性十分明显，宣泄了长期以来被边缘化、饱受压抑的美国犹太人内心的愤懑。该书中菲利普在少年时代跟踪基督徒的行为极具象征意义，反映了犹太人同样希望模仿正宗白人并迫害他们。菲利普家同许多美国人家庭一样，在经受重大考验后总算有惊无险，但这种悲剧可以在任何地方、任何时候、任何人身上发生。重要的是每个人是否能在平时就有所准备，始终具有自己的判断力和遵循人类应有的价值观。罗斯在自传性作品中反复表现的主题是：赋予美国犹太人生活的合法性，对人们在质疑犹太人历史时有关其平庸和边缘性的责难加以反驳，凸显犹太人的集体身份意识。罗斯以一个普通犹太家庭在动荡的美国国内外政治局势影响下的遭遇，揭示了在貌似天堂的国家生活的艰辛和个体生命的脆弱。

海登·怀特（Hayden White，1928—2018）在《作为文学虚构的历史文本》（"The historical text as literary artifact"）一文中指出，"人们过去区别虚构与历史的做法是把虚构看成是想象力的表述，把历史当作事实的表述。但是这种看法必须得到改变，我们只能把事实与想象相对立或者观察二者的相似性才能了解事实"②。使小说更具震撼力和真实感的是，罗斯为该小说设计了附言，这也是他重构历史的尝试，旨在划出官方历史与其深思后的结论之间的界限。罗斯指出，1940 年 10 月 "美国至上委员会"在耶鲁大学法学院成立，主要反对罗斯福的主战政策，推进美国孤立主义。当年的林德伯格虽然拒绝了人们推举他为总统候选人的要求，但在 10 月的大会上却公开号召美国人承认以纳粹德国为首的那些 "欧洲的新生强国"。他的妻子安尼·马洛·林德伯格的第三本书《未来的浪潮》（*The Wave of the Future*）的主题便是反对干涉，被奉为 "美国纳粹的《圣经》"，但此书列为非小说类畅销书，可见在当时的美国纳粹分子非常活跃（pp. 370-371）。

以西方民主和法制的楷模自居的美国社会同样可能突然陷入全面内乱和恐怖

---

① 1915 年佐治亚州玛利埃塔市的铅笔厂经理、犹太人里奥·弗兰克被怀疑强奸和杀害了 12 岁的工人玛莉·法根。在舆论的煽动下，弗兰克被当地名人率领暴徒以私刑处死。此次事件促使第二个 "三 K 党"在当年成立，他们称自己为 "玛莉·法根骑士"（Knights of Mary Phagan），这在另一方面也促使了 "反诬陷联盟"（Anti-Defamation League）的诞生。

② 包亚明，《二十世纪西方美学经典文本（第四卷）：后现代景观》，上海：复旦大学出版社，2000 年，第590 页。

的景象，这一主题贯穿整部小说。大多数民众都默默忍受或随波逐流，只有一个几乎是孤军奋战的堂吉诃德式的人物瓦尔特·温切尔执着地向美国纳粹宣战。他在肯塔基的路易斯维尔被暗杀，子弹从法院大楼的窗户射出，这无疑暗示其排犹活动得到官方的默许。底特律发生的反犹骚乱是由媒体、教会（电台神父科夫林）、民间团体（基督徒仇犹阵线）和街头暴徒在政府的操纵下刻意制造的惨案。[1]罗斯认为在纽瓦克这类种族混居的城市极有可能发生同样的事件，因为此处"有足够多的偏执狂，他们不需要亲纳粹阴谋集团太多鼓励就能形成冷酷无情的、具有极大摧毁力的乌合之众来策划和发起底特律那样的骚乱"（p. 268）。罗斯对美国的反犹运动的想象是有限的，在小说中他将暴乱地区局限在南部和中西部，造成的犹太人死亡人数也只有122人，"与欧洲被纳粹杀害的600万人相比，可以忽略不计"[2]。然而，罗斯通过文学虚构的手法展现的情景足以给人警示，这表明更大的灾难随时都有发生的可能。

《反美阴谋》的出版引起的争议比罗斯之前的其他作品都更激烈。尽管他本人一再否认该书是对乔治·布什的"反恐战争"的象征性批评，但读者依然将其看作政治寓言购买和阅读。[3]其实早在他的另一作品《我嫁给了共产党人》中，罗斯就对恐怖分子的行径做出了预言。该书中人物默里·林戈尔德（Murray Ringold）将麦肯锡的反共恐怖描绘成"令人畏惧的政治大屠杀"，而艾拉·林戈尔德（Ira Ringold）在谴责对新兵伙伴的政治歧视时说道："你们这些家伙如果处在同样位置，完全会模仿德国人。也许我们这个社会的民主会使你们多费时几天，但终究会成为地地道道的法西斯。"[4]在反恐形势日益严峻的当时，《反美阴谋》重提排犹活动的历史引起不少人的反感，但可以看出罗斯借历史上美国犹太人的经历旨在说明解决多元文化冲突中的矛盾的重要性。他认为这个世界仍有希望，在该书中特别叙述了意大利人与犹太人之间的友谊，邻居能在关键时刻主动拿起枪

① 底特律以骚乱多发著称，罗斯在此借指的是1943年发生在该市的黑人与白人之间的种族骚乱，在6月20日至22日的三天里共有34人死亡，433人受伤，财产损失达200万美元，后在联邦军队的干预下才恢复秩序。（注：受伤的准确人数有一些争议）参见：L. Alex Swan, "The Harlem and Detroit Riots of 1943: A Comparative Analysis," *Berkeley Journal of Sociology*, Vol. 16, 1971-1972, pp. 75-93, p. 85.

② David Brauner, *Philip Roth*, Manchester: Manchester University Press, 2007, p. 199.

③ David Brauner, *Philip Roth*, Manchester: Manchester University Press, 2007, p. 186. 英国《卫报》（*The Guardian*）2004年在"9·11"事件三周年之际，由罗斯的老朋友英国诗人阿尔法勒兹(A. Alvarez)以四页的篇幅对罗斯和新小说《反美阴谋》加以详尽介绍，并配有以星条旗为背景的罗斯像。

④ Philip Roth, *I Married a Communist*, London: Jonathan Cape, 1998, p. 47.

来保护犹太人。

后殖民理论家萨义德指出，"实际上冷战还在继续，不过这次是在许多战线上同时进行，涉及许多更加严肃和基本的价值观和思想体系（如伊斯兰教和儒家学说），它们都在为提升自己的地位，甚至完成对西方的控制而努力"①。然而罗斯看到的却是另一面，他的《反美阴谋》强调的是国家机器对多元文化的压制而导致的抗争，激化了各种矛盾。"9·11"事件的发生迫使罗斯一类作家不得不更加直面现实，他的风格的变化特别明显。帕里斯指出，"罗斯将美国文化描绘成一种反犹阴谋，这与他一贯的主张相左，因为他常常自称首先是个美国人，其次才是犹太人"②。该书在处理犹太传统与美国文化的关系上与罗斯许多其他作品不同，在很大程度上表现出一种回归，也许是进入暮年的作者以此对父辈传达出的致敬或作为犹太人之子的妥协。罗斯以重建历史的手法推出的这一杰作使人在对恐怖分子的行径深恶痛绝的同时也在质疑美国本身的问题和其内政外交策略的合法性。在当前宗教和意识形态等矛盾冲突日益剧烈的世界局势的影响下，罗斯创作该书引起民众更多的关注。他所描述的精神上的折磨和肉体上的伤害其实对所有民族和各种信仰的人们都一样。罗斯希望通过另类历史手法展示的恐怖情景和家庭遭遇对人们发出预警，避免欧洲大屠杀的悲剧在美国重演。

第二节 "沉默的一代"与历史重建

在重建历史的创作中，罗斯的另一佳作是 2008 年的《愤怒》（*Indignation*），他将人们的视角拉回到朝鲜战争时期。美国作家更多地关注第二次世界大战和越南战争，而介于两者之间的朝鲜战争却被有意识地忽略，形成历史认知的断点。该书描写了 20 世纪 50 年代被称为"沉默的一代"的年轻人，他们受制于国家、社会和家庭的压力与约束而保持沉默，甚至顺从地走向东方战场。罗斯着重描述了构成他们生活中各种张力的原因，关注其沉默与反抗，以及悲剧的必然性。

罗斯在 2008 年 11 月 3 日在接受《巴诺评论》（*Barnes & Noble Review*）主编詹姆斯·穆斯蒂斯（James Mustich）的采访中，承认自己有意识地审视朝鲜战争历

---

① Edward W. Said, *Reflections on Exile and Other Essays*, Cambridge, Massachusetts: Harvard University Press, 2000, p. 570.

② Timothy Parrish, *The Cambridge Companion to Philip Roth*, Cambridge: Cambridge University Press, 2007, p. 167.

史并发现《愤怒》的创作主题。他本人当时就是一名大学生，自然能驾轻就熟地再现书中主人公的感受。罗斯回忆说："越战时学生没有忘记正在进行的战争，并对之做出强烈而又积极的反应。而在朝鲜战争期间，不存在那样的反应。"[①]此时的年轻人总处于家庭、社会和国家的严密控制之下。罗斯描写了一名觉醒较早的犹太青年，此人深感焦虑和困惑，事事谨小慎微，但依然做出一连串的错误决定，最后遭到严密监控的社会排斥而成为牺牲品。罗斯喜欢舍伍德·安德森（Sherwood Anderson，1876—1941）的小说集《小城畸人》（*Winesburg, Ohio*，1919 年）并得到启发，虚构瓦恩斯堡学院为自己小说中主要情节的发生地。在创作《愤怒》时罗斯注意到新闻里常常提及 19~22 岁的美国士兵在伊拉克战场上陆续死亡的消息，认为这太恐怖和令人遗憾，他对年轻人的死亡感到特别痛心。他当年入伍受训时就曾目睹一位 20 岁左右的朋友死于脑膜炎，因而在该小说中格外聚焦于这种短暂生命的消失。在主人公马科斯进入大学后，他的父亲认为这独生子将被外界夺走，整天担惊受怕，进而限制其自由活动。为了避免与家庭的直接冲突，马科斯转学到中部的俄亥俄州的一所普通学院。在这里他面临的是教会学校更为严厉的限制、犹太学生之间的争斗和非犹太人的冷漠。他发现父亲在自己身上已经烙下身份印迹，思想上与父亲一样偏激，无法忍受或融入周围社会。在经历一系列的冲突后，他被赶出校门而最终在朝鲜战场上丧命。他的遭遇在朝鲜战争时期的"沉默的一代"中具有典型性，其身处麦卡锡恐怖阴影下备感压抑又无法逃脱的命运令人叹息。罗斯从监管与反叛两方面描述外部社会与个人内心的矛盾冲突。他承认这本小说的主题之一是罪犯化（criminalization），叙述了家庭、社会和学校联手将年轻人置于严密监控之下，即使他们学业优秀，但只要他们稍做反抗或有脱离监管的倾向，整个社会就会像对待罪犯一样对待他们。在小说结尾的"抢短裤暴动"是学生们对长期压抑的反抗，但这种狂欢性的事件却导致毁灭性的悲剧，马科斯的遭遇揭示了那一段历史中人们尚未道出的隐情。

一

朝鲜战争时期的美国已成为主导西方世界的领袖，在外交策略上凸显了帝国主义霸权意识，在国内同样加强对民众的管控，这是形成"沉默的一代"的主要

---

① 詹姆斯·穆斯蒂施，"《愤怒》：朝鲜战争时期美国校园的缩影——菲利普·罗斯访谈录，"孟宪华译，《译林》，2011 年第 1 期，第 196 页。

原因。第二次世界大战前美国只是一个崇尚孤立主义的国家，常常避免参与一些重要的世界事务，但在参战后发生了根本改变，"一个截然不同的美国从战争中冒出来，成为具有比世界上任何国家更强大的海陆空力量和军事工业基础，以及上百处海外军事基地的国际化国家，深深卷入他国问题"①。这种变化对美国的年轻人来说无疑是灾难性的。朝鲜战争的爆发使冷战双方的矛盾和冲突公开化，美国军队在战场上屡屡受挫，国内右翼势力大行其道，在反复打压下普通民众不得不顺从官方意志而不愿表达不同看法。罗斯在该书中入微地描写了"沉默的一代"的生存状态。"沉默的一代"一词最早出现在《时代》杂志1951年11月5日的文章《大众：年轻一代》里，作者指出：

> 今天的年轻人在等待命运之神降落到自己身上，他们默默工作，几乎没有怨言。这一代最令人惊奇的是他们的沉默。除了极少数以外，他们都不愿发出自己的声音。与被称为"燃烧的青年"（Flaming Youth）的父辈不同，这些年轻人只是一团安静的小火花，他们不发表宣言，不进行演讲或张贴标语，因而被称为"沉默的一代"。②

这一代人既没有经历大萧条时期的艰辛，也没有受到后来"婴儿潮一代"的就业压力，他们因其较小的出生率而享受到更多的教育和就业机会，成人时正值战后的经济繁荣期，因此他们更多关注个人和小家庭利益，对国内外政治并不热心。朝鲜战争爆发后，他们心甘情愿地走上战场，很少发出抗议和反战的声音。此时本应充当公众代言人的许多作家同样被称为"沉默的一代"，其原因"不是因为他们无话可说或什么也没有说，而是因为他们（在很大程度上）在自己的作品中表示同意官方的道德、政治和社会观点"③。

回顾美国历史时，许多观察家把20世纪50年代描绘成一个"焦虑的时代"，因为有冷战、对核毁灭的普遍恐惧、朝鲜战争以及后来的越南战争，美国社会至少在心理上保持着一种战争心态。④《愤怒》中的主人公马科斯是"沉默的一代"

---

① Thomas E. Patterson, *We the People: A Concise Introduction to American Politics*, Boston: McGraw-Hill, 2000, pp. 495-496.

② "People: the Younger Generation," *Time Magazine*, Nov. 5, 1951.

③ 埃默里·埃利奥特，《哥伦比亚美国文学史》，朱通伯等译，成都：四川辞书出版社，1994年版，第965页。

④ 萨克文·伯科维奇主编，《剑桥美国文学史：散文作品 1940~1990》（第七卷），孙宏主译，北京：中央编译出版社，2005年，第175页。

中少有的具有一定政治远见和反叛思想的人物。他正值服兵役年龄，时刻感觉到战争威胁，比普通大学生更关心国际政治，对麦克阿瑟试图将战争扩大到中国，甚至不惜与苏联人开战的极端主义思想深感忧虑。马科斯指望不触犯校规，坚持熬到大学毕业，同时自愿参加后备军官训练队，希望在他走出校园时即使战争未结束，他也能以军官的资格进入战场以获得比普通士兵更多的生存机会。

罗斯精心设计小说情节，将马科斯的大学生涯与远在东方的战况并置，凸显了和平生活的珍贵和脆弱，以及死亡的步步紧逼。马科斯读大学二年级时，这场战争也进入了残酷的第二年，中朝军队与以美国为首的联合国军队正进行大规模争夺与反争夺的拉锯战。成千上万的美国士兵已经丧命、受伤或被俘。来自前线的各种传说对大学生的心理产生重大影响，"军号声、铙钹声一响（有时还用哨子），喊声连天的中国人就在信号弹中潮涌而至，排山倒海，无穷无尽"[①]。马科斯深知那种冲锋阵势让不少美国士兵闻风丧胆，毫不惧怕死亡的中国士兵一浪高过一浪地冲来，场面十分恐怖。战争规模的扩大必然使更多士兵到朝鲜送死，极有可能让在校学生提前走上战场。让马科斯最担心的是，如果没能完成军官训练就被赶出校园，他只好端着带刺刀的步枪躲在冰天雪地的朝鲜掩体里等待对方的军号响起。每次读到朝鲜战场上的白刃战故事时，马科斯便想起父亲在肉店里飞刀割肉的情景，父亲曾是他幼年幻想中的英雄。他们家族中许多人开设犹太人肉店，这些叔叔身上全是血腥味，可以说马科斯自幼生活在血泊中："到处是鲜血、油脂、磨刀石、切割机，以及父辈们残缺的手指。"[②]马科斯希望成为律师而逃离肉贩这一行，从社会底层爬上来。早年的许多学校的法律系并不向犹太人招生，马科斯感到自己很幸运，能在刚刚放开限制时就被录取。朝鲜战争爆发后，马科斯更希望通过学校的庇护而免去战场上的厮杀，对自己是否能当上律师则没有太大奢望。罗斯在该书中对主人公的前途如此设计，不禁让人联想到莎士比亚戏剧中的夏洛克，其反讽意味尤为强烈。他曾在散文集《阅读自我及其他》里指出，"将犹太人的形象描绘成爱国者、勇士、带着伤疤的好战分子会令多数美国公众满意"[③]，然而他在《愤怒》里塑造的则是竭力逃避战争却被逼上前线的普通犹太青年形象。

罗斯着重揭示了麦卡锡主义对大学的渗透和当局对学生思想的严密控制。校

241

① 威廉·曼彻斯特，《光荣与梦想：1932~1972年美国社会实录》，朱协译，海口：海南出版社、三环出版社，2006年，第427页。

② Philip Roth, *Indignation*, New York: Vintage International, 2008, p. 37. 以下出自该小说的引文只标明原著页码。

③ Philip Roth, *Reading Myself and Others*, New York: Vintage International, 2001, p. 184.

长阿尔宾·勒兹曾在就职演说中宣称要把这所大学办成"培养道德操守、爱国主义、个人行为高水准的摇篮，作为与无神论的苏联共产主义进行全球战争时的胜利保证"（p. 215）。校园里发生的"抢短裤暴动"使他颜面扫地，对其将办学作为竞选俄亥俄州州长的途径的雄心大志是极大嘲讽。面对骚乱后的学生，这位校长怒不可遏，严厉谴责这一背叛行为。正如从朝鲜战争开始后美国国内出现的奇怪论调那样，一些人认为他们"可以用左手进行一场战争，让少数随意挑选出来的人去送命，同时还可以用右手去保持经济不受干扰，让那些留家的幸运儿去寻欢作乐、大发其财"①。此时联合国军与共产党的谈判代表在朝鲜刚刚开始停战谈判，更大规模的战争随时可能爆发，学生中许多人不得不上战场送命。在每天都有无数人伤亡的日子里，身居美国国内的大学生却闯进女生寝室抢夺内裤。校长将他们统统看作忘恩负义的家伙，没有一点爱国心。他责问道："你们突击女生宿舍，将她们吓得半死，就是英勇无畏的战士？"（p. 219）此时苏联人已经成功爆炸了第二颗原子弹，美国实际上面临与苏联人的核战争，世界正处于毁灭的边缘，这些年轻人却只对女生内裤着迷。校长一怒之下开除了 20 多名学生，其他人则在严厉监督下参加劳动改造。正是这野心受挫的校长的草率之举改变了书中主人公马科斯的命运，给他带来灭顶之灾。

二

罗斯着重描写饱受命运煎熬的普通犹太人家庭，他们根本没有能力抵御任何意外灾难。他尤其强调主人公所处的边缘化的生存环境进一步压制了这类犹太青年的自由生活，他们属于"沉默的一代"中遭遇外界政治局势的威胁和种族歧视的夹击而更加失声的群体，从家庭到学校甚至社会的狭小生活圈子都在父辈的掌控之中。福柯指出，社会的"监狱结构"可以确保对肉体的实际捕获与持续观察，"所有这一切都是为了制造出受规训的个人。这种处于中心位置的并被统一起来的人性是复杂的权力关系的效果和工具，是受制于多种'监禁'机制的肉体和力量，是本身就包含着这种战略的诸种因素的话语的对象。在这种人性中，我们应该能听到隐约传来的战斗厮杀声。"②福柯分析的这种监禁机制与刚刚成年、踏进

---

① 曼彻斯特，《光荣与梦想：1932~1972 年美国社会实录》，朱协译，海口：海南出版社、三环出版社，第 439 页。

② 米歇尔·福柯，《规训与惩罚》，刘北成、杨远婴译，北京：生活·读书·新知三联书店，2003 年，第 354 页。

社会的马科斯所感受到的极为相似。当时美国处于第二次世界大战后的高速发展期，但由于朝鲜战争的爆发，像马科斯他们这种仅剩一个孩子的普通犹太人家庭依然感到前途渺茫，整天担惊受怕。他父亲总是担心儿子会出事的强迫症反映出老一辈的集体焦虑，他们远比年轻人更加关注日益迫近的威胁。他认为孩子根本不知道外面的危险，社会总会从家中夺走孩子，"生活中微小的错误可能导致灾难性后果"（p. 12）。他害怕孩子在未准备充分的情况下踏入凶险叵测的外界社会。在父亲看来，马科斯同其他孩子一样难免受到社会上的恶习熏染而变坏，如管道工的孩子艾迪就沉溺于台球赌博而放弃了大学学业。管道工告诫马科斯的父亲："这世界总是虎视眈眈，舔着碎骨头，要抓走你的孩子。"（p. 14）身为社区里的犹太人肉贩，他虽然见惯了屠宰场的血腥场面，却在马科斯进入大学后整天因为担心出事而忧心忡忡，害怕马科斯会像第二次世界大战时他的堂兄一样被应征入伍死在战场上。马科斯则希望早日长大独立生活，这无疑威胁到父亲的自尊。当他未能按时回家时，父亲居然将他关在门外惩罚其开始显露出的成人倾向，全然不顾儿子大学里开始的新生活和专业学习的需要，而是试图阻止他参与任何社交活动。大学二年级时马科斯只好转学到离家 500 英里远的俄亥俄州的一所小学院，希望获得独立和自由。具有讽刺意味的是，马科斯一入学就被安排进犹太学生寝室，在一定程度上限制了他所希望的与非犹太同学的自由交往。他无奈地发现自己难以抹去身份烙印和逃离犹太文化的控制。在新环境里马科斯十分怀念原先在纽瓦克的罗伯特·翠特学院与意大利裔同学之间的感情，认为与他们家人的一席话比两个学期的西方文明史课程更有意思。在该学院读一年级时，马科斯接受了比较开明的教育。该学院中有犹太人教授，在交流上马科斯感到很自在，有的教授即使在外界压力之下仍然能自由发表不同言论。他来到俄亥俄州后遭遇到保守右翼教育机构的严厉制约，完全无法适应。马科斯在面对校方责难时，认为自己"一直保持学业优秀，难道这还不能让那些年长者（如训导主任和父亲）满意"（p. 90）？他经常困惑于应该怎样证明自己的价值。他只想专心学习，拒绝参加犹太学生联谊会，这种自我边缘化使其在随后灾难来临时孤立无援。罗斯在该小说中特别描述了普通犹太家庭在外界压力下的脆弱性。马科斯的母亲认为自己家已经处于社会边缘，根本无力承受进一步的打击，对弱者更要警惕。她到学校看望马科斯时发现他的女友奥利维亚曾经精神崩溃并自杀过，同样属于弱者，只会给自己的家庭带来更大伤害。她深信马科斯的善良是他人生中最大的敌人，这将导致更大的灾难并妨碍他实现光宗耀祖的奋斗目标。她分析两位年轻人的关系时指出："别人的弱点可以像他们的力量一样毁掉你，软弱的人并不是无害的，他们的软弱就是力量。如此不稳定的人对你是一种危险，马基，也是一种陷阱。"（p. 175）她指出，马科斯需要战胜自己的感情才能获得成功，她甚至以不与父亲离婚为交换条件逼他不再与女友接触。马科斯与母亲达成妥协后感到更加孤独，显然此时家庭与学校已完成对其的合围，他只得屈从于这种严密控制。

来自宗教方面的压力同样强化了这种控制。罗斯在《愤怒》中描述了犹太青年在基督教教会学校中的尴尬处境，复杂的宗教信仰问题使马科斯备受煎熬。为避免与父亲的直接冲突他转学到俄亥俄州的这所小学院，却发现要拿学位必须至少上 40 次教堂，这与其犹太教信仰发生严重冲突。他虽然不是传统的犹太教徒，但也无法忍受基督教的布道、圣歌和有关耶稣复活的传说。罗斯在与美国女作家玛丽·麦卡锡谈论宗教信仰方面的分歧时，曾借笔下人物朱克曼的话形象地说明了犹太人在基督教教堂的感受：那是"一种自然、完全的不相容——我有一种在敌人的营房里扮演间谍的感觉，觉得我在监视着体现了迫害和虐待犹太人的意识形态的仪式"①。马科斯被迫坐在教堂里的感受正是如此，耳边响起圣歌音乐，他脑子里涌出的却是第二次世界大战时的军歌，甚至是中国国歌。②他觉得"起来！不愿做奴隶的人们！"这样的歌词特别适合自己的反叛心情，每当听到布道或者对耶稣的颂歌时，马科斯总是"满腔的热血已经沸腾"（p. 82）。最后的骚乱缘起于低年级学生打雪仗，并逐步升级成"抢短裤暴动"，而根本没有参与这种疯狂活动的马科斯却成为牺牲品。校方在严肃校纪的整顿中，发现他找人顶替上教堂，这显然比学生骚乱更危险，因而将其赶出校园送到战场上。

该小说有关宗教冲突事件的叙述延续了罗斯早期短篇小说《犹太人的改宗》中的辛辣讽刺，不同的是，这不再是顽童的固执或闹剧，早已成年的马科斯因其宗教信仰方面的分歧导致人生悲剧的不可逆转。他与男生训导主任有关宗教问题的对话充分显示了自己的反叛性格，如当他被问及需要安慰的时候向谁祈祷时则灾难性地暴露了内心隐秘：

> 高中时曾是辩论选手的马科斯回答道："我不需要安慰。我不相信上帝，也不相信祈祷。……我依靠真实的东西而不是想象出来的。祈祷在我看来十分荒谬。"

① 菲利普·罗斯，《行话：与名作家论文艺》，蒋道超译，南京：译林出版社，2010年，第138页。
② 罗斯在访谈录中回忆说，自己是在第二次世界大战期间读小学高年级时学唱的这首歌。

　　"现在还是这样？"他（训导主任）微笑地说道。"但是成千上万的人都相信。"

　　"成千上万的人曾经还相信地球是平的呢，先生。"

　　"那倒是真的。我可以问问吗？马科斯，哪怕仅仅出于好奇，你是怎样生活下去的——我们一生中注定有这么多的考验和磨难——如果缺乏宗教或精神上的指导的话？"

　　"我总是得 A，先生。"（p. 93）

　　马科斯显然以为自己可以用学业上的优秀抵御一切，但他的所作所为却未得到监管者的认可。随着谈话的进行，双方的分歧更加明显，马科斯脑海里出现的竟然是喜欢的歌词："起来！不愿做奴隶的人们！把我们的血肉筑成我们新的长城！"（p. 94）在随后的对话中，马科斯的思绪中充斥的都是歌词，在"满腔怒火"的状态下甚至渴望自己能用中文喊出"怒火"一词，那样也许更有力。他终于爆发并直接反抗，强烈谴责校方因调换寝室的小事企图将自己看作罪犯并策划将其从学校直接送上朝鲜战场。

　　在与训导主任的较量中，马科斯引用诺贝尔文学奖获奖者罗素（Bertrand Russell，1872—1970）在 1927 年的演讲《我为什么不是基督徒》（"Why I am not a Christian"）中的段落说明自己对宗教的看法，这是他在高中参加辩论会时熟记在心的文章，其中的观点显然影响了他的一生。罗素在该文中质疑基督教教义，认为基督的道德品性存在严重缺陷，比如相信地狱的存在。罗素指出："真正非常慈悲的人绝不会相信永远的惩罚。《福音》书中描绘的基督无疑是相信永远的惩罚的，……确实有损于他至善至美的形象。"[①]马科斯在高中时接受了罗素关于上帝和基督教的看法，同样认为有关上帝的观点不值得自由人理会。但在这所教会大学里宣扬罗素的无神论思想极其危险，这无疑是对校方权威的挑战。训导主任发现马科斯与该校环境完全不能兼容，无法与他人相处，对其反叛苗头"必须马上采取措施，扼杀在萌芽状态"（p. 107）。马科斯在谈话中因极度愤怒而在办公室里呕吐，将污物喷洒在训导主任用于炫耀学校辉煌历史的奖品上，他明显已从心理厌恶转为生理厌恶。

　　如早期作品《再见，哥伦布》一样，罗斯在分析犹太人内部问题时强调贫富

245

---

① 转引自张昌华等，《世界名人名篇经典》，哈尔滨：北方文艺出版社，1994 年，第 454 页。

差距和社会地位不同对年轻人的影响，特别憎恨犹太人之间的相互利用和倾轧行径。马科斯出身卑微，瞧不起身为肉贩的父亲，非常羡慕女友奥利维亚的医生家庭。他嫉妒犹太学生联谊会主席桑尼·科特勒的父亲有自己的保险公司，母亲则是克里夫兰一家百货公司的继承人。此人在联谊会里能呼风唤雨，甚至不把训导主任看在眼里，是这所大学以及社会上如鱼得水的人物。马科斯尝试摆脱科特勒的控制，但最终还是表示臣服，并在此人帮助下安排其他犹太学生替自己上教堂。这是他违反校规而唯一犯下的错误，最后让校方抓到把柄将他送上死亡之路。马科斯发现自己潜移默化地被父亲完全控制，根本无法逃脱，不过是其在俄亥俄州的化身，行为举止如出一辙。女友奥利维亚突然怀孕后马科斯万分惊恐，他认为这与"他们的圣母玛利亚的怀孕一样让人难以置信"，深信自己被拖入一种道德陷阱，这将是对他一生的束缚。马科斯濒临死亡时才意识到在自己生命的最后一年里，他根本不了解周围的人们，唯一所做的只是逃离。他从家里来到俄亥俄州避免父亲的打扰，再通过两次调换寝室躲避犹太人和非犹太人室友希望自己独居，最后自动疏远心爱的女友躲进多年无人居住的旧阁楼。当他从医院回到自己孤独的小房间时，马科斯发现有人将自己的所有物品翻倒了一地，并在此手淫弄脏了他的衣物。显然心怀敌意的同学在此举行了个人狂欢活动，很可能是最早的室友——同是犹太学生的弗鲁塞，此人的所作所为摧毁了马科斯在该校最后的避风港，犹太人之间的争斗让其自尊荡然无存。在长期以来占人口大多数的白人的支配地位和有色人种的边缘地位之间，"犹太人在美国多元文化版图上一直没有自己的独特位置"[1]。罗斯在详尽描述马科斯这类犹太人青年的生存状态时，将其看作种族政治的受害者，认为他们在朝鲜战争时期的社会地位与有色人种相差无几。

三

罗斯在重建历史的创作中采用独特的叙事角度，以去世者口吻在弥留之际断断续续地回忆其短暂的一生，慢慢咀嚼和品味集体无意识的痛苦。小说第一部分的标题"在吗啡的作用下"便暗示了这种叙述是在意识模糊的状态下进行的，快要去世的主人公对人世间的许多问题可以毫无顾忌、采取超脱的心态进行评说。他在回忆中重新审视那些控制校园生活的道德观念和规章制度，以及自己为逃避所做的反抗和犯下的致命错误，虽然非常懊悔，但终究难逃厄运，无端丧失年仅

---

① Micheal P. Kramer and Hana Wirth Nesher, *Cambridge Companion to Jewish American Literature*, Shanghai: Shanghai Foreign Language Education Press, 2004, p. 8.

19 岁的生命。罗斯在该小说中详尽描绘了主人公对死亡本质的想象。马科斯是无神论者，相信死后的生活是无形的，没有闹钟、躯体、灵魂，没有任何形状或实体，人会彻底消失。但他没有料到记忆总是存在，甚至竟是永恒。即使死亡也难以令他逃出生前的困惑，只能无数次想起短暂生命中遭遇的挫折和屡犯的错误。罗斯设计巧妙大胆，富有创意，并赋予了人物更大自由度：

> 在这没有时间限制的世界里，我可以日复一日地讲述自己的故事，在这记忆的洞穴里我脱离肉体潜伏着，感到自己似乎已在此待上了一百万年，我所经历的短短的十九年可以永恒地延续下去，而其他一切东西早已烟消云散……（p. 57）

主人公如同幽灵一样生存，其目的是以自己的故事警示他人。罗斯承认自己是在创作中偶然采用这种叙事方法的，他说："一旦冒出这个想法，我就不禁喜欢上了它。我想这一视角给了我更多的自由空间……"他习惯于让叙述者处于某种特定情形下，如《波特诺伊诉怨》中的叙述者便是在心理医生的躺椅上开始倾诉。[①]

罗斯在小说结尾部分"从地下"里描写了马科斯死亡时的情景，将朝鲜战场的血腥场面与他们家的肉店加以对比，其用意十分明显。该书中故事情节的逐步展开其实是关于马科斯如何从一个屠场被逼进另一个，身份则由屠夫学徒变成刀下受害者：

> 随着一针筒接一针筒的吗啡注射到马科斯的体内，他陷入更深的无意识状态，尽管并未压制大脑活动。在这一切停止前，他还记得那种撕心裂肺的痛，刺刀将他一条腿割下，将内脏、生殖器砍碎……周围比他在自己家肉店里见过按照犹太人传统屠宰牲口时流淌的血更多……割开他的钢刀与他们在肉店里为顾客割肉的刀一样锋利。（pp. 225-226）

罗斯将主人公马科斯的死设定在 1952 年 3 月，两年前开始的这场战争此时已进入僵持阶段。自 1951 年 7 月以来的板门店停战谈判处于边打边谈的状态，意味着更多士兵每天仍被投入战争绞肉机中，这种人间悲剧还需一年才会真正结束。[②]

247

---

① 詹姆斯·穆斯蒂施，"《愤怒》：朝鲜战争时期美国校园的缩影——菲利普·罗斯访谈录，"孟宪华译，《译林》，2011 年第 1 期，第 197 页。

② 美军在朝鲜战场上的死亡人数一直存在争议，而美国官方最新公布的人数为 3.5 万人。参见：Thomas E. Patterson, *We the People: A Concise Introduction to American Politics*, Boston: McGraw-Hill, 2000, p. 497.

在称为"屠宰山"（Massacre Mountain）的战役里，马科斯所在连队的200多人中仅有12人活下来。即使是幸存者，也都在痛苦中哭喊着或已失去理智，年仅24岁的上尉连长的脸被枪托打得稀烂，就像被球棒抽过。马科斯从一波接一波的中国人的冲锋中听到震天的号角声和"起来！不愿做奴隶的人们！"的嘹亮歌声。他在熟悉的歌声中倒下时才明白，昔日认为遥远的东西居然真的与其命运息息相关，这自然充满讽刺意味。对于许多思想敏锐的年轻人来说，阅读文学作品"是他们热衷军事、喜爱战争的关键因素"，他们自幼就被斯蒂芬·克莱恩（Stephen Crane，1871—1900）《红色英勇勋章》（*The Red Badge of Courage*，1895年）的主人公亨利弗莱明那样的人物所吸引，脑袋里幻想的是"冲锋、包围、战斗"之类的东西。[①]罗斯在《愤怒》中对战争的描写则聚焦于其残酷性，展现的是血淋淋的死亡场景。马科斯在生命终结时的静寂里绝望地向人间呼喊，可惜已没人再能听见他的声音：

248

> 没有人可以讲话了，只有对自己解释我的清白，我的愤怒，我的直率，以及我生命中成年的第一年也是最后一年的简单幸福。一种让人倾听的渴望，但没有谁听我诉说！我已死亡。这里发出的是根本不可能发出的呼喊。（p.212）

罗斯在历史钩沉和冥思中为消失在朝鲜战场上的数万冤魂叹息，马科斯的命运在当年被迫走上战场葬身异国他乡的美国大兵中具有典型性，这些"沉默的一代"即使付出生命的代价也很少有谁替他们发出抗议之声。他父亲接到儿子的死讯后再也未能恢复过来，在哭泣中对妻子抱怨自己早已预见这种结局，却无人愿意理会，眼睁睁目睹家庭悲剧发生。在马科斯逃离监控之初，他父亲就断言生活已没有任何意义，长期担惊受怕令他精神崩溃。在家族中马科斯的父亲曾被认为是顶梁柱，每当兄弟们的家庭遭遇灾难时，他总能充当保护伞将成员们团聚到一块，现在却因无法保护自己的孩子而感到绝望。他甚至怀疑几十年生活在一起的妻子做饭菜时很可能对他下毒，因此逐步变得如同惊弓之鸟并随时可能对家人施暴。母亲到学校对马科斯哭诉说，自己这些年来整天都陪伴着定时炸弹生活。由于终日的忧虑，马科斯的父亲在割肉时失手将刀捅进自己腹部，经历了痛苦的18个月后最终去世。罗斯在该书中详尽地叙述了这种普通犹太人家庭的瓦解过程。

---

① Catharine Savage Brosman, "The Functions of War Literature," *South Central Review*, Vol. 9, *Historicizing Literary Contexts*, Spring, 1992, p. 87.

在小说结尾罗斯以假设的口吻分析了马科斯悲剧的原因：如果不是家庭对他限制太严厉，如果不是学院将宗教仪式看得那么重，如果马科斯愿意妥协，到教堂像其他人一样闭上眼睛做祈祷，"像孩子一样信仰那个愚蠢的上帝，听听那些该死的圣歌"，或者在被发现雇人上教堂的劣迹后能主动认错，接受惩罚，他也许可以在校园里躲过朝鲜战争活下来（p. 230）。然而简单地将这一悲剧归咎于马科斯宗教思想的缺失自然掩盖了历史趋势在当时的主导作用和对人性的扼杀。所以罗斯在该小说后面附加了"历史注释"作为尾声，读者欣慰地看到在 1971 年瓦恩斯堡学院举行了"抢短裤暴乱"十周年纪念，学生们在抗议中占领了男女训导主任的办公室，要求学生的自由权利，该运动使学院关闭了一个星期，却没有人遭到开除或处分，束缚学生们 100 多年的强制上教堂等校规均被废除，曾经将马科斯逼出校园、送上战场的时代一去不复返了。

海登·怀特指出："我们体验历史作为阐释的'虚构'力量，我们同样也体验到伟大小说是如何阐释我们与作家共同生活的世界。在这两种体验里，我们看到意识构成和征服世界所采取的模式。"[①]朝鲜战争时期的罗斯如"沉默的一代"中的大多数人一样，并未清醒意识到那种压抑感，但他在越南战争期间终于醒悟。他在随后的文章中承认自己整天都能感觉到政府是一种强制力量，它在思想上的存在远不只是一种制度化的、有缺陷的必要控制系统，"尽管不用为自己的安全担心，也能畅所欲言，但这并不能减轻生活在一个道义上失控和我行我素的政府治下国度的感觉"[②]。显然罗斯在半个世纪后才着手创作《愤怒》时，注意到将这种压抑感融入文本，因而整部小说的氛围令人窒息，主人公从遥远的空间（天堂或是地狱）向人世间发出的绝望呼喊无疑是作家在为那一代人伸张正义而努力。马科斯短暂一生中的痛苦足以引起人们的同情与反思，我们应该探索是什么迫使他总在匆匆上路，从纽瓦克的家到中部的瓦恩斯堡学院，再到朝鲜战场，直至进入死亡之谷。他每一次逃离的尝试实际上都使他更接近悲惨的结局，难以摆脱来自政治、社会、宗教等方面的伤害。马科斯到达另一世界后仍想弄清楚自己这一代人悲剧的根源，却无法与这个世界建立联系。查尔斯·米勒·维因（Charles Miller Wayne）在《武装的美国：在小说中的面孔》（*An Armed America: Its Face in Fiction*，

249

---

① 包亚明，《二十世纪西方美学经典文本（第四卷）：后现代景观》，上海：复旦大学出版社，2000 年，第 590-591 页。

② Philip Roth, *Reading Myself and Others*, New York: Vintage International, 2001, p. 10.

1970年）指出："朝鲜战争似乎是美国急于忘记的，最重要的是从这场战争中产生的小说也并未阻止这一进程。"①罗斯所指的是尽管半个世纪早已过去，人们依然对朝鲜战争时期美国国内发生的一切深感迷惑，还需进一步探索以揭开历史的真相或者重建那段历史。他坦言自己曾在心底构思准备50年后才动笔描写那个年代。马科斯一类人物的悲剧发生在冷战初期，人们通常将其限定在1945~1989年，实际上在"后冷战时期"世界并未迎来预期的和平，也许冷战的结束远在未来的某一时刻。最重要的是，这一术语掩盖了美国为统治全球一直进行的广泛和粗暴的扩张。②如果说越南战争是美国冷战时期外交政策的必然产物，那么先前的朝鲜战争也出自同一策略，朝鲜战争的结束带来的不是和平而只是战争中的间歇，其实可以看作是越南战争的序曲或预演。人们往往只注意到越南战争对美国人民国民性改变的影响，而有意识地忘却朝鲜战争。细心考察它们令人惊叹的相似性，并从同在亚洲的倒霉遭遇的更大语境下研读有关朝鲜战争的小说，其实不难理解越南战争发生的必然性。罗斯在小说创作中重建历史的努力旨在使人们同样重视这两场冷战时期的悲剧。福山指出："历史有一个蕴藏在人目前的潜意识中并且使整个历史具有意义的终极目标，这个终点就是实现人类自由。"③罗斯在该小说中对"沉默的一代"表现出深切同情，揭示了种族、宗教与社会文化的制约对他们的摧毁力和他们进行哪怕十分微弱的反叛都需付出的沉重代价。所幸的是，"沉默的一代"在后来终于忍无可忍并发出自己的呐喊，他们之中产生了肯·凯西、艾伦·金斯堡这类文学大师，玛丽莲·梦露这样的电影明星，以及马丁·路德·金一类的政治家。

第三节　人生暮年的忏悔录：《凡人》与《羞辱》

在21世纪里罗斯关注的另外的重点是疾病和死亡，他在表现这种进入暮年以

---

①　Philip K. Jason, "Vietnam War Themes in Korean War Fiction," *South Atlantic Review*, Vol. 61, No. 1, Winter, 1996, p. 110.

②　一般认为是美国众议员伯纳德·巴鲁奇（Bernard Baruch）在1947年的演讲中首先使用了"冷战"这一术语，然而这一术语在作家乔治·奥威尔（George Orwell）1945年的文章《你与原子弹》("You and the Atomic Bomb")里早已出现。参见：Andrew Hammond, *Cold War Literature: Writing the Global Conflict*, New York: Routledge, 2006, p. 2.

③　弗朗西斯·福山，《历史的终结及最后之人》，黄胜强等译，北京：中国社会科学出版社，2003年，第65页。

来长期困扰自己的焦虑时采用了忏悔录（confessional writing）的形式，自我剖析并总结一生的成就和得失。在 1991 年出版的《遗产：一个真实的故事》一书中，他就详尽描写了父亲从病重到去世的过程和自己接受大手术的经历。这些无疑成为他在 21 世纪里小说创作的素材。罗斯 2006 年推出《凡人》之后就开始构思《羞辱》（2009 年），两部作品互为补充，较为全面地展示了一位老年作家的生存状态和对自己文学生涯的反思。

一

罗斯在创作中常常运用忏悔录形式进行自我反省，如在《解剖课》里借朱克曼之口道出心声，在《事实：一个小说家的自传》中虚构自传讲述作家的故事，而在《夏洛克行动：一部忏悔录》中干脆以"一部忏悔录"作为小说的副标题，用真假罗斯的思想冲突和对话来表现美国犹太知识分子的内心活动。这类忏悔小说常常以第一人称的叙述为主进行自我反省，自传性强，主要揭示人物的心路历程和隐秘思想，甚至所犯的罪行。[①]罗斯在《凡人》中以死者的口吻回顾一生，最后发现自己混沌的生活给太多的人带来伤害，他认为这其实是普通美国人都可能有的经历。该书使罗斯在 2007 年第三次荣获美国笔会/福克纳小说奖，前两次是《夏洛克行动：一部忏悔录》于 1994 年和《人性的污秽》于 2001 年获此殊荣。他着重表达主人公"凡人"（Everyman，小说中的匿名主人公仅以此为名，意指所有人）退休后的感受，此人不断受到疾病的侵袭，时间越来越迫近，身体状况日渐糟糕，无法阻止死亡的来临。"9·11"事件的发生极大影响了他的人生安排，他只好仓促地从大都市纽约逃到海边，这无疑加重了他的孤独感。罗斯在该书中表现出的那种无助和无望令人恐怖，"凡人"的结局是在全身麻醉的状态下接受死神的召唤。在审视自我和回忆往事的过程中，"凡人"总是强调自己只是像所有普通美国人一样生活和做出反应，不应受到更多责难。罗斯在此重提人生意义何在这一永久困扰世人的命题，以及应该如何面对老年、疾病和最后离世这类无法回避的难题。

罗斯首先以墓地葬礼为背景揭示主人公在众人凝视下被评判。"凡人"躺在棺材里，生前的同事好友前来表示哀悼，对其去世感到惋惜；被他抛弃的前妻总算

---

① 最早的忏悔录作品可以追溯到古罗马帝国时期的神学家和哲学家圣奥古斯丁（St. Augustine of Hippo, 354—430）的长达 13 册的《忏悔录》（Confessions），撰写于公元 397~400 年。近代的著名作品自然是卢梭的《忏悔录》（The Confessions，1768 年）。

在这样的场合表示已消除对他的怨恨，甚至回忆起他们曾经的美好时光，特别是当年他在海湾里来回游弋的情景和健硕的身体令人难忘；然而两个被他离婚后抛弃的儿子表情冷淡，不得已才来参加这样的葬礼，内心充满鄙视和仇恨；只有与第二任妻子所生的女儿对他表现出一如既往的爱。

罗斯以"凡人"为主人公之名，意指该书揭示的是人性中普遍存在的弱点。小说之名来自中世纪的一出寓言剧，该剧大概在乔叟去世和莎士比亚出生之间面世。面对死神的呼唤，那位"凡人"曾冷静地回答："你在我根本没有想你的时候来临。我可一点都不想你。"①罗斯强调"凡人"与大多数人有一样的生活经历，他尝试给"凡人"定义，认为自己塑造的不是伟人，而是真正的人，要揭示去掉伪装之后人的本质。主人公不愿像父辈一样循规蹈矩地生活，作为美国文化影响下的移民后裔，其价值观已完全改变。面对生活中的诱惑，他的抉择似乎很自然，不愿忍受人们的责难。"凡人"从美术学院毕业后没有在艺术上寻求辉煌前程，而是进入广告界过上安稳生活。他虽然后来成为广告公司的创意总监，但是在事业的巅峰时仍为自己不能突破传统而懊悔，意识到自己放弃了作为真正艺术家的雄心壮志。当他像其他人一样走进婚姻的庇护所尝试安稳生活时，他躁动的内心又使其将婚姻视为囚笼。经过多个夜晚的难眠和思索后他开始痛苦地找寻出路，不愿为了维持天长地久的婚姻而走向精神分裂。他只希望被自己抛弃的前妻和两个无辜的孩子原谅自己，常常扪心自问："难道凡人就不会这样做吗？"②"凡人"的言行举止都遵循这个社会的价值观，尽可能地追寻自己认为的幸福和满足自己的欲望。他进入老年后不时回想年轻时的作为，尽管有些后悔，但却在很大程度上能自我原谅。他看到随着自己生命轨迹逐步接近终点，一生的努力只留下两个憎恨自己的儿子和一个依然还爱自己的女儿，以及三个被他抛弃的同样孤独的女人。他无法解释犯下的错误，只能自嘲道："像这样毁了家庭的离婚当事人，只是千百万美国男人中的一个"，因为生活本身无法解释（p. 74）。罗斯尝试从"凡人"的生活轨迹探索人生的意义，概括性地描述人人可能的经历：幸福的童年、虚掷的青春、衰退的中年以及恐怖的老年。

罗斯在该书中以忏悔录的形式传达了强烈的赎罪意识。老年的迫近加重了主

---

① Robert Siegel, "Roth Returns with Life and Death of 'Everyman',". NPR, All Things Considered, https://www.npr.org/templates/story/story.php?storyId=5376625&t=1568085191398[2006-5-2].

② Philip Roth, *Everyman*, New York: Vintage International, 2006. 译文参见菲利普·罗斯，《凡人》，彭伦译，北京：人民文学出版社，2009年版，第25页。以下出自该小说的引文只标明中译本页码。

人公的愧疚感。这位"凡人"在经历了无数次医疗手术后，老年的身体日渐衰败："他为了保持自己无懈可击的男人本色所做出的努力也以失败告终；岁月已将他的身体变成一座仓库，存放着各种防止他衰竭的人造器官。他从未像现在这样要费这么多力气和花招，来驱散死亡带来的心理阴影。"（p. 12）越是衰老，他越对自己抛弃前妻和两个儿子的行为感到自责，然而他无法对他们解释，无法让他们理解自己，他意识到自己一生中对太多人，特别是曾经爱过自己的女人的伤害至深。但他身为凡人，又希望自己所犯下的错能得到大家的谅解。他妒忌一心爱自己的哥哥，因为后者具有健壮的体魄。

"9·11"事件发生时，他决心迁居海边生活，远离基地组织的恐怖威胁。双子塔倒塌的第二天他就对女儿南希说："我对逃命有一种根深蒂固的爱好。"十个星期后他终于离开，但在最初的几个月里女儿和两个外孙可能命丧恐怖袭击的念头一直折磨着他："自从这场大灾难让每个人生活时时如惊弓之鸟，这种涉险感每天都如影相随。"（p. 52）"9·11"事件使"凡人"生活中发生巨变的机会提前来临。在深层意识里他知道这已显示出自己虚弱的开端，或者暴露出自我放逐的根源。为此，"凡人"也曾做过一些努力，希望摆脱内心的孤独与无聊。他明白"你必须努力工作才能防止你的心思饥渴地回顾大把大把的过往时光而影响你的工作"（p. 81）。退休后他选择独居，但并不是选择孤独。他为老年人开办绘画班有一半的原因是希望结识某个能吸引他的女人。在晨跑时遇见那些年轻美貌的女子尽管是一种乐趣，却在他内心中引起一种揪心的悲哀，进而使他更加难以忍受孤独。在遭遇晨跑女孩拒绝后，他决定搬回纽约居住，因为"他人生最后一次大爆发的欲望无可排遣"（p. 108）。性吸引力的丧失让"凡人"真正意识到自己的年迈和无奈。

罗斯对老年的焦虑在21世纪里日渐加深，他借书中的"凡人"之口指出："老年就是战斗，不是跟这种毛病斗，就是跟那种毛病斗。这是一场不屈不挠的战斗，而且趁你最虚弱、最无能的时候挑起过去的战斗。"（p. 116）"凡人"目睹身边的亲人和朋友一个个地去世，恐惧地发现自己剩下的时日不多了，他已成为自己永远不想成为的那种无用之人。他的理解更进一步，此时甚至认为"老年不是一场战斗；老年是一场大屠杀"（p. 127）。这位"凡人"总结说，年轻时是身外的东西决定一切，自己和他人考虑的主要是外貌，而进入老年后，体内的东西（身体健康）才决定一切，人们并不关心你的长相。他才60多岁体质就垮掉了，"现在逃避死亡似乎已成为他生活的中心事务，并且活生生地破坏着他完整的故事"（p. 56）。

老年是令人感到耻辱的，因为你不得不依赖他人，整天感到绝望无助、孤独寂寞，令人十分讨厌。回顾一生，他承认自己不过是"失败的父亲，妒忌的弟弟，不忠的丈夫和无用的儿子"（p. 134）。这位"凡人"和罗斯在许多方面相近，1933 年出生于离罗斯家不远的伊丽莎白市。父亲的珠宝店也取名为"凡人珠宝店"，希望每位普通顾客都能让妻子戴上永恒的钻戒。同样以"凡人"为名的主人公并未像他父亲那样给人们的生活带来幸福，而是对身边的人加以伤害。

令人十分欣慰的是，罗斯在探讨老年、疾病与死亡一类话题时仍不忘提倡积极主动的生活态度，强调要勇于改变现状，循规蹈矩只能带来懊悔甚至悲剧。主人公恪守数十年的座右铭是："现实无法重复，当它来临时就要一把抓住。坚持你的立场，机会来临时就抓住它。"（p. 4）同时罗斯在该书中凸显出强烈的反叛意识，如"凡人"在对人生的悲剧反思时质疑宗教的力量：

> 他很早就认定宗教不过是一种谎言，所有宗教都咄咄逼人。他认为那些迷信的笨话毫无意义，幼稚可笑。他受不了这种彻头彻尾的未成年状态：婴儿般呀语，以及有关正义、羔羊和充满渴望的信徒。他不相信关于死亡和上帝的诳语。只有我们的躯体，存在的躯体，生来就是为了像前人的躯体那样生活。（p. 40）

从该书中不难体会到主人公对健康积极生活的渴求，反思如何应对尘世的诱惑，以及对生命意义的探索。罗斯在小说的结尾尝试描述濒死的感受，"凡人"在最后关头也在努力理解生命的真谛。他所困惑的是："你本生而为生，事实却是生而为死？"突然陷入的虚无使他更加迷茫（pp. 81-82）。去世前他在墓地和父母的遗骨交谈后，逐步感到内心的平和，甚至觉得自己坚不可摧。当这位"凡人"接受全身麻醉躺在手术台上时，他回想的是曾经拥有的青春活力，曾在狂暴的海浪中一口气冲浪百码（约 91.44 米）直到岸边。他想到的是阳光普照、生机勃勃的大海，认为自己命不该绝。他平静地离世，逐渐失去知觉："他不在了，不再存在，悄然地进入乌有乡。"（p. 148）罗斯在此特别希望表现的是，进入老年后最重要的是保持平和的心态，以自然的方式迎接死神的呼唤。创作《凡人》一书实际上是他在心理上为自己人生最后的归宿做好准备。

二

罗斯推出另一部有关老年与死亡主题的小说《羞辱》（*The Humbling*，2009

年）时，人们注意到这位精力旺盛的多产作家真的老了。他似乎希望抓紧时间推出更多作品，在创作中总是流露出老年的无助和孤独，令人担心在如此的状态下他是否还能完成一部杰作，也可能需用生命去做最后的表演。在《羞辱》中，作家对浪漫爱情的追求与《再见，哥伦布》中有些近似，然而人到暮年将付出更沉重的代价。罗斯在该书中聚焦老年的生存状态，强调当人生大幕逐步落下，人失去生活的基本热情，被剥夺东山再起的能力时，生活却要继续。

英国《独立报》（*The Independent*）的文章指出，罗斯的《羞辱》是"一首狂野、跳跃、充斥情欲的诙谐曲"，任何欣赏托马斯·贝拉德（Thomas Bernhard）和塞缪尔·贝克特（Samuel Beckett）一类被虐主体、生存恐惧、精致语言和死亡幽默的读者，自然都可以从老年罗斯的作品中找到自己想要的东西;《达拉斯晨报》（*The Dallas Morning Post*）的文章总结说，《羞辱》可以与《垂死的肉身》和《凡人》一起看作罗斯的"死亡三部曲"，都是涉及人生暮年的作品。[1]罗斯叙述了有关美国最后一批优秀演员之一西蒙·阿克斯勒的故事。此人在艺术发展的巅峰突然发现已丧失演技，一连三次演出失败，最后一次居然没人前来观看演出。60多岁的阿克斯勒没有演出天赋之后似乎精神失常，无法记住台词，只好到精神病院求助心理辅导。当他受邀到肯尼迪中心担任莎士比亚戏剧《麦克白》和《暴风雨》中的主角时，发现自己与麦克白和普洛斯帕罗（《暴风雨》中的人物）在许多方面都很相近。作为演员他感到的只有恐惧，深知自己已难以胜任。阿克斯勒每天艰难度日，夜里无法入眠，不时拿着手枪躲进自家阁楼里幻想自杀。他的生活恰如一幕幕戏剧，只是表演得更为拙劣。

罗斯在小说里强调经典戏剧对演员人生的影响，他们中许多人将舞台上下两种角色混为一谈。老年的阿克斯勒"半夜醒来时常常高声大叫，发现自己被囚禁在可怜的角色之中。这一角色剥夺了他的自身、他的天赋和他在世上的位置。他已成为令人讨厌的废物，是这一生缺陷的总和"（p. 6）。每天起床后他满脑子想的只有自杀，甚至开始模拟自杀，成为一个既想活下去又整天扮演渴望死亡的角色的人。清醒时阿克斯勒深知戏剧和生活的区别："当你扮演精神崩溃的某个角色时，那是精心设计和有条不紊的，然而当你发现自己逐步崩溃却又要扮演死亡角色时，那就是另一回事了，心里充满的只是恐怖和忧虑。"（p. 5）罗斯借助《暴风雨》中

[1] Philip Roth, *The Humbling*, New York: Vintage International, 2009, "introduction." 以下出自该小说的引文只标明原著页码。

255

普洛斯帕罗的台词指出老年的无奈："我们的狂欢已经结束，演员们，正如我早就告诉你那样，已化作精灵，消散在稀薄的空气里。"（p.7）这样的台词整天在阿克斯勒的脑子里回响，他纠结的人格全仗着"稀薄的空气"。妻子维多利亚曾是巴兰契剧团最年轻的芭蕾舞演员，40多岁时两人相遇结合，恩爱无比。他在肯尼迪中心崩溃后，妻子见他整日消沉不再有崛起之意，只好离家到加利福尼亚州和儿子一起生活。阿克斯勒现在可以随心所欲地完成自己想做的事情，即使躲进阁楼将枪管塞进嘴里也无人干涉，整天死亡都近在咫尺。他走投无路之际到汉默顿精神病院治疗时，医生认为他是患上了演员常见的"自我扭曲"（self-travesty）的心理疾病，他以前扮演过的角色和背过的台词已渗透进其现实生活中。在患者之间的讨论中，他得知与自己有同样遭遇的大有人在，明白"这是一种严重的兴奋症，你的生活已崩溃，没有了中心，自杀是你还唯一能主宰的事"（p. 14）。有的人认为自杀是懦弱，有的人则认为是勇敢，然而阿克斯勒相信自杀是为自己创作的角色。在他演过的莎士比亚和其他戏剧里似乎总有自杀者的角色出现，这已成为戏剧的基本元素，甚至可以追溯到公元前5世纪的经典作品。

在精神病院，阿克斯勒认识了女性好友西比尔·范布伦，她因为偶然发现第二任丈夫猥亵8岁大的女儿艾丽斯而崩溃。西比尔需要阿克斯勒这样的朋友去杀掉丈夫，可惜他没有杀人的勇气。阿克斯勒后来从本地报纸上读到朋友西比尔·范布伦终于杀掉了第二任丈夫，这个看似非常柔弱的女人在周密计划后居然完成了复仇，这种在剧场外得知熟人实施的谋杀给予了他极大的自杀勇气。在阿克斯勒接受治疗期间，妻子因儿子吸毒过量死亡而陷入悲痛并与他离婚。他离开精神病院时发现自己竟成为自由人。经纪人杰里希望他能重新出山，担任奥尼尔名剧《长夜漫漫路迢迢》（*Long Day's Journey Into Night*，1943年）里的角色，但他放弃了这最后的机会。阿克斯勒认为自己所做的一切都很虚假，他应该上台对观众坦白："我是说谎者，而且讲假话的本事还不行，是个冒牌货。"（p. 33）回顾一生他逐步醒悟，认识到自己的人生悲剧在于一切都是基于虚幻和谎言，自己并不是真正热爱戏剧艺术。当初进入戏剧界时，他只是想在演出时有更多认识女孩子的机会。尽管22岁就到纽约闯荡，但直到最后一次怯场时他才明白，他终其一生的努力都未能形成足够的自信，只是随波逐流、混迹于世而已。罗斯在该书中展示的是一种被虚掷、被浪费的人生，这是他进入老年后更加强调的人生悲剧。实际上他在《萨巴斯剧院》等作品中就以特别沉重的心情（尽管常常带有戏谑的口吻）着重描述了这类人物的言行举止和对生命意义的质疑。

　　罗斯在该书中特意设计了一出令人悲戚的人生戏剧以表明处于生命尽头的打击更令人难以承受。阿克斯勒的生活正如他所演过的有些悲剧，他在晚年对同性恋的改造和最后的失败成为致命一击，从而毁掉了东山再起的希望和继续生存的意义。阿克斯勒 65 岁时与朋友的女儿佩金成为恋人，这是他看着出生的孩子。佩金 23 岁时成为同性恋，但到 40 岁后突然对异性感兴趣，便投奔父母的朋友阿克斯勒而来，两人之间有相隔 20 多岁的代沟。佩金来时阿克斯勒已接近彻底崩溃的边缘，突如其来的爱情似乎成了他的救命稻草，这可能是他一生中最后的希望。佩金在经历了与同性恋伙伴决裂的悲伤后到佛蒙特州西部的一所女子学院任教，距离阿克斯勒在纽约州的 50 公顷大农场很近。在开始的几个月里，他们如胶似漆、恩爱有加。阿克斯勒希望能使佩金彻底改变，从发型到服饰都非常用心，试图将她变成真正的女人，使她最终与长达 17 年的同性恋生活彻底决裂。他担心这样的努力徒劳无功，自己没有太大把握，只想用"一条昂贵的裙子消除她十多年的生活经历"（p. 65）。这或许只是男人对女同性恋生活的一次入侵而已。他的计划遭到多方阻挠，首先是佩金的父母，他们得知老朋友与自己的女儿同居时非常气愤，甚至认为这比当年得知女儿成为同性恋的消息更让人难受并亲自前来劝阻。他们相信这与变成同性恋一样是异化表现，担心女儿只是对丧失表演才能、精神失常的演员的一种舍身拯救。在佩金的父母看来，幼稚的女儿被著名演员身上的光环所吸引，没有预见到今后必将付出的代价。另外的干扰来自佩金的系主任路易斯·热纳，此人雇佣她所希望的是与其保持同性恋关系，因而千方百计阻挠佩金与阿克斯勒的异性恋。路易斯预言佩金是十足的灾星，一路上只会留下毁灭，她将先前的同伴变成男人，使路易斯本人堕落为可怜的"乞丐"，总是渴求人们施舍爱情，最后也会将阿克斯勒置之死地。

　　经历了数月的尝试后，佩金逐渐明白无法改变自己的性取向。她与阿克斯勒将酒吧里偶遇的特蕾丝带回家进行双性恋试验后极为失望，决定回归同性恋生活。佩金以讥讽的口吻说："你以为用十个月的性生活就能将我体内的同性恋赶走？"（p. 94）阿克斯勒终于明白自己充当的不过是佩金希望改变的一次试验的工具而已。他给佩金提供了这种女对女的强奸机会，观察到佩金戴上橡胶阴茎后如同"一种巫师、杂技演员和动物的奇怪组合体"（p. 113）。这次尝试反而加快了佩金回归同性恋自我的进程，也导致阿克斯勒的最终自杀。

　　罗斯在该书中以自我对话的形式表现了阿克斯勒对回归正常状态的渴望，他很想通过外科手术治疗因年迈患上的脊背疼痛，甚至希望恢复演出天赋，并与佩金生下自己的孩子。当他约见医生咨询生育问题时感到自己充满活力，不再自卑，觉得完全可以东山再起并开始重新规划人生。遗憾的是，在此人生的转折点，佩金却突然提出分手并明确告诉他，两人之间的恋情不过是一次尝试，既然失败了，她就不得不回归从前的生活。最后阿克斯勒才意识到自己要求太高，想从根本上结束混沌生活的愿望无法真正实现。他承认"男人的一生充满了许多陷阱，佩金是他遭遇的最后一个"（p. 129）。在两人分手之际，阿克斯勒感到这一情景与当年在华盛顿那次最后演出失败一样，证明不管是在舞台上还是生活中他只是早已丧失天赋的演员。在绝望中他希望从《麦克白》这类戏剧里找到答案，却发现莎士比亚同样无法帮助自己逃出目前的困境。这位昔日的著名演员完全被商业化腐败的社会耗尽了生存的最后能量，人生悲剧不可避免。阿克斯勒的生活遭遇比他一生中演过的戏更具戏剧性，其悲剧成分远远超过《麦克白》。他决定将人生最后一幕当作俄国作家契诃夫戏剧里的自杀表演，用生命去完成在肯尼迪中心因怯场所放弃的那场演出。他把自己想象为《海鸥》（Seagull，1896 年）里的康斯坦丁·加夫里洛维奇·特里勃列夫，自己家的阁楼就是舞台，如同 20 多岁刚刚参与这出戏的演出时一样，他争取赢得在纽约的首演成功，因为此时他已聚集了足够勇气完成自杀。他在自己的尸体旁预留的纸条上写着"事实上，康斯坦丁·加夫里洛维奇是自杀身亡"（p. 140）。这正是他曾演出时的最后台词，也相信自己仍有能力让观众蜂拥而至，观赏这场杰出的表演。罗斯在此实际上也喻指《萨巴斯剧院》的主角——另一位经历类似的老演员可遇而不可求的人生结局。

　　然而生活的舞台似乎更为严苛，罗斯笔下人物以生命为代价的最后表演并未激起他所期望的波澜，此人的艺术天赋早已耗尽，人生的最后一幕也在旁观者的冷漠中悄然落下。这其实也是罗斯本人的忧虑所在，似乎同样担心自己的未来。为了打破如此沉闷压抑的局面，给自己的生活增添新的动力，罗斯不愿放弃写作而是继续前行。他尝试从尘封多年的历史资料中寻觅素材，随后又推出新作《复仇女神》着重对疾病主题加以探讨。

第四节　隐形之箭与创伤叙事

　　到 20 世纪末，随着创伤理论的进一步发展，创伤文学作为一种文类已逐步形

成，特别是"9·11"事件发生后涌现出一大批这类作品。①《复仇女神》（2010
年）就是罗斯在这方面的尝试。他将历史探索的目光更加前移至第二次世界大战
期间，重点关注美国本土上没有硝烟的战场。他揭示了当时人们闻之色变的小儿
麻痹症如同原子弹一样带给美国人的恐惧，以及在那种特定年代人们命运的改变。
他在这最后的作品中聚焦当年疾病的影响，尤其关注它在民众心理上造成的创伤，
并将其喻为美国历史上的隐形之箭。

从 20 世纪 30 年代起，美国逐步成为小儿麻痹症爆发的重灾区。在美国人记
忆里，当时最令人恐惧的东西，除了原子弹便是小儿麻痹症，"它们都是随时会降
临并摧毁家庭、社区甚至一个国家的东西，这种传染病的威胁似乎无处不在，对
付它已成为整个国家的责任"②。根据相关统计，在 1943 年，美国的小儿麻痹症
已达 12 000 例，到 1952 年的高峰期甚至有 59 000 例，遍及 48 个州和夏威夷等地。
尽管其他国家也有此病例出现，但美国在那些年代一直是该病毒肆虐的中心。③小
儿麻痹症主要针对幼儿，但成人同样可能是受害者，如美国总统罗斯福就在 39 岁
精力最旺盛时患上此病而留下残疾。《复仇女神》的主人公巴克基·坎特作为美国
小儿麻痹症重灾区纽瓦克市的一名运动场教练，在疫情暴发期间为促进社区孩子
的身体健康和抵御病毒伤害做了大量工作，全身心地甘当孩子们的保护伞，却依
然目睹活泼可爱的小运动员们一个个因病致残甚至死亡。他最后才发现自己是一
名隐性的病毒携带者，认为正是自己带给精心呵护的孩子们灭顶之灾。这使他余
生都在自责和悔恨中度过，即使最后自身也难逃残疾的命运和有意选择拒绝爱情，
在孤独中忏悔时也依然难以消除内心的负罪感。

—

罗斯在该小说中着重塑造犹太青年的英雄形象。《复仇女神》是他的第 31 部
作品，《纽约客》杂志的文章赞赏该小说时指出："罗斯的书具有寓言的优雅和希

259

---

① 实际上美国文学中的创伤叙事（trauma narrative）可以追溯到早期的奴隶叙事（slave narrative），如道格拉斯（Frederick Douglass, 1818—1895）的《弗雷德里克·道格拉斯生活叙事》（*Narrative of the Life of Frederick Douglass, an American Slave*，1845 年）。

② Nina Gilden Seavey, Jane S. Smith and Paul Wagner, *A Paralyzing Fear: The Triumph over Polio in America*, New York: TV Books, 1998, pp. 170-171.

③ Jane S. Smith, *Patenting the Sun: Polio and the Salk Vaccine*, New York: William Morrow and Company, Inc., 1990, p. 157.

腊戏剧无法逃避的悲剧性。"①他以细腻的笔触详尽地刻画了主人公巴克基的形象，对其令人叹息的命运表示深切同情。母亲生下巴克基时去世，父亲因赌博成性而盗窃雇主钱财入狱，他由祖父母抚养成人。巴克基从小就有远大志向，每天放学后便到犹太教堂学习希伯来文和犹太教教义。祖父注重他的体格训练，希望将其培养成为能胜任命运赋予的重任的勇士。祖父19世纪80年代从波兰加利西亚(今波兰东南部)一个犹太小村庄来到美国，当时纽瓦克街头正充斥着针对犹太人的暴力活动，祖父在此种环境下练就坚强个性，并遗传给巴克基。1941年日本人偷袭珍珠港的第二天，大学一年级的巴克基就踊跃参军，但因视力不佳未能如愿，在战火纷飞的岁月里只能留在运动场上陪伴孩子们过暑假。他深感沮丧的是："如果不能当兵效力，这伟岸的身躯和运动绝技有什么用呢？"(p.26)在国家需要时他不能像朋友达夫和杰克一样到迪克斯堡参加训练，却身着平民便服，因此他深感羞愧。巴克基23岁时从潘兹体育卫生学院毕业，到大臣路小学任体育教师和运动场教练，擅长跳水和标枪，希望能将孩子们培养成坚韧不拔的战士，而不是软弱可欺、听从天命的孩子。巴克基为保护他们，在小儿麻痹症爆发高峰期挺身而出，将来自疫情重灾区故意"散播病毒"的意大利小伙子从运动场赶走。尽管他充满爱心，对运动场的孩子百般照顾，希望能大力提高他们的身体素质，但这些孩子依然未能逃过劫难，一个接一个地患上小儿麻痹症，不是落下残疾就是失去生命。巴克基深感回天乏力，英雄无用武之地。著名的创伤理论专家卡鲁斯在分析此类创伤后应激障碍（Post-Traumatic Stress Disorder，PTSD）时指出，这是对一次事件或一组创伤事件的（有时延迟）反应，因其产生不断重复、挥之不去的幻觉、想法或者行为，每次回忆便受到刺激而加重并伴有僵硬麻木的症状。②巴克斯的人生悲剧就在于心理上遭受了极大创伤，此后再也未能恢复过来，余生都深陷其中。

罗斯详尽地叙述了这一特殊时期主人公理想幻灭的过程。在小儿麻痹症爆发的高峰期间，巴克基在女友玛西亚的请求下离开纽瓦克，来到波克洛斯印第安山训练营担任跳水教练。野营地的人们崇尚印第安人的生活方式，与大自然和谐共处，在优美的风景和宁静的环境里享受世外桃源般的生活。印第安人的生存方式

---

① Philip Roth, *Nemesis*, New York: Vintage International, 2010. 引文见该书英文版封面题词。以下出自该小说的引文只标明原著页码。

② Cathy Caruth, *Trauma: Explorations in Memory*, Baltimore and London: The Johns Hopkins University Press, 1995, p. 4.

和习俗为人们提供了抵御疾病的良策。来自城市文明的避难者在野营地潜心学习和模仿印第安人的仪式和虔诚的心态，严格遵循传统生活规律，希望在精神上获得庇护，在肉体上免受小儿麻痹症的摧残。世外桃源一般的印第安山让人们暂时忘却了城市里爆发的小儿麻痹症，巴克基也在荒岛上与爱人尽享浪漫。当人们在此模仿印第安人进行各种战争游戏时，欧洲战场上正在上演真正的殊死搏斗，英国军队渡过亚诺河（Arno River）攻入佛罗伦萨，太平洋的美军已占领关岛，东条英机遭到免职。第二次世界大战的激烈战斗与野营地的和平景象形成鲜明对比，在相互交织的叙事中，天堂般生活显得尤为可贵。然而小儿麻痹症依然在这风景如画、空气新鲜的野营地突然爆发。巴克基最伤心的是他在野营地的崇拜者、最亲近的伙伴唐纳德也患上这种致命疾病，女友的双胞胎妹妹曾与他接吻也难逃厄运。巴克基恐惧地联想到自己可能是病毒传染的源头，也许当初威沃克学校的那些孩子也是其受害者。转眼之间一切都已改变，在他眼里"周围的桦树在月光里如同变形的幽灵，爱情岛突然塞满小儿麻痹症患者的鬼魂"（p. 228）。目睹朋友们陆续遭殃后，巴克基主动接受检查，终于发现自己尽管看似健康却恰恰是病毒携带者，极有可能是这一系列悲剧的根源。巴克基被确诊为病毒携带者之后，又有两个同屋的孩子被诊断出患病，这也导致整个营地立即关闭，所有人员马上疏散，桃花源般的幸福生活戛然而止。

261

在描述这些突如其来的打击时，罗斯着重揭示了自责和自我仇恨如何改变主人公的性格。巴克基无法原谅自己，他消极地对待周围发生的一切，为了自己的虚荣，主动放弃对女友的爱。根据创伤理论，这类创伤事件可以由外部直接内化，并在记忆中不断重复和增强。弗洛伊德认为，由于过去事件的不断回访，创伤的重复最终决定个人生活方式的形成。[1]巴克基深陷于自责而性格大变，常常悔恨不能像其他人那样勇敢参战，或者完成在运动场上的战斗。他无法原谅自己最终选择放弃，像逃兵一样奔向女友玛西亚和印第安山的庇护。他明白即使不能像朋友们那样到欧洲或太平洋战场上流血牺牲，也完全可以在纽瓦克陪同那些惊恐不安的孩子们一起抵御对小儿麻痹症的恐惧。当巴克基辞职时，运动场老板欧加拉故意念错他的名字，称其为"癌症"[2]，认为他不过是临阵脱逃的胆小鬼和机会主义

---

① Cathy Caruth, *Unclaimed Experience: Trauma, Narrative, and History*, Baltimore, MD: Johns Hopkins University Press, 1996, p. 59.

② 他全名为巴克基·坎特（Bucky Cantor），Cantor 与癌症 cancer 读音较近。

者。即使躲在安全的印第安山区，他也再没有让自己心安理得生活下去的勇气。他可以回到纽瓦克的工作岗位，却担心自己的离开会给女友带来打击。巴克基的祖母告诉他，幸好他走了，因为纽瓦克后来的形势更糟糕。人们希望将病毒流行的重灾区威沃克隔离起来，甚至认为病毒的根源是犹太人，应该将此地连同犹太人一道烧掉才能完全根除小儿麻痹症。这些人的主张显然带有种族主义偏见，"不仅出于恐惧，而且出于仇恨"（p. 193）。巴克基认为自己已走向第二次世界大战中的英雄、小儿麻痹症患者罗斯福总统的反面，整体陷入不可磨灭的失败感。他在随后的许多年里对已经过去的一切保持沉默，不仅在身体上被小儿麻痹症致瘫，而且因持续的耻辱而感到在道义上罪孽深重。如果说罗斯福战胜病毒的后遗症而获得了人生的辉煌，那么他获得的只是永远无法消除的失败感。巴克基回顾一生看到的只是生命的空置、虚度和浪费，觉得自己是真正的落魄英雄，最后居然要靠母亲照料自己，母亲去世后周围再没有什么亲人。自从1944年回到纽瓦克以后，他无颜再看一眼威沃克运动场，整天生活在自我谴责和自我仇恨之中。他其实根本不用"这么多年只因有可能是其过错而一直惩罚自己，这样的判决过于严厉"（p. 249）。出于自己的负罪感，巴克基无法直视现实，当他断然拒绝女友的爱时，后者坦率地指出："你以为自己是身体残疾，实际上你真正残疾的是心理。"（p. 260）巴克基当年无缘上前线，令人可悲的是他在本应安全的家乡却遭受到更大伤害，导致身体残疾和心理扭曲，还被人看作逃兵和失去爱人的资格。在罗斯的作品对疾病以及影响的描述中，巴克斯的结局最悲惨和最令人叹息。

二

罗斯有意识地将主人公经历的磨难与美国军队在欧洲战事上的推进并置，更加凸显他因人生抉择的不同而导致的悲剧。巴克基的朋友在欧洲战场上浴血奋战，他自己在运动场上为拯救面临病毒威胁的孩子而拼命抵抗。纽瓦克进行的同样是一场真正的战争，也有阵亡和负伤，这是"屠杀、毁灭、消耗、诅咒的战争，是掠夺和浩劫，是针对纽瓦克儿童的战争"（p. 132）。然而最后的结果却是在美国人挺进欧洲取得节节胜利之际，巴克基只能在隔离病房里孤单度日。战后他从医院出来时已成残疾人，坐上了轮椅，无法再任威沃克学校的体育教师，只能谋得一份邮局职员的工作。1971年当人们再见到50多岁的巴克基时，他已老态龙钟，胡须花白，头顶也是乱蓬蓬的白发，架着拐杖。他一生中最珍贵的东西——爱情和健康早已失去。巴克基甚至认为是造物主刻意与人类为敌，因为只有魔鬼才会制造出小儿麻痹症和第二次世界大战，最可恨的是他自己无意中成为帮凶，可以说是借他之手毁灭了那群可爱的孩子。在印第安山野营地时，巴克基曾从古老的部落传说得知，印第安人认为疾病总是来自邪恶生灵的隐形之箭而向人们传播，他感到自己便是那种邪恶生灵或隐形之箭。

罗斯详尽描述了纽瓦克人命运中的挫折和苦难，促使人们质疑上帝的存在。当祖父被上帝召回时，巴克基并未质疑上帝，然而当他看到眼前的孩子不断遭遇厄运时，不得不承认宗教的无用和虚伪，这从根本上动摇了他对上帝的信仰。人们在恐惧和迷惑中努力寻求对疾病流行的解释，"人们甚至不再责备小儿麻痹症病毒，而是责备其根源，责备造物主上帝，是他亲手制造了病毒"（p. 127）。他们非常迷惑不解的是："犹太人怎么能向这样的上帝祈祷，是他对一个有上万犹太人的社区施予如此的恶咒？"（p. 171）巴克基逐一到遭遇不幸的家庭拜访和参加葬礼，令他特别难过的是米歇尔先生一家的悲惨遭遇，他们将两个儿子送上欧洲战场，12岁的小儿子却在家里患上小儿麻痹症而丢掉性命。人们难以理解这世道的公正和生活的意义。罗斯以反讽的口吻叙述了人们为巴克基手下的孩子艾伦举行葬礼时所写的悼词：

> 他们都与拉比一起背诵哀悼词，赞颂上帝的全能和伟大，用尽一切华美辞藻，然而正是这位上帝容许了这一切，包括让孩子受到致命的毁灭。……怎能理解艾伦才十二岁就死掉？为何有小儿麻痹症？还存在宽厚仁慈？面对如此荒诞的惨景哪里谈得上什么哈利路亚（赞美上帝）？（pp. 74-75）

巴克基回到熟悉的城市后发现昔日繁华的纽瓦克已变成人们纷纷逃离的鬼城。街头只剩下傻子霍拉斯四下乱窜。他总到运动场玩，其要求不高，只要大家轮流与他握手，他就会离开。但在小儿麻痹症流行时期，没有人再敢和他保持这样的礼仪。随着病毒的扩散，孩子们逐渐减少到运动场的活动，巴克基所见之处都是末日景象，他觉得没有什么比见到霍拉斯独自在烈日的暴晒下行走更让人心灰意冷了。救护车的鸣笛已超过空袭警报的频率，小儿麻痹症更令人绝望。故事叙述者阿诺德·梅斯里科夫身为受害者之一，在回忆那段经历时说："我想要的只是这世界上最微不足道的东西：与其他人一样。"（p. 267）他的一位室友只因是小儿麻痹症患者，尽管在大学里学习成绩优异，但进入医学院之后还是选择了自杀了断。20世纪的科技进步速度对这些孩子包括体育教师巴克基来说还是太慢，他们需要再等十多年才会有小儿麻痹症疫苗面世，大家才能真正放心享受愉快的暑假。

创伤叙事的特性就是展示无处不在、不断重复的创伤症状。[①]罗斯在《复仇女神》中以小儿麻痹症为例揭示了美国历史上令人可怖的经历，表现了人们在致命病毒降临时的无助和因人性中的弱点而加剧灾难的毁灭性。巴克基这类犹太青年在那个年代极易成为牺牲品，要么死于战场，要么患上小儿麻痹症。不管他本身多么强壮（体育教师、跳水教练、标枪运动员），都无济于事。1953 年美国的乔纳斯·索尔克博士（Dr. Jonas Salk）制成小儿麻痹症疫苗后，这种致命病毒对人类的威胁才得以有效遏制。在小说的结尾，罗斯详尽地描述了巴克基当年曾在孩子们面前展示的标枪运动员的高大形象，他代表了力量本身，让大家深受震撼："我们从未对任何人感到如此的惊骇。通过他，我们这些男孩成为这一带的神话，进入我们先辈的历史传奇。……在我们眼里，他似乎不可战胜。"（pp. 279-280）这是孩子们记忆中保留下来的最后精彩印象。此人本应成为罗斯作品中的美国英雄，然而命运却给出截然不同的答案。

从这些作品不难看出，"9·11"事件之后的罗斯在创作中比以前更加关注现实，尝试在重建历史的过程中探索问题的根源和寻找解决的方法，同时也聚焦死亡、疾病和老年等话题，这在很大程度上反映出他内心的焦虑。他与许多作家一样直面社会问题和矛盾冲突，努力以自己的文学作品积极反馈美国国内外政治局势的变迁和参与变革。

---

① Alan Gibbs, *Contemporary American Trauma Narratives*, Edinburgh: Edinburgh University Press, 2014, p. 243.

结　　语

马尔克姆·布拉德伯里在《新现实主义小说》一文中强调，不能简单地将20世纪的文学史划分为现代主义和后现代主义，因为在小说领域里现实主义一直经久不衰，而且十分强大。他指出，在我们生活的这个时代里，源于历史的沉重压力，作家们关注人类政权与政治力量，关注人类暴行和人类恐惧的责任，以及他们为了创作更长篇幅的小说而承受的想象力的冲击，从来都没有现在这么大。他进而认为"现实主义复兴是出自许多作家感到的一种新的需要，即在一个精神生活曾经遭到压抑而且仍然受到威胁的时代里，作家应当发挥他们作为知识分子的权威作用"①。罗斯的创作生涯及其作品在这方面特别具有代表性。

罗斯特别幸运的是其成长和艺术发展阶段正逢美国犹太文学的盛世时期。这类文学的发展可以追溯到东欧犹太人大规模移民年代（主要指从 1880 年到 1920年，这期间有超过 200 万的犹太人移居美国），然而真正繁荣的时期却是第二次世界大战以后。当时的美国文坛每逢新书出版，最快做出反应的是来自被称为"纽约知识分子"（New York Intellectuals）的群体。他们（大部分是犹太人）是从 20世纪 30 年代开始聚集的评论家、作家和思想家，主要在《党派评论》（*Partisan Review*）、《评论》（*Commentary*）和《异见》（*Dissent*）等杂志上发表自己的文章。他们由三代知识分子组成：第一代有《党派评论》创立者之一、著名文艺评论家菲利普·拉夫（Philip Rahv，1908—1973），文学理论家、短篇小说家莱昂内尔·特里林（Lionel Trilling，1905—1975），散文家、艺术评论家克里门特·格林堡（Clement Greenberg，1909—1994）和哲学家希德利·胡克（Sidney Hook，1902—1989）等；第二代有文学评论家欧文·豪、文学评论家莱斯利·费德勒及索尔·贝娄等；第三代有《评论》杂志主编、作家波德霍里兹（Norman Podhoretz，1930— ），以及小说家、政治活动家苏珊·桑塔格（Susan Sontag，1933—2004）等。②菲利普·拉

---

① 马尔科姆·布拉德伯里，"新现实主义小说"//埃默里·埃利奥特主编，《哥伦比亚美国文学史》，朱通伯等译，成都：四川辞书出版社，1994 年版，第 949-950 页。

② David Gooblar, *The Major Phases of Philip Roth*, London and New York: Continuum International Publishing, 2011, p. 11.

夫曾在 1939 年的文章《苍白脸与红皮肤》("Paleface and redskin")中将美国作家分为两种："苍白脸"指 T. S. 艾略特和亨利·詹姆斯这类作家，精细高雅，受过良好教育，是东海岸的代表，表现的是旧世界对道德问题的兴趣；"红皮肤"指瓦尔特·惠特曼和马克·吐温这类作家，他们是边疆作家或者大城市作家，多愁善感，土生土长，充满激情，反映了新世界的活力和探索者的好奇心。罗斯认为自己介于两者之间，应该称为"红脸"（Redface），是一类新的混合型美国作家，总是徘徊于新旧两个世界之间，无所适从。他深受亨利·詹姆斯和马克·吐温的影响，强调自己在创作中的自我意识和"有意地左右规避"（deliberate zig-zag）[①]。其实罗斯也意识到自己与同时代作家的不同，谈及他们之间的差异时，他指出："厄普代克和贝娄举着手电照向世界，揭示它现在的样子，我是挖洞用手电到里面查看。"[②]

纵观罗斯的文学创作，他在跨越半个多世纪的历程中总是不断推出风格迥异的作品，在给人们带来惊喜的同时往往也引起不少争议，有的评价甚至相互矛盾：

> 他不时被看作富裕美国犹太人郊区的目光敏锐的编年史家，著名性文学畅销作家，犹太幽默大家，为多卖作品而不惜将自己族人拉进泥潭的自我仇恨的犹太作家，斯威夫特和奥威尔传统的政治敏锐讽刺家，自我陶醉的心理分析故事说书人，铁幕后面的东欧作家的作品的捍卫者，擅长模糊小说与现实界限的戏谑的后现代主义者，新泽西纽瓦克乡愁的吟游诗人，作品浓缩和评价数十年美国经验的自傲的伟大美国小说家。[③]

在研究中，将这位高产作家的作品进行归类和厘清其风格变化的规律难度较大。在众多研究中，有些作者尝试按创作年代或者主要人物对罗斯的作品进行分类，各有特点和不足。从麦克丹尼尔第一部有关罗斯的专著《菲利普·罗斯小说》面世以来，评论家就着手对罗斯的作品加以系统分析。麦克丹尼尔强调罗斯的创作具有现实主义倾向，史蒂芬·维德（Stephen Wade）在《想象之旅：菲利普·罗

266

[①] David Gooblar, *The Major Phases of Philip Roth*, London and New York: Continuum International Publishing, 2011, pp. 1-2.

[②] David Gooblar, *The Major Phases of Philip Roth*, London and New York: Continuum International Publishing, 2011, p. 1.

[③] David Gooblar, *The Major Phases of Philip Roth*, London and New York: Continuum International Publishing, 2011, p. 2.

斯的小说》(*Imagination in Transit: The Fiction of Philip Roth*，1996 年)中则认为罗斯更注重元小说艺术。看法相近的伊莱恩·萨弗（Elaine Safer）干脆称罗斯为元小说家（metafictionalist）。丽莲·克雷默（Lilian Kremer）认为在罗斯的创作中后现代自我观念已占主导地位。谢希纳（Mark Shechner）同样关注罗斯的后现代倾向，认为其作品是"展示时尚的不确定性的舞台"（a theater of fashionable indeterminacy）。夏斯塔克（Debra Shostak）在专著《菲利普·罗斯：反文本和反生活》(*Philip Roth: Countertexts, Counterlives*，2004 年)里总结说，罗斯总是在现实主义与后现代主义之间小心翼翼地维持某种平衡。①大卫·古博拉（David Gooblar）指出，罗斯早期作品面世后，他不得不考虑来自犹太社区的争议，并在随后的创作中反映出来。聚焦大屠杀主题的安妮·弗兰克戏剧在美国的公演就给罗斯带来创作朱克曼三部曲的灵感，但是欣赏《波特诺伊诉怨》则需更多考虑当时的动荡背景，因为这对其影响很大。②帕崔克·赫依斯（Patrick Hayes）在罗斯2012 年正式宣布退休后才出版研究专著《菲利普·罗斯：小说与权力》(*Philip Roth: Fiction and Power*)，强调后者在第二次世界大战后的美国文学和文化中的重要性，该书着重探讨罗斯对各种权力形式（艺术、政治和性别）的奇思妙想如何贯穿于其 31 部作品之中，展现了他以小说创作所能取得的成就。③从这些专著中不难看出众多评论较多地聚焦于罗斯在创作中对美国社会现实的思考。

艾伦·库柏指出："罗斯的作品总在激怒一些读者；这种刺激逐步成为一种习惯。像尼采的写作便是让人误解一样，罗斯刻意激励人们思考并习惯接受充满敌意的反馈。"④身处争议旋涡中的罗斯常常发现自己面临两难：既要固守文学阵地绝不退缩，又要保护道德的侧翼免受伤害。⑤罗斯的创作中极易引起争议的主题是犹太人身份和其与传统的关系。在处理犹太人主题时，他自有独到之处。仔细阅读罗斯的作品可以看到，他总在努力塑造一种理想的犹太人，希望能像其他人一样生活，而不为身份所累。长期以来他被认为具有反犹倾向，甚至被称作本民族

---

① Leland de la Durantaye, "How to Read Philip Roth, or the Ethics of Fiction and the Aesthetics of Fact," *The Cambridge Quarterly*, Vol. 39, No. 4, December 2010, p. 313.

② Lisa MacNally, "DAVID GOOBLAR, *The Major Phases of Philip Roth*; Debra Shostak (ed.), Philip Roth: *American Pastoral, The Human Stain, The Plot Against America*", *Notes and Queries*, No. 60, September 2013, pp. 472-474.

③ Matthew Shipe, "Philip Roth: Fiction and Power," *The Review of English Studies*, Vol. 66, June 2015, pp. 599-600.

④ Alan Cooper, *Philip Roth and the Jews*, Albany: State University of New York Press, 1996, p. 2.

⑤ Philip Roth, *Reading Myself and Others*, New York: Vintage International, 2001, p. xiii.

的叛徒，他均以实际行动做出回答。罗斯多次访问以色列，对那里以及整个东欧地区的犹太作家给予支持，希望犹太人最终消除身份印记融入多元社会。这正是他很快从边缘走向中心，成为美国主流文化代言人的根本。罗斯的作品关注的是美国文化和普通人的生存状态，尽管对犹太人的同化问题深感焦虑，但他更注重的则是突出美国特性。罗斯与犹太社区和传统势力之间的冲突也反映在宗教信仰问题上。阿佩费尔德曾总结说，罗斯笔下是不信犹太教的犹太人，其作品中"没有犹太法典，没有犹太哲学，没有神秘论，没有宗教"①。《凡人》在 2006 年出版后，罗斯与马克·劳森在访谈时就说道："实际上我所知道的人都不靠宗教生活，我现在所处的似乎是一个特别世俗的国家。"②他在小说创作中强调美国的世俗化和自己淡漠的宗教意识。然而在罗斯后期的作品中，我们则可以看出他的思想有极大的转变，特别是父亲去世后，他逐步回归犹太传统或者说达成某种妥协，这也说明犹太身份的困扰依然对其具有影响。所幸的是，坚持历史背景的身份与怀疑那种身份必须通过革新才能理解它们之间的张力，激励罗斯创作出最好的作品，他的艺术生涯正是得益于其创造性与犹太身份之间的冲突。

另外，罗斯作品中明显流露出的男权主义思想也令评论家和读者感到难以赞同。从《波特诺伊诉怨》到《人性的污秽》，再到《垂死的肉身》，波特诺伊、西尔克和凯普什等男主角的表现和男权主义思想使他像诺曼·梅勒一样成为人们抨击的对象。罗斯在创作中确实更多地关注男性人物的生存状态，而对女性的刻画并不太在意或者有意识地忽略。在他看来，"男人和女人都已被社会控制的陷阱套牢，两者均无法逃身，尽管角色在不断转换，他们既是受害者也是害人者"③。

正是因为罗斯的创作常常引起人们的争议甚至抨击，因此他总在尝试艺术风格变化和主题选择多样性的文学实验。尽管他擅长运用各种艺术手法，风格多变，但总是将对美国国内外政治局势和社会现实的关注放在首位，着重揭示理想和繁荣的社会与个人之间的关系，以及战后突出的问题，如麦肯锡恐怖主义、种族歧视和仇恨、霸权话语下的阴暗面等。他往往将这类沉重的话题与家庭、婚姻、信仰、性爱以及身份问题等交织在一起，从美国国内外政治局势和社会文化大环境角度考察普通人的生存状态。

---

① Aharon Appelfeld, "The Artist as a Jewish Writer," in Asher Z. Milbauer and Donald G. Watson, eds., *Reading Philip Roth*, New York: St. Martin's Press, 1988, p. 14.

② Gerard O'Donoghue, "Philip Roth's Hebrew School," *Philip Roth Studies*, Vol. 6, No. 2, Fall 2010, p. 164.

③ Judith Paterson Jones and Guinevera A. Nance, *Philip Roth*, New York: Frederick Ungar Publishing Co., 1981, p. 161.

　　罗斯在朱克曼系列小说中详尽描述了一位作家的成长过程，实际上他自己的创作生涯也具有代表性。从 1954 年在《芝加哥评论》（*Chicago Review*）上发表第一篇短篇小说起，他的素材主要源于自己的早期生活与学校教育，由于从社区和家庭中获得了稳定生活和精神支持，他在作品中主要反映的主题是：既要摆脱犹太传统的束缚走向自由，又期望从犹太社区生活中获得灵感，因此总在两者之间寻求平衡和饱受煎熬。他的第一部作品《再见，哥伦布》就夺得大奖，他自己也成为美国文坛上的新星。但随后的《波特诺伊诉怨》一书引起普遍争议并招致各方面的批评，如欧文·豪便认为该书俗不可耐，甚至称之为"1969 年动荡美国堕落文化的典型"[1]。罗斯在此阶段承受了来自犹太社区和传统的很大压力，他在创作中尽力摆脱身份的束缚。他在进行后现代小说实验的同时也聚焦社会现实。从 20 世纪 70 年代至 20 世纪末，罗斯的新现实主义风格逐步成熟和完善，他的创作更多地转向自我剖析和内省，推出朱克曼系列小说。他对传记作家赫明纳·李（Hermione Lee）解释说，内森·朱克曼是一种表演，完全是装扮艺术，是小说家基本的天赋。罗斯认为小说家的艺术包括在场和缺席，在扮演他人时最能表现自我。[2]他以朱克曼为代理，更加自由地展示自己的内心活动和表达对美国国内外政治局势的看法。在 20 世纪 90 年代，罗斯特别注重作品的史诗性，此时他进入创作的高产期，达到艺术生涯的巅峰，囊括普利策小说奖等各种大奖。震惊世界的"9·11"悲剧发生后，罗斯像许多美国作家一样迅速做出反应，对多年来美国政府的内政外交策略加以质疑和批评，他在冷静思索中创作的小说《反美阴谋》被认为是"后 9·11 文学"的代表作之一。此时他尽管年迈，却反而加快创作节奏，在重新审视美国历史的过程中界定了恐怖主义产生的环境，探索人类悲剧的根源，努力发掘新的话题，不断推出新作，以文学创作参与政治，特别强调文化融合、多元共存的理念。在当代美国文坛上，罗斯以高产闻名，艺术特色十分明显。

　　首先是其大胆的文学实验。罗斯的叙事策略和文学原型主要受亨利·詹姆斯、马塞尔·普鲁斯特、詹姆斯·乔伊斯和弗兰兹·卡夫卡的影响。他擅长喜剧性的修辞手法，从戏谑式话语和描写、反语式评判、尖刻的嘲讽，到借以幽默的愤怒。

269

---

① William H. Pritchard, "Philip Roth", in Jay Parini, ed., *The Oxford Encyclopedia of American Literature*, Vol. 3, Oxford: Oxford University Press, 2004, p. 501.

② William H. Pritchard, "Philip Roth", in Jay Parini, ed., *The Oxford Encyclopedia of American Literature*, Vol. 3, Oxford: Oxford University Press, 2004, p. 504.

在他的作品中不难发现"戏仿、滑稽模仿、插科打诨、奚落嘲弄、谩骂抨击、冷嘲热讽、妙语连珠、陈词滥调、轻率多变等语言游戏"[1]。他的凯普什系列小说《乳房》《欲望教授》《垂死的肉身》就充分展示了他这方面的天赋。

其次是其作品的史诗性，正如罗斯在《被释放的朱克曼》中就称赞其文学代理人朱克曼为纽瓦克犹太社区的"马赛尔·普鲁斯特"[2]，所表明的无疑是他自己的雄心大志。这种史诗性尤其反映在他尝试确立小说经典标准的《伟大的美国小说》和反映 20 世纪美国社会历史变迁的"美国三部曲"等作品中。前者重点探索西方文学传统，戏仿西部冒险小说，对第二次世界大战以来的美国政局和历史事件进行梳理；后者则是对犹太移民历史和 20 世纪美国梦的形成、实现和幻灭的详尽描述，尤其揭示了麦卡锡恐怖时期令人窒息的环境、越南战争对普通人生活的影响，以及从尼克松到克林顿时期政府形象的崩塌。

再次是创作中的自传性。从他开始创作时，人们就习惯称罗斯为自传性小说家，只因这些作品总带有一定程度的自传性，或者常常采用代理人朱克曼讲述自己的故事，只有在第三部小说《当她顺利时》中他有意识地叙述了一位美国中西部姑娘的悲剧，这与他自己的生活相去甚远，以至于一些评论家认为他创作该书的目的就是要证明自己完全可以写出不带自我经历印记的作品。另外，在他称为自传的作品里也不乏虚构成分，这让读者很难看清其真实意图和了解背景状况。在罗斯看来，作家个人和家庭的情况对创作并非特别重要，主要是告诉读者自己所理解的现实。罗斯刻意模糊小说与自传之间的区别，在自传中他有关事实与虚构的定义只是用于对付那些将其小说看作对个人现状的描写的批评家。[3]他的文本既在厘清又在改变所涉及的现实：它们以小说想象的不同形式重新描述现实，逼真地再现几代犹太移民美国梦的实现和幻灭。这正如布鲁姆所指出的那样，特别令人惊奇的是"罗斯在创作实验中将生活和作品之间的界线不断移动的程度"[4]。罗斯承认自己的小说其实是"从生活的真实剧目调制出的半想象产物（a half

① Don L. F. Nilsen, "Humorous Contemporary Jewish-American Authors: An Overview of the Criticism," *MELUS*, Vol. 21, No. 4, *Ethnic Humor*, Winter, 1996, p. 93.

② 马赛尔·普鲁斯特（ Marcel Proust, 1871—1922 ），当代法国著名作家，主要作品为《追忆逝水年华》（ *In Search of Lost Time* ）。参见菲利普·罗斯，《被释放的祖克曼》，郭国良译，上海：上海译文出版社，2013 年，第 13 页。

③ Charles Berryman, "Philip Roth and Nathan Zuckerman: A Portrait of the Artist as a Young Prometheus," *Contemporary Literature*, Vol. 31, No. 2, Summer, 1990, p. 179.

④ Harold Bloom, "Operation Roth," *The New York Review of Books,* No. 40, April 22, 1993, p. 45.

imaginary existence)"①。这些作品可以称为"真人小说"（roman-à-clef），是"对事实的虚构化"（fictionalization of fact），以至于人们不安地注意到"罗斯在作品中过分地表现出对其宏大自我的重要性关注"②。有的评论家却特别欣赏罗斯的这一特色，肯定其自我关注具有更深层的意义，因为不断增强的有关小说创作的自我意识其实涉及当代美国小说不言自明的真理之一："纯粹个性化的东西只要坚持，终会对公众具有重要性。"③罗斯注重维持现实与虚构之间的某种平衡，厄普代克也称之为"辛勤劳作的虚构现实的理论家"，认为他是"在现实主义边界上活跃地漫游踱步，然后再穿越"④。

最后则是其作品所表现出的反传统性。罗斯在《波特诺伊诉怨》中以心理分析手法探索主人公成长过程中的身份焦虑和叛逆，生动描绘了犹太社区传统势力控制下令人窒息的生存环境；在《我们这一帮》里对官僚统治集团的政治进行讽刺，以滑稽剧的方式将总统和幕僚刻画成奥威尔《1984》中的"老大哥"一类精于权术、不择手段的独裁者和阿谀奉承的庸才部下；在《反美阴谋》中用另类的历史手法大胆想象第二次世界大战期间反犹恐怖分子在美国夺取政权后，人民在法西斯统治下的悲惨境地，彻底消解了官方历史的宏大叙事和颠覆了人们的认知，对世界发出预警。

还应注意的是，罗斯作品的元小说特征也十分明显，有的评论家指出："当小说家论述写作，从叙事角度探索后现代历史和身份的构成和后果，以及虚构与现实之间的隔阂和重叠时，还有什么留给文学评论家去做？这正是美国小说中展现后现代逼真场面的大师菲利普·罗斯的作品给文学批评的难题。"⑤正当人们称赞罗斯的后现代主义风格具有自由解放的特色时，他早已掉头关注当代社会问题。⑥这其实表明他早已朝新现实主义转向。罗斯逐步推出的自我反映小说（self-reflexive novel）更能引起读者的深思，因为它们"为极富意义的体验提供了无限可能，表

---

① Philip Roth, *Reading Myself and Others*, New York: Vintage International, 2001, p. 123.

② Jonathan Epstein, "What Does Philip Roth Want?", *Commentary*, January 1984, p. 64.

③ Leland de la Durantaye, "How to Read Philip Roth, or the Ethics of Fiction and the Aesthetics of Fact," *The Cambridge Quarterly*, Vol. 39, No. 4, December 2010, p. 318.

④ John Updike, "Recruiting Raw Nerves", *The New Yorker*, 15, March 1993, p. 111.

⑤ Dean Franco, "*Turning up the Flame: Philip Roth's Later Novels* by Jay L. Halio; Ben Siegel," *MELUS*, Vol. 31, No. 2, *Varieties of Ethnic Experience*, Summer, 2006, p. 275.

⑥ Dean Franco, "*Turning up the Flame: Philip Roth's Later Novels* by Jay L. Halio; Ben Siegel," *MELUS*, Vol. 31, No. 2, *Varieties of Ethnic Experience*, Summer, 2006, p. 277.

明真相不仅在于能感知的客观现实，也在于可以想象的主观现实，因而可以通过包容常常并未纳入的成分，拓宽我们的现实主义视角"①。罗斯后期作品最大的特色则是注重在重建历史和政治参与方面的努力。罗斯和托妮·莫里森（Toni Morrison，1931—2019）和莱斯利·西克科（Leslie Silko，1948— ）一样，在继承传统或甘愿同化的问题上不仅面临冲突，而且时常进入战斗状态。罗斯这类作家与自己历史的搏斗如同面对魔鬼，他们"在可见与不可见的疆界之间划清战场，推出自己重塑的版本：表现为一个复活的灵魂"②。从罗斯的创作生涯看，他是从亨利·詹姆斯和古斯塔夫·福楼拜影响下的现实主义，到美国早期的边疆幽默，又从卡夫卡式的荒诞历程进入超现实主义，并开始探索艺术与现实的区别。③

罗斯在总结自己的创作时说："绝对的幽默和极度的严肃是我的两位最亲密的朋友。此外，阴沉的幽默、严肃的幽默、严肃的严肃以及绝对的绝对，和我的关系都不错。"④他像斯威夫特一样，"知道怎样有效地将幻想压缩用于嘲讽"⑤。罗斯作品的焦点紧扣美国社会问题和政治局势，相关的主题有个人与群体的身份、性政治与实践、后现代世界和美国在其中的位置、人类灭绝和恐怖主义语境下的自我改造，以及种族和文化的多元主义。⑥对这类问题的探讨具有普遍意义。罗斯74岁时就按出版年代顺序仔细审视了自己一生的创作成果，他说："我想知道写作是否浪费了我一生的光阴。我认为还是成功的。著名拳击手乔·路易斯（Joe Louis）曾说过：'我尽其所能做到了最好。'这也是我对着自己的作品想说的话。"⑦奥巴马2011年将美国国家人文科学奖章授予菲利普·罗斯，也是对后者长期从事文学创作的总结性奖励。罗斯早已表示完成最后一部小说《复仇女神》后就彻底停笔。他为自己多年来除了写作几乎将一切都放弃了而感到遗憾并抱怨道：

---

① S. Lillian Kremer, "Philip Roth's Self-Reflexive Fiction," *Modern Language Studies*, Vol. 28, No. 3/4, Autumn, 1998, p. 71.

② Naomi R. Rand, "Surviving What Haunts You: The Art of Invisibility in *Ceremony*, *The Ghost Writer*, and *Beloved*", *MELUS*, Vol. 20, No. 3, *History and Memory*, Autumn, 1995, p. 21.

③ George Perkins and Barbara Perkins, *The American Tradition in Literature*, 9th edn., Boston: McGraw-Hill College, 1999, p. 1906.

④ 菲利普·罗斯，《再见，哥伦布》，来准方等译，西安：陕西人民出版社，1987年，第432页。

⑤ Jay L. Halio, *Philip Roth Revisited*, New York: Twayne, 1992, p. 7.

⑥ Timothy Parrish, *The Cambridge Companion to Philip Roth*, Cambridge: Cambridge University Press, 2007, p. 3.

⑦ David Daley, "Philip Roth: 'I'm Done,'" Nov. 10, 2012, http://www.salon.com/2012/11/09/philip_roth_im_done/[2018-05-17]. 乔·路易斯，即约瑟夫·路易斯·巴罗（Joseph Louis Barrow, 1914—1981），美国职业拳击手，从1937年到1949年保持世界重量级拳王冠军地位。

"写作给人的是受挫感，是一种每天都要经受的挫折，更别提羞辱感。"他对前来采访的法国记者说道："够了，我不再认为把自己经历的东西写出来就是我生活的全部。我无法再忍受为写作而拼搏的想法。"[①]显然他是在重新阅读自己全部作品之后才做出完全停止写作的决定。

罗斯获奖诸多，尽管未拿到诺贝尔文学奖，但也早已从犹太作家所处的文化的边缘位置步入中心并代表美国文学的主流。他未能获得诺贝尔文学奖有多种原因，首先是其作品引起了较多争议，读者和评论界中的看法分歧较大，特别是对《波特诺伊诉怨》《乳房》等作品中有关性心理的描写和对犹太传统的抨击等，持批评意见的学者较多；他在处理犹太身份问题、妇女题材、以色列话题等方面也引起广泛争议。其次，在罗斯获奖呼声极高的那些年，美国政府在对外政策上的单边主义和干涉行动都对各界就美国作家获奖的兴趣产生了消极的影响。然而罗斯回顾自己一生时对自己的文学生涯相当满意和备感欣慰。从他最后的几部作品中可以看出，进入暮年后他希望借助文学的力量化解现实社会的矛盾，建立理想和谐的新世界。

罗斯的创作总是与社会现实密切相关。他在《我们这一帮》中对尼克松政府的国内外政策加以讽刺和抨击，在《欲望教授》和《布拉格狂欢》里对中欧局势和知识分子的生存状态深表关注和同情，在《反生活》和《夏洛克行动：一部忏悔录》里再现了中东冲突下的以色列和阿拉伯世界，以及在《欺骗》等作品里揭示了欧洲的反犹主义现象并探索其根源。罗斯的新现实主义风格体现出他在不断进行的文学实验中，总是尝试不同的写作手法，从心理分析、政治讽刺、变形艺术、流散叙事、反乌托邦小说、另类历史、戏仿莎士比亚戏剧到历史重建等。罗斯和其他新现实主义作家一样，擅长运用从现实主义到后现代主义的各种技巧，让读者能更加清晰地看透表象下的现实。无论是从传统现实主义方面加以提升，还是由现代主义或后现代主义转向新现实主义，罗斯的文学生涯和风格变化在当代美国文学发展中都特别具有代表性。

273

---

① Bob Greene, "Philip Roth Retires, Undefeated," Nov. 25, 2012, http://edition.cnn.com/2012/11/25/opinion/greene-philip-roth-retires/index.html[2018-05-17].

附录 1　现实中的罗斯：传记与散文

　　本书的重点在于对罗斯小说艺术的研究，但其新现实主义思想更加直接地反映在他的传记和散文一类作品中。在传记写作方面，他显得较为保守，甚至采用一些小说创作手法加以修饰或回避，常常被认为带有较多虚构成分。人们对罗斯生平的了解在很大程度上还需仔细阅读其小说作品，因为这类创作带有较强的自传性。这其实反映了罗斯多年形成的艺术特色，他总是有意识地模糊自传与小说之间的界限。在阅读他的传记类作品时则需考虑到其丰富的想象力和多年小说艺术上的成就对他人生的影响。从《事实：一个小说家的自传》（1988 年）一书可以看出，罗斯对自己和外界的看法已有较大变化，表现出某种妥协和回归；在 1991 年出版的《遗产：一个真实的故事》中，他对与父亲和犹太社区的关系的入微描写和重新定义，与之前小说中的人物在处理这类关系时的矛盾冲突截然不同，实际上呈现了一位更注重亲情和族群关系的罗斯。通过阅读他的生平与传记，读者可以更多了解其内心活动和灵感来源，特别是他的创作思想主要在散文里加以阐述。罗斯不仅是当代著名小说家，也是美国文坛上极为活跃的评论家，总在一些评论文章中详尽阐述自己的艺术主张。早在 1975 年罗斯就将之前发表的重要论文收录于《阅读自我和其他》（2001 年）一书中。在该书第一部分，他主要阐明了自己的创作主题和灵感来源，第二部分则是对其他作家和作品的看法。进入 21 世纪后，罗斯再次推出文集《行话：与名作家论文艺》，主要记录与一些重要作家和艺术家的对话，共同探讨有关宗教、政治和历史方面的问题，以及对他们的作品加以评价。这些访谈录对罗斯自己艺术特色的形成和创作风格的转变产生了极大影响。从罗斯的生平着手综合阅读他的传记和散文方能较为全面地理解他的艺术思想的形成和发展。

———

　　罗斯的自传性作品更加关注现实问题。与许多人的自传不同的是，他常常运用小说创作技巧，因而不少评论家质疑其自传性，称之为"非虚构作品"（non-fiction）更为恰当。罗斯曾在《退场的鬼魂》里说道："我不想看到什么传记。那是第二次死亡。那意味着将人的一生重铸后再永远消灭。"①格林博格指出，如果我们需要进一步说明罗斯小说与生活的平行关系，他的《事实：一个小说家的自传》一书就是例证，他在作品中蕴含的观点是经验与想象的相互穿插，它们在生活和文学中都密不可分，只有牢记这种无处不在的两极的结合才能更全面地把握"现实"②。罗斯曾多次表示不愿写自传，但还是在 1988 年推出《事实：一个小说家的自传》一书，可以看作是他最接近自传的作品。该书从另一面揭示其内心，传达他在小说中难以表达的思想，因而他将其当作自己的"对立的生活、解毒的良药和以前小说中问题的答案"③。该书是罗斯跨越虚构与事实之间的界限的尝试，令人难以归类。罗斯的"许多小说涉及三个相互关联的主题：性、犹太人、真实与虚构的关系。有关第三个主题，他不仅有意识地模糊事实与小说的界限，而且将其归结为两条奇妙见解：一是文学人物有自己独特的存在，二是创造性作家也没有超越自我的能力去塑造文学人物"④。在他的自传性作品里，这些特点十分突出。

在《事实：一个小说家的自传》一书中，罗斯向朱克曼抱怨自己已患上"小说疲劳症"（fiction-fatigue），这种倾向早在《被释放的朱克曼》里就流露出来。该书中的朱克曼已从《鬼作家》里拜师学艺的青年转变为功成名就的作家，与罗斯一样因作品而遭到众人抨击，开始表现出对文学创作的厌倦，甚至有放弃的迹象。在《事实：一个小说家的自传》中，罗斯对自己的风格加以确认，"在自我暴露的钟摆上，我徘徊于咄咄逼人、彰显自我的梅勒主义与自我隔离、深居简出的塞林格主义之间，占据的是中间位置"（p. 4）。其实在关注时事和政治参与方面，很明显罗斯更像梅勒一样喜欢积极参与，不同的是他只限于以文学艺术的手法，很少采取上街游行抗议之类的直接行动。《事实：一个小说家的自传》的主题之一就是如何对待事实与小说，或者说生活与文学的关系。该书序言和结束语两部分使其有别于其他人的传记，显示出罗斯一贯的艺术风格。评论家一般都将注意力放在这两部分里的罗斯与朱克曼的通信上，它们更为真实和自由地传达了罗斯内

---

① 菲利普·罗斯，《退场的鬼魂》，姜向明译，上海：上海译文出版社，2011 年，第 128 页。

② Robert M. Greenberg, "Transgression in the Fiction of Philip Roth", *Twentieth Century Literature*, Vol. 43, No. 4, Winter, 1997, pp. 504-505.

③ Philip Roth, *The Facts: A Novelist's Autobiography*, New York: Farrar, Straus & Giroux, 1988, p. 6. 以下出自该小说的引文只标明原著页码。

④ Leland de la Durantaye, "How to Read Philip Roth, or the Ethics of Fiction and the Aesthetics of Fact," *The Cambridge Quarterly*, Vol. 39, No. 4, December 2010, p. 304.

心的想法。在此读者欣赏到罗斯后现代主义的充满悖论的自我表述,理解其认识论的不确定性和见识其富有创造性的想象力,他这类"相对现实主义(relative realism)或者说后现代主义是人们对其作品关注的中心话题"①。

罗斯首先以给朱克曼的信作为开端,着重阐明"自传"的必要性,此人被诸多评论家认为是其文学代理和另一自我。罗斯从自己的童年、对父母和家庭的感受、大学时期的雄心壮志、不幸婚姻的影响,到作品被世人误读,以及评论家的责难各个方面,对许多问题逐一做出回应。从《事实:一个小说家的自传》一书的扉页所引用《反生活》中朱克曼的话就足以理解罗斯创作该书的用意:"他开口说话时我在想:这正是人们将生活变成的故事,也是人们按照故事所过的生活。"他更希望人们从作品中理解自己。作家与其笔下人物朱克曼(作家的另一自我或代言人)之间的对话揭示了创造者和创造物两方面所了解的现实以及相互的影响。他们通信中的争论表现出两种真相的并存——即唐纳德·斯宾塞所指的"叙事真相"和"历史真相"②。罗斯对"事实"一词见解独特,更注重人们内心对事实的看法和想象。他指出:"对过去的记忆不是对过去事实的记忆,而是对过去事实想象的记忆。"(p. 8)由于个体的局限性,人们记忆的不是实际发生的事件而是对它们的阐释和反应。罗斯在对话中与朱克曼不同的看法反映出其自身的矛盾性,即无法对具体事件看法一致,总是处于犹豫和纠结之中,因而他以此方法模糊小说与自传、现实与虚构之间的界限。罗斯后来在访谈中承认,《事实:一个小说家的自传》是在他最沮丧之际着手写作而成,与以往心灵平静状态下获得的灵感完全不同,是源于"生活中特别混乱时期触发的写作念头"③。根据前妻克莱尔·布鲁姆在传记《离开玩偶之家》中的描述,罗斯当时经历了人生中最糟糕的时期,其严重程度远远超出大多数读者的想象。他在克莱尔面前既想离开又担心被抛弃的反复无常令后者迷惑不解,"到底哪一位才是真正的菲利普·罗斯?"④

罗斯承认自己的创作源泉是现实生活,在给朱克曼的信中指出:"我像大多数

---

① Leland de la Durantaye, "How to Read Philip Roth, or the Ethics of Fiction and the Aesthetics of Fact," *The Cambridge Quarterly,* Vol. 39, No. 4, December 2010, p. 313.

② Elaine M. Kauvar and Philip Roth, "This Doubly Reflected Communication: Philip Roth's 'Autobiographies," *Contemorary Literature,* Vol. 36, No. 3, Autumn, 1995, p. 415. 参见:Donald P. Spence, *Narrative Truth and Historical Truth,* New York: Norton, 1982, pp. 279-297.

③ George J. Searles, *Conversations with Philip Roth, Literary Conversations Series,* Jackson: University Press of Mississippi, 1992, p. 226.

④ Claire Bloom, *Leaving a Doll's House: A Memoir,* London: Little, Brown and Company, 1996, p. 223.

作家一样，每一项真正富有想象力的事件都起源于事实，与具体事件相关，并不涉及哲学的、意识形态的或抽象的东西。"（p. 3）罗斯将这部自传交给朱克曼评判，看看是否可以正式出版，这种形式上的审视却可以看作"内心审视"，因为朱克曼既是他塑造的人物又是其另一自我。在谈及该自传的写作时，罗斯坦诚地说："人一过五十岁，则需要找些方法看清自我。"（p. 4）他明白自己早已到了自我总结的时候，希望能以此获得新生，通过对自己的去神圣化和坦诚相对，注意比较真正经历过的事实与想象的情景，尽力展示一种没有虚构的生活（a life without fiction）（p. 8）。罗斯以亲身经历为例介绍了犹太人家庭的特点。他在序言里指出，犹太人家庭不能容忍离婚，因为"家庭的不可分离性是第一戒律"（p. 14）。犹太人家庭如同堡垒，是各个成员的精神港湾，因为在犹太人的传说中家庭是不可侵犯的避难所，可以用于抵御从个体的孤独到非犹太人的敌意等各种威胁（p. 14）。回想自己的成长过程，罗斯说道："在我们这样的家庭长大的犹太孩子的神话般角色就是成为父亲未能成为的英雄，我即使现在成功了，也并不是按照预定方式做到的。"（p. 17）他认为自己并未完全成为父辈希望的那种成功人士。

创作《事实：一个小说家的自传》一书时罗斯已进入老年，衰老和死亡成为他无法回避的主题。他并不忌讳谈论死亡，只将其看作不愿面对却又不得不面对的事情。他逐步明白"尝试死亡与尝试自杀完全不同——可能更难一些，因为你所做的是你最不想发生的事情；你讨厌它，但是它总在那里，必须完成，而且只能由自己去完成"（p. 17）。罗斯发现随着自己逐渐变老，他与父亲之间的感情更深，相互间更能理解。罗斯认为父亲对自己的成长影响最大，他写道："他（父亲）的绝对的尽责，不懈的勤奋，不可思议的顽强和无情的憎恨，以及他的幻想、天真、忠诚和恐惧，都构成我后来成为的这种美国人、犹太人、公民、男子汉甚至作家的原型。"（pp. 18-19）罗斯回想到当年（1950 年）成为罗格斯纽瓦克学院法律专业的预科生之后，他与父亲的分歧渐渐增多。尽管他与母亲的感情更深，关系更密切，但他依然渴望更加独立自由的生活。他盼望只要能离开家就行，不管到哪里，那时的罗斯最需要的不是父母，而是"教授、课程和图书馆"（p. 39）。到了老年时期，罗斯才明白父母当时的心情。

基于自己的犹太人身份，罗斯在该书中表现出强烈的他者意识，深知自己在这一国度的根基并不牢固，只有靠今后的奋斗才能真正完成从边缘到中心的转化。在"家中平安"一章里，罗斯叙述了成长时期所遭遇的危险，当时正值第二次世界大战期间，国外有来自德国和日本的威胁，国内有日益严峻的排犹浪潮。他写

277

出当时自己的感受：

> 我深知我们今后将被人容忍和接受——大家公认是作为个体而言，甚至受到特殊的尊重——尽管我从不怀疑这个国家就是我的（新泽西和纽瓦克也一样），但我也注意到从非犹太人的美国最上层到最底层都释放出的威胁。（p. 20）

对于他们这类移民家庭而言，获得某种归属感极为重要。罗斯在该书中的细节描写耐人寻味：在他们家的门厅过道里，电话桌上方端端正正地挂着镶框的《独立宣言》复印件，这是当年市政府赠送给社区居民的，每天罗斯放学回家第一眼就会看到，它能给人些许安慰。罗斯 12 岁开始严肃考虑长大后准备干什么，他立志"成为一名帮助下层民众说话的律师，反击来自暴力和特权的不公正"（p. 25）。罗斯少年时期曾从一次种族骚乱中侥幸逃脱，他认为这是身为犹太人的天性所致：每当灾难来临或他者侵犯时，犹太人唯一能做的便是逃之夭夭。他将这样的软弱归咎于集体记忆的作用：

> 由于对波兰人和俄国人的大屠杀的集体记忆，大多数我们这种家庭都明白身为人类的价值，甚至我们被认作人类的标志就在于没有能力像先辈们遭受的流血伤害那样残忍地对待他人。（p. 28）

罗斯年轻时并不像其他知识分子一样关注犹太身份，认为自己是与其他人一样的美国人。犹太身份在他看来十分自然，并未带来不便。他的理解是"身为犹太人如同长有手脚一样自然，没有什么可谈的"（p. 31）。他在许多作品中尽量淡化与身份相关的话题，总是将探索的重点放在与普通美国人息息相关的问题上。

罗斯注意从经典作家的作品中获取灵感和养分。高中时期他最喜欢的作品是舍伍德·安德森的小说集《小城畸人》（1919 年）、詹姆斯·乔伊斯的小说《青年艺术家的画像》（*A Portrait of the Artist as a Young Man*，1916 年）和托马斯·沃尔夫（Thomas Wolfe，1900—1938）的短篇小说《只有死人知道布鲁克林》（"Only the Dead Know Brooklyn"，1936 年）等。罗斯曾希望就读于密苏里大学的新闻系，但父亲认为家庭经济状况不能供他到如此遥远的地方读书，最好留在附近作为走读生省下不少开销。所幸的是，他进入巴克内尔大学后在英语系的美国文学教授罗伯特·莫里尔的影响下开始系统阅读经典作品。他在大学期间尝试短篇小说创作，尽量以经典作品为范本，向塞林格学习其令人腻烦的挑逗术，从年轻的短篇小说家卡坡特（Truman Capote，1924—1984）那里学习描写弱不禁风的人，模仿心中的巨人——以《天使，望故乡》（*Look Homeward, Angel*，1929 年）闻名的托马斯·沃尔夫的风格表现可怜的自傲情节（p. 60）。罗斯谈及早年创作小说的天真想法时说道："我想表现生活的悲惨和辛酸，即使在我正体验到它的令人兴奋和有趣时也是如此，我要向人们表明自己具有同情心，是一个完全无害的人。"（p. 60）这与罗斯的早年生活，特别是大学经历息息相关。他总结说："在巴克内尔大学时像一只布谷鸟，而不再是莱斯利街上的少年，也不像纽瓦克罗格斯分校里那位来自雄心勃勃的少数裔中下阶层、只为追寻更好生活的男孩。我表演的是高等学府里的后移民浪漫。"（p. 61）这也更好地解释了他在《再见，哥伦布》里表现的主题。罗斯始终坚持自己的生活理念，他坦诚地说："我可能会贫穷，却又要保持纯洁，是一个身处艾森豪威尔繁荣和贪婪天堂里的文学教士和知识分子抵抗运动分子之间的混合人物。"（p. 66）

　　早期的浪漫经历和生活挫折成为罗斯后来创作的素材。1956 年罗斯还未满 24 岁，在芝加哥大学攻读博士学位，是该校"教师中最年轻、最幸福的一员"，但此时遇上克星，即他的"梦中女孩"约瑟芬·基森，此人彻底影响了他的一生。她来自美国中部小镇，遭受过太多生活磨难，包括酒鬼父亲的荒唐举止。她当时已有一儿一女，是一位比罗斯大 4 岁的离婚怨妇。罗斯认为自己这次悲剧性经历的起因是他自以为有足够能力冲破现实与传统的束缚，完成人生真正的成熟过程，相信具有"如此犹太背景的男孩，在情欲战场上不幸遭遇最可怕的女性都能驯服，这将证明自己优于他人"（p. 84）。罗斯一直认为芝加哥大学是最能将自我发挥到极致的地方，使其完全能独立于家庭和社区，成为自由自在处理一切事情的"自由人"。正是这种对自由的极度追求才导致他对婚姻问题的短视和灾难。当时的罗斯总在幻想浪漫与冒险，担心被平庸的家庭生活束缚。其实他在巴克内尔大学期间曾结识了一位可以步入婚姻殿堂的女友盖尔·米尔曼（Gayle Milman），他担心这种交往最终会导致他因婚姻而被限制在新泽西州的犹太人安全区，而他年轻气盛时需要的是"更艰苦的考验，在更困难的条件下拼搏生存"（p. 89）。罗斯果断放弃了这样的生活，而当约瑟芬对他谈及自己的悲惨遭遇时，他以西部牛仔的勇气迎接挑战。约瑟芬在 1959 年用欺骗手法迫使罗斯结婚，她声称自己已经怀孕，然而实际上是在公园广场上向怀孕的黑人妇女购买的尿液进行检测。罗斯后来在《我作为男人的一生》里的相关描写正是来于自己现实生活中遭遇的尴尬，这也让他意识到现实有时比小说更具艺术性。当罗斯同意结婚后，约瑟芬表示愿意做人工流产，其实那一天她只是坐在时代广场电影院中反复观看当时热播的影片《我要活下去！》(*I Want to Live!*，1958 年）里苏珊·海沃德（Susan Hayward）的表演。这一切直到两年后约瑟芬亲口承认时，他才恍然大悟。约瑟芬这位现实生活中的艺术家远比小说家罗斯更具想象力和创造性，他深感自愧弗如，因而称其为"编造大师"（master of fabrication）。罗斯深受其害时坦言道："毫无疑问，她是我一生中最厉害的敌人，我的天啊，她与所有最伟大的创造性写作教师相比毫不逊色，是极端小说美学的优秀专家。"(p. 112）从罗斯后来在小说中描述的婚姻生活中不难看出这些经历对他的影响，如在《事实：一个小说家的自传》一书中，读者就可以看出婚姻中的罗斯常常感到沮丧，甚至认为有致命威胁，这正是他的作品中少有描写幸福婚姻的重要原因。1960 年春天他和约瑟芬在由意大利到法国的旅行中发生争执，约瑟芬居然抢夺方向盘，企图使两人同归于尽。那次经历让罗斯意识到约瑟芬真正对他恨之入骨。后来当他得知约瑟芬遭遇车祸身亡时，不敢相信自己竟能如此轻松地获得解脱。该书中的这些情节实际上是基于罗斯与前妻玛格利特·马丁森的婚姻纠葛经历。他在 1956 年遇到玛格利特，1959 年二人结婚后矛盾逐步升级并于 1963 年分居，直到后者于 1968 年死于车祸，罗斯才从离婚诉讼的烦恼里脱身。罗斯重获自由时写道："我不敢相信奇迹就这样发生了，一个人最大的敌人，他成天期望和祈祷从自己生命中消失的人，居然被一次车祸除掉了。"(p. 150）多年以后罗斯特意重返约瑟芬在中央公园的车祸现场，试图找到确切的事故发生地点。他希望能回味那种获得自由后的愉悦："那是一个阳光明媚的春天早晨，我坐在附近草地上，仰着头让阳光充分照射在脸上。不管人们是否喜欢，我确实这么做了：让我这鲜活的肉体尽享日光的沐浴。"(p. 155）这种经历让罗斯十分畏惧再次进入婚姻，并极大地影响了他对女性的看法。罗斯与梅伊·阿尔德里吉在 1967 年夏天开始同居并持续了五年，此人与约瑟芬完全不同。当罗斯与梅伊在英国旅行时，他从电视上看到芝加哥警察正在街头驱赶雅皮士和其他参会者，突然感到美国国内处于剧烈动荡中而自己却在欧洲享受生活。他无心再待下去，因为深知国内所发生的一切将给他的生活和创作带来灵感和动力。回到美国后他不愿再被婚姻束缚，一心只想成为毫无牵挂的自由作家。罗斯的这类想法自然招致女性主义批评家的责难。

罗斯在《事实：一个小说家的自传》中详尽表达了自己首次遭遇社会敌意时的感受。他才 26 岁时便第一次体味到人们称他具有"自我仇恨"而带给他的压力。这让一直身处高等学府，并埋头于教学和写作中的罗斯无法理解。他总以为芝加哥大学是"高度进化之地，是视之为根的犹太人世界的乌托邦外延"（p. 114），但周围的人们还是因其作品对他进行如此归类，令他十分恼怒。罗斯很快便理解了"自我仇恨"的含义："它所指的是一种内化的、不一定意识到的，对自己所属团体标志性事物的厌恶，甚至以近乎病态的狂热去祛除这些东西，或以邪恶的轻蔑看待那些只因根本对其不理解而不愿如此行事的人们。"（p. 117）由于被认为在《波特诺伊诉怨》一类小说中泄露犹太人的内部秘密和对犹太人生活进行丑化而遭到谴责，罗斯开始奋力反击。在这一过程中他突然灵感来临，学会将公共怨恨提炼为家庭内部纠纷的情节剧，这形成了他后来创作朱克曼系列小说的基本框架。所幸的是，罗斯得到家庭的理解。母亲认为罗斯兄弟继承了舅舅米基（Mickey）的艺术细胞，分别能在艺术家和作家两个领域发挥自己的天赋。当她从报刊上读到关于罗斯被看作犹太人的"叛徒"一类评价时，完全无法理解这样的论调。父亲对罗斯发表的作品感到骄傲，难以置信它们居然会引起犹太团体的不安，这与罗斯作品中朱克曼父亲的表现截然不同。很明显，罗斯只是为了创作需要幻想有一个极力反对和阻挠自己的父亲，极富想象力地为朱克曼的成长设置障碍。他回忆说，在成长过程中"由于当时并没有一个新犹太人国家或家园来维系诸如自豪感、爱、焦虑、沙文主义、慈善、悔恨、耻辱这类感情，这一代人完全被犹太人的自我定义复杂化了"（p. 122）。他们只觉得作为犹太人长大与成为美国人一样自然，甚至完全是一回事。当罗斯的小说被其他犹太人认为令人厌恶时，他无法理解这种反应，他自认为对普通犹太人的生活十分了解，也是基于亲身经历和家庭环境，相信自己在真实地反映这些东西时称得上权威。直到和小说《看不见的人》的作者艾里森一起受邀在纽约的叶史瓦大学（Yeshiva University）演讲时，罗斯才发现自己早已被打上烙印、被定性，真正被推向犹太人的对立面。那是罗斯永远都记得的一段经历。1962 年他和艾里森到叶史瓦大学一起参加题为"少数裔小说家的良知危机"的讨论会。罗斯根本没有预料到在这所久负盛名的犹太人学府中会遭遇当面责难，与会者提出的许多问题非常尖锐，令其难以招架。人们要求他回答诸如"假如你身在纳粹德国，会写出这类故事吗？"此类问题。在接连不断的追问中，罗斯意识到自己已成众矢之的，尽管艾里森在一旁不时插话以缓和气氛，他事后依然认为那不只是见解不同，而是仇恨。在叶史瓦大学的遭遇实际上表明了不少犹太社区和团体对罗斯作品的态度。他十分沮丧地承认这种敌意氛围几乎能置人于死地，在《事实：一个小说家的自传》一书中他回忆当时的情景时说道："我并非没有展示出好斗天性，却突然消退下去，实际上抑制着很想闭上双眼的

281

渴望，就在讨论会椅子上，面对开启的麦克风只想突然昏睡过去，失去知觉也许更好。"①即使有艾里森的护卫，罗斯依然发现这种审讯式的提问和压力似乎达到了某种高潮，而最终他会被处以石刑或真的昏厥，此次的尴尬经历让他暗自发誓"不再写犹太人"②。让他始料未及的是，这类责难从此不断。他在1963年面对以色列听众的一次演讲中，针对人们指责他在作品中丑化犹太人时，他为自己辩护道："我不是犹太作家，只是一个出身为犹太人的作家，一生最关心的事和最大的热情就是写小说，而不是做个犹太人。"③承受来自各方面的压力时，罗斯开始质疑对于其犹太人身份与文学创作的关系是否处理得当，为此还特意到以色列访问以便了解处于另一状态的犹太人的生活。目睹中东地区的现状后，罗斯认识到海外流散的犹太人与回归以色列的人们之间的差异，也对本民族的苦难历史有了更加深刻的理解。

罗斯在《事实：一个小说家的自传》的结尾以朱克曼的回信形式进行了自我评价，同时也预测人们对该书的反应。借朱克曼之口，他承认自己在摆脱代理人后，能够更加自由地写作。由于依然对自己的作品在犹太人社区中的反响忐忑不安，即使得到了父亲的肯定，他仍难以确定这是犹太人的真实想法，或许是亲情左右了父亲的思考。朱克曼在信中就表示不相信罗斯的描述，直言道："你不是传记作家，你是拟人化专家。"（p. 162）他质疑罗斯自传的真实性，很可能他的讲述恰恰是为了隐藏某些东西，认为罗斯"讲什么的目的是为了不讲什么"（p. 164）。针对罗斯有可能的虚构，他进一步指出："人们选择在小说里揭示的东西是由艺术上基本的动机决定的，我们只能从小说家如何讲故事来加以判断。当我们在评判一位传记作家时，则更注重从道义上而不是从艺术上看他的写作动机。"（p. 163）在此罗斯以朱克曼的口吻明确指出小说家与传记作家的区别，以及道义与美学之间的冲突。

在朱克曼看来，罗斯创作《事实：一个小说家的自传》的手法与其他作品完全不同，他总是希望以人们感觉特别温和直率的姿态讲述自己的故事，目的自然在于使人更加信服，进而完成自我辩护，与以前的辛辣讽刺形成鲜明的对照。朱克曼认为这还不够，因为罗斯未能完全摆脱小说家角色而成为真正的传记作家。

---

① Philip Roth, *The Facts: A Novelist's Autobiography*, New York: Farrar, Straus & Giroux, 1988, p. 128.

② Philip Roth, *The Facts: A Novelist's Autobiography*, New York: Farrar, Straus & Giroux, 1988, p. 129.

③ George Perkins and Barbara Perkins, *The American Tradition in Literature*, 9th edn., Boston: McGraw-Hill College, 1999, p. 1907.

罗斯在《事实：一个小说家的自传》中努力表现为一个好儿子，似乎完成了回归，与父辈、社区和传统达成了妥协，这也许只是罗斯理解的现实。他强调作为好儿子与父亲的关系，特别对母亲形象加以理想化。然而罗斯内心的焦虑依然存在，对于这类理想化描写，朱克曼在信中直言道："我们能相信这里描绘的温暖舒适的家真是培养出作者的地方？令人吃惊的是，太缺乏逻辑性了，但创作原本就没有逻辑性。"（p. 165）朱克曼将《事实：一个小说家的自传》一书的结尾中以其名义的回信看作是罗斯颇费心思的自我保护技巧，认为自己被当作"挡箭牌"（p. 192）。罗斯既想使小说与生活紧密联系，又希望保持二者一定的距离，因为这种距离感才能提供足够的想象空间。朱克曼极力反对罗斯写自传，他在信中指出："别出版——你写写我比准确报道自己的生活要好得多。"（p. 161）在朱克曼看来，作家没有公开自己生活细节的必要。罗斯从《事实：一个小说家的自传》一书的开端就特意模糊小说与传记的界限，认为只有这样才能更加准确地反映现实。不难理解人们甚至将该书与《遗产：一个真实的故事》和《夏洛克行动：一部忏悔录》一道称为罗斯的"非虚构三部曲"[①]。罗斯强调这些年来的艰难创作在很大程度上改变了自己，这一过程正是作品反过来对作者本人的影响。通过朱克曼的回信，罗斯看清了自己的"对立生活"，朱克曼既是裁判又是一面镜子，他道出的是罗斯自己不愿触及或者难以言述的真相。

由于罗斯常常出现在自己的作品中，朱克曼表示不敢轻易相信《事实：一个小说家的自传》一书的自传性。他抱怨说，罗斯不再是作家，而成为一种"行走的文本"（a walking text）（p. 162）。朱克曼责备罗斯依然将小说创作的虚构手法用于该书，大大降低了自传性，如果出版只会引起更大的误解和遭遇更多的质疑和抨击。他问自己的塑造者：

> 这真是"你"？或者要读者相信这便是你五十五岁时的样子？你在信中说该书是你第一次"潜意识下"写出的东西。你是指《事实：一个小说家的自传》一书是潜意识的小说作品？难道没有发现书中所用的小说创作技巧？想想那些排除法，选择性叙述的特点和有意回避事实的姿态吧。所有这些操纵真是潜意识的，还是假装潜意识的？（p. 164）

---

① 哈罗德·布鲁姆甚至倾向于将《反生活》也列入其中，形成罗斯的"非虚构四部曲"。参见：Elaine M. Kauvar and Philip Roth, "This Doubly Reflected Communication: Philip Roth's 'Autobiographies,'" *Contemorary Literature*, Vol. 36, No. 3, Autumn, 1995, p. 413.

读者自然要质疑罗斯自传性作品的真实性，他们希望明白"要么是罗斯，要么是朱克曼，或者两者都在撒谎，因为他们对作家生平的解释均有明显的矛盾冲突"①。朱克曼指出，罗斯在小说里曾描述朱克曼在父亲临死时受到诅咒，即使他本人在叶史瓦大学遭遇 100 次的折磨都无法与之相提并论，因为亲情的断裂才会给人最沉重的打击（p. 163）。罗斯小说中的父子关系实际上是年轻犹太人与传统的关系，他们在相互冲突中难以达成妥协，而年轻人为争取自由和独立的努力往往被认为是对家族和社区的背叛。他们为唤醒保守的族人的努力备受谴责，如同普罗米修斯因盗取天火而受到惩罚一样。

罗斯在《事实：一个小说家的自传》中强调自己的创作与社会现实密切相关，他借朱克曼之口将其灵感来源归于三个主要因素：首先是从纽瓦克的狭隘犹太意识走向更加广阔的美国社会的过程；其次是与约瑟芬的婚姻悲剧和人生挫折充分暴露出的自我意识中的缺陷和内心软弱，并在不断寻求精神支撑和解决问题的途径中自我完善；最后是对美国国内外政治局势的敏捷反应，包括对第二次世界大战后的成长挫折、都市生活、纽瓦克白人社会、纽约 20 世纪 60 年代的动荡，特别是对越南战争的抗议等。罗斯生活中的这几方面因素相互影响，才促使他创作出《波特诺伊诉怨》一类颇具争议性的作品。

朱克曼将罗斯的自传归结为经典的 20 世纪美国精神的故事，即逃出族裔家庭，由学校教育培养成材，其人生经历可以简单命名为"再见—放手—顺利"（Goodbye-Letting Go-Being Good），这是以罗斯早期三部小说之名组合而成，讽刺后者对自己经历的美化（p. 165）。朱克曼认为罗斯在自传中对之前的创作加以反思或者表现出妥协，所讲的正是人们多年来希望看到的他的表态，这或许是他内心一直想做的忏悔或补偿。然而在朱克曼看来，这样的妥协无济于事，因为罗斯在小说中塑造的是性格怪异的人物，现在的补救措施只会再次引起读者的误解，甚至毁掉他的成就和名声。朱克曼反而更喜欢那位不愿妥协的作家，他指出"罗斯小说的特点就是展现好孩子与坏孩子之间不断变换的想象，正是这种张力有助于揭示真相"（p. 167）。朱克曼认为罗斯在 55 岁时开始妥协，试图重新规划自己的人生，对犹太人的各个方面加以美化，成为父辈眼里言听计从的好孩子。他以罗斯在自传里有关母亲的回忆为例指出其中虚构成分太多，这种描述给人的印象

---

① Jeffrey Berman, "Revisiting Roth's Psychoanalysts," in Timothy Parrish, ed., *The Cambridge Companion to Philip Roth*, New York: Cambridge University Press, 2007, p. 102.

是："我既不是妈妈的亚历山大，而这位母亲也不像我的索菲·波特诺伊"，她完全是一位"犹太人的佛罗伦萨·南丁格尔"（Jewish Florence Nightingale）（p. 168）。朱克曼相信罗斯没有讲真话，而是在写作中被内心深处的某种东西束缚，他嘲讽道："你是双手被绑在身后，用脚在尽力写作。"（p. 169）罗斯也许在自传里只记录了自己好孩子的一面，从更深层次上反映出他对自己早期创作的质疑，无意中暴露了创作《波特诺伊诉怨》等书时的冲动原因。朱克曼指出这种自传包含部分虚构描写，因为"自传往往有另一文本，你只要愿意就会有相对于现在这一个的'反文本'（counter-text），它可能是文学形式里最具操纵性的"（p. 172）。在朱克曼这种严厉的精神裁判看来，罗斯也许确实有某种带有毁灭性的自我仇恨，不然的话，难道说是"自我肯定、自我牺牲、自我表扬"（p. 172）？朱克曼还指出，罗斯在自传里对约瑟芬加以丑化，似乎成为一个"潘多拉盒子"，只要一打开，邪恶东西就飘出来了（p. 174）。这也足以证明罗斯的厌女情结，他总以约瑟芬象征其对立面，显露出某种受虐心理。朱克曼认为事物都有两面性，那些让罗斯饱受挫折的东西使他的天赋得以滋润发展（p. 184），正如与约瑟芬的关系和经历让罗斯更快成熟，并为他提供生动的创作素材。从罗斯在《事实：一个小说家的自传》一书结尾处所设计的朱克曼回信来看，该书可以称为罗斯的一种"自我保护把戏"（self-defensive trick）（p. 192）。《事实：一个小说家的自传》一书的出版标志着罗斯在长达 30 余年的过程中的自我揭示和自我伪装的游戏的一种转折，表现出"对面具、伪装、变形和谎言厌烦透顶、索然无趣"[1]。乔伊斯是这类小说的良师，罗斯少年时就在哥哥房间里读到《青年艺术家的画像》一书。他的作品像乔伊斯的小说一样，着重探讨社会现实与艺术的关系，即小说创作的真正意义。厄普代克同样认为罗斯的作品中"现代主义极盛阶段的风格对 20世纪 50 年代所有酷爱艺术的青年都具有魔力"[2]。格林贝格指出："如果我们需要什么说明罗斯的小说是与其生活并行的话，《事实：一个小说家的自传》一书就提供了证据。"[3]

285

---

[1] Charles Berryman, "Philip Roth and Nathan Zuckerman: A Portrait of the Artist as a Young Prometheus", *Contemporary Literature*, Vol. 31, No. 2, Summer, 1990, p. 177.

[2] John Updike, "Yahweh over Dioysus, in Disputed Decision," *The New Yorker*, November 7, 1983, p. 174.

[3] Robert M. Greenberg, "Transgression in the Fiction of Philip Roth", *Twentieth Century Literature*, Vol. 43, No. 4, Winter, 1997, p. 504.

二

在罗斯的传记作品中特别感人的还有 1991 年出版的《遗产：一个真实的故事》，该书获得了当年的美国国家书评人奖。在父亲病床前陪护的那段时间中，罗斯经常反思，这大大加深了父子间的感情，他对老年和死亡一类问题也有了更深的理解。基于这段经历，他后来才创作了《遗产：一个真实的故事》一书。

罗斯在该书中流露出与早年反叛意识截然不同的情感，其中关于父子情深的叙述让读者看到已近暮年的作家对生活、老年、死亡等问题的思考已有极大变化。罗斯详尽地叙述了与父亲赫尔曼·罗斯（1989 年去世）相处的最后岁月。刚上大学时他常常觉得自己不过是父亲的替身，接受教育是为了使父亲摆脱无知，"那个理性的我自己却怎么也摆脱不了心头那种与父亲合而为一的感觉，摆脱不了那种强烈的信念——纵然是疯狂的信念——他以某种方式与我共生，与我一起增长智力"[①]。罗斯 56 岁时做了紧急五重心脏搭桥手术后有一种获得新生的感觉，在精神上离父亲更近，他写道：

> 我感到从大学毕业以后，自己从未像此刻这样理解父亲的心情：上大学时，我常常偷偷带着父亲一起上课，觉得自己有责任让这个智力上的侏儒和我一样进步，因为我们的人生即使不是完全一致，也是如此相互交错，幽灵般地密不可分。……自己也无可避免地面临他那种心境：每一秒钟的存在都漂浮不定。（p. 150）

罗斯承认自己童年时渴望有一个见多识广、地位显赫的长辈代替这个没文化、令人有些感到羞愧的父亲。父亲易受攻击，总成为反犹太主义者歧视的目标，这促使他很快与父亲站在一起，更加痛恨那些看不起他的人。罗斯逐步意识到父亲代表的是犹太传统文化，这对他来说极为重要："他教我本族语。他就是本族语，没有诗意，富有表现力，直截了当，既具有本族语显著的局限，又具有一切持久力。"（p. 119）老年的罗斯感到自己与父亲的感情更加亲近，常常梦见自己站在码头上和一群轮廓朦胧、无人看管的孩子一起等待，最后发现：

> 有一艘装甲厚实、灰色的中型战舰慢慢驶向岸边，"这是一幅死寂的

---

① Philip Roth, *Patrimony: A True Story*, New York: Vintage, 1996. 译文参见菲利普·罗斯，《遗产：一个真实的故事》，彭伦译，上海：上海译文出版社，2006 年，第 106 页。以下出自该小说的引文只标明中译本页码。

图像，一幅灾难过后的肖像，恐怖而怪异：这艘妖异的废船，某种灾难夺去了所有的生命，仅靠洋流的指引向岸边驶来。我们这群孩子无论是否等待疏散，都聚集在码头上。……接着我明白过来，父亲并不在船上，他就是这艘船。心理上的感觉是这样的：被驱逐，排斥，降生。"（p. 157）

回顾父亲的一生，罗斯不得不承认此人就是"那位无论我做什么，都会坐在那里裁判的父亲"（p. 158）。赫尔曼·罗斯一生兢兢业业地工作，获得了难以计数的表彰业绩的奖章。在罗斯看来，在公司里再也找不到像他这样的人，"在午夜接电话获悉办公室失窃消息后，感到如此害怕，用他自己的话说，以至于'大便失禁'。为了这种忠诚，公司应该赐福于赫尔曼·罗斯，就像天主教堂向为传教事业甘受苦难的殉道者举行宣福礼一样"。但罗斯也认为"这种奉献是原始和卑微的"（p. 118）。他早已意识到大都市人寿保险公司和所有大企业一样，在一定程度上存在对犹太人的歧视，这才是父亲并未获得更多升迁机会的根本原因，因此父亲完全不必对应得的福利待遇感恩戴德。母亲 1981 年去世后，罗斯希望能让父亲在最后的日子里过得好一些。他总是在耐心陪伴父亲的同时，详细记录所回忆的点点滴滴。罗斯指出自己的父亲与在小说里安排给朱克曼的父亲形象完全不同：

> 我给内森·朱克曼安排的父亲无法忍受当作家的儿子对犹太人性格的刻画，而命运给我安排的父亲却又虔诚又慈爱，从不在我的书里找茬批评——令他怒火冲天的是那些骂我的书里有反犹太和自我仇恨情绪的犹太人。（p. 124）

罗斯认为父亲在贫苦中艰难挣扎过，总对自己和家庭的些许成功感到欣慰，即使遭遇歧视和剥削，也能以宽厚的心态应对。《遗产：一个真实的故事》中的父亲形象代表了罗斯难以摆脱又不得不接触甚至不得不继承的犹太传统。他细心描述了这样的影响如何慢慢渗透进自己的生活和生命之中，相比之下他多年来创作中的反叛行为是何等的苍白无力。以父亲为代表的势力过于强大，而罗斯的出路在于回归。从该书看，罗斯从内心深处不仅更加理解父亲这样的老一辈，而且发现他渐渐与其融为一体，进入老年后他在非虚构作品的写作中更能以真切的内心叙述赢得人们的认可。

每当罗斯推出小说时，人们都认为其具有很强的自传性，然而他真正尝试自传写作时又不免带有虚构性，因而大家往往质疑其真实性。批评家卡瓦拉罗认为，模仿有时比现实本身更加逼真或者说更加真实，但没必要把这看作是令人沮丧的对现实的否定，因为"事实上，将现实和模仿分开的传统边界不断遭到侵蚀，也许有助于我们理解和认识周围的文化环境。假如说我们现在感觉到的世界不如过去那么真实，那么，这也说明实际上从来就没有完全确定的现实概念"[①]。人们既可以从罗斯的小说中深入理解他人生感悟的深邃，也能从他的自传性作品中发现其艺术手法的妙用。

三

罗斯在散文中更加明确地阐述他的创作思想和艺术主张。他总在完成了较长时期的创作后，对自己的作品反复阅读，将其看法进行归纳总结，与对当代作家和作品的评论以及访谈录一并收集整理出版。1975 年的《阅读自我和其他》中收录了罗斯在 15 年里发表的 23 篇文章和访谈录，涉及人们对从其处女作《再见，哥伦布》以来的 8 部作品的反应和他的自我反思，可以算作对自己早期文学创作的一次系统总结。罗斯在谈到每部作品的创作心得和灵感时，着重阐述了文本内外两个世界的联系和相互影响，以及他如何处理想象与现实、艺术与生活的关系，并将这种思考比作"每天在这两个世界的来回穿梭"[②]。该书尤其对那些在很大程度上影响罗斯创作的作家和作品加以探讨和评价。

在《阅读自我和其他》里罗斯对人们的责备和误解加以说明，甚至进行了一次"自我采访"以阐明观点。罗斯认为自己是为所有人写作，他指出："为人们阅读而写作与为一些'特定观众'写作是两码事……我写作时，并没有想到要交流的某些人，而是尽量让作品按照自己的主张进行交流，它以自己的方式被人阅读。"（p. 15）在遭到来自各方面的批评后，罗斯特别谈及有关"色情描写"的问题，认为自己的作品并没有"色情的亵渎"，而是"将人们对身体的性的关注看作一种令人惊奇的装置或玩意，它有孔洞、分泌物、勃起、摩擦、排放，以及性结构所有的令人费解的东西，将这样的关注置于普通家庭环境中，使权力和征服在诸多事物中受到人们以宽泛的视野进行审视，而不是仅仅透过色情的狭窄透镜观察"（p. 4）。罗斯以回信的方式对戴安娜·特里林女士（Diana Trilling）就其小说的看法加以说明，不赞同后者将自己简单归类为"后弗洛伊德美国文学文化的代表"

---

① 丹尼·卡瓦拉罗，《文化理论关键词》，张卫东等译，南京：江苏人民出版社，2005 年，第 201 页。

② Philip Roth, *Reading Myself and Others*, New York: Vintage International, 2001, p. xiii. 以下出自该小说的引文只标明原著页码。

（representative of post-Freudian American literary culture）和责备其作品中没有颂扬 "勇气、友善和责任的美德"，以及生命观是严酷的宿命论之类的评论（p. 22）。罗斯以《当她顺利时》里的一句话作为回应，强调这才是自己一直遵循的创作主旨："不必富裕，不必出名，不必手握权柄，甚至不必幸福，但要文明——这便是生活之梦。"①罗斯认为自己的作品旨在促进人类的文明进步，他可以用一个家庭的历史揭示文明发展中的跌宕起伏。

　　罗斯关于文艺思想的主张和观点主要在引起当时文坛热议的重要论文《美国小说创作》中集中阐述。②他在该文里指出，美国现实中的荒诞和无序早已超越小说家的想象力，每天发生的一切出乎人们意料之外，其艺术性使天才的小说家也心生妒忌；他觉得作为小说家身处这样的时代举步维艰，许多人甚至自愿退却，放弃了更为宏大的社会和政治题材。罗斯常常思考的问题是："作家应该怎样如实地反映美国现实？"（p. 172）他关注的是严肃作家对美国文化困境的反应，担心他们是否有能力或是否愿意充分发挥想象力加以对付。罗斯以梅勒、塞林格和马拉默德为例分析美国作家对现实的反应，他表示自己既不愿像梅勒那样直接参与政治，也不愿像塞林格那样迂回神秘地描写，或者像马拉默德那样专注于犹太人的自嘲和滑稽表演。他认为小说家马拉默德对人们普遍注意的美国当代犹太人的焦虑和困境以及腐败现象并不感兴趣，其笔下人物 "总是生活在无穷无尽的沮丧中，居无定所地游荡在东区下端"（p. 174）。罗斯并不完全赞同马拉默德 "所有人都是犹太人" 的说法，因为许多犹太人不愿认同自己的身份。

　　罗斯出版了 8 部作品之后在访谈中特意对许多早期的话题加以说明，首先是反对人们因《波特诺伊诉怨》里的自我忏悔形式而将其误读为自传性作品；其次是当其声望逐步高涨时，他有意识地避开公众关注，认为独享内心的平静才更有利于创作。他尽量避免各种形式的纷扰，对不公正的文学批评尽力忍耐，逐步从早期被人称作 "反犹主义作家" 的愤怒中得以自我解救。罗斯的创作呈现出传统与反叛融合交替的特点，他承认自己已进入某种迷惘，尚需进一步自我审视以利于今后的发展。他总结说："小说创作灵感的到来，纯粹像意外事件和机遇一样，随后才逐步意识到是自我经历、所处环境、日常生活和所读书籍相互作用的结果"，

---

① Philip Roth, *Philip Roth: Novels 1967-1972*, New York: The Library of America, 2005, p .3.

② 该文是罗斯 1960 年在斯坦福大学 "今日美国写作" 讨论会上的讲稿，在《再见，哥伦布》获得好评时他作为崭露头角的青年作家谈及了美国文学现状和存在的问题。

并形象地将这一过程形容为"孵化"（brooding）（p. 97）。

罗斯在这些文章中还阐述了自己对东欧国家的作家的关注，特别是他关于卡夫卡的有趣的文章近似于极富想象力的小说，只因长期所受的影响，罗斯甚至幻想此人极有可能成为自己少年时期的启蒙老师，化身来到犹太学校亲自为他们这些懵懂的孩子施教。在对昆德拉进行评价时，罗斯指出："昆德拉的小说中常常引人发笑的正是其笑话、游戏和娱乐所表现出的冷峻与严肃，幽默之处在于人们最终发现极少有什么值得娱乐和发笑。"（p. 244）这种玩笑中的严肃和严肃中的玩笑已完全融入罗斯的创作风格。在访谈中当被问到创作时是否想到自己作品的读者时，罗斯回答说，他偶尔想到的却是"反罗斯读者"（anti-Roth readers），猜想"人们将如何恨该作品"，而这才是他所需要的激励（p. 121）。在罗斯看来，小说关心的问题与统计学家或者公关公司不同。小说家需要经常问问自己"民众想的是什么"，然而公关人员考虑的则是"民众将会怎么想"（p. 200）。

在《阅读自我和其他》中，罗斯强调自己很早就注意到美国国内政治对人们道德的影响，认为政治权力是道德上的强制力量（p. 9）。他在一些散文里更加坦率地表明自己的立场，质疑政府的外交策略，如在《柬埔寨：谦逊的建议》（"Cambodia: A modest proposal"）一文中便以幽默反讽的口吻对美国政府在中南半岛的干涉政策进行严词抨击。罗斯曾于 1970 年到柬埔寨访问，目睹了东南亚人民的疾苦和美国军队的所作所为给当地带来的灾难。他意识到对于那些深陷战争泥潭、一贫如洗的人们而言，美国政府应做的不是军事干涉而是经济援助："只要理智正常的人，怎么会向这些民众投下其他东西（炸弹）而不是食品、药品和衣物？我当时就想，为什么不试试？"（p. 226）他有充足的理由认为即使连续一个星期投放这些物品，费用也不抵一颗千磅重的炸弹，但却能让当地人认识到今后遇见山姆大叔时如果转身逃跑则是大错特错。要拯救他们，不是靠战争而是靠援助，这样才能真正显示出民主国家的优越，如果美国政府坚持下去，必将笑到最后，美国人也会完全改变自己在海外的形象。

2001 年罗斯推出另一部重要文集《行话：与名作家论文艺》，该书收录了他与众多著名作家的访谈和他在 21 世纪对自己文艺思想的进一步阐释。20 世纪 70 年代罗斯常常到布拉格旅行，但在 1976 年之后由于无法获得去捷克斯洛伐克的签证，他只好通过德国或者荷兰的信使联系，谨慎地把那些受到严密监视的作家的书籍或稿件运进或运出该国。西方有些作家羡慕东欧作家所承受的巨大压力以及由此而产生的清晰使命，罗斯指出：

在审查文化中，每一个人都过着双重生活——谎言和真实——文学成为生活的保存者，人们依附和墨守残留下来的真实。我相信在我们自己的文化中，任何东西都不经过审查，但大众媒介可以用空洞、歪曲了的人类事情对我们狂轰滥炸。[①]

罗斯在比较捷克斯洛伐克与美国的作家所处的截然不同的政治环境之后指出："在那儿什么都行不通，但一切都重要；在这里什么都行得通，却一切都不重要。"（p. 62）他试图弄清楚在东欧国家能否既当好作家又接受官方的统治和规则，以及作品被接受的程度。罗斯认为东欧国家的作家虽然遭到严密的出版审查控制，却也有利于避免浅薄无聊的商业电视的冲击，因为美国大众娱乐的陈词滥调更不利于文化的发展。

在与国外作家的交流中，罗斯对犹太人身份的内涵有更加深刻的理解。以色列作家阿哈龙·阿佩尔菲尔德（Aharon Appelfeld，1932—2018）就对罗斯指出，最为真实的东西反而容易变得虚假，比如"大屠杀的现实超过任何想象力"（p. 32）。他认为依然流散在外的犹太作家与以色列的犹太作家不同，因为他们早已改变：

> 命运就像致命的疾病一样已经藏匿于那些人身上。同化了的犹太人建构了一套人文价值体系，并以此为坐标向外看世界。他们确信自己不再是犹太人，适用于犹太人的不再适用于他们。这种奇怪的看法使他们成为盲人或者半盲人。（p. 35）

阿佩尔菲尔德认为隐藏在现代犹太人心中的是一种对异教徒的羡慕。在犹太人的想象里，异教徒没有任何信仰或者社会责任，在自己的土地上过着自然的生活。大屠杀在某种程度上改变了犹太人想象的轨迹，"怀疑代替了羡慕，曾经暴露在外的情感潜至地下"（p. 42）。回顾第二次世界大战中欧洲人的悲惨遭遇和残酷现实时，米兰·昆德拉告诉罗斯："邪恶已经蛰伏于美丽之中，地狱已经隐现于天堂之梦。如果我们希望理解地狱的实质，那么我们就必须审视邪恶之源的天堂的实质。"（p. 112）这些谈话为罗斯后来创作《夏洛克行动：一部忏悔录》等以色列题材小说带来灵感，使其更能体会身处欧洲和中东地区的人们的心情，反思自己

291

---

① Philip Roth, *Shop Talk: A Writer and His Colleagues and Their Work*, New York: Vintage International, 2001. 译文参见菲利普·罗斯，《行话：与名作家论文艺》，蒋道超译，南京：译林出版社，2010 年，第 61-62 页。以下出自该小说的引文只标明中译本页码。

处于流散状态的犹太人身份。罗斯在与玛丽·麦卡锡的交流中也着重阐述了自己对犹太人身份的看法。玛丽·麦卡锡认为《反生活》中最精彩的部分是希伯伦那一章。但罗斯对基督徒的刻画使她感到恼火和愤怒，她不同意罗斯对异教徒的描写，并指出"如果一位犹太作家想在作品中塑造异教徒人物的话，那是非常可怕的问题"。她说："我们所有的圣诞颂歌对那些非分享者来说是冒犯的，因为他们无法享受到那种美妙时刻的喜乐。"同时她毫不掩饰地指出，自己身上的基督教残留痕迹也许在幸福地盼望罗斯这种人的皈依（pp. 134-135）。罗斯承认自己作为一个小说家比作为一个犹太人更称职，在创作中他刻意维持某种平衡，还解释说自己不想让笔下人物朱克曼的所有怀疑"都集中在犹太仪式上而不涉及基督教仪式"，从而真正成为一个自我憎恨的犹太人（p. 140）。宗教信仰问题是罗斯在创作中无法回避的，他试图以某种较为公正的姿态处理，却往往遭到各方面的责难。

在罗斯的文学生涯里，他总在探寻创作主题——从《再见，哥伦布》中的犹太人郊区到布拉格，到以色列，再到美国战后历史——这一过程被评论家称为他的"美国转向"（American turn）[1]，旨在说明罗斯已摆脱犹太身份困扰，走向文化中心。通过罗斯的自传性作品和散文，人们可以更加深入地理解这位在美国文坛上拼搏了半个多世纪的作家，也便于把握其小说艺术风格变化的轨迹。罗斯去世后，人们不愿相信他就这样带着未获得诺贝尔文学奖的遗憾匆匆离去，著名研究专家帕里什说："罗斯不会走，他会一直存在，直到我们这些读者离去之时。"[2]

---

[1] David Herman, "Philip Roth," *PN Review,* Vol. 45, No. 1, Sept./Oct. 2018, p. 21.

[2] Timothy Parrish, "The Plot Against Philip Roth," *Philip Roth Studies,* Vol. 13, No. 2, Fall 2017, p. 95.

附录2　罗斯主要作品与所获奖项

《再见，哥伦布》（*Goodbye, Columbus*，1959 年）（中短篇小说集），获 1960 年美国国家图书奖

《放手》（*Letting Go*，1962 年）

《当她顺利时》（*When She Was Good*，1967 年）

《波特诺伊诉怨》（*Portnoy's Complaint*，1969 年）

《我们这一帮》（*Our Gang*，1971 年）

《乳房》（*The Breast*，1972 年）

《伟大的美国小说》（*The Great American Novel*，1973 年）

《我作为男人的一生》（*My Life as a Man*，1974 年）

《阅读自我及其他》（*Reading Myself and Others*，2001 年）（散文集）

《欲望教授》（*The Professor of Desire*，1977 年）

《鬼作家》（*The Ghost Writer*，1979 年）

《被释放的朱克曼》（*Zuckerman Unbound*，1981 年）

《解剖课》（*The Anatomy Lesson*，1983 年）

《被束缚的朱克曼》（*Zuckerman Bound*，1985 年）（小说集）

《反生活》（*The Counterlife*，1986 年），获 1986 年美国全国书评家协会奖

《事实：一个小说家的自传》（*The Facts: A Novelist's Autobiography*，1988 年）

《欺骗》（*Deception: A Novel*，1990 年）

《遗产：一个真实的故事》（*Patrimony: A True Story*，1991 年），获 1991 年美国全国书评家协会奖

《夏洛克行动：一部忏悔录》（*Operation Shylock: A Confession*，1993 年），获 1994 年美国笔会/福克纳小说奖

《萨巴斯剧院》（*Sabbath's Theater*，1995 年），获 1995 年美国国家图书奖

《美国牧歌》（*American Pastoral*，1997 年），获 1998 年普利策小说奖、法兰西外国最佳图书奖

《我嫁给了共产党人》（*I Married a Communist*，1998 年），获 1998 年英语国

家大使图书奖、美国英语协会（ESU）书籍大使奖

《人性的污秽》（*The Human Stain*，2000 年），获 2001 年美国笔会/福克纳小说奖、英国 W. H. 史密斯文学奖和 2002 年法兰西梅迪契奖

《垂死的肉身》（*The Dying Animal*，2001 年）

《行话：与名作家论文艺》（*Shop Talk: A Writer and His Colleagues and Their Work*，2001 年）（文论散文集）

《反美阴谋》（*The Plot Against America*，2004 年），获 2005 年另类历史小说侧面奖、詹姆斯·库柏奖、英国 W. H. 史密斯文学奖、美国历史学家协会奖

《凡人》（*Everyman*，2006 年），获 2007 年美国笔会/福克纳小说奖

《退场的鬼魂》（*Exit Ghost*，2007 年）

《愤怒》（*Indignation*，2008 年）

《羞辱》（*The Humbling*，2009 年）

《复仇女神》（*Nemesis*，2010 年）

1970 年当选美国文学艺术院院士

1998 年获美国国家艺术奖章

2001 年获卡夫卡文学奖、美国文学艺术院文学金奖

2003 年获哈佛大学文学荣誉博士称号

2006 年获美国笔会/纳博科夫终身成就奖

2007 年获美国笔会/索尔·贝娄美国小说成就奖

2010 年获《巴黎评论》朱鹮荣誉奖

2011 年获布克国际文学奖

2011 年获美国国家人文科学奖章

参 考 文 献

埃默里·埃利奥特：《哥伦比亚美国文学史》，朱通伯等译，成都：四川辞书出版社，1994 年。

巴赫金：《巴赫金集》，张杰编选，上海：上海远东出版社，1998 年。

包亚明：《二十世纪西方美学经典文本（第四卷）：后现代景观》，上海：复旦大学出版社，
　　2000 年。

查尔斯·麦格拉斯：《20 世纪的书：百年来的作家、观念及文学：〈纽约时报书评〉精选》，朱
　　孟勋等译，北京：生活·读书·新知三联书店，2001 年。

大卫·托马斯：《犹太人历史》，苏隆编译，北京：大众文艺出版社，2004 年。

丹尼·卡瓦拉罗：《文化理论关键词》，张卫东等译，南京：江苏人民出版社，2005 年。

弗朗兹·法农：《黑皮肤白面具》，万冰译，南京：译林出版社，2005 年。

高辰鹏、徐瑞华、顾庆媛："生命与青春的《挽歌》"，《电影文学》，2009 年，第 19 期，第
　　125-126 页。

哈罗德·布鲁姆：《西方正典》，江宁康译，南京：译林出版社，2005 年。

哈罗德·布鲁姆：《影响的焦虑：一种诗歌理论》，徐文博译，南京：江苏教育出版社，2006 年。

拉曼·塞尔登：《文学批评理论——从柏拉图到现在》，刘象愚等译，北京：北京大学出版社，
　　2000 年。

雷蒙·威廉斯：《关键词：文化与社会的词汇》，刘建基译，北京：生活·读书·新知三联书店，
　　2005 年。

利亚·拉宾：《最后的吻——利亚·拉宾回忆录》，钟志清等译，北京：中国工人出版社，
　　2000 年。

陆凡："菲利普·罗斯新著《鬼作家》评介"，《文史哲》，1980 年，第 1 期，第 32-36 页。

孟宪华：《追寻、僭越与迷失：菲利普·罗斯后期小说中犹太人生存状态研究》，北京：人民出
　　版社，2015 年。

米歇尔·福柯：《福柯集》，杜小真编选，上海：上海远东出版社，2003 年。

米歇尔·福柯：《规训与惩罚》，刘北成等译，北京：生活·读书·新知三联书店，2003 年。

乔治·奥威尔：《奥威尔文集》，董乐山译，北京：中央编译出版社，2010 年。

萨克文·伯科维奇：《剑桥美国文学史：散文作品 1940~1990》（第七卷），北京：中央编译出版
　　社，2005 年。

申劲松：《维系与反思——菲利普·罗斯"朱克曼系列小说"研究》，北京：科学出版社，
　　2018 年。

斯蒂芬·格林布拉特：《俗世威尔——莎士比亚新传》，辜正坤等译，北京：北京大学出版社，
　　2007 年。

苏鑫：《当代美国犹太作家菲利普·罗斯创作流变研究》，上海：上海三联书店，2015 年。

特里·伊格尔顿：《理论之后》，商正译，北京：商务印书馆，2009 年。

王逢振：《詹姆逊文集（第 3 卷）：文化研究和政治意识》，北京：中国人民大学出版社，2004 年。

王守仁：《新编美国文学史》（第四卷），上海：上海外语教育出版社，2002年。

王先霈、王又平：《文学理论批评术语汇释》，北京：高等教育出版社，2006年。

威廉·曼彻斯特：《光荣与梦想：1932~1972年美国社会实录》，朱协译，海口：海南出版社、三环出版社，2006年。

威廉·莎士比亚：《莎士比亚全集》，梁实秋译，呼伦贝尔：内蒙古文化出版社，1995年。

威廉·莎士比亚：《莎士比亚全集》，朱生豪等译，北京：人民文学出版社，2010年。

吴冰、郭栖庆：《美国全国图书奖获奖小说评论集》，北京：外语教学与研究出版社，2001年。

薛春霞：《永不消逝的犹太人：当代经典作家菲利普·罗斯作品中犹太性的演变》，杭州：浙江大学出版社，2015年。

杨金才、朱云："中国菲利普·罗斯研究现状论析"，《当代外国文学》，2012年，第4期，第159-163页。

詹姆斯·穆斯蒂施："《愤怒》：朝鲜战争时期美国校园的缩影——菲利普罗斯访谈录"，孟宪华译，《译林》，2011年，第1期，第195-200页。

张昌华、汪修荣：《世界名人名篇经典》，哈尔滨：北方文艺出版社，1994年。

张情红：《以色列史》，北京：人民出版社，2008年。

朱刚：《新编美国文学史》（第二卷），上海：上海外语教育出版社，2002年。

Abrams, Meyer H. *A Glossary of Literary Terms*, 5th edn., New York: Holt, Rinehart and Winston, 1988.

Adams, Hazard and Leroy Searle. *Critical Theory Since Plato*, 3rd edn., Beijing: Peking University Press, 2006.

Alter, Robert. "Philip Roth's America," in Paule Levy and Ada Savin, eds., *Profils Americains: Philip Roth*, New York: CERCLA, 2002, pp. 25-33.

Bakewell, Geoffrey. "Philip Roth's Oedipal Stain," *Classical and Modern Literature*, No. 24/2, 2004, pp. 29-46.

Barnes, Julian. "Philip Roth in Israel: *The Counterlife*," *Review of Books*, No. 5, March, 1987, pp. 3-9.

Baumgarten, Murray and Barbara Gottfried. *Understanding Philip Roth*, Columbia: University of South Carolina Press, 1990.

Berryman, Charles. "Philip Roth and Nathan Zuckerman: A Portrait of the Artist as a Young Prometheus," *Contemporary Literature*, Vol. 31, No. 2, Summer, 1990, pp. 177-190.

Bloom, Harold. "Operation Roth," *Review of Books*, No. 22, April, 1993, pp. 45-48.

Bloom, Harold. *Philip Roth*, Philadelphia: Chelsea House Publishers, 2003.

Boddy, Kasia. "Philip Roth's Great Books: A Reading of *The Human Stain*," *Cambridge Quarterly*, March, 2010, pp. 39-60.

Brauner, David. *Philip Roth*, Manchester and New York: Manchester University Press, 2007.

Brinkley, Alan. *American History: A Survey (Volume II: Since 1865)*, New York: McGraw-Hill, 1999.

Brosman, Catharine Savage. "The Functions of War Literature," *South Central Review*, Vol. 9, *Historicizing Literary Contexts*, Spring, 1992, pp. 85-98.

Bruhwiler, Claudia Franziska. *Political Initiation in the Novels of Philip Roth*, New York: Bloomsbury Academic USA, 2014.

Caruth, Cathy. *Trauma: Explorations in Memory*, Baltimore, MD: The Johns Hopkins University Press, 1995.

Caruth, Cathy. *Unclaimed Experience: Trauma, Narrative, and History*, Baltimore, MD: Johns Hopkins University Press, 1996.

Cooper, Alan. *Philip Roth and the Jews*, Albany: State University of New York Press, 1996.

Cooperman, Stanley. "Philip Roth: 'Old Jacob's Eye' with a Squint," *Twentieth Century Literature*, Vol. 19, No. 3, July, 1973, pp. 203-216.

Cubeta, Paul M. "Falstaff and the Art of Dying," *Studies in English Literature, 1500-1900*, Vol. 27, No. 2, *Elizabethan and Jacobean Drama*, Spring, 1987, pp. 197-211.

De la Durantaye, Leland. "How to Read Philip Roth, or the Ethics of Fiction and the Aesthetics of Fact," *The Quarterly*, Vol. 39, No. 4, December, 2010, pp. 303-330.

De Man, P. "Roland Barthes and the Limits of Structuralism," *Yale French Studies*, No. 77, 1990, pp. 177-190.

Dickstein, Morris. *Gates of Eden: American Culture in the Sixties*, New Zealand: Penguin Books, 1989.

During, Simon. *The Cultural Studies Reader*, London and New York: Routledge, 1993.

Feingold, Henry. *The Jewish People in America*(Vol. I), Baltimore and Maryland: Johns Hopkins University Press, 1992.

Fiedler, Leslie A. "Growing up Post-Jewish," in Leslie A. Fiedler ed., *Fiedler on the Roof: Essays on Literature and Jewish Identity*, Boston: Godine, 1991, pp. 117-122.

Foucault, Michel. *The History of Sexuality, Volume I: An Introduction*, Trans. by Robert Hurley, New York: Vintage Books, 1980.

Franco, Dean. "*Turning up the Flame: Philip Roth's Later Novels* by Jay L. Halio; Ben Siegel," *MELUS*, Vol. 31, No. 2, *Varieties of Ethnic Experience*, Summer, 2006, pp. 275-277.

Furman, Andrew. "A New 'Other' Emerges in American Jewish Literature: Philip Roth's Israel Fiction," *Contemporary Literature*, Vol. 36, No. 4, Winter, 1995, pp. 633-653.

Gibbs, Alan. *Contemporary American Trauma Narratives*, Edinburgh: Edinburgh University Press, 2014.

Gilman, Sander L. "The Fanatic: Philip Roth and Hanif Kureishi Confront Success," *Comparative Literature*, Vol. 58, No. 2, Spring, 2006, pp. 153-169.

Gooblar, David. *The Major Phases of Philip Roth*, London and New York: Continuum International Publishing, 2011.

Goodman, Brian K. "Review: Ira B. Nadel's *Critical Companion to Philip Roth*: A Literary Reference to His Life and Work," *Philip Roth Studies*, Fall, 2012, pp. 213-215.

Goodman, Brian K. "Philip Roth's Other Europe: Counter-Realism and the Late Cold War," *American Literary History*, Vol. 27, No. 4, Winter, 2015, pp. 717-740.

Grausam, Daniel. *On Endings: American Postmodern Fiction and the Cold War*, Charlottesville: University of Virginia Press, 2011.

Green, Jeremy. *Late Postmodernism: American Fiction at the Millennium*, New York: Palgrave Macmillan, 2005.

Halio, Jay L. and Ben Siegel. *Turning up the Flame: Philip Roth's Later Novels*, Newark: University of Delaware Press, 2005.

Hamilton, Paul. "Reconstructing Historicism," in Patricia Waugh, ed., *Literary Theory and Criticism*, Oxford: Oxford University Press, 2006, pp. 386-404.

Hammond, Andrew. *Cold War Literature: Writing the Global Conflict*, New York: Routledge, 2006.

Hayes, Patrick. "The Nietzchean Prophecy Come True: Philip Roth's *The Counterlife* and Aesthetics of Identity," *The Review of English Studies, New Series*, Vol. 64, No. 265, 2012, pp. 492-511.

Hayes, Patrick. "'Calling a Halt to Your Trivial Thinking': Philip Roth and the Canon Debate," *The Cambridge Quarterly*, September, 2013, pp. 225-246.

Hayes, Patrick. Philip Roth: Fiction and Power, Oxford: Oxford University Press, 2014.

Herman, David. "Philip Roth," *PN Review*, Vol. 45, No. 1, Sept./Oct., 2018, pp. 20-23.

Hollands, Edmund H. "Neo-Realism and Idealism," *The Philosophical Review*, Vol. 17, No. 5, September, 1908, pp. 507-517.

Howe, Irving. *World of Our Fathers*, London: Phoenix, 2000.

Hutcheon, Linda. *A Poetics of Postmodernism: History, Theory, Fiction*, New York: Routledge, 1988.

Jason, Philip K. "Vietnam War Themes in Korean War Fiction," *South Atlantic Review*, Vol. 61, No.1, Winter, 1996, pp. 109-121.

Jones, Judith Paterson and Guinevera A. Nance. *Philip Roth*, New York: Frederick Ungar Publishing Co., 1981.

Katerberg, William H. *Future West: Utopia and Apocalypse in Frontier Science Fiction*, Lawrence, KS.: University Press of Kansas, 2008.

Kauvar, Elaine M. and Philip Roth. "This Doubly Reflected Communication: Philip Roth's 'Autobiographies'," *Contemorary Literature*, Vol. 36, No. 3, Autumn, 1995, pp. 412-446.

Kauvar, Elaine M. "Talking about Philip Roth," *Contemporary Literature*, Vol. 48, No. 4, Winter, 2007, pp. 613-628.

Kean, Thomas H. and Lee H. Hamilton. *The 9/11 Report*, New York: St. Martin's Press, 2004.

Kelleter, Frank. "Portrait of the Sexist as a Dying Man: Death, Ideology, and the Erotic in Philip Roth's 'Sabbath's Theater'," *Contemporary Literature*, Vol. 39, No. 2, Summer, 1998, pp. 262-302.

Kitaj, P. B. *First Diasporist Manifesto*, London: Thames and Hudson, 1989.

Kramer, Michael P. and Hana Wirth-Nesher. *The Cambridge Companion to Jewish American Literature*, Cambridge: Cambridge University Press, 2003.

Kremer, S. Lillian. "Post-Alienation: Recent Directions in Jewish-American Literature," *Contemporary American Jewish Literature*, Vol. 34, No. 3, *Special Issue of Contemporary Literature*, Autumn, 1993, pp. 571-591.

Kremer, S. Lillian. "Philip Roth's Self-Reflexive Fiction," *Modern Language Studies*, Vol. 28, No. 3/4, Autumn, 1998, pp. 57-72.

Kristeva, J. *Srangers to Ourselves*, Trans. by B. Bray, New York: Columbia University Press, 1990.

Lee, Hermione. *Philip Roth*, London: Routledge, 2011.

Lyotard, Jean-Francois. *The Postmodern Condition*, Trans. by Geoff Bennington and Brian Massumi,

Minneapolis: University of Minnesota Press, 1988.

McDaniel, John N. *The Fiction of Philip Roth*, Haddonfield, NJ: Haddonfield House, 1974.

Menand, Louis. "The Irony and Ecstasy: Philip Roth and the Jewish Atlantis," *The New Yorker*, No. 19, May, 1997, pp. 88-94.

Milbrauer, Asher Z. and Donald G. Watson. *Reading Philip Roth*, London: The Macmillan Press, 1988.

Miles, Jack. "A Gentile's Philip Roth," *Commonweal*, Vol. 145, No. 12, July, 2018, pp. 9-10.

Morley, Catherine. "Bardic Aspirations: Philip Roth's Epic of America," *English: The Journal of the English Association*, Vol. 57, No. 218, Summer, 2008, pp. 171-198.

Nadel, Ira Bruce. *Critical Companion to Philip Roth: A Literary Reference to His Life and Work*, Phliadelphia: Chelsea House Publishers, 2011.

Nilsen, Don L. F. "Humorous Contemporary Jewish-American Authors: An Overview of the Criticism," *MELUS*, Vol. 21, No. 4, *Ethnic Humor*, Winter, 1996, pp. 71-101.

O'Donoghue, Gerard. "Philip Roth's Hebrew School," *Philip Roth Studies*, Vol. 6, No. 2, Fall, 2010, pp. 153-166.

Omer-Sherman, Ranen. *Diaspora and Zionism in Jewish American Literature: Lazarus, Syrkin, Reznikoff, and Roth*, Hanover, NH: University Press of New England, 2002.

Parini, Jay. *The Oxford Encyclopedia of American Literature*, Vol. 3, Oxford: Oxford University Press, 2004.

Parrish, Timothy L. "Imagining Jews in Philip Roth's '*Operation Shylock*'," *Contemporary Literature*, Vol. 40, No. 4, Winter, 1999, pp. 575-602.

Parrish, Timothy L. "Ralph Ellison: The Invisible Man in Philip Roth's *The Human Stain*," *Contemporary Literature*, Vol. 45, No. 3, Autumn, 2004, pp. 421-459.

Parrish, Timothy. *The Cambridge Companion to Philip Roth*, Cambridge: Cambridge University Press, 2007.

Parrish, Timothy. "The Plot Against Philip Roth," *Philip Roth Studies*, Vol. 13, No. 2, Fall, 2017, pp. 95-120.

Patterson, Thomas E. *We the People: A Concise Introduction to American Politics*, Boston: McGraw-Hill, 2000.

Pinsker, Sanford. "Jewish American Literature's Lost-and-Found Department: How Philip Roth and Cynthia Ozick Reimagine Their Signifcant Dead," *Modern Fiction Studies*, No. 35, Summer, 1989, pp. 223-236.

Posnock, Ross. *Philip Roth's Rude Truth: The Art of Immaturity*, Princeton and Oxford: Princeton University Press, 2006.

Raban, Jonathan. "The New Philip Roth: *When She Was Good* by Philip Roth," *Novel: A Forum on Fiction*, Vol. 2, No. 2, Winter, 1969, pp. 153-163.

Rand, Naomi R. "Surviving What Haunts You: The Art of Invisibility in *Ceremony, the Ghost Writer, and Beloved*," *MELUS, History and Memory*, Vol. 20, No. 3, Fall, 1995, pp. 21-32.

Rodgers, Bernard F. Jr. *Philip Roth*, Boston: Twayne Publishers, 1978.

Rosenfeld, Alvin H. *The Writer Uprooted: Contemporary Jewish Exile Literature*, Bloomington, IN:

Indiana University Press, 2008.

Rosenfeld, Gavriel D. *The World Hitler Never Made*: *Alternate History and the Memory of Nazism*, New York: Cambridge University Press, 2005.

Roth, Philip. "Second Dialogue in Israel," *Congress Bi-Weekly*, No. 30, September 16, 1963, pp. 84-85.

Roth, Philip. "In Search of Kafka and Other Answers," *The New York Times Book Review*, 15 Feb., 1976, pp. 6-7.

Rothberg, Michael. *Traumatic Realism*: *The Demands of Holocaust Representation*, Minneapolis: University of Minnesota Press, 2000.

Rothberg, Michael. "Roth and the Holocaust," in Timothy Parrish, ed., *The Cambridge Companion to Philip Roth*, Cambridge: Cambridge University Press, 2007, pp. 52-67.

Royal, Derek Parker. *Philip Roth*: *New Perspectives on an American Author*, Westport, Connecticut: Greenwood Publishing Group, 2005.

Royal, Derek Parker. "Plotting the Frames of Subjectivity: Identity, Death, and Narrative in Philip Roth's *The Human Stain*," *Contemporary Literature*, Vol. 47, No. 1, Spring, 2006, pp. 114-140.

Rubin-Dorsky, Jeffrey. "Philip Roth and American Jewish Identity: The Question of Authenticity," *American Literary History*, Vol. 13, No. 1, Spring, 2001, pp. 79-107.

Safer, Elaine B. "The Double, Comic Irony, and Postmodernism in Philip Roth's *Operation Shylock*," *MELUS*, Vol. 21, No. 4, *Ethnic Humor*, Winter, 1996, pp. 157-172.

Safer, Elaine B. *Mocking the Age*: *The Later Novels of Philip Roth*, New York: State University of New York Press, 2006.

Said, Edward W. *Culture and Imperialism*, New York: Knopf, 1993.

Said, Edward W. *Reflections on Exile and Other Essays*, Cambridge, Massachusetts: Harvard University Press, 2000, p. 570.

Schaub, Thomas Hill. *American Fiction in the Cold War*, Madison: University of Wisconsin Press, 1990.

Searles, George J. *Conversations with Philip Roth*, *Literary Conversations Series*, Jackson: University Press of Mississippi, 1992.

Seavey, Nina Gilden, Jane S. Smith & Paul Wagner. *A Paralyzing Fear*: *The Triumph over Polio in America*, New York: TV Books, 1998.

Shakespeare, William. *The Complete Works of William Shakespeare*, New York: Avenel Books, 1975.

Shapiro, Edward S. *A Time for Healing*: *American Jewry Since World War II*, Baltimore: Johns Hopkins University Press, 1991.

Shechner, Mark, "Zuckerman's Travels," *American Literary History*, No. 1, 1989, pp. 219-230.

Shostak, Debra and Philip Roth. "The Diaspora Jew and the 'Instinct for Impersonation': Philip Roth's 'Operation Shylock,'" *Contemporary Literature*, Vol. 38, No. 4, Winter, 1997, pp. 726-754.

Shostak, Debra B. *Philip Roth*: *Countertexts, Counterlives*, Columbia, SC: University of South Carolina Press, 2004.

Smith, Jane S. *Patenting the Sun*: *Polio and the Salk Vaccine*, New York: William Morrow and Company, 1990.

Solotaroff, Ted. "The Open Community," in Ted Solotaroff and Nessa Rapoport, eds., *Writing Our Way Home*: *Contemporary Stories by American Jewish Writers*, New York: Schocken, 1992, pp. xiii-xxvi.

Spinrad, Phoebe S. "The Fall of the Sparrow and the Map of Hamlet's Mind," *Modern Philology*, Vol. 102, No. 4, May, 2005, pp. 453-477.

Statlander-Slote, Jane. *Philip Roth—The Continuing Presence*: *New Essays on Psychological Themes*, Newark, NJ: Northeast Books & Publishing, 2013.

Updike, John. "Yahweh Over Dioysus, in Disputed Decision," *The New Yorker*, November 7, 1983, pp. 174-176.

Wade, Stephen. *Imagination in Transit: The Fiction of Philip Roth*, Sheffield, UK: Sheffield Academic Press, 1996.

Wade, Stephen. *Jewish-American Literature Since 1945*, Edinburgh: Edinburgh University Press, 1999.

Wirth-Nesher, Hana. "From Newark to Prague: Philip Roth's Place in the American Jewish Literary Tradition," in Asher Z. Milbauer and Danald G. Watson, eds., *Reading Philip Roth*, New York: St. Martin's, 1988, pp. 17-32.

后 记

2001 年在南京大学攻读博士学位期间，我偶然读到菲利普·罗斯的《美国牧歌》原著，就被这一作家独特的创作手法和艺术魅力所吸引，当年便开始翻译这部获得了普利策小说奖的著作，后由译林出版社推出。尽管在翻译过程中困难重重，但总体效果不错，这大大增强了我的自信，收获颇多。2006 年留美访学期间，我注意收集相关资料，为随后的研究打下了基础。当时罗斯尽管年迈，却还在加紧工作，不时推出新的作品，每年诺贝尔文学奖公布前夕，罗斯都是热门人物。直到 2018 年 5 月 22 日，他的突然离世让世人叹息，这次他真正远离了诺贝尔文学奖，留下了深深的遗憾。记得第二天我应邀为《文艺报》写纪念文章《大胆的文学实验家——菲利普·罗斯》（2018 年 6 月 8 日刊出）时，心情久久难以平静，也意识到本书写得太久，本应该早点完成，如今算是完成了这一颇具挑战性的任务。本书从开始创作以来，得到了南京大学各位专家、同事以及我的家人的长期支持，在此深表谢意；同时也非常感谢科学出版社的杨英老师在编辑出版方面细致入微的工作。本书的出版还获得了四川外国语大学的后期资助。